BESTSELLER

Katherine Neville trabajó durante veinte años como asesora de instalación de sistemas informáticos en compañías financieras y energéticas. Entre sus clientes se encontraban empresas y organismos tan relevantes como IBM, el gobierno argelino, la OPEP, el departamento de Energía de Estados Unidos, la bolsa de Nueva York y el Banco de América. Obtuvo un posgrado en literatura africana y durante algunos años se ganó la vida como fotógrafa, modelo y pintora. Ha trabajado en siete países de tres continentes y en más de veinte estados de Estados Unidos. Sus amplias y variadas experiencias constituyen una rica fuente de inspiración para sus novelas. *El ocho* (publicada por primera vez en 1988) fue la primera de ellas y se convirtió enseguida en un enorme éxito internacional. En España sigue siendo una de las novelas más leídas después de casi veinte años de su aparición. En 1994 publicó la segunda, *Riesgo calculado*, y en 1999 *El círculo mágico*. Vive entre Virginia y la ciudad de Washington.

Para más información puede visitar la web de la autora: www.katherineneville.com

Biblioteca

KATHERINE NEVILLE

El ocho

Traducción de
Susana Constante

⊔ DeBOLS!LLO

El ocho

Título original: *The Eight*

Primera edición en DeBOLS!LLO en España: enero, 2008
Primera edición en DeBOLS!LLO en México: febrero, 2008

D. R. © 1988, Katherine Neville
        Edición publicada por acuerdo con Ballantine Books, una
        división de Random House, Inc.
D. R. © 1990, Susana Constante, por la traducción
D. R. © Herederos de Susana Constante, a los que la editorial reconoce
        su titularidad de los derechos de reproducción y su derecho
        a percibir los royalties que pudieran corresponderles

Compuesto en Fotocomp/4, S. A.

Diseño de la portada: Departamento de diseño de Random
House Mondadori/Yolanda Artola

D. R. © 2007, de la presente edición en castellano para todo el mundo:
        Random House Mondadori, S. A.
        Travessera de Gràcia, 47-49. 08021 Barcelona

D. R. © 2008, derechos de edición para México:
        Random House Mondadori, S. A. de C. V.
        Av. Homero No. 544, Col. Chapultepec Morales,
        Del. Miguel Hidalgo, C. P. 11570, México, D. F.

www.randomhousemondadori.com.mx

Comentarios sobre la edición y contenido de este libro a:
literaria@randomhousemondadori.com.mx

ISBN: 978-970-810-202-5

Impreso en México / *Printed in Mexico*

El ajedrez es la vida.

BOBBY FISCHER

La vida es una especie de ajedrez.

BENJAMIN FRANKLIN

LA DEFENSA

Los personajes suelen estar a favor o en contra de
la búsqueda. Si la apoyan, se los idealiza como
valientes o puros; si la obstruyen, se los tilda de
infames o cobardes.

Por consiguiente, todo personaje típico [...]
suele enfrentarse con su contrario moral, como
las piezas blancas y negras del ajedrez.

NORTHROP FRYE,
Anatomy of Criticism

Abadía de Montglane, Francia, primavera de 1790

Un grupo de monjas cruzó la carretera. Sus almidonados griñones se agitaban a ambos lados de la cabeza como alas de grandes
aves marinas. Cuando atravesaron las imponentes puertas de piedra de la ciudad, gallinas y gansos se apartaron con presteza de su
camino aleteando y chapoteando en los charcos de barro. Todas las
mañanas, las monjas se desplazaban en la niebla oscura que envolvía el valle y, en parejas silenciosas, se dirigían colina arriba hacia
el lugar donde sonaba la campana.

Esa primavera fue conocida como *«le printemps sanglant»*, la
primavera sangrienta. Los cerezos habían florecido antes de tiempo,
mucho antes de que se derritieran las nieves de las altas cumbres. Sus
frágiles ramas se inclinaban hacia el suelo por el peso de las flores
rojas y húmedas. Algunos consideraron un buen augurio esa flo-
ración prematura, un símbolo de renacimiento tras el prolongado y

cruel invierno. Luego llegaron las lluvias frías; las ramas floridas se helaron y el valle quedó cubierto de una gruesa capa de flores rojas salpicada de manchas marrones de hielo. Como una herida en la que se coagula la sangre. Algunos dijeron que era otra señal.

La abadía de Montglane dominaba el valle como un descomunal saliente rocoso en la cima de la montaña. Desde hacía casi mil años el edificio, que parecía una verdadera fortaleza, había permanecido ajeno al mundo exterior. Estaba formado por seis o siete estratos de pared construidos uno sobre otro. Con el correr de los siglos, a medida que las piedras originales se desgastaron, se levantaron nuevas paredes provistas de arbotantes para reforzar las antiguas. El resultado fue una siniestra mezcla arquitectónica, cuyo aspecto dio pábulo a rumores sobre el lugar. La abadía era la más vetusta estructura eclesiástica de Francia que permanecía intacta y sobre ella pesaba una antigua maldición que muy pronto se reavivaría.

Mientras el sonido ronco de la campana retumbaba en el valle, las monjas que aún estaban trabajando levantaron la mirada, dejaron a un lado azadas y rastrillos y echaron a andar entre filas de cerezos hacia el escarpado camino que llevaba a la abadía.

Cerraban la larga procesión dos jóvenes novicias, Valentine y Mireille, que caminaban cogidas del brazo con las botas cubiertas de barro. Constituían un complemento a la ordenada fila de monjas. Mireille, alta, pelirroja, de piernas largas y hombros anchos, parecía más una sana granjera que una religiosa. Sobre el hábito llevaba un pesado delantal de carnicero y de su griñón escapaban rizos rojos. A su lado, Valentine parecía una joven delicada, pese a tener casi la misma estatura. Era de tez pálida, casi translúcida, blancura que quedaba acentuada por la cascada de cabello rubio ceniza que le caía sobre los hombros. Había guardado el griñón en el bolsillo del hábito y caminaba de mala gana junto a Mireille por el enlodado camino.

Las dos muchachas, las monjas más jóvenes de la abadía, eran primas por parte de madre; ambas habían quedado huérfanas a edad temprana a causa de una terrible peste que había asolado Francia. El anciano conde de Rémy, abuelo de Valentine, las encomendó a la Iglesia y a su muerte les dejó el sustancioso fruto de la venta de sus propiedades para garantizar su cuidado.

Las circunstancias de su crianza habían creado un vínculo indisoluble entre ambas, que rebosaban de la alegría incontenible de la juventud. A menudo la abadesa oía a las monjas mayores quejarse de que la conducta de las jóvenes era impropia de la vida monástica, pero juzgaba más acertado refrenar su espíritu juvenil en lugar de sofocarlo.

Por añadidura, la abadesa sentía debilidad por las primas huérfanas, sentimiento excepcional dadas su personalidad y posición. Las monjas de más edad se habrían sorprendido de saber que, desde su más tierna infancia, la abadesa mantenía esa clase de amistad íntima con una mujer de la que la separaban muchos años y miles de kilómetros.

Mientras subían por el escarpado sendero, Mireille se metía bajo el griñón algunos rebeldes mechones pelirrojos y tiraba del brazo de su prima, a quien sermoneaba sobre el pecado de la impuntualidad.

—Si sigues remoloneando, la reverenda madre volverá a imponernos una penitencia —afirmó.

Valentine se zafó y giró en redondo.

—En primavera la tierra se anega —exclamó agitando los brazos, y a punto estuvo de despeñarse. Mireille la ayudó a subir por la traicionera pendiente—. ¿Por qué tenemos que estar encerradas en la sofocante abadía, cuando fuera todo rebosa de vida?

—Porque somos monjas —contestó Mireille con los labios apretados, y aceleró el paso sujetando el brazo de Valentine con firmeza—. Y nuestro deber es rezar por la humanidad.

La tibia bruma que se elevaba del valle llevaba consigo una fragancia tan intensa que impregnaba todo del aroma de las flores de cerezo. Mireille intentó hacer caso omiso del cosquilleo que provocaba en su cuerpo.

—Gracias a Dios aún no somos monjas —repuso Valentine—. Solo somos novicias, hasta que pronunciemos los votos. Aún estamos a tiempo de salvarnos. He oído a las monjas mayores murmurar que los soldados merodean por toda Francia despojando a los monasterios de sus tesoros y prendiendo a los curas para llevarles a París. Quizá algunos soldados lleguen hasta aquí y me lleven a París. ¡Y me inviten a la ópera todas las noches y beban champán de mi zapato!

—Los soldados no son siempre tan encantadores como imaginas —observó Mireille—. Al fin y al cabo su tarea consiste en matar gente, no llevarla a la ópera.

—Eso no es lo único que hacen —declaró Valentine bajando la voz con tono misterioso.

Habían llegado a lo alto de la montaña, donde el sendero se aplanaba y ensanchaba considerablemente. En ese punto estaba empedrado con adoquines y semejaba las anchas vías públicas de las ciudades más pobladas. A ambos lados se alzaban altos cipreses, que, comparados con los cerezos que crecían abajo, parecían severos, imponentes y, al igual que la abadía, extrañamente fuera de lugar.

—¡He oído que los soldados hacen cosas horribles a las monjas! —susurró Valentine al oído de su prima—. ¡Si uno se topa con una monja, en el bosque, por ejemplo, inmediatamente se saca una cosa de los pantalones, se la mete a la monja y la menea! ¡Y, cuando acaba, la monja tiene un niño!

—¡Vaya blasfemia! —exclamó Mireille apartándose de Valentine e intentando disimular la sonrisa que esbozaban sus labios—. Creo que eres demasiado descarada para ser una monja.

—Es lo que vengo diciendo desde hace tiempo —reconoció Valentine—. Prefiero ser mujer de un soldado que esposa de Cristo.

Al acercarse a la abadía vieron las cuatro hileras dobles de cipreses plantados en cada entrada para formar el símbolo de la cruz. Los árboles las rodearon cuando echaron a correr envueltas en la oscura bruma. Atravesaron el portón y cruzaron el amplio patio. Mientras se aproximaban a las altas puertas de madera del edificio principal, la campana seguía sonando como un tañido fúnebre que penetraba la densa niebla.

Se detuvieron para quitarse el barro de las botas y tras persignarse deprisa franquearon la alta entrada. Ninguna de las dos miró la inscripción en lengua fránca tallada toscamente en el arco de piedra que rodeaba la puerta, pero las dos sabían qué decía, como si las palabras estuvieran grabadas en su corazón:

MALDITO SEA QUIEN DERRIBE ESTOS MUROS.
AL REY SOLO LE DA JAQUE LA MANO DE DIOS.

Debajo de la inscripción, labrado en mayúsculas, se leía el nombre CAROLUS MAGNUS. Había sido el artífice tanto del edificio como de la maldición lanzada a quienes intentaran destruirlo. Magnífico soberano del Imperio franco hacía más de mil años, era conocido en toda Francia como Carlomagno.

Los muros interiores de la abadía eran oscuros y fríos, y estaban cubiertos de musgo a causa de la humedad. Del sanctasanctórum llegaban los susurros de las novicias que oraban y el suave tintineo de las cuentas de los rosarios mientras contaban los padrenuestros, los avemarías y los glorias. Valentine y Mireille cruzaron deprisa la capilla, donde la última novicia hacía una genuflexión, y siguieron la estela de murmullos hasta la pequeña puerta que se abría tras el altar y conducía al estudio de la reverenda madre. Una monja anciana empujaba hacia el interior a las rezagadas. Valentine y Mireille se miraron y entraron con ellas.

Era extraño que la abadesa las hubiera convocado a su estudio de esa forma. Eran muy pocas las monjas que habían estado allí, y casi siempre por razones disciplinarias. Valentine, a la que castigaban continuamente, visitaba el lugar con cierta asiduidad. Sin embargo, esta vez habían tocado la campana de la abadía para convocar a todas las religiosas. ¿Por qué querrían reunirlas a todas en el estudio de la reverenda madre?

Cuando Valentine y Mireille entraron en la amplia estancia de techo bajo, observaron que todas las hermanas de la abadía estaban presentes: más de cincuenta. Sentadas en los duros bancos de madera que habían colocado en hileras delante del escritorio de la abadesa, murmuraban entre sí. Su extrañeza ante la circunstancia era evidente, y los rostros que se volvieron para ver entrar a las dos jóvenes primas parecían asustados. Las muchachas se acomodaron en la última fila. Valentine apretó la mano de Mireille y susurró:

—¿Qué significa esto?

—Me parece que no augura nada bueno —murmuró Mireille—. La reverenda madre está muy seria. Y hay dos mujeres a las que nunca he visto.

Al fondo de la larga estancia, de pie detrás de un gran escritorio de madera de cerezo encerada, estaba la abadesa. Tenía la piel curtida y arrugada como un pergamino, pero no por ello dejaba de irradiar el poder que le confería su elevada posición. En su actitud se percibía una cualidad intemporal que indicaba que hacía mucho que había alcanzado la tranquilidad de espíritu. No obstante, estaba más seria que de costumbre.

Dos desconocidas —ambas jóvenes corpulentas de manos fuertes— la flanqueaban como ángeles vengadores. Una tenía la piel clara, el pelo oscuro y los ojos luminosos, y la otra guardaba un notable parecido con Mireille por su tez pálida y su cabello castaño, apenas más oscuro que los rizos de la huérfana. Ambas parecían monjas, pero no vestían hábito, sino sencillos trajes de viaje gris.

La abadesa aguardó a que todas las monjas se sentaran y la puerta se cerrara. Cuando se hizo el silencio, empezó a hablar con esa voz que a Valentine siempre le recordaba el crujido de las hojas secas bajo los pies.

—Hijas mías —dijo cruzando las manos sobre el pecho—, la Orden de Montglane lleva casi mil años sobre esta peña sirviendo al Altísimo y cumpliendo con su deber hacia la humanidad. Aunque estamos aisladas del mundo, nos llega el eco de su agitación. En este nuestro pequeño rincón hemos recibido nuevas desagradables que podrían alterar la seguridad que hasta ahora hemos disfrutado. Las dos mujeres que están a mi lado son las portadoras de esas nuevas. Os presento a la hermana Alexandrine de Forbin —añadió señalando a la mujer de cabello oscuro— y a Marie-Charlotte Corday, que dirigen la Abbaye-Aux-Dames de Caen, en las provincias del norte. Han atravesado toda Francia disfrazadas, en un viaje agotador, para transmitirnos una advertencia. En consecuencia, os pido que las escuchéis. Lo que os dirán es de la mayor importancia para nosotras.

La abadesa se sentó, Alexandrine de Forbin carraspeó y habló en voz tan queda que las monjas tuvieron que aguzar el oído. Sin embargo, sus palabras fueron muy claras.

—Hermanas en Dios, la historia que tenemos que contar no es para medrosas. Algunas de nosotras se acercaron a Cristo con la esperanza de redimir a la humanidad; otras lo hicieron con la esperanza de escapar del mundo, y otras contra su voluntad, pues carecían de vocación. —Al pronunciar estas palabras dirigió sus ojos oscuros y luminosos hacia Valentine, que se ruborizó hasta la raíz de su rubia cabellera—. Fuera cual fuese vuestro propósito, a partir de hoy ha cambiado. Durante nuestro viaje la hermana Charlotte y yo hemos atravesado toda Francia, pasando por París y todas las villas entre medias. No solo hemos visto hambre, sino también inanición. El pueblo se amotina reclamando pan. Hay matanzas, las mujeres pasean por las calles cabezas cercenadas clavadas en picas. Se cometen violaciones y actos más graves. Se asesina a niños pequeños, turbas airadas perpetran toda clase de torturas en las plazas públicas…

Las monjas ya no guardaban silencio. Alarmadas, habían alzado la voz mientras Alexandrine desgranaba su sangriento relato.

A Mireille le extrañó que una sierva del Señor fuera capaz de referir semejantes acontecimientos sin palidecer; la oradora no había perdido su tono sereno ni su voz se había quebrado en ningún momento. Miró a Valentine, que tenía los ojos muy abiertos por la fascinación. Alexandrine de Forbin aguardó a que se calmaran los ánimos y prosiguió:

—Estamos en abril. El octubre pasado, una multitud iracunda secuestró a los reyes en Versalles y los obligó a regresar a las Tullerías, donde fueron encarcelados. El monarca tuvo que firmar un documento, la Declaración de los Derechos del Hombre, que proclama la igualdad de todos los hombres. Ahora la Asamblea General controla el gobierno y el rey carece de poder para intervenir. Nuestro país está más allá de la revolución. Vivimos en un estado de anarquía. Por si esto fuera poco, la Asamblea ha descubierto que no hay oro en las arcas del Estado; el rey ha llevado a Francia a la bancarrota. En París opinan que no vivirá para ver el nuevo año.

Las monjas se estremecieron y se oyeron murmullos nerviosos por todo el estudio. Mireille apretó suavemente la mano de Valentine mientras miraban a la oradora. Las mujeres que ocupaban la estancia jamás habían oído expresar esas ideas y ni siquiera podían imaginar que semejantes cosas existieran. Tortura, anarquía, regicidio. ¿Era concebible?

La abadesa dio un golpe en el escritorio para llamar al orden y las monjas guardaron silencio. Alexandrine tomó asiento. La hermana Charlotte, la única que permanecía en pie, comenzó a hablar con voz fuerte y enérgica.

—Entre los miembros de la Asamblea hay un hombre especialmente malvado. Se hace llamar representante del clero, pero lo único que le mueve es la sed de poder. Me refiero al obispo de Autun. En Roma lo consideran la encarnación del demonio. Se afirma que nació con la pezuña hendida, la marca de Lucifer; que bebe sangre de tiernas criaturas para conservar la juventud, y que celebra misas negras. En octubre propuso a la Asamblea que el Estado confiscara todas las propiedades de la Iglesia. El 2 de noviembre, el gran estadista Mirabeau defendió ante la Asamblea el proyecto de ley de confiscación, que fue aprobado. El 13 de febrero comenzaron las incautaciones. Todos los sacerdotes que se resistieron fueron arrestados y encarcelados. El 16 de febrero, el obispo de Autun fue elegido presidente de la Asamblea. Ahora nada puede detenerlo.

Las monjas fueron presa de una profunda agitación y comenzaron a proferir exclamaciones de espanto y protestas. La voz de Charlotte se impuso a las demás.

—Mucho antes de presentar el proyecto de ley, el obispo de Autun hizo pesquisas sobre el emplazamiento de las riquezas de la Iglesia a lo largo y ancho de Francia. Aunque el proyecto puntualiza que los sacerdotes serán los primeros en caer y, que se ha de perdonar a las monjas, sabemos que el obispo ha puesto los ojos en la abadía de Montglane. La mayoría de sus indagaciones se han centrado en torno a Montglane. Por eso hemos venido a toda prisa a advertiros. El tesoro de Montglane no debe caer en sus manos.

La abadesa se puso en pie y posó la mano sobre el fuerte hombro de Charlotte Corday. Observó las hileras de monjas vestidas de negro, cuyos griñones rígidos y almidonados se agitaban como un mar plagado de gaviotas, y sonrió. Este era su rebaño, al que durante tanto tiempo había cuidado y al que quizá no volviera a ver en cuanto revelara lo que debía comunicar.

—Ahora conocéis la situación tan bien como yo —dijo—. Aunque hace muchos meses que estoy enterada de este trance, no he querido alarmaros hasta tener claro qué camino debía tomar. Las hermanas de Caen, que han venido hasta aquí en respuesta a mi llamada, han confirmado mis peores temores. —El silencio que reinaba en la estancia era como el de los cementerios. Solo se oía la voz de la abadesa—. Soy una mujer entrada en años, a la que tal vez el Señor llame antes de lo que ella imagina. Los votos que pronuncié al entrar al servicio de este convento no solo fueron ante Cristo. Al convertirme en abadesa de Montglane, hace casi cuarenta años, juré guardar un secreto, a costa de mi vida si era necesario. Ahora ha llegado el momento de que sea fiel a ese juramento, pero para ello debo compartir parte del secreto con cada una de vosotras y pediros que os comprometáis a guardarlo. Mi historia es larga y os ruego paciencia si tardo en contarla. Cuando haya terminado, sabréis por qué cada una de vosotras debe hacer lo que hay que hacer.

La abadesa se interrumpió y bebió un sorbo de agua de un cáliz de plata que estaba sobre la mesa. Luego retomó la palabra:

—Hoy es 4 de abril del año del Señor de 1790. Mi historia comienza otro 4 de abril de hace muchos años. El relato me fue narrado por mi predecesora tal como cada abadesa se lo contó a su sucesora en el momento de su iniciación, y tiene tantos años como los que esta abadía lleva en pie. Ahora os lo contaré…

EL RELATO DE LA ABADESA

El 4 de abril del año 782, en el palacio oriental de Aquisgrán, tuvo lugar una fiesta magnífica para celebrar el cuadragésimo cumpleaños del gran Carlomagno. El rey había invitado a todos los nobles del imperio. El patio central, con su cúpula de mosaico, escaleras circulares y balcones, estaba repleto de palmeras traídas de tierras lejanas y festoneado con guirnaldas de flores. En los grandes salones, entre lámparas de oro y plata, sonaban arpas y laúdes. Los cortesanos, engalanados de púrpura, carmesí y dorado, se movían en un país de ensueño, habitado por malabaristas, bufones y titiriteros. En los patios había osos salvajes, leones, jirafas y jaulas con palomas. Durante las semanas que precedieron al cumpleaños del rey había reinado un gran júbilo.

El apogeo de la fiesta tuvo lugar el mismo día del cumpleaños. Por la mañana el monarca llegó al patio principal en compañía de sus dieciocho hijos, la reina y sus cortesanos predilectos. Carlomagno era sumamente alto y poseía la delgadez garbosa del jinete y el nadador. Tenía la piel atezada y la cabellera y el bigote veteados de rubio a causa del sol. Todo en él indicaba que era el guerrero y gobernante del mayor reino del mundo. Vestido con una sencilla túnica de lana y una ceñida capa de marta, y portando la espada de la que jamás se separaba, atravesó el patio saludando a sus súbditos e invitándolos a compartir los refrescos que profusamente se ofrecían en las tablas chirriantes del salón.

El rey había preparado una sorpresa. Maestro de la estrategia bélica, sentía una especial predilección por cierto juego. Se trataba del ajedrez, conocido también como juego de guerra o juego de los reyes. En este su cuadragésimo cumpleaños Carlomagno pretendía enfrentarse al mejor ajedrecista del reino, el soldado conocido como Garin el Franco.

Garin entró en el patio al son de las trompetas. Los acróbatas saltaron ante él y las jóvenes cubrieron su camino de frondas de palma y pétalos de rosa. Garin era un joven esbelto, de tez pálida, expresión seria y ojos grises, soldado del ejército occidental. Se arrodilló cuando el monarca se puso en pie para darle la bienvenida.

Ocho criados negros vestidos de librea mora entraron a hombros el tablero de ajedrez. Estos hombres, así como el tablero, habían sido regalo de Ibn al-Arabi, gobernador musulmán de Barcelona, para agradecer la ayuda que el monarca le había prestado cuatro años antes contra los montañeses vascos. Fue durante la retirada de esta famosa batalla, en el desfiladero navarro de Roncesvalles, cuando encontró la muerte Hruoland, el soldado bienamado del rey, héroe de la *Chanson de Roland.* Como consecuencia de este doloroso recuerdo, el monarca nunca había utilizado el tablero de ajedrez ni se lo había mostrado a sus vasallos.

La corte se maravilló al ver el extraordinario juego de ajedrez mientras lo depositaban sobre una mesa del patio. Las piezas, aunque realizadas por maestros artesanos árabes, mostraban indicios de sus antepasados indios y persas. Algunos creían que dicho juego existía en la India más de cuatrocientos años antes del nacimiento de Cristo y que llegó a Arabia, a través de Persia, durante la conquista árabe de este país en el año 640 de Nuestro Señor.

El tablero, forjado en plata y oro, medía un metro de lado. Las piezas, de metales preciosos afiligranados, estaban tachonadas de rubíes, zafiros, diamantes y esmeraldas sin tallar pero perfectamente lustrados, y algunos tenían el tamaño de huevos de codorniz. Como destellaban y resplandecían a la luz de los faroles del patio, parecían brillar con una luz interior que hipnotizaba a quien los contemplaba.

La pieza llamada sha o rey tenía quince centímetros de altura y representaba a un hombre coronado que montaba a lomos de un elefante. La reina, dama o *ferz* iba en una silla de manos cerrada y salpicada de piedras preciosas. Los alfiles eran elefantes con sillas de montar incrustadas de gemas singulares, y los caballos, corceles árabes salvajes. Las torres o castillos se llamaban *rujj*, que en árabe significa «carro»; eran grandes camellos que llevaban sobre el lomo sillas semejantes a torres. Los peones eran humildes soldados de infantería de siete centímetros de altura, con pequeñas joyas en lugar de ojos y piedras preciosas engastadas en las empuñaduras de la espada.

Carlomagno y Garin se acercaron al tablero. El monarca alzó la mano, y pronunció a continuación las palabras que sorprendieron a los cortesanos que mejor lo conocían.

—Propongo una apuesta —dijo con voz extraña. Carlomagno no era hombre dado a las apuestas. Los cortesanos se miraron con inquietud—. Si el soldado Garin gana una partida, le concederé la parte de mi reino que va de Aquisgrán a los Pirineos vascos y la mano de mi hija. Si pierde, será decapitado en este mismo patio al romper el alba.

La corte se estremeció. Era de todos sabido que el monarca amaba tanto a sus hijas que les había rogado que no contrajeran matrimonio mientras estuviese vivo.

El duque de Borgoña, su mejor amigo, lo cogió del brazo y lo llevó aparte.

—¿Qué clase de apuesta es esta? —preguntó en voz baja—. ¡Habéis hecho una apuesta digna de un bárbaro embriagado!

Carlomagno se sentó a la mesa. Parecía hallarse en trance. El duque quedó anonadado. El propio Garin estaba perplejo. Miró al duque a los ojos y, sin mediar palabra, posó la mano sobre el tablero, aceptando la apuesta. Se sortearon las piezas y la suerte quiso que Garin escogiera las blancas, lo que le proporcionó la ventaja de la primera jugada. Comenzó la partida.

Tal vez debido a lo tenso de la situación, al avanzar la partida ambos ajedrecistas comenzaron a mover las piezas con una fuerza y precisión tales que trascendían al mero juego, como si una mano invisible se cerniera sobre el tablero. Por momentos dio la sensación de que las piezas se desplazaban sobre él por voluntad propia. Los jugadores estaban mudos y pálidos y los cortesanos los rodeaban como fantasmas.

Al cabo de casi una hora, el duque de Borgoña notó que el monarca se comportaba de una manera extraña. Tenía el ceño fruncido y estaba absorto y distraído. Garin también daba muestras de un desasosiego poco corriente; sus movimientos eran bruscos y espasmódicos, y tenía la frente perlada de sudor frío. Ambos contrincantes tenían la mirada clavada en el tablero, como si no pudieran apartarla de allí.

Súbitamente Carlomagno se incorporó de un salto lanzando un grito, volcó el tablero y los trebejos rodaron por el suelo. Los cortesanos retrocedieron. El monarca, presa de una negra ira, se mesaba los cabellos y se golpeaba el pecho como una bestia furiosa. Garin y el duque de Borgoña corrieron a su lado, pero él los apartó a puñetazos. Hicieron falta seis nobles para sujetarlo. Cuando por fin lo sometieron, Carlomagno miró asombrado alrededor, como si acabara de despertar de un largo sueño.

—Mi señor, creo que deberíamos abandonar la partida —propuso Garin en voz baja, y recogiendo un trebejo se lo entregó al monarca—. No recuerdo la disposición de las piezas en el tablero. Majestad, este ajedrez moro me da miedo. Creo que está poseído por una fuerza maligna que os ha obligado a apostar mi vida.

Carlomagno, que descansaba en una silla, se llevó cansinamente la mano a la frente, pero no pronunció palabra.

—Garin, sabes que el rey no cree en supersticiones, que las considera paganas y bárbaras —intervino el duque de Borgoña con suma cautela—. Ha prohibido la nigromancia y la adivinación en la corte…

Carlomagno lo interrumpió con voz muy débil, como si sufriera un agotamiento extremo.

—Si hasta mis soldados creen en la brujería, ¿cómo extenderé por toda Europa la fe cristiana?

—Desde el principio de los tiempos se ha practicado esta magia en Arabia y en todo Oriente —afirmó Garin—. No creo en ella ni la comprendo, pero… vos también la habéis sentido. —Se inclinó hacia el emperador y lo miró a los ojos.

—Me he dejado llevar por una furia ardiente —admitió Carlomagno—. No he podido dominarme. He sentido lo mismo que en el albor de una batalla, cuando las tropas se lanzan al combate. No sé cómo explicarlo.

—Todas las cosas del cielo y de la tierra tienen un motivo —dijo una voz detrás de Garin.

El franco se volvió y vio a un moro negro, uno de los ocho que habían acarreado el tablero, a quien el monarca autorizó a proseguir con un gesto.

—En nuestra *watar*, nuestra tierra, vive un pueblo antiguo conocido como badawi, los «habitantes del desierto». Consideran un honor las apuestas de sangre. Sostienen que solo ellas acaban con la *habb*, la gota negra vertida en el corazón humano que el arcángel Gabriel sacó del pecho de Mahoma. Vuestra alteza ha hecho una apuesta de sangre ante el tablero, se ha jugado una vida humana, la forma de justicia más elevada que existe. Mahoma dice: «El reino soporta la *kufr*, la infidelidad al islam, pero no tolera la *zulm*, es decir, la injusticia».

—La apuesta de sangre es siempre maligna —repuso Carlomagno.

Garin y el duque de Borgoña miraron sorprendidos al rey, pues hacía tan solo una hora él mismo había propuesto una apuesta de sangre.

—¡No! —exclamó el moro—. Mediante la apuesta de sangre se conquista el *ghutah*, el oasis terrenal que es el paraíso. Cuando se hace una apuesta de sangre ante el tablero de *shatranj*, es el mismo *shatranj* el que lleva a cabo la *sar*.

—Mi señor, *shatranj* es el nombre que los moros dan al ajedrez —explicó Garin.

—¿Qué significa «*sar*»? —preguntó Carlomagno poniéndose lentamente en pie. Superaba en altura a todos los presentes.

—Significa «venganza» —respondió el moro con tono inexpresivo. Dicho esto, hizo una reverencia y se alejó.

—Volveremos a jugar —anunció el monarca—. Esta vez no habrá apuestas. Jugaremos por placer. Esas ridículas supersticiones inventadas por bárbaros y niños son meras zarandajas.

Los cortesanos colocaron el tablero y la estancia se pobló de murmullos de alivio. Carlomagno se volvió hacia el duque de Borgoña y le cogió del brazo.

—¿Es cierto que hice una apuesta semejante? —susurró.

El duque lo miró sorprendido.

—Así es, señor. ¿No lo recordáis?

—No —contestó con tristeza el monarca.

Carlomagno y Garin se sentaron a jugar. Tras una batalla extraordinaria Garin alcanzó la victoria. El emperador le concedió la propiedad de Montglane, en los Bajos Pirineos, y el título de Garin de Montglane. Quedó tan complacido por el magistral dominio que del ajedrez tenía su soldado, que se ofreció a construirle una fortaleza para proteger el territorio que acababa de ganar. Muchos años después, Carlomagno le envió como regalo el maravilloso ajedrez con el que habían jugado la famosa partida. Desde entonces se conoce como «el ajedrez de Montglane».

♟

—Esta es la historia de la abadía de Montglane. —La madre superiora concluyó el relato y miró a las monjas, que escuchaban en silencio—. Muchos años después, cuando Garin de Montglane cayó enfermo y agonizaba, legó a la Iglesia su territorio de Montglane, la fortaleza que se convertiría en nuestra abadía, y el famoso juego conocido como el ajedrez de Montglane. —La abadesa se interrumpió, como si no supiera si proseguir con la historia. Finalmente retomó la palabra—. Garin siempre creyó que sobre el ajedrez de Montglane pesaba una terrible maldición. Había oído rumores de acontecimientos infaustos relacionados con él mucho antes de que pasara a su poder. Se decía que Charlot, el sobrino de Carlomagno, fue asesinado mientras jugaba una partida en ese mismo tablero. Corrían extrañas historias de matanzas y violencia, incluso de guerras, en las que ese ajedrez había intervenido. Los ocho moros negros que lo habían trasladado desde Barcelona rogaron a Carlomagno que les permitiera acompañar las piezas en su viaje hasta Montglane. El emperador accedió. Poco después Garin se enteró de que en la fortaleza se celebraban arcanas ceremonias nocturnas, rituales en los que sin duda participaban los moros, y se acrecentó el temor que le inspiraba el ajedrez de Montglane, al que consideraba instrumento de Satanás. Así pues, mandó enterrar las piezas en la fortaleza y pidió a Carlomagno que inscribiera una maldición en los muros para impedir que las exhumaran. El emperador creyó que era una broma, pero se plegó al deseo de Garin. Esta es la historia de la inscripción que hoy vemos sobre la puerta.

La abadesa, pálida y exhausta, calló y se dirigió a su silla. Alexandrine se puso en pie y la ayudó a tomar asiento.

—Reverenda madre, ¿qué fue del ajedrez de Montglane? —preguntó una de las monjas más ancianas, sentada en primera fila.

La abadesa sonrió.

—Ya os he dicho que si nos quedamos en la abadía, nuestras vidas corren grave peligro. Ya os he dicho que los soldados de Francia se proponen confiscar los bienes de la Iglesia y, de hecho, ya están cumpliendo esa misión. También os he dicho que antaño enterraron, dentro de los muros de la abadía, un tesoro muy valioso y tal vez maligno. En consecuencia, no os sorprenderá saber que el secreto que juré guardar cuando acepté ser abadesa es el secreto del ajedrez de Montglane. Sigue oculto entre las paredes y bajo el suelo de este estudio, y solo yo conozco el paradero exacto de cada pieza. Hijas mías, nuestra misión consiste en desenterrar este instrumento del mal y dispersarlo para que nunca pueda reunirse en manos de quien busca el poder. El ajedrez de Montglane alberga una fuerza que trasciende las leyes de la naturaleza y del entendimiento humano.

»Aunque tuviéramos tiempo de destruir las piezas o desfigurarlas hasta volverlas irreconocibles, yo no escogería ese camino. Un instrumento de tamaño poder también puede utilizarse para hacer el bien. Por eso no solo juré mantener oculto el ajedrez de Montglane, sino también protegerlo. Es posible que alguna vez, cuando la historia lo permita, podamos reunir las piezas y dar a conocer su oscuro enigma.

♟

Aunque la abadesa conocía el paradero exacto de cada pieza del ajedrez de Montglane, fue precisa la colaboración de todas las hermanas durante casi dos semanas para desenterrarlas, limpiarlas y pulirlas. Fueron necesarias cuatro monjas para levantar el tablero del suelo de piedra. Una vez limpio, descubrieron que cada escaque tenía extraños símbolos tallados o repujados. También había símbolos semejantes en la base de cada trebejo. Encontraron además un paño guardado en una caja metálica, cuyos cantos estaban lacrados con una sustancia cerosa, sin duda para protegerla de la humedad. El paño era de terciopelo azul oscuro, recamado con hilo de oro y joyas preciosas que dibujaban signos parecidos a los del zodíaco; en el centro, dos figuras que parecían serpientes se entrelazaban para formar el número ocho. La abadesa consideraba que el paño se había utilizado para envolver el ajedrez de Montglane y evitar que sufriera daños durante su traslado.

Hacia el final de la segunda semana comunicó a las monjas que se prepararan para viajar. Indicaría a cada una, por separado, su destino, de modo que ninguna conocería el paradero de las demás. Así correrían menos riesgos. Como el ajedrez de Montglane tenía menos piezas que monjas la abadía, solo la abadesa sabría qué hermanas habían partido con una parte del juego y cuáles se iban con las manos vacías.

Llamó a Valentine y Mireille a su estudio y les indicó que se sentaran al otro lado del escritorio, sobre el que descansaba el resplandeciente ajedrez de Montglane, parcialmente cubierto por el paño azul oscuro recamado.

La abadesa dejó la pluma y miró a Mireille y Valentine, que, sentadas muy juntas, aguardaban inquietas.

—Reverenda madre, quiero que sepáis que os echaré muchísimo de menos —dijo atropelladamente Valentine— y que soy consciente de que he sido una penosa carga para vos. Me gustaría haber sido mejor monja y no haberos dado tantos disgustos…

—Valentine, ¿qué quieres decir? —preguntó la abadesa, que sonrió al ver que Mireille daba a su prima un codazo en las costillas para hacerla callar—. ¿Temes tener que separarte de tu prima Mireille? ¿Es ese el motivo de estas disculpas tardías?

Valentine miró azorada a la abadesa, asombrada de que le hubiera adivinado el pensamiento.

—Yo en tu lugar no me preocuparía —prosiguió la abadesa. Deslizó un papel sobre el escritorio de cerezo en dirección a Mireille—. Aquí tenéis el nombre y las señas del tutor que se hará cargo de vosotras. Debajo he anotado las instrucciones para el viaje que he dispuesto para las dos.

—¡Las dos! —exclamó Valentine, incapaz de contenerse—. ¡Gracias, reverenda madre, acabáis de satisfacer mi mayor deseo!

La abadesa rió.

—Valentine, estoy segura de que, si no os dejara partir juntas, con tal de seguir con tu prima encontrarías la forma de echar por tierra todos los planes que he trazado minuciosamente. Además, tengo buenos motivos para querer que estéis juntas. Prestad atención. Todas las monjas de nuestra abadía tienen resuelta su situación. Enviaré a sus hogares a aquellas cuyas familias acepten su regreso. En algunos casos he buscado amigos o parientes lejanos que les brindarán cobijo. Si llegaron a la abadía con dote, les devolveré sus bienes para su manutención y custodia. Si carecen de medios, las enviaré a una abadía del extranjero, que las acogerá de buena fe. En todos los casos pagaré los gastos de viaje y manutención para asegurar el bienestar de mis hijas. —La abadesa cruzó las manos y prosiguió—: Valentine, eres afortunada en más de un sentido, pues tu abuelo te legó una generosa suma, que destinaré tanto a ti como a tu prima Mireille. Además, aunque no tienes familia, cuentas con un padrino que ha aceptado la responsabilidad de cuidar de ambas. Me ha asegurado por escrito que está dispuesto a actuar en tu nombre. Y esto me lleva a otra cuestión, a un asunto que me preocupa sobremanera.

Mireille, que había mirado de reojo a Valentine cuando la abadesa se refirió al padrino, echó un vistazo al papel donde esta había escrito en mayúsculas: «M. Jacques-Louis David, pintor»; debajo figuraba una dirección de París. Ignoraba que Valentine tuviera padrino.

—Sé que en Francia habrá quien se sienta muy disgustado cuando se entere de que he cerrado la abadía —explicó la madre superiora—. Muchas de nosotras correremos peligro, concretamente por parte de hombres que, como el obispo de Autun, querrán saber qué hemos sacado y qué nos hemos llevado. No es posible ocultar por completo las huellas de nuestros actos. Es probable que busquen y encuentren a algunas monjas, que en tal caso tendrán necesidad de huir. En virtud de estas circunstancias, he seleccionado a ocho que, además de llevar consigo una pieza, actuarán como depositarias de otras piezas; es decir, el lugar donde se encuentren servirá de punto de reunión al que acudirán sus compañeras para dejar un trebejo si se ven obligadas a escapar, o para indicarles cómo recuperarlo. Valentine, tú serás una de las elegidas.

—¿Yo? —exclamó Valentine. Tragó saliva, porque de pronto se le había secado la garganta—. Reverenda madre, no soy… no sé si…

—Intentas decir que no se te puede considerar un dechado de responsabilidad —dijo la abadesa, y sonrió a su pesar—. Lo sé y confío en que tu sensata prima me ayude a resolver el problema. —Miró a Mireille, que asintió con la cabeza—. He elegido a las ocho teniendo en cuenta no solo su capacidad, sino sobre todo su situación estratégica —continuó la abadesa—. Tu padrino, monsieur David, vive en París, el centro del tablero de ajedrez en que se ha convertido Francia. En su condición de artista famoso, goza del respeto y la amistad de la nobleza, pero además es miembro de la Asamblea y algunos lo consideran un fervoroso revolucionario. Estoy convencida de que, en caso de necesidad, estará en condiciones de protegeros. Además, le he pagado generosamente y tendrá motivos para velar por vosotras. —La abadesa observó a las dos jovencitas—. Valentine, no es una petición —añadió con tono severo—. Tus hermanas pueden verse en un apuro y estarás en condiciones de servirlas. He dado tu nombre y señas a varias de las que ya han partido a sus hogares. Irás a París y harás lo que te ordeno. Ya tienes quince años, edad suficiente para saber que en la vida hay cosas más importantes que la satisfacción inmediata de los deseos. —Aunque la abadesa hablaba con dureza, su expresión era tierna como siempre que miraba a Valentine—. Por otro lado, París no es un mal lugar para cumplir una condena.

Valentine sonrió.

—Claro que no, reverenda madre —repuso—. Para empezar, se puede ir a la ópera, y tal vez a fiestas, y por lo que dicen las damas llevan vestidos preciosos… —Mireille volvió a darle un codazo en las costillas—. Quiero decir que agradezco humildemente a la reverenda madre que deposite su confianza en su devota sierva.

Al oír estas palabras la abadesa prorrumpió en sonoras carcajadas que parecieron quitarle años de encima.

—Bien dicho, Valentine. Ahora id a preparar el equipaje. Partiréis mañana, al alba. No os retraséis.

La abadesa se puso en pie, cogió dos pesadas piezas del tablero y se las entregó a las novicias.

Valentine y Mireille besaron el anillo de la abadesa, y portando con sumo cuidado sus singulares posesiones, se encaminaron hacia la puerta del estudio. Estaban a punto de salir cuando Mireille dio media vuelta y habló por primera vez desde que habían entrado en la estancia.

—Reverenda madre, ¿me permitís preguntaros adónde iréis? Nos gustaría recordaros y enviaros nuestros buenos deseos dondequiera que estéis.

—Emprenderé un viaje con el que he soñado durante más de cuarenta años —respondió la abadesa—. Tengo una amiga a la que no veo desde la infancia. En aquellos tiempos… A veces Valentine me recuerda muchísimo a esa vieja amiga. La recuerdo muy alegre, llena de vitalidad…

La abadesa se interrumpió y a Mireille le pareció que adoptaba una expresión soñadora, si es que podía decirse semejante cosa de una persona tan augusta.

—Reverenda madre, ¿vuestra amiga vive en Francia? —preguntó.

—No, vive en Rusia —respondió la abadesa.

A la mañana siguiente, bajo la tenue luz grisácea del amanecer, dos mujeres ataviadas para un largo viaje salieron de la abadía y subieron a un carro de heno. Este franqueó los impresionantes portones y comenzó a descender hacia el valle, donde pronto los ocultó la bruma ligera que comenzó a elevarse.

Estaban asustadas y, mientras se arrebujaban en sus esclavinas, agradecían que se les hubiera encomendado una misión sagrada que debían cumplir cuando volvieran al mundo del que durante tanto tiempo las habían protegido.

Pero no era Dios quien observaba desde la cima de una montaña cómo el carro de heno descendía lentamente hacia la penumbra del valle. En una cumbre nevada, por encima de la abadía, un jinete solitario observó el carro hasta que se fundió con la oscura bruma. Entonces azuzó al bayo y se alejó al galope.

PEÓN 4 DAMA

Las aperturas peón dama —las que empiezan con P4D— son «cerradas», lo que significa que el contacto táctico entre los adversarios se desarrolla con gran lentitud. Ofrecen gran capacidad de maniobra y se tarda en llegar a una violenta lucha cuerpo a cuerpo con el enemigo… En este caso, el ajedrez posicional es esencial.

FRED REINFELD,
Complete Book of Chess Openings

Un criado oyó en la plaza del mercado que la Muerte lo estaba buscando. Volvió a casa corriendo y dijo a su amo que debía huir a la vecina población de Samarra para que la Muerte no lo encontrara.

Esa noche, después de la cena, llamaron a la puerta. El amo abrió y vio a la Muerte, con su larga túnica y su capucha negras. La Muerte preguntó por el criado.

—Está enfermo y en cama —se apresuró a mentir el amo—. Está tan enfermo que nadie debe molestarlo.

—¡Qué raro! —comentó la Muerte—. Seguramente se ha equivocado de sitio, pues hoy, a medianoche, tenía una cita con él en Samarra.

Leyenda de la cita en Samarra

Nueva York, diciembre de 1972

Estaba en apuros, en graves apuros.

Todo comenzó aquella Nochevieja, el último día de 1972. Tenía una cita con una pitonisa, pero al igual que el personaje de la cita en Samarra, intenté escapar de mi destino eludiéndolo. No quería que una adivina me contara el futuro. Ya tenía bastantes problemas aquí y ahora. En la Nochevieja de 1972 mi vida ya estaba totalmente patas arriba. Y solo tenía veintitrés años.

En lugar de huir a Samarra me dirigí al centro de datos del último piso del edificio de Pan Am, en pleno corazón de Manhattan. Quedaba más cerca que Samarra y, a las diez de la noche de aquella Nochevieja, era un lugar tan apartado y aislado como la cima de una montaña.

De hecho me sentía como si me encontrara en la cima de una montaña. La nieve se arremolinaba al otro lado de las ventanas que daban a Park Avenue y los grandes copos flotaban en suspensión coloidal. Era como estar dentro de uno de esos pisapapeles que contienen una rosa perfecta o una reproducción en miniatura de una aldea suiza. Con la diferencia de que entre las paredes de cristal del centro de datos de Pan Am había varios metros cuadrados de reluciente y novísimo hardware, que zumbaba suavemente mientras controlaba rutas y expedición de billetes de avión a lo largo y ancho del mundo. Era el sitio ideal al que escapar para pensar.

Y yo tenía mucho en que pensar. Había llegado a Nueva York tres años antes para trabajar en Triple-M, uno de los principales fabricantes de ordenadores del mundo. Por aquel entonces Pan Am era uno de mis clientes. Aún me permiten utilizar su centro de datos.

Luego cambié de trabajo, lo que bien podría haber sido el mayor error de mi vida. Tenía el dudoso honor de ser la primera mujer que formaba parte de las filas profesionales de una respetable empresa de IPA: Fulbright, Cone, Kane & Upham. Mi estilo no les iba.

Para los que no lo sepan, IPA significa «interventor público autorizado». Fulbright, Cone, Kane & Upham era una de las ocho principales empresas de IPA de todo el mundo, una hermandad justamente apodada «las Ocho Grandes».

Un interventor público es un auditor, pero dicho de un modo más amable. Las Ocho Grandes ofrecían ese temido servicio a la mayoría de las compañías importantes. Inspiraban gran respeto, lo que es un modo amable de decir que tenían a los clientes agarrados por las pelotas. Si durante una auditoría las Ocho Grandes proponían al cliente que gastara medio millón de dólares para mejorar su sistema financiero, el cliente tenía que ser idiota para rechazar la propuesta. (O para no tener en cuenta que la empresa auditora de las Ocho Grandes podía proporcionarle el servicio… a cambio de ciertos emolumentos.) En el mundo de las grandes finanzas esas cuestiones se daban por sobrentendidas. Había mucho dinero en juego en la auditoría contable, y hasta un socio recién incorporado podía exigir ingresos de seis cifras.

Puede que algunas personas ignoren que el campo de las auditorías es exclusivamente masculino. Sin embargo, Fulbright, Cone, Kane & Upham se adelantó a su tiempo y me metió en un lío. Como yo era la primera mujer en la empresa que no era secretaria, me trataban como si fuese un artículo tan raro como una especie en extinción, algo potencialmente peligroso que debían vigilar con suma cautela.

Ser la primera mujer en algo no es una ganga. Tanto si eres la primera astronauta como la primera mujer que trabaja en una lavandería, tienes que aprender a aceptar las tomaduras de pelo, las risitas y el escrutinio al que someten tus piernas. También has de resignarte a trabajar más que nadie y cobrar un sueldo inferior.

Aprendí a tomarme a risa que me presentaran como «la señorita Velis, nuestra mujer especialista en esta área». Con semejante presentación, probablemente la gente me tomaba por ginecóloga.

En realidad era experta en informática, la mejor especialista de todo Nueva York en la industria del transporte. Por eso me contrataron. Cuando los directivos de la empresa me vieron, el símbolo del dólar se iluminó en sus ojos inyectados en sangre; no veían a una mujer, sino una cartera ambulante con cuentas de primera. Lo bastante joven para ser impresionable, lo bastante ingenua para dejarse impresionar y tan inocente como para entregar sus clientes a las fauces de tiburón del personal auditor: yo era todo lo que buscaban en una mujer. Pero la luna de miel duró poco.

Pocos días antes de Navidad, estaba a punto de terminar una

evaluación de equipos para que un importante cliente naviero adquiriera hardware informático antes de que concluyera el año, cuando Jock Upham, nuestro socio mayoritario, se dignó visitar mi despacho.

Jock tenía más de sesenta años, era alto y delgado, y ofrecía un aspecto artificialmente juvenil. Jugaba al tenis con frecuencia, vestía elegantes trajes de Brooks Brothers y se teñía el pelo. Cuando caminaba, saltaba sobre las puntas de los pies como si se acercara a la red.

Jock apareció de un salto en mi despacho.

—Velis —dijo con tono campechano y cordial—, he estado pensando sobre el estudio que está realizando. He discutido al respecto conmigo mismo y creo que por fin sé qué era lo que me preocupaba.

Era su modo de decir que no tenía el menor sentido discrepar. Ya había hecho de abogado del diablo de las dos partes y la suya, en la que había puesto todo su afán, había ganado.

—Señor, está casi terminado. Hay que entregárselo al cliente mañana, así que espero que no sea necesario introducir grandes cambios.

—Nada del otro mundo —repuso él mientras colocaba la bomba delicadamente—. He llegado a la conclusión de que para nuestro cliente las unidades de disco son más importantes que las impresoras, y me gustaría que modificara los criterios de selección.

Era un ejemplo de lo que en los negocios informáticos se llama «arreglar los números». Además, es ilegal. Hacía un mes, seis vendedores de hardware habían presentado ofertas anónimas a nuestro cliente. Dichas ofertas se basaban en criterios de selección preparados por nosotros, los auditores imparciales. Dijimos que el cliente necesitaba unidades de disco potentes, y uno de los vendedores había presentado la mejor propuesta. Si una vez entregadas las ofertas decidíamos que las impresoras eran más importantes que las unidades de disco, el contrato iría a parar a manos de otro vendedor. Podía imaginar de qué vendedor se trataba: aquel cuyo presidente había invitado a almorzar a Jock ese mismo día.

Evidentemente, algo de valor había cambiado de manos bajo la mesa. Tal vez la promesa de un negocio futuro para nuestra empresa, quizá un yate o un deportivo para Jock. Cualquiera que fuese el trato, yo no quería participar.

—Señor, lo siento, pero es demasiado tarde para cambiar los criterios sin autorización del cliente. Si quiere, podemos telefonearle para decirle que hemos decidido pedir a los vendedores una ampliación de la oferta original, pero entonces no podrá encargar el equipo hasta después de Año Nuevo.

—Eso no es necesario, Velis —repuso Jock—. Si me he convertido en socio mayoritario de esta empresa ha sido precisamente porque siempre me guío por mi intuición. Muchas veces he actuado en nombre de mis clientes y les he ahorrado millones en un abrir y cerrar de ojos, sin que se enteraran. Es ese instinto de supervivencia que año a año ha colocado a nuestra firma en la cumbre misma de las Ocho Grandes. —Me dedicó una sonrisa con hoyuelos.

Las posibilidades de que Jock Upham hiciera algo por un cliente sin jactarse de ello venían a ser las mismas que las de que el camello proverbial pase por el ojo de una aguja. Lo dejé estar.

—Señor, tenemos la responsabilidad moral con nuestro cliente de sopesar y evaluar con ecuanimidad todas las ofertas. Al fin y al cabo, somos una empresa auditora.

Los hoyuelos de Jock desaparecieron.

—¿Está diciendo que se niega a aceptar mi propuesta?

—Si solo se trata de una propuesta, no de una orden, prefiero no aceptarla.

—¿Y si le digo que es una orden? —preguntó Jock ladinamente—. En mi condición de socio mayoritario de la empresa…

—Señor, en ese caso tendré que renunciar al proyecto y dejarlo en manos de otro. Por supuesto, guardaré copias de los papeles de trabajo por si más adelante surge algún problema.

Jock sabía perfectamente a qué me refería. Las empresas de IPA jamás se someten a una auditoría. Las únicas personas en condiciones de hacer preguntas eran funcionarios del gobierno estadounidense. Y sus preguntas se referían a prácticas ilegales o fraudulentas.

—Comprendo —dijo Jock—. Bien, en ese caso dejaré que siga con su trabajo. Es evidente que tendré que tomar esta decisión por mi cuenta.

Jock Upham se volvió bruscamente y salió del despacho.

A la mañana siguiente vino a verme mi jefe, un treintañero fornido y rubio llamado Lisle Holmgren. Estaba agitado, tenía alborotados sus escasos cabellos y torcida la corbata.

—Catherine, ¿qué coño le has hecho a Jock Upham? —Estas fueron sus primeras palabras—. Está que trina. Me ha llamado a primera hora de la mañana. Apenas he tenido tiempo de afeitarme. Dice que estás loca, que necesitas una camisa de fuerza. No quiere que en lo sucesivo te relaciones con ningún cliente; según él, no estás preparada para jugar con los grandes.

La vida de Lisle giraba en torno a la empresa. Tenía una esposa exigente que medía el éxito según las cuotas del club de campo. Lisle siempre acataba las directrices de sus jefes, aunque en ocasiones estuviera en desacuerdo.

—Supongo que anoche perdí la cabeza —comenté con ironía—. Me negué a descartar una oferta. Le dije que encomendara el trabajo a otro si quería seguir adelante.

Lisle se dejó caer en una silla, a mi lado. Estuvo un rato callado.

—Catherine, en el mundo de los negocios hay muchas cosas que a una persona de tu edad pueden parecerle inmorales, pero no necesariamente lo son.

—Esta lo es.

—Si Jock Upham te ha pedido que lo hagas, sus motivos tendrá; estoy seguro.

—Sin duda. Sospecho que tiene motivos por valor de treinta o cuarenta mil dólares —repliqué, y volví a concentrarme en los papeles.

—¿Te das cuenta de que te estás poniendo la soga al cuello? —preguntó—. No se juega con un tipo como Jock Upham. No volverá a su rincón como un buen chico. Tampoco se dará la vuelta y se hará el muerto. Si quieres un consejo, creo que deberías ir a su despacho y pedirle disculpas. Dile que harás todo lo que quiera, hazle la pelota. Estoy convencido de que, si no lo haces, tu carrera se irá a pique.

—No puede despedirme porque me haya negado a hacer algo ilegal —declaré.

—No hará falta que te despida. Está en condiciones de hacerte la vida tan imposible que lamentarás haber pisado esta empresa. Catherine, eres una buena chica y me caes bien. Ya conoces mi opinión. Me voy; te dejo que escribas tu propio epitafio.

Había transcurrido una semana y yo no había pedido disculpas a Jock. Tampoco había comentado a nadie nuestra conversación. Según lo programado, el día de Nochebuena envié mis recomendaciones al cliente. El candidato de Jock no ganó la licitación. Aun así, todo estaba muy tranquilo en la venerable empresa de Fulbright, Cone, Kane & Upham. Mejor dicho, todo estaba muy tranquilo hasta esa mañana.

La compañía había tardado exactamente siete días en decidir qué clase de tortura me aplicarían. Esa mañana, Lisle se presentó en mi despacho con las buenas nuevas.

—No dirás que no te lo advertí —dijo—. Eso es lo malo de las mujeres, que jamás se atienen a razones.

Alguien tiró de la cadena en el «despacho» contiguo y esperé a que cesara el ruido de la cisterna. Fue una premonición.

—¿Sabes cómo se denomina el razonamiento que se hace una vez ocurridos los hechos? —pregunté—. Recibe el nombre de «racionalización».

—Tendrás tiempo de sobra para racionalizar en el sitio que te ha tocado en suerte —repuso—. Los socios se han reunido a primera hora de la mañana y, mientras desayunaban café con buñuelos rellenos de mermelada, han votado tu destino. Ha sido una votación muy reñida entre Calcuta y Argel, y supongo que te alegrará saber que ha ganado Argel. Mi voto ha sido decisivo. Espero que lo tengas en cuenta.

—¿De qué estás hablando? —pregunté. Experimentaba una sensación desagradable en la boca del estómago—. ¿Dónde coño está Argel? ¿Qué tiene que ver conmigo?

—Argel es la capital de Argelia, un país socialista situado en la costa septentrional de África, miembro de pleno derecho del Tercer Mundo. Será mejor que cojas este libro y lo leas. —Dejó un grueso volumen en mi escritorio—. En cuanto te concedan el visado, que tardará unos tres meses, pasarás mucho tiempo en Argel. Es tu nuevo destino.

—¿Se trata de un exilio o me destinan allí para que haga algo?

—Estamos a punto de iniciar un proyecto allí. Lo cierto es que trabajamos en muchos lugares exóticos. Pues bien, en este caso se trata de un contrato de un año con un club social de poca monta, del Tercer Mundo, que se reúne de vez en cuando para hablar del precio de la gasolina. Se llama OTRAM o algo por el estilo. Espera, lo consultaré. —Sacó varios papeles del bolsillo de la chaqueta y los hojeó—. Aquí está; se llama OPEP.

—Jamás he oído hablar de él —reconocí.

En diciembre de 1972 muy pocas personas habían oído hablar de la OPEP, pero muy pronto tendrían que quitarse los tapones de los oídos.

—Yo tampoco —dijo Lisle—. Por eso los socios han pensado que era una tarea ideal para ti. Quieren enterrarte, Velis, ya te lo dije.

Alguien volvió a tirar de la cadena, y mis esperanzas se fueron con el agua por el desagüe.

—Hace algunas semanas —prosiguió Lisle— la sucursal de París nos envió un telegrama para preguntar si contábamos con expertos informáticos especializados en petróleo, gas natural y centrales eléctricas. Estaban dispuestos a aceptar a cualquiera y ofrecían una jugosa comisión. Ningún miembro del equipo asesor quería ir. Lisa y llanamente, la energía no es una industria de crecimiento rápido. Es un sector sin porvenir. Estábamos a punto de responder que no teníamos a nadie cuando surgió tu nombre.

No podían obligarme a aceptar ese trabajo. La esclavitud acabó con la guerra de Secesión. Querían forzarme a presentar la dimisión, pero estaba decidida a no ponerles las cosas fáciles.

—¿Qué tendré que hacer para los chicos del Tercer Mundo? —pregunté dulcemente—. No sé nada de petróleo. En lo que se refiere al gas natural, solo he oído lo que me llega del despacho contiguo. —Señalé el lavabo.

—Me alegro de que lo preguntes —dijo Lisle mientras se dirigía hacia la puerta—. Estarás en contacto con Con Edison hasta que salgas del país. En su central eléctrica queman todo lo que flota en el East River. En pocos meses te convertirás en una especialista en aprovechamiento energético. —Lisle rió y se despidió con la mano antes de salir—. Alégrate, Velis, podría haberte tocado Calcuta.

De modo que ahí estaba, sentada en plena noche en el centro de datos de Pan Am, empollando sobre un país del que jamás había oído hablar, sobre un continente del que nada sabía, para convertirme en especialista en un tema que no me interesaba e irme a vivir con personas que no hablaban mi idioma y que probablemente pensaban que las mujeres debían estar en los harenes. Pensé que esas gentes tenían mucho en común con los socios de Fulbright, Cone, Kane & Upham.

No me dejé dominar por el desaliento. Solo había tardado tres años en aprender todo lo que podía saberse sobre el área de transportes. El aprendizaje sobre la energía parecía más sencillo. Se hace un agujero en el suelo y sale petróleo. Era pan comido. Sin embargo, la experiencia prometía ser dolorosa si todos los libros que leía eran tan interesantes como el que tenía delante:

En 1950 el crudo ligero árabe se vendía a dos dólares el barril. En 1972 sigue vendiéndose a dos dólares el barril. Por consiguiente, es una de las pocas materias primas del mundo que no han experimentado un incremento inflacionista en un período de tiempo semejante. El fenómeno se explica por el riguroso control que los gobiernos del mundo han ejercido sobre este producto natural fundamental.

Fascinante. Sin embargo, lo que me resultó realmente fascinante fue lo que no explicaban ese libro ni ninguno de los textos que leí aquella noche.

Al parecer el crudo ligero árabe es un tipo de petróleo. De hecho, el más cotizado y buscado del mundo. El precio se había mantenido estable durante más de veinte años porque no estaba controlado por los compradores ni por los dueños de las tierras de las que se extraía. Lo controlaban los distribuidores, los infames intermediarios. Siempre había sido así.

En el mundo había ocho grandes empresas petroleras. Cinco eran norteamericanas, y las tres restantes, británica, holandesa y francesa. Durante una cacería de urogallos en Escocia, cincuenta años atrás, algunos de esos petroleros decidieron repartirse la distribución mundial de petróleo y dejar de pisarse el terreno. Pocos meses después se reunieron en Ostende con Calouste Gulbenkian, que se presentó con un lápiz rojo en el bolsillo. Gulbenkian dibujó lo que más tarde se conocería como «la delgada línea roja» alrededor de una porción del mundo que abarcaba el antiguo Imperio otomano, sin Irak ni Turquía, y una buena parte del golfo Pérsico. Los caballeros se repartieron dicho territorio y perforaron. El petróleo manó a borbotones en Bahrain y comenzó la carrera.

La ley de la oferta y la demanda es discutible cuando el principal consumidor mundial de un producto controla además la oferta. Según los gráficos que vi, hacía mucho tiempo que Estados Unidos era el mayor consumidor de petróleo. Y las empresas petroleras, en su mayoría norteamericanas, controlaban la oferta. Lo hacían de una forma sencillísima: firmaban contratos para explotar (o buscar) el petróleo a cambio de llevarse un considerable porcentaje, y entonces lo transportaban y distribuían, por lo que recibían un margen adicional de beneficios.

Estaba a solas con la impresionante pila de libros que había retirado de la biblioteca técnica y comercial de Pan Am, la única biblioteca de Nueva York que permanecía abierta en Nochevieja. Veía caer la nieve a la luz amarilla de las farolas situadas a lo largo de Park Avenue. Y me dediqué a pensar.

El pensamiento que asaltaba una y otra vez mi mente era el mismo que en el futuro inmediato perturbaría inteligencias más sutiles que la mía. Era un pensamiento que quitaría el sueño a varios jefes de Estado y enriquecería a los presidentes de las empresas petroleras; un pensamiento que desencadenaría guerras, matanzas y crisis económicas, y que pondría a las grandes potencias al borde de la tercera guerra mundial. En aquel momento no me pareció una idea tan revolucionaria.

Lisa y llanamente, el pensamiento era este: ¿qué ocurriría si Estados Unidos dejaba de controlar la oferta mundial de petróleo? La respuesta a la pregunta, elocuente en su simplicidad, aparecería doce meses después ante el resto del mundo.

Era nuestra cita en Samarra.

UNA JUGADA TRANQUILA

Posicional: en relación con una jugada, maniobra
o estilo de juego regidos por consideraciones es-
tratégicas en lugar de tácticas. Por lo tanto, es
probable que una jugada posicional también sea
una *jugada tranquila*.

   Jugada tranquila: aquella que no da jaque, no
mata ni supone una amenaza directa… Al parecer
esta jugada concede a las negras una mayor libertad de acción.

EDWARD R. BRACE,
An Illustrated Dictionary of Chess

Sonaba un teléfono. Levanté la cabeza y miré alrededor. Tardé unos
segundos en darme cuenta de que aún estaba en el centro de datos de Pan Am. Todavía era Nochevieja: el reloj de pared que había en el otro extremo de la sala marcaba las once y cuarto. Seguía
nevando. Había dormido durante más de una hora. Me sorprendió
que nadie respondiera al teléfono.

Eché un vistazo al centro de datos, al falso suelo de baldosas
blancas que ocultaba kilómetros de cable coaxial amontonado como
lombrices en las entrañas del edificio. No había un alma: la sala parecía un depósito de cadáveres.

Entonces recordé que había dicho a los encargados de las máquinas que podían descansar un rato, que yo vigilaría los aparatos,
pero ya habían pasado varias horas. Cuando me levanté de mala
gana para dirigirme al puesto de control, recordé que las palabras

de los encargados me habían llamado la atención. Habían preguntado: «¿Le molesta que vayamos a la cámara de las cintas para esmaltar la cocina?». ¿Qué cocina?

Llegué al puesto de control, donde estaban los tableros de mandos y las consolas de las máquinas de esa planta, y conecté con las puertas de seguridad y las trampas de todo el edificio. Apreté el botón de la línea telefónica que parpadeaba. También vi una luz roja en la máquina 63, que indicaba que era necesario montar la cinta. Llamé a la cámara de las cintas para solicitar la presencia de un encargado, contesté al teléfono y me froté los ojos, soñolienta.

—Turno nocturno de Pan Am —dije.

—¿Te das cuenta? —preguntó una voz melosa con un inconfundible acento británico de clase alta—. ¡Te dije que estaba trabajando! Siempre está trabajando. —Se dirigía a alguien que estaba a su lado. Luego agregó—: ¡Querida Cat, llegarás tarde! Te estamos esperando. Son más de las once. ¿No sabes qué se celebra esta noche?

—Llewellyn, no puedo ir, tengo que trabajar —dije estirando los brazos y las piernas para desperezarme—. Ya sé que lo prometí, pero…

—Querida, nada de peros. En Nochevieja todos debemos averiguar qué nos depara el destino. A todos nos han adivinado el futuro, y ha sido muy, muy divertido. Ahora te toca a ti. Harry no deja de incordiarme, quiere hablar contigo.

Solté un bufido y volví a llamar al encargado. ¿Dónde se habían metido los malditos encargados? ¿Por qué diablos tres hombres hechos y derechos querían pasar la Nochevieja en una fría y oscura cámara de cintas, esmaltando una cocina?

—Querida —chilló Harry con su voz de barítono, que siempre me obligaba a alejar el auricular.

Harry había sido cliente mío cuando yo trabajaba para Triple-M y desde entonces manteníamos una buena amistad. Me había adoptado y aprovechaba la menor ocasión para invitarme a toda clase de reuniones, en las que yo debía soportar a su esposa Blanche y a su hermano Llewellyn. Sin embargo, lo que Harry deseaba de verdad era que me hiciera amiga de Lily, su desagradable hija, que tenía más o menos mi edad. Ya podía despedirse de semejante ilusión.

—Querida —repitió Harry—, espero que me perdones. Acabo de enviar a Saul a buscarte con el coche.

—Harry, no debiste hacerlo. ¿Por qué no me consultaste antes de obligar a Saul a conducir bajo la nieve?

—Porque te habrías negado —respondió Harry. No se equivocaba—. Además, a Saul le gusta conducir. Por eso trabaja de chófer. Para eso le pago, así que no puede quejarse. En cualquier caso, me debes este favor.

—Harry, no te debo ningún favor —dije—. No olvides quién hizo qué para quién.

Dos años antes, yo había instalado en su empresa un sistema de transporte que lo convirtió en el peletero mayorista más importante no solo de Nueva York, sino de todo el hemisferio norte. Ahora Pieles Económicas y de Calidad Harry podía enviar a cualquier lugar del mundo, en veinticuatro horas, un abrigo confeccionado a medida. Accioné enfadada el timbre, ya que el piloto rojo de la máquina seguía parpadeando. ¿Dónde se habían metido los encargados?

—Escucha, Harry, no sé cómo has dado conmigo, pero he venido aquí porque necesito estar sola —añadí con impaciencia—. Ahora no quiero hablar, pero tengo un problema...

—Tu problema es que no paras de trabajar y siempre estás sola.

—El problema es mi empresa —repliqué malhumorada—. Quieren que trabaje en algo completamente nuevo para mí. Pretenden enviarme al extranjero. Necesito tiempo para pensar, para decidir qué hacer.

—Te lo advertí —exclamó Harry—. No se puede confiar en esos *goyim.* Contables luteranos, ¿de dónde ha salido semejante disparate? De acuerdo, estoy casado con una, pero no les permito tocar mis libros. Vamos, sé buena; coge el abrigo y baja. Ven a tomar un trago y a charlar conmigo del asunto. Además, esta pitonisa es increíble. Lleva años trabajando aquí, pero nunca había oído hablar de ella. Si la hubiese conocido antes, habría despedido a mi agente de bolsa y recurrido a ella.

—No digas tonterías —repliqué enfadada.

—¿Alguna vez te he tomado el pelo? Oye, la adivinadora sabía que esta noche te esperábamos. Lo primero que preguntó al acercarse a la mesa fue: «¿Dónde está vuestra amiga de los ordenadores?». ¿No te parece increíble?

—No; me temo que no. Por cierto, ¿dónde estás?

—Ya te lo diré, querida. La adivina ha insistido en que debes venir. Incluso ha comentado que tu porvenir y el mío están relacionados de algún modo. Y por si eso fuera poco, también sabía que Lily debía estar aquí.

—¿No ha ido Lily?

Aunque me pregunté cómo era posible que su única hija lo dejara en la estacada en Nochevieja. Lily debía saber que se sentiría muy apenado.

—Hijas... ¿qué se puede hacer con ellas? A mi cuñado y a mí no se nos da demasiado bien el papel de alma de la fiesta.

—Está bien, iré —accedí.

—Fabuloso. Sabía que vendrías. Espera a Saul en la puerta y cuando llegues recibirás un fuerte abrazo.

Cuando colgué el auricular me sentía más deprimida que antes. Lo que me faltaba: una velada oyendo las sandeces de la aburridísima familia de Harry. No obstante, Harry siempre me hacía reír. Tal vez conseguiría distraerme de todos los problemas que me acosaban. Caminé por el centro de datos hasta la cámara de las cintas y abrí la puerta de par en par. Allí estaban los encargados, pasándose un tubito de cristal lleno de polvo blanco. Me miraron con expresión contrita y me ofrecieron el tubito. Evidentemente habían dicho «esnifar cocaína», no «esmaltar la cocina» como yo había entendido.

—Me voy —les comuniqué—. ¿Os veis capaces de montar una cinta en la sesenta y tres o cerramos la compañía aérea hasta mañana?

Se desvivieron por satisfacer mi petición. Cogí el abrigo y el bolso y me encaminé hacia los ascensores.

Cuando llegué a la planta baja, la limusina negra ya estaba ante la entrada. Vi a Saul a través de la cristalera mientras cruzaba el vestíbulo. Se apeó del coche ágilmente y corrió para abrir la puerta de grueso cristal.

Saul, un hombre de rostro afilado con las mejillas surcadas de sendas arrugas desde el pómulo a la mandíbula, no pasaba inadvertido en medio de la multitud. Con su metro ochenta de estatura, era casi tan alto como Harry, y tan delgado como gordo mi amigo. Cuando estaban juntos, parecían las imágenes cóncava y convexa en una sala de espejos. Saul, cuyo uniforme estaba ligeramente salpicado de nieve, me cogió del brazo para que no resbalara. Sonrió al dejarme en el asiento trasero.

—¿No ha podido negarse? Es difícil decirle que no a Harry.

—Es imposible —coincidí—. Estoy convencida de que se niega a aceptar la existencia de la palabra «no». ¿Dónde se está celebrando el aquelarre místico?

—En el Fifth Avenue Hotel —respondió, y tras cerrar la portezuela se dirigió hacia su asiento. Puso el motor en marcha y arrancó en medio de la copiosa nevada.

En Nochevieja las principales arterias neoyorquinas están tan concurridas como a plena luz del día. Taxis y limusinas recorren las avenidas y los juerguistas deambulan por las calles en busca del último bar. Las calles están cubiertas de serpentinas y confeti, y reina un ambiente de histeria colectiva.

Aquella noche no era una excepción. Estuvimos a punto de atropellar a unos rezagados que salieron de un bar y cayeron sobre el parachoques; una botella de champán que salió volando de un callejón rebotó sobre el capó.

—Será un trayecto accidentado —comenté.

—Estoy acostumbrado. Todas las Nocheviejas llevo al señor Rad y a su familia, y siempre pasa lo mismo. Debería cobrar un plus de peligrosidad.

—¿Cuánto tiempo hace que está al servicio de Harry? —pregunté, mientras circulábamos entre los edificios rutilantes y los escaparates tenuemente iluminados de la Quinta Avenida.

—Veinticinco años —respondió—. Empecé a trabajar para el señor Rad antes de que Lily naciera. En realidad, antes de que se casara.

—Supongo que le gusta trabajar para él.

—Es un trabajo como cualquier otro —repuso Saul. Al cabo de unos instantes añadió—: Respeto al señor Rad. Hemos vivido juntos tiempos difíciles. Hubo épocas en que no podía pagarme, pero se las ingeniaba para hacerlo, aunque luego tuviera que pasar estrecheces. Le gusta tener limusina. Dice que tener chófer le da un toque de distinción. —Frenó ante un semáforo en rojo. Volvió la cabeza y agregó—: Seguramente sabe que en otros tiempos repartíamos las pieles en la limusina. Fuimos los primeros peleteros de Nueva York en hacerlo. —Su voz denotaba orgullo—. Ahora me dedico a llevar a la señora Rad y a su hermano de compras cuando el señor Rad no me necesita. También llevo a Lily a los torneos.

Seguimos en silencio hasta llegar al final de la Quinta Avenida.

—Tengo entendido que esta noche Lily no se ha presentado —comenté.

—Así es —confirmó Saul.

—Eso me ha animado a aceptar la invitación. ¿Qué puede ser tan importante como para que no pase la Nochevieja con su padre?

—Ya lo sabe —respondió Saul mientras frenaba frente al Fifth Avenue Hotel. Tal vez fueran imaginaciones mías, pero tuve la impresión de que su tono era de amargura—. Está haciendo lo de siempre: jugando al ajedrez.

♟

El Fifth Avenue Hotel estaba en el lado oeste de la Quinta Avenida, a pocas manzanas de Washington Square Park. La nieve cubría la copa de los árboles como nata montada y formaba pequeños picos que semejaban gorros de gnomos sobre el impresionante arco que señala la entrada de Greenwich Village.

En 1972 aún no habían restaurado el bar del hotel. Como tantos bares de hoteles neoyorquinos, reproducía con tal fidelidad una taberna rural de la época de los Tudor que tuve la sensación de que debería haber llegado a caballo en lugar de en limusina. Los ventanales que daban a la calle estaban festoneados de recargados adornos de cristal biselado y vidrios de colores. El crepitante fuego de la enorme chimenea de piedra iluminaba el rostro de los parroquianos y arrojaba un resplandor rubí sobre la nieve de la acera a través de los cristales coloreados.

Harry estaba sentado a una mesa redonda de roble junto a los ventanales. Cuando la limusina se detuvo, vi que nos saludaba con la mano y se inclinaba hacia el cristal, donde su aliento formó un círculo de vaho carmesí. Llewellyn y Blanche estaban detrás, sentados al otro lado, cuchicheando como un par de ángeles rubios de Botticelli.

Pensé que parecía una postal mientras Saul me ayudaba a bajar del coche: el fuego crepitante, el bar repleto de gente vestida de fiesta, envuelta en la luz del hogar. Parecía irreal. Me quedé en la acera cubierta de nieve y observé cómo caían los copos mientras Saul se alejaba.

Un segundo después, Harry salió corriendo a recibirme, como si temiera que pudiera derretirme como un copo de nieve y desaparecer.

—¡Querida! —vociferó, al tiempo que me daba un abrazo de oso que casi me dejó sin aliento.

Harry era enorme. Medía más o menos un metro noventa y cinco, y decir que estaba gordo sería una cortesía. Era una gigantesca montaña de carne, de ojos caídos y mofletes colgantes, de modo que su cara recordaba la de un San Bernardo. Vestía un extravagante esmoquin de cuadros rojos, verdes y negros, con el que parecía aún más corpulento si cabe.

—Me alegro mucho de que hayas venido —declaró, y cogiéndome del brazo me guió por el vestíbulo. Cruzamos las gruesas puertas dobles del bar, donde nos esperaban Llewellyn y Blanche.

—Querida, mi querida Cat —dijo Llewellyn levantándose para darme un beso en la mejilla—. Blanche y yo empezábamos a pensar que nunca llegarías, ¿no es así, queridísima? —Llewellyn siempre llamaba «queridísima» a Blanche, como el pequeño lord Fauntleroy a su madre—. Querida, arrancarte del ordenador cuesta tanto como separar a Heathcliff del lecho de muerte de Catherine. A menudo me pregunto qué haríais Harry y tú si no tuvierais que ocuparos de vuestros negocios todos los días.

—Hola, querida. —Blanche me indicó que me agachara para ofrecerme su fría mejilla de porcelana—. Estás guapísima, como siempre. Siéntate. ¿Qué quieres que te traiga Harry para beber?

—Le traeré un ponche de huevo —dijo Harry, que estaba tan radiante como un esplendoroso árbol de Navidad cubierto de adornos con cuadros escoceses—. Aquí lo hacen de maravilla. Cuando lo hayas probado, podrás pedir lo que más te apetezca.

Harry se sumergió en el gentío, rumbo a la barra, y su cabeza asomaba sobre todas las demás.

—Harry nos ha dicho que te vas a Europa —comentó Llewellyn que se había sentado a mi lado, mientras indicaba a Blanche con un gesto que le pasara su copa.

Vestían a juego: ella, un traje de noche verde oscuro que acentuaba la palidez de su piel, y él, corbata negra y esmoquin de terciopelo verde oscuro. Aunque ambos eran ya cuarentones, parecían mucho más jóvenes, pero tras el esplendor y el lustre de su magnífica fachada eran como perros de concurso, estúpidos y endogámicos, a pesar del acicalamiento.

—No me voy a Europa, sino a Argel —puntualicé—. Es una especie de castigo. Argel es una ciudad de Argelia…

—Sé dónde está —me interrumpió Llewellyn. Blanche y él se miraron—. Queridísima, ¿no te parece una extraordinaria casualidad?

—Yo en tu lugar no se lo comentaría a Harry —dijo Blanche toqueteando las perlas perfectas de su collar de dos vueltas—. Siente una gran animadversión hacia los árabes. Tendrías que oírlo.

—No te gustará —dictaminó Llewellyn—. Es un país horrible: pobreza, mugre y cucarachas. ¡Por no hablar del cuscús, una asquerosa bazofia a base de pasta hervida y cordero lleno de grasa!

—¿Has estado en Argelia? —pregunté, encantada de que Llewellyn hubiera hecho comentarios tan lisonjeros sobre el sitio de mi inminente exilio.

—No, pero he estado buscando a alguien que fuera a Argelia en mi lugar. Querida, no te vayas de la lengua, pero creo que por fin he conseguido un cliente. Quizá estés al tanto de que he tenido que recurrir a la ayuda económica de Harry de vez en cuando…

Nadie conocía mejor que yo la magnitud de la deuda de Llewellyn con Harry. Aunque este no lo hubiese mencionado sin cesar, el estado de la tienda de antigüedades de Llewellyn en Madison Avenue era harto elocuente. Los dependientes te asaltaban al pasar como si fuera un local de venta de coches usados. Las tiendas de antigüedades con más éxito de todo Nueva York solo vendían mediante cita previa, no por emboscada.

—He descubierto un cliente que colecciona piezas rarísimas —explicaba Llewellyn—. Si logro localizar y comprar una que lleva años buscando, por fin podría ser independiente.

—¿Lo que busca tu cliente está en Argelia? —pregunté mirando de reojo a Blanche, que bebía un cóctel de champán y no parecía prestar atención—. Si finalmente voy a Argelia, pasarán tres meses antes de que me concedan el visado. Llewellyn, ¿por qué no vas tú mismo?

—No es tan sencillo —dijo él—. Mi contacto en Argelia es un anticuario. Sabe dónde está la pieza, pero no es suya. El dueño es un ser solitario. Habrá que invertir mucho esfuerzo y dedicación. Tal vez le resulte más fácil a alguien que esté viviendo…

—¿Por qué no le enseñas la foto? —susurró Blanche.

Llewellyn la miró, asintió y sacó del bolsillo una foto en color doblada que parecía arrancada de un libro. La extendió sobre la mesa ante mí.

Reproducía una talla de grandes dimensiones, al parecer de marfil o madera clara, de un hombre a lomos de un elefante. Estaba sentado en una especie de trono, que sostenían varios soldados de infantería. Alrededor de las patas del animal había hombres de mayor tamaño a caballo que portaban armas medievales. Era una talla extraordinaria, evidentemente muy antigua. Aunque no sabía a ciencia cierta qué significaba, mientras la observaba sentí un escalofrío. Miré hacia el ventanal.

—¿Qué te parece? —inquirió Llewellyn—. ¿No es excepcional?

—¿Notas la corriente de aire? —pregunté.

Llewellyn negó con la cabeza. Blanche aguardaba a que diera mi opinión.

—Es una copia árabe de una talla india en marfil —explicó Llewellyn— y se encuentra en la Biblioteca Nacional de París. Podrás echarle un vistazo si pasas por Europa. Tengo entendido que el original indio era en realidad una reproducción de una pieza mucho más antigua que aún no se ha encontrado. Se la conoce como «el Rey Carlomagno».

—¿Carlomagno montaba a lomos de un elefante? Creía que ese era Aníbal.

—No es una talla de Carlomagno, sino del rey de un juego de ajedrez que al parecer perteneció a Carlomagno. Y esta es la copia de otra copia. La pieza original es legendaria. No conozco a nadie que la haya visto.

—¿Y cómo sabes que existe? —pregunté.

—Existe —afirmó Llewellyn—. En *La leyenda de Carlomagno* se describe el juego completo de ajedrez. Mi cliente ya ha comprado varias piezas de la colección y desea completarla. Está dispuesto a pagar cifras astronómicas por las que le faltan. Solo quiere permanecer en el anonimato. Querida mía, todo esto es confidencial. Según la información que poseo, los originales son de oro de veinticuatro quilates con piedras preciosas incrustadas.

Miré a Llewellyn sin saber si le había entendido bien. Luego comprendí lo que tramaba.

—Llewellyn, en todos los países hay leyes que prohíben sacar oro y joyas del territorio, por no hablar de objetos de gran valor histórico. ¿Te has vuelto loco o pretendes que me encierren en una cárcel árabe?

—Ah, ahí está Harry —observó Blanche con calma y se puso en pie como si quisiera estirar sus largas piernas.

Llewellyn se apresuró a doblar la foto y se la guardó en el bolsillo.

—Ni una sola palabra a mi cuñado —susurró—. Volveremos a hablar antes de que partas hacia Argel. Si te interesa, puede que haya un buen pastón para los dos.

Meneé la cabeza y me levanté cuando Harry se acercó con una bandeja con vasos.

—Vaya, vaya —dijo Llewellyn—. Aquí está Harry con el ponche de huevo. ¡Ha traído uno para cada uno! ¡Qué generoso! —Se inclinó hacia mí y susurró—: Aborrezco el ponche de huevo. Es pura bazofia.

Cogió la bandeja de manos de Harry y lo ayudó a repartir los vasos.

Blanche consultó su reloj de pulsera salpicado de gemas y dijo:

—Querido, puesto que Harry ha vuelto y ya estamos todos, ¿por qué no vas a buscar a la pitonisa? Son las doce menos cuarto, y Cat debería conocer su porvenir antes de que comience el nuevo año.

Llewellyn asintió y se alejó, encantado de librarse del ponche de huevo. Harry lo miró receloso y comentó a Blanche:

—Es sorprendente. Llevamos veinticinco años de casados y todos los años, durante las fiestas de Navidad, me he preguntado quién echa el ponche en las macetas.

—Está delicioso —dije. Era una bebida espesa y cremosa, con un delicioso sabor a alcohol.

—Tu bendito hermano… —prosiguió Harry—. Durante todos estos años lo he mantenido y él se ha dedicado a echar en las macetas el ponche de huevo que preparo. Su propuesta de consultar a la pitonisa es la primera idea genial que ha tenido.

—En realidad fue Lily quien la recomendó —explicó Blanche—. ¡Dios sabe cómo se ha enterado de que en este hotel trabaja una

47

adivina! Tal vez estuvo aquí por algún torneo de ajedrez —añadió secamente—. Se diría que hoy día los celebran en cualquier parte.

Mientras Harry hablaba hasta la náusea de apartar a Lily del ajedrez, Blanche se limitaba a hacer comentarios despectivos. Se responsabilizaban mutuamente de haber creado semejante aberración como única hija.

Lily no solo jugaba al ajedrez: no pensaba en otra cosa. No le interesaban en absoluto los negocios ni el matrimonio, dos espinas clavadas en el corazón de Harry. Blanche y Llewellyn detestaban los sitios y las personas «vulgares» que Lily frecuentaba. Para ser sinceros, la arrogancia obsesiva que el ajedrez engendraba en ella era difícil de soportar. Solo se sentía realizada en la vida moviendo una serie de piezas de madera sobre un tablero. En mi opinión, la actitud de su familia estaba justificada.

—Te contaré lo que me dijo la pitonisa de Lily —dijo Harry haciendo caso omiso de su esposa—. Dijo que una mujer joven que no forma parte de la familia desempeñaría un importante papel en mi vida.

—Como puedes imaginar, a Harry le encantó —comentó Blanche con una sonrisa.

—Dijo que en el juego de la vida, los peones son los latidos del corazón y que un peón puede cambiar su rumbo si lo ayuda una mujer. Creo que se refería a ti…

—Dijo que los peones son el alma del ajedrez —lo interrumpió Blanche—. Es una cita…

—¿Cómo es posible que la recuerdes? —se sorprendió Harry.

—Porque Llew la apuntó aquí, en una servilleta —respondió Blanche—. «En el juego de la vida, los peones son el alma del ajedrez. Hasta un humilde peón puede mudar de vestimenta. Alguien que amas cambiará el curso de las cosas. La mujer que la devuelva al redil cortará los vínculos conocidos y provocará el fin presagiado.» —Blanche dobló la servilleta y bebió un sorbo de champán sin mirarnos.

—¿Te das cuenta? —preguntó Harry eufórico—. Según mi interpretación, significa que obrarás un milagro… lograrás que durante una temporada Lily deje el ajedrez y lleve una vida normal.

—Yo en tu lugar no echaría las campanas al vuelo —apuntó Blanche con cierta frialdad.

En ese momento apareció Llewellyn tirando de la pitonisa. Harry se levantó para que la mujer se sentara a mi lado. Al principio creí que me estaban gastando una broma. La adivina era un ser estrafalario, una auténtica antigualla. Tenía el cuerpo encorvado y llevaba el pelo cardado en forma de burbuja; parecía una peluca. Me observó a través de sus lentes rodeadas de una montura en forma de ala de murciélago y tachonada de falsa pedrería. Las llevaba colgadas del cuello en una larga cadena de tiras de colores entrelazadas, como las que hacen los niños. Vestía un suéter rosa recamado de aljófares en forma de margaritas, pantalón verde holgado y zapatillas rosas con la marca Mimsy cosida en el empeine. Llevaba una carpeta con sujetapapeles que consultaba de vez en cuando, como si estuviera en una partida de bolos y llevara la cuenta de los tantos que se apuntaban los jugadores. Además, mascaba un chicle Juicy Fruit, cuyo aroma me llegaba a la nariz cada vez que abría la boca.

—¿Es vuestra amiga? —preguntó con voz aguda.

Harry asintió y le entregó cierta cantidad de dinero que la pitonisa colocó en el sujetapapeles antes de hacer una anotación. Luego se sentó entre Harry y yo y me miró.

—Querida, limítate a asentir si lo que dice es correcto —me pidió Harry—. Podrías distraerla si…

—¿Quién se ocupa de adivinar el porvenir? —espetó la vieja sin dejar de observarme a través de las gafas con sus ojillos redondos y brillantes.

Dicho esto, permaneció un buen rato en silencio. Al parecer no tenía prisa en decirme qué me deparaba el destino. Al cabo de unos minutos todos nos pusimos nerviosos.

—¿No debería leerme la mano? —pregunté.

—¡No debes hablar! —exclamaron Harry y Llewellyn a la vez.

—¡Silencio! —ordenó la pitonisa con tono malhumorado—. Es un caso complicado. Necesito concentrarme.

Desde luego, parecía muy concentrada. No me quitaba los ojos de encima desde que se había sentado. Miré el reloj de Harry. Faltaban siete minutos para las doce. La pitonisa no se movía. Parecía una estatua de piedra.

El entusiasmo crecía en el bar a medida que se acercaba la medianoche. La gente hablaba a voces, hacía girar las botellas en las champañeras y probaba los matasuegras, mientras se repartían bolsas de cotillón. La tensión del año vivido estaba a punto de estallar como una caja de sorpresas. Recordé las razones por las que prefería quedarme en casa en Nochevieja. La pitonisa parecía ajena a todo lo que ocurría. No dejaba de mirarme.

Aparté la vista. Harry y Llewellyn estaban inclinados, conteniendo la respiración. Blanche, repantigada en la silla, observaba impertérrita el perfil de la pitonisa. Cuando volví a mirar a la anciana, advertí que no se había movido. Parecía estar en trance y ver dentro de mí. Clavó la mirada en mis ojos y volví a sentir el escalofrío de antes, pero esta vez parecía proceder de mi interior.

—No digas nada —me susurró la adivina. Tardé un segundo en darme cuenta de que había movido los labios, de que era ella quien había hablado. Harry y Llewellyn se inclinaron aún más para oírla—. Corres un gran peligro. Percibo un gran peligro alrededor.

—¿Peligro? —preguntó Harry muy serio. En ese instante llegó la camarera con el champán. Harry le indicó por señas que lo dejara y se retirara—. ¿De qué habla? ¿Es una broma?

La pitonisa miraba el sujetapapeles y golpeaba el metal con el bolígrafo como si no supiera si debía proseguir. Yo estaba cada vez más enfadada. ¿Acaso pretendía asustarme? Súbitamente alzó la mirada. Debió de notar mi expresión de disgusto, pues esta vez fue al grano.

—Eres diestra —dijo—. En consecuencia, es tu mano izquierda la que describe tu destino. La derecha indica la dirección en que te mueves. Enséñame la mano izquierda.

Reconozco que es extraño, pero, mientras la adivina observaba en silencio mi mano izquierda, tuve la sobrecogedora sensación de que realmente veía algo. Los dedos flacos y sarmentosos que sujetaban mi mano parecían de hielo.

—¡Caray! —exclamó con expresión de sorpresa—. Jovencita, ¡vaya mano!

Siguió examinando la palma sin pronunciar palabra y abrió los ojos como platos tras las gafas adornadas con falsa pedrería. El sujetapapeles resbaló de su regazo al suelo y nadie lo recogió. Una energía contenida se acumulaba en torno a la mesa y nadie parecía tener ganas de hablar. Todos me observaban mientras el barullo crecía alrededor.

Mientras la pitonisa sostenía mi mano entre las suyas, sentí un dolor creciente en el brazo. Intenté retirarla, pero ella me la aferraba como un torno. Por algún motivo eso desató en mí una cólera irracional. Además, estaba un poco mareada a causa del ponche de huevo y el hedor del chicle. Separé sus dedos largos y huesudos con la otra mano e intenté hablar.

—Escucha —me interrumpió la adivina con voz suave, totalmente distinta del chillido agudo de hacía unos minutos.

Advertí que su acento no era norteamericano, aunque no logré identificarlo. Su pelo cano y el cuerpo encorvado me habían hecho suponer que era una mujer entrada en años; ahora vi que era más alta de lo que me había parecido y que tenía el cutis terso, sin apenas arrugas. Quise volver a hablar. Harry se había levantado y estaba de pie a nuestro lado.

—Esto es demasiado melodramático para mi gusto —afirmó, al tiempo que ponía una mano sobre el hombro de la pitonisa. Se metió la otra en el bolsillo y sacó unos cuantos dólares que tendió a la mujer—. ¿Qué tal si damos por terminada la juerga?

La pitonisa no le hizo el menor caso. Se inclinó hacia mí y murmuró:

—He venido a advertirte. Dondequiera que vayas, mira siempre hacia atrás. No confíes en nadie. Sospecha de todos. Las líneas de tu mano revelan… Es la mano del presagio.

—¿De qué presagio? —pregunté.

Volvió a cogerme la mano y siguió con los dedos las líneas, con los ojos cerrados, como si estuviera leyendo en Braille. Habló en un susurro, como si recordara algo, un poema que había oído muchos años atrás…

—Juego hay en estas líneas que componen un indicio. Apenas es ajeno a las casillas del ajedrez; cuatro en total deberán ser, y día y mes para evitar el jaque mate en un alarde. O cual realidad es el juego, o solo es ideal. Un conocimiento, una y mil veces nombrado, que llega muy tarde. Batalla de pieza blanca, librada desde el inicio. Exhausta negra, seguirá tratando de evitar su destino en balde. Como tú bien sabes, busca del treinta y tres y del tres el beneficio. Velado siempre, de ahí a la eternidad, el secreto umbral.

Guardé silencio cuando la adivina hubo acabado, y Harry permaneció de pie, con las manos en los bolsillos. No entendía nada de lo que la mujer había dicho, pero, curiosamente, tenía la sensación de que había estado antes allí, en ese bar, oyendo las mismas palabras. Lo consideré un *déjà vu* y le resté importancia.

—No tengo ni la más remota idea de lo que ha dicho —comenté.

—¿No lo entiendes? —preguntó ella, y me dedicó una sonrisa extraña, casi de complicidad—. Acabarás por entenderlo. ¿El cuarto día del cuarto mes no significa nada para ti?

—Sí, pero…

Se llevó un dedo a los labios y meneó la cabeza.

—No reveles a nadie su significado. Pronto comprenderás el resto. Es la mano del presagio, la mano del destino, y está escrito: «En el cuarto día del cuarto mes llegará el Ocho».

—¿De qué habla? —exclamó Llewellyn alarmado. Se estiró por encima de la mesa para coger a la pitonisa del brazo, pero ella se apartó.

En ese momento el bar se sumió en la más completa oscuridad. Se oían matasuegras por todas partes, se descorcharon las botellas de champán y todos los presentes gritaron al unísono: «¡Feliz Año Nuevo!». En las calles se lanzaban petardos. A la débil luz de las ascuas que quedaban en la chimenea, las siluetas de los celebrantes se movían como negros espíritus salidos de la obra de Dante. Sus gritos resonaban en la oscuridad.

Cuando las luces se encendieron, la pitonisa ya no estaba. Harry seguía de pie junto a la silla. Nos miramos sorprendidos a través del espacio que unos segundos antes había ocupado la mujer. Él soltó una carcajada y se inclinó para darme un beso en la mejilla.

—Feliz Año Nuevo, querida —dijo mientras me abrazaba tiernamente—. ¡Vaya porvenir *meshugge* te ha tocado en suerte! Está claro que mi idea ha resultado un fiasco. Lo siento.

Al otro lado de la mesa, Blanche y Llewellyn cuchicheaban agazapados.

—Eh, vosotros, acercaos. ¿Qué os parece si nos bebemos este champán que ha costado un ojo de la cara? —propuso Harry—. Cat, tú también necesitas una copa.

Llewellyn se levantó y vino a darme un beso.

—Querida Cat, estoy de acuerdo con Harry. Parece que hayas visto un fantasma.

La verdad es que estaba agotada. Lo atribuí a la tensión de las últimas semanas y a lo tarde que era.

—Qué vieja más espantosa —añadió Llewellyn—. Ha dicho un montón de estupideces sobre el peligro. Sin embargo, sus palabras parecían tener sentido para ti. ¿O son imaginaciones mías?

—Me temo que yo tampoco he entendido nada —contesté—. El ajedrez, los números y… ¿qué significa el ocho? ¿A qué ocho se refería? No he entendido nada.

Harry me dio una copa de champán.

—No te preocupes —intervino Blanche pasándome una servilleta llena de garabatos—. Llew ha tomado nota de todo; quédate con el papel. Tal vez más adelante despierte algún recuerdo. ¡Pero esperemos que no! Lo que ha dicho parecía muy deprimente.

—Vamos, solo era una diversión —observó Llewellyn—. Lamento que haya salido así. La pitonisa hablaba del ajedrez, ¿verdad? Lo de «dar jaque mate» y todo lo demás. Es bastante siniestro. Supongo que sabes que jaque mate, mejor dicho, «mate», proviene del vocablo persa *Shah-mat.* Significa «muerte al rey». Si a esto le sumamos el hecho de que ha dicho que corres peligro… ¿De verdad estás segura de que no le encuentras ningún significado? —insistió Llewellyn.

—Déjalo estar —intervino Harry—. Me equivoqué al pensar que mi porvenir estaba relacionado con Lily. Evidentemente todo esto es un disparate. Olvídalo o tendrás pesadillas.

—Lily no es la única persona que conozco que juega al ajedrez —repuse—. Tengo un amigo que solía participar en torneos…

—¿De veras? —preguntó Llewellyn con evidente interés—. ¿Lo conozco?

Negué con la cabeza. Blanche estaba a punto de decir algo cuando Harry le pasó la copa de champán. Se limitó a sonreír y beber.

—Ya está bien —concluyó Harry—. Brindemos por el nuevo año, nos depare lo que nos depare.

Al cabo de media hora ya nos habíamos terminado la botella. Recogimos nuestros abrigos, salimos del bar y subimos a la limusina, que mágicamente había aparecido ante la puerta. Harry pidió a Saul que me dejara en mi apartamento, cerca del East River. Cuando llegamos al edificio, Harry se apeó y me dio un fuerte abrazo de oso.

—Espero que el nuevo año te sea venturoso. Tal vez puedas hacer algo con mi intratable hija. Sinceramente, estoy seguro de que así será; lo he visto en mis astros.

—Y yo pronto veré las estrellas si no me voy a dormir —repuse e intenté disimular un bostezo—. Gracias por el ponche de huevo y el champán.

Estreché la mano de Harry, que esperó hasta que hube entrado en el vestíbulo casi a oscuras. El portero dormía, sentado muy tieso junto a la puerta. Ni siquiera se movió cuando atravesé el amplio y oscuro vestíbulo en dirección al ascensor. En el edificio reinaba un silencio sepulcral.

Apreté el botón y las puertas del ascensor se cerraron. Mientras subía, saqué del bolsillo del abrigo la servilleta y leí los garabatos. Seguían sin tener ningún sentido. Ya tenía bastantes problemas sin necesidad de imaginar otros por los que preocuparme. Sin embargo, cuando las puertas del ascensor se abrieron y caminé por el oscuro pasillo hacia mi apartamento, me pregunté por qué la pitonisa sabía que el cuarto día del cuarto mes era mi cumpleaños.

FIANCHETTO

Los *aufins* (alfiles) son prelados con cuernos...
Se mueven y comen oblicuamente porque casi
todos los obispos abusan de su dignidad por codicia.

Inocencio III
(Papa desde 1198 hasta 1216),
Quaedam Moralitas de Scaccario

París, verano de 1791

*O*h, merde. Merde!* —exclamó Jacques-Louis David. Presa de la
frustración, arrojó al suelo su pincel de marta cebellina hecho
a mano y se puso en pie de un salto—. Os he dicho que no os mováis. ¡Que no os mováis! El drapeado ya no está en su sitio. ¡Se ha
ido al garete!

Miró furibundo a Valentine y Mireille, que pasaban sobre un
alto andamio situado en el otro extremo del taller. Estaban casi des-
nudas, cubiertas tan solo con gasas translúcidas atadas bajo el pecho al estilo de los trajes de la antigua Grecia, a la sazón tan de moda
en París.

David se mordió el pulgar. Sus oscuros cabellos estaban alborotados y sus ojos negros brillaban de exasperación. El pañolón de
rayas azules y amarillas, que le daba dos vueltas al cuello y estaba
anudado de cualquier modo, tenía manchas de polvo de carboncillo, y las anchas solapas de su chaqueta de terciopelo verde estaban
torcidas.

—Tendré que volver a poner todo en su sitio —se quejó.

Valentine y Mireille permanecieron calladas. De pronto se ruborizaron al ver que se abría la puerta que había detrás del artista. Jacques-Louis volvió la cabeza con impaciencia. En el umbral había un joven alto y de figura armoniosa, cuya belleza era tal que casi parecía un ángel. Su cabellera rubia caía en bucles que llevaba recogidos en la nuca con una sencilla cinta. La larga sotana de seda morada resbalaba como agua sobre su cuerpo gallardo. Tenía los ojos de un azul intenso e inquietante.

Posó su mirada serena sobre el pintor y esbozó una sonrisa.

—Espero no interrumpir —dijo desviando la vista hacia el andamio, donde las muchachas parecían un par de cervatillos a punto de huir.

Hablaba con la voz suave, la perfecta dicción y el aplomo de las clases altas, de quienes dan por sentado que su presencia merecerá más entusiasmo que aquello que puedan haber interrumpido.

—Ah, Maurice, eres tú —dijo Jacques-Louis con cierta irritación—. ¿Quién te ha permitido pasar? Les tengo dicho que no me gusta que me molesten cuando estoy trabajando.

—Espero que no recibas de esta guisa a todos tus invitados —repuso el joven sin perder la sonrisa—. Además, no me parece que estés trabajando mucho. ¿O acaso se trata de la clase de trabajo en el que tanto me gusta enfrascarme?

Volvió a mirar a Valentine y a Mireille, bañadas por la luz dorada que entraba por las ventanas que daban al norte. Distinguió el perfil de sus cuerpos temblorosos a través de la tela translúcida.

—En mi opinión, te enfrascas demasiado en esa clase de trabajo —observó David mientras sacaba un pincel del jarro de peltre que tenía en el caballete—. Por favor, sube a la tarima y coloca bien los drapeados. Yo te diré cómo. De todos modos, la luz de la mañana pronto se acabará. Dentro de veinte minutos haremos una pausa para almorzar.

—¿Qué estás pintando? —preguntó el joven.

Mientras se acercaba lentamente al andamio, dio la sensación de avanzar con una ligera pero penosa cojera.

—Un cuadro con carboncillo y acuarela —contestó David—. Es una idea que desde hace tiempo me ronda la cabeza y que se basa en un tema de Poussin, *El rapto de las sabinas*.

—¡Una idea magnífica! —exclamó Maurice al llegar al andamio—. ¿Qué quieres que coloque? En mi opinión, todo tiene un aspecto de lo más seductor.

Valentine estaba de pie en lo alto del andamio, con una pierna adelantada y las manos alzadas a la altura de los hombros. Debajo estaba Mireille, arrodillada y tendiendo los brazos con gesto implorante. La cabellera roja oscura le caía sobre un hombro y apenas ocultaba sus senos desnudos.

—Hay que apartar esos mechones rojos —señaló David desde el otro extremo del taller, mirando hacia el andamio con los ojos entrecerrados y moviendo el pincel en el aire mientras daba las indicaciones—. No, no tanto. Que solo tape el pecho izquierdo. El derecho debe quedar a la vista. Totalmente al descubierto. Baja un poco el drapeado. Al fin y al cabo, no quieren abrir un convento, sino seducir a las tropas que regresan del campo de batalla.

Maurice obedeció, pero la mano le tembló al tirar de la vaporosa tela.

—Quítate de en medio. Por el amor de Dios, quítate de en medio para que pueda verlo. ¿Quién es el artista? —exclamó David.

Maurice se hizo a un lado y esbozó una sonrisa. Nunca había visto adolescentes más hermosas y se preguntó de dónde las había sacado David. Se sabía que las damas de la sociedad hacían cola en la puerta de su taller con la esperanza de que las retratara como *femmes fatales* griegas en cualquiera de sus famosos lienzos, pero estas niñas eran demasiado tiernas e inexpertas para formar parte de la ahíta nobleza parisina.

Maurice era un experto en el tema. Había acariciado los pechos y los muslos de más damas que cualquier otro hombre de París, y entre sus amantes figuraban las duquesas de Luynes y de Fitz-James, la vizcondesa de Laval y la princesa de Vaudemont. Todas ellas formaban una especie de club del que siempre era posible hacerse socia. Según se rumoreaba, Maurice había afirmado: «París es el único sitio donde es más fácil poseer a una mujer que una abadía».

Maurice tenía treinta y siete años, aunque aparentaba diez menos, y durante más de dos décadas había extraído provecho de su juvenil apostura. Había corrido mucha agua bajo el Pont Neuf, durante ese tiempo, en conjunto muy gozoso y políticamente conveniente. Las amantes le habían servido tanto en los salones como en los lechos y, pese a que había tenido que adquirir la abadía por sus propios medios, ellas le habían abierto las puertas de las sinecuras políticas que codiciaba y que muy pronto conquistaría.

Maurice sabía mejor que nadie que en Francia mandaban las mujeres. Aunque las leyes francesas no les permitían heredar el trono, ellas buscaban el poder por otros medios y escogían a sus candidatos de acuerdo con sus intereses.

—Ahora arregla el drapeado de Valentine —ordenó David con impaciencia—. Tendrás que subir al andamio. La escalera está detrás.

Maurice subió cojeando los escalones del impresionante andamio, erigido a varios metros del suelo. Se detuvo detrás de Valentine.

—¿Así que te llamas Valentine? —le susurró al oído—. Querida, eres hermosísima pese a tener nombre de varón.

—¡Y vos sois bastante libertino para vestir la sotana morada de obispo! —exclamó Valentine con descaro.

—Dejad de cuchichear —exclamó David—. ¡Arregla la tela! Pronto cambiará la luz.

Maurice se disponía a tocar la gasa cuando David añadió:

—Ah, Maurice, no os he presentado. Son mi sobrina Valentine y su prima Mireille.

—¡Tu sobrina! —exclamó Maurice soltando la tela como si fuera un ascua ardiente.

—Una sobrina muy «cariñosa» —precisó el pintor—. Está bajo mi tutela. Su padre, que murió hace unos años, era uno de mis amigos más queridos. Te estoy hablando del conde de Rémy. Tengo entendido que tu familia lo conocía.

Maurice miró sorprendido a David.

—Valentine —decía el pintor—, el caballero que está arreglando el drapeado es una célebre personalidad de Francia, antiguo presidente de la Asamblea Nacional. Te presento al señor Charles-Maurice de Talleyrand-Périgord, obispo de Autun…

Mireille ahogó un grito e incorporándose de un salto tironeó de la tela para cubrir sus pechos desnudos, mientras Valentine profería un chillido agudo que estuvo a punto de dejar sordo a Maurice.

—¡El obispo de Autun! —exclamó Valentine apartándose de él—. ¡El demonio de pezuña hendida!

Las dos jóvenes abandonaron el andamio y huyeron descalzas. Maurice miró a David, con una sonrisa irónica.

—Normalmente no provoco tal efecto en el sexo débil —comentó.

—Parece que tu reputación te precede —repuso David.

Sentado en el pequeño comedor contiguo al taller, David contemplaba la rue de Bac. De espaldas a las ventanas, Maurice estaba rígidamente sentado en una de las sillas de raso, de rayas rojas y blancas, que rodeaban la mesa de caoba. Sobre esta había varias fruteras y algunos candeleros de bronce, así como un servicio para cuatro comensales formado por hermosos platos adornados con aves y flores.

—Semejante reacción era imprevisible —observó David, que estaba pelando una naranja con las manos—. Te pido disculpas. De todos modos, he subido y han accedido a cambiarse y bajar a comer.

—¿Cómo es que te has convertido en tutor de semejante beldad? —preguntó Maurice, y tras agitar el vino en la copa bebió un sorbo—. Parece demasiada alegría para un hombre solitario. Y es casi un derroche para alguien como tú.

David lo miró.

—Estoy totalmente de acuerdo —convino—. No sé qué hacer. He recorrido todo París en busca de una institutriz adecuada para que se ocupe de su educación. Mi esposa se marchó a Bruselas hace unos meses y desde entonces estoy desesperado.

—¿Su partida tuvo algo que ver con la llegada de tus bellas «sobrinas»? —preguntó Talleyrand, y sonrió al pensar en el aprieto en que se veía David mientras hacía girar su copa.

—En absoluto —respondió el pintor con gran pesadumbre—. Mi esposa y su familia son monárquicos acérrimos. Desaprueban que forme parte de la Asamblea. Opinan que un artista burgués como yo, un pintor apoyado por la monarquía, no debería defender públicamente la revolución. Mi matrimonio ha sufrido graves tensiones desde la toma de la Bastilla. Mi esposa exige que renuncie a mi puesto en la Asamblea y que abandone mi pintura política. Ha impuesto esas condiciones para su regreso.

—¡Mi querido amigo, cuando en Roma descubriste *El juramento de los Horatii*, las multitudes se apiñaron ante tu taller de la piazza del Popolo para esparcir flores ante el cuadro! Fue la primera obra maestra de la nueva república y tú eres su artista predilecto.

—Lo sé, pero mi esposa no lo comprende. —David suspiró—. Se fue a Bruselas con los niños y hasta quiso llevarse a mis pupilas. Sin embargo, según el acuerdo que firmé con la abadesa, deben permanecer en París, y recibo una generosa remuneración por cumplirlo. Además, este es mi mundo.

—¿Qué abadesa? ¿Tus pupilas son monjas? —Maurice estuvo a punto de soltar una carcajada—. ¡Qué maravillosa locura! Han dejado dos jóvenes esposas de Cristo al cuidado de un hombre de cuarenta y tres años que no tiene un parentesco cercano con ellas. ¿En qué estaría pensando la abadesa?

—No son monjas. No han pronunciado los votos, ¡a diferencia de ti! —afirmó David con mordacidad—. Al parecer, fue la anciana y adusta abadesa quien les dijo que tú eres la encarnación del demonio.

—Debo admitir que no he llevado una vida muy santa —reconoció Maurice—. De todos modos me sorprende que una abadesa de provincias sepa de mi vida y milagros. He intentado ser discreto.

—Si llamas discreción a inundar Francia de críos no reconocidos al tiempo que das la extremaunción y afirmas ser sacerdote, no sé qué podemos considerar descaro.

—Nunca quise ser sacerdote —dijo Maurice con pesar—. Cada uno ha de apechugar con lo suyo. El día en que me quite esta sotana de una vez por todas, me sentiré realmente puro por primera vez.

En ese momento Valentine y Mireille entraron en el pequeño comedor. Vestían la sencilla ropa de viaje gris que les había dado la abadesa. Solo sus relucientes melenas añadían una nota de color. Ambos hombres se pusieron en pie para recibirlas y David apartó dos sillas de la mesa.

—Llevamos esperando casi un cuarto de hora —las regañó David—. Espero que ahora os comportéis como es debido y procuréis ser amables con monseñor. Al margen de lo que hayáis oído sobre él, estoy convencido de que perderá importancia frente a la verdad. Además, es nuestro invitado.

—¿Os han dicho que soy un vampiro? —preguntó Talleyrand educadamente—. ¿Y que bebo sangre de niños?

—Así es, monseñor —respondió Valentine—. Y que tenéis la pezuña hendida. ¡Puesto que cojeáis, debe de ser cierto!

—¡Valentine, eres muy descortés! —la reprendió Mireille.

David apoyó la cabeza sobre las manos.

—No os preocupéis —dijo Talleyrand—. Os lo explicaré. —Se levantó de la mesa para servir vino en las copas de Valentine y Mireille y prosiguió—: Cuando era pequeño, mi familia me puso al cuidado de un ama de cría, una campesina ignorante. Un día, me dejó encima del tocador, caí y me rompí el pie. Como a la mujer le daba miedo informar del accidente a mis padres, el pie no acabó de curar bien. Puesto que mi madre no estaba lo bastante interesada en ocuparse de mí, el pie creció torcido y luego fue demasiado tarde para corregirlo. Esta es la historia de mi cojera. Carece de misterio, ¿verdad?

—¿Os duele mucho? —preguntó Mireille.

—¿El pie? No; no me duele, pero sí las consecuencias del accidente. —Talleyrand esbozó una sonrisa de amargura—. Por su culpa perdí el derecho de primogenitura. Mi madre dio a luz a otros dos varones y pasó mis derechos a mi hermano Archimbaud, y en segundo lugar, a Boson. No deseaba que un lisiado heredara el antiguo título de Talleyrand-Périgord. La última vez que la vi fue cuando fue a protestar a Autun por mi nombramiento de obispo. Pese a que me había obligado a entrar en el sacerdocio, esperaba que no saliera a la luz pública. Insistió en que su hijo no era lo bastante piadoso para ser obispo. Y tenía razón, qué duda cabe.

—¡Qué horrible! —exclamó con vehemencia Valentine—. ¡Yo la habría llamado vieja bruja!

David alzó la vista hacia el techo y tocó la campanilla para que sirvieran la comida.

—¿De verdad lo habrías hecho? —preguntó Maurice—. En ese caso, me habría gustado que estuvieras presente. Reconozco que es algo que he deseado hacer durante mucho tiempo.

Cuando todos estuvieron servidos y el ayuda de cámara se retiró, Valentine comentó:

—Monseñor, ahora que habéis contado esta historia, veo que no sois tan malvado como dicen. Además, debo reconocer que os encuentro muy apuesto.

Presa de una gran exasperación, Mireille miró fijamente a Valentine mientras David sonreía de oreja a oreja.

—Monseñor, tal vez Mireille y yo deberíamos estaros agradecidas si es cierto que es responsable de la clausura de las abadías —prosiguió Valentine—. De no ser por eso, seguiríamos en Montglane, suspirando por disfrutar de la vida parisina con la que siempre hemos soñado…

Maurice había dejado en la mesa el cuchillo y el tenedor y miraba a las jóvenes.

—¿La abadía de Montglane, en los Bajos Pirineos? ¿Venís de esa abadía? ¿Por qué la habéis dejado?

Su expresión y la vehemencia de sus preguntas hicieron que Valentine comprendiera que había cometido un lamentable error. Pese a su apostura y encanto, Talleyrand era el obispo de Autun, el hombre contra el que les había precavido la abadesa. Si se enteraba de que las dos primas no solo conocían la existencia del ajedrez de Montglane, sino que habían ayudado a sacar las piezas de la abadía, no descansaría hasta arrancarles la información.

A decir verdad, corrían un grave peligro por el mero hecho de que Talleyrand supiera que procedían de Montglane. Aunque la noche misma de su llegada a París habían enterrado celosamente los trebejos en el jardín que había detrás del taller de David, había otro problema. Valentine no había olvidado el papel que la abadesa le encomendara: actuar como depositaria para cualquier monja que tuviera que huir y dejar a buen recaudo su pieza. De momento eso no había ocurrido, pero, dada la agitación que imperaba en Francia, podría suceder cualquier día. Y Valentine y Mireille no podían permitirse el lujo de quedar bajo la vigilancia de Charles-Maurice de Talleyrand.

—Os lo preguntaré de nuevo —dijo Talleyrand al ver que las muchachas guardaban silencio—. ¿Por qué habéis dejado Montglane?

—Porque… porque han clausurado la abadía, monseñor —respondió Mireille de mala gana.

—¿La han clausurado? ¿Por qué?

—Por el proyecto de ley de confiscación, monseñor. La abadesa temía por nuestra seguridad…

—En sus cartas la abadesa me explicó que había recibido de los

Estados Pontificios la orden de clausurar la abadía —intervino David.

—¿Y aceptas esa explicación? —inquirió Talleyrand—. ¿Eres o no republicano? El papa Pío ha denunciado la revolución. ¡Cuando aprobamos el proyecto de ley de confiscación, amenazó con excomulgar a todos los católicos de la Asamblea! La abadesa traiciona a Francia aceptando órdenes del papado italiano, que, como bien sabes, está plagado de Habsburgo y de Borbones españoles...

—Me gustaría aclarar que soy tan buen republicano como tú —repuso David poniéndose a la defensiva—. Mi familia no forma parte de la nobleza, soy hijo del pueblo. Resistiré o caeré con el nuevo régimen. Sin embargo, la clausura de la abadía de Montglane no tiene nada que ver con la política.

—Mi querido David, todo lo que acontece sobre la tierra es política. ¿Acaso no sabes qué estaba enterrado en la abadía de Montglane?

Valentine y Mireille palidecieron. David miró sorprendido a Talleyrand y cogió su copa de vino.

—Patrañas —dijo con una sonrisa desdeñosa.

—¿Estás seguro? —preguntó Talleyrand.

Miró con gesto inquisitivo a las jóvenes. Luego alzó su copa de vino y bebió un sorbo, absorto en sus pensamientos. Por fin cogió los cubiertos y siguió comiendo. Valentine y Mireille estaban petrificadas en sus asientos, sin probar bocado.

—Parece que tus sobrinas han perdido el apetito —comentó Talleyrand.

David miró a las chicas.

—Bueno, ¿qué os pasa? —preguntó—. ¿No me diréis que creéis en esas sandeces?

—No, tío —respondió Mireille en voz baja—. Sabemos que es pura superchería.

—Por supuesto, no es más que una antigua leyenda, ¿verdad? —preguntó Talleyrand volviendo a hacer gala de su encanto—. Tengo la sensación de que habéis oído hablar de ella. Decidme, ¿adónde ha ido vuestra abadesa, la que considera adecuado conspirar con el Papa contra el gobierno de Francia?

—Por el amor de Dios, Maurice —lo increpó David irritado—. Diríase que te has preparado para ser inquisidor. Te diré adónde ha ido, y espero que no se hable más del asunto. Se ha marchado a Rusia.

Talleyrand guardó silencio durante unos segundos y esbozó una sonrisa, como si recordara algo que le resultaba divertido.

—Creo que tienes razón, David —repuso—. Dime, ¿tus encantadoras sobrinas ya han ido a la ópera?

—No, monseñor —se apresuró a responder Valentine—. Sin embargo, es nuestra ilusión más ardiente, lo que más deseamos, desde la más tierna infancia.

—¿Desde hace tanto tiempo? —preguntó Talleyrand entre risas—. Tal vez podamos solucionarlo. Después del almuerzo echaremos un vistazo a vuestro guardarropa. Da la casualidad de que soy un experto en moda…

—Monseñor aconseja sobre moda a la mitad de las mujeres de París —comentó David con ironía—. Es uno de sus incontables actos de caridad cristiana.

—Os contaré la historia de la vez en que me ocupé del peinado de María Antonieta para un baile de disfraces. También diseñé su atuendo. ¡No la reconocieron ni sus amantes, por no mencionar al rey!

—Tío, ¿podemos pedir a monseñor que haga otro tanto para nosotras? —suplicó Valentine, que experimentaba un gran alivio porque la conversación había derivado hacia un tema más frívolo y, a la vez, menos peligroso.

—Tenéis un aspecto arrebatador tal como estáis. —Talleyrand sonrió—. No obstante, veremos qué podemos hacer para superar a la naturaleza. Por fortuna, tengo una amiga que tiene a su servicio a los mejores modistos de París… ¿Habéis oído hablar de madame de Staël?

Todos en París habían oído hablar de Germaine de Staël, como pronto descubrieron Valentine y Mireille. Cuando entraron detrás de la dama en el palco dorado y azul de la Opéra-Comique, vieron que todas las cabezas empolvadas se volvían. La flor y nata de la sociedad parisina ocupaba los abarrotados palcos que se alzaban hasta el techo del teatro, excesivamente caldeado. Al ver la profusión de joyas, perlas y encajes, nadie habría dicho que en las calles todavía se luchaba por la revolución, que la familia real languidecía prisionera en palacio, que todas las mañanas carretones repletos de miembros de la nobleza y el clero traqueteaban sobre el empedrado rumbo a la insaciable guillotina. En el anfiteatro, todo era esplendor y regocijo. Y Germaine de Staël, la joven gran dama de París, era la más espléndida de los presentes.

Valentine había averiguado cuanto de ella podía saberse interrogando a los criados de su tío Jacques-Louis. Le habían contado que madame de Staël era hija del suizo Jacques Necker, genial ministro de Finanzas, dos veces desterrado por Luis XVI y dos veces recuperado para el cargo por petición expresa del pueblo francés. Suzanne Necker, su madre, había tenido durante veinte años el salón más influyente de París, en el que Germaine había brillado como una estrella.

Millonaria por derecho propio, a los veinte años Germaine había comprado un marido: el barón Eric Staël von Holstein, empobrecido embajador de Suecia en Francia. Siguiendo los pasos de su madre, inauguró su propio salón en la embajada sueca y se lanzó de lleno a la política. Sus estancias estaban repletas de lumbreras de la política y la cultura francesas: Lafayette, Condorcet, Narbonne, Talleyrand. Madame de Staël abrazó la filosofía de la revolución. Todas las decisiones políticas importantes de su época se fraguaron entre las paredes forradas de seda de su salón; decisiones que tomaron personalidades que solo ella era capaz de reunir. Y ahora, a sus veinticinco años, probablemente era la mujer más poderosa de Francia.

Mientras Talleyrand se movía renqueando por el palco, donde las tres mujeres ya se habían acomodado, Valentine y Mireille observaban a madame de Staël. La dama ofrecía un aspecto imponente con su vestido escotado de encaje negro y dorado, que resaltaba sus rollizos brazos, sus anchos hombros y su gruesa cintura. Lucía un collar de pesados camafeos rodeados de rubíes y el exótico turbante dorado que era su sello. Se inclinó hacia Valentine, sentada a su lado, y le comentó con su voz sonora, que todos pudieron oír:

—Querida, mañana por la mañana tendré a todo París a la puerta de mi casa preguntando quiénes sois. Será un escándalo delicioso, y estoy segura de que vuestro acompañante lo sabe, pues de lo contrario habría elegido un atuendo más apropiado para vosotras.

—Madame, ¿no os agradan nuestros vestidos? —preguntó Valentine preocupada.

—Querida, las dos estáis preciosas —aseguró Germaine con ironía—, pero el color de las vírgenes es el blanco, no el rosa encendido. Y, como el señor Talleyrand sabe, aunque los pechos jóvenes siempre están a la última en París, normalmente se usa un pañuelo para cubrir las carnes de las mujeres menores de veinte años.

Valentine y Mireille se ruborizaron.

—A mi manera, estoy liberando a Francia —intervino Talleyrand.

Germaine y él sonrieron. Luego la dama se encogió de hombros.

—Espero que la ópera te guste —añadió dirigiéndose a Mireille—. Es una de mis preferidas. No la he visto desde la infancia. Su compositor, André Philidor, es el mejor maestro de ajedrez de toda Europa. Ha jugado con reyes y filósofos, y tocado música para ellos. Puede que la música te resulte anticuada, dado que Gluck ha revolucionado la ópera. Resulta aburrido oír tantos recitativos…

—Madame, es la primera vez que asistimos a la ópera —comentó Valentine.

—¡La primera vez! —exclamó Germaine—. ¡Increíble! ¿Dónde os tenía encerradas vuestra familia?

—En un convento, madame —respondió Mireille educadamente.

Germaine se la quedó mirando como si jamás hubiese oído hablar de un convento. Al cabo se volvió hacia Talleyrand y le lanzó una mirada furibunda.

—Mi querido amigo, veo que hay ciertas cosas que no me has explicado. Si hubiera sabido que las pupilas de David se criaron en un convento, no habría elegido una ópera como *Tom Jones*. —Y dirigiéndose a Mireille añadió—: Espero que no os escandalice. Es una historia inglesa acerca de un hijo ilegítimo…

—Más vale que aprendan moral a temprana edad —la interrumpió Talleyrand, y soltó una carcajada.

—Tienes razón —comentó Germaine apretando sus delgados labios—. Si el obispo de Autun continúa siendo su mentor, la información les resultará muy útil.

Madame de Staël se volvió hacia el escenario cuando comenzó a elevarse el telón.

♟

—Creo que ha sido la experiencia más maravillosa de mi vida —dijo Valentine.

Después de la ópera habían ido al estudio de Talleyrand, en cuya mullida alfombra Aubusson estaba sentada la joven, mirando cómo las llamas lamían el cristal de la pantalla de la chimenea.

Talleyrand estaba arrellanado en una gran butaca de moaré azul, con los pies apoyados sobre una otomana, junto a Valentine. A unos pasos estaba Mireille, de pie, contemplando el fuego.

—También es la primera vez que bebemos coñac —añadió Valentine.

—Recuerda que solo tienes dieciséis años —dijo Talleyrand, que tras acercar la nariz a la copa de coñac para aspirar su aroma tomó un trago—. Ya habrá tiempo para otras muchas experiencias.

—Señor Talleyrand, ¿cuántos años tenéis? —preguntó Valentine.

—Es una pregunta impertinente —la regañó Mireille—. Sabes que no hay que preguntar nunca la edad.

—Por favor, llamadme Maurice —pidió Talleyrand—. Aunque tengo treinta y siete años, me siento nonagenario cuando me llamáis «señor». Decidme, ¿qué os ha parecido Germaine?

—Madame de Staël es realmente encantadora —afirmó Mireille, cuya roja cabellera, a la luz del fuego, resplandecía y había adquirido el mismo color de las llamas.

—¿Es verdad que es vuestra amante? —preguntó Valentine.

—¡Valentine! —exclamó Mireille.

Talleyrand prorrumpió en carcajadas.

—Eres extraordinaria —dijo revolviendo los cabellos de Valentine, mientras la joven se apoyaba en su rodilla, y dirigiéndose a Mireille añadió—: Señorita, vuestra prima carece de las aburridas pretensiones de la alta sociedad parisina. Sus preguntas me resultan estimulantes y en absoluto ofensivas. Las últimas semanas, mientras os vestía y llevaba a conocer París, han sido un tónico que ha reducido la bilis de mi cinismo natural. Valentine, ¿quién te ha dicho que Germaine es mi amante?

—Se lo oí decir a la servidumbre, señor… tío Maurice, quiero decir. ¿Es verdad?

—No, querida; no es cierto. Ya no lo es. Antaño fuimos amantes, pero los cotilleos van siempre con retraso. Solo somos buenos amigos.

—¿Acaso os rechazó ella por vuestra cojera? —indagó Valentine.

—¡Santa madre de Dios! —exclamó Mireille, que no estaba acostumbrada a blasfemar—. Pide disculpas a monseñor. Os ruego que perdonéis a mi prima, señor, pues no ha sido su intención ofenderos.

La estupefacción de Talleyrand era tal que había enmudecido. Aunque había dicho que Valentine jamás podría ofenderlo, en Francia nadie había osado referirse públicamente a su deformidad. Tembloroso a causa de una emoción que no sabía definir, se estiró para coger las manos de Valentine y, haciéndola sentar en la otomana, la abrazó tiernamente.

—Lo siento muchísimo, tío Maurice —se disculpó Valentine. Le acarició la mejilla con delicadeza y sonrió—. Hasta ahora no he tenido ocasión de ver ningún defecto físico. Sería una experiencia muy instructiva si me lo mostrarais.

Mireille soltó un gemido. Talleyrand miraba a Valentine como si no pudiera creer lo que oía. La joven le pellizcó el brazo para alentarlo. Segundos más tarde, el obispo dijo muy serio:

—De acuerdo, si es lo que quieres.

Con gran esfuerzo, apartó el pie de la otomana y se agachó para quitarse el pesado botín de acero que lo ceñía y le permitía caminar.

Valentine estudió la extremidad bajo la débil luz del fuego. El pie estaba tan torcido que la eminencia metatarsiana se hundía y los dedos parecían salir desde abajo. Valentine alzó el pie contrahecho y besó la planta. Talleyrand estaba anonadado.

—Pobre pie —se compadeció Valentine—. ¡Cuánto has sufrido y cuán poco lo merecías!

Talleyrand se inclinó hacia la joven, le levantó el rostro y depositó un suave beso en sus labios. Por unos instantes la dorada cabellera del obispo y los rizos rubios de la muchacha quedaron entrelazados a la luz del fuego.

—Eres la única persona que le ha hablado así a mi pie —comentó sonriente monseñor—. Y lo has hecho muy feliz.

Mientras el obispo observaba el bello rostro angelical de Valentine y sus rizos dorados, a Mireille le costó recordar que ese era el hombre que cruelmente, casi en solitario, estaba destruyendo la Iglesia católica en Francia; el hombre que pretendía apoderarse del ajedrez de Montglane.

Las velas del estudio de Talleyrand casi se habían consumido. A la agonizante luz del fuego, las esquinas de la larga estancia quedaban sumidas en la oscuridad. Talleyrand consultó el reloj de oro de la repisa de la chimenea y, al ver que eran más de las dos de la mañana, se levantó de la butaca, contra la que Valentine y Mireille estaban recostadas, con las cabelleras esparcidas sobre las rodillas de monseñor.

—Prometí a vuestro tío que os llevaría a casa a una hora razonable —les comunicó—. Mirad qué hora es.

—Por favor, tío Maurice, no nos obliguéis a irnos todavía —suplicó Valentine—. Es la primera vez que participamos en la vida social. Desde que llegamos a París hemos vivido como si no hubiésemos dejado el convento.

—Solo un relato más —la apoyó Mireille—. Nuestro tío no se enfadará.

—Se pondrá furioso. —Talleyrand rió—. De todos modos, es demasiado tarde para llevaros a casa. A estas horas, incluso en los mejores barrios hay *sans-culottes* borrachos que vagabundean por las calles. Será mejor que envíe al lacayo a casa de vuestro tío para que le entregue una nota. Pediré a Courtiade, mi ayuda de cámara, que os prepare una habitación. Supongo que preferís dormir juntas.

No era del todo cierto que llevarlas a casa fuese peligroso. Talleyrand disponía de muchos criados y la residencia de David no quedaba lejos. Sin embargo, de pronto se había dado cuenta de que no quería devolverlas a su casa, ni ahora ni, quizá, nunca. Se había dedicado a contarles historias para postergar lo inevitable. Las muchachas, con su cándida frescura, habían despertado sentimientos que no alcanzaba a definir. Nunca había tenido familia, y la calidez que sentía en presencia de las jóvenes era una experiencia insólita.

—¿De verdad podemos pasar la noche aquí? —preguntó Valentine. Se incorporó y pellizcó el brazo de su prima.

Mireille parecía indecisa, pero también deseaba quedarse.

—Por supuesto —respondió Talleyrand, y se puso en pie para tirar de la cuerda de la campanilla—. Esperemos que por la mañana no se convierta en el último escándalo de París, como presagió Germaine.

El serio Courtiade, vestido aún de librea almidonada, miró primero a las muchachas despeinadas, luego el pie descalzo de su señor, y sin pronunciar palabra las guió escaleras arriba para mostrarles la amplia habitación de huéspedes.

—¿Podría conseguirnos monseñor unas camisas de noche? —preguntó Mireille—. Tal vez alguna criada…

—No os preocupéis —respondió Courtiade con suma amabilidad, y les ofreció dos batas de seda adornadas con encajes exquisitos, prendas que sin duda no pertenecían a ninguna criada.

El ayuda de cámara abandonó discretamente el cuarto de huéspedes. Cuando Valentine y Mireille se hubieron desvestido, cepillado los cabellos y metido en la cama, que era grande y mullida y tenía un ornamentado dosel, Talleyrand llamó a la puerta.

—¿Estáis cómodas? —preguntó asomando la cabeza.

—Es el lecho más maravilloso que hemos visto —respondió Mireille, cubierta por una pila de edredones—. En el convento dormíamos en tablas de madera para mejorar nuestra postura.

—Doy fe de que ha dado un resultado extraordinario. —Talleyrand sonrió y se sentó en un pequeño sofá próximo a la cama.

—Tenéis que contarnos otro cuento —reclamó Valentine.

—Es muy tarde… —observó Talleyrand.

—¡Un cuento de fantasmas! —exclamó Valentine—. Aunque la abadesa no nos permitía oír cuentos de fantasmas, lo cierto es que los contábamos. ¿Conocéis alguno?

—Lamentablemente, no —contestó Talleyrand pesaroso—. Como bien sabéis, no tuve una infancia normal. Jamás me contaron historias de fantasmas. —Se quedó pensativo unos instantes—. Aunque debo reconocer que en una ocasión vi un fantasma.

—¿Es cierto? —preguntó Valentine. Apretó la mano de Mireille. Las primas estaban muy inquietas—. ¿Un fantasma de verdad?

—Ahora que lo digo, me doy cuenta de que es absurdo. —Talleyrand rió—. Debéis prometerme que jamás se lo contaréis a vuestro tío Jacques-Louis. Si habláis, me convertiré en el hazmerreír de la Asamblea.

Las chicas se removieron bajo los edredones y juraron no contarlo jamás de los jamases. Talleyrand se repantigó en el sofá, bajo la débil luz de las velas, y comenzó a desgranar su relato...

EL RELATO DEL OBISPO

Cuando era muy joven, antes de ordenarme sacerdote, dejé Saint-Rémy, donde está enterrado el famoso rey Clodoveo, para estudiar en la Sorbona. Tras pasar dos años en la famosa universidad, llegó el momento de hacer pública mi vocación.

Aunque me sentía incapacitado para ejercer el sacerdocio, sabía que para mi familia supondría un gran escándalo que rechazara la profesión que me habían impuesto. En mi fuero interno siempre supe que mi destino era ser estadista.

Bajo la capilla de la Sorbona yacen los restos del más importante estadista de Francia, hombre al que idolatraba. Estoy seguro de que le conocéis: Armand-Jean du Plessis, duque de Richelieu, quien mediante una peculiar combinación de religión y política rigió este país con mano férrea durante cerca de veinte años, hasta su muerte, acaecida en 1642.

Una noche, cerca de las doce, abandoné el calor de mi lecho, me eché una gruesa capa encima del batín y descendí por las paredes cubiertas de hiedra de la residencia estudiantil. Quería ir a la capilla de la Sorbona. El viento arrastraba las frías hojas secas por el jardín y a mis oídos llegaban los extraños sonidos de los búhos y otros seres nocturnos. Aunque me considero valiente, reconozco que sentí miedo. Dentro de la capilla, el sepulcro estaba frío y sumido en la oscuridad. A esa hora nadie oraba y en la cripta solo había unas pocas candelas encendidas. Prendí una vela, me arrodillé e imploré al difunto cardenal de Francia que me guiara. En la inmensa cripta oía los latidos de mi corazón mientras exponía la difícil situación en que me encontraba.

Apenas había empezado a pronunciar mi plegaria cuando, para mi asombro, un viento gélido recorrió la estancia y apagó todas las velas. ¡Estaba aterrado! Envuelto en la oscuridad, busqué a tientas otra vela. En ese instante oí un gemido y del sepulcro se elevó el fantasma pálido y tenebroso del cardenal Richelieu. Su pelo, su piel y sus ropas de gala eran blancos como la nieve, relucientes y totalmente translúcidos.

Si yo no hubiese estado arrodillado, seguramente habría caído al suelo. Quedé sin habla. No pude articular palabra. Entonces volví a oír el débil gemido. ¡El fantasma del cardenal me hablaba! Sentí que un escalofrío me recorría la espalda mientras él pronunciaba unas fatídicas palabras con una voz que semejaba el grave tañido de una campana.

—¿Por qué me habéis despertado? —bramó.

El viento me azotaba y todo en torno a mí era oscuridad. Las piernas me temblaban demasiado para ponerme en pie y huir. Tragué saliva y respondí con voz trémula:

—Cardenal Richelieu, busco consejo. A pesar de vuestra vocación sacerdotal, en vida fuisteis el más importante estadista de Francia. ¿Cómo conseguisteis tanto poder? Os ruego que compartáis conmigo vuestro secreto, pues aspiro a seguir vuestro ejemplo.

—¿Vos? —rugió la altanera columna de humo, y se irguió hacia el techo como si se sintiera profundamente ofendida.

Comenzó a moverse de una pared a otra, como un hombre que se pasea por una habitación. Con cada paso aumentaba de tamaño, hasta que su forma diáfana llenó la cripta, como turbias nubes de tormenta a punto de estallar. Me encogí. Por fin el fantasma habló:

—El secreto que busqué permanecerá eternamente envuelto en el misterio… —El espectro seguía flotando en lo alto de la cripta y su figura se disipaba a medida que se tornaba más delgada—. Su poder está enterrado con Carlomagno. Solo hallé la primera clave y la hice ocultar celosamente…

El fantasma parpadeó débilmente como una llama a punto de apagarse. Me incorporé de un salto e hice denodados esfuerzos por impedir que se esfumara. ¿A qué había aludido? ¿Cuál era el secreto enterrado con Carlomagno? A voz en grito, para hacerme oír por encima del ulular del viento que devoraba al fantasma, dije:

—¡Sire, amado cardenal! Os ruego que me digáis dónde encontrar la clave que habéis mencionado.

Aunque el espectro había desaparecido, oí su voz como un eco que rebotara en un largo, larguísimo corredor. Solo dijo:

—François… Marie… Arouet…

El viento cesó y algunas candelas volvieron a encenderse. Me quedé un rato en la cripta. Al cabo crucé el jardín de regreso a la residencia estudiantil.

Aunque a la mañana siguiente estaba dispuesto a creer que la experiencia no había sido más que una pesadilla, las hojas secas adheridas a mi capa y el tenue olor a moho que aún desprendía me convencieron de que había sido real. El cardenal afirmaba haber encontrado la primera clave de un misterio, y por algún motivo yo debía buscar esa clave a través del gran poeta y dramaturgo francés François-Marie Arouet, conocido como Voltaire.

Voltaire acababa de regresar a París de un exilio voluntario en su finca de Ferney, presuntamente para llevar a los escenarios una nueva obra. Sin embargo, la mayoría opinaba que había vuelto para morir. Yo no entendía por qué ese dramaturgo anciano, ateo y cascarrabias, nacido cincuenta años después de la muerte de Richelieu, estaba al tanto de los secretos del cardenal. Me propuse averiguarlo. Transcurrieron algunas semanas hasta que concerté una cita con Voltaire.

Vestido con sotana, llegué a la hora acordada y pronto me hicieron pasar a su alcoba. Voltaire detestaba levantarse antes del mediodía y a menudo pasaba toda la jornada en la cama. Hacía más de cuarenta años que aseguraba estar al borde de la muerte.

Lo encontré recostado contra las almohadas, con un gorro de lana rosa y una larga toga blanca. Sus ojos, como ascuas en un rostro pálido, sus finos labios y su nariz afilada hacían que su cara recordara la de un ave rapaz.

Los curas revoloteaban por la alcoba ofreciéndole sus servicios, que él rechazaba enérgicamente, como continuaría haciendo hasta exhalar el último suspiro. Sabedor de cuánto despreciaba al clero, me sentí incómodo cuando alzó la mirada y me vio con mi sotana de novicio. Agitó una mano sarmentosa por encima de las sábanas y dirigiéndose a los sacerdotes dijo:

—Por favor, dejadnos a solas. Esperaba a este joven. ¡Es un emisario del cardenal Richelieu!

Soltó una carcajada aguda, casi femenina, mientras los curas volvían la cabeza para mirarme y abandonaban presurosos la alcoba. Voltaire me invitó a tomar asiento.

—Es para mí un misterio por qué el viejo y pretencioso fantasma se niega a permanecer en su tumba —afirmó Voltaire exasperado—. Como ateo, me resulta muy desagradable que un cura muerto siga flotando y aconsejando a los jóvenes que me visiten. Siempre distingo a sus enviados por esa inclinación babeante y metafísica de la boca, por la vana inquietud de su mirada, como la vuestra... ¡Si en Ferney el tráfago de visitantes era denso, aquí, en París, es una verdadera avalancha!

Reprimí la irritación que me producía ser descrito de semejante manera. Me sorprendió y alarmó que Voltaire hubiese adivinado el motivo de mi visita, pues daba a entender que otros habían buscado lo mismo que yo.

—Me gustaría atravesar el corazón de ese hombre con una estaca —agregó Voltaire—. Entonces quizá podría tener un poco de paz.

Estaba muy alterado y le sobrevino un acceso de tos. Vi que escupía sangre e intenté ayudarlo, pero me apartó.

—¡Habría que ahorcar a médicos y curas en el mismo patíbulo! —vociferó mientras intentaba coger el vaso de agua. Se lo alcancé y bebió un poco—. Quiere los manuscritos. El cardenal Richelieu no soporta que sus queridos diarios privados hayan caído en manos de un viejo réprobo como yo.

—¿Tenéis los diarios privados del cardenal Richelieu?

—Sí. Hace muchos años, cuando todavía era joven, me apresaron por subversión contra la Corona, en virtud de un modesto poema que escribí sobre la vida amorosa del monarca. Mientras me pudría entre rejas, un acaudalado mecenas me entregó unos diarios para que los descifrara. Llevaban años en poder de su familia, pero estaban escritos con una clave secreta que nadie conocía. Como yo no tenía nada mejor que hacer, los descifré, y descubrí muchas cosas interesantes sobre nuestro querido cardenal.

—Tenía entendido que los escritos de Richelieu fueron legados a la Sorbona.

—Eso creen todos. —Voltaire rió ladinamente—. Ningún cura escribe un diario íntimo en clave, a menos que tenga algo que ocultar. Sé muy bien a qué se entregaban los sacerdotes de su época: a pensamientos masturbatorios y actos libidinosos. Me enfrasqué en la tarea de descifrar esos diarios con la misma avidez con que un caballo ataca el morral de pienso, pero, en lugar de la confesión procaz que esperaba, descubrí tan solo un opúsculo erudito. Mejor dicho, el mayor caudal de tonterías que he visto en mi vida.

Voltaire empezó a toser de tal modo que pensé que debía llamar a un sacerdote, porque yo no estaba facultado para administrar los últimos sacramentos. Después de emitir un espantoso sonido que parecía el estertor de la muerte, me pidió que le acercara varios chales. Se arropó con ellos y se enrolló uno en la cabeza a guisa de turbante, pero continuó temblando.

—¿Qué descubristeis en esos diarios y dónde están? —lo apremié.

—Aún los conservo. El mecenas murió durante mi estancia en la cárcel y no tenía herederos. Deben de valer mucho dinero, por su interés histórico, aunque en mi opinión no son más que una sarta de necedades y supercherías. Habla de brujería y magia negra.

—¿No habíais dicho que eran textos eruditos?

—Sí, en la medida en que un sacerdote es capaz de la objetividad que precisa cualquier estudio. Veréis, cuando no enviaba ejércitos contra todas las naciones de Europa, el cardenal Richelieu consagraba su vida al estudio del poder. El objeto de sus estudios secretos giraba en torno a… ¿Por casualidad habéis oído hablar del ajedrez de Montglane?

—¿El juego de ajedrez de Carlomagno? —pregunté intentando aparentar serenidad, a pesar de que el corazón parecía escapárseme del pecho.

Me acerqué un poco más a la cama, dispuesto a no perderme ni una palabra, e intenté sonsacarle amablemente para no provocarle otro ataque de tos. Había oído hablar del ajedrez de Montglane, que se creía había desaparecido muchos siglos atrás. Por lo que sabía, su valor era inimaginable.

—Tenía entendido que solo es una leyenda —añadí.

—Richelieu no opinaba lo mismo —aseguró el viejo filósofo—. Sus diarios abarcan mil doscientas páginas de investigación sobre sus orígenes y significado. Viajó a Aquisgrán, o Aix-la-Chapelle, e incluso investigó Montglane, pues creía que allí estaba enterrado, pero todos sus esfuerzos fueron vanos. Veréis, nuestro cardenal creía que dicho ajedrez albergaba la clave de un misterio, un misterio más antiguo que el ajedrez, quizá tan viejo como la civilización misma. Un misterio que explica el auge y la decadencia de las civilizaciones.

—¿Y qué clase de misterio podría ser? —pregunté tratando en balde de disimular mi agitación.

—Os diré lo que pensaba el cardenal —respondió Voltaire—. Debo reconocer que murió antes de resolver el enigma. Haced lo que queráis con la información, pero no me importunéis más con este asunto. El cardenal Richelieu estaba convencido de que el ajedrez de Montglane oculta una fórmula en sus piezas. Una fórmula capaz de revelar el secreto del poder universal...

♟

Talleyrand se interrumpió y, a la débil luz de la habitación, miró a Valentine y a Mireille, estaban abrazadas bajo los edredones y fingían dormir. Sus hermosas melenas se desparramaban sobre las almohadas, donde se entrelazaban los mechones largos y sedosos. El obispo se puso en pie, las arropó bien y les acarició tiernamente sus cabellos.

—Tío Maurice —dijo Mireille abriendo los ojos—, no habéis concluido el relato. ¿Cuál es la fórmula que el cardenal Richelieu buscó durante toda su vida? ¿Qué creía que ocultaban las piezas del ajedrez?

—Queridas mías, eso es algo que tendremos que averiguar juntos. —Talleyrand sonrió al ver que Valentine también abría los ojos. Las dos jovencitas temblaban bajo los cálidos edredones—. Lo cierto es que no llegué a ver el manuscrito. Voltaire murió poco después de mi visita y alguien que conocía el valor de los diarios del cardenal Richelieu compró la biblioteca completa; alguien que comprendía y codiciaba el poder universal. Dicha persona trató de sobornarnos a mí y a Mirabeau, que defendió el proyecto de ley de confiscación, en un intento por averiguar si el ajedrez de Montglane podía ser requisado por particulares de elevada posición política y bajo valor moral...

—¿Y vos rechazasteis el soborno, tío Maurice? —preguntó Valentine, que había echado hacia atrás la ropa de cama para incorporarse.

—Mi precio era excesivo para nuestro mecenas... ¿o debería de-

cir nuestra mecenas? —Talleyrand rió—. Además, quería ese ajedrez para mí, y sigo deseándolo. —Miró a Valentine bajo la tenue
luz de las velas y esbozó una sonrisa—. Vuestra abadesa cometió un
lamentable error, porque deduzco qué decisión tomó: sacó el ajedrez de la abadía. Vamos, queridas, no me miréis de ese modo. Qué
casualidad que vuestra abadesa haya cruzado un continente para llegar a Rusia, tal como me contó vuestro tío, habida cuenta de que la
persona que compró la biblioteca de Voltaire, la que trató de sobornarnos a Mirabeau y a mí, la que durante los últimos cuarenta
años ha intentado apoderarse del ajedrez, es ni más ni menos que
Catalina la Grande, emperatriz de todas las Rusias.

UNA PARTIDA DE AJEDREZ

Jugaremos una partida de ajedrez,
apretando los ojos sin párpados
y aguardando que llamen a la puerta.

T. S. ELIOT

Nueva York, marzo de 1973

L lamaron a la puerta. Yo estaba plantada en el centro mismo de mi apartamento, con una mano apoyada en la cadera. Habían transcurrido tres meses desde Nochevieja. Ya apenas ni me acordaba de la velada con la pitonisa ni de los extraños acontecimientos que la rodearon.

Alguien llamaba enérgicamente a la puerta. Di otra pincelada de azul de Prusia en el gran lienzo que tenía ante mí y metí el pincel en el bote de aceite de linaza. Aunque todo estaba abierto para airear el ambiente, era como si mi cliente, Con Edison, estuviera quemando *ordure* (basura, en francés) debajo mismo de las ventanas de mi piso. Los alféizares estaban negros por el hollín.

No estaba de humor para recibir visitas. Mientras me dirigía hacia el largo vestíbulo me pregunté por qué el portero no me había avisado por el intercomunicador, como era su deber, de la llegada de quien ahora aporreaba la puerta. Había tenido una semana muy movida. Había intentado concluir mi trabajo con Con Edison y dedicado horas a luchar tanto con los administradores del edificio donde vivía como con diversas empresas de guardamuebles. Estaba organizando mi inminente partida a Argelia.

Acababan de concederme el visado. Había telefoneado a todos mis amigos, pues en cuanto dejara Estados Unidos no volvería a verlos en un año. Había un amigo en particular, con el que había intentado ponerme en contacto, a pesar de que era tan misterioso e inaccesible como la Esfinge. ¡Qué poco imaginaba cuán desesperadamente necesitaría su ayuda después de los hechos que pronto tendrían lugar!

Mientras recorría el pasillo, me miré en uno de los espejos que cubrían las paredes. Tenía el cabello revuelto y salpicado de bermellón, y una mancha carmesí en la nariz. La froté con el dorso de la mano y me limpié las palmas en los pantalones de lona y la camisa holgada que llevaba. A continuación abrí la puerta.

Allí estaba Boswell, el portero, con un puño colérico en alto y su uniforme azul marino con ridículas charreteras, que sin duda había elegido personalmente.

—Señora, le ruego que me disculpe, pero cierto Corniche azul claro vuelve a bloquear la entrada —bufó—. Como sabe, pedimos a las visitas que mantengan libre la entrada del edificio para que los repartidores puedan aparcar.

—¿Por qué no me ha avisado por el intercomunicador? —lo interrumpí exasperada. Sabía perfectamente de quién era el coche del que hablaba.

—Señora, el intercomunicador lleva una semana sin funcionar…

—¿Y por qué no lo ha hecho reparar?

—Señora, soy el portero, y el portero no se encarga de las reparaciones. Es tarea del administrador. El portero hace pasar a las visitas y se ocupa de que la entrada…

—Está bien, está bien. Dígale que suba.

En Nueva York solo conocía a una persona que tuviera un Corniche azul claro: Lily Rad. Como era domingo, deduje que lo conduciría Saul. Él se ocuparía de cambiar de lugar el coche mientras ella subía a darme la lata.

Boswell seguía mirándome torvamente.

—Señora, queda por resolver el problema del animalito. Su invitada insiste en entrarlo en el edificio, a pesar de que le he repetido hasta la saciedad que… —Era demasiado tarde.

En ese instante una masa peluda dobló como una bala la esquina del pasillo desde los ascensores, vino derecha a mi apartamento, pasó como un rayo entre Boswell y yo y desapareció en el interior. Tenía el tamaño de un plumero y soltaba chillidos agudos mientras corría. Boswell me miró con profundo desdén, pero no abrió la boca.

—Mire, Boswell —dije encogiéndome de hombros—, haremos como si no lo hubiéramos visto, ¿de acuerdo? Le aseguro que no creará problemas y que lo echaré en cuanto lo encuentre.

En ese momento Lily dobló la esquina tan campante. Estaba envuelta en una capa de marta cebellina, de la que colgaban unas colas largas, y llevaba su rubia cabellera recogida en tres o cuatro coletas, cada una de las cuales apuntaba en una dirección, por lo que no se distinguía dónde terminaba su cabellera y dónde empezaba la capa. Boswell suspiró y cerró los ojos.

Lily me dio un fugaz beso en la mejilla y, sin siquiera mirar a Boswell, pasó entre los dos y entró en mi apartamento. Para una persona de la osamenta de Lily no era fácil pasar entre otras, pero hay que reconocer que llevaba su peso con estilo. Al entrar comentó con su voz ronca de canción sentimental:

—Di al portero que no se ponga nervioso. Saul dará vueltas a la manzana hasta que salgamos.

Vi alejarse a Boswell, solté una exclamación que hasta entonces había contenido y cerré la puerta. Entré con pesar en el apartamento, dispuesta a hacer frente a otra tarde de domingo arruinada por la persona de Nueva York que menos me gustaba: Lily Rad. Juré que esta vez me la sacaría enseguida de encima.

Mi piso se componía de un amplio salón de techo altísimo y un baño situado al final del largo vestíbulo. En el salón había tres puertas: la del armario, la de la despensa y la de una cómoda cama abatible. Era un laberinto de árboles gigantes y plantas exóticas que formaban senderos selváticos. Por todas partes había pilas de libros, montones de cojines de tafilete y objetos eclécticos procedentes de tiendas de baratijas de la Tercera Avenida. Tenía lámparas indias de pergamino pintado a mano, jarras mexicanas de mayólica, aves de cerámica francesa esmaltada y fragmentos de cristal de Praga. Las paredes estaban cubiertas de óleos a medio terminar, aún húmedos, viejas fotos en marcos de madera labrada y espejos antiguos. Del techo colgaban campanillas, móviles y peces de papel satinado. El único mueble era un piano de cola, de ébano, situado cerca de las ventanas.

Lily deambulaba por el laberinto como una pantera liberada y apartaba objetos en busca de su perro. Arrojó al suelo su capa de colas de marta y me sorprendí al ver que iba casi desnuda. Lily tenía la figura de una escultura de Maillol: tobillos delgados y pantorrillas que se ensanchaban al ascender para llegar a una ondulante superabundancia de carne fofa. Había embutido esa masa en un escueto vestido de seda morada que acababa donde empezaban sus muslos. Cada vez que se movía, recordaba un flan de gelatina, tembloroso y transparente. Levantó un cojín y descubrió la sedosa y pequeña bola de pelo que la acompañaba a todas partes. Lo cogió en brazos y lo arrulló con su voz sensual.

—Aquí está mi querido Carioca —ronroneó—. Quería ocultarse de su mami. Es un perrito malísimo.

Se me revolvió el estómago.

—¿Quieres un vaso de vino? —propuse mientras Lily depositaba a Carioca en el suelo.

El perro empezó a corretear por el salón soltando ladridos de lo más molestos. Fui a la despensa y saqué el vino de la nevera.

—Supongo que tienes el horroroso chardonnay que regala Llewellyn —dijo Lily—. Lleva años intentando quitárselo de encima.

Aceptó el vaso que le ofrecí y bebió un trago. Deambuló entre la fronda y se detuvo ante el cuadro en el que yo había estado trabajando cuando su visita dio al traste con esa tarde de domingo.

—Oye, ¿conoces a este tío? —preguntó refiriéndose al hombre del cuadro, un individuo vestido de blanco que avanzaba en bicicleta sobre un esqueleto—. ¿Has tomado como modelo al chico de abajo?

—¿Qué chico de abajo? —pregunté. Me senté en el taburete del piano y me la quedé mirando.

Lily llevaba los labios y las uñas pintados de rojo. En contraste con la palidez de su piel, creaba el aura de la puta-diosa blanca que había arrastrado al Caballero Verde o al Viejo Marinero de Coleridge a la muerte en vida. Supuse que el efecto era buscado. Caissa, la musa del ajedrez, era tan implacable como la musa de la poesía. Las musas tenían por costumbre destruir a quienes inspiraban.

—El hombre de la bici —decía Lily—. Iba vestido de esa manera… Con capucha y tapado de la cabeza a los pies. Reconozco que solo lo vi de espaldas. Estuvimos a punto de atropellarlo y Saul tuvo que subir el coche a la acera.

—¿Hablas en serio? —pregunté sorprendida—. Es cosecha de mi imaginación.

—Es aterrador, como un hombre que cabalga hacia su propia muerte —añadió Lily—. Por cierto, había algo siniestro en la forma en que aquel hombre daba vueltas alrededor de este edificio, como si estuviera al acecho…

—¿Qué has dicho?

Algo había hecho sonar una campana en mi subconsciente. «Y he aquí un caballo amarillo, y el que lo montaba tenía por nombre Muerte.» ¿Dónde lo había oído?

Carioca ya no ladraba y ahora soltaba sospechosos gruñidos. Sacaba con las patas las virutas de pino de una de las orquídeas y las desparramaba por el suelo. Me acerqué, lo cogí en brazos, lo metí en el armario y cerré la puerta.

—¿Cómo te atreves a encerrar a mi perro en el armario? —preguntó Lily.

—En este edificio solo admiten la entrada de perros si están encerrados en una caja —expliqué—. Y no tengo ninguna. Dime, ¿qué te trae por aquí? Hace meses que no nos vemos.

Gracias a Dios, pensé.

—Harry quiere dar una fiesta de despedida en tu honor —contestó. Se sentó en el taburete y tras apurar el vaso de vino, añadió—: Dice que decidas tú la fecha. Él mismo preparará la cena.

Las patitas de Carioca arañaban la puerta del armario, pero no me di por aludida.

—Me encantaría cenar con vosotros —dije—. ¿Por qué no el miércoles? Probablemente me iré el próximo fin de semana.

—Muy bien —repuso Lily.

Del armario llegaban golpes secos a medida que Carioca lanzaba su minúsculo cuerpo contra la puerta. Lily se removió inquieta en el taburete.

—Por favor, ¿puedo sacar a mi perro del armario?

—¿Ya te vas? —pregunté ilusionada.

Saqué los pinceles del bote y me dirigí al fregadero para lavarlos, como si Lily ya se hubiera ido. Tras unos segundos de silencio preguntó:

—¿Tienes plan para esta tarde?

—Al parecer mis planes se han ido a pique —respondí desde la despensa mientras vertía detergente en agua caliente para que formara espuma.

—¿Has visto jugar a Solarin? —preguntó con una débil sonrisa, y me miró con sus enormes ojos grises.

Metí los pinceles en el agua y le devolví la mirada. Sus palabras parecían una invitación para ver una partida de ajedrez. Lily se jactaba de no asistir jamás a un torneo a menos que fuera uno de los contendientes.

—¿Quién es Solarin? —dije.

Lily me miró con cara de sorpresa, como si acabara de preguntar quién era la reina de Inglaterra.

—Había olvidado que no lees la prensa. No se habla de otra cosa. ¡Es el acontecimiento político de la década! Se le considera el mejor ajedrecista desde los tiempos de Capablanca, un jugador con un don innato. Por primera vez en tres años le han permitido salir de la Unión Soviética…

—Creía que era a Bobby Fischer a quien se consideraba el mejor jugador del mundo —comenté mientras removía los pinceles en el agua caliente—. Por cierto, ¿a qué vino todo ese revuelo en Reikiavik el verano pasado?

—Por lo menos has oído hablar de Islandia —dijo Lily. Se levantó y se acercó a la despensa—. Desde entonces Fischer no ha vuelto a jugar. Corren rumores de que no defenderá el título, de que no volverá a jugar en público. Los rusos están expectantes. El ajedrez es el deporte nacional de la Unión Soviética y los rusos se ponen la zancadilla unos a otros con tal de llegar a lo más alto. Y si Fischer no sale al ruedo todos los contendientes al título serán rusos.

—De manera que el mejor situado se alzará con el título —deduje—. Y supones que ese tipo…

—Solarin.

—¿Crees que él será el campeón?

—Puede que sí, puede que no —respondió Lily, entusiasmada con su tema preferido—. Eso es lo sorprendente. Todos lo consideran el mejor, pero no cuenta con el respaldo del Politburó, que es imperativo para todo jugador ruso. ¡A decir verdad, en los últimos años los rusos no le han permitido jugar!

—¿Por qué? —Dejé los pinceles en el escurreplatos y me sequé las manos con un trapo de cocina—. Si para ellos ganar es una cuestión de vida o muerte…

—Al parecer Solarin no se ajusta al molde soviético —me interrumpió Lily, al tiempo que sacaba la botella de vino de la nevera para servirse otro vaso—. Hubo un escándalo en un torneo que se celebró hace tres años en España. Se llevaron a Solarin a altas horas de la noche, reclamado por la madre Rusia. Primero dijeron que estaba enfermo y luego que había sufrido una crisis nerviosa. Corrieron rumores de toda clase y a continuación se hizo el silencio más absoluto. Desde entonces no se ha sabido nada de él… hasta esta semana.

—¿Qué ha pasado esta semana?

—Esta semana, como por arte de birlibirloque, Solarin aparece en Nueva York con un grupo de delegados del KGB, se presenta en el Manhattan Chess Club y declara que quiere participar en el Torneo Hermanold. Su petición es insólita en varios sentidos. Para asistir y participar en esa clase de torneos se necesita una invitación expresa, y nadie había invitado a Solarin. Además, se trata de un torneo organizado por la Zona Cinco, que corresponde a Estados Unidos. La Zona Cuatro corresponde a la Unión Soviética. Te imaginarás la consternación que sintieron al ver de quién se trataba.

—¿Y no podían decirle que no?

—¡Y un cuerno! —exclamó Lily—. John Hermanold, el patrocinador del torneo, ha sido productor teatral. Después del éxito de Fischer en Islandia, el mercado ajedrecístico ha despertado un gran interés. Ahora hay dinero en juego. Hermanold sería capaz de matar con tal de contar con la presencia de Solarin.

—No entiendo cómo se las ingenió Solarin para salir de Rusia y participar en este torneo si los soviéticos no quieren que juegue.

—Querida, ese es el quid de la cuestión —repuso Lily—. Además, el grupo del KGB da a entender que ha venido con la aprobación de su gobierno. ¿Qué te parece? Es un misterio fascinante. Por eso pensé que te gustaría asistir… —Lily se interrumpió.

—¿Adónde? —pregunté, aunque sabía cuál era su intención.

Me divirtió verla sufrir. Lily había proclamado a los cuatro vientos su más absoluto desinterés por las competiciones. Según se comentaba, había dicho: «No juego contra el individuo, sino contra el tablero».

—Esta tarde juega Solarin —afirmó con tono vacilante—. Es su primera aparición pública después del escándalo en España. No queda una sola entrada y los precios de reventa están por las nubes. La partida comienza dentro de una hora y sospecho que podríamos colarnos…

—Bueno, te lo agradezco, pero paso —la interrumpí—. Ver una partida de ajedrez me resulta muy aburrido. ¿Por qué no vas sola?

Lily cogió el vaso de vino y se sentó rígidamente en el taburete del piano. Parecía tensa.

—Sabes que no puedo —susurró.

Tuve la certeza de que era la primera vez que Lily tenía que pedir un favor. Si yo la acompañaba, ella fingiría que simplemente estaba haciendo un favor a una amiga. Si se presentaba sola y compraba una entrada, los periodistas especializados se frotarían las manos. Solarin podía ser un noticón, pero en los círculos ajedrecísticos de Nueva York la presencia de Lily Rad en una partida se convertiría en una noticia aún más importante. Era una de las mejores jugadoras de Estados Unidos y, sin duda, la más extravagante.

—La semana que viene jugaré con el ganador de la partida de hoy —masculló apretando los labios.

—Ahora lo entiendo —dije—. Es posible que gane Solarin y, como nunca te has enfrentado a él y sin duda jamás has leído una línea sobre su estilo de juego…

Me acerqué al armario y abrí la puerta. Carioca salió furtivamente, se lanzó sobre mi pie y empezó a jugar con un hilo suelto de mi alpargata. Me quedé mirándolo un rato y luego lo levanté del suelo con el pie y lo arrojé sobre una pila de cojines. Se retorció de entusiasmo y sacó unas cuantas plumas con sus dientes afilados.

—No entiendo por qué te quiere tanto —comentó Lily.

—Simplemente sabe quién manda —dije.

Lily guardó silencio.

Estuvimos un rato mirando cómo Carioca se divertía con los cojines, como si fuera un espectáculo interesante. Aunque yo sabía muy poco de ajedrez, me di cuenta de que ocupaba el centro del tablero, pero decidí que no era yo quien debía realizar el siguiente movimiento.

—Debes de acompañarme —dijo Lily por fin.

—Creo que no has utilizado las palabras adecuadas —observé.

Lily se puso en pie y se acercó a mí, me miró a los ojos y dijo:

—No sabes lo que este torneo representa para mí. Hermanold ha convencido a los miembros de la comisión ajedrecística de que el torneo sea puntuable invitando a todos los GM y a los MI de la Zona Cinco. Si me hubiera clasificado bien y sumado puntos, podría haber participado en las grandes ligas, tal vez habría ganado, pero tuvo que aparecer Solarin.

Yo sabía que los entresijos de la preselección de los ajedrecistas eran un misterio, y aún lo era más la concesión de títulos como los de gran maestro (GM) y maestro internacional (MI). Cabía suponer que en un juego tan matemático como el ajedrez, las pautas de supremacía eran algo más claras, pero lo cierto es que ese mundo era como un club de viejos amigos. Aunque comprendía la exasperación de Lily, había algo que seguía desconcertándome.

—¿Qué más da que quedes segunda? —pregunté—. Sigues siendo una de las mujeres mejor clasificadas de Estados Unidos…

—¡Las mujeres mejor clasificadas! ¿Las mujeres? —exclamó Lily, y por un momento pareció que iba a escupir en el suelo.

Recordé, entonces, que se preciaba de no enfrentarse jamás con mujeres. El ajedrez era un juego masculino, y para ganar había que derrotar a los hombres. Lily llevaba más de un año esperando el título de MI, que en su opinión ya había conquistado. Comprendí que ese torneo era importante porque, si superaba a jugadores que tenían una categoría superior, ya no podrían escatimarle el título.

—No entiendes nada —prosiguió Lily—. Es un torneo eliminatorio. Jugaré contra con Solarin en la segunda partida, si es que los dos ganamos la primera, lo que sin duda ocurrirá. Si juego con él y pierdo, quedo fuera del torneo.

—¿No te crees capaz de vencerle? —pregunté.

Aunque Solarin era un peso pesado, me sorprendía que Lily reconociera la posibilidad de la derrota.

—No estoy segura —contestó sinceramente—. Mi entrenador opina que no podré ganarle. Cree que Solarin me aplastará ante el tablero. Podría darme una buena paliza. No sabes lo que se siente al perder una partida. No soporto perder. —Lily apretaba los dientes y tenía los puños cerrados.

—¿No tendrían que emparejarte con jugadores de tu misma categoría en las primeras partidas? —inquirí.

Creía haber leído algo al respecto.

—En Estados Unidos solo hay unas decenas de jugadores con más de dos mil cuatrocientos puntos —respondió Lily con tono de tristeza—, pero no todos participan en este torneo. La última puntuación de Solarin supera los dos mil quinientos puntos, y en este torneo solo hay cinco personas entre su categoría y la mía. Si me enfrento tan pronto con él, no podré prepararme.

Ahora lo comprendía todo. El productor teatral que organizaba el torneo había invitado a Lily a efectos de promoción. Quería vender entradas, y Lily era la Josephine Baker del ajedrez; lo tenía todo, salvo el ocelote y los plátanos. Ahora el organizador contaba con una atracción mayor bajo la forma de Solarin, de modo que podía sacrificar a Lily. La emparejaría con Solarin en las primeras partidas y la borraría del torneo. Le traía sin cuidado que la competición fuera para Lily un medio para conquistar el título. De pronto pensé que el mundo del ajedrez no se diferenciaba mucho del de los interventores públicos autorizados.

—Muy bien, ahora te has explicado —dije, y eché a andar por el pasillo.

—¿Adónde vas? —exclamó Lily.

—Quiero darme una ducha —respondí volviendo la cabeza.

—¿Una ducha? —Parecía histérica—. ¿Por qué?

—Tengo que ducharme y cambiarme para asistir dentro de una hora a esa partida de ajedrez —contesté. Me detuve junto a la puerta del baño y me volví para mirarla.

Lily me miró sin decir nada. Tuvo la amabilidad de sonreír.

Me sentía ridícula a bordo de un descapotable a mediados de marzo, con el cielo cubierto de nubes de nieve y la temperatura bajo cero. Lily se arrebujaba en su capa de marta cebellina. Carioca se entretenía tirando de las colas de piel y esparciéndolas por el suelo del coche. Yo solo llevaba un abrigo de lana negra y me estaba congelando.

—¿Este coche no tiene capota? —pregunté.

—¿Por qué no dejas que Harry te haga un abrigo de piel? Al fin y al cabo es su oficio y te quiere muchísimo.

—En este momento no me serviría de nada —respondí—. Explícame por qué esta partida se celebra a puerta cerrada en el Metropolitan Club. Al patrocinador debería interesarle conseguir la máxima publicidad con la primera partida que Solarin juega en territorio occidental después de varios años.

—Sin duda sabes mucho de patrocinadores —dijo Lily—. Sin embargo, hoy Solarin se enfrenta con Fiske. Si en lugar de una tranquila partida privada, hubiera organizado un encuentro público, podría haberle salido el tiro por la culata. Fiske está bastante chiflado.

—¿Quién es Fiske?

—Antony Fiske, un jugador extraordinario —contestó Lily—. Es un GM británico, pero está inscrito en la Zona Cinco porque vivía en Boston cuando se dedicaba activamente al ajedrez. Me sorprende que haya aceptado, porque lleva años sin jugar. En el último torneo en que participó, mandó echar al público. Creía que en la sala había micrófonos ocultos y en el aire vibraciones misteriosas que interferían con sus ondas cerebrales. Todos los ajedrecistas están medio locos. Según dicen, Paul Morphy, el primer campeón estadounidense, murió sentado, totalmente vestido, en una bañera donde flotaban zapatos de mujer. Aunque la locura es un riesgo profesional del ajedrez, yo no acabaré en el manicomio. Solo le pasa a los hombres.

—¿Por qué?

—Querida, porque es un juego edípico. Consiste en matar al rey y follarse a la reina. A los psicólogos les encanta seguir a los jugadores de ajedrez para comprobar si se lavan las manos con demasiada frecuencia, olisquean zapatillas viejas o se masturban entre una sesión y la siguiente. Y después escriben artículos en la revista de la Asociación Médica Norteamericana.

El Rolls Corniche azul claro se detuvo delante del Metropolitan Club, en la calle Dieciséis, cerca de la Quinta Avenida. Saul nos abrió la puerta. Lily le entregó a Carioca y echó a andar hacia la rampa con dosel que bordeaba el patio adoquinado y conducía a la entrada. Saul, que durante el trayecto no había abierto la boca, me guiñó un ojo. Me encogí de hombros y seguí a Lily.

El Metropolitan Club es una vetusta reliquia del antiguo Nueva York. Club residencial privado para hombres, en su interior nada parecía haber cambiado desde hacía un siglo. La desteñida moqueta roja del vestíbulo necesitaba una buena limpieza, y la madera oscura de la recepción pedía a gritos que la enceraran. Sin embargo, el salón principal poseía toda la suntuosidad de que carecía la entrada.

Era una amplia estancia cuyo techo, labrado al estilo de Palladio y adornado con pan de oro, se elevaba a nueve metros de altura. Una única araña pendía de un largo cordón en el centro. En dos de las paredes se abrían hileras de balcones, cuyas ornamentadas barandillas daban al salón, como en los patios venecianos. La tercera pared estaba forrada hasta el techo de espejos dorados, donde se reflejaban los balcones. El cuarto lado quedaba separado del vestíbulo por unas amplias mamparas de tablillas revestidas de terciopelo rojo. Sobre el suelo de mármol, de cuadros blancos y negros, como escaques de un tablero de ajedrez, había decenas de mesitas rodeadas de sillas de piel. En una esquina reposaba un piano de ébano, junto a un biombo lacado.

Mientras yo observaba la decoración, Lily me llamó desde el balcón del primer piso. Su capa de piel colgaba de la barandilla. Me señaló la gran escalera de mármol que, desde el vestíbulo, ascendía descubriendo una curva hasta el lugar donde ella se encontraba.

Cuando subí, me guió hasta la pequeña sala de juego. Estaba decorada en color verde y tenía amplias puertaventanas que daban a la Quinta Avenida y al parque. Varios trabajadores se encargaban de retirar las mesas con superficie de piel o paño verde para jugar a las cartas. Nos miraron sorprendidos mientras las apilaban junto a la pared, al lado de la puerta.

—Aquí se celebrará la partida —me explicó Lily—. No sé si ya han llegado todos. Todavía falta media hora. —Se volvió hacia uno de los trabajadores y preguntó—: ¿Sabe dónde está John Hermanold?

—Tal vez en el comedor. —El hombre se encogió de hombros—. Si quiere, puede telefonear para que lo avisen. —La miró de arriba abajo de forma nada lisonjera. Lily llamaba la atención con su escueto vestido, y me alegré de haberme puesto un pantalón de franela gris de lo más formal. Empecé a quitarme el abrigo, pero el hombre me detuvo—. Está prohibida la presencia de señoras en la sala de juegos —me comunicó, y volviéndose hacia Lily añadió—: Tampoco pueden entrar en el comedor. Será mejor que vayan a la planta baja y telefoneen.

—Voy a matar a ese cabrón de Hermanold —masculló Lily apretando los dientes—. Un club privado para hombres, ¿a quién se le ocurre?

Echó a andar por el pasillo en busca de su presa, y yo me dejé caer en una silla, entre las miradas hostiles de los trabajadores. No envidiaba la suerte que correría Hermanold cuando se topara con Lily.

Me entretuve mirando por las sucias ventanas que daban a Central Park. Fuera ondeaban unas pocas banderas, cuyos colores desvaídos se veían aún más pálidos a la opaca luz invernal.

—Disculpe —dijo alguien con tono arrogante.

Me volví y vi a un cincuentón alto y atractivo, de pelo oscuro y sienes plateadas. Vestía una chaqueta azul marino con un escudo ornamentado, pantalón gris y polo blanco. Tenía el tufo característico de Andover y Yale.

—No se permite estar en esta sala hasta que comience el torneo —declaró con firmeza—. Si tiene entrada, la acomodaré abajo hasta el comienzo de la partida. De lo contrario, tendrá que abandonar el club.

Su atractivo inicial empezaba a esfumarse. No es oro todo lo que reluce, pensé.

—Prefiero quedarme aquí. Estoy esperando a alguien que traerá mi entrada…

—Me temo que no es posible —me interrumpió, al tiempo que me cogía del brazo—. Me he comprometido con el club a que respetaríamos las reglas. Además, hay cuestiones de seguridad…

Pese a que tiraba de mí con toda la dignidad de que era capaz, no me moví. Enganché los tobillos en las patas de la silla y le sonreí.

—He prometido a mi amiga Lily Rad que la esperaría aquí —le dije—. Está buscando a…

—¡Lily Rad! —exclamó, y me soltó el brazo como si fuera un atizador al rojo vivo. Me repantigué y puse cara de angelito—. ¿Lily Rad está aquí? —Seguí sonriendo y asentí—. Permítame que me presente, señorita…

—Velis, Catherine Velis.

—Señorita Velis, soy John Hermanold, el patrocinador del torneo. —Me estrechó cordialmente la mano—. Es un verdadero honor contar con la presencia de Lily en esta partida. ¿Dónde está?

—Buscándole —contesté—. Los trabajadores nos dijeron que usted estaba en el comedor. Probablemente ha subido allí.

—En el comedor —repitió Hermanold, temiéndose lo peor—. Iré a buscarla, ¿de acuerdo? Luego nos reuniremos y las invitaré a tomar algo. —Dicho esto, salió apresuradamente.

Ahora que Hermanold era un buen amigo, los trabajadores me miraban con reticente respeto. Observé cómo sacaban de la sala las mesas apiladas y colocaban hileras de sillas de cara a la ventana, dejando un pasillo en el medio. Luego, se arrodillaron, tomaron medidas con una cinta métrica y rectificaron la posición de los muebles según un modelo invisible que parecían seguir.

Contemplaba las maniobras con tanta curiosidad que no reparé en el hombre que entró silenciosamente hasta que pasó junto a mi silla. Era alto y delgado; tenía el pelo muy rubio y largo, peinado hacia atrás y rizado a la altura de la nuca. Vestía pantalón gris y una camisa holgada de hilo blanco, que llevaba desabotonada, de modo que dejaba ver un cuello recio y unos bonitos huesos de un bailarín. Se acercó prestamente a los trabajadores y les habló en voz baja.

Los que medían el suelo se levantaron de inmediato y se acercaron al recién llegado. Este estiró el brazo para señalar algo y los trabajadores se apresuraron a cumplir sus deseos.

Cambiaron de posición el gran tablero de la parte delantera, alejaron la mesa de los árbitros de la zona de juego y movieron la mesa del ajedrez hasta que quedó equidistante de las paredes. Los trabajadores no protestaban al realizar esas extrañas maniobras. Parecían respetar al recién llegado y no se se atrevían a mirarlo a los ojos mientras cumplían sus órdenes al pie de la letra. Entonces noté que el desconocido no solo había reparado en mi presencia, sino que hacía preguntas sobre mí a los trabajadores. Señaló hacia mí varias veces y al final se dio la vuelta para mirarme. Cuando lo hizo, me estremecí. Había algo conocido y al mismo tiempo extraño en su persona.

Sus pómulos altos, su delgada nariz aguileña y su fuerte mandíbula creaban planos angulosos que reflejaban la luz como el mármol. Sus ojos eran de un gris verdoso, del color del mercurio líquido. Parecía una magnífica escultura renacentista esculpida en piedra y, al igual que la piedra, también él parecía frío e impenetrable. Quedé tan fascinada como el pájaro por la serpiente, y me cogió con la guardia baja cuando inesperadamente se apartó de los trabajadores y cruzó la sala hasta donde yo estaba.

Nada más acercarse me cogió las manos y me obligó a levantarme de la silla. Me sujetó del brazo y, antes de que yo me diera cuenta de lo que ocurría, empezó a llevarme hacia la puerta y me susurró al oído:

—¿Qué haces aquí? No has debido venir.

Percibí un ligerísimo acento. Su conducta me había dejado anonadada. Al fin y al cabo, ese hombre no me conocía de nada. Me paré en seco y pregunté:

—¿Y tú quién eres?

—Quién soy yo no tiene ninguna importancia —respondió en voz baja, y me miró fijamente, como si intentara recordar algo—. Lo importante es que sé quién eres tú. Has cometido un gran error al venir. Corres un gran peligro. En este momento percibo un gran peligro a mi alrededor.

Tuve la impresión de que ya había oído esas palabras.

—¿De qué estás hablando? —pregunté—. He venido a ver la partida de ajedrez. Estoy con Lily Rad. John Hermanold dijo que podía…

—Sí, claro —me interrumpió con impaciencia—. Ya lo sé, pero debes irte de inmediato. Te ruego que no me pidas explicaciones. Márchate del club lo antes posible… Por favor, hazme caso.

—¡Esto es ridículo! —exclamé. El hombre dirigió la vista hacia los trabajadores y luego se volvió hacia mí—. No tengo la menor intención de marcharme, a menos que me expliques a qué viene esto. No sé quién eres. Es la primera vez que te veo. ¿Con qué derecho…?

—No; no es la primera vez que me ves —aseguró quedamente. Me puso una mano en el hombro con suma delicadeza y me miró a los ojos—. Y volverás a verme. Te ruego que te marches ahora mismo.

Acto seguido dio media vuelta y salió de la sala de juego con el mismo sigilo con que había llegado. Yo estaba temblando. Miré a los trabajadores y vi que seguían atareados; evidentemente, no habían notado nada raro. Caminé hacia la puerta y salí al balcón, confundida por tan insólito encuentro. Entonces caí en la cuenta de que aquel hombre me recordaba a la pitonisa.

Lily y Hermanold me llamaban desde el salón de la planta baja. Plantados sobre las baldosas de mármol blanco y negro, semejaban trebejos de extraño atuendo sobre un tablero con las piezas descolocadas, ya que otras personas se movían alrededor.

—Baje y la invitaré a la copa que le prometí —propuso Hermanold.

Caminé por el balcón hasta la escalera de mármol con alfombra roja y bajé al vestíbulo. Aún me temblaban las piernas. Quería quedarme a solas con Lily y contarle lo ocurrido.

—¿Qué le apetece? —me preguntó Hermanold cuando me acerqué a la mesa. Apartó una silla para mí. Lily ya había tomado asiento—. Deberíamos beber champán. ¡No todos los días asiste Lily como espectadora a una partida de ajedrez!

—No lo hago nunca —declaró ella malhumorada, mientras ponía su capa de piel en el respaldo de la silla.

Hermanold pidió champán e inició un largo panegírico de sí mismo que dio dentera a Lily.

—El torneo marcha sobre ruedas. Ya no quedan entradas para ninguna jornada. La publicidad ha dado resultado. Ni siquiera yo podía prever que atraeríamos a tantas luminarias. En primer lugar, Fiske abandona su retiro y, a continuación, el bombazo: ¡llega Solarin! Y tú, por supuesto —añadió palmeando la rodilla de Lily.

Yo deseaba interrumpirlo para preguntar quién era el desconocido con el que me había topado arriba, pero no pude intercalar una sola palabra.

—Es una pena que no hayamos podido alquilar el gran salón del Manhattan para la partida de hoy —añadió mientras nos traían el champán—. Se habría llenado hasta la bandera. De todos modos, me preocupa Fiske. Hemos solicitado la presencia de varios médicos por si ocurriera algo. Consideré más oportuno que jugara una de las primeras partidas, para que lo eliminaran en la primera fase. No está en condiciones de llegar a la gran final y su participación ya ha atraído a la prensa.

—¡Qué emocionante! Tener la oportunidad de ver a dos grandes maestros y una crisis nerviosa en una misma partida —comentó Lily.

Hermanold la miró con cierta inquietud mientras servía el champán. No sabía si Lily estaba bromeando, pero yo lo tenía claro. El comentario acerca de que Fiske fuera eliminado en las primeras fases la había molestado.

—Puede que, después de todo, me quede a ver la partida —agregó Lily inocentemente después de beber un sorbito de champán—. Pensaba irme en cuanto encontrara un buen lugar para Cat…

—¡No te vayas! —suplicó Hermanold alarmado—. No quiero que te pierdas este acontecimiento. Es la partida del siglo.

—Y los periodistas a los que has telefoneado se sentirán defraudados si no me encuentran, tal como les prometiste. ¿Me equivoco, querido John?

Lily bebió un buen trago de champán, mientras a Hermanold le subían los colores a la cara. Me dije «esta es la mía» y pregunté:

—¿Era Fiske el hombre que he visto arriba hace unos minutos?

—¿En la sala de juego? —Hermanold parecía preocupado—. Espero que no. Debería descansar antes de la partida.

—Quienquiera que fuese, era muy raro —comenté—. Entró y pidió a los trabajadores que cambiaran de lugar los muebles…

—¡Santo Dios! —exclamó Hermanold—. Entonces era Fiske, no cabe duda. La última vez que lo vi, insistió en que se sacara de la sala a una persona o una silla cada vez que los jugadores comían una pieza. Según dijo, le permitía recuperar el sentido «del equilibrio y la armonía». Por si esto fuera poco, odia a las mujeres; no quiere que asista ninguna a sus partidas…

Hermanold dio unas palmaditas en la mano de Lily, que se apresuró a apartarla.

—Quizá por eso me ha pedido que me vaya —dije.

—¿Le ha pedido que se vaya? —preguntó Hermanold—. Eso está fuera de lugar. Tendré que hablar con él antes de la partida. Debe comprender que no puede actuar como antes, cuando era una estrella. Hace más de quince años que no participa en un torneo de categoría.

—¿Quince años? —repetí—. Pues debió de retirarse cuando solo tenía doce. El hombre que he visto en el primer piso era joven.

—¿Está segura? —Hermanold estaba desconcertado—. ¿Quién puede ser?

—Era alto, delgado y muy pálido. Atractivo pero gélido…

—Ah, claro, era Alexei. —Hermanold rió.

—¿Alexei?

—Alexander Solarin —intervino Lily—. Ya lo conoces, querida; el jugador que tienes tantas ganas de ver, el fuera de serie.

—Hábleme de Solarin —pedí al patrocinador del torneo.

—No sé qué decir —repuso Hermanold—. Ni siquiera sabía qué aspecto tenía hasta que llegó y se inscribió en el torneo. Ese hombre es un verdadero misterio. No se relaciona con nadie ni permite que le tomen fotos, de modo que no podemos autorizar que haya cámaras en la sala de juego. Gracias a mi perseverancia, finalmente accedió a dar una rueda de prensa. Al fin y al cabo, ¿de qué sirve tenerlo si no conseguimos publicidad?

Lily lo miró exasperada y soltó un sonoro suspiro.

—John, gracias por la copa —dijo, y se echó las pieles sobre el hombro.

Me puse en pie al mismo tiempo que ella, cruzamos el salón y subimos por la escalera.

—No he querido hablar delante de Hermanold —susurré, ya en el balcón—, pero el tal Solarin… Aquí pasa algo raro.

—Estoy acostumbrada —dijo Lily—. En el mundo del ajedrez solo conoces a personas idiotas, gilipollas o ambas cosas a la vez. Estoy segura de que Solarin no es una excepción. No soportan la participación de las mujeres…

—No hablo de eso —la interrumpí—. Solarin no me pidió que me marchara porque era una mujer. ¡Me ha dicho que corro un gran peligro!

Había cogido a Lily del brazo y nos habíamos detenido junto a la barandilla. Había cada vez más gente en el salón de la planta baja.

—¿Qué te ha dicho? —preguntó Lily—. Me estás tomando el pelo. ¿Peligro en una partida de ajedrez? En esta en particular el único peligro es quedarse dormido. Fiske es muy dado a las tablas y los ahogados…

—Me ha advertido que corro peligro —repetí, y la llevé hacia la pared para dejar pasar a unas personas. Bajé la voz para añadir—: ¿Te acuerdas de la pitonisa que nos enviaste a Harry y a mí en Nochevieja?

—Oh, no. No me digas que crees en el esoterismo —dijo Lily sonriendo.

La gente pasaba a nuestro lado en dirección a la sala de juego y decidimos sumarnos a ella. Lily eligió unos asientos laterales, cercanos a la primera fila, desde los que veríamos perfectamente la partida sin llamar la atención. Si eso era posible con el atuendo que lucía ella. Una vez sentadas, me incliné hacia su oído para susurrarle:

—Solarin ha utilizado las mismas palabras que la pitonisa. ¿Harry no te comentó lo que me dijo la adivina?

—Jamás la he visto —afirmó Lily. Sacó un ajedrez magnético del bolsillo de la capa y lo dejó sobre su regazo—. Me la recomendó una amiga, pero no creo en esas tonterías.

Los asistentes tomaban asiento y la mayoría miraba con sorpresa a Lily. Entró un grupo de periodistas, uno de los cuales llevaba una cámara colgada del cuello. Al percatarse de la presencia de Lily se encaminaron hacia donde estábamos sentadas. Ella se inclinó sobre el tablero y murmuró:

—Si alguien pregunta, estamos muy concentradas hablando de ajedrez.

Apareció John Hermanold. Corrió hacia los periodistas y abordó al que portaba la cámara justo antes de que llegara a nuestro lado.

—Lo siento mucho, pero tendrá que darme la cámara —le indicó—. El gran maestro Solarin no quiere ver ni una en el salón del torneo. Por favor, ocupen sus asientos para que pueda empezar la partida. Más tarde podrán hacer entrevistas.

El periodista se la entregó de mala gana y se encaminó con sus colegas hacia los asientos que el patrocinador les había asignado. El alboroto que reinaba en la sala fue menguando hasta quedar reducido a un débil murmullo. Los árbitros aparecieron y ocuparon su mesa. A continuación entró Solarin, a quien reconocí, y un hombre mayor de pelo cano que, deduje, era Fiske.

Fiske se mostraba muy nervioso y agitado. Tenía un tic en un ojo y movía su bigote canoso como si quisiera espantar una mosca. Tenía el cabello ralo y un tanto graso, y se lo había peinado hacia atrás, pero sobre la frente le caían algunos mechones. Vestía una chaqueta de terciopelo marrón ceñida con un cinto, como los batines; la prenda había conocido tiempos mejores y necesitaba un buen cepillado. Su holgado pantalón, también de color marrón, estaba arrugado. Me compadecí de Fiske. Parecía fuera de lugar y totalmente descorazonado.

Comparado con él, Solarin semejaba un discóbolo esculpido en alabastro. Sacaba más de una cabeza a Fiske, que estaba encorvado. Se deslizó ágilmente, hacia un lado, retiró de la mesa la silla de su adversario y lo ayudó a tomar asiento.

—Qué cabrón —masculló Lily—. Pretende ganarse la confianza de Fiske, empezar a dominar antes de que empiece la partida.

—¿No eres demasiado severa con él? —pregunté en voz alta.

Los espectadores de la fila de atrás me mandaron callar.

Se acercó un chico con la caja de trebejos y empezó a colocarlos. Las piezas blancas eran para Solarin. Lily me explicó que la ceremonia de sorteo de color se había celebrado el día anterior. Varias personas nos pidieron que cerráramos el pico, de modo que guardamos silencio.

Mientras uno de los árbitros leía el reglamento, Solarin miraba al público. Como dirigía la vista hacia el otro lado, me dediqué a observarlo con atención. Estaba más sereno y relajado que un rato antes. Al encontrarse en su elemento, a punto de iniciar la partida, parecía concentrado, como un atleta minutos antes de la competición. Cuando nos vio a Lily y a mí, su rostro se tensó y me miró fijamente.

—Caray —dijo Lily—. Ahora comprendo a qué te referías al decir que era gélido. Me alegro de haberlo visto antes de enfrentarme con él.

Solarin me miraba como si no pudiera creer que yo siguiera allí, como si deseara levantarse y sacarme a rastras de la sala. De pronto tuve la creciente y deprimente sensación de que había cometido un gravísimo error al quedarme. Como las piezas ya estaban colocadas y su reloj en marcha, desvió la mirada hacia el tablero. Avanzó el peón del rey. Noté que Lily, sentada a mi lado, repetía la jugada en su tablero magnético. Un chico que se encontraba junto a la pizarra anotó con tiza el movimiento: P4R.

Durante un rato la partida transcurrió sin incidentes. Tanto Solarin como Fiske perdieron un peón y un caballo. Solarin avanzó el alfil del rey. Algunos asistentes hablaron en voz baja y dos o tres se levantaron a buscar café.

—Parece *giuoco piano* —músitó Lily—. Esta partida será interminable. Esa defensa es más vieja que Matusalén y jamás se emplea en los torneos. Por el amor de Dios, si hasta se menciona en el manuscrito de Gotinga. —Pese a que afirmaba no leer jamás una palabra sobre ajedrez, Lily era un pozo de sabiduría—. Permite a las negras desplegar sus piezas, pero es lenta, muy lenta, lentísima. Solarin no quiere ponerse duro con Fiske; le permitirá hacer unas cuantas jugadas antes de eliminarlo. Avísame si en la próxima hora ocurre algo.

—¿Cómo quieres que sepa si ocurre algo? —pregunté.

En ese momento Fiske hizo su jugada y paró el reloj. Un breve murmullo recorrió la sala y los que se habían levantado para salir se detuvieron para mirar la pizarra. Alcé la vista y me encontré con la sonrisa de Solarin. Era una sonrisa extraña.

—¿Qué ha pasado? —pregunté a Lily.

—Fiske es más osado de lo que pensaba. En lugar de mover el alfil, ha recurrido a la «defensa de los dos caballos». A los rusos les encanta. Es mucho más peligrosa. Me sorprende que haya adoptado esta táctica con Solarin, famoso por… —Se mordió el labio.

Desde luego, era evidente que Lily jamás estudiaba el estilo de otros jugadores, ¿verdad?

Solarin adelantó el caballo, y Fiske, el peón de la dama. Solarin lo comió. A continuación Fiske comió el peón de Solarin con el caballo, de modo que quedaron igualados. Al menos eso pensé. Me pareció que Fiske estaba en plena forma; sus piezas se hallaban en el centro del tablero, en tanto que las de Solarin quedaban atrapadas en la retaguardia. Solarin comió el alfil de Fiske con su caballo. Se oyeron murmullos en la sala. Los pocos que habían salido regresaron deprisa, café en mano, y miraron la pizarra mientras el chico anotaba la jugada.

—*Fegatello!* —exclamó Lily, y esta vez nadie la hizo callar—. Es increíble.

—¿Qué quiere decir *fegatello*? —En el ajedrez parecían haber más palabras técnicas que en el mundo de la informática.

—Significa «hígado frito». Te aseguro que Fiske se freirá el hígado si utiliza el rey para comer ese caballo. —Se mordió la punta del dedo y miró el ajedrez magnético como si la partida se celebrara allí—. Tendrá que perder alguna pieza, eso está claro. La dama y la torre están en posición de ataque y no puede llegar al caballo con ninguna otra pieza.

Me parecía ilógico que Solarin realizase semejante jugada. ¿Pensaba cambiar alfil por caballo solo para que el rey se moviera un escaque?

—Si Fiske avanza el rey, no podrá enrocar —añadió Lily como si me hubiese adivinado el pensamiento—. El rey quedará situado en el centro del tablero y tendrá que luchar durante el resto de la partida. Sería mejor que moviera la dama y sacrificara la torre.

Fiske comió el caballo con el rey. Solarin adelantó la dama y dio jaque. Fiske protegió el rey detrás de varios peones y Solarin retrocedió la dama para amenazar al caballo negro. Sin duda la partida se animaba, pero yo no sabía adónde conduciría. Lily también parecía desconcertada.

—Aquí hay gato encerrado —susurró—. Ese no es el estilo de juego de Fiske.

En efecto, lo que estaba ocurriendo era muy raro. Observé a Fiske y noté que después de hacer su jugada no levantaba la mirada del tablero. Su nerviosismo había aumentado. Sudaba copiosamente, hasta el punto de que se habían formado grandes círculos oscuros bajo las axilas de su chaqueta marrón. Parecía enfermo y, aunque era el turno de Solarin, se concentraba en el tablero como si en él cifrara la esperanza de conquistar el cielo.

Solarin, por su parte, miraba a Fiske, a pesar de que su reloj ya estaba descontando el tiempo. Estaba tan absorto mirando a su adversario que daba la impresión de que había olvidado la partida. Al cabo de un buen rato Fiske alzó la vista hacia él, pero enseguida volvió a posarla en el tablero. Solarin entrecerró los ojos, tocó un trebejo y lo avanzó.

Yo ya no prestaba atención a las jugadas. Observaba a los dos jugadores e intentaba adivinar qué ocurría entre ambos. Lily estaba boquiabierta y estudiaba el tablero. De pronto Solarin se puso en pie y apartó la silla. Se armó un gran alboroto en la sala mientras los espectadores cuchicheaban con sus vecinos. Solarin accionó los botones que detenían los dos relojes y se inclinó hacia Fiske para decirle algo. Un árbitro se acercó corriendo a la mesa, intercambió unas pocas palabras con Solarin y meneó la cabeza. Fiske seguía cabizbajo, con la mirada clavada en el tablero y las manos sobre el regazo. Solarin volvió a hablarle. El árbitro regresó a la mesa de los jueces. Estos asintieron y el presidente se puso en pie para anunciar:

—Damas y caballeros, el gran maestro Fiske no se encuentra bien. El gran maestro Solarin ha tenido la amabilidad de detener el reloj y hacer una breve interrupción para que el señor Fiske pueda tomar el aire. Señor Fiske, entregue su próxima jugada en un sobre cerrado a los árbitros y reanudaremos la partida dentro de media hora.

Fiske anotó la jugada con mano temblorosa, metió el papel en un sobre, lo cerró y se lo tendió al árbitro. Antes de que los periodistas tuvieran la oportunidad de abordarlo, Solarin se marchó y recorrió el pasillo con paso presuroso. En la sala reinaba una gran agitación; infinidad de grupitos de personas hablaban en voz baja. Me volví hacia Lily.

—¿Qué ha pasado? ¿Qué ocurre?

—Es increíble —comentó—. Solarin no puede parar los relojes; es una atribución del árbitro. Va contra las reglas, deberían haber anulado la partida. Solo el árbitro puede detener los relojes si los contendientes están de acuerdo en hacer una interrupción. Y solo después de que Fiske hubiera entregado su siguiente jugada en sobre cerrado.

—Así pues, Solarin ha regalado a Fiske un poco de tiempo —observé—. ¿Por qué lo ha hecho?

Lily se me quedó mirando. Sus propios pensamientos parecieron sorprenderla.

—Sabe que no es el estilo de juego de Fiske —respondió. Tras una pausa añadió, recordando la partida—: Solarin ofreció a Fiske un cambio de damas. Según los parámetros del juego, no está obligado a hacerlo. Sospecho que quería poner a prueba a Fiske. Todos saben que detesta perder la dama.

—¿Y Fiske ha aceptado? —pregunté.

—No —contestó Lily, absorta en sus pensamientos—. No ha aceptado. Ha levantado la dama y la ha soltado. Ha intentado hacerlo pasar por *j'adoube*.

—¿Qué significa eso?

—Compongo, coloco bien. Durante la partida es perfectamente legal centrar en la casilla una pieza que no se quiere mover.

—¿Y qué tiene de malo?

—Nada —aseguró Lily—, pero el jugador debe decir «*j'adoube*» antes de tocar la pieza, nunca después.

—Quizá no se ha dado cuenta…

—Es un gran maestro —me interrumpió Lily, y me miró largo rato—. Ha tenido que darse cuenta.

El público había salido de la sala y nos encontrábamos solas. Lily se puso a estudiar la posición de los trebejos en el ajedrez magnético. No quise molestarla y me dediqué a intentar deducir, con mis limitados conocimientos de ajedrez, qué significaba lo que acababa de suceder.

—¿Quieres saber mi opinión? —preguntó Lily al cabo de un rato—. Creo que el gran maestro Fiske ha hecho trampa. Me huelo que estaba conectado a un transmisor.

Si hubiera sabido cuánta razón tenía, tal vez habría cambiado el curso de los acontecimientos que pronto se desencadenarían. Sin embargo, ¿cómo podía adivinar lo que en realidad había ocurrido a solo tres metros de distancia, mientras Solarin estudiaba el tablero?

Solarin estaba mirando el tablero la primera vez que lo había notado. Al principio no fue más que un destello percibido con el rabillo del ojo, pero a la tercera lo relacionó con la jugada. Fiske se ponía las manos sobre las piernas cada vez que su contrincante paraba el reloj y comenzaba a funcionar el suyo. Solarin no apartó la vista de Fiske durante la siguiente jugada. Era el anillo. Hasta entonces Fiske jamás había llevado anillo.

Fiske jugaba temerariamente, exponiéndose con cada movimiento. En cierto sentido su estilo de juego era más interesante que de costumbre. Cada vez que se arriesgaba, Solarin lo miraba a la cara y advertía que su expresión no era la de un jugador audaz. Fue entonces cuando se dedicó a observar el anillo.

Era indudable que Fiske tenía un transmisor. Solarin estaba jugando contra alguien o algo que no se encontraba en la sala; desde luego, no contra Fiske. Echó un vistazo al hombre del KGB, sentado junto a la pared del fondo. Si Solarin aceptaba el reto y perdía la maldita partida, quedaría eliminado del torneo. Tenía que averiguar quién estaba conectado con Fiske y por qué.

Solarin empezó a jugar con suma audacia para tratar de descubrir la pauta de las respuestas de Fiske, a quien esta estrategia estuvo a punto de sacar de quicio. Luego tuvo la genial idea de forzar un cambio de damas sin que viniera a cuento. Situó su dama en una posición peligrosa, ofreciéndola sin importarle las consecuencias. Obligaría a Fiske a mostrar su propio juego o a revelar que era un tramposo. Fue entonces cuando Fiske se derrumbó.

Durante unos segundos dio la impresión de que Fiske aceptaría el cambio y le comería la dama. En ese caso Solarin llamaría a los jueces y abandonaría la partida. No podía jugar contra una máquina o lo que fuera a lo que Fiske estaba conectado. Sin embargo, este se arredró y reclamó *j'adoube*. Solarin dio un salto y se inclinó hacia él.

—¿Qué diablos está haciendo? —murmuró—. Interrumpiremos la partida hasta que recobre la cordura. ¿Se da cuenta de que hay agentes del KGB? Si se enteran de esto, puede despedirse del ajedrez.

Solarin avisó a los árbitros con una mano mientras con la otra paraba los relojes. Explicó que Fiske se encontraba mal y que entregaría en sobre cerrado su siguiente movimiento.

—Y más vale que sea la dama —añadió inclinándose de nuevo hacia Fiske.

Este ni siquiera alzó la mirada. Hacía girar el anillo, como si le apretara el dedo. Solarin abandonó la sala hecho una furia.

El hombre del KGB salió a su encuentro en el pasillo y lo miró con gesto inquisitivo. Era bajo, de tez pálida y cejas espesas. Se llamaba Gogol.

—Ve a tomarte una *slivovitz* —dijo Solarin—. Yo me ocuparé de esto.

—¿Qué ha pasado? —preguntó Gogol—. ¿Por qué ha pedido *j'adoube*? Va contra las reglas. No debiste parar los relojes; podrían haberte descalificado.

—Fiske tiene un transmisor. Debo averiguar con quién está conectado y por qué. Tú solo conseguirías asustarlo un poco más. Lárgate y haz como si no supieras nada. Sé cómo debo actuar.

—Brodski está aquí —murmuró Gogol.

Brodski era un alto cargo del servicio secreto. Su categoría era muy superior a la de los guardaespaldas de Solarin.

—Invítalo a una copa —propuso Solarin—. Mantenlo lejos de mí durante media hora. No quiero que toméis ninguna medida. Ninguna medida, Gogol, ¿me has entendido?

El guardaespaldas estaba asustado. Se encaminó hacia la escalera y Solarin lo siguió hasta el extremo del balcón, franqueó una puerta y esperó a que Fiske saliera de la sala de juego.

Fiske cruzó presuroso el balcón, bajó por la escalinata y corrió a través del vestíbulo. No advirtió que Solarin lo vigilaba desde la planta alta. Una vez fuera, atravesó el patio y franqueó las impresionantes puertas de hierro forjado. En el otro extremo del patio, en diagonal a la entrada del club, se alzaba la puerta que conducía al Canadian Club, de dimensiones más reducidas. Entró y subió por la escalera.

Solarin cruzó el patio con sigilo y abrió la puerta de cristal del Canadian Club justo en el momento en que la puerta del servicio de caballeros se cerraba detrás de Fiske. Se detuvo un instante, subió hasta allí y entró. Fiske estaba al otro lado, con los ojos cerrados, apoyado contra la pared de los urinarios. Solarin vio cómo caía de rodillas. Fiske sollozó angustiado… se agachó, presa de un ataque de náuseas, y vomitó en el cuenco de porcelana. Cuando terminó, estaba tan agotado que descansó la frente sobre el cuenco.

Solarin vio con el rabillo del ojo que Fiske alzaba la cabeza al oír que abría el grifo. Permaneció inmóvil junto al lavamanos, mirando el agua que corría. Fiske era inglés, y sin duda debió de sentirse más que avergonzado al saber que alguien lo había visto vomitar.

—Esto le ayudará —dijo Solarin sin apartarse del lavamanos.

Fiske miró alrededor, sin saber si el otro se dirigía a él. Cuando comprobó que estaban solos, se levantó a duras penas y caminó hacia Solarin, que escurría una toalla de papel en el lavamanos. La toalla olía a avena húmeda. Solarin se volvió y le humedeció la frente y las sienes.

—Si sumerge las muñecas, se le activará la circulación —observó Solarin desabrochándole los puños de la camisa.

Arrojó la toalla húmeda en la papelera. Sin pronunciar palabra,

Fiske metió las muñecas en el lavamanos lleno de agua, pero procurando no mojarse los dedos, como observó Solarin.

Este anotó algo con un lápiz en el revés de una toalla de papel. Fiske se le quedó mirando, sin apartar las muñecas del lavamanos. Solarin le mostró el mensaje, que rezaba: «¿La transmisión es uni o bidireccional?».

Fiske desvió la mirada, sonrojado. Solarin lo observaba con atención. Volvió a inclinarse sobre el papel y escribió: «¿Pueden oírnos?».

Fiske respiró hondo y cerró los ojos. Luego negó con la cabeza, sacó una mano del agua e hizo ademán de coger la toalla de papel, pero Solarin le dio otra.

—Con esta no —dijo, y tras sacar un pequeño mechero de oro prendió fuego al papel escrito. Dejó que ardiera casi por entero, lo arrojó al mingitorio y tiró de la cadena—. ¿Está seguro? —preguntó mientras se acercaba de nuevo al lavamanos—. Es muy importante.

—Sí —respondió Fiske inquieto—. Eso… eso me dijeron.

—Perfecto. Entonces podemos hablar. —Solarin aún tenía en la mano el mechero de oro—. ¿En qué oído lo lleva?, ¿en el izquierdo o en el derecho?

Fiske se tocó la oreja izquierda. Solarin asintió y retiró la tapa de la parte inferior del mechero, de donde extrajo un pequeño instrumento plegado, que abrió. Eran unas pinzas.

—Tiéndase en el suelo, con la oreja izquierda hacia mí, y apoye la cabeza de tal modo que no se mueva. No me gustaría perforarle el tímpano.

Fiske obedeció. Parecía casi aliviado de ponerse en manos de Solarin y ni se le ocurrió preguntar por qué el gran maestro era experto en retirar transmisores ocultos. Solarin se agachó y se inclinó sobre la oreja de Fiske. Poco después extrajo con las pinzas un objeto pequeño y lo observó. Apenas superaba el tamaño de una cabeza de alfiler.

—Ajá —exclamó Solarin—. No es tan pequeño como los nuestros. Dígame, querido Fiske, ¿quién se lo colocó? ¿Quién está detrás de esto? —Depositó el diminuto transmisor en la palma de su mano.

Fiske se incorporó al instante y se quedó mirándolo, como si por primera vez se diera cuenta de quién era Solarin: no solo un jugador de ajedrez, sino sobre todo ruso. Además, tenía acompañantes del KGB merodeando por todo el edificio. Fiske gimió y se llevó las manos a la cabeza.

—Tiene que decírmelo. Se hace cargo, ¿verdad?

Solarin bajó la vista hacia el anillo de Fiske. Le cogió la mano y observó la joya con detenimiento. Aterrorizado, Fiske alzó la mirada.

Era un sello enorme con un escudo, de un metal parecido al oro y con la superficie engastada por separado. Solarin lo apretó y sonó un suave zumbido, apenas perceptible. Así pues, Fiske presionaba el anillo para comunicar mediante un código la última jugada a sus compinches, que a continuación le indicaban el siguiente movimiento a través del transmisor que llevaba en el oído.

—¿Le advirtieron que no se lo quitara? —inquirió Solarin—. Es lo bastante grande para albergar un pequeño explosivo y un detonador.

—¡Un detonador! —exclamó Fiske.

—Lo suficiente para volar el aseo —prosiguió Solarin sonriente—. Al menos la zona en la que estamos. ¿Es usted agente de los irlandeses? Son muy diestros con las bombas pequeñas, sobre todo con las cartas bomba. Lo sé porque la mayoría se forma en Rusia. —Fiske había palidecido. Solarin prosiguió—: Mi querido Fiske, no sé qué se proponen sus amigos, pero, si un agente traicionara a mi gobierno como usted ha traicionado a quienes lo enviaron, encontrarían el modo de silenciarlo rápida y definitivamente.

—¡Yo… yo no soy agente de nadie! —se defendió Fiske.

Solarin lo miró a los ojos y sonrió.

—Le creo. ¡Dios mío, esto es una verdadera chapuza!

Fiske se retorció las manos mientras Solarin reflexionaba.

—Mi querido Fiske, se ha metido en un juego peligroso. Pueden aparecer en cualquier momento y entonces nuestras vidas no valdrán nada. Quienes le pidieron que hiciera esto no son buenas personas. ¿Lo comprende? Cuénteme todo lo que sabe sobre ellos. Dese prisa. Solo así podré ayudarlo.

Solarin se puso en pie y tendió la mano a Fiske para que se incorporara. Este bajó la vista al suelo, avergonzado, como si estuviera a punto de echarse a llorar. Solarin le puso una mano en el hombro.

—Lo abordó alguien que quería que ganara esta partida. Necesito que me diga quién y por qué.

—El director… —A Fiske se le quebró la voz—. Cuando… cuando hace muchos años enfermé y tuve que dejar el ajedrez, el gobierno británico me ofreció un puesto como profesor de matemáticas en la universidad, un salario de funcionario. El mes pasado, el director de mi departamento me pidió que hablara con algunas personas. No sé quiénes son. Me anunciaron que, por razones de seguridad nacional, debía participar en este torneo. No estaría sometido a ninguna tensión…

Fiske se echó a reír y miró alrededor desesperado, mientras hacía girar el anillo en el dedo. Solarin le cogió la mano sin retirar la otra del hombro del inglés.

—No estaría sometido a ninguna tensión porque en realidad no jugaría —dijo con calma—. Solo tendría que seguir las instrucciones de otra persona.

Fiske asintió con los ojos llenos de lágrimas y tragó saliva varias veces antes de recuperar la voz. Estaba a punto de derrumbarse.

—Les dije que no podía hacerlo, que buscaran a otro —exclamó—. Les rogué que no me obligaran a jugar, pero no contaban con nadie más. Yo estaba en sus manos. Podían retirarme el salario cuando se les antojara. Me lo dijeron… —Le costaba respirar, y Solarin se asustó. Fiske divagaba y hacía girar el anillo como si le apretara. Miraba alrededor con ojos de demente—. No me hicieron caso. Dijeron que debían apoderarse de la fórmula a cualquier precio. Dijeron…

—¡La fórmula! —exclamó Solarin al tiempo que le apretaba el hombro—. ¿Utilizaron la palabra «fórmula»?

—¡Sí, sí! ¡Solo querían la maldita fórmula! —respondió Fiske a voz en grito.

Solarin intentó calmarlo dándole unas suaves palmaditas en el hombro.

—Hábleme de la fórmula —pidió con pies de plomo—. Vamos, querido Fiske, ¿por qué les interesa la fórmula? ¿Creían que podrían conseguirla participando en este torneo?

—Pensaban obtenerla por medio de usted —respondió Fiske con voz queda, la mirada clavada en el suelo. Las lágrimas rodaban por sus mejillas.

—¿Por medio de mí? —Solarin se quedó mirándolo. De pronto creyó oír unos pasos al otro lado de la puerta—. Debemos aclarar esto deprisa —susurró—. ¿Cómo se enteraron de que yo iba a participar en el torneo? Nadie lo sabía.

—Ellos sí… —contestó Fiske mirando a Solarin con los ojos abiertos como platos. Giró bruscamente el anillo—. ¡Por favor, déjeme en paz! ¡Les dije que no podía! ¡Les dije que fracasaría!

—Deje de tocar ese anillo —advirtió Solarin con tono severo, y cogiéndolo de la muñeca le retorció la mano. En el rostro del inglés apareció una mueca de dolor—. ¿A qué fórmula se refiere?

—A la fórmula de la que habló en España —vociferó Fiske—. ¡La fórmula que apostó durante la partida! ¡Dijo que se la daría a quien lo derrotara! ¡Es lo que usted dijo! Y yo tenía que ganarle para que me la entregara.

Solarin lo miró con incredulidad, dejó caer las manos a los costados y se alejó riendo a carcajadas.

—Es lo que usted dijo —musitó Fiske toqueteando el anillo.

—Oh, no —dijo Solarin. Echó la cabeza hacia atrás y rió hasta que se le llenaron los ojos de lágrimas—. Mi querido Fiske, si se refiere a esa fórmula, ¡ni lo sueñe! Los muy imbéciles llegaron a una conclusión equivocada. No ha sido más que el peón de un grupo de chalados. Salgamos y… ¿Qué hace?

No había reparado en que Fiske, que estaba cada vez más angustiado, intentaba quitarse el anillo. Se lo sacó del dedo con un movimiento brusco y lo arrojó a un urinario mascullando:

—¡No lo haré! ¡No lo haré!

Solarin vio rebotar el anillo dentro del urinario. Saltó hacia la puerta al tiempo que empezaba a contar. Uno, dos. La abrió y salió velozmente. Tres. Cuatro. Salvó la escalera de un brinco y corrió por el reducido vestíbulo. Seis. Siete. Franqueó la puerta de entrada y cruzó el patio en seis zancadas. Ocho. Nueve. Dio un salto y aterrizó boca abajo sobre los adoquines. Diez. Se cubrió la cabeza con los brazos y se tapó los oídos. Esperó, pero no hubo ninguna explosión.

Miró por encima de sus brazos y vio dos pares de zapatos. Alzó la vista para toparse con dos jueces que lo miraban desconcertados.

—¡Gran maestro Solarin! —dijo uno de ellos—. ¿Está herido?

—No, estoy bien —respondió Solarin. Se puso dignamente en pie y sacudió el polvo de la ropa—. El gran maestro Fiske está en el servicio. Se encuentra mal. He salido a buscar ayuda y he tropezado. Los adoquines son muy resbaladizos.

Se preguntó si se había equivocado con respecto al anillo. Tal vez el hecho de que Fiske se lo quitara no tenía la menor importancia, pero no podía saberlo.

—Iremos a ver si podemos ayudarlo —dijo el juez—. ¿Por qué ha ido al servicio del Canadian Club en lugar de a los aseos del Metropolitan? ¿Por qué no ha acudido al puesto de primeros auxilios?

—Porque es muy orgulloso —respondió Solarin—. Supongo que no quería que lo vieran vomitar.

Los jueces todavía no le habían preguntado qué hacía él en el mismo aseo, a solas con su adversario.

—¿Está muy mal? —preguntó el otro juez mientras se encaminaban hacia la entrada del Canadian Club.

—Tiene el estómago revuelto —explicó Solarin.

Aunque no parecía razonable regresar al aseo, Solarin no tenía otra opción.

Los tres hombres subieron por la escalera y el juez que iba delante abrió la puerta del servicio de caballeros. Retrocedió a toda velocidad y soltó una exclamación.

—¡No mire! —aconsejó. Estaba muy pálido.

Solarin se adelantó y miró hacia el interior del aseo. Fiske se había colgado del tabique de los lavabos con su propia corbata. Estaba morado y, a juzgar por el ángulo en que pendía la cabeza, tenía el cuello roto.

—¡Se ha suicidado! —afirmó el juez que había aconsejado a Solarin que no mirara.

El ruso se retorcía las manos, como había hecho Fiske unos minutos antes.

—No es el primer maestro de ajedrez que acaba así —comentó el otro juez, que se interrumpió avergonzado cuando Solarin se volvió y lo fulminó con la mirada.

—Será mejor que llamemos al médico —se apresuró a decir su compañero.

Solarin se acercó al urinario en el que Fiske había arrojado el anillo. Este ya no estaba.

—Sí, avisemos al médico —convino.

Nada sabía yo de esos acontecimientos mientras, sentada en el salón, esperaba a que Lily trajera la tercera ronda de café. Si hubiera sabido entonces lo que sucedía entre bambalinas, tal vez no habría ocurrido lo que se desencadenó a continuación.

Habían pasado tres cuartos de hora desde que se había anunciado la pausa y tenía la vejiga a punto de reventar a causa de todo el café que había bebido. Me pregunté qué estaría sucediendo. Lily regresó y me sonrió con cara de conspiradora.

—¿Sabes una cosa? —susurró—. ¡En el bar he visto a Hermanold! Parecía haber envejecido diez años. Estaba hablando con el médico del torneo. Querida, en cuanto acabemos el café, levantaremos la sesión. Hoy no habrá partida. Lo anunciarán dentro de unos minutos.

—¿Tan mal está Fiske? Tal vez por eso jugaba de forma tan extraña.

—Querida, no se encuentra mal. Ha superado la enfermedad. Y del modo más intempestivo, diría yo.

—¿Se ha retirado?

—Es una manera como otra de expresarlo. Se ha ahorcado en el servicio inmediatamente después de la interrupción.

—¿Se ha ahorcado? —pregunté sorprendida, y Lily me obligó a bajar la voz porque varias personas se volvieron a mirarnos—. ¿De qué hablas?

—Hermanold opina que la presión del torneo ha sido excesiva para Fiske. El médico, por su parte, considera que es difícil que un hombre de sesenta y cinco kilos se parta el cuello colgándose de un tabique de metro ochenta.

—¿Por qué no pasamos del café y nos largamos?

No hacía más que recordar los ojos verdes de Solarin cuando se había inclinado hacia mí. Estaba mareada. Necesitaba respirar aire fresco.

—De acuerdo —dijo Lily en voz alta—, pero regresaremos enseguida. No quiero perderme un solo segundo de este magnífico torneo.

Cruzamos rápidamente la sala y al llegar al vestíbulo nos abordaron dos periodistas.

—Hola, señorita Rad —saludó uno—. ¿Sabe qué sucede? ¿Se reanudará la partida?

—Lo dudo, a menos que traigan un mono adiestrado para reemplazar al señor Fiske.

—¿No le parece bien su táctica? —preguntó el otro periodista, sin dejar de tomar notas.

—No tengo ninguna opinión al respecto —respondió Lily con arrogancia—. Ya saben que solo pienso en mis jugadas. En cuanto a la partida —añadió encaminándose hacia la salida, seguida por los periodistas—, he visto lo suficiente para saber cómo acabará.

Franqueamos las puertas dobles que daban al patio y bajamos por la rampa hacia la calle.

—¿Dónde se ha metido Saul? —preguntó Lily—. El coche debería estar aparcado a la puerta del club.

Miré calle abajo y vi el gran Corniche azul claro en la esquina con la Quinta Avenida. Lo señalé.

—Fantástico, lo que me faltaba, otra multa —dijo—. Venga, larguémonos antes de que empiece el follón en el club.

Me cogió del brazo y corrimos bajo un viento despiadado. Al llegar a la esquina vi que el coche estaba vacío. No había ni rastro de Saul.

Cruzamos la calle y miramos a ambos lados en busca del chófer. Regresamos junto al vehículo y descubrimos que la llave estaba puesta. Carioca también había desaparecido.

—¡No puedo creerlo! —exclamó Lily, colérica—. Desde que trabaja para nosotros, Saul jamás ha abandonado el coche. ¿Dónde se habrá metido? ¿Dónde está mi perro?

Oí un rumor que parecía proceder de debajo del asiento. Abrí la portezuela, me agaché y estiré la mano. Noté la saliva de una lengua pequeña. Saqué a Carioca y al incorporarme vi algo que me heló la sangre: en el asiento del conductor había un agujero.

—Mira. ¿Qué significa este agujero? —pregunté a Lily.

En el preciso instante en que ella se inclinaba para mirar, oímos un ruido seco y el coche se movió ligeramente. Volví la cabeza, pero no vi a nadie. Dejé a Carioca sobre el asiento y registré el lado del coche que miraba al Metropolitan Club. Descubrí otro agujero que un segundo antes no estaba. Lo toqué. Estaba caliente.

Me volví hacia el Metropolitan Club. Sobre la bandera de Estados Unidos, una de las puertaventanas del balcón estaba abierta. El viento agitaba las cortinas, pero no divisé a nadie. Estaba segura de que esa ventana correspondía a la sala de juego; era la situada detrás de la mesa de los árbitros.

—¡Caray! —susurré—. ¡Alguien ha disparado al coche!

—No digas tonterías —dijo Lily.

Rodeó el vehículo para echar un vistazo al orificio de bala del lateral y siguió mi mirada hasta la puertaventana abierta. Hacía tanto frío que en la calle no había un alma, y tampoco había pasado ningún coche cuando oímos aquel ruido seco. En consecuencia, las posibilidades eran bastante escasas.

—¡Solarin! —exclamó Lily cogiéndome del brazo—. Te aconsejó que abandonaras el club, ¿no? ¡El muy hijo de puta intenta matarnos!

—Me advirtió que corría peligro si me quedaba, y ahora estoy fuera —repuse—. Además, en el caso de que alguien quisiera dispararnos, dudo mucho que fallara a tan poca distancia.

—¡Pretende asustarme para que me retire del torneo! —afirmó Lily—. Primero secuestra a mi chófer y acto seguido dispara contra mi coche. Pues bien, yo no soy de las que se asustan fácilmente…

—¡Yo, sí! Vámonos.

Lily se dirigió hacia el asiento del conductor con tal precipitación que comprendí que estaba de acuerdo conmigo. Puso en marcha el motor y entró en la Quinta Avenida, tras arrojar a Carioca sobre el asiento.

—Me muero de hambre —dijo Lily, a voz en grito para hacerse oír por encima del ulular del viento.

—¿Quieres comer ahora? ¿Te has vuelto loca? Creo que primero deberíamos ir a la policía.

—De ninguna manera —declaró con firmeza—. Si Harry se entera de esto, me encerrará para que no participe en el torneo. Iremos a comer algo e intentaremos averiguar por nosotras mismas qué está ocurriendo. No puedo pensar con el estómago vacío.

—Si no quieres ir a la comisaría, vayamos a mi casa.

—No tienes cocina. Necesito un buen chuletón para que me funcionen las células cerebrales.

—Coge la dirección de mi casa. A pocas manzanas, en la Tercera, hay un buen restaurante. Te advierto que cuando tengas la tripa llena iré directamente a la policía.

Lily estacionó frente al restaurante Palm de la Tercera Avenida. Cogió su enorme bolso de bandolera, de donde sacó el ajedrez magnético para meter a Carioca. El perro asomó la cabeza y babeó.

—En los restaurantes no permiten entrar perros —explicó Lily.

—¿Qué quieres que haga con esto? —pregunté alzando el ajedrez que había arrojado en mi regazo.

—Guárdalo —respondió—. Tú eres un genio de la informática y yo experta en ajedrez. La estrategia es el pan nuestro de cada día. Estoy segura de que resolveremos este misterio si aunamos nuestros cerebros. Pero antes tendrás que aprender algunas cosas sobre ajedrez. —Lily metió la cabeza de Carioca en el bolso y lo cerró—. ¿Conoces la expresión «los peones son el alma del ajedrez»?

—Hmmm. Sí, la he oído alguna vez, pero no sé dónde. ¿De quién es?

—De André Philidor, el padre del ajedrez moderno. Por la época de la Revolución francesa escribió un célebre libro de ajedrez en el que explicaba que, si se utiliza el conjunto de peones, estos pueden volverse tan poderosos como las piezas principales. Hasta entonces a nadie se le había ocurrido. Los peones solían sacrificarse porque se consideraba que entorpecían la acción.

—¿Intentas decir que somos un par de peones que alguien trata de eliminar del tablero? —La idea me pareció insólita, aunque interesante.

—No —respondió Lily. Se apeó del coche y se colgó el bolso del hombro—. Solo digo que ha llegado la hora de que aunemos fuerzas. Al menos hasta que averigüemos a qué estamos jugando.

Chocamos los cinco.

CAMBIO DE REINAS

Las reinas jamás hacen tratos.

Lewis Carroll,
A través del espejo

San Petersburgo, Rusia, otoño de 1791

L a troica se deslizaba por los campos nevados y la respiración de los tres caballos que tiraban de ella formaba nubes de vapor junto a sus ollares. Pasada Riga, la nieve cubría de tal modo los caminos que habían trocado el oscuro carruaje por el trineo ancho y abierto. Las tiras de cuero de las guarniciones de los tres equinos estaban tachonadas de cascabeles de plata, y las alforjas, anchas y en forma de arca, tenían remaches de oro macizo adornados con el escudo imperial.

Allí, a solo quince verstas de San Petersburgo, los árboles aún exhibían hojas ocres y, a pesar de que la nieve se había acumulado en los techos de paja de las casas de piedra, los campesinos seguían trabajando los campos medio helados.

La abadesa se recostó sobre la pila de pieles y contempló las tierras por las que pasaba. De acuerdo con el calendario juliano, que regía en Europa, ya era 4 de noviembre; así pues, hacía exactamente un año y siete meses que —casi ni se atrevía a pensarlo— había decidido sacar el ajedrez de Montglane del escondite donde había permanecido mil años.

En Rusia, según el calendario gregoriano, solo era 23 de octubre. Rusia estaba atrasada en muchos sentidos, pensó la abadesa. El país tenía un calendario, una religión y una cultura propios. El atuendo y las costumbres de los campesinos que veía a la vera del camino no habían cambiado desde hacía siglos. Los rostros de rasgos angulosos y ojos negros típicamente rusos que se volvían al paso del carruaje eran la expresión de un pueblo ignorante, sometido a supersticiones y ritos primitivos. Las manos nudosas aferraban los mismos azadones y acuchillaban la misma tierra helada que sus antepasados habían conocido hacía un milenio. A pesar de los ucases promulgados en los tiempos de Pedro I, aún llevaban largas la negra barba y la espesa melena, buena parte de la cual quedaba oculta bajo los jubones de piel de carnero.

Las puertas de San Petersburgo se abrían en medio de las tierras nevadas. El cochero —ataviado con la librea blanca y los galones dorados de la Guardia Imperial— estaba de pie en la plataforma, con las piernas separadas, y azuzaba los caballos. Al entrar en la ciudad la abadesa vio cómo la nieve resplandecía en las altas cúpulas que se elevaban al otro lado del Neva. Los niños patinaban en el río helado y, pese a lo tardío de la fecha, a lo largo de la ribera aún se alzaban las pintorescas casetas de los vendedores ambulantes. Chuchos de variados pelajes ladraban al paso del trineo y mocosos rubios con la cara sucia corrían junto a las cuchillas mendigando monedas. El cochero hizo restallar el látigo.

Mientras cruzaban el río helado, la abadesa metió la mano en su bolso de viaje y acarició el paño bordado que llevaba. Cogió el rosario y rezó un avemaría. Sentía el peso de la responsabilidad que la aguardaba. Sobre ella, solo sobre ella, recaía la tarea de dejar en buenas manos esa potente fuerza, en unas manos que la protegerían de los codiciosos y los ambiciosos. La abadesa sabía muy bien que esa era su misión. Desde la cuna la habían escogido para ella, y toda su vida había aguardado ese momento.

Hoy, después de casi cincuenta años, volvería a ver a su amiga de la infancia, a quien hacía tanto tiempo había abierto su corazón. Recordó aquel día lejano y a la jovencita que tanto se parecía en espíritu a Valentine, rubia y frágil, una chiquilla de salud delicada con una faja correctora en la espalda, que, a pesar de la enfermedad y la desesperación, se había impuesto una infancia feliz y sana; la pequeña Sofía de Anhalt-Zerbst, la amiga a la que evocaba con cariño tan a menudo, a la que había escrito sus secretos casi todos los meses de su vida adulta. Pese a que sus caminos las habían separado, la abadesa aún recordaba a Sofía como la muchacha que perseguía mariposas por el patio de la casa de sus padres en Pomerania, con sus cabellos rubios brillando al sol.

Cuando la troica hubo cruzado el río y se aproximó al Palacio de Invierno, la abadesa experimentó un ligero escalofrío. Una nube había tapado el sol. Se preguntó qué clase de persona sería su amiga y protectora ahora que ya no era la pequeña Sofía de Pomerania, ahora que en toda Europa se la conocía como Catalina la Grande, emperatriz de todas las Rusias.

♟

Catalina la Grande, emperatriz de todas las Rusias, estaba sentada ante el tocador y se miraba en el espejo. Contaba sesenta y dos años, era de estatura más bien baja, obesa, de frente despejada y mandíbula fuerte. Sus ojos azules, por lo general rebosantes de vitalidad, esa mañana estaban apagados, grises e hinchados por el llanto. Había estado dos semanas encerrada en sus aposentos, sin permitir siquiera la entrada a su familia. Más allá de las paredes de sus habitaciones, toda la corte estaba de luto. Dos semanas antes, el 12 de octubre, había llegado de Iasi un mensajero vestido de negro con la noticia de la muerte del conde Potemkin.

Potemkin, el hombre que la había elevado al trono de Rusia y le había entregado la borla de la empuñadura de su espada para que la llevara cuando, a lomos de un blanco corcel, encabezara el ejército rebelde que había de derrocar a su marido, el zar. Potemkin, que había sido su amante, su ministro, general de sus ejércitos y confidente, el mismo hombre al que describió como «mi único esposo». Potemkin, que había aumentado en un tercio sus dominios extendiéndolos hasta los mares Caspio y Negro. Potemkin había muerto como un perro en la carretera de Nicolaiev.

Murió por comer faisanes y perdices en exceso, por atiborrarse de deliciosos jamones curados y de carnes en salazón, por beber sin medida cerveza y aguardiente de arándano. Murió por satisfacer a las rollizas damas de la nobleza, que lo acompañaban como las mujerzuelas que siguen a los ejércitos en campaña, mendigando sus atenciones. Había derrochado cincuenta millones de rublos en exquisitos palacios, joyas y champán francés. Pero había convertido a Catalina en la mujer más poderosa del mundo.

Las damas de honor de Catalina revoloteaban alrededor como mariposas silenciosas, mientras le empolvaban el pelo y le ataban los cordones de los zapatos. La zarina se puso en pie y la envolvieron con el manto de gala, de terciopelo gris, cubierto con las condecoraciones que lucía siempre que aparecía en la corte: las cruces de Santa Catalina, San Vladimiro y San Alejandro Nevski; las cintas de San Andrés y San Jorge, cargadas de pesadas medallas de oro, le cruzaban el pecho. Irguió los hombros para poner de relieve su magnífica figura y abandonó sus aposentos.

Por primera vez en diez días, haría acto de presencia en la corte. Acompañada por su guardia personal, caminó entre las filas de soldados por los largos pasillos del Palacio de Invierno, mirando con expresión meditabunda hacia las ventanas desde las que años antes había visto zarpar sus barcos del Neva, rumbo al mar, para hacer frente a la flota sueca que asediaba San Petersburgo.

En la corte la aguardaba el nido de víboras que se hacían llamar diplomáticos y cortesanos. Conspiraban contra ella, tramaban su caída. Hasta su propio hijo, Pablo, planeaba su asesinato. Sin embargo, a San Petersburgo acababa de llegar la única persona que podía salvarla, una mujer que tenía en sus manos el poder que Catalina había perdido con la muerte de Potemkin. Aquella misma mañana, había llegado a San Petersburgo su más antigua amiga de la infancia: Hélène de Roque, abadesa de Montglane.

♟

Cansada después de su aparición ante la corte, Catalina se retiró del brazo de Platón Zubov, su último amante, a la cámara de las audiencias privadas. Allí la esperaba la abadesa en compañía de Valeriano, el hermano de Platón. Hélène se incorporó al ver a la zarina y cruzó la estancia para abrazarla.

Ágil pese a sus años y delgada como un junco, la abadesa resplandeció al ver a su amiga. Mientras la abrazaba, miró de reojo a Platón Zubov, que, ataviado con una casaca azul celeste y ceñidos pantalones de montar, estaba tan engalanado de medallas que parecía a punto de caer de bruces. Era un joven de facciones delicadas. Su papel en la corte no ofrecía lugar a dudas. Catalina le acarició el brazo mientras hablaba con la abadesa.

—¡Hélène, no imaginas cuán a menudo he añorado tu presencia! Me cuesta creer que por fin estás aquí. Dios ha escuchado los ruegos de mi corazón y me ha traído a la amiga de la infancia.

Indicó a la abadesa que se sentara en una cómoda butaca y tomó asiento a su lado. Platón y Valeriano se quedaron de pie, cada uno detrás de una mujer.

—Este encuentro exige una celebración. Supongo que sabes que estoy de luto y no puedo ofrecer una fiesta por tu llegada. Así pues, propongo que esta noche cenemos juntas en mis aposentos privados. Nos reiremos y divertiremos fingiendo que volvemos a ser las jóvenes de entonces. Valeriano, ¿has abierto el vino como te pedí?

Valeriano asintió con la cabeza y se acercó al aparador.

—Querida, tienes que probar este tinto. Es uno de los tesoros de mi corte. Denis Diderot me lo trajo de Burdeos hace muchos años. Lo valoro cual si de una piedra preciosa se tratara.

Valeriano sirvió el caldo de color rojo oscuro en vasitos de cristal. Ambas mujeres lo cataron.

—Excelente —opinó la abadesa sonriendo a Catalina—. No obstante, mi querida Figchen, no hay vino que pueda compararse con el elixir que circula por mis viejos huesos al verte.

Platón y Valeriano cruzaron una mirada de sorpresa por las confianzas que se tomaba la abadesa. De pequeña la zarina, a quien al nacer pusieron el nombre de Sofía de Anhalt-Zerbst, había recibido el apodo de «Figchen». Platón, dada su elevada posición, tenía el descaro de llamarla «amante de mi corazón» en la cama, pero en público siempre se refería a ella como «vuestra majestad», tal como hacían los hijos de la propia Catalina. Sin embargo, la emperatriz no parecía haber reparado en la osadía de su amiga francesa.

—Tienes que explicarme por qué decidiste quedarte tanto tiempo en Francia —dijo Catalina—. Cuando clausuraste la abadía, abrigué la esperanza de que te trasladaras inmediatamente a Rusia. Mi corte se ha llenado de compatriotas tuyos expatriados, sobre todo desde que la turba apresó al monarca en Varennes cuando intentaba huir de Francia; ahora su propio pueblo lo tiene prisionero.

Francia es una hidra de mil doscientas cabezas, el estado de la anarquía. ¡Esa nación de zapateros ha invertido el orden mismo de la naturaleza!

La abadesa se sorprendió de que una soberana tan ilustrada y liberal se expresara de semejante manera. Aunque era indudable que Francia resultaba peligrosa, ¿acaso Catalina no era la misma zarina que había cultivado la amistad de los liberales Voltaire y Denis Diderot, defensores de la igualdad de clases y adversarios de la guerra territorial?

—Me resultó imposible venir de inmediato —dijo la abadesa en respuesta a la petición de Catalina—. Me retuvo cierto asunto… —Miró a Platón Zubov, que seguía en pie tras la silla de Catalina y le acariciaba el cuello—. Salvo contigo, no debo hablar con nadie de estas cuestiones.

Catalina la miró fijamente unos instantes y al cabo dijo con tono ligero:

—Valeriano, Platón Alexandrovich y tú podéis dejarnos a solas.

—Mi amada alteza… —dijo Platón Zubov, y su voz sonó muy parecida a la de un crío lloriqueante.

—Paloma mía, no temas por mi seguridad —lo calmó Catalina acariciándole la mano que aún reposaba en su hombro—. Hélène y yo nos conocemos desde hace casi sesenta años. Nada pasará si nos dejas a solas unos minutos.

»¿No es apuesto? —preguntó Catalina a la abadesa en cuanto los dos jóvenes abandonaron la cámara—. Querida, sé que tú y yo no hemos elegido el mismo camino, pero espero que me comprendas si te digo que me siento como un insecto que se calienta las alas al sol después del frío invierno. Nada aviva tanto la savia de un viejo árbol como las atenciones de un joven jardinero.

La abadesa guardó silencio, mientras se preguntaba una vez más si su plan original era atinado. Después de todo, pese a que la correspondencia entre ambas había sido frecuente y entrañable, hacía muchos años que no veía a su amiga de la infancia. ¿Eran ciertos los rumores que circulaban? ¿Se podía confiar la tarea a esa mujer anciana, llena de sensualidad y celosa de su propio poder?

—¿Tanto te he escandalizado que has enmudecido? —preguntó Catalina entre risas.

—Mi querida Sofía, creo que te encanta escandalizar —afirmó

la abadesa—. Sin duda recordarás que, con solo cuatro años, al ser presentada en la corte del rey Federico Guillermo de Prusia te negaste a besar el borde de su casaca.

—¡Le dije que el sastre le había dejado demasiado corta la chaqueta! —exclamó Catalina, y rió hasta que se le saltaron las lágrimas—. Mi madre se puso furiosa. El rey le comentó que yo era demasiado audaz.

La abadesa sonrió benévola a su amiga.

—¿Recuerdas la ocasión en que el canónigo de Brunswick nos leyó la palma de la mano para predecirnos el futuro? —preguntó con voz queda—. En la tuya vio tres coronas.

—Lo recuerdo perfectamente. A partir de aquel día no me cupo la menor duda de que reinaría sobre un vasto imperio. Siempre he creído en las profecías que se avienen a mis propios deseos.

Catalina sonrió. Su amiga, en cambio, estaba seria.

—¿Recuerdas qué vio el canónigo en la palma de mi mano? —preguntó la abadesa.

Catalina guardó silencio unos segundos antes de decir:

—Lo recuerdo como si fuera ayer. Por ese motivo tenía tantos deseos de que llegaras. No puedes imaginar mi impaciencia al ver que tardabas tanto… —Se interrumpió titubeante y por fin preguntó—: ¿Las tienes?

La abadesa metió las manos en los pliegues de su hábito para llegar a la gran faltriquera de piel que llevaba atada a la cintura. Sacó la pesada estatuilla de oro tachonada de piedras preciosas, que representaba una figura vestida con una larga túnica y sentada en un pequeño pabellón con las colgaduras descorridas. Se la entregó a Catalina, que, incrédula, la cogió con las manos ahuecadas y la giró lentamente.

—La dama negra —susurró la abadesa, mientras estudiaba con atención la expresión de Catalina.

La zarina cerró las manos sobre el trebejo de oro y piedras preciosas, se lo acercó al pecho y miró a la abadesa.

—¿Y las otras piezas?

Algo en su tono de voz puso en guardia a la abadesa.

—Están a buen recaudo, en un sitio donde no pueden hacer daño a nadie —respondió.

—¡Mi amada Hélène, debemos reunirlas de inmediato! Ya conoces el poder de este ajedrez. En manos de un monarca benévolo, nada será imposible gracias a estas piezas…

—Sabes que durante cuarenta años he desoído tus súplicas de que buscara el ajedrez de Montglane, de que lo sacara de los muros de la abadía —la interrumpió la abadesa—. Ahora te explicaré el porqué. Conozco desde siempre el emplazamiento del ajedrez… —Alzó la mano al ver que Catalina estaba a punto de proferir una exclamación—. También sé desde siempre el peligro que supone sacarlo de su escondite. Semejante tentación solo podría confiarse a un santo. Y tú, mi querida Figchen, no eres precisamente una santa.

—¿Qué quieres decir? —exclamó la zarina—. He unido una nación fragmentada, he traído la ilustración a un pueblo ignorante. He acabado con la peste, construido hospitales y escuelas, eliminado las facciones en guerra que podían dividir Rusia y convertirla en víctima de sus enemigos. ¿Insinúas que soy una tirana?

—Solo pensaba en tu bienestar —afirmó la abadesa sin alterarse—. Estas piezas pueden ofuscar hasta a los más lúcidos. No olvides que el ajedrez de Montglane estuvo a punto de dividir el Imperio franco. A la muerte de Carlomagno, sus hijos fueron a la guerra por estas piezas…

—No fue más que una escaramuza territorial —replicó Catalina—. No entiendo qué relación hay entre ambas cuestiones.

—Solo la firmeza de la Iglesia católica en Europa central ha mantenido en secreto durante tanto tiempo esta fuerza maligna. Cuando llegó la noticia de que Francia había aprobado una ley para confiscar los bienes de la Iglesia, supe que mis peores temores se harían realidad. Cuando me enteré de que los soldados franceses se dirigían a Montglane, no tuve la menor duda. ¿Por qué Montglane? Estábamos lejos de París, escondidas en el corazón de las montañas. Cerca de la capital había abadías más ricas, en las que sería más fácil obtener el botín. Pero no. Buscaban el ajedrez. Me dediqué a hacer minuciosos cálculos para sacar el ajedrez de los muros de la abadía y dispersarlo por Europa de tal modo que en muchos años no pueda reunirse…

—¡Lo has dispersado! —vociferó la zarina. Se incorporó de un salto con el trebejo apretado contra el pecho y deambuló por la estancia como un animal enjaulado—. ¿Cómo te has atrevido a hacer semejante cosa? ¡Debiste acudir a mí, pedirme ayuda!

—¡Ya te he dicho que no podía! —repuso la abadesa con voz quebrada y cansada por el largo viaje—. Me enteré de que había otras personas que conocían el emplazamiento del ajedrez. Alguien, tal vez una potencia extranjera, sobornó a algunos miembros de la Asamblea francesa para que aprobaran la ley de confiscación y centró su atención en Montglane. ¿No es demasiada casualidad que dos de los hombres que esa oscura potencia intentó sobornar fueran el gran orador Mirabeau y el obispo de Autun? Uno es el autor del proyecto de ley, y el otro, su defensor más ardiente. Cuando en abril cayó enfermo Mirabeau, el obispo no se apartó del lecho del moribundo hasta que exhaló su último suspiro. Sin duda estaba desesperado por apoderarse de cualquier documento que pudiera incriminarlos.

—¿Cómo has averiguado todo esto? —murmuró Catalina.

Caminó hasta la ventana y contempló el horizonte, donde se acumulaban las nubes de nieve.

—Porque tengo la correspondencia que intercambiaron —respondió la abadesa. Ambas mujeres guardaron silencio unos instantes. Bajo la luz menguante del crepúsculo, la abadesa añadió—: Antes me has preguntado qué me retuvo tanto tiempo en Francia; ahora ya lo sabes. Tenía que averiguar quién me había forzado a actuar, quién me había obligado a sacar de su escondite milenario el ajedrez de Montglane. Tenía que averiguar qué enemigo me había acechado como un cazador hasta que abandoné la protección de la Iglesia y crucé el continente en busca de un refugio seguro para el tesoro confiado a mi cuidado.

—¿Has averiguado el nombre de la persona que buscas? —preguntó Catalina con cautela, volviéndose para mirar a la abadesa.

—Sí, así es —respondió la abadesa con calma—. Mi querida Figchen, eres tú.

—No entiendo por qué viniste a San Petersburgo si estabas enterada de todo —comentó la majestuosa zarina al día siguiente, mientras ella y la abadesa caminaban por el sendero cubierto de nieve en dirección al Hermitage.

A ambos lados, a una distancia de veinte pasos, marchaban sendos escuadrones de guardias de palacio, cuyas altas y orladas botas de cosacos se hundían en la nieve. Estaban lo bastante lejos para que las mujeres pudieran hablar libremente.

—Porque confié en ti pese a que todas las pruebas me indicaban que no debía —contestó la abadesa con un destello en los ojos—. Sé que temías que el gobierno de Francia cayera, que el país entrara en un estado de anarquía. Querías asegurarte de que el ajedrez de Montglane no caía en malas manos y sospechabas que yo no estaría de acuerdo con las medidas que estabas dispuesta a tomar. Dime una cosa, Figchen, ¿cómo pensabas arrebatar el botín a los soldados franceses una vez que se hubieran apoderado del ajedrez de Montglane? ¿Te proponías invadir Francia?

—Ordené a un pelotón que se ocultara en las montañas y detuviera a los franceses en el desfiladero —explicó Catalina sonriente—. No iban de uniforme.

—Comprendo —dijo la abadesa—. ¿Qué te llevó a adoptar medidas tan extremas?

—Será mejor que comparta contigo lo que sé —respondió la zarina—. Como sabes, compré la biblioteca de Voltaire a su muerte. Entre sus papeles encontré un diario secreto escrito por el cardenal Richelieu, donde explicaba en lenguaje cifrado sus investigaciones sobre la historia del ajedrez de Montglane. Voltaire había descifrado el código y así obtuve la información. El manuscrito está guardado bajo llave en un sótano del Hermitage, adonde nos dirigimos. Me propongo mostrártelo.

—¿Qué importancia tiene ese documento? —inquirió la abadesa, y se preguntó por qué su amiga no lo había mencionado hasta ese momento.

—Richelieu siguió la pista del ajedrez hasta el moro que se lo regaló a Carlomagno, e incluso antes. Sabes que Carlomagno encabezó muchas cruzadas contra los moros en España y África. En este caso, defendió Córdoba y Barcelona contra los vascos cristianos que amenazaban con derribar la sede del poder árabe. Aunque cristianos, los vascos habían intentado durante siglos aplastar el Imperio franco y hacerse con el poder de Europa occidental, concretamente del litoral atlántico y de las montañas que dominaban.

—Los Pirineos —puntualizó la abadesa.

—En efecto —confirmó la zarina—. Las llamaban las Montañas Mágicas. Sabrás que antaño dichas montañas fueron la cuna del culto más esotérico que se conoce desde el nacimiento de Cristo. De allí proceden los celtas, que se desplegaron hacia el norte para asentarse en Bretaña y, finalmente, en las islas Británicas. El mago Merlín era de esas montañas, al igual que el culto secreto que hoy conocemos con el nombre de druidismo.

—No lo sabía —reconoció la abadesa mirando el sendero nevado que pisaba. Tenía apretados los finos labios y su cara surcada de arrugas semejaba un fragmento de piedra de un antiguo sepulcro.

—Lo verás en el diario de Richelieu, porque casi hemos llegado. Richelieu sostiene que los árabes invadieron ese territorio y averiguaron el terrible secreto que durante siglos había estado protegido, primero por los celtas y luego por los vascos. Los conquistadores moros transcribieron dicho saber en un código que inventaron. De hecho, codificaron el secreto en las piezas de oro y plata del ajedrez de Montglane. Cuando se hizo evidente que iban a perder el poder en la península Ibérica, enviaron el ajedrez a Carlomagno, por quien sentían un profundo respeto. Creían que solo él podía protegerlo por ser el soberano más poderoso de la historia.

—¿Y tú crees la versión del cardenal? —preguntó la abadesa mientras se aproximaban a la impresionante fachada del Hermitage.

—Juzga por ti misma —respondió Catalina—. Sé que el secreto es más antiguo que los moros, más antiguo que los vascos. Sin duda, anterior a los druidas. Mi querida amiga, debo hacerte una pregunta: ¿has oído hablar de una sociedad secreta cuyos miembros a veces se hacen llamar francmasones?

La abadesa palideció. Se detuvo junto a la puerta que se disponían a franquear.

—¿Qué has dicho? —preguntó con voz queda cogiendo del brazo a su amiga.

—Ah —murmuró Catalina—. Veo que sabes que es verdad. Te contaré la historia después de que hayas leído el manuscrito.

Tenía catorce años cuando dejé mi hogar en Pomerania, donde tú y yo nos criamos. Tu padre acababa de vender sus propiedades, contiguas a las nuestras, y había regresado a su Francia natal. Querida Hélène, jamás olvidaré la tristeza de no poder compartir contigo el triunfo del que tanto habíamos hablado, el hecho de que pronto sería llamada a suceder a una reina.

Por aquel entonces tuve que viajar a la corte de la zarina Isabel Petrovna, en Moscú. Hija de Pedro el Grande, Isabel había conquistado el poder a través de un golpe de mano y encarcelado a sus adversarios. Como nunca se casó y ya no estaba en edad de procrear, escogió como sucesor a un sobrino desconocido, el gran duque Pedro. Y yo me convertiría en su esposa.

De camino a Rusia, mi madre y yo hicimos un alto en la corte de Federico II, en Berlín. El joven emperador de Prusia, al que Voltaire había puesto el sobrenombre de «el Grande», quería apadrinarme como su candidata para unir los reinos de Prusia y Rusia a través del vínculo matrimonial. Yo era mejor opción que su propia hermana, a quien no quería sacrificar para semejante destino.

Por aquel entonces la corte prusiana era tan espléndida como modesta sería en los últimos años de Federico. Nada más llegar, el emperador trató por todos los medios de ganarse mi simpatía y de que me sintiera a gusto. Me vistió con las ropas de sus regias hermanas y todas las noches, durante la cena, me sentaba a su vera y me entretenía con anécdotas sobre la ópera y el ballet. Pese a que yo solo era una niña, no me dejé engañar. Sabía que se proponía utilizarme como peón de un juego más grande, juego que se desarrollaba sobre el tablero de Europa.

Poco después me enteré de que en Prusia había un hombre que acababa de regresar de Rusia, en cuya corte había pasado casi diez años. Se llamaba Leonhard Euler y era el matemático de la corte de Federico. Osé solicitar una audiencia privada con él, convencida de que compartiría conmigo sus ideas sobre el país que pronto yo visitaría. No podía sospechar que nuestro encuentro cambiaría el rumbo de mi vida.

Mi primer encuentro con Euler se celebró en una pequeña antecámara de la gran corte de Berlín. Aquel hombre de gustos sencillos y mente genial aguardaba a la niña que pronto sería reina. Debimos de formar una extraña pareja. Estaba solo en la antecámara. Era un caballero alto, de aspecto delicado, grandes ojos oscuros y nariz prominente, cuyo cuello parecía una larga botella. Me miró bizqueando y explicó que había quedado ciego de un ojo por lo mucho que había observado el sol. Euler no solo era matemático, sino también astrónomo.

—No tengo por costumbre hablar —dijo—. Vengo de un país donde al que habla lo ahorcan.

Fue lo primero que supe de Rusia, y te aseguro que posteriormente me resultó muy útil. Me contó que la zarina Isabel Petrovna tenía quince mil vestidos y veinticinco mil pares de zapatos. Ante el menor desacuerdo con sus ministros, les arrojaba un zapato a la cabeza y los mandaba a la horca por puro capricho. Tenía una legión de amantes y su afición al alcohol era aún más desaforada que sus costumbres sexuales. No aceptaba que se discrepara de sus opiniones.

Una vez superada su reserva inicial, el doctor Euler pasaba mucho tiempo conmigo. Entre nosotros surgió un profundo cariño. Reconoció que deseaba que me quedara en la corte de Berlín para tomarme como discípula de matemáticas, campo en el que al parecer yo prometía. Por supuesto, era imposible.

Euler llegó a admitir que no sentía demasiado afecto por su protector, el emperador Federico. Tenía un buen motivo, aparte del hecho de que Federico era incapaz de comprender los conceptos matemáticos. Euler me reveló la razón el último día de mi estancia en Berlín.

—Mi querida amiga —dijo aquella fatídica mañana en que fui al laboratorio para despedirme. Recuerdo que Euler estaba limpiando una lente con su pañuelo de seda, algo que solía hacer cuando analizaba un problema—. En los últimos días os he observado con suma atención y estoy persuadido de que puedo confiaros lo que voy a decir. Empero, los dos correremos un gran peligro si mencionáis estas palabras a la ligera.

Aseguré al doctor Euler que protegería con mi vida sus confidencias y, para mi sorpresa, repuso que tal vez me viera obligada a hacerlo.

—Sois joven, carecéis de poder y sois mujer —afirmó—. Por estos motivos Federico os ha escogido como su instrumento en el enorme y oscuro imperio que es Rusia. Tal vez ignoréis que, desde hace veinte años, la gran nación ha estado gobernada exclusivamente por mujeres: Catalina I, viuda de Pedro el Grande; Ana Ivanovna, hija de Iván; Ana de Mecklemburgo, regente de su hijo Iván VI, y ahora Isabel Petrovna, hija de Pedro. Si vos seguís esta poderosa tradición, correréis graves peligros.

Escuché educadamente al caballero, aunque llegué a sospechar que el sol le había ofuscado algo más que la vista de un ojo.

—Hay una sociedad secreta cuyos miembros consideran que su misión en la vida consiste en modificar el curso de la civilización —me explicó. Estábamos en su laboratorio, rodeados de telescopios, microscopios y viejos libros repartidos por las mesas de caoba y cubiertos por pilas desordenadas de papeles. El sabio prosiguió—: Aunque esos hombres afirman ser científicos y arquitectos, en realidad son místicos. Os diré todo cuanto sé de ellos porque tal vez pueda serviros de gran ayuda.

»Corría el año 1271 cuando el príncipe Eduardo de Inglaterra, hijo de Enrique III, navegaba por la costa del norte de África para combatir en las cruzadas. Desembarcó en Acre, ciudad antiquísima cercana a Jerusalén. Apenas sabemos qué hizo en esas tierras, salvo que participó en varias batallas y se reunió con los grandes caudillos musulmanes. Al año siguiente, fue llamado a Inglaterra, a la muerte de su padre. Apenas llegó, fue coronado como Eduardo I. Lo demás se sabe por los libros de historia. Lo que no se sabe es que Eduardo volvió de África con algo.

—¿Con qué? —Me moría de curiosidad.

—Con un gran secreto, un secreto que se remonta a los albores de la civilización —respondió Euler—. Pero no adelantemos acontecimientos.

»A su regreso Eduardo creó en Inglaterra una sociedad formada por hombres que al parecer compartían su secreto. Aunque no sabemos casi nada de ellos, hasta cierto punto podemos seguir sus movimientos. Sabemos que, después de la dominación de los escoceses, dicha sociedad se extendió a Escocia y durante una temporada permaneció inactiva. Cuando a principios de este siglo los jacobitas huyeron de Escocia, trasladaron a Francia la sociedad y sus doctrinas. El gran escritor francés Montesquieu fue adoctrinado en las enseñanzas de la cofradía durante una estancia en Inglaterra, y con su apoyo, en 1734 se creó la Loge des Sciences en París. Cuatro años después, antes de convertirse en soberano de Prusia, nuestro Federico el Grande se inició en la sociedad secreta en Brunswick. Ese mismo año, el papa Clemente XII publicó una bula en la que condenaba el movimiento, que para entonces se había extendido por Italia, Prusia, Austria y los Países Bajos, por no hablar de Francia. A esas alturas la sociedad era tan fuerte que el Parlamento de la católica Francia se negó a aceptar la bula papal.

—¿Por qué me contáis todo esto? —pregunté al doctor Euler—. Aunque comprendiera los fines con que sueñan esos hombres, ¿qué tienen que ver conmigo? ¿Qué puedo hacer? Aspiro a grandes cosas, pero no soy más que una niña.

—Por lo que sé sobre sus objetivos, esos hombres pueden vencer al mundo si nadie los derrota —susurró Euler—. Vos sois ahora una niña, en efecto, pero pronto os convertiréis en la esposa del próximo zar de Rusia, el primer soberano varón en dos décadas. Debéis escuchar mis palabras, grabarlas en vuestra mente. —Me cogió del brazo—. Unas veces se hacen llamar hermandad de francmasones y otras, rosacruces o masones. Sea cual sea el nombre que adoptan, tienen algo en común: su origen está en el norte de África. Cuando el príncipe Eduardo creó la sociedad en suelo occidental, la denominaron Orden de los Arquitectos de África. Creen que sus antepasados eran los arquitectos de antiguas civilizaciones, que cortaron y colocaron las piedras de las pirámides de Egipto, construyeron los jardines colgantes de Babilonia, así como la torre y las puertas de Babel. Conocían los misterios de la antigüedad. Sin embargo, yo estoy convencido de que fueron arquitectos de algo más, de algo más reciente y acaso más poderoso que cualquier…

Euler se interrumpió y me miró de un modo que nunca olvidaré. Me da miedo aun hoy, cerca de medio siglo después, como si hubiese ocurrido hace unos minutos. Lo veo con aterradora intensidad incluso en sueños, y me parece notar su aliento sobre la nuca cuando se inclinó para susurrarme al oído:

—Estoy convencido de que fueron los artífices del ajedrez de Montglane y de que se consideran sus legítimos herederos.

Cuando Catalina concluyó el relato, la abadesa y ella permanecieron en silencio en la gran biblioteca del Hermitage, a la que habían llevado el manuscrito de Voltaire. Había una inmensa mesa, y estanterías de nueve metros de alto, llenas de libros, cubrían las paredes. Catalina observó a la abadesa como el gato vigila al ratón.

La abadesa miraba por las amplias ventanas que daban al jardín, donde el escuadrón de la Guardia Imperial movía los pies y se echaba el aliento en las manos para protegerse del frío aire matinal.

—Mi difunto marido era partidario de Federico el Grande de Prusia —añadió Catalina en voz baja—. Pedro solía vestir uniforme prusiano en la corte de San Petersburgo. La noche de bodas, desplegó soldaditos prusianos sobre el tálamo y me obligó a pasar revista a las tropas. Cuando Federico introdujo en Prusia la Orden de los Masones, Pedro se unió al movimiento y empeñó su vida en apoyarlo.

—Por eso derrocaste a tu esposo, lo encarcelaste y organizaste su asesinato —comentó la abadesa.

—Era un fanático peligroso —reconoció Catalina—, pero no tuve nada que ver con su muerte. Seis años después, en 1768, Federico creó en Silesia la Gran Logia de Arquitectos Africanos. El rey Gustavo de Suecia se sumó y, pese a los esfuerzos de María Teresa por echar de Austria a esa gentuza, su hijo José II también se unió a la sociedad. Cuando me enteré de dichos acontecimientos, mandé traer a Rusia a mi amigo, el doctor Euler. Para entonces el anciano matemático estaba totalmente ciego, pero no había perdido su clarividencia. A la muerte de Voltaire, Euler me presionó para que comprara su biblioteca, pues contenía importantes documentos con los que soñaba Federico el Grande. Cuando por fin logré trasladarla a San Petersburgo, encontré esto. Lo he guardado para mostrártelo.

La zarina extrajo un pergamino del manuscrito de Voltaire y se lo entregó a la abadesa, que lo desplegó con sumo cuidado. Federico, príncipe regente de Prusia, se lo había enviado a Voltaire, y estaba fechado en el mismo año en que aquel ingresó en la Orden de los Masones:

> Monsieur, nada deseo más que poseer todos vuestros escritos... Si entre vuestros manuscritos hay alguno que deseáis ocultar de los ojos del público, me comprometo a guardarlo en el más profundo secreto...

La abadesa alzó la cabeza con expresión distraída. Dobló lentamente la carta y se la devolvió a Catalina, que la guardó en su escondite.

—¿No está claro que se refiere al diario del cardenal Richelieu descifrado por Voltaire? —preguntó la zarina—. Buscaba esa información desde el instante en que se unió a la orden secreta. Supongo que ahora me creerás...

Catalina cogió el último tomo encuadernado en piel y lo hojeó hasta llegar casi al final. Leyó en voz alta las palabras que la abadesa ya había grabado en su mente, las mismas que el cardenal Richelieu, muerto hacía tanto tiempo, se había esforzado denodadamente por escribir con un código que solo él conocía:

> Pues al fin he averiguado que el secreto descubierto en la antigua Babilonia, el secreto transmitido a los imperios persa e indio y conocido únicamente por unos pocos elegidos, era en realidad el secreto del ajedrez de Montglane.
>
> Este secreto, como el sagrado nombre de Dios, jamás debe representarse mediante ninguna escritura. Secreto tan poderoso que ha provocado el ocaso de civilizaciones y la muerte de reyes no debe comunicarse jamás a nadie, salvo a los iniciados de las órdenes sagradas, a hombres que hayan superado las pruebas y prestado juramento. Este saber es tan terrible que solo puede confiarse a las más altas jerarquías de la élite.
>
> Estoy convencido de que el secreto se convirtió en una fórmula y que dicha fórmula fue el motivo del declive de reinos a lo largo de los siglos, reinos que en el presente solo aparecen como leyendas en nuestra historia. Los moros, pese a estar iniciados en el saber secreto, y a pesar de lo mucho que le temían, transcribieron la fórmula en el ajedrez de Montglane. Incorporaron los símbolos sagrados a las casillas del tablero y a las piezas, pero

mantuvieron la clave que solo los verdaderos maestros del juego podían utilizar para desvelar el secreto.

Esta información procede de la lectura que he realizado de los antiguos manuscritos recogidos en Chalons, Soissons y Tours y yo mismo los he traducido.

Que Dios se apiade de nuestras almas.

> *Ecce Signum*,
> ARMAND-JEAN DU PLESSIS,
> duque de Richelieu y vicario
> de Lucon, Poitou y París,
> cardenal de Roma,
> primer ministro de Francia.
> *Anno Domini* 1642

—Según sus memorias, el cardenal de hierro pensaba viajar pronto al obispado de Montglane —añadió Catalina cuando terminó la lectura—, pero, como sabes, murió en diciembre de aquel año, después de sofocar la insurrección del Rosellón. ¿Podemos dudar de que estaba enterado de la existencia de esas sociedades secretas o de que pretendía apoderarse del ajedrez de Montglane antes de que cayera en manos de otro? El objetivo de todos sus actos era el poder. ¿Por qué iba a cambiar a tan provecta edad?

—Mi querida Figchen, estás en lo cierto —reconoció la abadesa con una leve sonrisa que no permitía entrever la inquietud que se había desatado en su interior al oír esas palabras—, pero esos hombres han muerto. Quizá buscaron en vida, pero no encontraron nada. ¿No me dirás que temes a los fantasmas de los difuntos?

—¡Los fantasmas pueden levantarse de sus tumbas! —exclamó Catalina—. Hace quince años las colonias británicas de América se libraron del yugo del imperio. ¿Quiénes participaron? Hombres apellidados Washington, Jefferson, Franklin… ¡todos masones! Hoy el rey de Francia está en las mazmorras y su corona está a punto de rodar con su cabeza. ¿Quiénes están detrás de todo esto? Lafayette, Condorcet, Danton, Desmoulins, Brissot, Sieyès y los hermanos del monarca, incluido el duque de Orleans… ¡masones todos ellos!

—No es más que una coincidencia… —comenzó a decir la abadesa, pero Catalina la interrumpió.

—¿También es una coincidencia que, de todos los hombres que

intenté utilizar para que se aprobara la ley de confiscación, el único que aceptó mis condiciones fue ni más ni menos que Mirabeau, miembro de la masonería? Claro que ignoraba que yo pensaba arrebatarle el tesoro en cuanto aceptara mi soborno.

—¿El obispo de Autun se negó? —preguntó la abadesa con una sonrisa, mirando a su amiga por encima de las abultadas carpetas—. ¿Qué motivos esgrimió?

—La cifra que solicitó a cambio de colaborar conmigo era exorbitante —respondió la zarina, malhumorada, y se puso en pie—. Ese hombre sabía más de lo que estaba dispuesto a decirme. ¿Sabías que los miembros de la Asamblea apodan a Talleyrand el Gato de Angora? Ronronea pero saca las uñas. No confío en él.

—¿Confías en un hombre al que puedes sobornar y desconfías de aquel que no se deja tentar? —preguntó la abadesa.

Mirando a su amiga con tristeza, se recogió el hábito y se levantó. Se volvió como si tuviera intención de marcharse.

—¿Adónde vas? —preguntó alarmada la zarina—. ¿No comprendes por qué actué como lo hice? Te ofrezco mi protección. Soy soberana del mayor país del orbe. Pongo todo mi poder en tus manos.

—Sofía, agradezco tu ofrecimiento, pero yo no temo a esos hombres tanto como tú —declaró la abadesa serenamente—. Estoy dispuesta a aceptar que, como dices, son místicos, puede que hasta revolucionarios. ¿Se te ha ocurrido pensar que tal vez esas sociedades de místicos que has estudiado tan a fondo tengan en mente un propósito que tú ignoras?

—¿Qué insinúas? —preguntó la zarina—. Por sus actos es evidente que desean derribar las monarquías. ¿Acaso tienen otro objetivo que no sea controlar el mundo?

—Tal vez su objetivo sea liberar el mundo. —La abadesa sonrió—. De momento no tengo pruebas suficientes para pronunciarme al respecto, pero dispongo de datos para decir lo siguiente: de tus palabras deduzco que te sientes impulsada a cumplir el destino escrito en tu mano desde que naciste, las tres coronas de tu palma. Y yo debo cumplir el mío.

La abadesa tendió la mano por encima de la mesa para enseñar la palma a su amiga. Cerca de la muñeca, las líneas de la vida y el destino se unían para formar un ocho. En medio de un silencio glacial Catalina lo observó y siguió lentamente la figura con la yema de los dedos.

—Deseas brindarme tu protección, pero a mí me protege un poder superior al tuyo —explicó la abadesa con calma.

—¡Lo sabía! —exclamó Catalina con voz ronca, y apartó la mano de su amiga—. Todo este sermón sobre los principios elevados solo significa una cosa: ¡has hecho un pacto sin consultarme! ¿En quién has depositado tu confianza? ¡Dime su nombre! ¡Te lo ordeno!

—Encantada. —La abadesa sonrió—. En Aquel que puso esta señal en mi mano. Y con esta señal soy soberana absoluta. Mi querida Figchen, serás la zarina de todas las Rusias, pero te ruego que no olvides quién soy yo. Y quién me eligió. Recuerda que Dios es el supremo gran maestro de ajedrez.

LA RUEDA DEL CABALLERO

El rey Arturo tuvo el sueño maravilloso que a continuación se relata: parecía estar sentado sobre un cojín, en una silla sujeta a una rueda, y sobre ella se hallaba el rey Arturo con la vestimenta de oro más rica… súbitamente el rey quedó boca abajo a causa de un giro de la rueda, cayó entre las serpientes y cada bestia lo sujetó de una extremidad. Entonces el rey gritó: «Socorro», mientras dormía en su lecho.

SIR THOMAS MALORY,
Le Morte d'Arthur

Regnabo, Regno, Regnavi, Sum sine regno.
(Reinaré, reino, he reinado, carezco de reino.)

Inscripción en la rueda de la fortuna del tarot

La mañana del lunes posterior al torneo de ajedrez me levanté adormilada, guardé la cama en su hueco de la pared y me fui a la ducha para prepararme para una nueva jornada en Con Edison.

Frotándome con el albornoz caminé descalza por el pasillo y busqué el teléfono entre la colección de objetos decorativos. Después de la cena con Lily en el Palm y del extraño acontecimiento que le siguió, había llegado a la conclusión de que éramos un par de peones en el juego de otra persona, y decidí incorporar algunas piezas influyentes a mi lado del tablero. Tenía muy claro por dónde debía empezar.

Durante la cena Lily y yo habíamos coincidido en que la advertencia de Solarin guardaba relación con los inquietantes sucesos de la jornada, pero a partir de ese punto nuestras opiniones divergían. Ella estaba segura de que Solarin se encontraba detrás de todo lo ocurrido.

—En primer lugar, Fiske muere en extrañas circunstancias —dijo Lily mientras estábamos sentadas a una mesa de madera rodeada de palmeras—. ¿Cómo podemos estar seguras de que no lo mató Solarin? En segundo lugar, Saul desaparece dejando mi coche y mi perro a merced de posibles gamberros. Es evidente que lo han secuestrado, ya que él jamás habría abandonado su puesto.

—Eso está claro —confirmé con una sonrisa mientras la veía devorar una gruesa tajada de carne poco hecha.

Sabía que Saul no se atrevería a presentarse ante Lily a menos que le hubiese ocurrido algo espantoso. A continuación Lily se zampó una generosa ensalada y tres cestos de pan mientras seguíamos charlando.

—Después alguien dispara contra nosotras —añadió con la boca llena—. Estamos de acuerdo en que el proyectil salió de las ventanas abiertas de la sala de juego.

—Hubo dos disparos —precisé—. Es posible que alguien disparara a Saul y lo asustara antes de nuestra llegada.

—El caso es que he descubierto no solo el método y los medios, sino también el motivo —declaró Lily con la boca llena de pan, sin prestarme la menor atención.

—¿De qué hablas?

—Sé por qué Solarin actúa de esta manera infame. Lo he deducido entre el primer chuletón y la ensalada.

—Ilumíname.

Oí cómo Carioca arañaba los objetos de Lily en el bolso y supuse que los demás comensales no tardarían en notarlo.

—¿Te acuerdas del escándalo de España? —preguntó.

Me devané los sesos intentando recordar.

—¿Cuando obligaron a Solarin a regresar a Rusia, hace algunos años? —Lily asintió. Añadí—: Me lo contaste tú.

—Tuvo que ver con una fórmula —dijo Lily—. Verás, Solarin abandonó muy pronto el ajedrez competitivo. Solo participaba en torneos muy de tarde en tarde. Aunque ya era gran maestro, había estudiado física, profesión con la que se gana la vida. Durante el torneo de España Solarin hizo una apuesta con otro jugador y se comprometió a darle cierta fórmula secreta si perdía.

—¿Qué fórmula?

—No tengo ni idea. El caso es que los rusos se asustaron cuando la prensa informó de la apuesta. Solarin desapareció de la noche a la mañana y hasta ahora no se sabía nada de él.

—¿Una fórmula física?

—Tal vez la fórmula de un arma secreta. Eso lo explicaría todo, ¿no te parece? —Aunque para mí no explicaba nada, dejé que siguiera divagando—. Temiendo que Solarin volviera a hacer lo mismo en este torneo, el KGB decidió intervenir, se cargó a Fiske e intentó asustarme. ¡Si Fiske o yo le hubiéramos ganado, Solarin tendría que habernos entregado la fórmula secreta!

Lily estaba encantada porque su explicación parecía cuadrar con los hechos, pero a mí no me convencía.

—Es una buena teoría —coincidí—, pero quedan algunos cabos sueltos. Por ejemplo, ¿qué ha sido de Saul? ¿Por qué los rusos permitieron a Solarin salir del país si sospechaban que intentaría la misma maniobra, suponiendo que se trate de una maniobra? ¿Y por qué diablos querría Solarin entregaros a ti o al viejo chocho de Fiske, que en paz descanse, la fórmula de un arma?

—De acuerdo, no todo encaja —reconoció Lily—, pero al menos es un punto de partida.

—Como afirmó en cierta ocasión Sherlock Holmes: «Es un craso error elaborar teorías antes de contar con los datos». Propongo que investiguemos a Solarin. De todas maneras, sigo pensando que deberíamos presentar una denuncia. Al fin y al cabo, dos orificios de bala demuestran nuestras sospechas.

—Jamás aceptaré que soy incapaz de resolver un misterio por mí misma —exclamó Lily muy alterada—. Estrategia es mi segundo nombre.

Después de palabras acaloradas y de compartir un helado bañado con chocolate caliente, decidimos dejar de vernos durante unos días e investigar los antecedentes y el modus operandi de Solarin.

El entrenador de ajedrez de Lily había sido gran maestro. Pese a que tenía que practicar mucho antes de la partida del martes, Lily pensó que durante los entrenamientos podría sonsacarle alguna información sobre la personalidad de Solarin. También procuraría averiguar qué había sido de Saul. En el caso de que no lo hubiesen secuestrado (lo que sería un chasco para ella, pues le encantaban las situaciones dramáticas), se enteraría por boca del chófer de las razones que lo habían llevado a abandonar su puesto.

Yo tenía mis propios planes, pero en ese momento no me apetecía compartirlos con Lily Rad.

En Manhattan tenía un amigo que era incluso más misterioso que el esquivo Solarin. No figuraba en el listín telefónico ni tenía señas conocidas. Aunque contaba poco más de treinta años, era una de las leyendas de la informática y había escrito textos de referencia sobre el tema. Había sido mi mentor en el mundo de la informática cuando tres años antes llegué a Nueva York, y en el pasado me había sacado de varios apuros. Su nombre, cuando le venía en gana utilizarlo, era doctor Ladislaus Nim.

Nim no solo era un genio de la informática, sino también un experto en ajedrez. Se había enfrentado a Reshevsky y a Fischer y había hecho un buen papel. Sin embargo, destacaba sobre todo por sus vastísimos conocimientos sobre el juego, motivo por el cual yo quería encontrarlo. Sabía de memoria todas las partidas de la historia del campeonato mundial de ajedrez. Era una enciclopedia ambulante en lo concerniente a las vidas de los grandes maestros. Cuando se proponía ser encantador, hacía las delicias de cualquiera contando durante horas anécdotas sobre la historia del ajedrez. Estaba segura de que él lograría entrelazar los hilos de la trama que yo creía tener en mis manos. Solo necesitaba dar con él.

Pero querer encontrarlo y conseguirlo eran dos cosas muy distintas. Su servicio de mensajes telefónicos hacía que el KGB y la CIA parecieran meros cotillas. Cuando llamabas, los telefonistas ni siquiera reconocían saber quién era Nim, y yo llevaba semanas intentando dar con él.

Había intentado localizarlo para despedirme de él cuando supe que me iba al extranjero, pero ahora necesitaba ponerme en contacto con él no solo por mi pacto con Lily Rad, sino porque tenía la certeza de que aquellos acontecimientos aparentemente inconexos —la muerte de Fiske, la advertencia de Solarin y la desaparición de Saul— estaban relacionados. Estaban relacionados conmigo.

Lo sabía porque a medianoche, cuando me separé de Lily en el Palm, decidí iniciar la investigación. En lugar de volver a casa, tomé un taxi hasta el Fifth Avenue Hotel para enfrentarme a la pitonisa que, tres meses antes, me había hecho la misma advertencia que Solarin esa tarde. Aunque la advertencia del ruso se había visto inmediatamente acompañada de pruebas contundentes, ambos se habían expresado en términos muy semejantes, lo que me parecía demasiada casualidad. Quería encontrar una explicación.

Por eso necesitaba hablar con la pitonisa de inmediato, sin más tardanza. Pues bien, en el Fifth Avenue Hotel no había ninguna pitonisa. Hablé durante más de media hora con el encargado del bar, que llevaba quince años empleado allí, y me aseguró una y otra vez que en ese establecimiento nunca había trabajado una pitonisa, ni siquiera en Nochevieja. La mujer que había sabido que yo acudiría al hotel en Nochevieja, que había esperado a que Harry me telefoneara al centro de datos, que me había dicho la buenaventura, que había empleado las mismas palabras que Solarin tres meses después, la mujer que incluso conocía mi fecha de nacimiento, lisa y llanamente nunca había existido.

Claro que había existido. Contaba con tres testigos oculares para demostrarlo. Pero a esas alturas hasta mi propio testimonio se tornaba sospechoso a mis oídos.

Así pues, el lunes por la mañana, mientras el pelo mojado me empapaba el albornoz, desenterré el teléfono y por enésima vez intenté comunicar con Nim. Esta vez me aguardaba una buena sorpresa.

Cuando llamé a su servicio, en la línea apareció un mensaje grabado por la compañía telefónica de Nueva York, en el que explicaban que el número había cambiado por otro con prefijo de Brooklyn. Marqué el que me indicaban, sorprendida de que Nim hubiese optado por un nuevo servicio. Al fin y al cabo, yo era una de las tres personas que tenían el honor de conocer el número antiguo. Al parecer todas las precauciones eran pocas.

Recibí la segunda sorpresa cuando el servicio de mensajes contestó a mi llamada.

—Rockaway Greens Hall —dijo la mujer que respondió.

—Quería hablar con el doctor Nim.

—Me temo que aquí no hay nadie con ese nombre —repuso con suma educación.

El trato era amable en comparación con las desagradables negativas que solía recibir del antiguo servicio de mensajes de Nim. Sin embargo, las sorpresas no habían acabado.

—Quiero hablar con el doctor Nim, con el doctor Ladislaus Nim —repetí—. El servicio de información de Manhattan me ha dado este número.

—¿Es un nombre… de hombre? —preguntó la mujer conteniendo el aliento.

—Sí —respondí con cierta impaciencia—. ¿Puedo dejarle un mensaje? Es muy importante que me ponga en contacto con él.

—Señora —dijo la mujer, cuya voz había adoptado un tono frío—, ¡está hablando con un convento de carmelitas! ¡Alguien le ha gastado una broma! —Colgó.

Sabía que a Nim le gustaba aislarse, pero eso era demasiado. Presa de una furia incontrolable, decidí mover cielo y tierra para encontrarlo de una vez por todas. Vi que iba a llegar tarde al trabajo, de modo que cogí el secador y empecé a secarme el pelo mientras caminaba de un extremo a otro de la sala pensando qué podía hacer. Por fin se me ocurrió una idea.

Hacía varios años Nim había instalado buena parte del sistema informático de la Bolsa de Nueva York. Seguramente quienes usaban esos ordenadores lo conocían. Hasta era posible que Nim pasara de vez en cuando por allí para contemplar su obra. Telefoneé al director de personal.

—¿El doctor Nim? —dijo—. Jamás lo he oído nombrar. ¿Está segura de que ha trabajado aquí? Llevo tres años en la Bolsa y nunca he oído ese nombre.

—Muy bien, ya estoy hasta el gorro —dije fuera de mis casillas—. Quiero hablar con el presidente. Dígame quién es.

—La… Bolsa… de… Nueva… York… no… tiene… presidente —me informó con tono burlón.

¡Mierda!

—¿Y qué tiene entonces? —vociferé—. Alguien tiene que dirigir las cosas.

—Contamos con un síndico —respondió molesto, y me dio su nombre.

—Perfecto, le ruego que me pase con él.

—De acuerdo, señora. Supongo que sabe lo que hace.

Claro que lo sabía. La secretaria del síndico fue muy atenta, y supe que iba por buen camino por la forma en que sorteó mis preguntas.

—¿El doctor Nim? —preguntó con voz de viejecita—. No... no, creo que nunca he oído ese nombre. En este momento el síndico se encuentra en el extranjero. ¿Quiere dejarle un mensaje?

—Sí —espeté. Era lo máximo que podía esperar, como sabía de mi prolongada experiencia con el hombre misterioso—. Si tiene noticias del doctor Nim, dígale por favor que la señorita Velis espera su llamada en el convento de Rockaway Greens. Dígale también que, si por la noche no he sabido nada de él, me veré obligada a pronunciar los votos.

Di mis números de teléfono a la pobre y desconcertada mujer y nos despedimos. Pensé que Nim se lo tendría merecido si el mensaje pasaba por las manos de varios retoños de la Bolsa de Nueva York antes de llegar a las suyas. Me encantaría ver cómo salía de ese aprieto.

Tras lograr cuanto había podido en tan ardua tarea, me puse el traje de pantalón rojo para pasar el día en Con Edison. Revolví en el armario buscando un par de zapatos y solté unos cuantos tacos al ver que Carioca había mordido la mitad y desmadejado el resto. Por fin encontré dos zapatos del mismo par, me puse el abrigo y salí a desayunar. Como a Lily, me costaba afrontar ciertas cosas con el estómago vacío, y una de ellas era Con Edison.

La Galette era el bistrot francés local y estaba a media manzana de mi casa, en Tudor Place. Tenía manteles de cuadros y macetas con geranios. Las ventanas traseras daban al edificio de Naciones Unidas. Pedí zumo de naranja, café solo y pastel de ciruelas pasas.

En cuanto me sirvieron, abrí la cartera y saqué algunas notas que había tomado la noche anterior, antes de acostarme. Creía que era posible sacar algo en claro siguiendo la cronología de los acontecimientos.

Solarin tenía una fórmula secreta y decidieron llevárselo una temporada a Rusia. Hacía quince años que Fiske no participaba en una competición ajedrecística. Solarin me había hecho una advertencia y empleado el mismo lenguaje que la pitonisa a la que yo había consultado tres meses antes. Solarin y Fiske tuvieron un altercado durante la partida y decidieron solicitar una interrupción. Lily sospechaba que Fiske hacía trampa. Este apareció muerto en extrañas circunstancias. Había dos orificios de bala en el coche de Lily; el primer disparo se había efectuado antes de nuestra llegada y el segundo, en nuestra presencia. Por último, tanto Saul como la pitonisa se habían esfumado.

Aunque nada parecía encajar, eran numerosas las pistas que indicaban que todo estaba relacionado. Sabía que la probabilidad aleatoria de tantas coincidencias era nula.

Había terminado la primera taza de café y comido la mitad del pastel de ciruelas pasas cuando lo vi. Estaba contemplando las enormes ventanas de cristal del edificio de Naciones Unidas cuando algo me llamó la atención. Un hombre vestido de blanco de la cabeza a los pies, con un chándal con capucha y una bufanda subida hasta la nariz, pasó por la calle empujando una bicicleta.

Lo observé anonadada, con el vaso de zumo de naranja a mitad de camino hacia mi boca. El hombre descendió por la empinada escalera de caracol, flanqueada por muros de piedra, que conduce a la plaza situada frente a la ONU. Solté el vaso y me levanté de un salto, dejé sobre la mesa el importe de la consumición y guardé las notas en la cartera, cogí el abrigo y salí a toda prisa.

Los escalones de piedra, cubiertos por una capa de hielo y sal común, estaban resbaladizos, y bajé corriendo por ellos mientras me ponía el abrigo e intentaba cerrar la cartera. El hombre de la bicicleta estaba a punto de desaparecer en la esquina. Al meter el brazo en una manga, el alto tacón de mi zapato patinó en el hielo, se partió y yo caí de rodillas dos peldaños más abajo. Sobre mi cabeza, grabada en el muro de piedra, había una cita de Isaías:

Y convertirán sus espadas en rejas de arado y sus lanzas en hoces. No alzará espada nación contra nación, ni se adiestrarán más para la guerra.

Qué mala suerte. Me incorporé y me quité el hielo de las rodillas. A Isaías le quedaban muchas cosas por aprender acerca de los hombres y las naciones. Desde hacía más de cinco milenios en nuestro planeta no pasaba un solo día sin conflictos bélicos. Los manifestantes en contra de la guerra de Vietnam ya se habían congregado en la plaza. Me abrí paso entre ellos mientras agitaban sus carteles con el símbolo de la paz. Me encantaría verles convertir un misil balístico en una reja de arado.

Cojeando a causa del tacón roto, doblé en la esquina y caminé a lo largo del costado del Instituto de Investigación de Sistemas IBM. El hombre me llevaba cien metros de ventaja; ahora pedaleaba en la bicicleta. Llegó al paso peatonal de la plaza de la ONU y se detuvo ante el semáforo en rojo.

Eché a correr por la acera, con los ojos llorosos a causa del frío, intentando abrocharme el abrigo y cerrar la cartera mientras el viento glacial me azotaba. A mitad de camino vi que el semáforo pasaba al verde y el hombre cruzaba pedaleando. Aunque aceleré el paso, el semáforo volvió a ponerse en rojo cuando llegué y los coches arrancaron. Aguardé sin apartar la vista de la figura que se alejaba al otro lado de la calle.

El hombre se apeó de la bicicleta y subió con ella a cuestas por los escalones que daban a la plaza. ¡Estaba atrapado! Yo podía recuperar el aliento, porque no había ninguna salida en el jardín de las esculturas. Mientras esperaba a que cambiase el semáforo, de repente me di cuenta de lo que estaba haciendo.

El día anterior, casi había sido testigo de un posible asesinato y una bala había pasado muy cerca de mí en plena calle. Ahora perseguía a un desconocido simplemente porque se parecía al hombre de mi cuadro, bicicleta incluida. ¿Cómo podía parecerse tanto a mi óleo? Por más vueltas que le daba, no hallaba respuesta. En cuanto cambió el semáforo, miré en ambas direcciones, por si las moscas, antes de bajar a la calzada.

Crucé las puertas de hierro forjado de la plaza de la ONU y subí por la escalinata. Al otro lado de la extensión de cemento blanco, una viejecita de negro, sentada en un banco de piedra, alimentaba a las palomas. Con la cabeza cubierta por un pañuelo negro e inclinada hacia el suelo, arrojaba comida a las aves plateadas, que, formando una gran nube, se apiñaban, arrullaban y arremolinaban alrededor de ella. A su lado se encontraba el hombre de la bicicleta.

Al verlos no supe qué hacer. Estaban hablando. La anciana se volvió, miró en mi dirección y le comentó algo. El hombre asintió sin mirar atrás, dio media vuelta con una mano sobre el manillar y bajó rápidamente por la escalera del otro lado, hacia el río. Me armé de valor y corrí tras él. Las palomas alzaron el vuelo y apenas me permitieron ver. Me encaminé hacia la escalera cubriéndome la cabeza con un brazo mientras las aves revoloteaban en torno a mí.

Al pie de las escaleras, de cara al río, se alzaba un imponente campesino de bronce donado por los soviéticos. Martillaba su espada para convertirla en una reja de arado. En la otra orilla del helado East River se veía el gran letrero de Pepsi-Cola de Queens, entre el humo que arrojaban los hornos. A mi izquierda se extendía el jardín, cuyo amplio césped badeado de árboles estaba cubierto de nieve. Ni una sola pisada perturbaba la nívea superficie. Junto al río discurría un sendero de grava, separado del jardín por una hilera de árboles podados y más pequeños. No había nadie a la vista.

¿Dónde se había metido? El jardín no tenía salida. Me di la vuelta y subí de nuevo a la plaza. La anciana también había desaparecido, pero atisbé una figura que entraba por la puerta de los visitantes, junto a la cual estaba su bicicleta. Mientras corría hacia allí, me pregunté cómo se las había ingeniado para pasar a mi lado. Dentro solo había un guardia que charlaba con la joven recepcionista, sentada tras el mostrador ovalado.

—Disculpen, ¿acaba de entrar un hombre con un chándal blanco?

—No me he fijado —respondió el guardia, molesto por la interrupción.

—Si ustedes quisieran ocultarse, ¿dónde se meterían?

Ahora eran todo oídos. Ambos me observaron como si fuera una terrorista. Me apresuré a añadir:

—Me refiero a si quisieran estar a solas y disfrutar de un poco de intimidad.

—Los delegados van a la sala de meditación —respondió el guardia—. Es un sitio muy tranquilo. Está allí.

Señaló una puerta situada al otro lado del amplio suelo de mármol, de cuadros rosa y gris, como las casillas del ajedrez. Junto a la puerta había una vidriera verde azulada de Chagall. Les di las gracias y eché a andar. Cuando entré en la sala de meditación, la puerta se cerró a mis espaldas sin el menor ruido.

Era una estancia larga y oscura, que semejaba una cripta. Junto a la puerta había varias hileras de bancos pequeños, con los que estuve a punto de tropezar en la penumbra. En el centro se alzaba una losa en forma de féretro, sobre la que caía un fino haz de luz que atravesaba toda su superficie. Reinaba un silencio absoluto. Noté que se me dilataban las pupilas para adaptarse a la penumbra.

Me senté en un banco, cuya madera crujió, dejé la cartera en el suelo y contemplé la losa. Suspendida en el aire como un monolito que flotara en el espacio sideral, daba la impresión de que temblaba misteriosamente. El efecto que producía era tranquilizador, casi hipnótico.

La puerta se abrió a mis espaldas sin hacer ruido y dejó pasar un torrente de luz antes de cerrarse. Me volví muy lentamente, como en cámara lenta.

—No grites —susurró una voz detrás de mí—. No te haré daño. Te ruego que guardes silencio.

El corazón se me aceleró cuando reconocí la voz. Me levanté de un salto y di media vuelta, poniéndome de espaldas a la losa.

A la tenue luz de la estancia vi a Solarin, en cuyos ojos verdes se reflejaba la losa. Me había levantado tan bruscamente que me mareé, de modo que me apoyé contra la losa. Solarin me miraba impertérrito. Llevaba el mismo pantalón gris que el día anterior y una chaqueta oscura de piel que lo hacía parecer aún más pálido de lo que yo recordaba.

—Siéntate —murmuró—. Aquí, a mi lado. Solo dispongo de unos minutos.

Las piernas me flaqueaban. Tomé asiento sin abrir la boca.

—Ayer intenté avisarte, pero no me hiciste caso. Ahora sabes que te dije la verdad. Si no queréis acabar como Fiske, será mejor que Lily Rad y tú os mantengáis apartadas de este torneo.

—Entonces no crees que se haya suicidado —susurré.

—No digas tonterías. Le partió el cuello un especialista. Yo fui la última persona que lo vio con vida. Dos minutos después estaba muerto, y habían desaparecido varios objetos…

—Tal vez lo mataste tú —lo interrumpí.

Solarin sonrió. Su sonrisa era tan deslumbradora que transformó por completo sus facciones. Se inclinó hacia mí y me puso las manos sobre los hombros. Noté que sus dedos transmitían una gran calidez.

—Te ruego que me escuches con atención, pues corro un gran peligro al arriesgarme a que nos vean juntos. Yo no disparé al coche de tu amiga, pero la desaparición del chófer no es una mera casualidad.

Me quedé estupefacta. Lily y yo habíamos acordado que no se lo contaríamos a nadie. ¿Cómo se había enterado Solarin, si no tenía nada que ver?

—¿Sabes qué le ha pasado a Saul? ¿Sabes quién disparó?

En lugar de responder, me miró de hito en hito. Aún tenía las manos sobre mis hombros. Me los apretó mientras volvía a dedicarme su cálida y maravillosa sonrisa. Cuando sonreía, parecía un niño.

—No se equivocaban con respecto a ti —comentó con voz queda—. Eres la persona.

—¿Quiénes? Sabes cosas que no me dices —repliqué irritada—. Me haces una advertencia, pero no me dices de qué debo protegerme. ¿Conoces a la pitonisa?

Solarin apartó las manos de mis hombros y volvió a ponerse la máscara. Me di cuenta de que yo estaba tentando a la suerte, pero ahora no podía detenerme.

—Sí, la conoces —proseguí—. ¿Y quién es el hombre de la bicicleta? ¡Has tenido que verlo si me has seguido! ¿Por qué me haces advertencias y al mismo tiempo me ocultas información? ¿Qué quieres? ¿Qué tiene que ver todo esto conmigo? —Me interrumpí para recobrar el aliento y miré a Solarin, que me observaba atentamente.

—No sé qué decirte —repuso en voz baja, y por primera vez percibí indicios de acento eslavo en su manera formal y entrecortada de pronunciar el inglés—. Si te dijera algo, tu situación sería aún más comprometida. Solo te pido que me creas, porque he arriesgado mucho para hablar contigo. —Con gran sorpresa por mi parte, me acarició el pelo como si yo fuera una cría—. Mantente al margen del torneo de ajedrez. No confíes en nadie. Aunque tienes amigos influyentes de tu lado, no sabes a qué estás jugando…

—¿De qué lado? —pregunté—. Yo no juego a nada.

—Claro que sí —dijo él, y me miró con infinita ternura, como si deseara abrazarme—. Estás jugando una partida de ajedrez, pero no te preocupes, porque yo soy maestro de este juego y estoy de tu lado.

Se puso en pie y yo lo seguí aturdida hasta la puerta. Entonces se pegó a la pared y aguzó el oído, como si esperara que alguien fuera a entrar violentamente. Luego se volvió hacia mí. Yo estaba perpleja.

Se llevó una mano al interior de la chaqueta y con un movimiento de la cabeza me indicó que saliera. Entreví el arma que empuñaba. Tragué saliva y franqueé velozmente la puerta, sin mirar atrás.

El vestíbulo estaba inundado por la cegadora luz invernal que entraba por las paredes de cristal. Me dirigí deprisa a la salida. Arrebujada en el abrigo, crucé la plaza ancha y helada y bajé corriendo por las escaleras hacia East River Drive.

Descendía por la calle, protegiéndome del viento glacial, cuando me detuve en seco ante las puertas de la entrada de delegados. Me había olvidado la cartera en la sala de meditación. No solo guardaba en ella los libros de la biblioteca, sino también las notas sobre los acontecimientos del día anterior.

¡Fantástico! Solo me faltaba que Solarin encontrara esos papeles y creyera que estaba investigando su pasado mucho más a fondo de lo que suponía. Y eso era, desde luego, lo que me proponía. Me tildé de idiota y girando sobre el tacón roto emprendí el regreso a la plaza de la ONU.

Entré en el vestíbulo. La recepcionista estaba atendiendo a un visitante. No vi al guardia. Me convencí de que el miedo a regresar sola a la sala de meditación era absurdo. Mi vista abarcaba hasta la escalera de caracol y era evidente que no había nadie.

Crucé con paso decidido el vestíbulo y miré por encima del hombro al llegar a la vidriera de Chagall. Abrí la puerta de la sala de meditación y eché un vistazo.

Mis ojos tardaron unos segundos en acostumbrarse a la penumbra. Entonces vi que las cosas no estaban como las había dejado. Solarin había desaparecido, al igual que mi cartera, y en la losa, boca arriba, descansaba un cadáver. Me quedé junto a la puerta, muerta de miedo. El largo cuerpo que yacía sobre la losa vestía uniforme de chófer. Se me heló la sangre y me zumbaron los oídos. Respiré hondo. Entré y dejé que la puerta se cerrara.

Me acerqué a la losa y miré la cara blanca que brillaba bajo el haz de luz. Era Saul. Y, en efecto, estaba muerto. Se me revolvió el estómago y sentí un miedo atroz. Jamás había visto un cadáver, ni siquiera en los funerales. Noté que iba a romper a llorar.

Súbitamente algo ahogó el primer sollozo antes de que escapara de mi garganta: Saul no había trepado a la losa por sus propios medios y dejado de respirar. Alguien lo había depositado allí, y esa persona había estado en la sala en los últimos cinco minutos.

Salí disparada. La recepcionista seguía atendiendo al visitante. Se me ocurrió dar la voz de alarma, pero me lo pensé dos veces. Me habría costado explicar que el chófer de una amiga mía había sido asesinado y que yo había tropezado con el cadáver por casualidad; que casualmente el día anterior había estado en un lugar donde se había producido una muerte en extrañas circunstancias y que mi amiga, la jefa del chófer, también estaba allí; que nos habíamos olvidado de denunciar que en su coche habían aparecido dos orificios de bala.

Emprendí la retirada de la sede de la ONU y literalmente bajé rodando por la escalera. Sabía que debía acudir sin falta a las autoridades, pero estaba aterrorizada. Habían asesinado a Saul en aquella sala, segundos después de que yo la abandonara. Fiske había muerto pocos minutos después de que se interrumpiera la partida de ajedrez. En ambos casos las víctimas se encontraban en lugares públicos, cerca de otras personas. En ambos casos Solarin había estado presente. Y tenía un arma, ¿no? Y había estado presente en los dos sucesos.

Así que estábamos jugando. Muy bien, entonces descubriría las reglas del juego por mi cuenta. Mientras recorría la calle helada rumbo a mi cálido y seguro despacho, noté que aparte del miedo y la estupefacción se apoderaba de mí una firme determinación. Tenía que romper el misterioso velo que envolvía el juego, conocer las reglas y a los jugadores. Y debía hacerlo sin demora, pues las jugadas ocurrían peligrosamente cerca. Ignoraba que a treinta manzanas estaba a punto de tener lugar una jugada que modificaría el curso de mi vida...

♟

—Brodski está furioso —informó Gogol con nerviosismo.

Al ver que Solarin franqueaba la entrada se había levantado de la mullida y cómoda butaca en la que tomaba el té en el vestíbulo del Algonquin.

—¿Dónde has estado? —preguntó Gogol, pálido como un fantasma.

—Tomando el aire —respondió Solarin con calma—. Te recuerdo que no estamos en la Unión Soviética. En Nueva York la gente sale a caminar cuando se le antoja sin informar a las autoridades. ¿Acaso Brodski temía que desertara?

Gogol permaneció serio cuando Solarin sonrió.

—Está enfadado —reconoció. Miró nervioso alrededor, pero no había nadie, con excepción de una anciana que tomaba el té en el otro extremo—. Esta mañana Hermanold nos ha comunicado que el torneo se pospone indefinidamente hasta que investiguen a fondo la muerte de Fiske. Tenía el cuello roto.

—Ya lo sé —dijo Solarin, y cogió a Gogol del brazo para llevarlo hacia la mesa en la que se enfriaba el té. Le indicó que se sentara y terminara la infusión—. Vi el cadáver, ¿lo has olvidado?

—Ese es el problema —repuso Gogol—. Estuviste a solas con él justo antes del accidente. Este asunto tiene muy mal cariz. No debimos llamar la atención. Si abren una investigación, sin duda lo primero que harán será interrogarte.

—Deja que yo me preocupe de esas cosas —aconsejó Solarin.

Gogol cogió un terrón de azúcar, lo sujetó entre los dientes y bebió el té a través de él, mientras meditaba.

La anciana se acercaba renqueando hacia la mesa que ocupaban. Vestía de negro y se movía con dificultad, con ayuda de un bastón. Gogol la miró.

—Por favor —dijo la anciana—, no me han servido sacarina con el té y no puedo tomar azúcar. Caballeros, ¿serían tan amables de darme una bolsita de sacarina?

—Por supuesto —respondió Solarin.

Abrió el azucarero de la bandeja de Gogol, sacó varias bolsitas de color rosa y se las entregó a la anciana. Esta le dio las gracias y se alejó.

—¡Oh, no! —exclamó Gogol mirando hacia los ascensores. Brodski avanzaba por el vestíbulo sorteando mesas de té y sillas floreadas—. Me pidió que subiera contigo en cuanto regresaras —susurró a Solarin.

Se puso en pie y a punto estuvo de volcar la bandeja. Solarin siguió sentado.

Brodski era un individuo alto y musculoso, con el rostro atezado. Parecía un ejecutivo europeo con su traje de rayas azul marino y su corbata de seda asargada. Se acercó con paso enérgico a
la mesa, como si se presentara en una reunión de negocios, se detuvo ante Solarin y le ofreció la mano. Este se la estrechó sin levantarse. Brodski tomó asiento.

—He tenido que informar al secretario de tu desaparición —dijo.

—No he desaparecido. Salí a dar un paseo.

—Has ido de compras, ¿eh? —dedujo Brodski—. Esa cartera es
muy bonita. ¿Dónde la has comprado? —Tocó la cartera que reposaba en el suelo, junto a Solarin. Gogol ni siquiera la había visto—. Piel italiana, lo ideal para un ajedrecista soviético —comentó
con sorna—. ¿Te molesta que la mire por dentro?

Solarin se encogió de hombros. Brodski se colocó la cartera sobre las rodillas, la abrió y se dedicó a revolver el contenido.

—A propósito, ¿quién era la mujer que abandonó vuestra mesa
justo cuando llegué?

—Una anciana que necesitaba sacarina —respondió Gogol.

—No debía de estar muy desesperada —murmuró Brodski mientras hojeaba los papeles—, porque se largó en cuanto llegué.

Gogol echó un vistazo a la mesa que ocupaba la anciana dama.
Esta se había marchado, pero el servicio de té permanecía allí.

Brodski metió los papeles en la cartera y se la devolvió a Solarin. Miró a Gogol y suspiró.

—Gogol, eres un imbécil —comentó con el mismo tono que si
hablara del tiempo—. Es la tercera vez que nuestro incomparable
gran maestro logra despistarte. La primera, cuando interrogó a Fiske poco antes de que lo asesinaran. La segunda, cuando salió a buscar esta cartera, que ahora solo contiene un sujetapapeles, varios
blocs por estrenar y dos libros sobre la industria petrolera. Es evidente que ha sacado todo lo de valor. Y ahora, en tus mismas narices, ha pasado una nota a una agente.

Gogol se puso rojo como un tomate y dejó la taza de té.

—Te aseguro que…

—No me asegures nada —lo interrumpió Brodski en tono cor-
tante. Se volvió hacia Solarin para añadir—: El secretario ha dicho
que si no establecemos contacto en veinticuatro horas pedirán que
regresemos a Rusia. No puede arriesgarse a que nos quedemos sin

tapadera si se anula el torneo. Quedaría muy mal decir que nos quedamos en Nueva York para comprar carteras italianas de segunda mano —añadió con sorna—. Gran maestro, tienes veinticuatro horas para conseguir la información.

Solarin le miró a los ojos y sonrió fríamente.

—Mi querido Brodski, puedes informar al secretario de que ya hemos establecido contacto.

Brodski aguardó en silencio a que Solarin continuara y, al ver que este no añadía nada más, dijo con tono melifluo:

—¿Y cuánto tiempo vas a mantener el suspense?

Solarin miró la cartera, que ahora reposaba en su regazo, y luego a Brodski. Su cara no revelaba ninguna emoción:

—Las piezas están en Argelia —dijo.

A mediodía estaba desquiciada. Había tratado inútilmente de ponerme en contacto con Nim. No podía quitarme de la cabeza la espantosa imagen del cadáver de Saul tendido en la losa, e intentaba encontrar un sentido a lo ocurrido, encajar las piezas.

Estaba en mi despacho de Con Edison, que daba a la entrada de la ONU, escuchando las noticias de la radio, mientras esperaba que los coches patrulla pararan en la plaza apenas conocieran la existencia del cadáver. Pero eso no ocurrió.

Telefoneé a Lily, pero había salido, y luego al despacho de Harry, donde su secretaria me dijo que mi amigo se había ido a Buffalo para revisar unos envíos de pieles deterioradas y no regresaría hasta muy tarde. Pensé en llamar a la policía y dejar un mensaje anónimo sobre el cadáver de Saul, pero me dije que pronto lo encontrarían. Era imposible que un cadáver pasara horas en la ONU sin que nadie reparara en él.

Poco después de las doce pedí a mi secretaria que saliera a comprar unos bocadillos. Sonó el teléfono y contesté. Era Lisle, mi jefe. Su voz me resultó desagradable por lo animada que sonaba.

—Velis, ya tenemos los billetes y el itinerario. La sucursal de París te espera el próximo lunes. Pasarás la noche allí y por la mañana viajarás a Argel. Si estás de acuerdo, esta tarde haré enviar los billetes y los documentos a tu apartamento.

Le dije que me parecía bien.

—Velis, te noto alicaída. ¿Tienes dudas sobre tu viaje al Continente Negro?

—En absoluto —contesté con toda la seguridad que pude fingir—. Me vendrá bien un cambio. Nueva York empieza a estresarme.

—Perfecto. Entonces, *bon voyage*, Velis. No digas que no te avisé.

Colgamos. Pocos minutos más tarde regresó mi secretaria con bocadillos y leche. Cerré la puerta e intenté comer, pero no pude tragar más que unos pocos bocados. Tampoco logré sentir interés por los libros sobre la historia de la industria petrolera. Permanecí sentada con la vista clavada en el escritorio.

Alrededor de las tres mi secretaria llamó a la puerta y entró con una cartera.

—Alguien se la ha entregado al guardia de la entrada —explicó—. Junto con esta nota.

Cogí el sobre con mano temblorosa, aguardé a que mi secretaria se fuera, busqué el abrecartas, lo abrí y saqué la hoja.

La nota rezaba: «He sacado algunos papeles. Te ruego que no vayas sola a tu apartamento». No estaba firmado, pero reconocí al autor por el tono alegre que lo caracterizaba. Me la guardé en el bolsillo y abrí la cartera. Todo estaba en su sitio, salvo, obviamente, mis apuntes sobre Solarin.

A las seis y media seguía en el despacho, pese a que casi todos habían abandonado el edificio. Mi secretaria estaba escribiendo a máquina. Le había dado un montón de trabajo para no quedarme sola y me preguntaba cómo regresaría a mi piso. Estaba a solo una manzana y parecía ridículo pedir un taxi.

El portero vino a limpiar los despachos. Estaba vaciando un cenicero en mi papelera cuando sonó el teléfono, y con la prisa por descolgar el auricular, a punto estuve de tirarlo al suelo.

—Trabajas hasta muy tarde, ¿no te parece? —preguntó una voz conocida.

Casi rompí a llorar de alivio.

—Vaya, es sor Nim —dije intentando controlar mi voz—. Has llamado demasiado tarde. Estaba recogiendo mis cosas para iniciar mi retiro religioso. Ahora soy miembro de pleno derecho de las Hermanas de Jesús.

—Sería una pena y un desperdicio —afirmó Nim con tono alegre.

—¿Cómo sabías que me encontrarías aquí a estas horas?

—¿En qué otro lugar podía pasar una tarde de invierno alguien con tu ilimitada entrega al trabajo? Debes de estar quemándote las pestañas… ¿Cómo estás, querida? Me han dicho que me buscabas.

Esperé a que saliera el portero para responder.

—Temo encontrarme en un grave aprieto.

—Por supuesto, tú siempre tienes problemas —dijo Nim con calma—. Es uno de tus principales encantos. Una mente como la mía se cansa de toparse constantemente con lo esperado.

Miré la espalda de mi secretaria a través del tabique de cristal de mi despacho.

—Estoy en un grave aprieto —susurré—. ¡En los dos últimos días han asesinado a dos personas prácticamente delante de mis narices! Me han advertido que tiene que ver con mi asistencia a cierto torneo de ajedrez…

—¡Qué mal se oye! —exclamó Nim—. ¿Qué haces? ¿Te has tapado la boca con un trapo? Apenas te oigo. ¿De qué te han advertido? Habla más alto.

—La pitonisa predijo que yo correría peligro —le expliqué—. Y así es. Los asesinatos…

—¿Una pitonisa, mi querida Cat? —preguntó Nim entre risas.

—No ha sido la única —dije, clavándome las uñas en la palma de las manos—. ¿Te suena el nombre de Alexander Solarin?

Nim guardó silencio unos instantes y finalmente preguntó:

—¿El ajedrecista?

—Fue él quien me dijo… —empecé a explicar en voz baja, y me di cuenta de que la historia parecía demasiado fantasiosa para resultar creíble.

—¿Cómo has conocido a Alexander Solarin?

—Ayer asistí a un torneo de ajedrez. Se me acercó para decirme que corría peligro. Lo repitió varias veces.

—Tal vez te confundió con otra persona. —La voz de Nim sonaba lejana, como si estuviera absorto en sus pensamientos.

—Tal vez —reconocí—, pero esta mañana, en el edificio de las Naciones Unidas, ha dejado claro que…

—Espera un momento —me interrumpió Nim—. Creo que sé qué ocurre. Pitonisas y ajedrecistas rusos te siguen y te susurran extrañas advertencias al oído. Los cadáveres caen del cielo. ¿Qué has comido hoy?

—Mmm. Un bocata y unos sorbos de leche.

—Paranoia provocada por la falta de alimento —diagnosticó Nim entusiasmado—. Recoge tus cosas. Dentro de cinco minutos pasaré a buscarte con mi coche. Comeremos como Dios manda y esas fantasías desaparecerán en un santiamén.

—No son fantasías —me defendí.

Me alegré de que Nim viniera a buscarme; por lo menos llegaría a casa sana y salva.

—Ya veremos —repuso—. Desde donde estoy te veo demasiado delgada. Aunque hay que reconocer que el traje rojo que llevas es muy elegante.

Eché un vistazo a mi despacho y luego miré hacia la calle. Las farolas acababan de encenderse y la acera estaba poblada de sombras. Vi una figura oscura en la cabina telefónica cercana a la parada del autobús. Levantó el brazo.

—A propósito, querida, si temes algún peligro, te aconsejo que dejes de pasearte junto a ventanas iluminadas cuando anochece. No es más que un consejo, claro está.

Dicho esto, colgó.

♟

El Morgan verde oscuro de Nim estacionó delante de Con Edison. Salí corriendo y salté al asiento del acompañante, situado a la izquierda. El coche tenía estribos en los costados y suelo de madera, entre cuyas grietas se veía la calzada.

Nim vestía vaqueros desteñidos, una cara chaqueta de piel italiana y bufanda de seda blanca con flecos. El viento agitó su cabello cobrizo cuando arrancó. Me pregunté por qué tenía tantos amigos que en invierno preferían conducir sin capota. Cuando Nim guió por una calle, el tibio resplandor de las farolas pareció cubrir sus rizos de chispas doradas.

—Pasaremos por tu casa para que te pongas ropa de abrigo —dijo Nim—. Si te tranquiliza, entraré primero con un detector de minas.

Debido a un extraño capricho genético Nim tenía cada ojo de un color: uno castaño y el otro azul. Cuando me miraba, yo siempre tenía la impresión de que en realidad no me veía, lo que no me resultaba especialmente agradable.

Paramos delante de mi casa. Nim se apeó y saludó a Boswell, al tiempo que le ponía en la mano un billete de veinte dólares.

—Mi buen amigo, solo tardaremos unos minutos —dijo—. ¿Puede vigilar el coche mientras tanto? Es una reliquia familiar.

—Descuide, señor —respondió Boswell amablemente.

A continuación (quién iba a decirlo), rodeó el coche para ayudarme a bajar. Es extraordinario lo que hace el dinero.

Cogí el correo. Había llegado el sobre de Fulbright con los billetes. Nim y yo entramos en el ascensor y subimos.

Nim examinó la puerta de mi piso y declaró que, si alguien había entrado, lo había hecho con una llave. Como casi todos los apartamentos de Nueva York, el mío tenía una puerta reforzada con una plancha de acero de cinco centímetros de grosor y doble cerrojo de seguridad.

Nim caminó delante de mí por el vestíbulo en dirección al salón.

—Yo diría que una mujer de la limpieza una vez al mes haría maravillas aquí —comentó—. Aunque útil a los efectos de detección de delitos, no le encuentro otro fin a esta enorme colección de polvo y recuerdos.

Con un soplido levantó una nube de polvo de una pila de libros, cogió uno y lo hojeó.

Revolví en el armario hasta encontrar un pantalón de pana caqui y un jersey de pescador irlandés, de lana virgen. Cuando me dirigí hacia el baño para cambiarme, Nim estaba sentado en el taburete del piano y se entretenía tocando las teclas.

—¿Tocas alguna vez? —me preguntó a gritos—. Las teclas están limpias.

—Me especialicé en música —respondí desde el baño—. Los músicos son los mejores expertos en informática. Superan a la combinación de ingeniero y físico.

Sabía que Nim se había graduado en ingeniería y física. Mientras me cambiaba, se hizo el silencio en el salón. Cuando volví descalza, Nim estaba en medio de la sala, contemplando mi cuadro del hombre de la bicicleta, que yo había dejado de cara a la pared.

—Ten cuidado. Aún está húmedo —le avisé.

—¿Lo has pintado tú? —preguntó mirando el cuadro con atención.

—Es el origen de todos mis problemas. Pinto el cuadro y luego veo a un hombre idéntico a mi creación, así que lo sigo…

—¿Lo has seguido? —Nim me miró sobresaltado.

Me senté en el taburete del piano y empecé a narrarle la historia, comenzando por la llegada de Lily con Carioca. ¿De verdad había ocurrido el día anterior? Esta vez Nim no me interrumpió. De vez en cuando echaba un vistazo al cuadro y volvía a mirarme. Acabé hablándole de la pitonisa y de mi visita de la noche anterior al Fifth Avenue Hotel, donde averigüé que la anciana no existía. Cuando concluí el relato, Nim se quedó pensativo. Me levanté, fui al armario y busqué un chaquetón marinero y unas viejas botas de montar, que me puse por encima del pantalón de pana.

—Si no tienes inconveniente, me gustaría que me prestases el cuadro durante unos días —pidió Nim meditabundo. Había alzado el lienzo y lo sostenía delicadamente por el travesaño del bastidor—. ¿Todavía tienes el poema de la pitonisa?

—Está por aquí —dije señalando el caos de objetos.

—Echémosle un vistazo —propuso.

Suspiré y empecé a rebuscar en los bolsillos de los abrigos guardados en el armario. Al cabo de diez minutos por fin encontré la servilleta en la que Llewellyn había anotado la profecía.

Nim me arrancó el papel de la mano y se lo guardó en el bolsillo. Cogió la tela húmeda, me pasó el otro brazo por los hombros y caminamos hacia la puerta.

—No sufras por el cuadro. Te lo devolveré dentro de una semana.

—Puedes quedártelo. El viernes vendrán los encargados de la mudanza. Por eso te llamé. Este fin de semana dejo el país. Pasaré un año fuera. La empresa me envía al extranjero.

—Son unos negreros —declaró Nim—. ¿Adónde te mandan?

—A Argelia —respondí cuando llegamos a la puerta.

Nim se detuvo en seco y me miró. Luego se echó a reír.

—Querida jovencita, siempre me sorprendes. Durante cerca de

una hora me has entretenido con historias de asesinatos, misterios e intrigas. Y lo cierto es que has omitido la cuestión principal.

Yo estaba estupefacta.

—¿Qué tiene que ver Argelia con todo esto?

Nim me cogió del mentón, alzó mi cara hacia la suya y preguntó:

—Dime una cosa, ¿has oído hablar del ajedrez de Montglane?

EL RECORRIDO DEL CABALLO

CABALLERO: Juegas al ajedrez, ¿verdad?

LA MUERTE: ¿Cómo lo sabes?

CABALLERO: Lo he visto en los cuadros y lo he
oído en las canciones.

LA MUERTE: Sí, a decir verdad soy muy buena jugadora de ajedrez.

CABALLERO: Pero no eres mejor que yo.

INGMAR BERGMAN,
El séptimo sello

La salida de Manhattan estaba prácticamente vacía. Eran más de las siete y media de la tarde y el túnel amplificaba el potente ronroneo del motor del Morgan.

—Pensaba que íbamos a cenar —grité para hacerme oír.

—Sí, cenaremos en mi casa de Long Island —dijo Nim—, donde hago prácticas de caballero rural, aunque en esta época del año no se trabaja la tierra.

—¿Tienes una granja en Long Island? —pregunté.

Aunque parezca extraño, jamás había imaginado a Nim con una residencia fija. Tenía la costumbre de aparecer y desaparecer como un fantasma.

—Así es —respondió, y me miró en la penumbra con sus ojos de colores diferentes—. Tal vez seas la única persona viva que pueda dar testimonio de ello. Sabes que defiendo mi intimidad a brazo partido. Prepararé la cena yo mismo y después podrás quedarte a dormir.

—Me parece que vas muy rápido…

—Evidentemente es difícil confundirte con la razón o la lógica —dijo Nim—. Acabas de explicarme que corres peligro. En los dos últimos días has visto morir a dos hombres y te han advertido de que de alguna manera esas muertes tienen que ver contigo. ¿De veras quieres pasar la noche sola en tu apartamento?

—Mañana tengo que trabajar —me justifiqué.

—Ni soñarlo —declaró Nim con determinación—. Te mantendrás apartada de los sitios que sueles frecuentar hasta que lleguemos al fondo del asunto. Tengo unas cuantas ideas acerca de la cuestión.

Mientras el coche avanzaba por el campo y el viento silbaba, me arrebujé en la manta y escuché a Nim.

—En primer lugar, te hablaré del ajedrez de Montglane. Es una historia muy larga, pero empezaré diciendo que originalmente fue el ajedrez de Carlomagno…

—¡Ah! —exclamé, y me enderecé en el asiento—. Ya me lo han contado. Cuando Llewellyn, el tío de Lily Rad, se enteró de que me enviaban a Argelia, me habló del tema. Quiere que le consiga algunas piezas.

—No me sorprende. —Nim rió—. Son muy raras y valen una fortuna. Casi nadie cree en su existencia. ¿Cómo llegó a conocerlas Llewellyn? ¿Por qué supone que están en Argelia?

Aunque Nim había empleado un tono ligero, noté que estaba pendiente de mi respuesta.

—Llewellyn se dedica a las antigüedades. Tiene un cliente que quiere esas piezas al precio que sea. Disponen de un contacto que sabe dónde están.

—Lo dudo —opinó Nim—. Según la leyenda, llevan más de un siglo enterradas y antes de eso habían permanecido ocultas durante un milenio…

Mientras avanzábamos en medio de la negra noche, Nim me contó una peregrina historia sobre reyes moros y monjas francesas, sobre un extraño poder que durante siglos habían buscado aquellos que comprendían la naturaleza del poder. Por último, explicó que el ajedrez completo había desaparecido y nadie había vuelto a verlo. Agregó que se creía que estaba escondido en Argelia, aunque ignoraba el porqué.

Cuando concluyó el inverosímil relato, el coche descendía por una pronunciada pendiente poblada de frondosos árboles. Cuando la carretera volvió a ascender, vimos la lechosa luna suspendida sobre el mar. Oí los gritos de los mochuelos en las ramas. Tuve la sensación de que estábamos muy lejos de Nueva York.

—En resumen —dije con un suspiro, asomando la nariz por encima de la manta—, le dije a Llewellyn que no contara conmigo, que se equivocaba al suponer que intentaría pasar de contrabando un trebejo de ese tamaño, una pieza de oro salpicada de diamantes y rubíes…

El coche giró bruscamente y estuvimos a punto de caer al mar. Nim frenó y logró dominarlo.

—¿Tenía una pieza? —preguntó—. ¿Te la mostró?

—No —contesté, intrigada por su reacción—. Tú mismo has dicho que desaparecieron hace un siglo. Me enseñó la foto de una reproducción en marfil. Creo que está en la Biblioteca Nacional de París.

—Comprendo —murmuró Nim, más sereno.

—No entiendo qué tiene que ver todo esto con Solarin y los asesinatos —observé.

—Te lo explicaré, pero tienes que prometerme que no se lo comentarás a nadie.

—Llewellyn dijo exactamente lo mismo.

Nim me miró con recelo.

—Tal vez te muestres más cautelosa si te digo que el motivo por el que Solarin se puso en contacto contigo, y el motivo por el que te han amenazado, puede que guarde relación con esos trebejos.

—¡Qué disparate! Jamás había oído hablar de ellos. Apenas sé nada. No tengo nada que ver con este juego de locos.

—Sin embargo, es posible que alguien crea que tienes algo que ver —afirmó Nim muy serio, mientras el coche avanzaba por la costa en la oscuridad.

♟

La carretera describía una curva y se alejaba del mar. Avanzábamos entre grandes fincas cercadas por setos bien cuidados de tres metros de altura. De vez en cuando la luz de la luna me permitía atisbar mansiones señoriales que se alzaban en medio de vastos jardines nevados. Nunca había visto nada semejante cerca de Nueva York. El lugar me recordaba las novelas de Scott Fitzgerald.

Nim estaba hablando de Solarin.

—Solo sé lo que he leído en la prensa especializada. Alexander Solarin tiene veintiséis años, es ciudadano de la Unión de Repúblicas Socialistas Soviéticas y se crió en Crimea, cuna de la civilización, aunque en los últimos años se ha convertido en un lugar bastante incivilizado. Quedó huérfano y vivió en un hogar estatal. A los nueve o diez años derrotó a un maestro de ajedrez. Según se dice, había aprendido a jugar a los cuatro años; le enseñaron unos pescadores del mar Negro. Lo trasladaron inmediatamente al Palacio de los Pioneros.

Yo sabía que el Palacio de los Pioneros era el único instituto superior de todo el mundo que se dedicaba a preparar maestros de ajedrez. En Rusia el ajedrez no era solo el deporte nacional, sino sobre todo la prolongación de la política mundial, el juego más cerebral de la historia. Para los rusos, su larga hegemonía ajedrecística confirmaba su superioridad intelectual.

—¿El hecho de que aceptaran a Solarin en el Palacio de los Pioneros significa que contaba con un fuerte respaldo político? —pregunté.

—No pudo ser de otra manera —respondió Nim.

El coche volvía a avanzar junto al mar. Las olas salpicaban la carretera y sobre el asfalto se veía una gruesa capa de arena. Llegamos ante unas grandes puertas dobles de hierro forjado, que se abrieron cuando Nim pulsó algunos botones del salpicadero. Nos internamos en una jungla de follaje enmarañado, que creaba enormes florituras de nieve; me recordó los dominios de la Reina de las Nieves del *Cascanueces*.

—Solarin se negó a dejarse ganar por los favoritos —prosiguió Nim—, una regla del protocolo político de los rusos cuando participan en torneos. Aunque ha sido muy criticada, no por ello han dejado de cumplirla.

La calzada estaba cubierta de nieve y daba la impresión de que hacía mucho que no pasaba un coche. Los árboles unían sus copas en lo alto formando arcos como los de las catedrales y eran tan frondosos que impedían ver el jardín. Por fin llegamos a una enorme calzada que descubría un círculo, en cuyo centro se alzaba una fuente. La casa apareció ante nosotros iluminada por la luna. Era enorme, con grandes gabletes y un montón de chimeneas en el tejado.

—De modo que el señor Solarin se matriculó en la Facultad de Física y abandonó el ajedrez —concluyó Nim al tiempo que apagaba el motor—. Desde que cumplió los veinte años solo ha participado en algún que otro torneo.

Nim me ayudó a bajar del coche y, cargados con el cuadro, avanzamos hasta la entrada, cuya puerta abrió mi amigo con la llave.

Entramos en el vasto vestíbulo. Nim encendió la lámpara, una majestuosa araña de cristal tallado. El suelo del vestíbulo y de las habitaciones circundantes era de pizarra cortada a mano, tan pulida que brillaba como el mármol. En la casa hacía tanto frío que mi aliento formaba nubes de vaho y entre las baldosas de pizarra se habían formado hilos de hielo. Nim me guió a través de una sucesión de habitaciones a oscuras, hasta la cocina. Era una estancia preciosa. Las lámparas de gas originales seguían en las paredes y el techo. Nim dejó el cuadro y encendió las farolas de carruaje que adornaban las paredes. Arrojaron un alegre resplandor dorado sobre la estancia.

La cocina era muy grande, de unos nueve por quince metros, con amplias puertaventanas que daban al jardín nevado, tras el cual se divisaba a lo lejos la espuma del mar a la luz de la luna. A un lado había hornos, probablemente de leña, y unos fogones lo bastante grandes para cocinar para cien comensales, y al otro se alzaba una gigantesca chimenea de piedra que ocupaba toda la pared. Delante había una mesa redonda, de roble, para ocho o diez personas, con la madera rajada por muchos años de uso. Por todas partes había grupos de sillas cómodas y mullidos sofás tapizados con alegre cretona floreada.

Nim se acercó a la pila de leña amontonada junto a la chimenea y preparó un lecho de ramas finas sobre las que depositó varios leños gruesos. Pocos minutos después un cálido resplandor bañaba la cocina. Me quité las botas y me arrellané en un sofá, mientras Nim descorchaba una botella de vino. Me dio una copa, se sirvió otra y se sentó a mi lado. En cuanto me quité el abrigo, acercó su copa a la mía.

—Por el ajedrez de Montglane y las infinitas aventuras que te deparará —brindó sonriente, y bebió.

—Mmm, es delicioso —comenté.

—Es amontillado —explicó mientras hacia girar el vino en la copa—. Por caldos inferiores a este han emparedado a más de una persona.

—Espero que no tengan ese cariz las aventuras que has planeado para mí. Te aseguro que mañana tengo que trabajar.

—«Morí por la belleza, morí por la verdad» —citó Nim—. Siempre hay algo por lo que nos creemos capaces de dar la vida, pero te aseguro que no conozco a nadie dispuesto a correr el riesgo de morir por ir a trabajar a Consolidated Edison.

—¿Pretendes asustarme?

—En absoluto —replicó Nim, y se quitó la chaqueta de piel y la bufanda de seda. Llevaba un jersey rojo que combinaba espléndidamente con su pelo. Estiró las piernas—. Sin embargo, si un desconocido misterioso me abordara en una sala vacía del edificio de Naciones Unidas, yo le haría caso. Sobre todo teniendo en cuenta que sus advertencias se han seguido de la muerte prematura de otras personas.

—¿Por qué crees que me ha elegido Solarin?

—Esperaba que tú me dijeras la respuesta —respuso Nim. Bebió un sorbo de amontillado mirando el fuego con expresión meditabunda.

—¿Qué sabes de la fórmula secreta de la que habló en España?

—No fue más que un pretexto para despistar. Solarin es un fanático de los juegos matemáticos. Desarrolló una nueva fórmula para el recorrido del caballo y apostó que se la entregaría a quien lo batiera. ¿Sabes qué es el recorrido del caballo? —preguntó al ver mi expresión de perplejidad.

Negué con la cabeza.

—Es un acertijo matemático. Hay que pasear al caballo por todas las casillas del tablero sin pasar dos veces por la misma, empleando el movimiento característico del caballo: dos casillas horizontales y una vertical, o al revés. Durante siglos, diversos matemáticos han intentado elaborar fórmulas. Euler dio con una y Benjamin Franklin, con otra. El «recorrido cerrado» consiste en acabar en la casilla de partida.

Nim se levantó y, mientras manipulaba diversos cacharros y encendía los fogones de la cocina, añadió:

—Durante el torneo celebrado en España los periodistas italianos sospecharon que Solarin había ocultado otra fórmula en el recorrido del caballo. A Solarin le gusta jugar a varias bandas. Sabiendo que era físico, extrajeron la conclusión de que el tema despertaría interés.

—Solarin es físico —dije. Acerqué una silla a los fogones y cogí la botella de amontillado—. Si su fórmula no era importante, ¿por qué los rusos lo sacaron de España con tantas prisas?

—Serías una extraordinaria periodista —opinó Nim—. En efecto, eso fue lo que pensaron. Sin embargo, Solarin es un experto en acústica, una parte de la física difícil, con pocos especialistas, y que no tiene nada que ver con la defensa. La mayoría de las universidades de este país no ofrecen estudios de acústica. Es posible que en Rusia Solarin se dedique a diseñar auditorios, si es que aún los construyen.

Nim puso un cazo al fuego, fue a la despensa y volvió cargado de carne y verduras frescas.

—En la calzada de acceso a la casa no había huellas de neumáticos —observé—. Hace días que no nieva. ¿De dónde salen las espinacas frescas y las setas exóticas?

Nim sonrió como si yo acabara de superar una prueba importante.

—Tus aptitudes detectivescas son excelentes y creo que vas a necesitarlas —afirmó, mientras lavaba las verduras en el fregadero—. El guarda me hace las compras. Entra y sale por la puerta de servicio.

Nim desenvolvió una barra de pan de centeno salpicado de eneldo y abrió un recipiente con mousse de trucha. Untó una buena rebanada y me la pasó. Yo apenas había probado bocado en todo el día. El aperitivo era delicioso y la cena, aún más. Comimos finas tajadas de ternera bañadas en salsa agridulce, espinacas frescas con piñones y tomates rojos (algo difícil de encontrar en esa época) hervidos y rellenos de puré de manzana al limón. Sirvió las setas, dispuestas en forma de abanico y ligeramente salteadas, como guarnición, junto con una ensalada de lechuga, lombarda, brotes de diente de león y avellanas tostadas.

Después de quitar la mesa Nim sirvió café con un chorrito de licor Tuaca. Nos trasladamos a los mullidos sillones dispuestos junto al fuego, que había quedado reducido a ascuas. Nim sacó del bolsillo de su chaqueta, que había dejado en el respaldo de una silla, la servilleta con las palabras de la pitonisa. Tras leer y releer durante un buen rato el texto escrito por Llewellyn, me lo entregó y se puso a avivar el fuego.

—¿No notas nada raro en el poema? —preguntó.

Lo leí, pero no percibí nada extraño.

—Tú ya sabes que el cuarto día del cuarto mes es mi cumpleaños —dije. Nim asintió con expresión seria junto a la chimenea; a la luz de las llamas su cabello brillaba con un tono dorado rojizo—. La pitonisa me aconsejó que no se lo dijera a nadie.

—Como de costumbre, has cumplido tu palabra —observó Nim con ironía, mientras añadía varios leños al fuego. Se dirigió a la mesa del rincón, cogió bolígrafo y papel y volvió a sentarse a mi lado—. Mira esto.

Copió en letras mayúsculas el poema, separado en varias líneas; en la servilleta estaba escrito de corrido. Ahora se leía:

Juego hay en estas líneas que componen un indicio.
Apenas es ajeno a las casillas del ajedrez; cuatro en total.
Deberán ser, y día y mes para evitar el jaque mate en un alarde.
O cual realidad es el juego, o solo es ideal.
Un conocimiento, una y mil veces nombrado, que llega muy tarde.
Batalla de pieza blanca, librada desde el inicio.
Exhausta negra, seguirá tratando de evitar su destino en balde.
Como tú bien sabes, busca del treinta y tres y del tres el beneficio.
Velado siempre, de ahí a la eternidad, el secreto umbral.

—¿Qué te parece? —preguntó Nim mirándome mientras yo releía su versión del poema sin saber adónde quería llegar—. Analiza la estructura —añadió con impaciencia—. Utiliza tu mente matemática.

Volví a leer el poema y entonces lo vi claro.

—La suma es irregular —declaré orgullosa.

Nim frunció el ceño y me arrebató el papel de las manos. Volvió a leerlo y soltó una carcajada.

—Sí, es eso —exclamó devolviéndome el poema—. No me había percatado. Venga, coge el bolígrafo y apúntalo.

Cogí el bolígrafo y escribí: «Indicio-Total-Alarde (A-B-C), Ideal-Tarde-Inicio (B-C-A) y Balde-Beneficio-Umbral (C-A-B)».

—Entonces este es el esquema de la suma —dijo Nim, y lo copió debajo de lo que yo había escrito—. Pon números en lugar de letras y súmalos.

Escribí los números junto a las letras de Nim y quedó así:

ABC   123
BCA   231
CAB   312
        ───
        666

—¡El 666 es el número de la Bestia en el Apocalipsis! —exclamé.

—Ni más ni menos —concluyó Nim—. Si sumas cada una de las filas horizontales de los números, tendrás el mismo resultado. Querida, es lo que se conoce como «cuadrado mágico». Es otro juego matemático. Algunos recorridos del caballo desarrollados por Ben Franklin ocultaban cuadrados mágicos. Tienes madera para estas cosas. De buenas a primeras has encontrado uno que yo no había visto.

—¿No lo habías visto? —pregunté ufana como un pavo real—. En ese caso, ¿qué era lo que querías que encontrara?

Examiné el papel como si buscara un conejo oculto en un dibujo de una revista infantil, a la espera de que en cualquier instante apareciera de costado o del revés.

—Separa con una línea los dos últimos versos de los siete anteriores —propuso Nim. Cuando así lo hice, añadió—: Ahora mira la primera letra de cada verso.

Bajé lentamente la mirada por la página y al llegar al final sentí un escalofrío, a pesar del fuego que caldeaba la cocina.

—¿Qué pasa? —preguntó Nim mirándome asombrado.

Seguí con la vista clavada en el papel, sin pronunciar palabra. Cogí el bolígrafo y apunté lo que había visto.

«J-A-D-O-U-B-E / C-V», decía el papel, como si se dirigiera a mí.

—Eso es —dijo Nim cuando me senté petrificada a su lado—. *J'adoube*, la expresión ajedrecística en francés que significa «toco», «compongo», «coloco bien». Es lo que dicen los jugadores cuando, durante la partida, quieren centrar un trebejo en la casilla. A continuación aparecen las letras C y V, es decir, tus iniciales.

Parece que la pitonisa te estaba transmitiendo un mensaje. Tal vez quiere ponerse en contacto contigo. Comprendo que… caramba, ¿por qué estás tan asustada?

—No lo entiendes —contesté con voz temblorosa—. *J'adoube* fueron… fueron las últimas palabras que Fiske pronunció en público, inmediatamente antes de morir.

Como era de esperar, esa noche tuve pesadillas. Seguía al hombre de la bicicleta por un callejón tortuoso e interminable que ascendía por una empinada colina. Los edificios estaban tan juntos que no divisaba el cielo. La oscuridad aumentaba a medida que nos internábamos en el laberinto de calles adoquinadas cada vez más estrechas. Al girar en cada esquina vislumbraba la bicicleta, que doblaba hacia la siguiente calleja. Lo arrinconé en un callejón sin salida. El hombre me esperaba como la araña aguarda a su presa en la red. Se volvió y se quitó la bufanda para mostrar una calavera blanca con las cuencas oculares vacías. De pronto la calavera se cubrió de carne ante mis propios ojos y por fin, lentamente, adquirió el rostro de la pitonisa, que esbozaba una sonrisa siniestra.

Desperté bañada en sudor frío, retiré el edredón y me incorporé temblando en la cama. Vi que en la chimenea de mi habitación aún ardían unas pocas brasas. Me asomé por la ventana y contemplé el jardín nevado. En el centro se alzaba un gran cuenco de mármol parecido a una fuente y debajo un estanque lo bastante grande para nadar. Más allá se divisaba el mar, de color gris perla a la luz de la mañana invernal.

Nim me había servido tanto Tuaca que yo no recordaba nada de lo sucedido por la noche. Me dolía la cabeza. Me arrastré hasta el lavabo y abrí el grifo del agua caliente de la bañera. Encontré un gel de baño de la marca Claveles y Violetas. Aunque olía mal, eché un poco en la bañera, donde formó una delgada capa de espuma. En cuanto me sumergí en el agua, empecé a recordar fragmentos de la conversación que habíamos mantenido. Al cabo de unos minutos volvía a estar aterrorizada.

Junto a la puerta de mi dormitorio, en el pasillo, encontré una pila de ropa: un jersey escandinavo de lana impermeabilizada y botas de goma amarillas con forro de franela. Me lo puse encima de lo que llevaba puesto. Mientras bajaba, percibí el delicioso aroma del desayuno.

Nim estaba junto a la cocina, de espaldas a mí, vestido con camisa de cuadros escoceses, vaqueros y botas amarillas iguales a las mías.

—¿Hay algún teléfono desde el que pueda llamar a mi oficina? —pregunté.

—Aquí no hay —respondió—. Carlos, el guarda, ha venido esta mañana y me ha ayudado a limpiar. Le pedí que, cuando volviera a la ciudad, llamara a tu despacho para avisar de que hoy no irías. Esta tarde te llevaré a tu casa y te enseñaré cómo protegerla. Mientras tanto propongo que desayunemos y salgamos a mirar las aves. Por si no lo sabes, aquí hay una pajarera.

Nim batió unos huevos rociados con vino y los sirvió con lonchas gruesas de beicon canadiense y patatas fritas, junto con uno de los mejores cafés que he probado en la costa Este. Después del desayuno, durante el que apenas hablamos, salimos por las puertaventanas para dar un paseo por la finca de Nim.

El terreno se extendía a lo largo de casi cien metros junto a la orilla del mar, hasta la punta de un cabo. Solo sendas hileras de setos altos y espesos en cada lado lo separaban de las fincas contiguas. La pila ovalada de la fuente y el estanque grande que había debajo estaban medio llenos de agua, en la que flotaban algunos toneles para impedir que se formara una capa de hielo.

Junto a la casa se alzaba una enorme pajarera de cúpula árabe, construida con tela metálica pintada de blanco. La nieve se había colado por el enrejado y se acumulaba sobre las ramas de los pequeños árboles del interior, donde se posaban todo tipo de aves. Por el suelo paseaban grandes pavos reales, que arrastraban sus bellas colas por la nieve. De vez en cuando soltaban un grito espantoso, como el de una mujer a quien estuvieran apuñalando, y al oírlo se me ponían los nervios de punta.

Nim abrió la puerta de tela metálica, me hizo pasar al interior y me mostró las diversas especies.

—Las aves son más inteligentes que muchas personas —comentó—. También tengo halcones, pero separados del resto. Dos veces al día Carlos les echa carne. Mi favorito es el peregrino.

Como ocurre con tantas especies, es la hembra la que se dedica a la caza.

Señaló un ave pequeña salpicada de manchas que descansaba sobre una casita de madera al fondo de la pajarera.

—¿En serio? No lo sabía —dije mientras nos dirigíamos hacia allí para mirarla de cerca.

El pájaro tenía los ojos muy juntos, grandes y negros. Tuve la sensación de que nos escudriñaba.

—Siempre he sospechado que tienes instinto asesino —dijo Nim mientras observaba el halcón hembra.

—¿Yo? No lo dirás en serio.

—No has fomentado ese instinto y yo me propongo alimentarlo. En mi opinión, lleva demasiado tiempo latente en tu interior.

—Te recuerdo que es a mí a quien intentan asesinar —puntualicé.

—Como en cualquier juego —prosiguió Nim revolviéndome el pelo con la mano enguantada—, ante una amenaza se puede elegir entre defenderse o atacar. ¿Por qué no optas por lo segundo y desafías a tu adversario?

—¡Ni siquiera sé quién es mi adversario! —exclamé frustrada.

—Oh, claro que lo sabes —aseguró Nim enigmáticamente—. Lo sabes desde el principio. ¿Quieres que te lo demuestre?

—Por supuesto. —Me enfadé y no volví a hablar hasta que salimos de la pajarera.

Nim cerró la puerta y, mientras regresábamos a la casa, me cogió de la mano.

Me ayudó a desprenderme del abrigo, me hizo sentar en el sofá, cerca del fuego, y me quitó las botas. Se acercó a la pared contra la que había apoyado mi cuadro del hombre de la bicicleta, lo cogió y lo dejó sobre una silla, delante de mí.

—Anoche, después de que te acostaras, estuve un buen rato observando este cuadro —explicó Nim—. Tenía una sensación de *déjà vu* que me fastidiaba. Sabes que cuando se me presenta un problema no paro hasta resolverlo. Pues bien, esta mañana he encontrado la solución a este enigma.

Se acercó a un aparador de roble que había junto a los fogones, abrió un cajón y sacó varias barajas. Luego se sentó a mi lado en el sofá, esparció los naipes, sacó los comodines y los dejó sobre la mesa. Los miré en silencio.

Había un bufón con gorro y cascabeles, montado en bicicleta, exactamente en la misma posición que el hombre de mi cuadro. Detrás de la bici había una lápida en la que se leía RIP. El segundo comodín representaba a un bufón parecido, pero era la doble imagen en el espejo, como si mi hombre montara en bici encima de un esqueleto invertido. El tercero era el loco del tarot, que caminaba alegremente, a punto de caer por el precipicio.

Miré a Nim, que me sonrió.

—Tradicionalmente el bufón de la baraja está relacionado con la muerte —dijo—, pero también es el símbolo del renacimiento, así como de la inocencia que poseía la humanidad antes de la Caída. Yo prefiero verlo como el caballero del Santo Grial, que debe ser ingenuo y simple para tropezar con la buena suerte que está buscando. Recuerda que su misión es salvar a la humanidad.

—¿Y? —pregunté.

Lo cierto era que estaba bastante turbada por el parecido entre los naipes y mi cuadro. Observé que el hombre de la bicicleta parecía tener hasta la capucha y los extraños ojos del bufón.

—Me has preguntado quién era tu adversario —dijo Nim con gravedad—. Creo que, al igual que en los naipes y que en tu cuadro, el hombre de la bicicleta es tu adversario y tu aliado.

—¿Estás hablando de una persona de carne y hueso?

Nim asintió y me observó mientras decía:

—Lo has visto, ¿no?

—No es más que una coincidencia.

—Tal vez —reconoció—. Sin embargo, las coincidencias pueden adoptar muchas formas. En primer lugar, pudo ser un señuelo puesto por alguien que conocía este cuadro. También pudo ser otro tipo de coincidencia —apostilló Nim con una sonrisa.

—No, por favor —exclamé, pues sabía muy bien lo que iba a decir mi amigo—. Sabes que no creo en la presciencia, los poderes psíquicos ni ninguno de esos rollos esotéricos.

—¿No? —preguntó Nim sin perder la sonrisa—. Pues difícilmente encontrarás otra explicación de por qué pintaste el cuadro antes de ver el modelo. Escucha, al igual que tus amigos Llewellyn, Solarin y la pitonisa, creo que desempeñas un papel importante en el misterio del ajedrez de Montglane. Es posible que, de alguna manera, estés predestinada... incluso hayas sido elegida... para representar un papel clave...

—Olvídalo —lo interrumpí—. ¡No pienso buscar ese mítico juego de ajedrez! ¿No te entra en la mollera que intentan matarme o, por lo menos, implicarme en los asesinatos? —Hablaba prácticamente a gritos.

—Sí, claro que «me entra en la mollera» —repuso Nim—. Eres tú la que no parece comprender la situación. La mejor defensa es un buen ataque.

—Ni lo sueñes. Es evidente que me has endilgado el papel de víctima propiciatoria. Quieres apoderarte del ajedrez y necesitas un primo que te ayude a conseguirlo. Estoy metida hasta el cuello en el asunto aquí, en Nueva York. No pienso irme corriendo al extranjero, a un país en el que no conozco a nadie a quien pueda acudir en caso de necesidad. Puede que tú estés aburrido y necesites nuevas aventuras, pero ¿qué será de mí si me meto en líos en el extranjero? Ni siquiera tengo un número de teléfono al que llamarte. ¿Crees que las carmelitas correrán a ayudarme la próxima vez que me disparen? ¿O que el síndico de la Bolsa me seguirá para recoger los cadáveres que vaya dejando a mi paso?

—No nos pongamos histéricos —respuso Nim, siempre la sosegada voz de la razón—. No me faltan contactos en ningún continente, aunque no te has enterado porque no me has dejado hablar. Me recuerdas a los tres monos que tratan de eludir el mal anulando sus percepciones sensoriales.

—En Argelia no hay consulado norteamericano —dije con los dientes apretados—. Quizá tengas contactos en la embajada rusa a los que les encantaría ayudarme.

Mis palabras no eran arbitrarias, pues por las venas de Nim corría sangre rusa y griega, aunque, por lo que yo sabía, apenas conocía los países de sus antepasados.

—A decir verdad, tengo contactos con varias embajadas en el país al que has de viajar —apuntó con lo que parecía sospechosamente una sonrisa de satisfacción—, pero ya hablaremos de eso. Querida, has de reconocer que, te guste o no, estás envuelta en esta aventura. La búsqueda del Santo Grial se ha precipitado. No tendrás la menor capacidad de negociación a menos que seas la primera en encontrarlo.

—Llámame Parsifal —dije malhumorada—. No debí pedirte ayuda. Tu modo de resolver los problemas consiste en encontrar otros más difíciles que hacen que los primeros parezcan pan comido.

Nim se incorporó, me ayudó a ponerme en pie y me miró con una sonrisa de complicidad. Me puso las manos en los hombros y dijo:

—*J'adoube.*

SACRIFICIOS

A nadie le gusta jugar al ajedrez al borde de un
abismo.

MADAME SUZANNE NECKER,
madre de Germaine de Staël

París, 2 de septiembre de 1792

Nadie imaginaba qué se desencadenaría ese día.

Germaine de Staël no lo sabía mientras se despedía del personal de la embajada. Ese día, 2 de septiembre, intentaría huir de Francia bajo protección diplomática.

Jacques-Louis David no lo sabía mientras se vestía apresuradamente para asistir a una sesión extraordinaria de la Asamblea. Ese
día, 2 de septiembre, las tropas enemigas habían avanzado y se encontraban a doscientos cuarenta kilómetros de París. Los prusianos
habían amenazado con incendiar la ciudad hasta los cimientos.

Maurice Talleyrand no lo sabía mientras, con la ayuda de Courtiade, su ayuda de cámara, retiraba de las estanterías de su estudio los
caros libros encuadernados en piel. Ese día, 2 de septiembre, pensaba sacar su valiosa biblioteca del país, en previsión de su inminente
huida.

Valentine y Mireille no lo sabían mientras paseaban por el jardín
que había tras el taller de David. La carta que acababan de recibir les
informaba de que algunas piezas del ajedrez de Montglane corrían
peligro. No podían adivinar que esa carta las situaría en el centro de
la tormenta que muy pronto barrería Francia.

Nadie sabía que exactamente cinco horas después, a las dos de la tarde del 2 de septiembre, comenzaría el Terror.

9 de la mañana

Valentine hundió los dedos en el pequeño estanque situado detrás del taller de David y un gran pez de colores se los mordisqueó. Cerca de allí, ella y Mireille habían enterrado los dos trebejos del ajedrez que habían trasladado desde Montglane. Sabían que pronto podrían llegar más piezas.

Mireille estaba de pie a su lado leyendo la carta. Los crisantemos oscuros brillaban con pálidos tonos amatista y topacio en medio del follaje. Las primeras hojas amarillas caían sobre el agua y olían a otoño, pese al calor de finales de verano.

—Esta carta solo tiene una explicación —afirmó Mireille; leyó en voz alta:

> Amadas hermanas en Cristo:
> Tal vez estéis enteradas de que han clausurado la abadía de Caen. A raíz de los grandes disturbios que han tenido lugar en Francia, nuestra directora, Mlle. Alexandrine de Forbin, ha tenido que reunirse con su familia en Flandes. Sin embargo, sor Marie-Charlotte Corday, a la que quizá recordéis, se ha quedado en Caen para ocuparse de cualquier imprevisto.
> Como no nos conocemos, quiero presentarme. Soy sor Claude, benedictina del antiguo convento de Caen. Fui secretaria personal de sor Alexandrine, que hace varios meses visitó mi hogar en Épernay antes de partir hacia Flandes. Entonces me pidió que, si viajaba a París, transmitiera personalmente sus noticias a la hermana Valentine.
> Ahora estoy en el barrio de Cordeliers. Os suplico que os reunáis conmigo ante la verja del monasterio de l'Abbaye hoy, a las dos en punto, pues no sé cuánto tiempo permaneceré en París. Supongo que comprendéis la importancia de esta petición.
> Vuestra hermana en Cristo,
>
> CLAUDE DE LA ABBAYE-AUX-DAMES, en Caen

—Viene de Épernay —observó Mireille en cuanto terminó de leer la carta—. Es una ciudad situada al este de París, a orillas del Marne. Dice que Alexandrine de Forbin pasó por allí de camino a Flandes. ¿Sabes qué hay entre Épernay y la frontera flamenca?

Valentine negó con la cabeza y miró a Mireille con los ojos muy abiertos.

—Las fortalezas de Longwy y de Verdún. Y la mitad del ejército prusiano. Tal vez la querida sor Claude trae algo más valioso que las buenas nuevas de Alexandrine de Forbin. Tal vez nos trae algo con lo que Alexandrine temió cruzar la frontera flamenca, dado que en esa región combaten los ejércitos.

—¡Las piezas! —exclamó Valentine, que al ponerse en pie de un salto asustó al pececillo—. ¡Según la carta, Charlotte Corday se ha quedado en Caen! Tal vez Caen era el punto de reunión más próximo a la frontera norte. —Se quedó pensativa y añadió—: En ese caso, ¿por qué Alexandrine intentó abandonar Francia por el este?

—No lo sé —reconoció Mireille. Se quitó el lazo que sujetaba su roja cabellera y se inclinó hacia la fuente para mojarse el rostro arrebolado por el calor—. No sabremos qué significa la carta hasta que nos reunamos con sor Claude a la hora convenida. ¿Por qué habrá elegido el barrio de Cordeliers, el más peligroso de todo París? Como sabes, l'Abbaye ya no es un monasterio; ahora es una prisión.

—No me asusta ir sola —aseguró Valentine—. Prometí a la abadesa que cumpliría con mi responsabilidad y ha llegado la hora de demostrarlo. Prima, tendrás que quedarte, pues el tío Jacques-Louis nos ha prohibido salir de casa en su ausencia.

—Entonces tendremos que planear la fuga con suma inteligencia —repuso Mireille—. Puedes estar segura de que no te permitiré ir sola a ese barrio.

10 de la mañana

El carruaje de Germaine de Staël cruzó las puertas de la embajada sueca. En lo alto del vehículo se apilaban baúles y cajas con pelucas, que vigilaban el cochero y dos criados de librea. Germaine estaba cómodamente instalada en el interior, junto con sus doncellas. Lucía la vestimenta oficial de embajadora, llena de galones y charreteras de colores. Los seis caballos blancos, engalanados con espléndidas escarapelas con los colores suecos, avanzaban por las calles de París en dirección a las puertas de la ciudad. Las portezuelas del carruaje estaban adornadas con el escudo de la Corona sueca y las cortinas de las ventanillas, cerradas.

En el sofocante calor y la oscuridad del interior del carruaje, Germaine estaba absorta en sus pensamientos, hasta que, inexplicablemente, el vehículo se detuvo con una sacudida antes de llegar a las puertas de la ciudad. Una criada abrió la ventana de guillotina.

En la calle se apiñaba una turba de mujeres coléricas que esgrimían rastrillos y azadas como si de armas se tratara. Varias miraron con encono a Germaine a través de la ventanilla, abriendo sus horribles bocas de dientes ennegrecidos o encías melladas. ¿Por qué el populacho siempre tenía un aspecto tan vulgar?, pensó Germaine. Había dedicado interminables horas a las intrigas políticas y utilizado su considerable fortuna para sobornar a los funcionarios… y todo por pobres desgraciados como esas mujeres. Apoyó un fornido brazo en la ventanilla y asomó la cabeza.

—¿Qué ocurre? —preguntó con voz resonante y autoritaria—. ¡Dejadnos pasar!

—¡Nadie puede salir de la ciudad! —exclamó una mujer—. ¡Nosotras vigilamos las puertas! ¡Muerte a la nobleza!

La muchedumbre, cada vez más numerosa, coreó la consigna. Las vociferantes brujas estuvieron a punto de ensordecer a Germaine con sus gritos.

—¡Soy la embajadora de Suecia y me dirijo a Suiza en misión oficial! ¡Os ordeno que nos dejéis pasar!

—¡Ja, ja! ¡Dice que nos lo ordena! —dijo una mujer cerca de la ventanilla, y volviéndose hacia Germaine le escupió en la cara mientras las otras la vitoreaban.

Germaine sacó un pañuelo de encaje de su corpiño, para limpiarse, luego lo arrojó por la ventanilla y gritó:

—Aquí tenéis el pañuelo de la hija de Jacques Necker, el ministro de Finanzas al que amabais y venerabais. ¡Está mojado con la saliva del pueblo! —A continuación se dirigió a sus damas de honor, que temblaban en un rincón del carruaje—. ¡Animales! Ya veremos quién domina la situación.

La multitud de mujeres había quitado el yugo a los caballos y algunas tiraban del carruaje para alejarlo de las puertas de la ciudad. El nutrido gentío empujaba el vehículo y lo movía lentamente, como un grupo de hormigas que trasladan un trocito de pastel.

Germaine se aferró a la puerta y a través de la ventanilla soltó juramentos y amenazas, pero los chillidos de la turba ahogaron su voz. Después de lo que pareció una eternidad el carruaje se detuvo ante la impresionante fachada de un gran edificio rodeado de guardias. Cuando Germaine vio dónde estaba, se le heló la sangre: la habían llevado al Hôtel de Ville, sede de la Comuna de París.

Sabía que la Comuna de París era más peligrosa que la chusma que rodeaba su carruaje. Estaba formada por un hatajo de locos. Incluso los demás miembros de la Asamblea les temían. Delegados de las calles de París, encarcelaban, juzgaban y ejecutaban a los miembros de la nobleza con una celeridad que contradecía la idea misma de la libertad. Para la Comuna, Germaine de Staël representaba otro cuello noble que la guillotina debía cortar. Y ella lo sabía.

Abrieron por la fuerza las puertas del carruaje y unas manos sucias sacaron a Germaine, que se irguió y avanzó entre la muchedumbre con gélida mirada. A sus espaldas, las doncellas balbuceaban de miedo mientras la turbamulta las arrancaba del carruaje y las empujaba con escobas y mangos de palas. Germaine subió casi a empellones por la ancha escalinata del Hôtel de Ville. Reprimió un grito cuando un hombre se adelantó bruscamente, hundió la afilada punta de su pica bajo el corpiño y le rajó la vestimenta de embajadora. Habría bastado un resbalón para que la abriera en canal. Contuvo el aliento cuando un agente de policía se acercó y apartó la pica con su espada. Cogió a Germaine del brazo y la hizo entrar en el oscuro vestíbulo del Hôtel de Ville.

11 de la mañana

David llegó sin aliento a la Asamblea. La inmensa sala estaba llena hasta la bandera de hombres que gritaban. El secretario estaba de pie en la tarima central y chillaba para hacerse oír. Mientras se dirigía a su escaño, David apenas oyó lo que decía el orador:

—¡El 23 de agosto la fortaleza de Longwy cayó en manos del enemigo! ¡El duque de Brunswick, comandante de los ejércitos prusianos, emitió un manifiesto en el que exigía que liberáramos al rey y restauráramos todos los poderes reales! ¡De lo contrario, sus tropas arrasarían París!

El ruido parecía una ola que cubría al secretario y ahogaba sus palabras. Cada vez que la ola descendía, el pobre orador intentaba recuperar la palabra.

La Asamblea revolucionaria solo conservaría su débil poder en Francia mientras mantuviera encarcelado al monarca. Y el manifiesto de Brunswick exigía la liberación de Luis XVI como pretexto para que las tropas prusianas invadieran Francia. Asediado por deudas apremiantes y deserciones masivas en el ejército, el nuevo gobierno —que había asumido el poder hacía poco tiempo— corría el peligro de caer en pocas horas. Además, cada delegado sospechaba que los demás eran culpables de traición, de connivencia con el enemigo que combatía en la frontera. Mientras observaba cómo el secretario intentaba mantener el orden, David pensó que se encontraba en la cuna de la anarquía.

—¡Ciudadanos, os traigo terribles noticias! —vociferaba el secretario—. ¡Esta mañana, la fortaleza de Verdún ha caído en manos de los prusianos! Debemos tomar las armas contra el…

La histeria se apoderó de la Asamblea. Estalló el caos y los presentes echaron a correr como ratas acorraladas. ¡La fortaleza de Verdún era la última plaza fuerte que separaba París de los ejércitos enemigos! Los prusianos podían estar a las puertas de la ciudad antes del anochecer.

David permaneció en su escaño y aguzó el oído. El alboroto ahogaba las palabras del secretario, al que veía abrir y cerrar la boca sin que a él le llegara lo que decía.

La Asamblea se convirtió en un hervidero de orates. Desde la Montaña, el populacho arrojaba papeles y fruta podrida a los moderados del foso. Con sus puños de encaje, los girondinos —en otro tiempo considerados liberales— alzaban la mirada con el rostro demudado por el miedo. Se sabía que eran monárquicos republicanos, que apoyaban los tres estados: la nobleza, el clero y la burguesía. Una vez publicado el manifiesto de Brunswick, sus vidas corrían gravísimo peligro incluso entre las paredes de la Asamblea… y lo sabían. Los partidarios de la restauración monárquica podían ser hombres muertos antes de que los prusianos llegaran a las puertas de París.

El secretario se hizo a un lado cuando subió a la tarima Danton, el león de la Asamblea. Tenía la cabeza grande y el cuerpo fornido, la nariz rota y el labio desfigurado por la patada que en la infancia le propinó un toro, pese a lo cual sobrevivió. Levantó sus enormes manos y llamó al orden.

—¡Ciudadanos! ¡Para el ministro de una nación libre es una satisfacción comunicar que el país se salvará! Todos estáis emocionados, entusiasmados y deseosos de entrar en la lid...

En las galerías y pasillos del gran salón de la Asamblea, los corrillos que se habían formado guardaron silencio al oír las vehementes palabras del poderoso dirigente. Danton los arengó, los retó a no mostrarse débiles, los invitó a rebelarse contra la marea que avanzaba hacia París. Los exaltó y los exhortó a defender las fronteras de Francia, a ocupar las trincheras y a proteger con picas y lanzas las puertas de la ciudad. El ardor de su arenga encendió una llama en sus oyentes. Pronto cada palabra que salía de sus labios era recibida con exclamaciones y vítores.

—¡Nuestro grito no es de alarma ante el peligro, sino una orden para cargar contra los enemigos de Francia! ¡Tenemos que atrevernos y volvernos a atrever, tenemos que atrevernos siempre... y Francia se salvará!

La Asamblea enloqueció. Algunos hombres arrojaron papeles al aire y gritaron:

—L'audace! L'audace!

En medio del tremendo alboroto, David paseó la mirada por la tribuna y se fijó en un individuo. Era un hombre pálido y delgado, impecablemente vestido con pañuelo almidonado, chaqué sin una sola arruga y peluca empolvada con sumo esmero. Un hombre joven, de expresión fría y ojos verde esmeralda que brillaban como los de una serpiente.

David vio que el joven pálido permanecía callado, sin inmutarse ante las palabras de Danton. Mientras lo observaba, supo que solo un hombre podía salvar a Francia, desgarrada por cien facciones en pugna, arruinada y con sus fronteras amenazadas por varias potencias hostiles. Francia no necesitaba el histrionismo de Danton o Marat, sino un líder. Un hombre que hiciera acopio de fuerzas en silencio hasta que reclamaran sus servicios. Un hombre en cuyos labios delgados la palabra «virtud» sonara mejor que «codicia» o «gloria». Un hombre que recuperara las ideas del gran Jean-Jacques Rousseau, en las que se había forjado la revolución. El hombre sentado en la tribuna era ese líder: se llamaba Maximilien Robespierre.

1 de la tarde

Germaine de Staël llevaba más de dos horas sentada en un incómodo banco de madera, en los despachos de la Comuna de París. Por todas partes había grupos de hombres nerviosos y callados. Unos pocos individuos compartían el banco con ella, y otros habían tomado asiento en el suelo. A través de las puertas abiertas de la improvisada sala de espera veía figuras que iban de un lado a otro y sellaban documentos. De vez en cuando alguien salía y pronunciaba un nombre. El mentado palidecía, recibía palmadas en la espalda de sus compañeros, que le susurraban que tuviera valor, y luego franqueaba la puerta.

Germaine sabía lo que ocurría al otro lado de las puertas: los miembros de la Comuna de París celebraban juicios sumarios. Interrogaban al acusado —cuyo único delito probablemente era su linaje— sobre su pasado y su lealtad al rey. Si su sangre era demasiado azul, al alba teñía las calles de París. Germaine no se hacía ilusiones respecto de sus posibilidades. Solo abrigaba una esperanza, que alimentaba mientras aguardaba su destino: no guillotinarían a una embarazada.

Mientras esperaba, toqueteando nerviosamente los anchos galones de su vestimenta de embajadora, el hombre sentado a su lado se derrumbó, se cubrió la cabeza con las manos y rompió a llorar. Los demás lo miraron preocupados, pero nadie osó consolarlo. Desviaron incómodos la mirada, como lo harían ante un tullido o un mendigo. Germaine suspiró y se puso de pie. No quería pensar en el hombre que lloriqueaba en el banco. Quería encontrar el modo de salvarse.

En ese momento vio a un joven que se abría paso en la atestada sala de espera con un fajo de papeles en la mano. Tenía el cabello castaño y rizado, recogido con una cinta en la nuca, y su chorrera de encaje se veía gastada. Exhalaba una apasionada intensidad. De pronto Germaine se dio cuenta de que lo conocía.

—¡Camille! —exclamó—. ¡Camille Desmoulins!

El joven se volvió y sus ojos reflejaron sorpresa.

Desmoulins era célebre en París. Tres años antes, cuando estudiaba con los jesuitas, una calurosa noche de julio se había encaramado a una mesa del café Foy y retado a los ciudadanos a que tomaran la Bastilla. Se había convertido en el héroe de la revolución.

—¡Madame de Staël! —exclamó mientras se abría paso entre el gentío para tomarle la mano—. ¿Qué os trae por aquí? ¿Estáis acusada de algún delito contra el Estado?

Camille sonrió de oreja a oreja, y su rostro encantador y delicado desentonó en esa sala preñada de miedo y olor a muerte. Germaine trató de devolver la sonrisa.

—Me han capturado las ciudadanas de París —explicó intentando hacer acopio del encanto y la diplomacia que tan buenos resultados le habían dado en el pasado—. Parece que la esposa de un embajador que intenta franquear las puertas de la ciudad se convierte en enemiga del pueblo. ¿No os parece paradójico, después de lo mucho que luchamos por la libertad?

La sonrisa de Camille se esfumó. Miró al hombre sentado detrás de Germaine, que seguía llorando. Cogió a la embajadora del brazo y la llevó aparte.

—¿Queréis decir que habéis intentado abandonar París sin pase ni escolta? Santo cielo, madame, habéis tenido suerte de que no os fusilaran sumariamente.

—¡No digáis tonterías! —exclamó ella—. Tengo inmunidad diplomática. ¡Si me encarcelaran, sería como una declaración de guerra contra Suecia! Están locos si creen que pueden retenerme.

Su valentía desapareció en cuanto oyó las palabras que Camille pronunció a continuación:

—¿No sabéis lo que está ocurriendo en este mismo momento? Ya estamos en guerra y a punto de ser objeto de un ataque… —Bajó la voz al recordar que la noticia no era de conocimiento público y que, sin duda, provocaría disturbios—. Verdún ha caído.

Germaine lo miró de hito en hito y repentinamente comprendió la gravedad de su situación.

—Es imposible —murmuró. Al ver que Camille meneaba la cabeza preguntó—: ¿A qué distancia de París…? ¿Dónde están en este momento?

—Según mis cálculos, tardarán menos de diez horas en llegar a París, incluso con artillería pesada. Se ha dado la orden de disparar contra todo aquel que se acerque a las puertas de la ciudad. El intento de salir en este momento supondría una acusación de traición.

Desmoulins la miró con expresión severa.

—Camille, ¿sabéis por qué estaba tan deseosa de reunirme con mi familia en Suiza? Si sigo postergando mi partida, no estaré en condiciones de viajar. Estoy encinta.

Camille se mostró incrédulo. Germaine, que había recuperado su osadía, le cogió la mano y la apoyó en su vientre. Pese a los gruesos pliegues de la tela, Desmoulins supo que la embajadora no mentía. Esbozó una sonrisa infantil y se sonrojó.

—Madame, con un poco de suerte lograré que esta misma noche os devuelvan a la embajada. Atravesaréis las puertas de la ciudad antes de que rechacemos a los prusianos. Hablaré con Danton de este asunto.

Germaine sonrió aliviada y, mientras Camille le apretaba la mano, dijo:

—Cuando mi hijo nazca en Ginebra, sano y salvo, le pondré vuestro nombre.

2 de la tarde

Valentine y Mireille se acercaron a las puertas de la prisión de l'Abbaye en el carruaje que habían alquilado después de escapar del taller de David. Una turba se apiñaba en la calle y había varios carruajes parados ante la entrada de la prisión.

La multitud, formada por desharrapados *sans-culottes* armados con rastrillos y azadas, se arremolinaba junto a los carruajes próximos a las puertas de la prisión y golpeaban portezuelas y ventanillas con las manos y las herramientas. Sus voces airadas resonaban entre las paredes de piedra de la estrecha calle, mientras los guardianes de la prisión, encaramados en lo alto de los vehículos, intentaban repelerlos.

El cochero de Valentine y Mireille se agachó y las miró por la ventanilla.

—No puedo acercarme más —explicó—. Quedaríamos atascados en el callejón y no podríamos movernos. Además, esta muchedumbre no me gusta nada.

Valentine divisó entre el gentío a una monja que vestía el hábito benedictino de la Abbaye-aux-Dames de Caen y agitó la mano por la ventanilla. La hermana de más edad hizo lo propio. Estaba rodeada por la chusma apiñada en el estrecho callejón.

—¡Valentine, no lo hagas! —exclamó Mireille al ver que su joven y rubia prima abría la portezuela y se apeaba de un salto. A continuación se bajó del carruaje y dirigiendo una mirada suplicante al cochero pidió—: Por favor, monsieur, ¿puede esperar? Mi prima tardará un minuto.

Rezó para que así fuera y observó cómo el gentío, cada vez más denso, se tragaba la figura de Valentine.

—Mademoiselle, tengo que girar el carruaje a mano —explicó el cochero—. Estamos en peligro. Los coches que la turba ha detenido más adelante llevan prisioneros.

—Hemos venido a buscar a una amiga —dijo Mireille—. La traeremos enseguida. Monsieur, os suplico que nos esperéis.

—Los prisioneros son curas que se han negado a prestar juramento de fidelidad al Estado —dijo el cochero, que observaba a la muchedumbre desde el pescante—. Temo por ellos y por nosotros. Buscad a vuestra prima mientras doy la vuelta al caballo. No perdáis un instante.

El anciano se apeó, cogió las riendas y tiró del caballo para girar el carruaje en el estrecho callejón. Mireille corrió hacia la multitud con el corazón encogido.

La chusma la zarandeó como un mar embravecido. No divisó a Valentine en la confusión de cuerpos apretujados en el callejón. Se abrió paso frenéticamente, sintiendo cómo la empujaban y tiraban de ella a diestro y siniestro. El pánico estuvo a punto de dominarla cuando percibió el desagradable olor a carne humana sucia.

En medio del bosque de brazos y armas alzadas, de repente divisó a Valentine, a corta distancia de sor Claude, con la mano tendida hacia esta. El gentío volvió a tapar enseguida a ambas jóvenes.

—¡Valentine! —chilló Mireille, pero su voz se perdió entre los gritos atronadores.

La marea humana la arrastraba hacia los seis carruajes que se encontraban junto a las puertas de la prisión: los coches que trasladaban a los curas.

Mireille hizo denodados esfuerzos por dirigirse hacia Valentine y sor Claude, pero era como nadar contra la corriente. Se encontraba cada vez más cerca de los carruajes situados junto a los muros de la prisión, hasta que la fuerza de la multitud la empujó hacia la rueda de uno de ellos y cayó. Desesperada, se agarró a los radios intentando recobrar el equilibrio y cuando se estaba incorporando la portezuela se abrió de golpe, como por obra de una explosión. Un mar de brazos se elevó alrededor de ella, que se aferró a la rueda para que la muchedumbre no la arrastrara.

La turba ya sacaba a los curas del carruaje. Un sacerdote joven, con los labios lívidos de miedo, miró un segundo a los ojos de Mireille antes de desaparecer entre la masa. A continuación un cura anciano se apeó de un salto y golpeó a la gente con su bastón. Pidió a gritos el auxilio de los guardianes, que ya se habían convertido en bestias rabiosas. Estos se pusieron de parte de la turba, bajaron de lo alto del carruaje, rasgaron la sotana del pobre cura y la hicieron añicos mientras el infeliz caía sobre los adoquines y era pisoteado por sus perseguidores.

Mientras Mireille se aferraba a la rueda, sacaron uno tras otro a los aterrorizados sacerdotes, que echaron a correr como ratones asustados, empujados y acuchillados por picas y rastrillos de hierro. A punto de vomitar de miedo, gritó una y otra vez el nombre de Valentine mientras era testigo del horror que la rodeaba. Se agarraba con tal fuerza a los radios de la rueda, que los dedos le sangraban. De pronto el gentío la arrastró de nuevo hacia el muro de la prisión.

Chocó contra la pared de piedra y cayó sobre los adoquines. Estiró la mano para amortiguar el golpe y tocó algo tibio y húmedo. Tendida sobre los duros adoquines, alzó la cabeza y se apartó del rostro la roja cabellera. Entonces vio los ojos abiertos de sor Claude, aplastada contra el muro de la prisión de l'Abbaye. Le habían arrancado el griñón y la sangre rodaba por su cara desde una brecha profunda en la frente. Los ojos vidriosos miraban hacia el cielo. Mireille se incorporó y quiso gritar con todas sus fuerzas, pero de su garganta no salió el menor sonido. Aquello tibio y húmedo donde había posado la mano era el agujero que había dejado el brazo de Claude, arrancado del hombro.

Temblando horrorizada, Mireille se apartó de la monja. Se pasó frenéticamente la mano por el vestido intentando quitar la sangre. ¿Y Valentine? ¿Dónde estaba Valentine? Se arrodilló e intentó ponerse en pie, mientras el gentío se movía a su lado como una bestia colérica y estúpida. En ese instante oyó un gemido y se dio cuenta de que Claude había entreabierto los labios. ¡La monja no estaba muerta!

Mireille se inclinó hacia ella y le rodeó los hombros con un brazo. La sangre manaba de la espantosa herida.

—¿Y Valentine? ¿Dónde está Valentine? Por favor, decidme qué ha sido de Valentine.

La anciana monja movió los labios resecos sin emitir sonido alguno y alzó la vista hacia Mireille. Esta se inclinó aún más hacia ella.

—Dentro —susurró Claude—. La han llevado al interior de la abadía. —Luego perdió el conocimiento.

—Dios mío, ¿estáis segura? —preguntó Mireille.

No obtuvo respuesta.

Mireille intentó levantarse. La turbamulta estaba sedienta de sangre. Picas y azadas se elevaban por doquier y los gritos de los asesinos y de los moribundos la impedían pensar.

Se apoyó contra las puertas macizas de la prisión de l'Abbaye y llamó con todas sus fuerzas. Golpeó la madera con los puños hasta que le sangraron los nudillos, pero nadie abrió. Agotada y atormentada por el sufrimiento y la desesperación, intentó abrirse paso entre el gentío para llegar al carruaje. Debía encontrar a David; era el único que podía ayudarlas.

Se detuvo súbitamente en medio del desenfrenado remolino de cuerpos al ver que más adelante la multitud abría un camino para dejar paso a algo que avanzaba en dirección a ella. Se pegó al muro y logró distinguir de qué se trataba: por el atestado callejón la turba arrastraba el carruaje en el que había llegado. En lo alto de una pica clavada en el pescante se veía la cabeza cortada del cochero, con el pelo plateado bañado de sangre y su anciano rostro convertido en una máscara de terror.

Mireille se mordió el brazo para no gritar. Mientras miraba horrorizada la cabeza que se movía por encima de la turba supo que no tenía tiempo de buscar a David. Debía entrar en la prisión de l'Abbaye. Tenía la triste certeza de que, si no encontraba de inmediato a Valentine, sería demasiado tarde.

Jacques-Louis David atravesó una nube de vapor que se elevaba del ardiente pavimento, donde las mujeres arrojaban cubos de agua para refrescarlo, y entró en el café de la Régence.

Dentro lo envolvió una nube más densa, producida por el humo de cigarros y pipa. Le escocieron los ojos y la camisa de hilo, desabotonada hasta la cintura, se le adhirió a la piel mientras avanzaba por el sofocante local esquivando a los camareros que, bandejas en alto, corrían entre las mesas colocadas muy juntas. En ellas los parroquianos jugaban a las cartas, al dominó o al ajedrez. El café de la Régence era el club de juego más antiguo y famoso de toda Francia.

Mientras avanzaba hacia el fondo, David vio a Maximilien Robespierre que, con su perfil cincelado como un camafeo de marfil, analizaba serenamente su situación en la partida de ajedrez. Con un dedo apoyado en el mentón, el pañuelo de doble nudo y el chaleco de brocado sin una sola arruga, no parecía reparar en el ruido que reinaba en el establecimiento ni en el calor insoportable. Como de costumbre, la fría indiferencia que delataba su semblante daba a entender que no participaba de lo que ocurría alrededor, que era un mero observador… o juez.

David no reconoció al hombre entrado en años sentado frente a Robespierre. Ataviado con una anticuada casaca azul plateada, *culottes* con lazos, medias blancas y zapatos bajos de charol al estilo Luis XV, el anciano caballero movió una pieza, sin siquiera mirar el tablero. Alzó sus ojos llorosos cuando David se acercó.

—Perdonad que interrumpa la partida —se disculpó David—. Tengo que pedir a monsieur Robespierre un favor que no puede esperar.

—No os preocupéis —repuso el hombre mayor. Robespierre seguía observando el tablero en silencio—. De todos modos, mi amigo ha perdido la partida. Le daré mate en cinco jugadas. Querido Maximilien, será mejor que abandones. La interrupción de tu amigo no puede ser más oportuna.

—Yo no lo veo tan claro —dijo Robespierre—. De todos modos, por lo que se refiere al ajedrez, tus ojos ven más que los míos. —Robespierre se repantigó en la silla y miró a David—. Monsieur

Philidor es el mejor ajedrecista de Europa. Considero un privilegio perder con él solo por el hecho de jugar en la misma mesa.

—¡Sois el célebre Philidor! —exclamó David, y estrechó calurosamente la mano del anciano—. Monsieur, os tengo por genial compositor. De pequeño vi una reposición de *Le Soldat Magicien*. Jamás la olvidaré. Permitid que me presente. Soy Jacques-Louis David.

—¡El pintor! —exclamó Philidor poniéndose en pie—. Como todos los ciudadanos de Francia, yo también admiro vuestras obras. Me temo que sois la única persona de este país que se acuerda de mí. Aunque en otros tiempos mi música sonaba en la Comédie-Française y en la Opéra-Comique, ahora me dedico al ajedrez de exhibición, como un mono amaestrado, para ganar mi sustento y el de mi familia. A propósito, Robespierre ha tenido la amabilidad de conseguirme un pase para Inglaterra, donde podré ganar bastante ofreciendo esta clase de espectáculo.

—Este es precisamente el favor que he venido a pedirle —dijo David, mientras Robespierre se ponía en pie—. En este momento la situación política en París es sumamente delicada. Y este implacable calor infernal no ayuda a mejorar el humor de los parisinos. Es este ambiente explosivo lo que me ha llevado a tomar la decisión de pedir… aunque el favor no es para mí.

—Los ciudadanos nunca piden favores para sí mismos —afirmó Robespierre con calma.

—Lo solicito en nombre de mis jóvenes pupilas —aseguró David, muy rígido—. Maximilien, estoy seguro de que te haces cargo de que Francia no es el mejor lugar para unas muchachas de tierna edad.

—Si tanto te preocupa el bienestar de tus pupilas, no les permitirías pasearse por la ciudad del brazo del obispo de Autun —observó Robespierre mirando a David.

—Discrepo —intervino Philidor—. Siento una profunda admiración por Maurice de Talleyrand. Preveo que en un futuro lo considerarán el más grande estadista de la historia de Francia.

—¡Vaya profecía! —se mofó Robespierre—. Es una suerte que no te ganes la vida diciendo la buenaventura. Hace semanas que Talleyrand intenta sobornar a los funcionarios de Francia para marcharse a Inglaterra, donde se hará pasar por diplomático. Solo quiere salvar el pellejo. Querido David, los nobles de Francia están desesperados por marcharse antes de que lleguen los prusianos. En lo que concierne a tus pupilas, esta noche, en la reunión del comité, veré qué puedo hacer, pero no te prometo nada. Tu petición llega demasiado tarde.

David se lo agradeció profundamente y Philidor se ofreció a acompañarlo hasta la calle, pues él también se disponía a salir del club. Mientras ambos cruzaban la atestada sala, el famoso ajedrecista comentó:

—Debéis comprender que Maximilien Robespierre no es como vos y yo. Es un solterón y, por lo tanto, ignora las responsabilidades propias de la crianza y la educación de los hijos. David, ¿qué edad tienen vuestras pupilas? ¿Cuánto tiempo llevan a vuestro cuidado?

—Poco más de dos años —contestó el pintor—. Con anterioridad, eran novicias en la abadía de Montglane…

—¿Habéis dicho Montglane? —preguntó Philidor, y bajó la voz al llegar a la puerta del club—. Querido David, como ajedrecista, sé mucho acerca de la historia de la abadía de Montglane. ¿Conocéis la leyenda?

—Sí, por supuesto —respondió David intentando dominar su irritación—. Es pura superchería. El ajedrez de Montglane no existe y me sorprende que vos deis crédito a semejantes disparates.

—¿Dar crédito? —preguntó Philidor, y cogió del brazo a David mientras salían a la acera ardiente—. Mi querido amigo, yo sé que existe. Y sé muchas cosas más. Hace cuarenta y dos años, tal vez incluso antes de que vos nacierais, estuve de visita en la corte de Federico el Grande de Prusia. Durante mi estancia conocí a dos hombres con tal poder de percepción que nunca los olvidaré. Probablemente hayáis oído hablar de uno de ellos, el gran matemático Leonhard Euler. El otro, a su manera tan excelso como Euler, era el anciano padre del joven músico de la corte de Federico. Lamentablemente el legado de ese genio viejo y pasado de moda ha quedado enterrado en el olvido. Aunque desde entonces en Europa nadie ha oído hablar de él, la música que una noche interpretó para nosotros a petición del monarca fue la más exquisita que he oído en mi vida. Se llamaba Johann Sebastian Bach.

—No lo he oído nombrar —reconoció David—. ¿Qué tienen que ver Euler y el músico con el legendario ajedrez de Montglane?

—Os lo diré si me presentáis a vuestras pupilas —respondió Philidor con una sonrisa—. ¡Tal vez lleguemos al fondo del misterio que toda mi vida he intentado desentrañar!

David accedió, y el ambos caminaron por las calles engañosamente tranquilas que bordeaban el Sena y atravesaron el Pont Royal en dirección al taller.

No corría ni una gota de aire que agitara las hojas de los árboles. El calor se elevaba de la calzada y hasta las aguas plomizas del río maldecían mudamente. El pintor y el gran maestro de ajedrez ignoraban que a veinte manzanas, en el corazón del barrio de Cordeliers, la multitud sedienta de sangre aporreaba las puertas de la prisión de l'Abbaye. Tampoco sabían que Valentine se hallaba en el interior.

Mientras caminaban en el silencio canicular de la tarde, Philidor desgranó su relato…

EL RELATO DEL MAESTRO DE AJEDREZ

A los diecinueve años partí de Francia con destino a Holanda para acompañar con el oboe a una joven pianista, una niña prodigio, que debía ofrecer un concierto. Por desgracia, al llegar me enteré de que pocos días antes la viruela había acabado con su vida. Me hallaba en un país extranjero sin dinero ni posibilidades de obtener ingresos. Así pues, para no morir de hambre, me dediqué a jugar al ajedrez en las cafeterías.

Desde los catorce años había estudiado ajedrez bajo la tutela del famoso Sire de Legal, el mejor jugador de Francia y, acaso, el más eximio de Europa. A los dieciocho era capaz de derrotarlo dándole un caballo de ventaja. Pronto descubrí que podía superar a todos los ajedrecistas con que me enfrentaba. Durante la batalla de Fontenoy, jugué en La Haya contra el príncipe de Waldeck mientras el fragor del combate arreciaba alrededor. Viajé a Inglaterra y en Londres jugué en la cafetería Slaughter contra los mejores ajedrecistas, entre ellos sir Abraham Janssen y Philip Stamma. Los vencí a todos. Stamma, un sirio de probable ascendencia mora, había publicado varios libros de ajedrez. Me los mostró, así como algunas obras escritas por La Bourdonnais y el mariscal Saxe. Stamma opinaba que, dada mi singular pericia en el juego, yo también debía escribir un tratado.

Mi libro, publicado varios años después, se tituló *Analyse du jeu des Eschecs*. En él planteaba la tesis de que «los peones son el alma del ajedrez». En efecto, demostraba que los peones no solo eran objetos que podían sacrificarse, sino que podían utilizarse estratégicamente contra el adversario. Mi obra supuso una revolución en el mundo del ajedrez.

El libro llamó la atención del matemático alemán Euler. Sabía de mis partidas de ajedrez a la ciega gracias a la *Enciclopedia* publicada por Diderot, y persuadió a Federico el Grande de que me invitara a su corte.

La corte de Federico el Grande estaba en Potsdam. Era un salón inmenso y austero, iluminado por numerosas lámparas pero carente de las maravillas artísticas que cabe encontrar en otras cortes europeas. El monarca era guerrero y prefería la compañía de soldados a la de cortesanos, artistas y mujeres. Corría el rumor de que dormía en un duro jergón y de que nunca se separaba de sus perros.

La velada de mi presentación en la corte, el *kappellmeister* Bach llegó de Leipzig con su hijo Wilhelm. Había viajado a dicha ciudad para visitar a otro vástago, Carl Philipp Emanuel Bach, intérprete de clavicordio en la corte del rey Federico. El propio monarca había escrito ocho compases de un canon y había pedido a Bach padre que improvisara a partir de tema, algo para lo que, según me comentaron, el anciano compositor tenía un don especial. Había creado cánones con su nombre y el de Jesús ocultos en las armonías en notación matemática. Había inventado contrapuntos inversos de gran complejidad, en los que la armonía era la imagen especular de la melodía.

Euler propuso que el anciano *kappellmeister* inventara una variación en cuya estructura quedara reflejado el infinito, es decir, Dios en todas Sus manifestaciones. La idea satisfizo al soberano, pero yo tuve la certeza de que Bach pondría objeciones. En virtud de mi faceta de compositor, os aseguro que bordar la música compuesta por otro es una tarea ímproba. En una ocasión tuve que componer una ópera basada en temas del filósofo Jean-Jacques Rousseau, que no tenía oído para la música. De todos modos, parecía imposible ocultar un rompecabezas secreto y de semejante naturaleza en las notas musicales.

Para mi sorpresa, el *kappellmeister* desplazó cojeando su cuerpo bajo y rechoncho hasta el teclado. Tenía la cabeza grande, cubierta por una gruesa peluca mal colocada; la nariz, ancha y las mandíbulas, fuertes; sus cejas, tupidas y salpicadas de canas, semejaban alas de águila, la expresión ceñuda que siempre arrugaba sus facciones severas era el reflejo de una naturaleza díscola. Euler me susurró que a Bach padre no le gustaban las interpretaciones «a petición real» y que seguramente haría un chiste a costa del monarca.

El maestro inclinó su desgreñada cabeza sobre las teclas e interpretó una bella y cautivadora melodía que parecía elevarse al infinito, cual una graciosa ave. Era una especie de fuga, y mientras oía sus misteriosas complejidades comprendí lo que el *kappellmeister* acababa de conseguir. Por medios que para mí no estaban claros, cada sección comenzaba en una tonalidad y modulaba hacia una más alta, hasta que después de repetir seis veces el tema básico del monarca Bach llegó a la misma tonalidad del inicio. No atiné a percibir dónde o cómo se producía la transición. Era una obra mágica, como la transmutación de metales en oro. Comprendí que, gracias a su ingeniosa construcción, la armonía subiría incesantemente hacia el infinito, hasta que las notas, como la música de las esferas, solo fueran oídas por los ángeles.

—¡Magnífico! —exclamó el monarca cuando Bach hubo acabado.

El *kappellmeister* inclinó la cabeza ante los pocos generales y oficiales sentados a las sillas de madera de la austera sala.

—¿Qué nombre recibe la estructura? —pregunté a Bach.

—Yo la llamo *ricercar* —respondió el anciano, sin que la belleza de la música que acababa de crear hubiera alterado su hosco semblante—. Significa «buscar» en italiano. Es una forma musical antiquísima, que ya no está de moda. —Al pronunciar estas palabras miró con expresión burlona a su hijo Carl Philipp, famoso por escribir música popular.

Bach cogió el manuscrito del monarca y en la parte superior escribió «*ricercar*», con las letras muy espaciadas. Luego convirtió cada letra en una palabra latina, de modo que se leía: «*Regis Iussu Cantio Et Reliqua Canónica Arte Resoluta*». Más o menos significa «canción hecha por el rey, y el resto resuelto mediante el arte del canon». El canon es una forma musical en que una melodía va superponiéndose a sí misma con un compás de diferencia. Crea la ilusión de que se prolongará eternamente.

A continuación Bach anotó dos frases en latín en el margen del pentagrama. Una vez traducidas, decían:

Cuando las notas suben, crece la fortuna del rey.
Cuando asciende la modulación, se eleva la gloria del rey.

Euler y yo felicitamos al anciano compositor por la genialidad de su trabajo. Luego me pidieron que jugara simultáneamente tres partidas de ajedrez a la ciega, contra el monarca, el doctor Euler y Wilhelm, hijo del *kappellmeister*. Aunque Bach padre no jugaba, gustaba de presenciar las partidas. Al terminar mi actuación, en la que gané a mis tres contendientes, Euler me llevó aparte.

—Os he preparado un regalo. Acabo de inventar un nuevo recorrido del caballo, un juego matemático. Estoy convencido de que se trata de la mejor fórmula hasta ahora descubierta para el recorrido del caballo por el tablero. Si no tenéis inconveniente, esta noche me gustaría entregarle una copia al anciano compositor. Se divertirá porque le gustan los juegos matemáticos.

Bach aceptó el regalo con una extraña sonrisa y nos dio las gracias de todo corazón.

—Propongo que mañana temprano, antes de la marcha de herr Philidor, os reunáis conmigo en casa de mi hijo —dijo—. Es posible que tenga tiempo de prepararos una agradable sorpresa.

Sus palabras despertaron nuestra curiosidad y accedimos a acudir al lugar y la hora señalados.

A primera hora de la mañana siguiente Bach abrió la puerta de la casa de su hijo Carl Philipp y nos hizo pasar. Nos guió hasta el saloncito y nos invitó a té. Ocupó el taburete del pequeño teclado e interpretó una melodía realmente extraordinaria. Cuando concluyó, Euler y yo estábamos maravillados.

—¡Esta es la sorpresa! —exclamó Bach, y prorrumpió en sonoras carcajadas que borraron el gesto habitualmente hosco de su rostro. Advirtió que Euler y yo estábamos anonadados.

—Será mejor que os muestre el pentagrama.

Euler y yo nos pusimos en pie y nos acercamos al teclado. En el atril reposaba el recorrido del caballo que Euler había preparado y entregado al compositor la noche anterior. Representaba un gran tablero de ajedrez y en cada escaque había un número. Bach había unido sagazmente los números mediante una red de líneas delgadas que para él tenían algún significado, si bien para mí eran ininteligibles. Sin embargo, Euler era matemático y su mente funcionaba más deprisa que la mía.

—¡Habéis convertido los números en octavas y acordes! —exclamó—. ¡Tenéis que explicarme cómo lo habéis hecho! Habéis convertido las matemáticas en música... ¡es pura magia!

—Las matemáticas son música —afirmó Bach—, y viceversa. Da lo mismo que creáis que la palabra «música» procede de las Musas o de *muta*, que significa «boca del oráculo». Es igual si pensáis que la palabra matemática proviene de *mathanein*, que significa «saber», o de *matrix*, que quiere decir «útero o madre de toda la Creación»...

—¿Os habéis dedicado al estudio de las palabras? —preguntó Euler.

—Las palabras poseen la capacidad de crear y de matar —respondió Bach—. El Gran Arquitecto que nos hizo a todos también creó las palabras. De hecho, las creó primero, si nos atenemos a lo que dice san Juan en el Nuevo Testamento.

—¿Qué ha dicho? ¿El Gran Arquitecto? —preguntó Euler, que había palidecido.

—Llamo a Dios el Gran Arquitecto porque lo primero que hizo fue crear el sonido —respondió Bach—. «En el principio fue el Verbo», ¿lo recordáis? ¿Quién sabe? Tal vez no fue solo una palabra. Quizá fue música. Es posible que Dios interpretara un canon infinito y que a través de él creara el universo.

Euler había palidecido aún más. Aunque había perdido la visión de un ojo de tanto observar el sol a través de una lente, con el otro escudriñó el recorrido del caballo que reposaba sobre el atril del teclado. Pasó los dedos por el infinito diagrama de diminutos números escritos con tinta sobre el tablero de ajedrez y quedó ensimismado varios minutos. Al cabo preguntó al sabio compositor:

—¿Dónde habéis aprendido todo esto? Lo que habéis descrito es un secreto oscuro y peligroso que solo conocen los iniciados.

—Me inicié a mí mismo —respondió Bach con calma—. Sé que hay sociedades secretas cuyos miembros dedican la vida a desvelar los misterios del universo, pero yo no formo parte de ninguna. Busco la verdad a mi manera.

Mientras pronunciaba estas palabras retiró del atril el mapa ajedrecístico cubierto de fórmulas. Cogió una pluma y anotó dos palabras en la parte superior: «*Quaerendo invenietis*». O sea, «busca y encontrarás». Luego me entregó el recorrido del caballo.

—No lo entiendo —dije algo confundido.

—Herr Philidor —repuso Bach—, vos sois ajedrecista, como el doctor Euler, y compositor, como yo. Reunís dos valiosas aptitudes.

—¿Valiosas en qué sentido? —pregunté muy educadamente—. ¡Debo confesar que ninguna de las dos me ha servido de mucho desde el punto de vista económico! —Sonreí.

—A veces cuesta recordarlo, pero en el universo operan fuerzas más importantes que el dinero. —Bach rió entre dientes—. ¡Decidme, ¿habéis oído hablar del ajedrez de Montglane?

Me volví bruscamente hacia Euler, que había proferido una exclamación.

—Veo que el nombre no es desconocido para herr doktor, nuestro amigo. Quizá pueda ilustraros también a vos —dijo Bach.

Fascinado, oí a Bach contar la historia del peculiar ajedrez, que otrora había pertenecido a Carlomagno y que supuestamente poseía poderosas propiedades. Cuando el compositor acabó el relato añadió:

—Caballeros, os pedí que vinierais para realizar un experimento. Toda mi vida he estudiado el peculiar poder de la música. Posee una fuerza propia que nadie puede negar. Es capaz de amansar a las fieras y de hacer que un hombre apacible se lance a la lid. Mediante diversos experimentos he logrado desentrañar el secreto de su poder. Veréis, la música tiene su propia lógica. Aunque se parece a la lógica matemática, presenta algunas diferencias. La música no se dirige solo a nuestras mentes, sino que cambia nuestro pensamiento de forma imperceptible.

—¿Qué queréis decir? —inquirí.

Me di cuenta de que Bach acababa de despertar en mi interior algo que no acertaba a definir; algo que me pareció conocía desde hacía mucho tiempo; algo enterrado en lo más hondo de mi ser y que solo percibía al oír una bella melodía cautivadora… o al jugar una partida de ajedrez.

—Quiero decir que el universo es como un enorme juego matemático que se juega a escala descomunal —respondió Bach—. La música es una de las formas más puras de las matemáticas. Toda fórmula matemática puede convertirse en música, como he hecho con la del doctor Euler.

Miró a Euler y este asintió, como si ambos compartieran un secreto desconocido para mí.

—Asimismo, la música puede convertirse en matemáticas, y con resultados sorprendentes, cabría añadir —prosiguió Bach—. El Arquitecto que concibió el universo lo creó de esa manera. La música tiene el poder de crear el universo o de destruir la civilización. Si no me creéis, leed la Biblia.

Euler guardaba silencio.

—En efecto —reconoció al cabo de unos segundos—. En la Biblia figuran otros arquitectos cuyas historias son muy reveladoras, ¿verdad?

—Mi querido amigo —dijo Bach volviéndose hacia mí con una sonrisa—, como ya he dicho, buscad y encontraréis. Quien comprenda la arquitectura de la música entenderá el poder del ajedrez de Montglane… pues los dos son uno.

Al aproximarse a las puertas de hierro del patio de su casa, David, que había escuchado el relato con suma atención, se volvió consternado hacia Philidor.

—¿Qué significa? —preguntó—. ¿Qué tienen que ver la música y las matemáticas con el ajedrez de Montglane? ¿Qué relación hay entre esas cosas y el poder, ya sea terrenal o celestial? Vuestro relato no hace más que confirmar que el legendario ajedrez atrae a místicos y a orates. Por más que me desagrade aplicar semejantes epítetos al gran matemático Euler, el relato indica que fue víctima de esa clase de fantasías.

Philidor se detuvo a la sombra de los castaños de Indias, cuyas ramas se elevaban por encima de las puertas del patio.

—He dedicado años a estudiar el tema —murmuró—. Aunque nunca me interesaron los exégetas de la Biblia, finalmente me empeñé en la tarea de leer las Sagradas Escrituras, como me aconsejaron Euler y Bach. El *kappellmeister* murió poco después de nuestro encuentro y Euler emigró a Rusia, por lo que no pude analizar con ellos lo que descubrí.

—¿Y qué descubristeis? —preguntó David, mientras sacaba la llave para abrir la puerta.

—Ambos me aconsejaron que estudiara a los arquitectos, y así lo hice. En la Biblia solo figuraban dos de renombre. Uno era el Arquitecto del Universo, es decir, Dios. El otro era el arquitecto de la torre de Babel. Descubrí que la palabra «Bab-El» significa «puerta de Dios». El pueblo babilonio era muy orgulloso. Conformaron la mayor civilización desde el origen de los tiempos. Construyeron jardines colgantes que competían con las más excelsas obras de la naturaleza. Soñaron con erigir una torre que llegara hasta el cielo, que llegara hasta el sol. Estoy convencido de que Bach y Euler aludían a la historia de la torre.

»El arquitecto se llamaba Nimrod —prosiguió Philidor mientras franqueaban las puertas—. Fue el más destacado de la época. Erigió una torre, la más alta de las conocidas por el hombre, pero jamás la concluyó. ¿Sabéis por qué?

—Por lo que recuerdo, Dios lo castigó —respondió David mientras atravesaban el patio.

—¿Sabéis cómo lo castigó? —preguntó Philidor—. ¡No le envió un rayo, una inundación ni una plaga, como tenía por costumbre! Amigo, os contaré cómo destruyó Dios la obra de Nimrod. Dios confundió las lenguas de los albañiles, que hasta entonces había sido una. ¡Derribó el lenguaje! ¡Destruyó el Verbo!

En ese momento David vio que un criado salía de la casa y echaba a correr hacia él.

—¿Cómo cabe interpretarlo? —preguntó David con una sonrisa sarcástica—. ¿Es así como destruye Dios una civilización?, ¿enmudeciendo a los hombres, confundiendo su lengua? En ese caso los franceses no tenemos de qué preocuparnos. ¡Cuidamos nuestra lengua como si valiera más que el oro!

—Si vuestras pupilas vivieron en Montglane, es posible que nos ayuden a resolver el misterio —afirmó Philidor—. Creo que ese poder, el poder de la música de la lengua, las matemáticas de la música, el secreto del Verbo con que Dios creó el universo y castigó al imperio babilónico... creo que ese secreto yace en el ajedrez de Montglane.

El criado se había detenido y, retorciéndose las manos, aguardaba a una respetuosa distancia de los dos caballeros.

—Pierre, ¿qué ocurre? —preguntó David sorprendido.

—Monsieur, las señoritas han desaparecido —informó el criado con tono preocupado.

—¿Qué...? —exclamó—. ¿Qué dices?

—Desde las dos, monsieur. Recibieron una carta con el correo de la mañana. Salieron al jardín a leerla. A la hora del almuerzo fuimos a buscarlas y no estaban. Seguramente escalaron el muro del jardín; no hay otra explicación. No han regresado.

4 de la tarde.

Los gritos de la multitud que rodeaba la prisión de l'Abbaye no conseguían ahogar los chillidos ensordecedores provenientes del interior. Mireille jamás olvidaría ese sonido.

La turbamulta se había hartado de aporrear las puertas y ahora los desharrapados estaban sentados sobre los carruajes salpicados con la sangre de los curas asesinados. El callejón estaba cubierto de cuerpos desmembrados y pisoteados.

En la prisión se celebraban juicios desde hacía más de una hora. Algunos hombres se encaramaron, con la ayuda de los más fornidos, a los altos muros que rodeaban el patio de la cárcel, arrancaron las púas de hierro de los contrafuertes de piedra para usarlas como armas y se dejaron caer al otro lado.

Un hombre subido a los hombros de otro gritó:

—¡Ciudadanos, abrid las puertas! ¡Hoy se hará justicia!

La chusma aplaudió al oír que quitaban una tranca. Una de las puertas de madera maciza se abrió y la multitud entró en tropel, pero los mosqueteros repelieron al grueso de los amotinados y lograron cerrarla de nuevo. Mireille y otros muchos aguardaban las noticias de los que, sentados sobre el muro, observaban el desarrollo de los falsos juicios e informaban de la carnicería que tenía lugar.

La joven había golpeado las puertas de la prisión e intentado escalar el muro. Agotada, había desistido y ahora esperaba a que se abrieran, aunque solo fuera un instante, para colarse.

Por fin su deseo se vio satisfecho. A las cuatro en punto divisó en el callejón un carruaje cuyo caballo avanzaba sorteando los cuerpos desmembrados. Las ciudadanas sentadas en lo alto de los carros de la prisión profirieron un grito al ver a su ocupante y saltaron al suelo para rodearlo. El alboroto creció cuando los hombres bajaron del muro para sumarse a ellas. Mireille se incorporó en el acto, consternada. ¡Era David!

—¡Tío, tío! —gritó, mientras se abría paso a empellones y las lágrimas surcaban sus mejillas.

David la divisó, y su rostro se ensombreció cuando se apeó del carruaje y avanzó entre la muchedumbre para abrazarla.

—¡Mireille! —exclamó mientras la gente le palmeaba la espalda y le vitoreaba—. ¿Qué ha pasado? ¿Dónde está Valentine?

Con el rostro demudado, David abrazó a Mireille, que sollozaba sin poder dominarse.

—Está en la prisión —dijo la joven entre hipidos—. Vinimos a ver a una amiga… Nosotras… Tío, no sé qué ha ocurrido. Tal vez sea demasiado tarde.

—Cálmate, cálmate —dijo David.

Rodeando a Mireille con un brazo avanzó entre la muchedumbre y saludó a varios conocidos.

—¡Abrid las puertas! —gritaron varios hombres sentados en el muro del patio—. ¡El ciudadano David está aquí! ¡Ha llegado el pintor David!

Poco después se abrió una de las puertas macizas y la masa de cuerpos desaseados arrastró a David y Mireille al interior de la prisión.

El patio estaba inundado de sangre. En una pequeña extensión de hierba de lo que antaño había sido el jardín del monasterio, un sacerdote yacía en el suelo, con la cabeza apoyada sobre un tajo de madera. Un soldado con el uniforme salpicado de sangre le golpeaba el cuello con la espada intentando infructuosamente separar la cabeza del cuerpo. El cura aún estaba vivo. Cada vez que trataba de incorporarse, manaban borbotones de sangre de las heridas del cuello. Tenía la boca abierta en un mudo grito.

La gente corría por el patio pasando por encima de los cadáveres, que yacían retorcidos. Era imposible calcular su número. Brazos, piernas y torsos se acumulaban junto a los cuidados setos, y había montones de entrañas a lo largo de los bordes herbáceos.

Mireille se aferró al hombro de David y comenzó a gritar. Su tío la estrechó entre sus brazos y le murmuró al oído:

—O te dominas o estamos perdidos. Debemos encontrar enseguida a Valentine.

Mireille intentó serenarse, mientras David, con el rostro demudado, miraba en torno al patio. Sus sensibles manos de pintor temblaron cuando se acercó a un hombre y le tiró de la manga. Este vestía un raído uniforme de soldado, no de guardia de la prisión, y tenía la boca manchada de sangre, pese a que no se veía ninguna herida.

—¿Quién está al mando? —preguntó David.

El soldado rió y señaló hacia la entrada de la prisión, donde había varios hombres sentados en una larga mesa de madera, ante la que se apiñaba un grupo de personas.

Mientras David y Mireille cruzaban el patio, vieron cómo bajaban a rastras por la escalera de la prisión a tres curas y los arrojaban al suelo delante de la mesa. Los presentes los abuchearon, hasta que los soldados los apartaron con las bayonetas. Luego ayudaron a los sacerdotes a ponerse en pie y los sostuvieron delante de la mesa.

Los cinco hombres sentados hablaron por turnos a los sacerdotes. Uno consultó unos papeles, anotó algo y meneó la cabeza.

Los soldados obligaron a dar media vuelta a los curas, que marcharon hacia el centro del patio con una palidez mortal en el rostro ante el destino que les aguardaba. El gentío prorrumpió en gritos estremecedores al ver las nuevas víctimas que se dirigían al matadero. David rodeó a Mireille con el brazo y la condujo hacia la mesa de los jueces, oculta tras la muchedumbre que, dando vítores, aguardaba la ejecución.

Llegaron a la mesa en el momento en que los ciudadanos encaramados en el muro anunciaron el veredicto a los que estaban fuera.

—¡Muerte al padre Ambrosio de San Sulpicio!

La noticia fue recibida con exclamaciones de alegría y aplausos.

—Soy Jacques-Louis David —dijo al juez más cercano. Hablaba a gritos para hacerse oír por encima del vocerío reinante—. Formo parte del tribunal revolucionario. Danton me ha enviado…

—Jacques-Louis David, te conocemos bien —repuso un hombre sentado en el otro extremo.

David se volvió hacia él y reprimió una exclamación.

Mireille miró al juez y se le heló la sangre. El rostro del hombre parecía propio de una pesadilla, era como el que imaginaba al pensar en la advertencia de la abadesa. Era el rostro de la pura maldad.

Era un hombre horrible. Su carne era una masa de cicatrices y llagas supurantes. Un trapo sucio le ceñía la frente, de la que goteaba un líquido gris que le bajaba por el cuello y manchaba su pelo graso. Cuando el juez miró con encono a David, Mireille pensó que las pústulas que cubrían su piel procedían del mal que albergaba en su interior, dado que era la encarnación de Lucifer.

—Ah, eres tú —murmuró David—. Creía que estabas…

—¿Enfermo? Y lo estoy, ciudadano, pero no tanto como para dejar de servir a Francia.

David caminó hacia él, aunque daba la sensación de que temía acercarse. Tiró de Mireille y le susurró al oído:

—No abras la boca. Estamos en peligro.

Al llegar al otro extremo de la mesa se inclinó hacia el juez.

—Danton me ha pedido que venga a ayudar al tribunal —dijo.

—Ciudadano, no necesitamos ayuda —replicó el juez—. Esta prisión es solo la primera. En todas las cárceles hay enemigos del Estado. Cuando acabemos con estos juicios, visitaremos otras. No faltan voluntarios a la hora de hacer justicia. Vete y di al ciudadano Danton que estoy aquí. Todo está en buenas manos.

—De acuerdo —aceptó David y, titubeando, alzó la mano para darle una palmada en el hombro, mientras detrás de él la multitud volvía a prorrumpir en gritos—. Sé que eres un ciudadano honrado y miembro de la Asamblea. Tengo un problema y estoy seguro de que podrás ayudarme. —David apretó la mano de Mireille, que estaba atenta a sus palabras—. Esta tarde, mi sobrina pasó por casualidad delante de la prisión y, en medio de la confusión, acabó dentro. Creemos… espero que no le haya pasado nada, pues es una muchacha sencilla, que no entiende de política. Te pido que la busques.

—¿Tu sobrina? —preguntó el juez.

Se agachó para meter la mano en un cubo de agua, del que sacó un trapo. Se quitó el que le cubría la frente, lo arrojó en el cubo, se colocó el chorreante en torno a la cabeza y lo anudó. El agua resbaló por su rostro, mezclándose con el pus que manaba de las llagas. Mireille percibió la putrefacción de la muerte con mucha más intensidad que el olor a sangre y pánico que impregnaba el patio. Se sintió desfallecer y a punto de perder el conocimiento cuando volvió a oír gritos a su espalda. Procuró no pensar qué significaban.

—No es necesario buscarla —añadió el hombre horrible—. Será la siguiente en presentarse ante el tribunal. David, conozco a tus pupilas —dijo señalando con la cabeza a Mireille, pero sin mirarla—. Forman parte de la nobleza, llevan la sangre de los De Rémy. Salieron de la abadía de Montglane. Ya hemos interrogado a tu «sobrina» en la prisión.

—¡No! —exclamó Mireille soltándose del brazo de David—. ¡Valentine! ¿Qué le habéis hecho? —Se inclinó hacia la mesa y trató de agarrar al villano, pero David la apartó.

—No seas insensata —le susurró el pintor.

Mireille comenzaba a alejarse, cuando el horrible juez alzó la mano. Se desató un tremendo alboroto cuando dos cuerpos rodaron escaleras abajo. Mireille echó a correr al ver la melena rubia de Valentine y su cuerpo frágil sobre los escalones, junto a un joven cura. El sacerdote se incorporó y ayudó a Valentine a ponerse en pie.

—Valentine, Valentine —musitó Mireille mientras observaba el rostro magullado de su prima.

—Las piezas —susurró Valentine con la mirada extraviada—. Claude me dijo dónde están los trebejos. Hay seis…

—No te preocupes por eso —repuso Mireille acunándola en sus brazos—. Nuestro tío está aquí. Nos ocuparemos de que te pongan en libertad…

—¡No! —exclamó Valentine—. Querida prima, van a matarme. Saben de la existencia de las piezas… ¡recuerda el fantasma! De Rémy, De Rémy —barbotó, y siguió repitiendo su apellido, sin que su prima consiguiera serenarla.

Entonces se acercó un soldado y sujetó a Mireille, que forcejeó. Miró desesperada a David, que, inclinado sobre la mesa, imploraba al horrible juez. Pataleó e intentó morder al soldado cuando dos hombres cogieron a Valentine de los brazos y la llevaron hasta la mesa, donde la sostuvieron ante el tribunal. Con el rostro pálido y demudado por el miedo, Valentine miró a su prima. Luego sonrió, y su sonrisa fue como un rayo de sol en el cielo encapotado. Mireille dejó de debatirse y sonrió a su vez. Entonces oyó la voz de los jueces, que sonó como un latigazo en su cerebro y retumbó en el patio.

—¡Muerte!

Mireille forcejeó con el soldado. Gritó y llamó a David, que había caído sobre la mesa deshecho en lágrimas. Valentine fue arrastrada por el patio adoquinado hasta el parterre. Mireille luchó como una fiera para liberarse de los brazos de hierro que la sujetaban. De pronto algo la golpeó en el costado y el soldado y ella cayeron. Era el joven cura, que se había lanzando contra ellos para rescatarla. Mientras los hombres se peleaban en el suelo, Mireille corrió hacia la mesa y el abatido David. Agarró la camisa mugrienta del juez y lo increpó:

—¡Anulad esa orden! —Miró hacia atrás y vio a Valentine tendida en el suelo, sujeta por dos hombres que se habían quitado las casacas y remangado las camisas. No podía perder ni un segundo—. ¡Dejadla en libertad!

—Solo si me dices lo que tu prima se negó a revelar —repuso el hombre—. Dime dónde habéis ocultado el ajedrez de Montglane. Sé con quién hablaba tu amiguita antes de que la detuvieran.

—Si os lo digo, ¿la dejaréis en libertad? —preguntó Mireille, y volvió a mirar a Valentine.

—¡Quiero esas piezas! —exclamó el juez, y la miró con expresión fría y severa.

Mireille pensó que tenía ojos de demente. Aunque estaba muerta de miedo, le sostuvo la mirada.

—Si la soltáis, os diré dónde están.

—¡Dímelo de una vez! —bramó el juez.

Mireille percibió su hediondo aliento cuando el juez acercó el rostro a ella. David gimió a su lado, pero la joven ni siquiera le oyó. Respiró hondo, y, rogando que Valentine la perdonara, dijo:

—Están enterradas en el jardín que hay detrás del taller de nuestro tío.

—¡Ajá! —exclamó el juez. Un destello inhumano apareció en sus ojos cuando se incorporó de un salto y se inclinó hacia Mireille—. Más vale que no me hayas mentido. Si me has engañado, te perseguiré hasta los confines de la tierra. ¡Esas piezas deben estar en mi poder!

—Monsieur, os suplico que dejéis en libertad a mi prima —rogó Mireille—. He dicho la verdad.

—Te creo.

El juez alzó la mano y miró a los dos hombres que, sujetando a Valentine, aguardaban sus órdenes. Mireille contempló su horrible rostro desfigurado y se juró que no lo olvidaría mientras viviera. Grabaría en su mente el rostro de ese hombre cruel que tenía en sus manos la vida de su amada prima. Siempre lo recordaría.

—¿Quién sois vos? —preguntó, mientras el villano miraba hacia la hierba donde estaba Valentine.

El hombre se volvió lentamente hacia ella y el odio que reflejaron sus ojos la hizo extremecer.

—Soy la ira del pueblo —masculló—. Caerán la nobleza, el clero y la burguesía. Serán pisoteados por nuestros pies. Escupo sobre todos vosotros porque el sufrimiento que habéis causado se volverá en vuestra contra. Haré caer los cielos mismos sobre vuestras cabezas. ¡Me apropiaré del ajedrez de Montglane! ¡Lo poseeré! ¡Será mío! Si no lo encuentro donde has dicho que está, te perseguiré… ¡me las pagarás!

Su malévola voz resonó en los oídos de Mireille.

—¡Procedan con la ejecución! —ordenó, y la multitud volvió a lanzar exclamaciones de alegría—. ¡Muerte! ¡El veredicto es de muerte!

—¡No! —exclamó Mireille.

Un soldado intentó sujetarla, pero la joven logró zafarse. Desesperada, corrió por el patio y sus faldas rozaron los charcos de sangre. En medio del mar de caras vociferantes, vio cómo la afilada hacha de dos filos se alzaba sobre el cuerpo tendido de Valentine, cuya cabellera se derramaba sobre el césped en el que yacía.

Mireille corrió entre la masa de cuerpos en dirección al espeluznante escenario para ver con sus propios ojos la ejecución. Dio un salto y se arrojó sobre el cuerpo de Valentine en el mismo instante en que el hacha caía.

LA HORQUILLA

Siempre hay que estar en condiciones de escoger entre dos opciones.

TALLEYRAND

El miércoles por la tarde tomé un taxi y crucé la ciudad para encontrarme con Lily Rad en unas señas de la calle Cuarenta y siete, entre las avenidas Quinta y Sexta. El lugar se llamaba Gotham Book Mart y nunca había estado en él.

El martes por la tarde, Nim me había llevado a casa en coche y me había enseñado a examinar la puerta para comprobar si alguien había entrado en mi ausencia. También me había dado un número de teléfono que estaba en servicio las veinticuatro horas del día y me enviaría los mensajes a su ordenador, por si lo necesitaba durante mi estancia en Argelia. ¡Toda una concesión para alguien a quien no le gustaban los teléfonos!

Nim conocía a una mujer que vivía en Argelia, Minnie Renselaas, viuda del antiguo cónsul holandés en ese país. Era rica, bien relacionada y estaba en condiciones de ayudarme a averiguar cuanto necesitara. Con estos datos, acepté de mala gana decir a Llewellyn que intentaría localizar las piezas del ajedrez de Montglane. No me gustaba porque era una mentira, pero Nim me había convencido de que solo alcanzaría la tranquilidad de espíritu si encontraba el puñetero ajedrez. Además, así tendría una vida medianamente larga.

Llevaba tres días preocupada por algo que no era mi vida ni ese ajedrez probablemente inexistente. Mi motivo de preocupación era Saul. Los periódicos no habían publicado la noticia de su muerte.

En el diario del martes había tres artículos sobre la ONU, referidos al hambre en el mundo y a la guerra de Vietnam. No figuraba una sola alusión a la aparición de un cadáver sobre la losa. Tal vez nunca limpiaban la sala de meditación, cosa que me extrañaba. Además, aunque habían publicado un breve comentario sobre la muerte de Fiske y el aplazamiento del torneo de ajedrez durante una semana, nada daba a entender que no hubiese fallecido de muerte natural.

Ese miércoles por la noche Harry ofrecía la cena en mi honor. Aunque desde el domingo no hablaba con Lily, estaba segura de que la familia ya debía de estar enterada de la muerte de Saul. Al fin y al cabo, llevaba veinticinco años a su servicio. Solo de pensar en la reunión se me ponían los pelos de punta. Como conocía a Harry, sabía que parecería un velatorio. Mi amigo consideraba a su personal casi de la familia. Me preguntaba cómo me las ingeniaría para ocultar lo que sabía.

Cuando el taxi giró en la Sexta Avenida, vi que los tenderos bajaban las persianas metálicas que protegían los escaparates. En las tiendas, los empleados retiraban lujosas joyas de los expositores. Me di cuenta de que estaba en el corazón mismo del barrio de los diamantes. Al bajar del taxi vi pequeños grupos de hombres en la acera, vestidos con sobrios abrigos negros y altos sombreros de fieltro. Algunos llevaban barbas oscuras salpicadas de gris, tan largas que les llegaban al pecho.

El Gotham Book Mart se encontraba a media manzana. Sorteé los corrillos de hombres y entré en el edificio. En el vestíbulo alfombrado, parecido al de una mansión victoriana, había una escalera que llevaba a la primera planta y a la izquierda, dos escalones que conducían a la librería.

Los suelos eran de madera y los techos bajos estaban cubiertos de tubos metálicos de la calefacción. Al fondo se veían otras salas, repletas de libros del suelo al techo y en cada esquina había pilas a punto de derrumbarse. Los lectores plantados en los estrechos pasillos me dejaron pasar de mala gana y reanudaron la lectura, al parecer sin saltarse una sola línea.

Lily estaba de pie en el fondo del local. Vestida con un abrigo de zorro rojo brillante y leotardos de lana, charlaba animadamente con un anciano y arrugado caballero al que doblaba en estatura. El viejecito llevaba abrigo y sombrero negro como los hombres de la calle, pero no barba, y su rostro atezado estaba surcado de arrugas. Las gruesas lentes de sus gafas de montura dorada hacían que sus ojos parecieran más grandes. Lily y él formaban una extraña pareja.

Cuando me acerqué, Lily apoyó la mano en el brazo del anciano caballero y le comentó algo. Él se volvió hacia mí.

—Cat, te presento a Mordecai. Es un viejo amigo y sabe muchísimo de ajedrez. Se me ocurrió que podríamos consultarle nuestro problemilla.

Supuse que se refería a Solarin. Sin embargo, en los últimos días había averiguado algunas cosas por mi cuenta y quería llevar a Lily aparte para hablar de Saul antes de hacer frente a los leones de la familia en su propia guarida.

—Mordecai es gran maestro, aunque ya no juega —explicaba Lily—. Me prepara para los torneos. Es famoso y ha escrito varios libros de ajedrez.

—Exageras —dijo Mordecai modestamente, y me dedicó una sonrisa—. En realidad me gano la vida como comerciante de diamantes. El ajedrez es una diversión.

—El domingo Cat estuvo conmigo en el torneo —comentó Lily.

—Ah. —Mordecai me observó con mayor atención a través de sus gruesas gafas—. Por lo tanto, fue testigo de los hechos. Propongo que tomemos una taza de té. Calle abajo hay un bar en el que podremos conversar.

—Bueno… no quisiera llegar tarde a la cena. El padre de Lily se disgustaría.

—Insisto —repuso Mordecai amablemente pero con firmeza. Me cogió del brazo y me condujo hacia la puerta—. Esta noche tengo importantes compromisos, pero lamentaría no conocer sus observaciones sobre la misteriosa muerte del gran maestro Fiske. Fuimos muy amigos. Espero que sus opiniones no sean tan descabelladas como las de mi… como las que ha expuesto mi amiga Lily.

Reinó cierta confusión cuando intentamos atravesar la primera sala. Mordecai me soltó el brazo y avanzamos en fila india por los estrechos pasillos, con Lily a la cabeza. Después de la atestada librería, fue un alivio respirar el aire fresco de la calle. Mordecai volvió a cogerme del brazo.

Casi todos los comerciantes de diamantes se habían dispersado y las tiendas estaban a oscuras.

—Lily me ha dicho que es experta en informática —comentó Mordecai mientras me guiaba calle abajo.

—¿Le interesan los ordenadores? —pregunté.

—No exactamente. Me impresiona lo que son capaces de hacer. Digamos que me dedico a estudiar fórmulas. —Tras pronunciar esas palabras rió alegremente—. ¿No le ha dicho Lily que soy matemático? —Miró a Lily, que caminaba detrás de nosotros. Ella negó con la cabeza y nos alcanzó—. Durante un semestre fui alumno del profesor Einstein en Zurich. ¡Era tan inteligente que no entendíamos ni una palabra de lo que decía! A veces perdía el hilo de lo que estaba diciendo y se paseaba por el aula. Nunca nos reímos. Sentíamos un gran respeto por él.

Se detuvo para coger a Lily del brazo antes de cruzar la calle de una sola dirección.

—Durante mi estancia en Zurich caí enfermo —prosiguió—. El doctor Einstein vino a visitarme. Se sentó a mi lado y hablamos de Mozart. Admiraba mucho a Mozart. Probablemente sabe que el profesor Einstein era un eximio violinista.

Mordecai me sonrió y Lily le apretó el brazo.

—Mordecai ha tenido una vida interesante —me explicó Lily.

Me di cuenta de que, en presencia de Mordecai, Lily se portaba bien. Nunca la había visto tan dócil.

—Preferí no dedicarme a las matemáticas —prosiguió Mordecai—. Dicen que hay que tener vocación, como para el sacerdocio. Opté por convertirme en comerciante. Sin embargo, siguen interesándome los temas relacionados con las matemáticas. Ya hemos llegado.

Entramos y, cuando empezamos a subir por la escalera, Mordecai añadió:

—¡Sí, siempre he pensado que los ordenadores son la octava maravilla! —y volvió a prorrumpir en alegres risas.

Me pregunté si era una mera coincidencia que Mordecai se mostrara interesado por las fórmulas. En mi mente resonó un estribillo: «El cuarto día del cuarto mes llegará el ocho».

La cafetería ocupaba el entresuelo y daba a un enorme bazar de pequeñas joyerías. Estas estaban cerradas y los hombres que hacía menos de media hora se habían reunido a charlar en las calles llenaban ahora el local. Se habían quitado los sombreros y llevaban un pequeño gorro. Algunos lucían largos tirabuzones a los lados de la cara, como Mordecai.

Buscamos una mesa y Lily se ofreció a pedir el té mientras charlábamos. Mordecai apartó una silla para mí y se sentó enfrente.

—Estos tirabuzones se llaman *payess*. Es una tradición religiosa. Los judíos no deben cortarse la barba ni los tirabuzones porque el Levítico dice: «No se rasurarán los sacerdotes la cabeza ni los lados de la barba». —Mordecai sonrió.

—Pues usted no lleva barba —observé.

—No —dijo Mordecai con pesadumbre—. Como también reza la Biblia: «Mi hermano Esaú es un hombre peludo y yo soy lampiño». Me gustaría dejármela porque creo que me daría un aspecto gallardo… —Sus ojos destellaron—. Pero lo único que logro es el proverbial campo de paja.

Apareció Lily con la bandeja y depositó en la mesa las tazas de té humeantes.

—En la antigüedad los judíos no cosechaban los extremos de los campos, del mismo modo que no cortaban los lados de las barbas, para que los ancianos de la aldea y los nómadas pudieran alimentarse. La religión judía siempre ha tenido un alto concepto de los nómadas. Hay algo místico relacionado con el nomadismo. Mi amiga Lily me ha dicho que está usted a punto de salir de viaje.

—Así es. —No dije nada más, porque no sabía cómo reaccionaría si le contaba que iba a pasar un año en un país árabe.

—¿Toma el té con leche? —preguntó Mordecai.

Asentí y comencé a levantarme, pero se me adelantó.

—Iré a buscarla —dijo.

En cuanto se hubo alejado, me volví hacia Lily y susurré:

—Rápido, aprovechemos que estamos solas. ¿Cómo se ha tomado tu familia lo de Saul?

—Ah, están furiosos —respondió Lily mientras repartía las cucharillas—. Sobre todo Harry, que no cesa de decir que es un cabrón desagradecido.

—¡Furiosos! —exclamé—. Saul no tuvo la culpa de que se lo cargaran.

—¿De qué hablas? —preguntó Lily, y me miró desconcertada.

—¿Acaso crees que Saul organizó su propio asesinato?

—¿Asesinato? —Lily abrió los ojos como platos—. Escucha, sé que me exalté al imaginar que lo habían secuestrado, pero después de aquello volvió a casa. ¡Y presentó la dimisión! Se largó sin más después de pasar veinticinco años a nuestro servicio.

—Te digo que está muerto —insistí—. Lo vi. El lunes por la mañana estaba tendido en la losa de la sala de meditación de la ONU. ¡Alguien se lo cargó!

Lily estaba boquiabierta, con la cucharilla en la mano.

—Aquí está pasando algo raro —añadí.

Lily me hizo callar al ver que Mordecai se acercaba con una jarrita de leche.

—Ha sido difícil conseguirla —comentó el anciano mientras se sentaba entre ambas—. El servicio es cada vez peor. —Nos miró—. Vaya, ¿qué pasa? Lily, parece que estés en un funeral.

—Algo por el estilo —susurró ella, pálida como un fantasma—. Al parecer el chófer de mi padre ha… ha muerto.

—Lo siento —repuso Mordecai—. ¿Llevaba mucho tiempo trabajando para tu familia?

—Desde antes de que yo naciera. —Lily tenía los ojos llorosos y parecía estar a millones de kilómetros de distancia.

—Entonces no era un hombre joven. Espero que no haya dejado una familia a la que mantener.

Mordecai observaba a Lily con una expresión extraña.

—Díselo. Cuéntale lo que me has dicho —me pidió Lily.

—No creo que…

—Sabe lo de Fiske. Cuéntale lo de Saul.

Mordecai se volvió hacia mí con expresión amable.

—¿Hay algo truculento? —preguntó con tono ligero—. Lily cree que el gran maestro Fiske no falleció de muerte natural. ¿Usted comparte esa opinión? —Bebió un traguito de té.

—Mordecai, Cat acaba de decirme que han asesinado a Saul —explicó Lily.

El anciano depositó la cucharilla en el plato sin levantar la mirada y suspiró.

—Ah. Me lo temía. —Me miró con cara de pesar—. ¿Es verdad?

—Lily, no creo que…

Mordecai me interrumpió con suma cortesía.

—¿Cómo es que se ha enterado usted antes que la familia de Lily? —preguntó.

—Porque estaba presente —respondí.

Lily intentó decir algo, pero Mordecai la obligó a callar.

—Señoras, señoras —murmuró, y se volvió hacia mí—. ¿Tendría la amabilidad de empezar por el principio?

Volví a narrar la historia que había contado a Nim: la advertencia de Solarin durante el torneo de ajedrez, la muerte de Fiske, la extraña desaparición de Saul, los orificios de bala en el coche y, por último, el cadáver de Saul en el edificio de Naciones Unidas. Lógicamente, omití algunos detalles como la pitonisa, el hombre de la bicicleta y la historia de Nim sobre el ajedrez de Montglane. Sobre esto último me había comprometido a guardar silencio, y los demás episodios eran demasiado estrafalarios para repetirlos.

—Lo ha explicado muy bien —observó Mordecai cuando terminé—. Podemos suponer, sin temor a equivocarnos, que las muertes de Fiske y Saul están relacionadas. Debemos averiguar qué acontecimientos o personas las unen.

—¡Solarin! —exclamó Lily—. Todo apunta a él.

—Querida amiga, ¿por qué Solarin? —preguntó Mordecai—. ¿Qué motivos tendría?

—Deseaba cargarse a todos los que podían derrotarlo para no tener que entregar la fórmula del arma…

—Solarin no tiene nada que ver con las armas —intervine—. Se especializó en física acústica.

Mordecai me miró de un modo extraño.

—Es cierto —dijo—. Aunque nunca te lo he dicho, conozco a Alexander Solarin.

Lily guardó silencio. Tenía las manos en el regazo y era evidente que se sentía dolida porque su venerado maestro de ajedrez le había ocultado un secreto.

—Lo conocí hace muchos años —explicó el anciano—, cuando me dedicaba activamente al comercio de diamantes. Después de un viaje a Amsterdam pasé por Rusia para visitar a un amigo. En casa de este me presentaron a un chiquillo de dieciséis años, que había ido allí para aprender ajedrez…

—Solarin estudió en el Palacio de los Jóvenes Pioneros —intervine.

—Exactamente —confirmó Mordecai y volvió a mirarme con extrañeza.

Como empezaba a resultar evidente que yo había investigado el pasado del ajedrecista, decidí cerrar el pico.

—En Rusia todos juegan al ajedrez. En realidad, no hay otra cosa que hacer. Jugué una partida con Alexander Solarin. Fui lo bastante necio para pensar que le enseñaría un par de cosas. Por supuesto, me derrotó. Ese joven es el mejor ajedrecista que conozco. Querida —añadió dirigiéndose a Lily—, es posible pero no probable que el gran maestro Fiske o tú le hubierais ganado.

Permanecimos unos minutos en silencio. El cielo se iba oscureciendo y éramos los únicos clientes de la cafetería. Mordecai consultó el reloj de bolsillo, alzó la taza y se acabó el té.

—Bueno, ¿qué más? —preguntó jovialmente—. ¿Habéis pensado en alguien que tuviera algún motivo para desear la muerte de esas dos personas?

Lily y yo negamos con la cabeza.

—¿No se os ocurre nada? —preguntó. Se puso en pie y cogió el sombrero—. Lo siento, pero tengo una cena a la que ya llego tarde, lo mismo que vosotras. Seguiré analizando este problema cuando disponga de tiempo libre, pero me gustaría comentar cuál es mi evaluación inicial de la situación. Así podréis reflexionar. Creo que la muerte del gran maestro Fiske no tuvo casi nada que ver con Solarin, y menos aún con el ajedrez…

—¡Solarin fue el único que estaba presente antes de que se descubrieran los asesinatos! —observó Lily.

—No es cierto —repuso Mordecai con una sonrisa enigmática—. En ambos casos había otra persona. ¡Tu amiga Cat!

—Un momento… —intervine.

Mordecai me interrumpió.

—¿No es extraño que el torneo de ajedrez se aplazara una semana por la desdichada muerte del gran maestro Fiske y que la prensa no haya mencionado que pudo haber juego sucio? ¿No le llama la atención que hace dos días viera el cadáver de Saul en un lugar tan público como la sede de Naciones Unidas y que los medios de comunicación no hayan informado del asunto? ¿Cómo explica estas circunstancias extrañas?

—¡Quieren encubrir los hechos! —exclamó Lily.

—Tal vez —reconoció Mordecai encogiéndose de hombros—. En todo caso, hay que admitir que Cat y tú os habéis ocupado de ocultar algunas pruebas. ¿Puedes explicarme por qué no acudiste a la policía cuando dispararon contra tu coche? ¿Por qué Cat no denunció la presencia de un cadáver que posteriormente se esfumó?

Lily y yo nos pusimos a hablar al mismo tiempo.

—Te he explicado el motivo por el que quería… —masculló ella.

—Tuve miedo de… —tartamudeé.

—Por favor —dijo Mordecai levantando la mano—. Creo que la policía dará menos crédito que yo a vuestros balbuceos, y el hecho de que tu amiga Cat estuviera presente en ambos casos resulta aún más sospechoso.

—¿Qué insinúa? —inquirí. En mis oídos aún resonaban las palabras de Nim: «Querida, es posible que alguien crea que tienes algo que ver».

—Quiero que comprenda que, si bien es posible que usted no tenga nada que ver con los acontecimientos, estos sí tienen algo que ver con usted —respondió Mordecai.

Dicho esto, se inclinó para besar a Lily en la frente. A continuación se volvió hacia mí y, al tiempo que me estrechaba la mano formalmente, hizo algo extrañísimo: ¡me guiñó el ojo! Se perdió escaleras abajo y se internó en la noche.

EL AVANCE DEL PEÓN

> Entonces ella trajo el tablero de ajedrez y jugó
> con él, pero Scharkán, en lugar de mirar sus mo-
> vimientos, no apartaba la vista de su bella boca y
> ponía el caballo en lugar del elefante y el elefante
> en lugar del caballo.
>
> Ella rió y le dijo:
> —Si es así como juegas, no sabes nada del juego.
> —Esta es solo la primera partida —repuso
> él—. No me juzgues por ello.
>
> *Las mil y una noches*

París, 3 de septiembre de 1792

En el recibidor de la casa de Danton solo brillaba una llama en el pequeño candelabro de bronce. A medianoche, alguien cubierto con una larga capa negra llegó ante la puerta y tiró del cordón de la campanilla. El portero atravesó el recibidor arrastrando los pies y aplicó el ojo a la mirilla. El hombre que aguardaba en los escalones llevaba un sombrero gacho que ocultaba su cara.

—Por amor de Dios, Louis —dijo—. Abre la puerta. Soy yo, Camille.

El portero descorrió el cerrojo y abrió.

—Todas las precauciones son pocas, monsieur —se disculpó.

—Lo comprendo —dijo muy serio Camille Desmoulins atravesando el umbral. Se quitó el sombrero y se atusó la espesa cabellera rizada—. Vengo de la prisión La Force. Ya sabes lo que ha pasado…

—Se interrumpió sobresaltado al percibir un movimiento ligerísimo entre las oscuras sombras del recibidor—. ¿Quién hay ahí? —preguntó asustado.

La figura se levantó en silencio, alta, pálida y vestida con elegancia. Salió de las sombras y tendió la mano a Desmoulins.

—Mi querido Camille —dijo Talleyrand—. Espero no haberte alarmado. Estoy esperando que regrese Danton del Comité.

—¡Maurice! —exclamó Desmoulins estrechándole la mano, mientras el portero se retiraba—. ¿Qué te trae por aquí tan tarde?

En calidad de secretario de Danton, Desmoulins vivía desde hacía años con la familia de su superior.

—Danton ha tenido la amabilidad de prometerme un pase para abandonar Francia —explicó Talleyrand con absoluta serenidad—. Para que pueda regresar a Inglaterra y reanudar las negociaciones. Como sabes, los británicos se han negado a reconocer nuestro nuevo gobierno...

—Yo no me molestaría en esperarlo esta noche —dijo Camille—. ¿Te has enterado de lo que ha sucedido hoy en París?

Talleyrand meneó la cabeza y respondió:

—He oído decir que hemos rechazado a los prusianos, que están en retirada. Tengo entendido que regresan a casa porque las tropas han contraído la disentería. —Se echó a reír—. ¡No hay ejército capaz de marchar tres días bebiendo los vinos de Champagne!

—Es verdad que hemos vencido a los prusianos —dijo Desmoulins sin unirse a sus carcajadas—, pero hablo de la matanza.

Por la expresión de Talleyrand comprendió que no se había enterado.

—Ha empezado esta tarde en la prisión de l'Abbaye. Ahora se ha extendido a La Force y la Conciergerie. Por lo que sabemos, ya han muerto quinientas personas. Ha habido una carnicería, hasta canibalismo, y la Asamblea no puede pararlo...

—¡No sabía nada de eso! —exclamó Talleyrand—. ¿Qué medidas se han tomado?

—Danton todavía está en La Force. El Comité ha organizado juicios improvisados en todas las prisiones. Han acordado pagar a jueces y verdugos seis francos diarios más las comidas. Era la única esperanza de conservar una apariencia de control. Maurice, París está en una situación de anarquía. La gente lo llama el Terror.

—¡Es imposible! —exclamó Talleyrand—. Cuando estas noticias salgan de nuestras fronteras, habrá que abandonar toda esperanza de un acercamiento con Inglaterra. Tendremos suerte si no se une a Prusia y nos declara la guerra. Tanta mayor razón para partir de inmediato.

—No puedes hacer nada sin un pase —dijo Desmoulins cogiéndolo del brazo—. Esta misma tarde han arrestado a madame de Staël por tratar de salir del país bajo inmunidad diplomática. Tuvo suerte de que me encontrara allí para salvar su cuello de la guillotina. Se la han llevado a la Comuna.

El semblante de Talleyrand revelaba que comprendía la gravedad de la situación. Desmoulins continuó:

—No temas, ahora está a salvo en la embajada. Y tú también deberías buscar la seguridad de tu casa. Esta no es noche para que paseen miembros de la nobleza o el clero. Estás doblemente amenazado, amigo mío.

—Ya veo —dijo con calma Talleyrand—. Sí, lo entiendo muy bien.

Era casi la una de la noche cuando Talleyrand regresó a su casa a pie, cruzando los sombríos barrios de París. Había preferido no utilizar el coche para reducir la posibilidad de que observaran sus movimientos. Mientras atravesaba las calles mal iluminadas, vio algunos grupos de aficionados al teatro que regresaban a casa y se cruzó con los rezagados de los casinos. Sus risas resonaban al pasar los carruajes abiertos llenos de trasnochadores y champán.

Maurice pensó que el país se encontraba al borde del abismo. Era solo cuestión de tiempo. Veía ya el oscuro caos hacia el cual se deslizaba su patria. Tenía que irse, y pronto.

Al acercarse a la verja de sus jardines, lo alarmó ver una luz parpadear en el patio interior. Había dado órdenes estrictas de que se cerraran los postigos y corrieran las cortinas para que no se viese luz alguna que indicase que estaba en casa. En esos días era peligroso estar en casa. Cuando iba a meter la llave en la cerradura, la puerta de hierro macizo se entreabrió. Allí estaba Courtiade, su ayuda de cámara. La luz provenía de una pequeña bujía que sostenía en la mano.

—Por amor de Dios, Courtiade —susurró Talleyrand—. Te dije que no debía haber luz. Casi me matas del susto.

—Excusadme, monseñor —repuso Courtiade, quien siempre daba a su amo el título religioso—. Espero no haberme excedido en mis atribuciones al desobedecer otra orden.

—¿Qué has hecho? —preguntó Talleyrand mientras se deslizaba por la puerta, que el ayuda de cámara cerró a sus espaldas.

—Monseñor tiene una visita. Me tomé la libertad de permitir que esa persona os esperara dentro.

—La situación es grave, Courtiade. —Talleyrand se detuvo y le cogió del brazo—. Esta mañana, la chusma detuvo a madame de Staël y la llevó a la Comuna de París. ¡Estuvo a punto de perder la vida! Nadie debe saber que planeo dejar París. Debes decirme a quién has dejado entrar.

—Es mademoiselle Mireille, monseñor. Vino sola hace apenas un rato.

—¿Mireille? ¿Sola a estas horas de la noche? —preguntó Talleyrand atravesando a toda prisa el patio en compañía de Courtiade.

—Llegó con una maleta, monseñor. Apenas podía hablar. Su traje está destrozado… y no pude dejar de advertir que estaba manchado de lo que parecía… sangre. Mucha sangre.

—Dios mío —murmuró Talleyrand, que caminaba tan rápido como le permitía su cojera por el jardín. Entró en el recibidor, amplio y oscuro, y cuando Courtiade señaló el estudio, se dirigió hacia las anchas puertas. Por todas partes había cajas medio llenas de libros. En el centro, echada en el sofá de terciopelo color melocotón, estaba Mireille, muy pálida a la luz mortecina de la vela que Courtiade había puesto a su lado.

Talleyrand se arrodilló con cierta dificultad, le cogió la mano y le frotó los dedos.

—¿Traigo las sales, señor? —preguntó Courtiade con gesto preocupado—. He despedido a todos los sirvientes, ya que partiremos por la mañana…

—Sí, sí —dijo su señor sin apartar los ojos de Mireille. Tenía el corazón helado de miedo—. Pero Danton no llegó con los papeles. Y ahora esto… —Miró a Courtiade, que seguía con la bujía en la mano—. Bueno, trae las sales. Cuando consigamos reanimarla, tendrás que ir a casa de David. Tenemos que llegar al fondo de este asunto, y rápido.

Talleyrand permaneció en silencio junto al sofá, temblando ante las ideas terribles que atravesaban su mente. Cogio la vela de la mesa y la acercó a la joven desvanecida. En el cabello color fresa había sangre seca y tenía el rostro manchado de polvo y sangre. Con delicadeza apartó algunos mechones de su cara y se inclinó para depositar un beso en su frente. Mientras la contemplaba, algo se agitó en su interior. Era extraño, pensó. Mireille siempre había sido la seria, la formal.

Courtiade regresó con las sales y tendió el pequeño pomo de cristal a su señor. Levantando con cuidado la cabeza de Mireille, Talleyrand pasó el frasquito abierto por debajo de su nariz hasta que ella empezó a toser.

La joven abrió los ojos y miró horrorizada a los dos hombres. De pronto, al comprender dónde estaba, se incorporó. Presa del pánico, se aferró con fuerza a la manga de Talleyrand.

—¿Cuánto tiempo he estado inconsciente? —exclamó—. ¿No le habéis dicho a nadie que estoy aquí?

Estaba muy pálida y apretaba el brazo de Talleyrand con la fuerza de diez hombres.

—No, no, querida mía —respondió él con tono tranquilizador—. No llevas mucho tiempo aquí. En cuanto te encuentres un poco mejor, Courtiade te preparará un coñac caliente para calmar tus nervios y después enviaremos a buscar a tu tío…

—¡No! —gritó Mireille—. ¡Nadie debe saber que estoy aquí! ¡No debéis decírselo a nadie, y mucho menos a mi tío! Su casa es el primer lugar en el que se les ocurriría buscarme. Mi vida está en peligro. ¡Juradme que no se lo diréis a nadie!

Trató de ponerse en pie de un salto, pero Talleyrand y Courtiade, alarmados, la detuvieron.

—¿Dónde está mi maleta? —preguntó.

—Aquí —contestó Talleyrand tocando la maleta de piel—, junto al sofá. Querida, debes calmarte y echarte. Por favor, descansa hasta que te encuentres lo bastante bien para hablar. Es muy tarde. ¿No quieres que por lo menos enviemos a buscar a Valentine, que le hagamos saber que estás a salvo…?

Ante la mención del nombre de Valentine el rostro de Mireille adoptó tal expresión de espanto y dolor que Talleyrand se apartó asustado.

—No —murmuró—. No puede ser. Valentine no. Dime que nada le ha sucedido a Valentine. ¡Dímelo!

Había cogido a Mireille por los hombros y la zarandeaba. Lentamente ella alzó la mirada. Lo que él leyó en sus ojos lo desgarró hasta las raíces de su ser. Sacudiéndola con fuerza añadió con voz ronca:

—Por favor, por favor, di que no le ha pasado nada. ¡Debes decirme que no le ha pasado nada!

Los ojos de Mireille estaban secos mientras Talleyrand continuaba zarandeándola. Él no parecía saber lo que hacía. Courtiade se inclinó y puso con suavidad la mano sobre el hombro de su amo.

—Señor —dijo con dulzura—. Señor…

Talleyrand miraba a Mireille como un hombre que ha perdido la razón.

—No es verdad —susurró, pronunciando cada palabra como si fuera hiel en su boca.

Mireille se limitaba a mirarlo. Poco a poco él aflojó la presión sobre sus hombros. Sus brazos cayeron a los lados del cuerpo mientras la miraba a los ojos. Estaba demudado, aturdido por el dolor de lo que no se atrevía a creer.

Apartándose de ella fue hasta la chimenea. Abrió su preciado reloj dorado, insertó la llave de oro y empezó a darle cuerda, lentamente. Mireille oía el tictac en la oscuridad.

♟

Todavía no había salido el sol, pero la primera luz pálida atravesó las colgaduras de seda del tocador de Talleyrand.

Había estado levantado el resto de la noche, y había sido una noche de horror. No podía admitir que Valentine había muerto. Se sentía como si le hubieran arrancado el corazón y no sabía cómo aceptar ese sentimiento. Era un hombre sin familia, que jamás había necesitado a otro ser humano. Tal vez fuera mejor así, pensó con amargura. Quien nunca siente amor tampoco siente su pérdida.

Recordaba el cabello rubio de Valentine resplandeciente ante el fuego de la chimenea mientras se inclinaba a besar su pie, mientras le acariciaba el rostro. Recordaba las cosas graciosas que había dicho, cómo le gustaba escandalizarlo con sus travesuras. ¿Cómo era posible que estuviera muerta? ¿Cómo era posible?

Mireille había sido incapaz de relatar las circunstancias de la muerte de su prima. Courtiade le había preparado un baño y obligado a beber una copa de coñac caliente en el que había puesto unas gotas de láudano para que pudiera dormir. Talleyrand le había cedido la gran cama de su tocador, con el dosel de seda azul claro... el color de los ojos de Valentine.

Había permanecido levantado el resto de la noche, reclinado en un sillón de moaré azul. Mireille había estado varias veces a punto de sucumbir al sueño, pero siempre despertaba estremecida, con la mirada perdida, llamando en voz alta a Valentine. En esas ocasiones él la había consolado y, cuando la joven volvía a hundirse en el sueño, regresaba al sillón y se arropaba con los chales que le había proporcionado Courtiade.

Para él no había consuelo. Cuando la luz rosada del alba se insinuó al otro lado de las puertaventanas que daban al jardín, seguía dando vueltas en el sillón, insomne, con los rizos dorados en desorden y los ojos azules empañados por la falta de sueño. Una vez, durante la noche, Mireille había gritado: «Iré contigo a l'Abbaye, prima. No dejaré que vayas sola a Cordeliers».

Al oír esas palabras, Talleyrand había sentido un escalofrío. Dios mío, ¿era posible que Valentine hubiera muerto en la prisión? No quería ni pensar en las circunstancias. Resolvió que, una vez que Mireille hubiera descansado, le sacaría la verdad, por más dolor que provocara a ambos.

Mientras estaba arrellanado en el sillón, oyó ruido de pasos.

—¿Mireille? —susurró, pero no hubo respuesta. Se estiró para apartar las colgaduras de la cama y vio que la joven no estaba.

Envolviéndose en su bata de seda se dirigió al vestidor. Al pasar junto a los ventanales vio a través de las cortinas de seda una figura recortada contra la luz rosada. Corrió los cortinajes que daban a la terraza y se quedó petrificado.

Mireille estaba de pie, de espaldas a él, mirando hacia los jardines y el pequeño huerto que había al otro lado del muro de piedra. Estaba desnuda y su piel cremosa resplandecía con un brillo sedoso en la luz matinal. Tal como él recordaba haber visto a las jóvenes aquella primera mañana, de pie en el andamio del estudio de David. Valentine y Mireille. El recuerdo le provocó tal dolor, que fue como si lo hubiera atravesado una lanza. Pero había algo más, algo que emergía lentamente del punzante dolor sordo de su conciencia. A medida que emergía, le pareció más horrible que cualquier cosa que pudiera imaginar. Lo que sentía en ese instante preciso era lujuria. Pasión. Deseaba abrazar a Mireille allí, en la terraza, en el primer rocío de la mañana, hundir su carne en la suya, arrojarla al suelo, morder sus labios y magullar su cuerpo, expulsar su dolor en el pozo oscuro y sin fondo de su ser. Mientras tanto, Mireille, sintiendo su presencia, se volvió hacia él y se ruborizó. Él se sintió avergonzado y trató de disimular su turbación.

—Querida —dijo, quitándose la bata para echarla sobre sus hombros—, cogerás frío.

Le pareció que actuaba como un tonto; peor que un tonto. Cuando sus dedos rozaron los hombros de Mireille para cubrirla con la bata de seda, sintió una sacudida eléctrica que no se parecía a nada que hubiera experimentado antes. Reprimió el impulso de apartarse de un salto. Mireille lo miraba con sus insondables ojos verdes. Talleyrand desvió rápidamente la mirada. Ella no debía saber lo que estaba pensando. Era deplorable. Se esforzó por apagar el sentimiento que había surgido en él tan repentinamente. Con tal intensidad.

—Maurice —dijo ella levantando la mano para apartar un rizo rubio del rostro de Talleyrand—. Quisiera hablar de Valentine.

Sus cabellos rojizos, mecidos por la suave brisa de la mañana, rozaban el pecho de Talleyrand; él los sentía arder a través de la fina tela de su camisa de dormir. Estaba tan cerca de ella que percibía el dulce perfume de su piel. Cerró los ojos en un intento por controlarse, incapaz de mirarla, temeroso de lo que la joven pudiera ver en ellos. El anhelo que sentía era abrumador. ¿Cómo podía ser un hombre tan monstruoso?

Se obligó a abrir los ojos y mirarla. Forzó una sonrisa y sintió que sus labios dibujaban una expresión extraña.

—Me has llamado Maurice —dijo—, no tío Maurice.

Era hermosísima, con los labios entreabiertos como pétalos de rosa… Arrancó ese pensamiento de su mente. Valentine. Ella quería hablar de Valentine. Puso las manos sobre sus hombros, y sintió el calor de su piel a través de la seda de la bata. Vio la vena azul que latía en su cuello, largo y blanco, y más abajo, la sombra entre los pechos…

—Valentine os quería muchísimo —decía Mireille con voz ahogada—. Yo conocía todos sus pensamientos y sentimientos. Sé que quería hacer con vos todas esas cosas que hacen los hombres a las mujeres. ¿Sabéis de qué hablo…?

Los labios de la joven estaban tan cerca, su cuerpo tan… Talleyrand no estaba seguro de haber oído bien.

—No… no estoy seguro… Quiero decir… claro que lo sé —balbuceó—, pero nunca imaginé… —Se maldijo por actuar como un idiota. ¿Qué demonios decía la muchacha?—. Mireille… —añadió con firmeza. Quería mostrarse benevolente, paternal. Al fin y al cabo la muchacha era lo bastante joven para ser su hija, apenas una niña—. Mireille —repitió tratando de encontrar la manera de llevar la conversación a terreno seguro.

Pero ella había levantado las manos y le acariciaba los cabellos. Atrajo el rostro de Talleyrand hacia el suyo. Dios mío, debo de estar loco, pensó él. No es posible que esto esté sucediendo.

—Mireille —repitió, con los labios pegados a los de ella—, no puedo… No podemos…

Cuando sus bocas se unieron, sintió que las compuertas se derrumbaban. No. No podía. Esto no. Ahora no.

—No lo olvides —susurraba Mireille contra su pecho—, yo también la quería.

Él gimió y arrancó la bata de los hombros de la joven mientras se hundía en su carne cálida.

Se hundía. Se sumergía en un manantial de pasión oscura y sus dedos se movían como frías aguas profundas sobre la seda de los largos miembros de Mireille. Yacían sobre la desordenada ropa de la cama adonde la había llevado, y se sentía caer, caer. Cuando sus labios se encontraron, sintió como si su sangre se precipitara en el cuerpo de ella, como si la sangre de ambos se mezclara. La intensidad de su pasión era insoportable. Trató de recordar lo que estaba haciendo y por qué no debía hacerlo, pero solo ansiaba olvidar. Mireille lo recibió con una pasión más oscura e intensa aún que la suya. Él nunca había experimentado algo así. No deseaba que terminara nunca.

Mireille lo miró —sus ojos convertidos en pozos verdes— y supo que ella sentía lo mismo. Cada vez que la tocaba, que la acariciaba, ella parecía hundirse más profundamente en su cuerpo, como si también deseara estar dentro de él, en cada hueso, nervio o tendón; como si deseara atraerlo hasta el fondo del pozo oscuro, donde podían ahogarse juntos en el opio de su pasión. Las aguas del Leteo, del olvido. Y él, mientras nadaba en las aguas de sus ojos verdes, sintió que la pasión lo desgarraba como una tormenta, escuchó la llamada de las ondinas, que cantaban desde el fondo de las simas.

Maurice Talleyrand había hecho el amor a muchas mujeres, tantas que ya no podía contarlas, pero mientras yacía sobre las suaves sábanas arrugadas de su cama, con las largas piernas de Mireille entrelazadas en las suyas, no pudo recordar a ninguna. Sabía que nunca podría revivir lo que había sentido. Había sido el éxtasis absoluto, de una clase que pocos seres humanos experimentan nunca. Pero lo que lo embargaba ahora era el dolor. Y el sentimiento de culpa, porque, cuando habían caído sobre la colcha unidos en el abrazo más apasionado que había conocido… había balbuceado: «Valentine». Valentine. Precisamente en el instante en que la pasión se consumaba. Y Mireille había murmurado: «Sí».

La miró. Su piel nívea y el cabello alborotado eran hermosos sobre las frías sábanas de lino. Ella lo miró con aquellos ojos de color verde oscuro y sonrió.

—No sabía cómo sería —dijo.

—¿Y te ha gustado? —preguntó él, revolviéndole dulcemente el pelo.

—Sí —contestó ella, todavía sonriendo. Enseguida se percató de que él estaba apesadumbrado.

—Lo siento —murmuró Talleyrand—. No quería hacerlo, pero eres muy hermosa. Y te deseaba. —Y besó sus cabellos y después sus labios.

—No quiero que lo lamentes —dijo Mireille sentándose en la cama y mirándolo con seriedad—. Por un momento me ha parecido sentir que ella todavía estaba viva. Como si todo hubiera sido un mal sueño. Si Valentine estuviera viva, habría hecho el amor contigo. De modo que no debes lamentar haberme llamado por su nombre.

La joven había leído sus pensamientos. Él la miró y le devolvió la sonrisa.

Se tendió en la cama y atrajo hacia sí a Mireille. Sintió el frescor de su cuerpo largo y gallardo sobre su piel. Los cabellos rojos de la joven se derramaban sobre sus hombros. Se deleitó con su perfume. Quería hacerle el amor otra vez, pero se esforzó por apagar el calor de sus entrañas. Había algo que deseaba aún más.

—Mireille, quiero que hagas algo por mí —dijo. Ella levantó la cabeza y lo miró—. Sé que es doloroso para ti, pero quiero que me hables de Valentine. Quiero que me lo cuentes todo. Tenemos que hablar con tu tío. Anoche, mientras dormías, hablaste de la prisión de l'Abbaye…

—No puedes decirle a mi tío dónde estoy —le interrumpió Mireille incorporándose en la cama.

—Al menos, tenemos que dar a Valentine un entierro decente —argumentó él.

—Ni siquiera sé si podremos encontrar su cuerpo —balbuceó Mireille—. Si prometes ayudarme, te diré cómo murió Valentine. Y por qué.

Talleyrand la miró con extrañeza.

—¿Por qué murió, dices? —preguntó—. Supuse que habíais quedado atrapadas en la confusión de l'Abbaye. Seguramente…

—Murió por esto —dijo Mireille.

Salió de la cama y atravesó la habitación hasta la puerta del vestidor, donde Courtiade había dejado su maleta.

Con un esfuerzo, la cogió y la colocó sobre el colchón. La abrió e hizo un gesto para que Talleyrand mirara. Dentro, manchadas de tierra y hierbas, había ocho piezas del ajedrez de Montglane.

Talleyrand sacó una de la gastada maleta de piel y la sostuvo con ambas manos. Era un elefante de oro, cuya altura era casi equivalente al largo de su mano. La silla estaba tapizada de rubíes pulidos y zafiros negros, y la trompa y los colmillos dorados, alzados en posición de combate.

—El *aufin* —susurró—. Esta es la pieza que ahora llamamos alfil, el consejero del rey y la reina.

Extrajo una por una las piezas de la maleta y las dispuso sobre la cama. Un camello de plata y otro de oro. Otro elefante dorado, un corcel árabe que corcoveaba, puesto de manos, y tres peones pertrechados con armas diversas, cada uno del largo de su dedo, todos con incrustaciones de amatistas y citrinas, turmalinas, esmeraldas y jaspes.

Talleyrand cogió el corcel y lo hizo girar entre sus manos. Retirando la tierra que tenía en la base vio un símbolo impreso en el oro oscurecido. Lo estudió con atención y después se lo mostró a Mireille. Era un círculo con una flecha clavada a un lado.

—Marte, el Planeta Rojo —dijo—. Dios de la guerra y la destrucción. «Y entonces salió otro caballo, que era rojo; y al que lo montaba se le dio poder para eliminar la paz de la tierra y hacer que se mataran unos a otros; y se le dio una gran espada.»

Mireille no parecía escucharlo. Contemplaba en silencio el símbolo impreso en la base del semental que Talleyrand tenía entre las manos. Parecía estar en trance. De pronto él vio que movía los labios y se inclinó para oír qué decía.

—«Y el nombre de la espada era Sar» —susurró ella. Después cerró los ojos.

Talleyrand permaneció más de una hora sentado en silencio, con la bata echada sobre su cuerpo, mientras Mireille, desnuda sobre el montón desordenado de ropas, narraba su historia.

Le refirió el relato de la abadesa con tanta fidelidad como le fue posible y le contó cómo las monjas habían sacado el juego de entre los muros de la abadía. Le explicó que habían dispersado las piezas por toda Europa y que ella y Valentine debían servir como punto de recepción si alguna hermana necesitaba ayuda. Después le habló de la hermana Claude y de cómo Valentine se había precipitado a encontrarse con ella en el callejón que había junto a la prisión.

Cuando llegó al punto en que el tribunal había sentenciado a muerte a Valentine y David se había desplomado, Talleyrand la interrumpió. Mireille tenía el rostro bañado de lágrimas, los ojos hinchados y la voz entrecortada.

—¿Quieres decir que Valentine no fue asesinada por la chusma? —exclamó.

—¡Fue condenada a muerte! Ese hombre horrible... —sollozó Mireille—. Nunca olvidaré su cara. ¡Aquella mueca espantosa! Cómo disfrutaba del poder que tenía sobre la vida y la muerte. Ojalá se pudra en esas llagas purulentas que lo cubren...

—¿Qué has dicho? —preguntó Talleyrand a voz en grito, y cogiéndola de un brazo comenzó a zarandearla—. ¿Cómo se llamaba ese hombre? ¡Tienes que recordarlo!

—Le pregunté cómo se llamaba —dijo Mireille con los ojos anegados en lágrimas—, pero no quiso decírmelo. Solo dijo: «Soy la cólera del pueblo».

—¡Marat! —exclamó Talleyrand—. Tenía que haberlo supuesto. Pero no puedo creer...

—¡Marat! —repitió Mireille—. Ahora que lo sé, no lo olvidaré. Afirmó que si no encontraba las piezas donde yo le había dicho me perseguiría. Pero seré yo quien lo persiga a él.

—Mi queridísima niña —dijo Talleyrand—, has sacado las piezas de su escondite. Ahora Marat moverá cielo y tierra hasta encontrarte. ¿Cómo lograste escapar del patio de la prisión?

—Mi tío Jacques-Louis —dijo Mireille— estaba junto a ese hombre perverso cuando se dio la orden, y se abalanzó sobre él encolerizado. Yo me arrojé sobre el cuerpo de Valentine, pero me sacaron a rastras como a una... una... —Mireille hizo un esfuerzo por continuar—. Entonces oí a mi tío gritar mi nombre y decirme que huyera. Salí corriendo de la prisión. No sé cómo me las arreglé para atravesar las puertas. Para mí es como un sueño horrible, pero el caso es que me encontré otra vez en el callejón y corrí hasta el jardín de David para salvarme.

—Eres una criatura valiente, querida. No sé si yo habría tenido fuerzas para hacer lo que tú has hecho.

—Valentine murió a causa de las piezas —sollozó Mireille—. ¡Yo no podía permitir que ese hombre las cogiera! Las recuperé antes de que él tuviera tiempo de salir de la prisión, cogí algo de ropa de mi habitación y esta maleta y huí...

—Cuando saliste de casa de David no debían de ser más de las seis. ¿Dónde estuviste desde entonces hasta que llegaste aquí, después de medianoche?

—En el jardín de David solo había dos piezas enterradas —contestó Mireille—, las que Valentine y yo habíamos traído con nosotras desde Montglane: el elefante de oro y el camello de plata. Las otras seis las trajo de otra abadía la hermana Claude, que llegó a París ayer mismo por la mañana. Así pues, no tuvo tiempo de ocultarlas, y era demasiado peligroso llevarlas encima cuando fue a encontrarse con nosotras. Pero la hermana Claude murió y solo dijo dónde estaban a Valentine.

—¡Pero las tienes tú! —observó Talleyrand señalando las piezas enjoyadas que seguían dispersas sobre las sábanas. Le parecía sentir el calor que irradiaban—. Me dijiste que en la prisión había soldados, miembros del tribunal y gente por todas partes. ¿Cómo pudo Valentine revelarte dónde estaban?

—Sus últimas palabras fueron: «Recuerda el fantasma». Después dijo su nombre varias veces.

—¿El fantasma? —preguntó Talleyrand.

—Enseguida comprendí qué quería decirme. Se refería a la historia del fantasma del cardenal Richelieu que tú nos habías contado.

—¿Estás segura? Bueno, sin duda acertaste, ya que aquí están las piezas. Pero no logro adivinar cómo las encontraste con tan poca información.

—Nos dijiste que habías sido sacerdote en Saint-Rémy, de donde saliste para estudiar en la Sorbona, y que allí en su capilla viste el fantasma del cardenal Richelieu. Como sabes, el apellido de la familia de Valentine es De Rémy. Recordé enseguida que el bisabuelo de Valentine, Gericauld de Rémy, tenía su sepultura en la capilla de la Sorbona, no lejos de la tumba del cardenal Richelieu. Ese era el mensaje que trataba de transmitirme Valentine. Allí estaban enterradas las piezas. Me encaminé hacia la capilla cuando comenzaba a oscurecer y allí encontré una llama votiva ante la tumba del antepasado de Valentine. Sirviéndome de la luz de esa vela inspeccioné la capilla. Pasaron horas hasta que encontré una baldosa floja, parcialmente oculta tras la pila bautismal, y, levantándola, exhumé las piezas. Después huí lo más rápido que pude. Vine aquí, a la rue de Beaune. —Mireille hizo una pausa para recuperar el aliento—. Maurice —añadió, reclinando la cabeza contra el pecho de Talleyrand—, creo que había otra razón para que Valentine mencionara el fantasma. Estaba tratando de decirme que buscara tu ayuda, que confiara en ti.

—Pero ¿qué puedo hacer yo para ayudarte, querida mía? —preguntó Talleyrand—. Yo mismo estoy prisionero en Francia hasta que pueda conseguir un pase. Sin duda comprendes que la posesión de estas piezas nos pone en una situación aún más comprometida.

—No sería así si conociéramos el secreto, el secreto del poder que contienen. Si supiéramos eso, tendríamos ventaja. ¿No lo crees así?

La joven era tan valerosa y seria que Talleyrand no pudo evitar una sonrisa. Se inclinó hacia ella y posó los labios sobre sus hombros desnudos. Y, a pesar de sí mismo, sintió que la lujuria renacía en él. En ese momento llamaron suavemente a la puerta del dormitorio.

—Monseñor —dijo Courtiade desde el otro lado—, no quiero molestaros pero hay una persona en el patio.

—No estoy en casa, Courtiade —dijo Talleyrand—. Ya lo sabes.

—Monseñor —repuso el ayuda de cámara—, es un mensajero del señor Danton. Ha traído los pases.

♟

Aquella noche, a las nueve, Courtiade estaba tendido en el suelo del estudio, con la almidonada camisa remangada. Había dejado su rígida chaqueta doblada en una silla, mientras clavaba el último compartimento falso de las cajas de libros que estaban dispersas por la habitación. Había pilas de volúmenes por doquier y, sentados entre ellas, Mireille y Talleyrand bebían coñac.

—Courtiade —dijo Talleyrand—, mañana partirás hacia Londres con estas cajas de libros. Cuando llegues, pregunta por los agentes de propiedad de madame de Staël, que te entregarán las llaves y te llevarán al alojamiento que hemos conseguido. Hagas lo que hagas, no permitas que nadie toque estas cajas. No las pierdas de vista ni las abras hasta que lleguemos mademoiselle Mireille y yo.

—Ya te he dicho —intervino Mireille— que no puedo ir contigo a Londres. Solo deseo que las piezas salgan de Francia.

—Mi querida niña —repuso Talleyrand acariciando sus cabellos—, ya hemos hablado de esto. Insisto en que uses mi pase. Yo me conseguiré otro enseguida. No puedes permanecer más tiempo en París.

—Mi misión es impedir que el ajedrez de Montglane caiga en manos de ese hombre horrible y de otros que podrían darle un mal uso —afirmó Mireille—. Valentine hubiera hecho lo mismo. Otras hermanas pueden venir a París en busca de refugio. Debo quedarme aquí para ayudarlas.

—Eres una joven valiente —observó él—. Sin embargo, no permitiré que te quedes sola en París, y no puedes regresar a casa de tu tío. Ambos debemos decidir qué haremos con estas piezas cuando lleguemos a Londres…

—No me has entendido —lo interrumpió Mireille con frialdad, poniéndose en pie—. Yo no he dicho que pensara quedarme en París.

Extrajo una pieza del ajedrez de Montglane de la maleta de piel, que descansaba junto a su silla, y se la tendió a Courtiade. Era el caballo, el corcoveante corcel de oro. El ayuda de cámara lo cogió con cuidado y Mireille sintió el fuego que pasaba de su brazo al de él. Courtiade lo metió en el compartimento falso y rellenó el espacio con paja.

—Mademoiselle —dijo el serio Courtiade con un destello en los ojos—, cabe perfectamente. Apuesto mi vida a que vuestros libros llegarán sanos y salvos a Londres.

Mireille le tendió la mano, que Courtiade estrechó cordialmente, y luego se volvió hacia Talleyrand.

—No entiendo nada —dijo él, irritado—. Primero te niegas a ir a Londres porque dices que debes quedarte en París. Después afirmas que no piensas quedarte aquí. Por favor, aclárate.

—Tú irás a Londres con las piezas —afirmó la joven con un tono autoritario que sorprendió a Talleyrand—. Mi misión es otra. Escribiré a la abadesa para informarla de mis planes. Tengo dinero propio. Valentine y yo éramos huérfanas; sus propiedades y título pasan a mí por derecho. Solicitaré a la abadesa que envíe otra monja a París hasta que yo haya terminado mi trabajo.

—¿Adónde irás? ¿Qué harás? —preguntó Talleyrand—. Eres una joven sola, sin familia…

—Desde ayer he pensado mucho en eso —respondió Mireille—. Tengo mucho que hacer antes. Estoy en peligro… hasta que conozca el secreto de estas piezas. Y solo hay una manera de conocerlo: yendo a su lugar de origen.

—¡Dios mío! —exclamó indignado Talleyrand—. ¡Me dijiste que el gobernador moro de Barcelona se las regaló a Carlomagno! ¡De eso hace casi mil años! ¡Y Barcelona no está precisamente a las afueras de París! ¡No permitiré que recorras Europa sola!

—No pienso ir a un país de Europa —dijo Mireille sonriendo—. Los moros no procedían de Europa, sino de Mauritania, del desierto del Sahara. Para encontrar el sentido hay que remontarse a las fuentes… —Miró al estupefacto Talleyrand con sus insondables ojos verdes—. Iré a la Regencia de Argel —anunció—. Porque allí es donde empieza el Sahara.

EL JUEGO MEDIO

A menudo se encuentran esqueletos de ratones dentro de los cocos, porque es más fácil entrar delgado y ávido que salir, satisfecho pero gordo.

Víctor Korchnoi,
gran maestro ruso,
Mi vida es el ajedrez

La táctica consiste en saber qué hacer cuando hay algo que hacer; la estrategia, en saber qué hacer cuando no hay nada que hacer.

Savielly Tartakover,
gran maestro polaco

Mientras nos dirigíamos en taxi a casa de Harry, me sentía más desconcertada que nunca. La afirmación de Mordecai de que yo había estado presente en ambas ocasiones luctuosas no hacía más que reforzar el perturbador sentimiento de que ese circo tenía algo que ver conmigo. ¿Por qué tanto Solarin como la adivina me habían hecho una advertencia? ¿Y por qué había pintado yo un hombre en bicicleta, que ahora aparecía como artista invitado en la vida real?

Me arrepentía de no haber hecho más preguntas a Mordecai. Al parecer el anciano sabía más de lo que dejaba entrever. Había admitido, por ejemplo, que conocía a Solarin desde hacía doce años. ¿Cómo sabíamos que no habían mantenido el contacto?

Cuando llegamos a casa de Harry, el portero de la finca se precipitó a abrir la puerta. Durante el trayecto Lily y yo apenas habíamos hablado. Mientras subíamos en el ascensor, ella dijo:

—Parece que a Mordecai le has caído muy bien.

—Es una persona muy compleja.

—No lo sabes bien —repuso ella, mientras las puertas se abrían—. Aun cuando lo venzo en el ajedrez, me pregunto qué combinaciones podría haber hecho. Confío en él más que en nadie, pero siempre ha tenido un lado secreto. Y hablando de secretos, no menciones la muerte de Saul hasta que sepamos más.

—Debería ir a la policía —dije.

—Se preguntarían por qué has tardado tanto en denunciarlo —señaló Lily—. Una condena a diez años de prisión retrasaría tu viaje a Argelia…

—Seguramente no pensarían que yo…

—¿Por qué no? —preguntó ella cuando llegamos ante la puerta de Harry.

—¡Ahí están! —exclamó Llewellyn desde la sala al vernos entrar en el vestíbulo de mármol, donde entregamos nuestros abrigos a la doncella—. Tarde, como de costumbre. ¿Dónde os habéis metido? Harry está en la cocina, con un ataque.

El suelo del vestíbulo era de cuadros blancos y negros, como un tablero de ajedrez. Las paredes eran curvas, con pilares de mármol y paisajes italianos en tonos verdes grisáceos. En el centro borboteaba una fuentecilla rodeada de hiedra. A ambos lados había anchos escalones de mármol con volutas en los bordes. Los de la derecha conducían al comedor de las grandes ocasiones, donde había una mesa de caoba oscura puesta para cinco personas, y los de la izquierda, a la sala donde Blanche estaba sentada en una butaca tapizada de brocado rojo oscuro. En la pared del fondo había un espantoso secreter chino, lacado en rojo, con tiradores de oro, e innumerables restos de la tienda de antigüedades de Llewellyn salpicaban la estancia. Llewellyn vino a nuestro encuentro.

—¿Dónde habéis estado? —preguntó Blanche mientras bajábamos por las escaleras—. Íbamos a tomar unos cócteles con entremeses hace una hora.

Llewellyn me dio un besito y fue a informar a Harry de nuestra llegada.

—Estábamos charlando —respondió Lily, y tras depositar su mole en otra butaca excesivamente mullida cogió una revista.

Harry salió a toda prisa de la cocina con una gran bandeja de canapés. Llevaba un mandil y gran sombrero de chef. Parecía un anuncio gigantesco de harina con levadura.

—Me han avisado de vuestra llegada —dijo sonriendo—. He dado la noche libre a la mayor parte del servicio para que no fisgonearan mientras guisaba. He preparado los entremeses yo solito.

—Dice Lily que han estado charlando todo este tiempo, ¿te imaginas? —lo interrumpió Blanche, mientras Harry depositaba la bandeja sobre una mesilla auxiliar—. Se podría haber echado a perder toda la cena.

—Déjalas tranquilas —repuso Harry guiñándome un ojo de espaldas a Blanche—. Las chicas de esta edad necesitan cotillear un poco.

Harry acariciaba la ilusión de que parte de mi personalidad pasara a Lily si estaba cierto tiempo expuesta a mi influencia.

—Mira —dijo arrastrándome hacia la bandeja—. Este es de caviar y *smetana*, este es de huevo y cebolla, y este es mi receta secreta de hígado picado con *schmaltz*. ¡Mi madre me la dio en su lecho de muerte!

—Huele que alimenta —dije.

—Y este es de salmón ahumado con queso cremoso, por si no te apetece el caviar. Quiero que haya desaparecido la mitad de la bandeja para cuando vuelva. La cena estará lista en media hora.

Volvió a sonreírme y salió de la habitación.

—Dios mío, salmón ahumado —dijo Blanche como si empezara a dolerle la cabeza—. Dame uno de esos.

Se lo di y cogí otro para mí.

Lily se acercó a la bandeja y devoró algunos canapés.

—¿Quieres champán, Cat? ¿O te sirvo otra cosa?

—Champán —respondí en el momento en que regresaba Llewellyn.

—Yo lo serviré —se ofreció colocándose detrás de la barra—. Champán para Cat. ¿Y qué querrá mi encantadora sobrina?

—Whisky con soda —dijo Lily—. ¿Dónde está Carioca?

—Ya le hemos dado las buenas noches. No hay necesidad de que esté dando vueltas entre los entremeses.

Su actitud era comprensible, porque Carioca le mordía los tobillos cada vez que lo veía. Lily puso mala cara y Llewellyn me tendió una copa de champán burbujeante y volvió al bar para servir el whisky con soda.

Después de la media hora prescrita y muchos canapés, Harry salió de la cocina con una chaqueta de terciopelo marrón y nos invitó a sentarnos. Lily y Llewellyn se situaron a un lado de la mesa de caoba, y Blanche y Harry, en las cabeceras. Yo me quedé sola en el otro lado. Nos sentamos y Harry sirvió el vino.

—Brindemos por la marcha de nuestra querida amiga Cat, por su primer viaje largo desde que la conocemos.

Acercamos las copas y Harry continuó:

—Antes de que te vayas te pasaré una lista de los mejores restaurantes de París. Ve a Maxim's o a la Tour d'Argent, da mi nombre al *maître* y te atenderán como a una princesa.

Tenía que decírselo. No podía postergarlo.

—En realidad, Harry —dije—, solo estaré unos días en París. Después partiré hacia Argel.

Harry me miró y depositó la copa sobre la mesa.

—¿Argel? —preguntó.

—Es allí donde voy a trabajar —expliqué—. Estaré un año.

—¿Vas a vivir con los árabes?

—Bueno, voy a Argelia —dije.

Los demás permanecieron en silencio, y aprecié que nadie intentara intervenir.

—¿Por qué vas a Argel? ¿Te has vuelto loca de repente? ¿O hay alguna otra razón que al parecer se me escapa?

—Voy a desarrollar un sistema informático para la OPEP —respondí—. Es un consorcio de países petroleros. Quiere decir Organización de Países Exportadores de Petróleo. Producen y distribuyen crudo, y Argel es una de sus sedes.

—¿Qué clase de organización es esa? —preguntó Harry—. Dirigida por un grupo de gente que ni siquiera sabe hacer un agujero en el suelo. ¡Durante cuatro mil años los árabes han estado vagando por el desierto, dejando que sus camellos cagaran donde quisieran, sin producir nada en absoluto! ¿Cómo puedes...?

Valérie, la doncella, entró justo a tiempo con una gran sopera de caldo de pollo en un carrito. La dejó junto a Blanche y empezó a servir.

—¿Qué haces, Valérie? —exclamó Harry—. ¡Ahora no!

—Monsieur Rad —dijo Valérie, que era marsellesa y sabía cómo tratar a los hombres—, llevo trabajando para usted diez años. Y en todo ese tiempo nunca he permitido que me dijera cuándo tengo que servir la sopa. ¿Por qué iba a empezar ahora? —Y siguió sirviendo con gran aplomo.

Cuando Harry se recuperó, Valérie ya estaba a mi lado.

—Ya que insistes en servir la sopa, Valérie —dijo—, querría que me dieras tu opinión sobre algo.

—De acuerdo —contestó ella apretando los labios, y avanzó hacia él para servirle la sopa.

—¿Conoces bien a la señorita Velis?

—Muy bien —respondió Valérie.

—La señorita Velis acaba de informarme de que planea ir a Argel para vivir entre los árabes. ¿Qué te parece?

—Argelia es un país maravilloso —dijo ella acercándose a Lily—. Tengo un hermano que vive allí. Lo he visitado muchas veces. —Y asintió con la cabeza mirándome desde el otro lado de la mesa—. Le gustará mucho.

Sirvió a Llewellyn y salió.

Permanecimos en silencio. Se oía el ruido de las cucharas al golpear el fondo de los boles. Harry habló por fin:

—¿Qué te parece la sopa?

—Es estupenda —contesté.

—Será mejor que sepas que en Argel no conseguirás una sopa como esta.

Era su manera de admitir que había perdido. Se podía percibir el alivio alrededor de la mesa en forma de gran suspiro.

♟

La cena fue maravillosa. Harry había preparado crepes de patata con salsa de manzana casera que estaba un punto agria y sabía a naranjas; un enorme asado bañado en sus propios jugos y tan tierno que podía cortarse con un tenedor; un guiso de fideos que llamaba *kugel*, con la superficie gratinada; montones de verduras, y cuatro clases de pan con crema agria. De postre comimos el mejor *strudel* que yo había probado, lleno de pasas y muy caliente.

Durante la cena Blanche, Llewellyn y Lily estuvieron más callados que de costumbre, e hicieron algún que otro comentario banal sin demasiadas ganas. Antes de acabar Harry se volvió hacia mí, llenó de vino mi copa y dijo:

—¿Me llamarás si tienes problemas? Estoy preocupado por ti, querida; no tendrás a nadie a quien recurrir, salvo unos árabes y esos *goyim* para los que trabajas.

—Gracias, Harry —dije—, pero debes comprender que voy a trabajar en un país civilizado. No es una expedición a la jungla…

—¿Qué quieres decir? —me interrumpió Harry—. Los árabes todavía cortan la mano a los ladrones. Además, ya ni siquiera los países civilizados son seguros. No dejo que Lily conduzca sola en Nueva York por miedo a que la asalten. Supongo que te habrás enterado de que Saul nos dejó de pronto. ¡Ese ingrato!

Lily y yo intercambiamos una breve mirada. Harry seguía hablando.

—Lily ha de participar en ese maldito torneo de ajedrez y no tengo nadie que la lleve. Me enferma la idea de que salga sola… y encima me he enterado de que murió un jugador en el torneo.

—No seas ridículo —intervino Lily—. Es un torneo muy importante. Si gano, podría jugar contra los mejores jugadores del mundo. Desde luego, no voy a abandonar porque se hayan cargado a un viejo loco…

—¿Que se lo han cargado? —preguntó Harry, y me miró antes de que yo tuviera tiempo de adoptar una expresión ingenua—. ¡Estupendo! ¡Maravilloso! Justo lo que me preocupaba. Y mientras tanto tú corres a la calle Cuarenta y seis cada cinco minutos para jugar al ajedrez con ese viejo estúpido y achacoso. ¿Cómo vas a encontrar marido así?

—¿Estás hablando de Mordecai? —pregunté a Harry.

De pronto se hizo un silencio ensordecedor. Harry se había quedado de piedra. Llewellyn había cerrado los ojos y toqueteaba con su servilleta. Blanche miraba a Harry con una sonrisilla desagradable. Lily tenía la vista en el plato y daba golpecitos en la mesa con la cuchara.

—¿He dicho algo malo? —pregunté.

—No es nada —masculló Harry—. No te preocupes. —No agregó nada más.

—Está bien, querida —dijo Blanche con dulzura forzada—. Es algo de lo que no hablamos con frecuencia, eso es todo. Mordecai es el padre de Harry. Lily lo quiere mucho. Él le enseñó a jugar al ajedrez cuando era pequeña. Creo que lo hizo solo para fastidiarme.

—Eso es ridículo, madre —dijo Lily—. Yo le pedí que me enseñara. Y tú lo sabes.

—Todavía llevabas pañales —repuso Blanche sin dejar de mirarme—. En mi opinión, es un viejo horrible. No ha pisado este apartamento desde que Harry y yo nos casamos, hace veinticinco años. Me sorprende que Lily te lo haya presentado.

—Es mi abuelo —dijo Lily.

—Podrías haberme consultado —intervino Harry.

Parecía tan ofendido que por un instante pensé que iba a ponerse a llorar. Sus ojos de San Bernardo nunca habían tenido una expresión más lánguida.

—Lo siento muchísimo —dije—. Ha sido culpa mía…

—No ha sido culpa tuya —me interrumpió Lily—, así que cállate. El problema es que nadie ha comprendido nunca que yo quiero jugar al ajedrez. No quiero ser actriz ni casarme con un hombre rico. No quiero desplumar a otros como hace Llewellyn…

Llewellyn le lanzó una mirada asesina y volvió a bajar la vista.

—Quiero jugar al ajedrez y solo Mordecai lo comprende.

—Cada vez que se menciona el nombre de ese señor en esta casa —intervino Blanche, cuya voz por primera vez sonaba un tanto estridente—, separa un poco más a esta familia.

—No entiendo por qué tengo que ir a escondidas al centro de la ciudad, como si fuera culpable de algo —dijo Lily—, solo para ver a mi…

—¿A escondidas? —preguntó Harry—. Siempre que has querido ir, te he dejado el coche. Nadie ha dicho nunca que tuvieras que ir a escondidas a ninguna parte.

—Pero a lo mejor le gusta —terció Llewellyn, que hasta entonces no había hablado—. Tal vez nuestra querida Lily quedó con Cat a escondidas para hablar del torneo al que asistieron el domingo pasado, cuando mataron a Fiske. Al fin y al cabo Mordecai es un antiguo colega del maestro Fiske. O, más bien, era.

Llewellyn sonreía como si acabara de encontrar el lugar donde clavar su daga. Me pregunté cómo había estado tan cerca de dar en el blanco. Intenté despistar.

—No seas tonto. Todo el mundo sabe que Lily nunca va como espectadora a los torneos.

—¿Por qué mentir? —dijo ella—. Es probable que haya salido en los periódicos. Había suficientes periodistas pululando por allí.

—¡Nunca me decís nada! —protestó Harry. Tenía la cara roja—. ¿Qué demonios está pasando aquí?

Nos miró malhumorado, a punto de estallar. Nunca lo había visto tan enfadado.

—El domingo Cat y yo fuimos al torneo. Fiske jugaba con un ruso. Fiske murió y Cat y yo nos fuimos. Eso es todo lo que pasó, así que no montes una escenita.

—¿Quién monta una escenita? —preguntó Harry—. Ahora que lo has explicado, estoy satisfecho. Solo que hubieras podido explicármelo un poco antes, nada más. En cualquier caso, no irás a ningún otro torneo donde se carguen a gente.

—Procuraré arreglarlo de modo que todos permanezcan vivos —repuso Lily.

—¿Y qué tenía que decir el brillante Mordecai de la muerte de Fiske? —preguntó Llewellyn, que no parecía dispuesto a dejar el tema—. Seguro que tenía una opinión. Parece tener opinión sobre todo.

Blanche le puso una mano en el brazo para indicarle que ya era suficiente.

—Mordecai cree que Fiske fue asesinado —dijo Lily apartando la silla de la mesa y poniéndose de pie. Dejó caer su servilleta—. ¿Alguien quiere pasar a la sala para tomar una copa de arsénico?

Salió del comedor. Reinó un tenso silencio, y al cabo de unos segundos Harry me dio una palmada en el hombro.

—Lo siento, querida. Es tu fiesta de despedida y aquí estamos, gritándonos como una manada de hienas. Vamos a tomar un coñac y hablar de algo más alegre.

Acepté. Fuimos todos a la sala para tomar una última copa. Al cabo de unos minutos Blanche se quejó de que le dolía la cabeza y se retiró. Llewellyn me llevó aparte y dijo:

—¿Recuerdas mi propuesta sobre Argelia?

Asentí.

—Ven un momento al estudio —agregó— y hablaremos del asunto.

Lo seguí por el pasillo hasta el estudio, que estaba tenuemente iluminado y decorado con muebles macizos de color castaño. Llewellyn cerró la puerta.

—¿Estás dispuesta a hacerlo? —preguntó.

—Mira, sé que es importante para ti —respondí—, y lo he estado pensando. Trataré de encontrar esas piezas de ajedrez, pero no voy a hacer nada ilegal.

—Si puedo enviarte un giro, ¿las comprarías? Quiero decir que podría ponerte en contacto con alguien que… las sacaría del país.

—De contrabando, claro.

—¿Por qué plantearlo así? —dijo Llewellyn.

—Deja que te haga una pregunta, Llewellyn. Si tienes a alguien que sabe dónde están las piezas, a otra persona dispuesta a pagar por ellas y a un tercero que va a sacarlas del país, ¿para qué me necesitas a mí?

Llewellyn permaneció un momento en silencio, meditando la respuesta. Por fin, dijo:

—¿Por qué no ser sinceros? Ya lo hemos intentado. El dueño se niega a venderlas a mi gente. Se niega incluso a hablar con ellos.

—¿Y por qué ese señor querría tratar conmigo?

Llewellyn esbozó una sonrisa extraña. Después dijo crípticamente:

—Es una mujer. Y tenemos razones para creer que solo está dispuesta a tratar con otra mujer.

Llewellyn no había sido muy claro, pero me pareció mejor no insistir porque yo tenía motivos personales que podían salir a relucir en la conversación y no me interesaba.

Cuando regresamos a la sala, Lily estaba sentada en el sofá con Carioca en el regazo. Harry, de pie junto al espantoso secreter lacado, hablaba por teléfono. Aunque me daba la espalda, la rigidez de su cuerpo indicaba que algo andaba mal. Miré a Lily, que meneó la cabeza. Cuando vio a Llewellyn, Carioca levantó las orejas y lanzó un gruñido que sacudió su cuerpecito peludo. Llewellyn se excusó a toda prisa y se marchó tras darme un beso en la mejilla.

—Era la policía —dijo Harry en cuanto colgó el auricular. Se volvió hacia mí con una expresión desolada. Tenía los hombros caídos y parecía a punto de echarse a llorar—. Han sacado un cuerpo del East River. Quieren que vaya al depósito de cadáveres a identificarlo. El muerto… —balbuceó— tenía el billetero de Saul y la licencia de chófer en el bolsillo. Tengo que ir.

Palidecí. Así que Mordecai tenía razón. Alguien estaba intentando ocultar los hechos, pero ¿cómo había terminado el cuerpo de Saul en el East River? Temía mirar a Lily. Ninguna de las dos dijo nada, pero a Harry no pareció extrañarle.

—El domingo por la noche supe que algo iba mal —decía—. Cuando Saul regresó, se encerró en su habitación sin hablar con nadie. No salió para cenar. ¿Crees que se suicidó? Debí insistir en hablar con él… Ahora me arrepiento de no haberlo hecho.

—No sabes con certeza si es Saul al que han encontrado —observó Lily. Me lanzó una mirada suplicante, pero no entendí si me pedía que dijera la verdad o que mantuviera la boca cerrada. Me sentía fatal.

—¿Quieres que te acompañe? —propuse.

—No, querida —respondió Harry lanzando un sonoro suspiro—. Esperemos que Lily tenga razón y se trate de un error. Si es Saul, tendré que quedarme un rato allí. Querría reclamar el… Querría arreglarlo con una funeraria.

Harry se despidió con un beso y, tras disculparse una vez más por la infortunada velada, se fue.

—Dios, me siento fatal —dijo Lily cuando se hubo marchado—. Harry quería a Saul como a un hijo.

—Creo que deberíamos decirle la verdad —observé.

—¡No seas tan noble! —exclamó Lily—. ¿Cómo demonios vamos a explicar que hace dos días viste el cadáver de Saul y olvidaste mencionarlo durante la cena? Recuerda lo que dijo Mordecai.

—Mordecai parecía tener el presentimiento de que alguien está tratando de encubrir estos asesinatos —repuse—. Creo que debería hablar con él.

Pedí a Lily el número de teléfono de su abuelo. Ella dejó a Carioca en mi regazo y fue hacia el secreter para coger papel. Carioca me lamió la mano. La sequé.

—¿No te parece increíble la mierda que mete Lulu en esta casa? —exclamó Lily refiriéndose al secreter rojo. Siempre llamaba Lulu a Llewellyn cuando estaba enfadada—. Los cajones se atascan y estos espantosos tiradores de bronce son demasiado.

Apuntó el número de Mordecai en un trozo de papel y me lo dio.

—¿Cuándo te vas? —preguntó.

—¿A Argel? El sábado. Pero dudo que tengamos mucho tiempo para hablar antes de entonces.

Me puse de pie y le arrojé a Carioca. Ella lo levantó y frotó su nariz contra la suya mientras el perro se debatía tratando de escapar.

—De todos modos no podré verte antes del sábado. Estaré encerrada con Mordecai jugando al ajedrez hasta que se reanude el torneo la próxima semana. ¿Cómo podré ponerme en contacto contigo si tenemos noticias sobre la muerte de Fiske o… la de Saul?

—No sé cuál será mi dirección. Creo que deberías dirigirte a mi oficina de aquí y ellos me enviarán el correo.

Acordamos que así lo haríamos. Bajé y el portero me consiguió un taxi. Mientras atravesaba la noche oscura y hostil, traté de repasar todo cuanto había sucedido hasta ese momento para encontrarle algún sentido, pero mi mente era como un ovillo enredado y sentía en el estómago pequeños nudos de miedo. Llegué a la puerta de mi edificio en la serena desesperación del pánico absoluto.

Pagué al conductor, entré deprisa en el edificio, crucé a la carrera el vestíbulo y apreté el botón del ascensor. De pronto sentí un golpecito en el hombro. Di tal salto que casi toqué el techo.

Era el conserje, con mi correspondencia en la mano.

—Lamento haberla sobresaltado, señorita Velis —se excusó—. No quería olvidar su correspondencia. Tengo entendido que este fin de semana nos deja.

—He dado al gerente la dirección de mi oficina. A partir del viernes pueden enviarme el correo allí.

—Muy bien —dijo, y me dio las buenas noches.

No fui directamente a mi apartamento, sino a la azotea. Solo los residentes en el edificio conocían la existencia de la contrapuerta que conducía al amplio espacio embaldosado de la terraza, desde donde se dominaba todo Manhattan. Allá, a mis pies, tan lejos como alcanzaba mi vista, brillaban las luces de la ciudad que estaba a punto de abandonar. El aire era limpio y fresco. Veía el Empire State y el edificio Chrysler resplandecer en la distancia.

Me quedé allí unos diez minutos, hasta que sentí que empezaba a calmarme. Entonces bajé a mi planta.

El cabello que había dejado pegado en la puerta estaba intacto, de modo que nadie había entrado. Sin embargo, cuando hube abierto las cerraduras y entré en el recibidor supe que algo iba mal. Una luz débil brillaba en el salón, al final del pasillo. Yo siempre apagaba las luces al salir.

Encendí la luz del recibidor, respiré hondo y eché a andar lentamente por el pasillo. En el otro extremo de la habitación, sobre el piano, había una pequeña lámpara cónica que usaba para leer partituras. La habían movido hacia el espejo ornamentado que había encima del piano. Incluso a una distancia de veinticinco pasos vi qué iluminaba. En el espejo había una nota.

Como una sonámbula atravesé el salón lleno de plantas. Me parecía oír susurros detrás de los árboles. La lamparita resplandecía como una baliza que me atraía hacia el espejo. Rodeé el piano y me detuve delante de la nota. Mientras la leía, sentí un escalofrío.

> La he advertido, pero
> veo que no quiere escucharme. Cuando se encuentre
> en peligro, no hunda la cabeza en la arena. En
> Argel hay mucha arena.

Me quedé largo rato mirando la nota. Aun cuando el pequeño caballo dibujado al final no me daba ninguna pista, reconocía la letra. Era la de Solarin. ¿Cómo había entrado en mi apartamento dejando la trampa intacta? ¿Acaso podía escalar un edificio de once plantas y entrar por la ventana?

Me devané los sesos tratando de encontrar sentido a aquello. ¿Qué quería de mí Solarin? ¿Por qué estaba dispuesto a correr el riesgo de entrar en mi apartamento solo para dejarme una nota? Dos veces se había acercado a mí para hablarme, para advertirme, y en ambas ocasiones alguien había muerto poco después. Pero ¿qué tenía que ver conmigo? Además, me encontraba en peligro, ¿qué esperaba él que hiciera yo al respecto?

Volví por el pasillo hacia la puerta, para echar el cerrojo y poner la cadena. Después revisé el apartamento para asegurarme de que estaba sola. Miré detrás de las plantas, en los armarios y en la despensa, tras lo cual dejé caer la correspondencia al suelo, bajé la cama plegable y me senté en el borde para quitarme los zapatos y las medias. Entonces me di cuenta.

La nota estaba en el otro extremo de la habitación, iluminada por la lámpara, pero la luz de esta no caía en el centro, sino en un solo lado. Volví a levantarme, con las medias en la mano, y me acerqué a mirarla. En efecto, la lámpara iluminaba un lado de la nota —el izquierdo—, es decir, la primera palabra de cada línea. Y esas primeras palabras formaban otra frase: «La veo en Argel».

A las dos de la mañana estaba tendida en la cama mirando el techo. No podía cerrar los ojos. Mi cerebro seguía funcionando, como un ordenador. Había algo raro, parecía faltar algo. Las piezas del rompecabezas eran muchas y al parecer no lograba encajarlas. Sin embargo, estaba segura de que de alguna manera encajarían. Me puse a repasar los hechos por milésima vez.

La pitonisa me había advertido de que estaba en peligro. Solarin también. La pitonisa había dejado un mensaje en su profecía. Solarin había dejado un mensaje oculto en su nota. ¿Existía alguna relación entre la adivina y el ajedrecista?

Había algo a lo que no había prestado atención porque no tenía sentido. El acróstico contenido en el mensaje de la pitonisa decía: «J'adoube CV». Como había observado Nim, al parecer quería ponerse en contacto conmigo. Si así era, ¿por qué yo no había vuelto a saber de ella? Habían pasado tres meses y la mujer había desaparecido del mapa.

Me levanté de la cama y encendí las luces. Ya que no podía dormir, al menos intentaría descifrar el maldito enigma. Fui hasta el armario y revolví hasta encontrar la servilleta plegada de cóctel en que Nim había escrito el poema. Fui a la despensa y me serví una copa de brandy. Después me senté en el suelo, sobre un montón de cojines.

Tras sacar un lápiz de un cubilete empecé a contar las letras y a rodearlas con círculos, como me había enseñado Nim. Si la maldita mujer estaba tan ansiosa por comunicarse conmigo, tal vez ya lo había hecho. Tal vez en la profecía hubiera escondido algo más. Algo que yo no había visto antes.

Ya que las letras iniciales de cada línea habían formado un mensaje, probé suerte con las finales, pero por desgracia el resultado era incomprensible.

Así pues, lo intenté con las primeras letras de las segundas palabras de cada línea, después con las terceras, y así sucesivamente. No salía nada. Luego probé con la primera letra de la primera línea, la segunda letra de la segunda línea, etcétera, y tampoco conseguí nada. No funcionaba. Tomé un trago de brandy y seguí intentándolo durante una hora.

Eran casi las tres y media de la mañana cuando se me ocurrió intentarlo con pares e impares. Tomando las letras impares de cada frase, conseguí algo por fin. Al unir la primera letra del primer verso, la tercera letra del siguiente, después la quinta, la séptima y así sucesivamente, se leía «JEREMÍAS-H». Un nombre propio. Me arrastré por la habitación mirando libros hasta que encontré una vieja y enmohecida Biblia de los gedeones. En el índice busqué Jeremías, el libro veinticuatro del Antiguo Testamento. Sin embargo, el mensaje rezaba «Jeremías-H». ¿Qué significaba la H? Lo pensé un momento hasta que comprendí que en el alfabeto internacional la H es la octava letra. ¿Y adónde me llevaba eso?

Leí el octavo verso del poema: «Como tú bien sabes, busca del treinta y tres y del tres el beneficio». Parecía referirse a capítulo y versículo.

Busqué Jeremías 33,3. ¡Bingo!

Llámame y te responderé, y te mostraré cosas grandes y poderosas que no conoces.

De modo que tenía razón. Había otro mensaje oculto en la profecía. El único problema era que, tal como estaban las cosas, este mensaje era inútil. Si la vieja bribona había querido mostrarme cosas que eran grandes y poderosas, entonces ¿dónde demonios estaban esas cosas? Yo no lo sabía.

Era estimulante descubrir que una persona que nunca había logrado terminar los crucigramas del *New York Times* servía para descifrar profecías escritas en una servilleta de cóctel. Por otro lado, me sentía bastante frustrada. Si bien cada capa que desvelaba parecía tener significado, en el sentido de que era mi idioma y contenía un mensaje, los mensajes en sí mismos no parecían llevar a ninguna parte. Excepto a otros mensajes.

Suspiré, miré el maldito poema, me bebí el resto de brandy y decidí empezar de nuevo. Fuera lo que fuese, tenía que estar oculto en el poema. Era el único lugar donde podía estar.

Cuando en mi cabeza confusa apareció la idea de que quizá tuviera que dejar de buscar letras, eran las cinco de la madrugada. Tal vez debiera buscar palabras enteras, como en la nota de Solarin. Y en el momento en que se me ocurrió la idea —quizá con la ayuda del tercer vaso de brandy—, mi mirada se posó en la primera frase de la profecía: «Juego hay en estas líneas que componen un indicio…».

Cuando la pitonisa había pronunciado esas palabras, estaba mirando las líneas de mi mano. ¿Y si las líneas del propio poema componían la clave del mensaje?

Cogí el texto para darle un último repaso. ¿Dónde estaba el indicio? A esas alturas ya había decidido tomar las claves crípticas en su sentido literal. La pitonisa había dicho que las líneas formaban una clave, de la misma manera que el esquema de la rima, al sumarse, daba 666, el número de la Bestia.

Es absurdo decir que tuve una intuición repentina cuando hacía cinco horas que estudiaba la maldita nota, pero así lo sentí. Con una certeza que desmentían mi falta de sueño y la proporción de alcohol en sangre, supe que había encontrado la respuesta.

El esquema de la suma del poema no solo sumaba 666, sino que era la clave del mensaje oculto. Para entonces mi copia del poema estaba tan garabateada que parecía un mapa de las interrelaciones galácticas del universo. Volviendo la página para escribir por detrás, copié el texto y el esquema de la suma, que era: 1-2-3, 2-3-1, 3-1-2.

De cada frase elegí la palabra que correspondía a ese número. El mensaje rezaba: JUEGO-ES-Y CUAL-UNA-BATALLA SEGUIRÁ-COMO-SIEMPRE.

Con la inconmovible seguridad que me proporcionaba mi estupor alcohólico, supe exactamente qué significaba. ¿Acaso no me había dicho Solarin que estábamos jugando una partida de ajedrez? Pero la adivina me había hecho su advertencia tres meses antes.

J'adoube. Te toco. Te coloco, Catherine Velis. Llámame y te contestaré y te mostraré cosas grandes y poderosas que no conoces. Porque se está desarrollando una batalla y tú eres un peón en el juego; una pieza en el tablero de ajedrez de la vida.

Sonreí, estiré las piernas y busqué el teléfono. Aunque no podía hablar con Nim, sí podía dejar un mensaje en su ordenador. Nim era un maestro de la descodificación, tal vez la mayor autoridad mundial. Había ofrecido conferencias y escrito libros sobre la materia, ¿no? No era sorprendente que me hubiera arrancado la nota de la mano cuando descubrí el esquema de versificación. Había comprendido enseguida que era una clave; pero el mal nacido había esperado a que lo descubriera por mí misma. Marqué el número y dejé mi mensaje de despedida: «Un peón avanza en dirección a Argel».

Después, mientras el cielo se iluminaba, decidí acostarme. No quería seguir pensando y mi cerebro estaba de acuerdo conmigo. Estaba apartando con el pie la correspondencia que había dejado en el suelo, cuando vi un sobre sin sello ni dirección. Lo habían entregado en mano y no reconocí la letra ornamentada en que estaba escrito mi nombre. Lo cogí y lo abrí. Dentro había una tarjeta grande y gruesa. Me senté en la cama para leerla.

Mi querida Catherine:

He disfrutado de nuestro breve encuentro. No podré hablar con usted antes de su partida, porque yo mismo salgo de la ciudad y estaré fuera varias semanas.

Después de nuestra charla he decidido enviar a Lily con usted a Argel. Dos cabezas son mejor que una cuando se trata de resolver acertijos. ¿No lo cree?

A propósito, olvidé preguntarle... ¿disfrutó de su encuentro con mi amiga la pitonisa? Le envía el siguiente saludo: bienvenida al juego.

Con todo mi cariño,

MORDECAI RAD

EL DESARROLLO

Una y otra vez encontramos en las literaturas antiguas leyendas sobre juegos sabios y misteriosos que concibieron y a los que jugaban eruditos, monjes o los cortesanos de los príncipes cultivados. Podían tomar la forma de juegos de ajedrez en los que las piezas y cuadrados tenían significados secretos, además de sus funciones habituales.

HERMANN HESSE,
El juego de los abalorios

Juego el juego por el juego mismo.

SHERLOCK HOLMES

Argel, abril de 1973

Era uno de esos crepúsculos azul lavanda resplandeciente de principio de primavera. El mismo cielo parecía canturrear mientras el avión describía círculos a través de la delgada bruma que se elevaba desde las costas del Mediterráneo. Debajo de mí estaba Argel.

La llamaban Al-Yezair Beida. La Isla Blanca. Parecía haber surgido del mar como una ciudad fabulosa, un espejismo. Los siete picos de leyenda estaban atestados de edificios blancos que caían unos sobre otros como el glaseado de un pastel de bodas. Hasta los árboles tenían formas exóticas y colores que no eran de este mundo.

Esa era la ciudad blanca que iluminaba el camino de entrada al Continente Negro. Allá abajo, detrás de la fachada resplandeciente, estaban las piezas del misterio por descubrir, por el cual había atravesado medio mundo. Mientras mi avión descendía sobre el agua, sentí que estaba a punto de aterrizar, no en Argel, sino en el primer escaque, el que me llevaría al corazón mismo del juego.

El aeropuerto de Dar-el-Beida (el Palacio Blanco) está en el borde mismo de Argel y su corta pista llega hasta el Mediterráneo.

Cuando bajamos del avión, una hilera de palmeras se balanceaban como largas plumas con la brisa fresca y húmeda ante el edificio de dos plantas. El aire estaba perfumado de jazmín. A lo largo de la parte frontal del bajo edificio de vidrio había una pancarta escrita a mano: aquellas florituras, puntos y rayas que parecían pinturas japonesas fueron mi primer encuentro con el árabe clásico. Debajo de esas letras las palabras impresas traducían: *Bienvenue en Algérie.*

Habían apilado el equipaje sobre el pavimento para que identificáramos nuestras maletas. Un mozo de cuerda puso la mía en un carrito metálico mientras yo seguía al grupo de pasajeros al interior del aeropuerto. Al incorporarme a la cola de inmigración pensé cuán lejos había llegado desde aquella noche, hacía apenas una semana, en que había renunciado a dormir hasta descifrar la profecía de la pitonisa. Y había cubierto esa distancia sola.

No por elección. Por la mañana, después de descifrar el poema, había intentado frenéticamente ponerme en contacto con cualquiera de mi variopinta colección de amigos, pero parecía haber una conspiración de silencio. Cuando llamé al apartamento de Harry, Valérie, la doncella, me dijo que Lily y Mordecai estaban encerrados estudiando los misterios del ajedrez. Harry había salido de la ciudad para llevar el cuerpo de Saul a unos parientes lejanos que había localizado en Ohio u Oklahoma... en algún lugar del interior. Aprovechando su ausencia, Llewellyn y Blanche habían partido hacia Londres para derrochar el dinero comprando antigüedades. Nim seguía enclaustrado, por decirlo así, y no contestaba ninguno de mis mensajes urgentes.

El sábado por la mañana, mientras me peleaba con los de la mudanza, que hacían lo imposible por envolver mis trastos con papel de regalo, apareció Boswell ante mi puerta con una caja «de parte del encantador caballero que estuvo aquí el otro día».

La caja estaba llena de libros y tenía una nota que ponía: «Reza en busca de guía y lávate detrás de las orejas». La firmaban «Las Hermanas de la Misericordia». Metí los libros en mi bolso y no volví a pensar en ellos. ¿Cómo podía saber que esos volúmenes que descansaban en mi bolso como una bomba de relojería tendrían una influencia tan grande en lo que pronto sucedería? Nim sí lo sabía. Tal vez siempre lo había sabido. Incluso antes de poner sus manos en mis hombros y decir «*J'adoube*».

En la mezcla ecléctica de viejos y mohosos libros de bolsillo estaba *La leyenda de Carlomagno*, así como obras sobre ajedrez, cuadrados mágicos e investigaciones matemáticas de todos los sabores y variedades posibles. También había un aburrido libro sobre pronósticos bursátiles titulado *Los números de Fibonacci*, escrito, quién lo iba a decir, por el doctor Ladislaus Nim.

No puedo afirmar que me convertí en una experta en ajedrez durante el vuelo de seis horas entre Nueva York y París, pero lo cierto es que aprendí mucho sobre el ajedrez de Montglane y el papel que había desempeñado en el derrumbe del imperio de Carlomagno. Aunque jamás se mencionaba por su nombre, este juego de ajedrez estaba relacionado con la muerte de no menos de media docena de reyes, príncipes y cortesanos, que perecieron por culpa de esas piezas de oro macizo. Algunos de estos crímenes dieron pie a guerras, y al morir Carlomagno sus propios hijos destruyeron el Imperio franco en su lucha por lograr la posesión del misterioso juego de ajedrez. En ese punto Nim había escrito una nota al margen: «Ajedrez, el más peligroso de los juegos».

Había estado aprendiendo algo de ajedrez por mi cuenta la semana anterior antes de que Nim me enviara los libros: lo bastante para conocer la diferencia entre táctica y estrategia. La táctica eran los movimientos que permitían tomar una posición, mientras que la estrategia era la forma en que se ganaba la partida. Cuando llegué a París, esta información me serviría de mucho.

Al otro lado del Atlántico, la sociedad Fulbright Cone no había perdido la pátina de traición y corrupción largamente probadas. Tal vez hubiera cambiado el idioma pero sus movimientos seguían siendo los mismos. Cuando llegué a la oficina de París, me anunciaron que tal vez el negocio quedara en nada. Al parecer no habían conseguido que los chicos de la OPEP firmaran un contrato.

Según dijeron, habían estado días y días esperando en diversos ministerios de Argel, yendo y viniendo de París, para regresar siempre con las manos vacías.

Jean-Philippe Pétard, el socio principal, iba a ocuparse personalmente del asunto. Advirtiéndome de que no hiciera nada hasta que él llegara a Argel el fin de semana, me aseguró que la sucursal francesa seguramente me encontraría «algo» que hacer cuando las cosas hubieran vuelto a su cauce. Su tono parecía insinuar que ese «algo» podría ser un poco de mecanografía, limpieza de suelos y ventanas y tal vez el repaso de algunos baños. Pero yo tenía otros planes.

La sucursal francesa no tenía un contrato firmado con el cliente, pero yo tenía un billete de avión a Argel y una semana allí sin supervisión inmediata.

Mientras salía de la oficina de Fulbright Cone en París y paraba un taxi, decidí que Nim tenía razón al afirmar que debía aguzar mi instinto asesino. Llevaba demasiado tiempo usando tácticas para maniobras inmediatas y no lograba distinguir entre las piezas y el tablero. ¿Habría llegado el momento de retirar las piezas que me impedían ver?

Aguardé casi media hora en la cola de inmigración en Dar-el-Beida antes de que me llegara el turno. Avanzábamos como hormigas entre las vallas de metal hasta llegar al control de pasaportes.

Por fin llegué ante la cabina de vidrio. El oficial miró mi visado argelino, con su pequeña etiqueta oficial roja y blanca y la enorme firma que cubría casi la página azul. Lo observó bastante tiempo antes de mirarme con una expresión extraña.

—Viaja sola —dijo en francés. No era una pregunta—. Tiene un visado de *affaires*, mademoiselle. ¿Y para quién trabaja?

(*Affaires* quiere decir «negocios». ¡Muy propio de los franceses matar dos pájaros de un tiro!)

—Para la OPEP —respondí en mi deficiente francés, y antes de que pudiera continuar puso un sello que decía «Dar-el-Beida» sobre mi visado. Hizo un gesto con la cabeza a un mozo de cuerda que estaba apoyado contra la pared. Este se acercó mientras el oficial de inmigración echaba un vistazo al resto del visado y me entregaba el formulario de aduanas—. OPEP —repitió—. Muy bien. Por favor, indique en ese formulario los objetos de oro y el dinero que lleva consigo...

Mientras llenaba el impreso, observé que murmuraba algo al mozo de cuerda, señalándome con la cabeza. El otro me miró, asintió y se alejó.

—¿Y su lugar de residencia durante su estancia? —preguntó el oficial cuando le devolví mi declaración por debajo del vidrio.

—Hotel El Riadh —contesté.

El mozo de cuerda se había dirigido al fondo de la sala y, después de volver la cabeza para mirarme, golpeó la puerta de vidrio ahumado de una oficina solitaria. Salió un hombre fornido. Ahora ambos me miraban. No eran imaginaciones mías. Y el tipo llevaba un arma en la cadera.

—Sus papeles están en regla —me dijo el oficial de inmigración—. Ahora puede dirigirse a la aduana.

Murmuré una frase de agradecimiento, cogí mis papeles y recorrí el angosto pasillo hacia un cartel donde se leía «*Douanier*». Desde lejos vi mi equipaje sobre una cinta transportadora inmóvil y cuando me encaminaba hacia allí, se me acercó el mozo de cuerda que había estado mirándome.

—*Pardon, mademoiselle* —dijo educadamente, en voz tan baja que nadie más podía oírle—. ¿Tiene la bondad de acompañarme? —Señaló la puerta de vidrio ahumado. El hombre fornido seguía allí, acariciando el arma que colgaba de su cintura. El corazón se me encogió.

—¡Por supuesto que no! —exclamé en inglés, y me volví hacia mi equipaje.

—Me temo que debo insistir —dijo poniéndome una mano en el brazo.

Traté de recordar que en mi trabajo era conocida por tener nervios de acero, pero sentía que me invadía el pánico.

—No comprendo cuál es el problema —dije, esta vez en francés, mientras le apartaba la mano.

—*Pas de problème* —aseguró en voz baja, sin apartar la vista de mis ojos—. El *chef de sécurité* desea hacerle unas preguntas, eso es todo. No serán más que unos minutos. Sus maletas están seguras. Yo mismo las vigilaré.

No era el equipaje lo que me preocupaba. Sencillamente no me apetecía abandonar el suelo resplandeciente de la aduana para entrar en un despacho sin identificación vigilado por un hombre armado. Pero al parecer no tenía elección. El mozo me acompañó hasta la oficina y el pistolero se hizo a un lado para dejarme entrar.

Era un cuarto diminuto, apenas lo bastante grande para albergar el escritorio de metal y dos sillas. Cuando entré, el hombre que estaba detrás del escritorio se puso en pie para saludarme. Tenía unos treinta y cinco años, era musculoso, de piel atezada y guapo. Se movía como un gato en torno al escritorio y los músculos se destacaban contra las líneas perfectas de su impecable traje oscuro confeccionado a medida. Con su espeso cabello negro peinado hacia atrás, la piel aceitunada, la nariz recta y la boca bien dibujada, hubiera podido pasar por un gigoló italiano o una estrella de cine francés.

—Eso es todo, Achmet —dijo con voz suave al matón armado que seguía detrás de mí.

Achmet se retiró cerrando la puerta sin hacer ruido.

—Mademoiselle Velis, supongo —dijo mi anfitrión indicándome con un gesto la silla enfrente de la suya—. La estaba esperando.

—¿Cómo dice? —pregunté sin sentarme, mirándolo a la cara.

—Lo siento, no es mi intención ser misterioso. —Sonrió—. Mi oficina revisa todos los visados que se tramitan. No hay muchas mujeres que soliciten visados comerciales; en realidad, tal vez sea usted la primera. Debo confesar que sentía curiosidad por conocer a una mujer así...

—Bueno, ahora que ha satisfecho su curiosidad... —dije, volviéndome hacia la puerta.

—Mi querida señorita —dijo al ver que intentaba huir—, siéntese, por favor. No soy un ogro; no voy a comérmela. Soy el *chef de sécurité.* Me llaman Sharrif. —Sus dientes blanquísimos destellaron en una sonrisa arrebatadora mientras yo me sentaba de mala gana en la silla que me había ofrecido dos veces—. ¿Puedo decir que su conjunto de safari es de lo más favorecedor? No solo es elegante, sino también muy adecuado para un país con tres mil kilómetros de desierto. ¿Piensa visitar el Sahara durante su estancia, mademoiselle? —agregó mientras se sentaba detrás del escritorio.

—Iré a donde me envíe mi cliente —respondí.

—Ah, sí, su cliente —repitió el marrullero personaje—. El doctor Kader, Émile Kamel Kader, el ministro del petróleo. Un viejo amigo. Debe transmitirle mis saludos más afectuosos. Recuerdo que fue él quien avaló su visado. ¿Me permite ver su pasaporte, por favor?

Ya había extendido la mano y atisbé el destello de un gemelo de oro que debía de haber confiscado en aduanas. No hay muchos funcionarios de aeropuerto que ganen tanta pasta.

—Es una simple formalidad. En cada vuelo, elegimos a una persona al azar para hacer un registro más minucioso que el que se realiza en aduanas. Puede no volver a sucederle en veinte viajes o en cien...

—En mi país solo se hace pasar a las oficinas privadas de los aeropuertos a los sospechosos de contrabando —repuse.

Estaba tentando a la suerte y lo sabía, pero no me dejaba engañar por el relumbrón del personaje, sus gemelos de oro o sus dientes de estrella de cine. De todo el avión yo era la única persona a quien habían llamado y registrado. Había visto las caras de los funcionarios mientras cuchicheaban y me miraban desde lejos. Iban a por mí. Y no solo porque en un país musulmán sintieran curiosidad por una mujer de negocios.

—Ah, ¿teme que crea que es usted contrabandista? —preguntó—. ¡Por desgracia para mí, la ley del Estado establece que solo las funcionarias pueden registrar a una dama! No, solo deseo ver su pasaporte... al menos por ahora. —Lo examinó con gran interés—. Nunca habría adivinado su edad —agregó—. No parece tener más de dieciocho años y sin embargo veo que acaba de cumplir... veinticuatro. ¡Qué interesante! ¿Sabía que el día de su cumpleaños, 4 de abril, es una festividad islámica?

En ese momento recordé las palabras de la pitonisa; cuando me dijo que no mencionara mi cumpleaños, no pensé en cosas como pasaportes y permisos de conducir.

—Espero no haberla asustado —añadió, mirándome de manera extraña.

—En absoluto —afirmé con indiferencia—. Y ahora, si ha terminado...

—Tal vez le interese saber más —continuó, melifluo como un gato, mientras se estiraba para coger mi bolso.

Sin duda era otra formalidad, pero yo empezaba a sentirme muy incómoda. «Estás en peligro —decía una voz dentro de mí—. No confíes en nadie, mira siempre hacia atrás, porque está escrito: "El cuarto día del cuarto mes vendrá el Ocho".»

—Cuatro de abril —murmuraba para sí Sharrif, mientras sacaba del bolso un pintalabios, un peine y un cepillo y los dejaba con cuidado sobre el escritorio, como pruebas en un juicio por asesinato—. En al-Islam, lo llamamos el día de Curación. Tenemos dos maneras de contar el tiempo: el año islámico, que es un año lunar, y el año solar, que empieza el 21 de marzo del calendario occidental. Cada uno de ellos tiene muchas tradiciones. Cuando se inicia el año solar —prosiguió, sacando libretas, plumas y lápices de mi bolso y ordenándolos en hileras—, Mahoma nos dice que debemos recitar el Corán diez veces al día durante la primera semana. Durante la segunda semana, al levantarnos cada día debemos echar nuestro aliento sobre un cuenco de agua y beberla. Entonces, en el octavo día —añadió Sharrif mirándome súbitamente, como si esperara sorprenderme hurgándome la nariz; sonrió e intenté devolverle la sonrisa—, es decir, en el octavo día de la segunda semana de este mes mágico, cuando todos los rituales se han cumplido, la persona queda curada, sean cuales sean sus enfermedades. Esto sería el 4 de abril. Se cree que las personas que han nacido ese día tienen grandes poderes para curar a los demás… casi como si… Naturalmente, como occidental que es, dudo que le interesen estas supersticiones.

¿Era mi imaginación o el hombre no me observaba como un gato al ratón? Yo estaba cambiando la expresión de mi cara cuando lanzó una exclamación que me sobresaltó.

—¡Ah! —Con un rapido movimiento de la muñeca arrojó algo sobre la mesa—. ¡Veo que le interesa el ajedrez!

Era el pequeño ajedrez magnético de Lily, que había quedado olvidado al fondo de mi bolso. A continuación Sharrif comenzó a sacar los libros y a apilarlos sobre el escritorio después de leer el título.

—Juegos matemáticos de ajedrez… ¡ah! ¡*Los números de Fibonacci!* —exclamó con esa sonrisa que me hacía sospechar que se estaba burlando de mí. Señalaba el aburrido libro de Nim—. ¿De modo que le interesan las matemáticas? —preguntó mirándome fijamente.

—No mucho —contesté. Me puse en pie y empecé a guardar mis pertenencias en el bolso mientras Sharrif me las tendía.

Parecía increíble que una joven flacucha pudiera arrastrar por medio mundo tanta basura inservible. Pero allí estaba.

—¿Qué sabe sobre los números de Fibonacci? —inquirió mientras yo seguía llenando el bolso.

—Se usan para realizar pronósticos bursátiles —murmuré—. Los teóricos de las ondas de Elliott los utilizaban para prever los valores al alza y a la baja… Es una teoría desarrollada por un tipo llamado R. N. Elliott en los años treinta…

—Entonces, ¿no conoce al autor? —me interrumpió Sharrif. Noté que palidecía mientras lo miraba, con la mano paralizada sobre el libro.

—Me refiero a Leonardo Fibonacci —agregó Sharrif mirándome con semblante serio—, un italiano nacido en Pisa en el siglo XII, pero educado aquí, en Argel. Era un brillante matemático de aquel moro famoso, Al-Juarizmi, que ha dado su nombre al algoritmo. Fibonacci introdujo en Europa la numeración arábiga, que reemplazó a los antiguos números romanos…

Maldición. Debía haber comprendido que Nim no iba a darme un libro solo para que me entretuviera, aun cuando lo hubiera escrito él mismo. Hubiera deseado saber de qué trataba antes de que Sharrif iniciara su pequeño interrogatorio. En mi cabeza parpadeaba una lucecita, pero no conseguía interpretar lo que transmitía en Morse.

¿Acaso no me había instado Nim a estudiar los cuadrados mágicos? ¿Acaso no había inventado Solarin una fórmula para el recorrido del caballo? ¿Acaso la profecía de la adivina no se interpretaba a través de números? ¿Por qué era tan obtusa que no sabía sumar dos y dos?

Recordé que había sido un moro quien había regalado el ajedrez de Montglane a Carlomagno. Yo no era un genio de las matemáticas pero había trabajado con ordenadores lo bastante para saber que los moros habían introducido en Europa prácticamente todos los descubrimientos matemáticos importantes desde que conquistaron Sevilla en el siglo VIII. Era evidente que la búsqueda del fabuloso juego de ajedrez tenía algo que ver con las matemáticas, pero ¿qué? Sharrif me había dicho más de lo que yo le había dicho a él, pero no conseguía ordenar los datos. Arranqué de entre sus dedos el último libro y lo deposité en mi bolso.

—Como estará un año en Argel —dijo—, tal vez podamos jugar una partida en alguna ocasión. Fui aspirante al título persa en la categoría juvenil…

—Tal vez le interese aprender una expresión occidental —dije volviendo la cabeza mientras me dirigía hacia la puerta—. No nos llame… ya lo llamaremos nosotros.

Abrí la puerta. Achmet, el matón, se mostró sorprendido al verme y miró a Sharrif, que estaba poniéndose de pie. Cerré la puerta a mis espaldas y el vidrio tembló. No miré hacia atrás.

Me dirigí a toda prisa hacia las aduanas. Al abrir mis maletas delante del aduanero comprendí por su indiferencia y por el ligero desorden del contenido que el hombre ya las había registrado. Las cerró y las marcó con tiza.

Para entonces el aeropuerto estaba casi desierto, pero por suerte la oficina de cambio seguía abierta. Después de cambiar algún dinero llamé a un mozo de cuerda y salí en busca de un taxi. Volví a sentir la pesadez del aire balsámico. El aroma del jazmín lo invadía todo.

—Al hotel El Riadh —dije al conductor mientras subía al coche de un salto, y partimos por el bulevar de iluminación ambarina que llevaba a Argel.

El rostro del chófer, viejo y nudoso como madera de secuoya, me miró inquisitivamente por el espejo retrovisor.

—¿Ha estado antes en Argel, madame? —preguntó—. Si lo desea, puedo ofrecerle un breve recorrido por la ciudad por cien dinares. Incluido el viaje a El Riadh, por supuesto.

El hotel estaba a más de treinta kilómetros, al otro lado de Argel, y cien dinares eran solo veinticinco dólares, de modo que acepté. Cruzar el centro de Manhattan en hora punta podía salir más caro.

Circulábamos por el bulevar principal. A un lado se extendía una majestuosa hilera de gordas palmeras datileras, y al otro, las altas arcadas coloniales de los edificios que daban al puerto de Argel. Se percibía el olor salobre y húmedo del mar.

En el centro del puerto, frente al elegante hotel Aletti, nos desviamos hacia una avenida que ascendía por una colina empinada.

253

A medida que subíamos, los edificios parecían de mayor tamaño y se cerraban alrededor de nosotros. Eran casas coloniales imponentes, encaladas, construidas antes de la guerra y parecían, suspendidas en la oscuridad, como fantasmas que susurraran por encima de nuestras cabezas. Estaban tan cerca unas de otras que impedían ver el cielo estrellado.

Reinaban la oscuridad y el silencio. Las escasas farolas proyectaban sombras de árboles retorcidos en las paredes blancas. La carretera se tornaba más estrecha y empinada mientras serpenteaba hacia el corazón de Al-Yezair. La Isla.

A mitad del camino de ascenso, la calzada se ensanchaba un poco y se aplanaba para formar una plaza circular, con una fuente en el medio, que parecía marcar el punto central de esa ciudad vertical. Al doblar la curva vi el laberinto de calles que constituían la parte superior de la ciudad. Un coche que venía detrás de nosotros giró también, mientras los débiles faros del taxi penetraban la densa oscuridad.

—Alguien nos sigue —dije al conductor.

—Sí, madame. —Me miró por el espejo retrovisor con una sonrisa nerviosa, y sus incisivos de oro destellaron un instante en el reflejo de los faros que nos seguían—. Han estado siguiéndonos desde el aeropuerto. ¿Tal vez es usted una espía?

—No sea ridículo.

—El coche que nos sigue es el del *chef de sécurité*.

—¿El jefe de seguridad? Hablé con él en el aeropuerto. Sharrif.

—El mismo —afirmó el conductor, cuyo nerviosismo aumentaba a medida que pasaban los minutos.

Nos hallábamos en el punto más alto de la ciudad y la carretera se estrechaba hasta convertirse en una cinta fina que discurría peligrosamente a lo largo del borde del acantilado que dominaba Argel. El taxista miró hacia abajo mientras el coche que nos perseguía, largo y negro, doblaba la curva justo debajo de nosotros.

Sobre las onduladas colinas se extendía la ciudad, un laberinto de calles tortuosas que descendían como dedos de lava hacia la media luna de luces que señalaban el puerto. Más allá, en las negras aguas de la bahía, los barcos iluminados se balanceaban en el mar tranquilo.

El taxista apretaba el acelerador. Cuando doblamos la siguiente curva, Argel desapareció por completo y quedamos sumidos en la oscuridad. Pronto la carretera se adentró en un agujero negro, un bosque frondoso e impenetrable en el que el intenso olor de los pinos se imponía al aroma salobre del mar. Ni siquiera la luz pálida y tenue de la luna atravesaba la espesa cúpula que formaban las copas de los árboles.

—Es poco lo que podemos hacer ahora —dijo el conductor sin dejar de mirar hacia atrás mientras cruzaba el bosque solitario. Yo hubiera preferido que no apartara la vista de la carretera—. Ahora estamos en la zona llamada Les Pins. Hasta El Riadh no hay más que pinos. Es un atajo.

La carretera que atravesaba el pinar bajaba y subía colinas como una montaña rusa. Cuando el conductor aumentó la velocidad, me pareció que el vehículo se elevaba de la calzada cada vez que llegaba a lo alto de un promontorio. No se veía nada.

—No tengo prisa —comenté sujetándome al asiento para no golpearme la cabeza contra el techo—. ¿Por qué no va más despacio?

El otro coche todavía nos seguía.

—Este hombre… Sharrif —dijo el taxista con voz temblorosa—, ¿sabe por qué la ha interrogado en el aeropuerto?

—No me interrogó —le corregí poniéndome a la defensiva—. Solo quería hacerme unas preguntas. Al fin y al cabo, no hay muchas mujeres que vengan a Argel por negocios. —Mi risa me sonó forzada incluso a mí—. Los de inmigración pueden hacer preguntas a quien quieran, ¿no?

—Madame —dijo el conductor meneando la cabeza y mirándome de manera extraña por el espejo retrovisor, donde se reflejaban los faros del otro coche—, ese hombre, Sharrif, no trabaja para inmigración. Su trabajo no consiste en dar la bienvenida a Argel. No ha hecho que la sigan para asegurarse de que llega sana y salva al hotel —agregó, permitiéndose el chiste, pese a que aún le temblaba la voz—. Su trabajo es más importante que eso.

—¿De veras? —pregunté, sorprendida.

—No se lo dijo —observó el taxista, sin dejar de mirar el espejo con expresión asustada—. Ese Sharrif es el jefe de la policía secreta.

Según la descripción del taxista, la policía secreta era una mezcla del FBI, la CIA, el KGB y la Gestapo. El hombre se mostró más que aliviado cuando nos detuvimos ante el hotel El Riadh, un edificio bajo y elegante rodeado de espeso follaje, con un pequeño estanque y una fuente en la entrada. El largo sendero que conducía a la puerta se internaba en un bosquecillo donde parpadeaban numerosas luces.

Al bajar del taxi vi los faros del otro coche, que giraba para adentrarse de nuevo en la oscura arboleda. Las nudosas manos del taxista temblaban mientras cogía mis maletas para llevarlas al interior del hotel.

Lo seguí y le pagué. Cuando se fue, di mi nombre al recepcionista. El reloj que había tras el mostrador señalaba las diez menos cuarto.

—Lo siento muchísimo, madame —dijo el conserje—. No tengo reserva a su nombre. Y por desgracia no tenemos ni una habitación libre.

Sonrió y se encogió de hombros, tras lo cual me dio la espalda y se dedicó a sus papeles. Justo lo que me faltaba. Había observado que no había precisamente una hilera de taxis ante el aislado El Riadh, y caminar de regreso a Argel, con el equipaje a cuestas, a través del pinar lleno de policías no se me antojaba demasiado divertido.

—Tiene que haber un error —dije en voz alta—. Mi reserva se confirmó hace más de una semana.

—Debió de ser en otro hotel —repuso el hombre con esa sonrisa cortés que parecía ser una característica nacional. Y volvió a darme la espalda.

Se me ocurrió que la situación podía encerrar una lección para la astuta ejecutiva. Tal vez esa espalda indiferente era un simple preludio, un preliminar para el acto del regateo al estilo árabe. Quizá había que regatear por todo, no solo por los contratos de asesoría, sino también por una reserva de hotel confirmada. Decidí que merecía la pena probar suerte. Saqué del bolsillo un billete de cincuenta dinares y lo puse sobre el mostrador.

—¿Tendría la amabilidad de guardar mis maletas tras el mostrador? Sharrif, el jefe de seguridad, espera encontrarme aquí… Por favor, cuando llegue, dígale que estoy en el salón.

No era del todo mentira. Sharrif esperaría encontrarme allí, ya que sus matones me habían seguido hasta la puerta. Y no era probable que el conserje telefoneara a un tipo como Sharrif para preguntarle qué planes tenía esa noche.

—Oh, madame, perdóneme, por favor —exclamó el conserje mirando rápidamente el libro y, según advertí, guardándose el dinero con un diestro movimiento—. Acabo de darme cuenta de que tenemos una reserva a su nombre. —Hizo una anotación y me miró con la misma sonrisa encantadora—. ¿Quiere que el botones lleve las maletas a su habitación?

—Sí, por favor —respondí. Di unos billetes al botones que se acercaba al trote y añadí—: Mientras tanto, echaré un vistazo por aquí. Por favor, entrégueme la llave en el salón cuando haya terminado.

—Muy bien, madame —dijo el conserje, sonriente.

Cogí mi bolso y me encaminé hacia el salón a través del vestíbulo, que cerca de la entrada era de techo bajo y estilo moderno. Sin embargo, cuando doblé una esquina se abrió en un espacio vasto que semejaba un atrio. Las paredes encaladas se curvaban y elevaban quince metros hacia la cúpula, donde unos agujeros permitían ver el cielo estrellado.

Al otro lado del magnífico vestíbulo, suspendida a unos nueve metros por encima de la pared opuesta, estaba la terraza del salón, que daba la impresión de flotar en el espacio. Por el borde caía una cascada, que parecía no surgir de ninguna parte. Descendía como una cortina de agua que aquí y allá formaba espuma al chocar contra los salientes de piedra, para por último ir a parar a un gran estanque abierto en el pulido suelo de mármol del vestíbulo.

A cada lado de la cascada había escaleras a cielo abierto que ascendían desde el vestíbulo hasta el salón curvándose como una doble hélice. Crucé el vestíbulo y empecé a subir por la escalera de la izquierda. Por los orificios practicados en las paredes entraban las ramas de árboles silvestres en flor. Hermosos tapices de exquisitos colores caían quince metros por el hueco de la escalera para depositarse en el fondo formando bellos pliegues.

Los suelos de mármol pulido creaban sorprendentes dibujos de distintas tonalidades. Aquí y allá había rincones íntimos con gruesas alfombras persas, bandejas de cobre, otomanas de cuero, lujosas esteras de piel y samovares de bronce. Aunque el salón era muy amplio, con grandes ventanas que daban al mar, tenía un aire de intimidad.

Sentada en una cómoda otomana, llamé a un camarero, que me recomendó la cerveza local. Todas las ventanas estaban abiertas y desde la alta terraza de piedra entraba una brisa húmeda. El suave rumor de las olas del mar era hipnótico. Por primera vez desde mi salida de Nueva York me sentí relajada.

El camarero se acercó con una bandeja, en la que traía una jarra de cerveza y la llave de mi habitación.

—Madame, encontrará su habitación al otro lado de los jardines —dijo señalando un espacio oscuro al fondo de la terraza, que no pude ver bien bajo la tenue luz de la luna—. Siga el laberinto de arbustos hasta la ipomea, que tiene pimpollos muy perfumados. La habitación cuarenta y cuatro está justo detrás. Tiene entrada particular.

La cerveza sabía a flores. No era dulce, sino más bien aromática, con un ligero regusto a madera. Pedí otra. Mientras la bebía, pensé en el extraño interrogatorio de Sharrif, pero decidí desechar todas las suposiciones hasta que me hubiera empapado del tema que —ahora me daba cuenta— Nim quería que empollara. Así pues, me puse a pensar en mi trabajo. ¿Qué estrategia utilizaría cuando a la mañana siguiente acudiera al ministerio? Recordé los problemas que había tenido Fulbright Cone para tratar de lograr la firma del contrato. Era una historia rara.

La semana anterior, el ministro de Industria y Energía, un tal Abdelsalam Belaid, había aceptado una reunión. Sería una ceremonia oficial para firmar el contrato, de modo que seis socios volaron a Argel, con grandes costes para la empresa, con una caja de Dom Pérignon, y al llegar al ministerio se enteraron de que el ministro Belaid había salido del país «en viaje oficial». Aceptaron de mala gana una entrevista con el segundo del ministerio, un tal Émile Kamel Kader (el mismo Kader que había dado el visto bueno a mi visado, según observó Sharrif).

Mientras esperaban en una de las innumerables antesalas a que Kader tuviera tiempo para recibirlos, advirtieron que un grupo de banqueros japoneses recorría el pasillo y entraba en un ascensor. Entre ellos se encontraba el ministro Belaid, el que había salido «en viaje oficial».

Los socios de Fulbright Cone no estaban acostumbrados a que los dejaran plantados, sobre todo si eran seis y, en todo caso, no de manera tan descarada. Estaban dispuestos a quejarse en cuanto entraran en el despacho de Émile Kamel Kader, pero, cuando por fin lo hicieron, este saltaba por la habitación con pantaloncillos de tenis y polo, blandiendo una raqueta. «Lo siento muchísimo —les dijo—, pero hoy es lunes. Y los lunes siempre juego un set con un viejo compañero de estudios. No puedo faltar a la cita.» Y allá se fue, dejando a seis socios de Fulbright Cone con un palmo de narices.

Me moría de ganas de conocer a los tipos que habían dejado plantados a los socios de mi ilustre empresa. Supuse que era otra estrategia del método árabe del trueque. Pero si seis socios no habían conseguido la firma del contrato, ¿cómo podía hacerlo yo?

Cogí la jarra de cerveza y salí a la terraza. Contemplé el oscuro jardín que, como había dicho el camarero, se extendía entre el hotel y el mar como un laberinto. Había senderos de grava blanca que separaban arriates de cactus, flores y arbustos, plantas tropicales y del desierto, todo mezclado.

En el extremo del jardín que bordeaba la playa había una terraza de mármol con una piscina enorme que resplandecía como una turquesa a causa de las lámparas que la iluminaban por debajo del agua. Entre la piscina y el mar se extendían varios muros blancos y curvos unidos por arcos de formas extrañas, a través de los cuales se veía la playa de arena y las blancas olas que iban y venían. Junto a la pared que recordaba una telaraña, se levantaba una torre de ladrillos con cúpula bulbiforme, de esas desde las cuales el muecín llama a la oración vespertina.

Cuando volvía la mirada hacia el jardín lo vi. Fue solo un atisbo, una luz parpadeante que venía de la piscina, el reflejo en los radios de la rueda de una bicicleta. Después desapareció detrás del follaje.

Me quedé inmóvil en lo alto de la escalera, observando el jardín, la piscina y la playa, y con el oído aguzado. Pero no percibí sonido alguno. Ni un movimiento. De pronto alguien apoyó la mano en mi hombro. Casi me desplomo.

—Perdón, madame —dijo el camarero mirándome con expresión extraña—. El conserje me ha pedido que le informe de que esta tarde, antes de su llegada, recibió correspondencia para usted. Había olvidado mencionarlo. —Me tendió un sobre que parecía un

télex y un periódico envuelto en papel marrón—. Le deseo una feliz
velada —dijo, antes de retirarse.

Volví a mirar el jardín. Tal vez la imaginación me jugaba una
mala pasada. Al fin y al cabo, aunque hubiera visto lo que creía haber visto, la gente va en bicicleta tanto en Argel como en cualquier
otro lugar.

Regresé al salón iluminado y me senté con mi cerveza. Abrí el
télex, que rezaba: «Lee el periódico. Sección G5». No llevaba firma,
pero cuando desenvolví el periódico supuse quién lo había enviado.
Era la edición dominical del *New York Times*. ¿Cómo había llegado tan rápido? Los caminos de las Hermanas de la Misericordia eran
extraños y misteriosos.

Busqué la sección G5. Deportes. Había un artículo sobre el
torneo de ajedrez.

TORNEO DE AJEDREZ CANCELADO.

DUDAS SOBRE EL SUICIDIO

DE UN GRAN MAESTRO

El suicidio la semana pasada del maestro Antony Fiske, que
causó consternación en los círculos ajedrecísticos de Nueva
York, será investigado por el Departamento de Homicidios de la
policía de la ciudad. En una declaración hecha pública hoy, el juez
de instrucción afirma que es imposible que el maestro británico,
de sesenta y siete años, muriera por su propia mano. La muerte
se debió a «una fractura cervical, resultado de la presión simul-
tánea ejercida sobre la vértebra prominente (C7) y debajo de la
barbilla». Según el médico del torneo, doctor Osgood, que fue
el primero en examinar a Fiske y en expresar sus sospechas con
relación a la causa del fallecimiento, es imposible que un hombre
se produzca esa fractura, «a menos que esté de pie a su propia espalda mientras se rompe el cuello».

Alexander Solarin, gran maestro ruso, estaba jugando una
partida con Fiske cuando observó el «extraño comportamiento»
de este. La embajada soviética ha solicitado inmunidad diplomática para el polémico maestro, que una vez más ha desatado
un gran escándalo al rechazarla. (Véase artículo en página A6.)
Solarin fue la última persona que vio a Fiske con vida y ha prestado declaración ante la policía.

El patrocinador del torneo, John Hermanold, ha emitido un comunicado de prensa para explicar los motivos que le han llevado a cancelar el torneo. En dicho comunicado afirma que el gran maestro Fiske llevaba largo tiempo luchando contra su drogadicción, y señala que los informantes policiales que conocen los ambientes del tráfico de drogas podrían dar pistas posibles para el homicidio.

Para ayudar a la investigación, los coordinadores del torneo han proporcionado a la policía el nombre y dirección de las 63 personas, incluidos jueces y jugadores, que estaban presentes el domingo en la sesión a puerta cerrada en el Metropolitan Club.

(Para un análisis a fondo, véase la edición del *Times* del domingo próximo: «Antony Fiske, vida de un gran maestro».)

Así pues, se había descubierto todo el pastel y el Departamento de Homicidios de Nueva York investigaba. Me emocionó enterarme de que mi nombre estaba ahora en manos de la poli de Manhattan. Por otro lado, me sentí aliviada de que no pudieran hacer nada al respecto, salvo pedir mi extradición desde el norte de África. Me pregunté si Lily también habría escapado de la investigación. Indudablemente, Solarin no había podido. Pasé a la página A6 para obtener más detalles.

Me sorprendió encontrar una «Entrevista exclusiva» a dos columnas con este provocativo titular: «LOS SOVIÉTICOS NIEGAN SU INTERVENCIÓN EN LA MUERTE DEL GRAN MAESTRO BRITÁNICO». Me salté la paja, donde se describía a Solarin como un jugador carismático y misterioso, se resumía su carrera y se informaba de su brusca salida de España. El núcleo de la entrevista me dio más datos de los que esperaba.

En primer lugar, no era Solarin quien había negado la intervención de los soviéticos. Hasta ese momento no recordé que segundos antes del crimen él estaba solo en el lavabo con Fiske. En cambio los soviéticos lo tenían muy presente y, en un ataque de histeria, habían pedido la inmunidad diplomática. Solarin la había rechazado (sin duda conocía muy bien el procedimiento) y había manifestado su deseo de cooperar con las autoridades locales. Reí al leer su respuesta a la pregunta sobre la posible adicción a las drogas de Fiske: «Tal vez John [Hermanold] tenga información de primera mano. La autopsia no revela la presencia de sustancias químicas en su organismo». Sus palabras daban a entender que Hermanold era un mentiroso o un camello.

Cuando leí la descripción que Solarin ofrecía del crimen me quedé atónita. Según su testimonio, era prácticamente imposible que alguien, salvo él mismo, entrara en el lavabo para matar a Fiske. No había habido tiempo ni oportunidad, porque Solarin y los jueces habían cerrado el único camino de huida. Deseé conocer con más detalle el lugar de los hechos. Si lograba encontrar a Nim, todavía era posible. Mi amigo podía ir al club y pasarme la información.

Mientras tanto, me estaba entrando sueño. Mi reloj interior decía que eran las cuatro de la tarde en Nueva York. Cogí la llave y el correo y bajé por los escalones que daban al jardín. Pronto encontré la ipomea, de penetrante perfume, con su negro follaje lustroso, que trepaba por el muro. Sus flores, en forma de trompetas, eran como azucenas abiertas a la luz de la luna que despedían un olor intenso y sensual.

Subí los pocos escalones que llevaban a mi habitación y abrí la puerta. Las lámparas ya estaban encendidas. Era una habitación grande con suelo de baldosas de cerámica, paredes estucadas y amplias puertaventanas, desde donde se veía el mar detrás de la ipomea. Había una cama con gruesa colcha de lana, como la piel de una oveja, una alfombrilla del mismo material y escasos muebles.

El baño tenía una gran bañera, un lavabo, un inodoro y un bidet. No había ducha. Abrí el grifo y salió un agua rojiza. La dejé correr varios minutos, pero no cambió de color ni se calentó. Estupendo. Podía ser divertido bañarse en agua helada del color de la herrumbre.

Sin cerrar el grifo, regresé a la habitación y abrí el armario. Dentro estaba mi ropa, cuidadosamente colgada, y las maletas apiladas en el fondo. Pensé que al parecer en ese lugar disfrutaban revisando las pertenencias de otros. De todos modos, no había nada en mi equipaje que deseara ocultar. La desaparición de mi cartera en el edificio de la ONU me había enseñado una lección.

Descolgué el auricular y di al operador del hotel el número del ordenador de Nim en Nueva York. Me dijo que me llamaría en cuanto hiciese la conexión. Me desnudé y volví al lavabo. La bañera tenía ocho centímetros de limaduras de hierro. Suspirando, me sumergí en aquella porquería y me senté lo más dignamente posible.

Me enjaboné y, cuando me aclaraba, el teléfono empezó a sonar. Me envolví en una toalla raída, regresé al dormitorio y descolgué el auricular.

—Lo siento muchísimo —dijo el operador—, pero su número no contesta.

—¿Cómo es posible? —pregunté—. Es pleno día en Nueva York y es un teléfono comercial. Además, el ordenador de Nim estaba conectado las veinticuatro horas.

—No, madame, es la *city* la que no contesta.

—¿La *city*? ¿La ciudad de Nueva York no contesta? —No podían haberla borrado del mapa en un día—. No habla en serio. ¡En Nueva York hay diez millones de personas!

—Tal vez la operadora se haya ido a la cama, madame —razonó con calma—. O ya que dice que es de día, se habrá ido a comer.

Bienvenue en Algérie, pensé. Di las gracias al operador, colgué y recorrí la habitación apagando las lámparas. Después fui hacia los ventanales y los abrí para que la fragancia de la ipomea llenara el dormitorio.

Me quedé un rato mirando las estrellas sobre el mar. Parecían tan remotas y frías como piedras pegadas a una tela azul marino. Y sentí cuán lejos me encontraba yo, la gran distancia que me separaba de la gente y las cosas que conocía. Cómo había entrado, sin sentirlo, en otro mundo.

Finalmente volví a entrar. Me deslicé entre las sábanas húmedas y me dormí, mirando las estrellas suspendidas sobre la costa del continente africano.

♟

Cuando oí el primer ruido y abrí los ojos en la oscuridad, pensé que había estado soñando. La esfera luminosa del reloj que había junto a la cama señalaba las doce y veinte. En mi apartamento de Nueva York no había reloj, de modo que comprendí dónde estaba y di media vuelta para volver a dormir. Entonces oí de nuevo el ruido al otro lado de la ventana: el chirrido lento y metálico de las ruedas de una bicicleta.

Como una idiota, había dejado abierta la ventana que daba al mar. Allí, oculta entre las hojas de la ipomea e iluminada por la luna, distinguí la silueta de un hombre, con una mano en el manillar de una bicicleta. ¡De modo que no había sido mi imaginación!

Mientras me levantaba de la cama y caminaba sigilosamente en la oscuridad hacia la ventana para cerrarla, percibí los latidos lentos y sonoros de mi corazón. Comprendí al instante que había dos problemas: para empezar, no tenía idea de dónde estaban los cerrojos de la ventana (caso de que existieran) y, en segundo lugar, estaba desnuda. Maldición. Ya era demasiado tarde para saltar por el dormitorio buscando un camisón, así que corrí hacia la pared más alejada de la ventana, me pegué a ella y traté de ver los malditos pestillos.

En ese momento oí crujir la gravilla y vi que la silueta avanzaba hacia la ventana y apoyaba la bicicleta contra la pared.

—No sabía que durmiera desnuda —susurró.

Era imposible confundir el suave acento eslavo. Era Solarin. Sentía el rubor que me cubría todo el cuerpo y despedía calor en la oscuridad. Hijo de puta.

Estaba pasando la pierna por el alféizar. ¡Dios mío, estaba entrando! Corrí hacia la cama, tiré de una sábana y me envolví en ella.

—¿Qué demonios haces aquí? —exclamé, mientras él entraba en la habitación, cerraba las ventanas y pasaba los cerrojos.

—¿No recibiste mi nota? —preguntó cerrando los postigos. Luego se acercó a mí en la oscuridad.

—¿Sabes qué hora es? —balbuceé yo mientras él se aproximaba—. ¿Cómo has llegado aquí? Ayer estabas en Nueva York…

—Tú también —dijo Solarin encendiendo la luz. Me miró de arriba abajo con una sonrisa y se sentó sin pedir permiso en el borde de mi cama, como si fuera el dueño del lugar—. Ahora estamos los dos aquí. Solos. En este encantador paraje costero. Es muy romántico, ¿no te parece? —Sus ojos verdes con reflejos plateados destellaron a la luz de la lámpara.

—¡Romántico! —bufé, envolviéndome dignamente en la sábana—. ¡No quiero que te acerques a mí! Cada vez que te veo, se cargan a alguien…

—Ten cuidado —dijo—, a veces las paredes oyen. Vístete. Te llevaré a un lugar donde podamos hablar.

—Debes de estar loco —dije—. ¡No pienso salir de aquí, y menos contigo! Además…

Solarin se puso en pie y, acercándose rápidamente, cogió un pico de la sábana como si fuera a arrancármela. Me miraba con una sonrisa irónica.

—Vístete o te vestiré yo mismo —dijo.

Sentí que el rubor me cubría el cuello. Me liberé, fui hasta el armario con la mayor dignidad posible y cogí algunas prendas. Después me encaminé presurosa hacia el lavabo para vestirme. Cuando cerré la puerta de un golpe, estaba furiosa. El cabrón pensaba que podía salir de la nada, despertarme con un sobresalto e intimidarme para que… Si al menos no hubiera sido tan guapo.

Pero ¿qué quería? ¿Por qué me perseguía así… por medio mundo? ¿Y qué estaba haciendo con esa bicicleta?

Me puse unos vaqueros, un holgado jersey rojo de cachemir y mis viejas alpargatas. Cuando salí, Solarin estaba sentado sobre la cama jugando al ajedrez en el tablero magnético de Lily, que sin duda había encontrado hurgando en mis pertenencias. Levantó la mirada y sonrió.

—¿Quién gana? —pregunté.

—Yo —dijo con seriedad—. Siempre gano.

Se puso en pie tras echar un último vistazo al tablero. Después fue hacia el armario, sacó una chaqueta y me ayudó a ponérmela.

—Estás muy guapa —observó—. No tan atractiva como con el atuendo anterior, pero este conjunto es más apropiado para un paseo de medianoche por la playa.

—Si crees que voy a dar un paseo por una playa desierta contigo, estás loco.

—No está lejos —dijo sin hacerme caso—. Te llevaré a un cabaret. Tienen té de menta y danza del vientre. Te encantará, querida. ¡Tal vez en Argelia las mujeres lleven velo, pero los bailarines son hombres!

Meneé la cabeza y lo seguí. Cerró la puerta con la llave que me había confiscado y se la guardó en el bolsillo.

La luz de la luna era muy brillante. Plateaba el cabello de Solarin y hacía que sus ojos pareciesen transparentes. Caminamos por la estrecha franja de playa y vimos la costa iluminada que descendía hacia Argel. Las olas lamían la arena oscura.

—¿Has leído el periódico que te envié? —preguntó.

—¿Lo enviaste tú? ¿Por qué?

—Quería que supieras que han descubierto que Fiske fue asesinado. Como te dije.

—La muerte de Fiske no tiene nada que ver conmigo —repuse moviendo los pies para sacar la arena que me había entrado en las alpargatas.

—Te repito que todo tiene que ver contigo. ¿Crees que he recorrido diez mil kilómetros para espiar por la ventana de tu dormitorio? —preguntó con cierta impaciencia—. Ya te he dicho que estás en peligro. Mi inglés no es perfecto, pero al parecer lo hablo mejor de lo que tú lo entiendes.

—El único peligro que parece amenazarme eres tú —repliqué—. ¿Cómo sé que no fuiste tú quien asesinó a Fiske? Además, te recuerdo que la última vez que nos vimos me robaste la cartera y me dejaste con el cadáver del chófer de mi amiga. ¿Cómo sé que no mataste también a Saul y me cargaste el muerto?

—Sí, maté a Saul —aseguró Solarin con calma. Al ver que me detenía en seco me miró con curiosidad—. ¿Quién más podría haberlo hecho?

Me quedé sin habla. Estaba clavada en el suelo y la sangre se me había helado en las venas. Paseaba por una playa desierta en compañía de un asesino.

—Deberías agradecer —añadió Solarin— que me llevara tu cartera. Habría podido complicarte en la muerte del chófer. Además, me resultó muy difícil devolvértela.

Su actitud me enfureció. Seguía viendo la cara blanca de Saul sobre la losa de piedra, y ahora sabía que era Solarin quien lo había puesto allí.

—¡Claro, muchas gracias! —exclamé, furiosa—. ¿Qué quieres decir con que mataste a Saul? ¿Cómo puedes traerme aquí y decirme que has asesinado a un hombre inocente?

—Baja la voz —dijo Solarin, mirándome con ojos acerados y cogiéndome de un brazo—. ¿Hubieras preferido que él me matara a mí?

—¿Saul? —pregunté con lo que esperaba sonara como un bufido de desdén. Aparté su mano y empecé a desandar el camino, pero él volvió a cogerme y me hizo dar media vuelta.

—Protegerte empieza a ser un engorro —exclamó.

—Gracias, pero no necesito protección —repliqué—, y menos

de un asesino. De modo que vuelve por donde has venido y di a quien te haya enviado…

—Basta —me interrumpió Solarin encolerizado, y me agarró por los hombros. Alzó la vista hacia la luna y respiró hondo. Sin duda contaba hasta diez—. ¿Y si te dijera que fue Saul quien mató a Fiske? —añadió más calmado—. ¿Que yo era el único en situación de saberlo y que por eso vino a buscarme? ¿Me escucharías entonces?

Me miró a los ojos. Yo no podía pensar. Estaba confusa. ¿Saul un asesino? Cerré los ojos y traté de pensar.

—Muy bien, dispara —dije, y enseguida me arrepentí de la desafortunada elección de las palabras.

Solarin me sonrió. Hasta a la luz de la luna su sonrisa era radiante.

—Entonces sigamos caminando —dijo manteniendo una mano sobre mi hombro—. Si no puedo moverme, no soy capaz de hablar ni de jugar al ajedrez.

Anduvimos unos instantes en silencio, mientras él ponía en orden sus pensamientos.

—Creo que lo mejor será empezar por el principio —dijo por fin.

Me limité a asentir con la cabeza.

—Primero deberías comprender que yo no tenía interés alguno por ese torneo de ajedrez. Mi gobierno organizó mi participación para que pudiera viajar a Nueva York, donde tenía negocios urgentes que atender.

—¿Qué clase de negocios? —pregunté.

—Ya llegaremos a eso.

Seguíamos caminando junto a las olas, cuando de pronto Solarin se agachó para coger una pequeña concha marina que estaba medio enterrada en la arena. A la luz de la luna tenía un brillo opalescente.

—Hay vida en todas partes —musitó, y me tendió la delicada concha—. Hasta en el fondo del mar. Y por todas partes desaparece por culpa de la estupidez del hombre.

—Esa almeja no murió con el cuello fracturado —señalé—. ¿Eres un asesino profesional? ¿Cómo puedes estar cinco minutos con un hombre en una habitación y acabar con él?

Arrojé la concha lo más lejos que pude, al mar. Solarin suspiró y seguimos caminando.

—Cuando advertí que Fiske estaba haciendo trampas en la partida —continuó por fin con cierto esfuerzo—, quise saber quién lo había obligado y por qué.

Así pues, Lily tenía razón respecto a eso, pensé, pero no dije nada.

—Supuse que detrás había otras personas, de modo que interrumpí la partida y lo seguí a los lavabos. Confesó eso y más. Me dijo quién estaba detrás y por qué.

—¿Quién era?

—No lo dijo directamente. Ni siquiera él lo sabía. Pero me dijo que quienes lo habían amenazado sabían que yo participaría en el torneo. Solo había un hombre que lo sabía: el hombre con quien trató mi gobierno. El patrocinador del torneo…

—¡Hermanold! —exclamé.

Solarin asintió y continuó:

—Fiske me contó también que Hermanold, o sus contactos, iban tras la fórmula que una vez aposté en broma, en España. Dije que, si alguien me vencía, le daría una fórmula secreta… Y esos imbéciles, creyendo que la oferta seguía siendo válida, decidieron enfrentar a Fiske conmigo de modo que no pudiera perder. Creo que Hermanold había acordado con Fiske que, si algo iba mal durante la partida, se encontrarían en el lavabo del Canadian Club, donde nadie los vería…

—Pero Hermanold no tenía pensado reunirse con él allí —aventuré. Las piezas empezaban a encajar, pero seguía sin ver el cuadro que componían—. Algún otro se encontraría con Fiske, eso es lo que quieres decir. ¿Alguien cuya presencia no echarían de menos los presentes en la partida?

—Exacto —dijo Solarin—. Pero no esperaban que yo siguiera a Fiske hasta el lavabo. Su asesino, escondido en el pasillo, debió de oír todo lo que dijimos. Para entonces ya no tenía sentido amenazar a Fiske. El juego había terminado. Tenían que deshacerse de él enseguida.

—Eliminarlo —dije.

Miré hacia el oscuro mar y reflexioné sobre lo que Solarin me había contado. Era posible, al menos desde el punto de vista táctico. Y yo tenía algunas piezas que Solarin no podía conocer. Por ejemplo, que Hermanold no esperaba que Lily asistiera al torneo, porque nunca iba a ninguno. Cuando Lily y yo llegamos al club, Hermanold insistió en que se quedara y luego se alarmó cuando ella amenazó con irse (¡con el coche y el chófer!). Su comportamiento podía tener más de una explicación si contaba con Saul para realizar algún trabajo. Pero ¿por qué Saul? Tal vez supiera más de ajedrez de lo que yo creía. ¡Tal vez había estado sentado en la limusina, jugando la partida de Fiske y transmitiéndole los movimientos! Al fin y al cabo, ¿hasta qué punto conocía yo a Saul?

Solarin seguía explicándome la sucedido: cómo había reparado en el anillo que llevaba su contrincante, cómo lo había seguido al lavabo de caballeros, cómo se había enterado de los contactos de Fiske en Inglaterra y lo que deseaban, y cómo huyó cuando el anciano se quitó el anillo, pensando que contenía un explosivo. Aunque Solarin sabía que Hermanold estaba tras la llegada de Fiske al torneo, el patrocinador no podía ser la persona que había asesinado a Fiske y sacado el anillo del lavabo, pues yo era testigo de que no había salido del Metropolitan Club.

—Saul no estaba en el coche cuando regresamos Lily y yo —admití a mi pesar—. Tuvo la ocasión, pero ignoro cuáles podían ser sus motivos… En realidad, según tu descripción de los hechos, no habría tenido oportunidad de salir del Canadian Club y regresar al coche, porque tú y los jueces bloqueabais su única salida. Eso explicaría su ausencia cuando Lily y yo lo buscamos.

Explicaría bastante más que eso, pensé. Por ejemplo, los disparos contra nuestro coche.

Si, como Solarin sostenía, Hermanold había contratado a Saul para que acabara con Fiske, no podía permitir que Lily y yo volviéramos a entrar en el club en busca del chófer. Si había subido a la sala de juego y nos había visto junto al coche, desconcertadas, habría tenido que hacer algo para asustarnos.

—¡De modo que fue Hermanold quien subió a la sala de juego vacía, sacó un revólver y disparó contra nuestro coche! —exclamé cogiendo a Solarin de un brazo. Él me miraba atónito, preguntándose cómo había llegado a esa conclusión—. Eso explicaría también por qué Hermanold dijo a la prensa que Fiske era drogadicto —agregué—. ¡Distraería la atención de sí mismo para dirigirla hacia un camello desconocido!

Solarin rompió a reír.

—Conozco a un tipo llamado Brodski al que sin duda le gustaría contratarte —dijo—. Tienes un cerebro especialmente dotado para el espionaje. Ahora que sabes tanto como yo, vamos a tomar una copa.

Al final de la larga curva de la playa distinguí una gran tienda instalada sobre la arena, adornada con hileras de luces parpadeantes.

—No tan rápido —dije sujetándolo por el brazo—. Aun suponiendo que Saul matara a Fiske, todavía quedan preguntas sin contestar. ¿Qué era esa fórmula que mencionaste en España y ellos tanto deseaban? ¿Qué clase de negocios tenías que atender en Nueva York? ¿Y cómo terminó Saul en el edificio de Naciones Unidas?

La tienda, de rayas blancas y rojas, tenía unos nueve metros de altura en el centro. A la entrada había dos macetas de bronce con grandes palmeras, y una larga alfombra dorada y azul descansaba sobre la arena, cubierta por una marquesina de lona. Nos encaminamos hacia allí.

—Tenía una entrevista de negocios con un contacto en Naciones Unidas —respondió Solarin—. No advertí que Saul me seguía… hasta que apareciste tú.

—¡Entonces tú eras el hombre de la bicicleta! —exclamé—. Pero tus ropas eran…

—Me reuní con mi contacto —interrumpió él—. Ella vio que me seguías y que Saul estaba detrás de ti…

¡De modo que la anciana de las palomas era su contacto de negocios!

—Espantamos a las palomas para despistar —siguió Solarin— y yo me escondí en el hueco de las escaleras traseras hasta que pasasteis vosotros. Después salí para seguir a Saul. Había entrado en el edificio, pero yo no sabía dónde se encontraba. Mientras bajaba en el ascensor, me quité el chándal; llevaba la otra ropa debajo. Cuando volví a subir, te vi entrar en la sala de meditación. Imaginaba que Saul estaba allí… escuchando lo que decíamos.

—¿Dentro de la sala de meditación? —exclamé.

Estábamos a pocos metros de la tienda, vestidos con vaqueros y jerséis, y con aspecto bastante descuidado, pero nos encaminamos hacia la entrada como si llegáramos a El Morocco en limusina.

—Querida —dijo Solarin revolviéndome el cabello como hacía Nim a veces—, eres muy ingenua. Tal vez tú no entendieras mis advertencias, pero Saul sí las entendió. Cuando te fuiste, salió de detrás de la losa de piedra y me atacó. Entonces supe que había oído lo bastante para que también tu vida corriera peligro. Me llevé tu cartera para que los colegas de Saul no supieran que habías estado allí. Más tarde, mi contacto me dejó en el hotel una nota donde me indicaba cómo devolverla.

—¿Cómo sabía ella...?

Solarin sonrió y volvió a alborotarme el pelo, mientras el encargado del local se acercaba a saludarnos. Solarin le dio un billete de cien dinares de propina. El encargado y yo quedamos estupefactos. Era evidente que, en un país donde cincuenta céntimos eran una buena propina, conseguiríamos la mejor mesa.

—En el fondo soy un capitalista —me susurró Solarin al oído mientras seguíamos al hombre hacia el enorme cabaret.

El suelo estaba cubierto de esteras de paja colocadas sobre la arena. Encima había alfombras persas de colores vivos, con gruesos cojines recamados con espejuelos que componían alegres dibujos. Separaban las mesas grupos de palmeras en macetas, mezcladas con enormes ramos de plumas de pavo real y avestruz que resplandecían bajo la iluminación. De los palos de la tienda colgaban linternas de bronce con diseños de filigrana, que proyectaban sombras de formas extrañas sobre los cojines de espejos. Era como entrar en un calidoscopio.

En el centro, sobre un gran escenario circular iluminado por focos, un grupo de músicos tocaba una música de ritmo frenético, que nunca había oído. Había largos tambores ovalados de bronce, grandes gaitas hechas con cuero de animales, con la piel todavía colgando, flautas, clarinetes y campanillas de todas clases. Mientras tocaban, los músicos bailaban con un extraño movimiento circular.

Nos sentamos sobre una enorme pila de cojines junto a una mesa de cobre, delante del escenario. El volumen de la música me impedía hacer preguntas a Solarin, de modo que me quedé pensando mientras él pedía a gritos las bebidas a un camarero.

¿Qué era esa fórmula que quería Hermanold? ¿Quién era la mujer de las palomas y cómo había sabido dónde podía encontrarme Solarin para devolverme la cartera? ¿Qué negocios tenía Solarin en Nueva York? Si la última vez que vi a Saul estaba sobre una losa, ¿cómo había aparecido en el East River? Por último, ¿qué tenía todo eso que ver conmigo?

Justo en el momento en que la banda se tomaba un descanso, llegaron las bebidas: dos enormes vasos de Amaretto, caldeados como brandy, y una tetera de largo pico. El camarero sirvió el té en unos vasos colocados sobre unos platitos que mantenía alejados de sí. El líquido humeante caía del pico al vaso sin que se derramara una gota. Cuando el camarero se retiró, Solarin brindó por mí con su vaso de té de menta.

—Por el juego —dijo con una sonrisa misteriosa.

Se me heló la sangre.

—No sé de qué me hablas —mentí, tratando de recordar lo que había dicho Nim sobre la importancia de sacar partido de cualquier ataque. ¿Qué sabía él del maldito juego?

—Por supuesto que sí, querida mía —dijo cogiendo mi vaso y llevándolo a mis labios—. Si no lo supieras, yo no estaría aquí bebiendo contigo.

Mientras el líquido ambarino se deslizaba por mi garganta, una gota resbaló por mi barbilla. Solarin sonrió, la limpió con un dedo y dejó el vaso en la bandeja. No me miraba, pero su cabeza estaba lo bastante cerca de mí para que yo pudiera oír todo lo que decía.

—El juego más peligroso que pueda imaginarse —murmuró de modo que nadie más que yo pudiera oírle—, y cada uno de nosotros ha sido elegido para el papel que desempeña...

—¿Elegidos? —pregunté.

Antes de que pudiera contestarme hubo un estruendo de címbalos y timbales. Los músicos regresaban al escenario, seguidos de un grupo de bailarines con túnicas de terciopelo azul claro y pantalones remetidos dentro de altas botas y abombados en las rodillas. Alrededor de la cintura llevaban pesadas cuerdas retorcidas, con borlas en los extremos, que colgaban de sus caderas y se balanceaban mientras se movían al ritmo lento y exótico de la música de clarinetes y caramillos. Era una melodía sinuosa, ondulante, como la que convierte a la cobra en una columna rígida y oscilante que se levanta de la cesta.

—¿Te gusta? —me susurró Solarin. Asentí—. Es música cabileña —me explicó mientras los acordes nos envolvían—. De la cordillera del Atlas, que atraviesa Argelia y Marruecos. Fíjate en el bailarín del centro, el del cabello rubio y los ojos claros. Tiene la nariz aguileña y la barbilla fuerte, como la efigie de una moneda romana. Esas son las características de los cabilas; no se parecen en nada a los beduinos…

Una mujer mayor se levantó entre el público y fue bailando hacia el escenario, para diversión de la multitud, que la animaba con silbidos que deben de significar lo mismo en todas las culturas. Pese a su porte imponente, sus largas ropas grises y el rígido velo de lino, se movía con ligereza e irradiaba una sensualidad que no pasaba inadvertida a los bailarines, que la habían rodeado y acercaban las caderas a ella, de modo que las borlas que llevaban la tocaban como una caricia.

El público estaba entusiasmado con el espectáculo, y se entusiasmó aún más cuando la mujer de cabellos plateados avanzó sinuosamente hacia el bailarín principal, sacó unos billetes de entre los pliegues de su traje y los deslizó con gran discreción entre las cuerdas que él llevaba en la cintura muy cerca de la bragueta. Él miró al cielo de manera sensual con una amplia sonrisa, en honor del público.

La gente estaba de pie, dando palmas al ritmo de la música, que crecía mientras la mujer se acercaba a la orilla del escenario con movimientos circulares. Al llegar al borde, con la luz detrás de ella, alzó las manos para aplaudir a modo de despedida y se volvió hacia nosotros… Me quedé estupefacta.

Miré a Solarin, que me observaba con atención. Me puse en pie de un salto mientras la mujer —una silueta oscura contra la luz plateada— bajaba del escenario y se perdía en el enjambre de personas, plumas de avestruz y follaje de palmeras.

La mano de Solarin era como un grillete de acero en mi brazo, mientras apretaba todo su cuerpo contra el mío.

—Suéltame —murmuré, porque algunas personas nos estaban mirando—. ¡He dicho que me sueltes! ¿Sabes quién era esa?

—¿Lo sabes tú? —me susurró al oído—. ¡Deja de llamar la atención!

Al ver que me debatía, me estrechó en un abrazo mortal que hubiera podido parecer afectuoso.

—Nos pondrás en peligro —me susurró al oído, y percibí el olor a menta y almendras de su aliento—. Igual que cuando fuiste al torneo de ajedrez… y cuando me seguiste al edificio de Naciones Unidas. No sabes el riesgo que ha corrido esa mujer al venir a verte, ni la clase de juego despiadado que estás jugando con la vida de otros…

—¡No; no sé! —exclamé. Su abrazo era tan estrecho que me hacía daño. En el escenario, los bailarines seguían girando al ritmo frenético de la música, que nos bañaba en olas rítmicas—. ¡Pero esa era la pitonisa y voy a encontrarla!

—¿La pitonisa? —preguntó desconcertado Solarin, sin soltarme.

Sus ojos, clavados en los míos, eran verdes como el oscuro mar. Quienes nos miraban debían de pensar que éramos amantes.

—No sé si dice la buenaventura —añadió—, pero desde luego conoce el futuro. Fue ella quien me llamó a Nueva York. Fue ella quien me hizo seguirte hasta Argel. Fue ella quien te eligió…

—¡Me eligió! —exclamé—. ¿Para qué? ¡Ni siquiera la conozco!

Solarin me cogió por sorpresa al aflojar su abrazo. Cuando me asió la muñeca, la música se arremolinaba en torno a nosotros como una pulsante bruma sonora. Levantó mi mano con la palma hacia arriba y apretó los labios contra la carne blanda del pulpejo, donde la sangre late más cerca de la superficie. Durante un segundo sentí que la sangre corría más deprisa por mis venas. Después levantó la cabeza y me miró a los ojos. Noté que me temblaban las rodillas.

—Míralo —susurró, y advertí que su dedo trazaba un dibujo en mi muñeca. Bajé lentamente la vista, aunque no quería dejar de mirar a Solarin—. Míralo —volvió a decir mientras yo contemplaba mi muñeca. Allí, en la base de la palma, justo donde la arteria azul latía con el paso de la sangre, dos líneas se entrelazaban en un abrazo serpentino y formaban un ocho—. Has sido elegida para descifrar la fórmula —musitó, casi sin apenas mover los labios.

¡La fórmula! Contuve el aliento mientras él me miraba fijamente a los ojos.

—¿Qué fórmula? —me oí murmurar.

—La fórmula del Ocho… —De pronto se puso rígido y su cara volvió a convertirse en una máscara, mientras miraba por encima de mi hombro algo que estaba a mis espaldas. Soltó mi mano y dio un paso atrás mientras yo me volvía para mirar.

La música de ritmo primitivo seguía sonando y los bailarines giraban y giraban en un frenesí exótico. Al otro lado del escenario, contra el resplandor cegador de los focos, una silueta sombría nos observaba. Un haz de luz recorrió la curva del escenario siguiendo a los bailarines, e iluminó por un instante la figura oscura. ¡Era Sharrif!

Me saludó con una cortés inclinación de la cabeza antes de que la luz se alejara de él. Me volví hacia Solarin. Donde un momento antes estaba él, se balanceaba ahora una palmera.

LA ISLA

Un día, una misteriosa colonia abandonó España y se instaló en la lengua de tierra donde ha permanecido hasta hoy. Llegó de no se sabe dónde
y hablaba una lengua desconocida. Uno de sus jefes, que hablaba provenzal, rogó a la comuna de
Marsella que les diera ese promontorio desnudo
y estéril en el que habían anclado sus barcas...
como los marineros de los antiguos tiempos.

ALEXANDER DUMAS,
El conde de Montecristo,
descripción de Córcega

Tengo el presentimiento de que algún día esta pequeña isla sorprenderá a Europa.

JEAN-JACQUES ROUSSEAU,
El contrato social,
descripción de Córcega

París, 4 de septiembre de 1792

Pasaban unos minutos de la medianoche cuando Mireille salió de
casa de Talleyrand aprovechando la oscuridad y desapareció en
el sofocante terciopelo de la calurosa noche parisina.

En cuanto comprendió que no podía hacerla desistir de su decisión de partir, Talleyrand le proporcionó un caballo fuerte y sano

de sus establos, así como una pequeña bolsa con las monedas que había podido reunir a esa hora. Vestida con piezas sueltas de librea que juntó Courtiade para disfrazarla, con el cabello recogido en una coleta y ligeramente empolvado, como el de un muchacho, Mireille salió sin que nadie la viera por el patio de servicio y se internó en las calles oscuras de París hacia las barricadas del Bois de Boulogne: camino de Versalles.

No podía permitir que Talleyrand la acompañase, pues todo París conocía su aristocrático perfil. Además, los pases enviados por Danton no eran válidos hasta el 14 de septiembre, es decir, casi dos semanas más tarde. Convinieron en que la única solución era que Mireille partiera sola; que Maurice permaneciera en París como si nada hubiera sucedido, y que Courtiade saliera aquella misma noche con las cajas de libros y esperara cerca del canal de la Mancha hasta que su pase le permitiera viajar a Inglaterra.

Mientras su caballo recorría las tenebrosas y estrechas calles, Mireille tuvo por fin tiempo de meditar sobre la peligrosa misión que tenía por delante.

Desde el instante en que su carruaje alquilado había sido detenido ante las puertas de la prisión de l'Abbaye, los acontecimientos se habían precipitado de tal forma que solo había podido actuar guiada por el instinto. El horror de la ejecución de Valentine, el terror súbito ante la amenaza a su propia vida mientras huía por las calles incendiadas de París, el rostro de Marat y las muecas de los curiosos que contemplaban la matanza… era como si por un momento se hubiera resquebrajado la delgada cáscara de la civilización para ofrecerle un atisbo de la espantosa bestialidad humana bajo el frágil barniz.

A partir de aquel momento el tiempo se había detenido y los acontecimientos que se sucedieron la engulleron como un fuego devorador. Y cada uno se acompañaba de una reacción emotiva más intensa que cualquiera que hubiera conocido. Esa pasión seguía ardiendo en su interior como una llama oscura; una llama que se intensificó durante las breves horas que pasó en brazos de Talleyrand. Una llama que alimentaba su deseo de apoderarse de las piezas del juego de Montglane.

Desde que había visto la brillante sonrisa de Valentine al otro lado del patio parecía haber pasado una eternidad. Sin embargo, solo habían transcurrido treinta y dos horas. Treinta y dos, pensó Mireille mientras atravesaba sola las calles desiertas: el número de piezas de un juego de ajedrez. La cantidad que debía reunir para descifrar el acertijo... y vengar la muerte de Valentine.

Había visto poca gente en las estrechas callejuelas de camino al Bois de Boulogne. Incluso aquí, en el campo y bajo la luna llena, las carreteras estaban vacías, aunque todavía se hallaba lejos de las barricadas. A esas alturas la mayor parte de los parisinos se habían enterado de las matanzas en las prisiones, que continuaban todavía, y habían decidido permanecer en la relativa seguridad de sus hogares.

Aunque para llegar al puerto de Marsella, su destino, tenía que ir hacia el este, a Lyon, Mireille se había dirigido hacia el oeste, en dirección a Versalles; el motivo era que allí estaba el convento de Saint-Cyr, la escuela fundada en el siglo anterior por madame de Maintenon, consorte de Luis XIV, para la educación de las hijas de la nobleza. La abadesa de Montglane se había detenido en Saint-Cyr de camino a Rusia.

Tal vez la directora le diera asilo, la ayudara a ponerse en contacto con la abadesa de Montglane para obtener los fondos que necesitaba y la ayudara a salir de Francia. La reputación de la abadesa de Montglane era el único pase hacia la libertad que poseía Mireille. Rezó para que obrara un milagro.

En el Bois se habían levantado barricadas con montones de piedras, sacos de tierra y trozos de muebles. Mireille veía la plaza delante de ella, atestada de gente con sus carros tirados por bueyes, carruajes y animales, esperando para huir en cuanto se abrieran las puertas. Se aproximó, desmontó y permaneció a la sombra de su caballo para que no se descubriera su disfraz a la parpadeante luz de las antorchas que iluminaban el lugar.

En la barrera había jaleo. Mireille cogió las riendas del caballo y se mezcló con el grupo de gente que llenaba la plaza. Más allá, a la luz de las antorchas, vio soldados que trepaban para alzar la barrera. Alguien quería entrar.

Cerca de Mireille se apiñaba un grupo de hombres jóvenes que estiraban el cuello para ver mejor. Debían de ser una docena o más, vestidos con encajes, terciopelos y brillantes botas de tacones altos adornadas con deslumbrantes cuentas de vidrio, como gemas. Era la *jeunesse dorée*, la juventud dorada que tantas veces le había señalado Germaine de Staël en la ópera. Mireille oyó quejarse en voz alta al grupo de nobles y campesinos que llenaban la plaza.

—¡Esta revolución se ha vuelto insufrible! —exclamó uno—. No hay razón para retener a los ciudadanos franceses como rehenes ahora que hemos rechazado a los sucios prusianos.

—¡Eh, soldado! —gritó otro agitando un pañuelo de encaje en dirección a uno de los que estaban en lo alto de la barricada—. ¡Tenemos que ir a una fiesta en Versalles! ¿Cuánto tiempo pensáis tenernos aquí?

El soldado volvió su bayoneta en dirección al pañuelo, que desapareció al instante de la vista.

La multitud se preguntaba quién podía aproximarse por el otro lado de la barricada. Se sabía que ahora todos los caminos que atravesaban zonas boscosas estaban llenos de salteadores. Los «orinales», grupos de hombres que desempeñaban por su cuenta la función de inquisidores, se desplazaban en unos vehículos de forma extraña que les habían dado su apodo. Aunque no actuaban por orden oficial, estaban animados por el celo de los nuevos ciudadanos de Francia: detenían a los viajeros, se apiñaban en torno a sus coches como langostas, les pedían la documentación y efectuaban un «arresto ciudadano» si el interrogatorio no les satisfacía. Para ahorrarse problemas, en ocasiones su actuación terminaba con un ahorcamiento en el árbol más cercano, como ejemplo para otros.

Se abrieron las barreras y pasó un grupo de fiacres y cabriolés polvorientos. La muchedumbre de la plaza los rodeó para enterarse de lo que pudieran por boca de los agotados pasajeros que acababan de llegar. Asiendo a su caballo por las riendas, Mireille avanzó hacia el primer coche de postas, cuya puerta se abría para dejar salir a sus ocupantes.

Un soldado joven, que llevaba el uniforme rojo y azul del ejército, bajó de un salto en medio de la muchedumbre para ayudar al cochero a bajar cajas y baúles de lo alto del carruaje.

Mireille estaba lo bastante cerca para ver que era un joven de extraordinaria belleza. Llevaba suelta la larga cabellera castaña, que le caía hasta los hombros. El gris azulado de sus grandes ojos, bordeados de espesas pestañas, acentuaba la palidez de su piel. Tenía la nariz aguileña. En sus labios, bien cincelados, se dibujó una mueca de desdén cuando echó una ojeada a la ruidosa multitud y le dio la espalda.

Después vio cómo ayudaba a bajar del carruaje a una criatura hermosa de no más de quince años, tan pálida y delicada que Mireille temió por ella. La niña se parecía tanto al soldado que tuvo la certeza de que eran hermanos, y la ternura con que él trataba a su joven compañera abonó esta suposición. Ambos eran menudos pero bien formados. Formaban una pareja de aspecto romántico, pensó Mireille, como los protagonistas de un cuento de hadas.

Los pasajeros que bajaban de los carruajes parecían conmocionados y asustados mientras se sacudían el polvo de los trajes, pero ninguno tanto como la jovencita que estaba cerca de Mireille: blanca como el papel, temblaba y parecía a punto de desmayarse. El soldado la conducía a través de la muchedumbre cuando un viejo que estaba cerca de Mireille lo cogió por el brazo.

—¿Cómo está el camino de Versalles, amigo? —preguntó.

—Yo en vustro lugar no intentaría ir allí esta noche —respondió cortésmente el soldado, en voz lo bastante alta para que todos lo oyeran—. Los orinales han salido en tropel. Mi hermana está indispuesta. El viaje nos ha llevado cerca de ocho horas porque desde que salimos de Saint-Cyr nos han detenido una docena de veces…

—¡Saint-Cyr! —exclamó Mireille—. ¿Venís de Saint-Cyr? ¡Es allí adonde voy!

El soldado se volvió hacia ella, y también su joven hermana, que abrió los ojos como platos.

—¡Pero… pero si es una dama! —exclamó mirando el traje y el cabello empolvado de Mireille—. ¡Una dama vestida de hombre!

El soldado le dirigió una mirada de admiración.

—¿De modo que vais a Saint-Cyr? —preguntó—. ¡Espero que no tengáis intención de ingresar en el convento!

—¿Venís del convento? —inquirió Mireille—. Tengo que llegar allí esta noche. Es un asunto de gran importancia. Decidme cómo están las cosas.

—No podemos quedarnos aquí —repuso el soldado—. Mi hermana no se encuentra bien.

Y echándose al hombro su única bolsa de viaje, se abrió paso a través de la multitud.

Mireille los siguió tirando de las riendas de su caballo. Cuando los tres se alejaron por fin de la muchedumbre, la joven miró a Mireille.

—Debéis de tener una razón muy poderosa para partir hacia Saint-Cyr esta noche —señaló—. Los caminos son inseguros. Tenéis mucho coraje al viajar sola en tiempos como estos.

—Incluso con un corcel tan magnífico —intervino el soldado dando una palmada en el flanco del caballo de Mireille—, y aunque sea disfrazada. Si no hubiera pedido licencia en el ejército cuando cerraron el convento para acompañar a Maria-Anna a casa...

—¿Es que han cerrado Saint-Cyr? —preguntó Mireille cogiéndolo del brazo—. ¡Entonces me ha abandonado mi última esperanza!

La pequeña Maria-Anna intentó consolarla apoyando una mano en su brazo.

—¿Tenéis amigos en Saint-Cyr? —murmuró, preocupada—. ¿O familia? Tal vez alguien a quien conozco...

—Quería buscar refugio allí —contestó Mireille, sin saber cuánto debía revelar a esos desconocidos. Sin embargo, apenas tenía elección. Si el convento estaba cerrado, su único plan se derrumbaba y debía concebir otro. ¿Qué importancia tenía en quién confiara, si su situación era desesperada?—. Aunque no conocía a la directora —agregó—, esperaba que pudiera ayudarme a ponerme en contacto con la abadesa de mi antiguo convento. Su nombre era madame de Roque.

—¡Madame de Roque! —exclamó la jovencita, que, aunque era menuda y delicada, apretaba con fuerza el brazo de Mireille—. ¡La abadesa de Montglane! —Lanzó una rápida mirada a su hermano, que dejó la bolsa en el suelo y clavó los ojos en Mireille.

—Entonces, ¿venís de la abadía de Montglane? —preguntó el soldado.

Al asentir Mireille con cautela, el joven agregó:

—Nuestra madre conoce a la abadesa de Montglane... son amigas íntimas. Fue por consejo de madame de Roque que enviamos a mi hermana a Saint-Cyr hace años.

—Sí —susurró la niña—. Yo misma conozco bien a la abadesa.

Durante su visita a Saint-Cyr, hace dos años, habló conmigo en varias ocasiones. Pero antes de seguir… ¿fuisteis una de las últimas… en abandonar la abadía de Montglane, mademoiselle? Si es así, comprenderéis por qué os hago esta pregunta. —Y volvió a mirar a su hermano.

Mireille sentía que le palpitaban las sienes. ¿Era simple coincidencia ese encuentro con personas que conocían a la abadesa? ¿Podía atreverse a esperar que hubieran sido depositarios de su confianza? No, era demasiado peligroso aventurar esa conclusión. La niña pareció percibir su preocupación.

—Por vuestro rostro deduzco que preferís no hablar de esto aquí —señaló—; tenéis razón, por supuesto. Sin embargo, hablar de ello podría beneficiarnos a ambas. Veréis, antes de salir de Saint-Cyr vuestra abadesa me confió una misión especial. Tal vez sepáis a qué me refiero. Os propongo que nos acompañéis hasta la posada más cercana, donde mi hermano ha reservado alojamiento para esta noche. Allí podremos conversar con mayor tranquilidad…

La sangre seguía latiendo en las sienes de Mireille y mil pensamientos se agolpaban en su mente. Aun cuando confiara en esos desconocidos lo bastante para ir con ellos, quedaría atrapada en París en un momento en que Marat podía estar registrando la ciudad en su busca. Por otro lado, no estaba segura de poder salir de la ciudad sin ayuda. Y si el convento estaba cerrado, ¿adónde podía acudir en busca de refugio?

—Mi hermana tiene razón —dijo el soldado sin dejar de mirar a Mireille—. No podemos quedarnos aquí. Mademoiselle, os ofrezco nuestra protección.

Mireille volvió a pensar que era muy apuesto, con su melena castaña y los grandes ojos de expresión triste. Aunque era esbelto y casi de su misma estatura, daba una impresión de gran fortaleza y seguridad. Finalmente decidió confiar en él.

—Muy bien —dijo con una sonrisa—. Iré a la posada y allí hablaremos.

Al oír esas palabras la niña sonrió y apretó el brazo de su hermano. Se miraron cariñosamente a los ojos. Después, el soldado volvió a coger la bolsa y tomó las riendas del caballo mientras su hermana cogía del brazo a Mireille.

—No lo lamentaréis, mademoiselle —dijo la niña—. Permitid

que me presente. Mi nombre es Maria-Anna, pero mi familia me llama Elisa. Y este es mi hermano Napoleone… de la familia Buonaparte.

Ya en la posada, los jóvenes se sentaron en duras sillas de madera en torno a una mesa astillada sobre la que ardía una sola vela. Junto a esta había una barra de duro pan negro y una jarra de cerveza, que constituían su frugal comida.

—Somos de Córcega —explicó Napoleone a Mireille—, una isla que no se somete con facilidad al yugo de la tiranía. Como dijo Livio hace casi dos mil años, los corsos somos tan ásperos como nuestra tierra y tan ingobernables como bestias salvajes. No hace aún cuarenta años, nuestro líder Pasquale Paoli expulsó a los genoveses de nuestras costas, liberó Córcega y contrató al famoso filósofo Jean-Jacques Rousseau para que redactara una constitución. Sin embargo, la libertad duró poco, porque en 1768 Francia compró a Génova la isla de Córcega y en la primavera siguiente hizo desembarcar en el peñón treinta mil hombres y ahogó nuestro trono de libertad en un mar de sangre. Os cuento estos hechos porque fue esta historia, y el papel que en ella desempeñó nuestra familia, lo que nos puso en contacto con la abadesa de Montglane.

Mireille, que había estado a punto de preguntar por qué le relataba esos sucesos históricos, permaneció en silencio. Cogió un trozo de pan negro para comer mientras escuchaba al joven.

—Nuestros padres lucharon con valentía junto a Paoli para rechazar a los franceses —siguió Napoleone—. Mi madre fue una gran heroína de la revolución. Cabalgó a pelo de noche por las agrestes colinas corsas, entre las balas de los franceses, para llevar municiones y víveres a mi padre y los soldados que luchaban en Il Corte… el Nido del Águila. ¡Por entonces estaba en el séptimo mes de embarazo! ¡Era a mí a quien llevaba en su vientre! Como ha dicho siempre, nací para ser soldado. Pero cuando vine al mundo, mi país agonizaba.

—En efecto, vuestra madre era una mujer valerosa —observó Mireille tratando de imaginar a la revolucionaria amazona como amiga íntima de la abadesa.

—Vos me recordáis a ella —afirmó Napoleone sonriendo—. Pero debo proseguir con el relato. Cuando la revolución fracasó y Paoli se exilió a Inglaterra, la nobleza corsa eligió a mi padre para representar a nuestra isla en los Estados Generales, en Versalles; esto fue en 1782… el año en que Letizia, nuestra madre, conoció a la abadesa de Montglane. Nunca olvidaré lo elegante que estaba nuestra madre, cómo los chicos hablaban de su belleza cuando, al regresar de Versalles, nos visitó en Autun…

—¡Autun! —exclamó Mireille, que estuvo a punto de volcar la jarra de cerveza—. ¿Estabais en Autun cuando el señor Talleyrand vivía allí? ¿Cuando era obispo?

—No, eso fue después de mi estancia, porque me fui pronto a la escuela militar de Brienne —contestó él—. Pero es un gran estadista, a quien me gustaría conocer algún día. He leído muchas veces la obra que escribió con Thomas Paine: la *Declaración de los Derechos del Hombre*… uno de los documentos más bellos de la Revolución francesa…

—Continúa con tu historia —susurró Elisa dándole un codazo en las costillas—, porque mademoiselle y yo no queremos pasar la noche hablando de política.

—Lo intento —repuso Napoleone mirando a su hermana—. No conocemos las circunstancias exactas del encuentro de Letizia con la abadesa, pero sabemos que fue en Saint-Cyr. Nuestra madre debió de impresionar sobremanera a la abadesa… porque desde entonces esta siempre ha ayudado a nuestra familia.

—Nuestra familia es pobre, mademoiselle —explicó Elisa—. Aun en vida de mi padre, el dinero se escapaba de entre sus dedos como agua. La abadesa de Montglane ha pagado mi educación desde el día que entré en Saint-Cyr, hace ocho años.

—El vínculo que la une a vuestra madre debe de ser muy poderoso —apuntó Mireille.

—Es más que un vínculo —repuso Elisa—, porque hasta que la abadesa abandonó Francia no pasaba semana sin que se comunicaran. Lo comprenderéis cuando os hable de la misión que me confió.

Habían pasado diez años, pensó Mireille. Diez años desde que ambas mujeres se conocieron, mujeres con un pasado y unas perspectivas tan distintas: una se crió en una isla agreste y primitiva, luchó en las montañas junto a su esposo y le dio ocho hijos; la otra, de noble nacimiento y bien educada, llevaba una vida entregada a Dios. ¿Cuál podía ser la naturaleza de su relación para que la abadesa confiara un secreto a la niña que ahora tenía delante… quien no podía tener más de doce o trece años cuando la abadesa la vio por última vez?

Pero Elisa ya estaba explicándolo…

—El mensaje de la abadesa para mi madre era tan secreto que no deseaba ponerlo por escrito. Yo tenía que repetírselo personalmente cuando la viera. En ese momento ni la abadesa ni yo sospechábamos que pasarían dos largos años, que la revolución cambiaría nuestras vidas y nos impediría viajar. Lamento no haber transmitido antes este mensaje… tal vez fuera crucial, porque la abadesa me dijo que había personas que conspiraban para quitarle un tesoro secreto, cuya existencia pocos conocían… y que estaba oculto en Montglane.

La voz de Elisa era ahora apenas un susurro, pese a que estaban solos en la habitación. Mireille trató de no dejar traslucir sus emociones, pero el corazón le latía con tal fuerza que tenía la certeza de que los otros podían oírlo.

—Fue a Saint-Cyr, tan cerca de París —continuó Elisa—, para enterarse de la identidad de aquellos que trataban de robarlo. Me dijo que para proteger ese tesoro había hecho que las monjas lo sacaran de la abadía.

—¿Cuál era la naturaleza de ese secreto? —preguntó Mireille con un hilo de voz—. ¿Os lo dijo la abadesa?

—No —respondió Napoleone mirando fijamente a Mireille. Su largo rostro ovalado estaba pálido a la luz mortecina, que hacía resplandecer su cabello castaño—. Pero ya conocéis las leyendas que rodean a los monasterios de las montañas vascas. Se dice que allí hay reliquias ocultas en ellas. Según Chrétien de Troyes, el Santo Grial está escondido en Monsalvat, también en los Pirineos…

—Por eso precisamente quería hablar con vos, mademoiselle —lo interrumpió Elisa—. Cuando nos dijisteis que veníais de Montglane, pensé que tal vez podríais arrojar luz sobre el misterio.

—¿Qué mensaje os dio la abadesa?

—El último día de su estancia en Saint-Cyr —contestó Elisa inclinándose sobre la mesa, de modo que el contorno de su cara se recortó en la luz dorada—, la abadesa me hizo llamar a una cámara privada. Dijo: «Elisa, te confío una misión secreta porque sé que eres la octava hija de Carlo Buonaparte y Letizia Ramolino. Cuatro de tus hermanos murieron en la infancia; eres la primera mujer que sobrevive. Esto te hace especial a mis ojos. Recibiste el nombre de una gran gobernante, Elisa, a quien algunos llamaban la Roja. Ella fundó una gran ciudad, Q'ar, que después fue conocida en todo el mundo. Debes ir a tu madre y decirle que la abadesa de Montglane dice lo siguiente: "Elisa la Roja se ha levantado… el Ocho regresa". Ese es el mensaje; Letizia lo entenderá y sabrá qué debe hacer».

Elisa hizo una pausa y miró a Mireille. También Napoleone la observaba para ver su reacción… pero el mensaje carecía de sentido para Mireille. ¿Qué secreto podía estar comunicando la abadesa en relación con las fabulosas piezas de ajedrez? Algo se agitaba en su cerebro, pero no conseguía darle forma. Napoleone se estiró para volver a llenar su vaso, aunque Mireille no era consciente de haber bebido nada.

—¿Quién era esa Elisa de Q'ar? —preguntó—. No conozco su nombre ni la ciudad que fundó.

—Yo, sí —dijo Napoleone. Echándose hacia atrás, de modo que su rostro quedó sumido en las sombras, sacó del bolsillo un libro muy gastado—. El consejo favorito de nuestra madre siempre ha sido: «Hojead vuestro Plutarco, releed vuestro Livio» —dijo sonriendo—. Pues bien, yo he hecho algo más que eso. Aquí, en la *Eneida* de Virgilio, he encontrado a nuestra Elisa… aunque los romanos y los griegos preferían llamarla Dido. Nació en la ciudad de Tiro, en la antigua Fenicia, pero huyó de allí cuando su hermano, el rey de Tiro, asesinó a su esposo. Desembarcó en las costas del norte de África y fundó la ciudad de Q'ar, a la que dio ese nombre en homenaje a la gran diosa Car, que era su protectora. Es la ciudad que ahora conocemos como Cartago.

—¡Cartago! —exclamó Mireille. Nerviosa, empezó a atar cabos.

¡La ciudad de Cartago, llamada ahora Túnez, estaba a menos de ochocientos kilómetros de Argel! Todas las tierras conocidas como estados bereberes (Trípoli, Túnez, Argelia y Marruecos) tenían algo en común: durante quinientos años habían sido gobernadas por los bereberes, antepasados de los moros. No podía ser casual que el mensaje de la abadesa señalara precisamente la tierra hacia la que ella se dirigía.

—Veo que esto significa algo para vos —dijo Napoleone interrumpiendo sus pensamientos—. Tal vez podríais decírnoslo.

Mireille se mordió el labio, contemplando la llama de la vela. Los hermanos habían confiado en ella, que hasta ese momento no había revelado nada. Sin embargo, sabía que para ganar un juego como el que estaba jugando necesitaría aliados. ¿Qué mal había en desvelar una parte de lo que sabía para acercarse más a la verdad?

—Había un tesoro en Montglane —dijo por fin—. Lo sé porque ayudé a sacarlo con mis propias manos.

Los Buonaparte intercambiaron miradas y luego fijaron la vista en Mireille.

—Ese tesoro era algo de gran valor, pero también muy peligroso —continuó ella—. Lo llevaron a Montglane hace casi mil años… ocho moros cuyos antepasados partieron de las costas del norte de África que vos describís. Yo misma voy allí para descubrir el secreto que se esconde tras ese tesoro…

—¡Entonces debéis acompañarnos a Córcega! —exclamó Elisa estusiasmada—. ¡Nuestra isla está a mitad de camino de vuestro destino! Os ofrecemos la protección de mi hermano durante el viaje y el refugio de nuestra familia cuando lleguemos…

Lo que la joven decía era verdad, pensó Mireille… Además, debía tener en cuenta otra cosa. En Córcega, aunque en teoría se encontrara todavía en suelo francés, se hallaría lejos de las garras de Marat, que en ese mismo momento podía estar buscándola por las calles de París.

Había aún algo más. Mientras veía cómo la vela se deshacía en un charco de cera caliente, sintió que volvía a encenderse en su cabeza la llama oscura. Y recordó las palabras susurradas por Talleyrand mientras descansaban entre las sábanas desordenadas… y él tenía en la mano el corcel del juego de Montglane… «Y entonces salió otro caballo, que era rojo… y al que lo montaba se le dio poder para eliminar la paz de la tierra y hacer que se mataran los unos a los otros… y se le dio una gran espada…»

—«… y el nombre de la espada es Venganza» —dijo Mireille en voz alta.

—¿La espada? —preguntó Napoleone—. ¿Qué espada es esa?

—La espada roja del justo castigo —contestó ella.

Mientras la luz se debilitaba poco a poco en la habitación, Mireille volvió a ver las letras que durante su infancia había visto grabadas sobre la puerta de la abadía de Montglane:

MALDITO SEA QUIEN DERRIBE ESTOS MUROS.
AL REY SOLO LE DA JAQUE LA MANO DE DIOS.

—Tal vez hicimos algo más que sacar un antiguo tesoro de los muros de la abadía de Montglane… —susurró. A pesar del calor de la noche, sintió que se le helaba el corazón, como si sobre él se cerraran unos dedos gélidos—. Tal vez —añadió—, despertamos también una antigua maldición.

Córcega, octubre de 1792

La isla de Córcega, como la de Creta, reposa cual una joya, como cantó el poeta, «en medio del mar oscuro como el vino». Aunque estaban casi en invierno, a treinta kilómetros de la costa Mireille percibió el intenso aroma del *macchia*, el sotobosque de salvia, retama, romero, hinojo, lavanda y espinos, que cubría la isla con enmarañada abundancia.

De pie en la cubierta del pequeño barco que navegaba por el mar picado, divisó las espesas brumas que envolvían las escarpadas montañas y ocultaban en parte los traicioneros y sinuosos caminos y las cascadas en forma de abanico que caían cual encaje sobre las rocas. El velo de niebla era tan tupido que apenas se distinguía dónde terminaba el agua y dónde empezaba la isla.

Mireille vestía gruesas ropas de lana y aspiraba el aire tonificante mientras miraba la isla aún lejana. Estaba enferma, muy enferma, y la causa no era el bamboleo del barco en el agitado mar. Desde que habían zarpado de Lyon tenía unas violentas náuseas.

Junto a ella estaba Elisa, que le sostenía la mano mientras los marineros corrían alrededor recogiendo las velas. Napoleone había bajado para reunir sus escasas pertenencias antes de arribar a puerto.

Tal vez había sido el agua de Lyon, se dijo Mireille. O quizá la dureza del viaje por el valle del Ródano, donde los ejércitos hostiles peleaban para repartirse Saboya... parte del reino de Cerdeña. Cerca de Givors Napoleone había vendido el caballo de Mireille —que hasta ese momento habían llevado uncido al coche de postas— al quinto regimiento del ejército, que en el calor de la batalla había perdido más caballos que hombres. La venta les había proporcionado una bonita suma... lo bastante para cubrir los gastos de su viaje... y más.

Durante todo ese tiempo la enfermedad de Mireille se había agravado. Con cada día transcurrido, el rostro de Elisa reflejaba más preocupación cuando alimentaba a mademoiselle y le aplicaba compresas frías en la cabeza cada vez que hacían un alto. Pero la sopa nunca permanecía demasiado tiempo en el estómago, y hasta mademoiselle comenzó a inquietarse mucho antes de que el barco zarpara del puerto de Toulon con destino a Córcega a través del mar embravecido. Cuando se miró en el espejo convexo de la embarcación, vio una cara pálida y demacrada, en lugar del rostro relleno y distendido que debía reflejarse en la superficie curva. Había permanecido en cubierta el máximo tiempo posible, pero ni siquiera el fresco aire salobre le había devuelto el saludable vigor del que siempre había disfrutado.

Ahora, mientras Elisa le apretaba la mano en la cubierta del pequeño barco, Mireille sacudió la cabeza para despejar su mente y tragó saliva para controlar las náuseas. No podía permitirse la debilidad.

Y como si el propio cielo la hubiera escuchado, la bruma oscura comenzó a disiparse lentamente y apareció el sol. Sobre la superficie crespada del agua su luz formó charcos como piedras doradas que la precedieron a lo largo de cien metros hasta el puerto de Ajaccio.

Tan pronto como llegaron, Napoleone saltó a la orilla y ayudó a sujetar la nave al embarcadero de piedra. El puerto de Ajaccio bullía de actividad. En la entrada había muchos buques de guerra. Mientras Mireille y Elisa miraban maravilladas alrededor, los soldados franceses trepaban por las guindalezas y corrían por las cubiertas.

El gobierno francés había ordenado a Córcega que atacara Cerdeña, su vecina. Mientras bajaban suministros de las naves, Mireille oyó a los soldados franceses y la Guardia Nacional corsa hablar de la conveniencia del ataque, que parecía inminente.

Luego oyó un grito proveniente del embarcadero. Miró hacia abajo y vio a Napoleone correr entre la muchedumbre hacia una mujer menuda y esbelta, que llevaba de la mano a dos críos pequeñitos. Mientras Napoleone la estrechaba en sus brazos, Mireille vio el cabello castaño rojizo de la mujer y unas manos blancas que revoloteaban como palomas en torno al cuello del joven. Los niños saltaban alrededor de la madre y el hermano.

—Es Letizia, nuestra madre —susurró Elisa mirando sonriente a Mireille—. Y mi hermana Maria-Carolina, de diez años, y el pequeño Girolamo, que era un bebé cuando me fui a Saint-Cyr. Napoleone siempre ha sido el favorito de mi madre. Venid, os presentaré.

Y bajaron juntas al atestado puerto.

Mireille pensó que Letizia Ramolino Buonaparte era una mujer muy menuda. Aunque esbelta como un junco, transmitía la impresión de fortaleza. Contempló desde lejos a Mireille y Elisa, con los ojos pálidos como hielo azul y el rostro sereno como una flor en las aguas quietas de un estanque. Aunque todo en ella irradiaba placidez, su presencia resultaba tan autoritaria que a Mireille le pareció que dominaba incluso la confusión del puerto atestado. Y tuvo la sensación de haberla visto antes.

—Señora madre —dijo Elisa tras abrazarla—, os presento a nuestra nueva amiga. Viene de parte de madame de Roque, la abadesa de Montglane.

Letizia miró largo rato a Mireille sin decir nada. Después le tendió la mano.

—Sí —murmuró—, os estaba esperando…

—¿A mí? —preguntó Mireille sorprendida.

—Tenéis un mensaje para mí, ¿no es cierto? Un mensaje de cierta importancia…

—¡Señora madre, tenemos un mensaje! —intervino Elisa tirándole de la manga. Letizia miró a su hija, que, con quince años, ya era más alta que ella—. Yo misma he estado con la abadesa en Saint-Cyr, y me dio este mensaje para vos… —Se inclinó hacia el oído de su madre.

Nada podía haber transformado a esa mujer impasible tanto como esas pocas palabras susurradas: su rostro se ensombreció y sus labios temblaron de emoción mientras retrocedía para apoyar una mano sobre el hombro de Napoleone.

—¿Qué pasa, madre? —exclamó él, cogiéndole la mano y mirándola alarmado a los ojos.

—Madame —intervino Mireille—, debéis decirnos qué sentido tiene este mensaje para vos. Mis actos futuros, mi propia vida, pueden depender de ello. Iba de camino a Argel y me he detenido aquí solo a causa de mi encuentro fortuito con vuestros hijos. Este mensaje puede ser…

En ese momento le sobrevino un acceso de náuseas que le impidieron seguir hablando. Letizia se inclinó hacia ella en el momento en que Napoleone la cogía por debajo del brazo para evitar que cayera.

—Perdonadme —dijo débilmente Mireille, con la frente perlada de sudor frío—. Me temo que tengo que echarme… no me encuentro bien.

Letizia parecía casi aliviada por el incidente. Tocó con delicadeza la frente febril y el corazón palpitante. Después, adoptando una actitud casi militar, dio órdenes y puso en movimiento a los niños, mientras Napoleone llevaba a Mireille colina arriba, hasta la carreta. Cuando Mireille estuvo acomodada en la parte de atrás, Letizia pareció lo bastante recuperada para volver a mencionar el tema.

—Mademoiselle —dijo con cautela, echando una ojeada alrededor para asegurarse de que no la oían—, aunque hace treinta años que me preparo para esta noticia, el mensaje me ha cogido por sorpresa. Pese a lo que he dicho a mis hijos para protegerlos, conozco a la abadesa desde que tenía la edad de Elisa… mi madre era su confidente. Contestaré a todas vuestras preguntas, pero primero debemos ponernos en contacto con madame de Roque y descubrir cómo entráis vos en sus planes.

—¡No puedo esperar tanto tiempo! —exclamó Mireille—. Tengo que ir a Argel.

—Me temo que tendré que disuadiros —repuso Letizia. Trepó a la carreta y cogió el látigo mientras indicaba a los niños que subieran—. No estáis en condiciones de viajar, y si lo intentáis pondréis en peligro no solo vuestra vida, sino también la de otras personas, porque no comprendéis la naturaleza del juego en que os habéis embarcado y tampoco las apuestas…

—Vengo de Montglane —exclamó Mireille—. He tocado las piezas con mis propias manos.

Letizia se había vuelto para mirarla, y Napoleone y Elisa escuchaban con atención mientras subían a Girolamo a la carreta, porque ellos nunca habían sabido con exactitud en qué consistía el tesoro.

—¡No sabéis nada! —espetó Letizia con fiereza—. Tampoco Elisa de Cartago quiso escuchar las advertencias. Murió devorada por el fuego... inmolada en una pira funeraria, como aquel pájaro fabuloso que ha dado su identidad a los fenicios...

—Madre —intervino Elisa, que ayudaba a Maria-Carolina a subir a la carreta—, según la historia, se arrojó a la pira cuando Eneas la abandonó.

—Tal vez —dijo Letizia—, pero tal vez hubiera otra razón.

—¡El ave Fénix! —murmuró Mireille, mientras Elisa y Carolina se acomodaban a duras penas a su lado—. ¿Acaso la reina Elisa renació también de sus cenizas... como el mítico pájaro del desierto?

—No —contestó Elisa—, porque más tarde el propio Eneas la vio en el Hades.

Letizia seguía con la vista clavada en Mireille, como absorta en sus pensamientos. Por fin habló... y al escuchar sus palabras Mireille sintió un escalofrío.

—Pero ha renacido ahora... como las piezas del juego de ajedrez de Montglane. Y haremos bien en temblar, todos nosotros. Porque este es el final que fue profetizado.

Y dándoles la espalda tocó ligeramente al caballo con el látigo y partieron en silencio.

♟

La casa de Letizia Buonaparte se encontraba en una de las colinas que rodeaban Ajaccio. Era un pequeño edificio encalado de dos plantas, que se alzaba en una calle estrecha. En la entrada había dos olivos y, a pesar de la espesa bruma, algunas abejas ambiciosas seguían trabajando en las flores del seto de romero que cubría la puerta hasta la mitad.

Durante el trayecto nadie había hablado. Al bajar de la carreta, se asignó a Maria-Carolina la tarea de acomodar a Mireille, mientras los otros se dedicaban a preparar la cena. Mireille llevaba todavía la vieja camisa de Courtiade, que era demasiado grande, y una falda de Elisa, que le quedaba pequeña. Además, tenía los cabellos cubiertos de polvo a causa del viaje y la piel pegajosa, por lo que se sintió muy aliviada cuando la pequeña Carolina apareció con dos jarras de cobre con agua caliente para prepararle un baño.

Después de bañarse y ponerse las pesadas ropas de lana que le habían conseguido, se sintió algo mejor. La mesa rebosaba de especialidades locales: *bruccio*, un queso cremoso de oveja; tortitas de trigo; panes hechos con castañas; mermelada de cerezas silvestres de la isla; miel de salvia; pequeños calamares y pulpitos del Mediterráneo, que pescaban ellos mismos; conejo silvestre preparado con la salsa especial de Letizia y aquella novedad que ahora se cultivaba en Córcega, las patatas.

Después de cenar, cuando los pequeños se acostaron, Letizia sirvió unas tacitas de aguardiente de manzana y los cuatro «adultos» se acomodaron en el comedor junto al brasero.

—Antes de nada —empezó Letizia—, deseo excusarme por mi mal carácter, mademoiselle. Mis hijos me han hablado de vuestro coraje al salir de París durante el Terror, sola y por la noche. He pedido a Napoleone y a Elisa que escuchen lo que voy a decir. Quiero que sepan qué espero de ellos… que os consideren, como yo, un miembro de nuestra familia. Suceda lo que suceda en el futuro, espero que os ayuden como a uno de los nuestros.

—Madame —dijo Mireille calentando su aguardiente de manzana sobre el brasero—, he venido a Córcega por una razón: escuchar de vuestros labios el significado del mensaje de la abadesa. La misión en la que me he empeñado me fue impuesta por los acontecimientos. El último miembro de mi familia fue aniquilado a causa del ajedrez de Montglane… y yo voy a dedicar toda mi sangre, todo mi aliento, todas las horas que pase sobre la tierra, a descubrir el oscuro secreto que guardan estas piezas.

Letizia miró a Mireille, cuyo cabello, resplandeciente a la luz del brasero, y la juventud de su rostro contrastaban amargamente con la fatiga que delataban sus palabras… El corazón se le encogió al pensar en lo que había decidido hacer. Esperaba que la abadesa de Montglane estuviera de acuerdo con su decisión.

—Os diré lo que deseáis saber —dijo por fin—. En mis cuarenta y dos años jamás he hablado de esto. Tened paciencia, porque no es una historia sencilla. Cuando haya terminado, comprenderéis la terrible carga que he llevado todos estos años… Ahora os la paso a vos.

EL RELATO DE LA SEÑORA MADRE

Cuando era una niña de ocho años, Pasquale Paoli liberó la isla de Córcega de los genoveses. Como mi padre había muerto, mi madre se casó en segundas nupcias con un suizo llamado Franz Fesch, quien, para desposarla, tuvo que renunciar a su fe calvinista y abrazar el catolicismo. Su familia lo desheredó. Esta fue la circunstancia que provocó la entrada de la abadesa de Montglane en nuestras vidas.

Pocas personas saben que Hélène de Roque desciende de una antigua y noble familia de Saboya pero, como tenían propiedades en muchos países, Hélène viajaba mucho. En 1764, año en que la conocí, ya era abadesa de Montglane, pese a que aún no había cumplido los cuarenta. Conocía a la familia de Fesch y, como noble cuyo origen era en parte suizo, aunque católica, era muy estimada por los burgueses. Al conocer la situación decidió mediar entre mi padrastro y su familia, a fin de restablecer la relación… acto que en ese momento pareció puramente desinteresado.

Franz Fesch, mi padrastro, era un hombre alto y delgado, de rostro expresivo. Como buen suizo, hablaba sin alzar la voz, daba su opinión en contadas ocasiones y no confiaba prácticamente en nadie. Como es natural, se sentía agradecido a madame de Roque por haber propiciado la reconciliación con su familia, de modo que la invitó a visitarnos en Córcega. En ese momento no podíamos imaginar que eso era precisamente lo que deseaba ella desde el principio.

Jamás olvidaré el día que llegó a nuestra vieja casa de piedra, encaramada en lo alto de las montañas corsas, a casi dos mil quinientos metros sobre el nivel del mar. Para llegar allí había que atravesar un terreno escabroso de traicioneros acantilados, barrancos escarpados y *macchia* impenetrable, que en algunas zonas formaba verdaderos muros de dos metros de altura. Pero el duro viaje no desalentó a la abadesa. Tras las presentaciones de rigor sacó el tema que deseaba abordar.

—Franz Fesch, si he venido hasta aquí no ha sido en respuesta a vuestra amable invitación —empezó—, sino a causa de un asunto muy urgente. Hay un hombre, un suizo, como vos... converso también a la fe católica. Le temo, porque vigila mis movimientos. Creo que intenta apoderarse de un secreto que guardo... un secreto que tiene quizá mil años. Todas sus actividades así lo indican. Ese hombre ha estudiado música, incluso ha escrito un diccionario de música y compuesto una ópera con el famoso André Philidor. Ha entablado amistad con los filósofos Grimm y Diderot, protegidos ambos por la corte de Catalina la Grande, en Rusia. ¡Ha llegado incluso a mantener correspondencia con Voltaire... un hombre al que desprecia! Y ahora, aunque está demasiado enfermo para viajar, ha contratado los servicios de un espía que se dirige aquí, Córcega. Os pido ayuda; os ruego que actuéis en mi favor, como he hecho yo por vos.

—¿Y quién es? —preguntó Fesch, interesado—. Tal vez lo conozca.

—Lo conozcáis o no, habréis oído su nombre —contestó la abadesa—. Es Jean-Jacques Rousseau.

—¡Rousseau! ¡Imposible! —exclamó Angela-Maria, mi madre—. ¡Pero si es un gran hombre! ¡La revolución corsa se basó en sus teorías sobre la virtud natural! De hecho, Paoli le encargó que escribiera nuestra constitución... Fue Rousseau quien dijo: «El hombre nace libre, pero en todas partes está encadenado».

—Una cosa es hablar de los principios de libertad y virtud —repuso la abadesa secamente—, y otra muy distinta actuar en consecuencia. Este hombre afirma que todos los libros son instrumentos de maldad... pero escribe seiscientas páginas de una sentada. Asegura que los niños deben ser alimentados físicamente por sus madres e intelectualmente por sus padres... ¡pero abandona a los suyos en la escalera de un orfanato! Estallará más de una revolución en nombre de las virtudes que preconiza... y sin embargo va en busca de una herramienta de tal poder que encadenará a todos los hombres... salvo a su poseedor.

Los ojos de la abadesa resplandecían como las ascuas del brasero.

—Querréis saber qué quiero —añadió con una sonrisa—. Entiendo a los suizos, monsieur. Yo misma soy casi suiza. Iré al grano.

Quiero información y colaboración. Comprendo que no podáis concedérmelas... hasta que os diga cuál es el secreto que guardo y que está enterrado en la abadía de Montglane.

Durante la mayor parte de ese día la abadesa nos narró la larga y misteriosa historia de un legendario juego de ajedrez que, según se decía, había pertenecido a Carlomagno y se creía estaba enterrado desde hacía mil años en la abadía de Montglane. Digo que «se creía»... porque ningún ser vivo lo había visto, aunque muchos habían intentado descubrir el lugar donde estaba enterrado y el secreto de sus presuntos poderes. Como todas sus predecesoras, la abadesa temía que el tesoro fuera exhumado durante el ejercicio de sus funciones, pues ella sería la responsable de que se abriera la caja de Pandora. En consecuencia, había llegado a recelar de todos cuantos se cruzaban en su camino, de la misma manera que un jugador de ajedrez vigila con desconfianza las piezas que pueden ahogarlo —incluidas las propias— y planea el contraataque de antemano. Para eso había venido a Córcega.

—Tal vez sepa qué busca aquí Rousseau —afirmó la abadesa—, porque la historia de esta isla es antigua y misteriosa. Como he dicho, el ajedrez de Montglane pasó a manos de Carlomagno por obra de los moros de Barcelona. Pues bien, en el año 809, cinco antes de la muerte de Carlomagno, otro grupo de moros se apoderó de la isla de Córcega. En la fe islámica hay casi tantas sectas como en la cristiana —continuó con una sonrisa irónica—. En cuanto Mahoma murió, su propia familia rompió las hostilidades, lo que dio lugar a la escisión de la fe. La secta que se estableció en Córcega era la Shía, místicos que predicaban el Talum, una doctrina secreta que creía en la llegada de un redentor.

»Fundaron un culto místico con una logia, ritos de iniciación secretos y un gran maestre... sobre los cuales ha basado sus ritos la actual Sociedad de los Francmasones. Sometieron Cartago y Trípoli, y establecieron en ellas dinastías poderosas. Uno de los hombres pertenecientes a su orden, un persa de Mesopotamia a quien llamaban Qarmat en homenaje a la antigua diosa Car, organizó un ejército que atacó La Meca y robó el velo de la Kaba y la sagrada Piedra Negra que estaba dentro. Por último, dieron origen a los hashashin, un grupo de homicidas políticos afectos a las drogas, de donde deriva la palabra "asesinos". Os digo estas cosas —prosiguió la abadesa—, porque esta secta shií, despiadada y movida por intereses políticos, que desembarcó en Córcega conocía la existencia del ajedrez de Montglane. Habían estudiado los antiguos manuscritos de Egipto, Babilonia y Sumeria, que hablaban de los oscuros misterios cuya clave, según creían, estaba en el juego. Y querían recuperarlo. Durante los siglos de guerra que siguieron estos místicos clandestinos vieron frustrados repetidas veces sus intentos de encontrar y recuperar el ajedrez. Por último, los moros fueron expulsados de sus plazas fuertes de Italia y España. Divididos en facciones, dejaron de desempeñar un papel importante en la historia.

Durante el relato de la abadesa mi madre había permanecido en silencio. Habitualmente directa y abierta, se mostraba ahora reservada y cautelosa. Tanto mi padrastro como yo lo notamos, y Fesch habló… tal vez para sacarla de su mutismo:

—Mi familia y yo hemos escuchado vuestras palabras con suma atención —dijo—. Como es natural, nos preguntamos cuál es el secreto que monsieur Rousseau podría buscar en nuestra isla… y por qué nos habéis elegido a nosotros como confidentes en vuestro intento de impedir que lo encuentre.

—Aunque, como he dicho, tal vez Rousseau está demasiado enfermo para viajar —repuso la abadesa—, sin duda indicará a su agente que visite a uno de sus compatriotas aquí. En cuanto al secreto que persigue… tal vez Angela-Maria, vuestra esposa, pueda decirnos más. Sus raíces familiares en la isla de Córcega datan de hace mucho… si no me equivoco, antes incluso de la llegada de los moros…

¡Comprendí de repente por qué la abadesa había venido aquí! El rostro delicado y dulce de mi madre se ruborizó, mientras lanzaba una rápida mirada a Fesch y luego a mí. Se retorcía las manos y parecía no saber qué hacer.

—No tengo intención de desconcertaros, madame Fesch —agregó la abadesa con voz serena, que, sin embargo, transmitía cierto apremio—, pero esperaba que el sentido del honor corso exigiría la devolución del favor que os hice.

Fesch estaba perplejo, pero yo no, pues había vivido siempre en Córcega y conocía las leyendas en torno a la familia de mi madre, los Pietrasanta, que residía en esta isla prácticamente desde sus orígenes.

—Madre —dije—, no son más que antiguos mitos, o al menos eso me habéis dicho. ¿Qué importa compartirlos con madame de Roque, que tanto ha hecho por nosotros?

En ese punto Fesch puso su mano sobre la de mi madre y la apretó para manifestarle su apoyo.

—Madame de Roque —dijo mi madre con voz temblorosa—, os debo gratitud y pertenezco a un pueblo que paga sus deudas. Sin embargo, vuestra historia me ha asustado. La superstición está profundamente enraizada en nuestra sangre. Aunque la mayoría de las familias de esta isla desciende de etruscos, lombardos o sicilianos, la mía se remonta a los primeros pobladores. Provenimos de Fenicia, un antiguo pueblo de la costa oriental del Mediterráneo. Colonizamos Córcega mil seiscientos años antes del nacimiento de Cristo.

Mientras mi madre hablaba, la abadesa asentía en silencio.

—Los fenicios eran comerciantes, mercaderes, y en la historia antigua se los conocía como el pueblo del mar. Los griegos los llamaron «*phoinikes*», que significa «rojo como la sangre», tal vez a causa de los tintes purpúreos que obtenían de las conchas o quizá por el legendario pájaro de fuego o la palmera, ambos llamados «*phoinix*», es decir, «rojo como el fuego». Hay quien piensa que provenimos del mar Rojo y por eso nos dieron ese nombre. Pero nada de esto es cierto. Nos llamaron así por el color de nuestros cabellos. Y todas las tribus que se formaron a partir de los fenicios, como los vénetos, fueron conocidas por esta señal. Me detengo en este punto porque estos pueblos extraños y primitivos adoraban las cosas rojas, del color de las llamas y la sangre.

»Aunque los griegos los llamaban *phoinikes*, ellos se denominaban pueblo de Khna (o Cnósos) y más tarde cananeos. Según la Biblia, adoraban a muchos dioses, los dioses de Babilonia: al dios Bel, a quien llamaban Baal; a Isthar, que se convirtió en Astarté, y a Mel Kart, a quien los griegos llamaban Kar, que significa "sino" o "destino", y mi gente llamaba el Moloc.

—El Moloc —susurró la abadesa—. Los hebreos lamentaban el culto pagano de este dios, aunque los acusaron de adorarlo. Arrojaban los niños vivos al fuego para aplacarlo.

—Sí —dijo mi madre—, y hacían cosas peores. Aunque la mayor parte de los pueblos antiguos creía que la venganza solo correspondía a los dioses, los fenicios consideraban que les competía a ellos. En los lugares que fundaron (Córcega, Cerdeña, Marsella, Venecia, Sicilia) la traición es solo un medio para llegar a un fin y el desquite significa justicia. Sus descendientes hacen estragos aún hoy en el Mediterráneo. Los piratas de Berbería no descendían de los bereberes, sino de Barbarroja, y aún hoy, en Túnez y Argel, tienen esclavizados a veinte mil europeos para obtener el rescate, que es su medio para amasar fortunas. Estos son los verdaderos descendientes de Fenicia: ¡hombres que gobiernan los mares desde fortalezas isleñas, adoran al dios de los ladrones, viven de la traición y mueren por causa de *vendetta*!

—Sí —dijo entusiasmada la abadesa—. ¡Tal como el moro dijo a Carlomagno, era el propio juego de ajedrez el que llevaba en sí el Sar, la venganza! Pero ¿qué es? ¿Cuál puede ser el oscuro secreto, buscado por los moros y conocido quizá también por los fenicios? ¿Qué poder encierran esas piezas… conocido quizá alguna vez y perdido ahora para siempre sin esa clave enterrada?

—No estoy segura —respondió mi madre—, pero, por lo que habéis contado, tal vez tenga una pista. Habéis dicho que eran ocho los moros que llevaron el juego de ajedrez a Carlomagno y que, negándose a separarse de él, lo siguieron incluso a Montglane, donde se creía que practicaban ritos secretos. Sé en qué podía consistir ese rito. Los fenicios, mis antepasados, practicaban ritos de iniciación como los que habéis descrito. Adoraban una piedra sagrada, a veces una estela o monolito que, según creían, contenía la voz del dios. En todo santuario fenicio había un *masseboth* como la Piedra Negra de la Kaaba, en La Meca, o la Cúpula de la Roca en Jerusalén.

»Entre nuestras leyendas figura la de una mujer llamada Elisa, que llegó de Tiro. Su hermano era el rey, y cuando asesinó a su esposo ella robó las piedras sagradas y huyó a Cartago, en la costa septentrional de África. Su hermano la persiguió… porque ella había robado sus dioses. Según nuestra versión de la historia, ella se inmoló en la pira para aplacar a los dioses y salvar a su pueblo, pero al hacerlo afirmó que resurgiría, como el Fénix, de sus cenizas… el día que las piedras empezaran a cantar. Y dijo que ese sería un día de justo castigo para la Tierra.

Cuando mi madre terminó su relato, la abadesa permaneció largo rato en silencio. Ni mi padrastro ni yo interrumpimos sus pensamientos. Por último, dijo lo que estaba pensando:

—Es el misterio de Orfeo, que con su canto daba vida a las rocas y las piedras. La dulzura de su canto era tal que hasta las arenas del desierto lloraban lágrimas de sangre. Aunque tal vez solo sean mitos, yo misma siento que se aproxima este día de justo castigo. Si el ajedrez de Montglane se levanta, que el Cielo nos proteja a todos, porque creo que contiene la llave para abrir los labios mudos de la naturaleza y liberar las voces de los dioses.

Letizia paseó la mirada por el pequeño comedor. Los carbones del brasero ya eran solo cenizas. Sus dos hijos la miraban en silencio. Mireille, que era más decidida que ellos, preguntó:

—¿Y explicó la abadesa cómo pensaba que el juego podía provocar esas cosas?

Letizia negó con la cabeza.

—No, pero su otra predicción resultó cierta... la relativa a Rousseau, porque en el otoño posterior a su visita llegó el agente de este, un joven escocés llamado James Boswell. Con el pretexto de escribir una historia de Córcega, se hizo amigo de Paoli y cenaban juntos todas las noches. La abadesa nos había rogado que le comunicásemos sus movimientos y advirtiésemos a las personas de ascendencia fenicia que no debían compartir sus historias con él, aunque esto último no era necesario, porque somos un pueblo reservado por naturaleza, que no habla fácilmente con desconocidos, a menos que se esté en deuda con ellos, como en el caso de la abadesa. Tal como ella predijera, Boswell se puso en contacto con Franz Fesch, pero lo disuadió el frío recibimiento de mi padrastro, de quien solía decir en broma que era un suizo típico. Cuando más tarde se publicó *Historia de Córcega y vida de Pasquale Paoli*, quedó claro que no había obtenido muchos datos para comunicar a Rousseau. Y ahora Rousseau está muerto, claro...

—Pero el ajedrez de Montglane se ha despertado —la interrumpió Mireille, que se puso en pie y la miró a los ojos—. Vuestro relato explica el mensaje de la abadesa y la naturaleza de vuestra amistad, pero poco más. ¿Esperáis, señora, que acepte esta historia de piedras que cantan y fenicios vengativos? ¡Mis cabellos, en efecto, son rojos como los de Elisa de Q'ar… pero debajo de los míos hay un cerebro! La abadesa de Montglane no cree en lo esotérico más que yo, y tampoco se daría por satisfecha con este cuento. Además, en su mensaje hay más de lo que habéis explicado… ella dijo a vuestra hija que cuando vos recibierais estas noticias sabríais qué hacer. ¿Qué quería decir con eso, madame Buonaparte…? ¿Y qué relación tiene todo esto con la fórmula?

Al oír las últimas palabras Letizia palideció y se llevó una mano al pecho. Elisa y Napoleone estaban clavados a sus sillas, pero este murmuró:

—¿Qué fórmula?

—¡La fórmula cuya existencia conocía Voltaire… y el cardenal Richelieu… y sin duda también Rousseau… y desde luego vuestra madre! —exclamó Mireille, elevando cada vez más la voz. Sus ojos verdes ardían como oscuras esmeraldas mientras miraba a Letizia, que permanecía sentada y muda.

Cruzó la habitación con dos ágiles zancadas y, cogiendo a Letizia por los brazos, la puso en pie. Napoleone y Elisa también se levantaron, pero Mireille hizo un gesto que los mantuvo alejados.

—Contestadme, madame… dos mujeres han muerto ante mis ojos a causa de esas piezas. He visto la naturaleza repulsiva y maléfica de uno de los que las buscan… que me persigue aun ahora y estaría dispuesto a matarme por lo que sé. La caja se ha abierto y la muerte anda suelta. Lo he visto con mis propios ojos, tal como he visto el ajedrez de Montglane y los símbolos grabados en sus piezas. Sé que hay una fórmula. ¡Y ahora decidme qué desea la abadesa que hagáis!

Mireille casi zarandeaba a Letizia y su expresión era de furia desatada mientras volvía a ver el rostro de Valentine… Valentine, que había sido asesinada por las piezas.

Los labios de Letizia temblaban… La mujer de acero, que jamás derramaba una lágrima, estaba llorando. Mientras Mireille la sujetaba con fuerza, Napoleone la rodeó con un brazo y Elisa tocó suavemente el brazo de la joven.

—Madre —dijo Napoleone—, debéis decírselo. Decid lo que desea saber. ¡Por Dios, habéis desafiado a cien soldados franceses armados! ¿Qué horror tan terrible es este que ni siquiera podéis mencionarlo?

Letizia trataba de hablar. Las lágrimas le humedecían los labios mientras procuraba controlar los sollozos.

—Juré… todos juramos… que jamás hablaríamos de ello —balbuceó—. Hélène… la abadesa, sabía que había una fórmula antes de haber visto el ajedrez. Y me dijo que si debía ser la primera en sacarlo a la luz después de estos mil años la escribiría… escribiría los símbolos que había en las piezas y el tablero… y de alguna manera me los haría llegar.

—¿A vos? —preguntó Mireille—. ¿Por qué a vos? Por entonces erais solo una niña.

—Sí, una niña —dijo Letizia sonriendo entre lágrimas—. Una niña de catorce años… que estaba a punto de casarse. Una niña que tuvo trece hijos y vio morir a cinco de ellos. Sigo siendo una niña porque no comprendí el peligro que encerraba mi juramento.

—Decidme qué prometisteis hacer —murmuró Mireille.

—Yo había estudiado las historias antiguas durante toda mi vida. Prometí a Hélène que, cuando ella tuviera las piezas en la mano, iría al norte de África a buscar al pueblo de mi madre… iría a ver a los antiguos muftíes del desierto… y que descifraría la fórmula…

—¿Conocéis allí a alguien que pueda ayudaros? —preguntó alterada Mireille—. Madame, allí es adonde voy. Permitidme que os haga este servicio. ¡Es mi único deseo! Sé que he estado enferma… pero soy joven y me recuperaré enseguida…

—No hasta que nos hayamos comunicado con la abadesa —repuso Letizia, que había recobrado parte de su aplomo—. ¡Además, necesitaréis más de una velada para aprender lo que yo he aprendido en cuarenta años! Aunque pensáis que sois fuerte… no lo sois tanto como para viajar… Creo que conozco lo suficiente la enfermedad que padecéis para predecir que dentro de seis o siete meses curará. Es justo el tiempo que necesitáis para aprender…

—¡Seis o siete meses! —exclamó Mireille—. ¡Es imposible! ¡No puedo quedarme tanto tiempo en Córcega!

—Me temo que tendréis que hacerlo, querida. —Letizia sonrió—. Veréis, es que no estáis enferma. Estáis embarazada.

Mil kilómetros al norte de Córcega, el padre de la criatura de Mireille, Charles-Maurice de Talleyrand-Périgord, estaba sentado en las riberas heladas del río Támesis... pescando.

Debajo de él, sobre los rastrojos, había varios chales de lana extendidos y cubiertos con hule. Tenía los calzones enrollados por encima de las rodillas y atados con cintas de gro; los zapatos y las medias estaban cuidadosamente colocados a su lado. Llevaba un grueso jubón de piel y botas forradas también de piel, además de un sombrero de ala ancha destinado a evitar que la nieve se depositara en su cuello.

Detrás de él, bajo las ramas nevadas de un gran roble, estaba Courtiade, con una cesta de pescado colgada de un brazo y la chaqueta de terciopelo de su amo bien doblada en el otro. El fondo de la cesta estaba forrado con las hojas amarillentas de un periódico francés de dos meses atrás que hasta esa misma mañana había estado clavado en la pared del estudio.

Courtiade sabía qué ponía el periódico y se sintió aliviado cuando Talleyrand lo arrancó bruscamente de la pared, lo metió en la cesta y anunció que ya era hora de ir a pescar. Desde que habían llegado las noticias de Francia su amo estaba mucho más silencioso que de costumbre. Las habían leído juntos, en voz alta.

SE BUSCA

POR TRAICIÓN

Talleyrand, antiguo obispo de Autun, ha emigrado... procurad obtener información de parientes o amigos que puedan haberlo albergado. Esta descripción... rostro largo, ojos azules, nariz ligeramente respingona. Talleyrand-Périgord cojea, del pie derecho o del izquierdo...

Courtiade seguía con la mirada las siluetas oscuras de las barcazas que subían y bajaban por las aguas grises del Támesis. Fragmentos de hielo desprendidos de las riberas saltaban como peonzas a merced de la corriente. El sedal de Talleyrand flotaba entre los juncos que asomaban por las grietas de hielo sucio. Courtiade percibía el aroma intenso y salado de los peces. El invierno había llegado demasiado pronto, como muchas otras cosas.

Era el 23 de septiembre y no hacía todavía dos meses que Talleyrand había llegado a Londres, a la casita de Woodstock Street que Courtiade había preparado para él. Justo a tiempo, porque el día anterior el Comité había abierto el «armario de hierro» del rey, en las Tullerías, y allí habían encontrado las cartas de Mirabeau y La Porte que revelaban los muchos sobornos hechos por Rusia, España y Turquía —y hasta por Luis XVI— a miembros prominentes de la Asamblea.

Mirabeau era afortunado; estaba muerto, pensó Talleyrand mientras recogía el sedal e indicaba por señas a Courtiade que le lanzara más cebo. Trescientas mil personas habían asistido al funeral del gran estadista. Ahora habían cubierto con un velo su busto en la Asamblea y retirado sus cenizas del Panteón. Peor suerte correría el rey. Su vida pendía de un hilo, encerrado como estaba con su familia en la torre de los Caballeros Templarios, la poderosa orden de francmasones, que exigía que fuera juzgado.

También Talleyrand había sido juzgado, *in absentia*, y lo habían declarado culpable. Aunque no habían encontrado pruebas decisivas de su puño y letra, las cartas confiscadas a La Porte indicaban que su amigo el obispo estaría dispuesto, como antiguo presidente de la Asamblea, a servir a los intereses del rey… por un precio.

Talleyrand enganchó en el anzuelo el cebo que le tendió Courtiade y, suspirando, volvió a arrojar el sedal a las oscuras aguas del Támesis. Todas las precauciones que había tomado para abandonar Francia con un pase diplomático habían sido inútiles. Como ahora era un hombre buscado en su país, las puertas de la nobleza británica se habían cerrado para él. Hasta los emigrados que vivían en Inglaterra lo detestaban por haber traicionado a su clase apoyando la revolución. Y lo más terrible era que estaba sin blanca. Incluso aquellas amantes en las que una vez había confiado para obtener apoyo económico eran ahora pobres y confeccionaban sombreros de paja o escribían novelas para sobrevivir.

La vida era horrenda. Veía que sus treinta y ocho años de existencia desaparecían arrasados por la corriente como el anzuelo que acababa de arrojar a las aguas negras, sin dejar huella. Pero seguía manejando la caña. Aunque no hablaba de ello con frecuencia, no podía olvidar que sus antepasados descendían de Carlos el Calvo, nieto de Carlomagno. Adalberto de Périgord había puesto a Hugo Capeto en el trono de Francia; Traillefer, el Cortafierro, era un héroe de la batalla de Hastings; Hélie de Talleyrand había puesto las Sandalias del Pescador al papa Juan XXII. Descendía de aquella larga estirpe de hacedores de reyes cuyo lema era *Reque Dieu*: «Solo servimos a Dios». Cuando todo parecía perdido, los Talleyrand de Périgord eran más proclives a arrojar el guante que la toalla.

Recogió el sedal, cortó el cebo y lo arrojó a la cesta de Courtiade. Este lo ayudó a ponerse en pie.

—Courtiade —dijo Talleyrand entregándole la caña—, ya sabes que dentro de pocos meses cumpliré treinta y nueve años.

—Naturalmente —contestó el valet—. ¿Desea monseñor que prepare una fiesta?

Talleyrand echó la cabeza hacia atrás y rió.

—A fin de mes tengo que dejar la casa de Woodstock Street y alquilar una más pequeña en Kensington. Y a fin de año, como no haya otra fuente de ingresos, me veré obligado a vender la biblioteca…

—Tal vez monseñor pase algo por alto —dijo cortésmente Courtiade, sosteniendo la chaqueta de terciopelo—. Algo que tal vez le haya proporcionado el destino para afrontar la difícil situación en que se encuentra… Me refiero a esos artículos guardados en este momento detrás de los libros de la biblioteca de monseñor, en Woodstock Street.

—Courtiade, no pasa día sin que piense eso mismo —dijo Talleyrand—. Sin embargo, no creo que estén allí para ser vendidos.

—Si se me permite la indiscreción —continuó Courtiade, doblando la ropa de Talleyrand y recogiendo los brillantes escarpines—, ¿monseñor ha tenido últimamente noticias de mademoiselle Mireille?

—No —contestó Talleyrand—, pero todavía no estoy dispuesto a redactar su epitafio. Es una joven valerosa y está en el buen camino. Lo que quiero decir es que el tesoro que está ahora en mis manos puede tener más valor que su peso en oro… ¿por qué, si no, lo habrían perseguido tantos durante tanto tiempo? Ahora la edad de la ilusión ha terminado en Francia. Han puesto al rey en la balanza y lo han encontrado deficiente… como a todos los reyes. Su juicio será una simple formalidad. Pero ni siquiera el gobierno más débil puede ser reemplazado por la anarquía. Lo que Francia necesita ahora es un líder, no un gobernante. Y, cuando llegue, seré el primero en reconocerlo.

—Monseñor se refiere a un hombre que sirva a la voluntad de Dios y devuelva la paz a nuestra tierra —apuntó Courtiade, que se había arrodillado para meter trozos de hielo en la cesta de pescado.

—No, Courtiade —dijo Talleyrand con un suspiro—. Si Dios deseara paz en la tierra, a estas alturas ya la tendríamos. Nuestro Salvador dijo: «No he venido a traer la paz, sino la espada». El hombre al que me refiero comprenderá cuál es el valor del ajedrez de Montglane... que se resume en una palabra: poder. Esto es lo que ofrezco al hombre que pronto conducirá los destinos de Francia.

Mientras caminaban por la helada ribera del Támesis, Courtiade formuló vacilante la pregunta que ocupaba sus pensamientos desde que habían recibido aquel periódico francés, ahora aplastado y arrugado debajo del hielo y el pescado:

—¿Y cómo piensa monseñor encontrar a ese hombre, ahora que la acusación de traición le impide regresar a Francia? —susurró.

Talleyrand sonrió y, con familiaridad desacostumbrada, le dio una palmada en el hombro.

—Mi querido Courtiade —dijo—. La traición no es más que una cuestión de fechas.

París, diciembre de 1792

Era 11 de diciembre. El acontecimiento era el juicio de Luis XVI, rey de Francia. El cargo era traición.

El Club de los Jacobinos ya estaba atestado cuando llegó Jacques-Louis David. Algunos rezagados de aquel primer día de juicio entraron con él, y algunos le dieron palmadas en el hombro. Captó retazos de conversaciones y observó a los presentes: las damas en sus palcos, bebiendo licores aromáticos; los vendedores ambulantes que ofrecían helados en el salón; las amantes del duque de Orleans, que murmuraban y reían detrás de sus abanicos de encajes, y el propio rey, quien, al mostrársele las cartas sacadas de su armario de hierro, fingía no haberlas visto nunca... negaba su firma, alegaba mala memoria cuando le mostraban las múltiples pruebas de su traición al Estado. Los jacobinos estaban de acuerdo en que era un bufón entrenado. La mayor parte de ellos había decidido ya su voto antes de cruzar las grandes puertas de roble del Club de los Jacobinos.

David caminaba por las baldosas del antiguo monasterio donde los jacobinos celebraban sus reuniones, cuando alguien le tiró de la manga. Al volverse vio los ojos fríos y brillantes de Maximilien Robespierre.

Este —impecable, como siempre, con un traje gris plata, cuello alto y cabello empolvado— estaba más pálido que la última vez que lo había visto, tal vez incluso más severo. Saludó a David con una inclinación de la cabeza y sacó una cajita de pastillas del bolsillo interior de su chaqueta. Cogió una y le ofreció la caja.

—Mi querido David —dijo—, no te hemos visto mucho en los últimos meses. He oído decir que estabas trabajando en una pintura en el Jeu de Paume. Sé que eres un artista entregado a tu arte, pero no debes ausentarte tanto tiempo… la revolución te necesita.

Era la manera sutil que tenía Robespierre de indicar que ya no era seguro que un revolucionario se mantuviera apartado de la acción. Podía interpretarse como falta de interés.

—Por supuesto, me he enterado del destino de tu pupila en la prisión de l'Abbaye —agregó—. Permíteme que te exprese mi pésame más sentido, aunque sea algo tarde. Supongo que sabrás que Marat fue castigado por los girondinos delante de la Asamblea. ¡Cuando solicitaron a gritos su castigo, se puso en pie en la Montaña y, sacando una pistola, apuntó a su sien como si pensara suicidarse! Un espectáculo desagradable, pero le salvó la vida. El rey haría bien en seguir su ejemplo.

—¿Crees que la Convención votará por la condena a muerte del rey? —preguntó David cambiando de tema, pues no quería pensar en la terrible muerte de Valentine, cuyo recuerdo apenas lo había abandonado en los meses transcurridos.

—Un rey vivo es un rey peligroso —afirmó Robespierre—. Aunque no propongo el regicidio, su correspondencia no deja lugar a dudas de que planeaba actos de traición contra el Estado… ¡como tu amigo Talleyrand! Ya ves que mis predicciones sobre él resultaron ciertas.

—Danton me envió una nota para solicitar mi presencia esta

noche —dijo David—. Parece que se trata de que el voto popular decida el destino del rey.

—Sí, para eso nos reunimos —confirmó Robespierre—. Los girondinos, esos corazones compasivos, apoyan esa medida. Sin embargo, si permitimos que voten sus representantes de provincias, me temo que nos encontraremos con una restauración de la monarquía. Y hablando de girondinos, me gustaría que conocieras a ese joven inglés que viene hacia nosotros. Es amigo de André Chénier, el poeta. Lo he invitado a venir hoy aquí para que sus ilusiones románticas sobre la revolución queden destruidas al ver el ala izquierda en acción.

David miró al joven larguirucho que se aproximaba. Tenía la piel cetrina y el cabello lacio, que se peinaba hacia atrás, dejando la frente despejada, y caminaba ligeramente encorvado, como si se inclinara hacia el suelo. Llevaba una chaqueta marrón que le quedaba grande, como si la hubiera recogido de una bolsa de trapos, y en lugar de bufanda, un pañuelo negro anudado al cuello. Sus ojos eran claros y brillantes, y el mentón huidizo estaba equilibrado por una nariz fuerte y prominente. Su jóvenes manos mostraban ya las callosidades de las personas que han crecido en el campo y se han visto obligadas a trabajar.

—Este es el joven William Wordsworth, un poeta —dijo Robespierre cuando el inglés se acercó—. Ya hace un mes que está en París… pero esta es su primera visita al Club de los Jacobinos. Os presento al ciudadano Jacques-Louis David, antiguo presidente de la Asamblea.

—¡Monsieur David! —exclamó Wordsworth, estrechando cordialmente la mano del pintor—. ¡Tuve el gran honor de ver vuestra obra expuesta en Londres a mi regreso de Cambridge! *La muerte de Sócrates*. Sois una inspiración para alguien como yo, cuyo mayor deseo es dar cuenta de los acontecimientos históricos.

—Sois escritor, ¿no es cierto? —preguntó David—. Entonces, como Robespierre convendrá, llegáis a tiempo para ser testigo de un gran acontecimiento: la caída de la monarquía francesa.

—Nuestro poeta, el místico William Blake, publicó el año pasado un poema, «La Revolución francesa», en el que predice, como en la Biblia, la caída de los reyes. ¿Tal vez lo habéis leído?

—Me temo mucho que me dedico solo a Herodoto, Plutarco y

Livio —dijo sonriendo David—. En ellos encuentro temas adecuados para mis cuadros, porque no soy un místico ni un poeta.

—Es extraño —dijo Wordsworth—. En Inglaterra creíamos que quienes estaban detrás de esta revolución eran los francmasones, a quienes, sin duda, debemos considerar místicos.

—Es verdad que la mayor parte de nosotros pertenece a esa sociedad —aceptó Robespierre—. En realidad, el propio Club de los Jacobinos fue fundado por Talleyrand como una orden de francmasones. Pero aquí, en Francia, apenas puede decirse que seamos místicos…

—Algunos sí —interrumpió David—. Por ejemplo, Marat.

—¿Marat? —preguntó Robespierre levantando una ceja—. Bromeas, claro. ¿De dónde has sacado esa idea?

—En realidad he venido esta noche no solo convocado por Danton —admitió a regañadientes David—. Quería verte porque pensé que quizá podrías ayudarme. Has hablado del… accidente… que sufrió mi pupila en la prisión de l'Abbaye. Sabes que su muerte no fue un accidente. Marat la hizo interrogar y ejecutar deliberadamente porque creía que sabía algo sobre… ¿has oído hablar del ajedrez de Montglane?

Al oír esas palabras Robespierre palideció. El joven Wordsworth miró a ambos hombres con perplejidad.

—¿Sabes de qué estás hablando? —susurró Robespierre llevándose aparte a David. Wordsworth los siguió con expresión atenta—. ¿Qué podía saber tu pupila al respecto?

—Mis dos pupilas habían sido novicias en la abadía de Montglane… —empezó a decir David.

—¿Por qué nunca lo habías mencionado? —lo interrumpió Robespierre con voz temblorosa—. Claro… ¡esto explica las atenciones que les dedicó el obispo de Autun desde que llegaron! Si me lo hubieras dicho antes… ¡antes de que se me escapara!

—Jamás creí esa historia, Maximilien —repuso David—. Pensé que era solo una leyenda, una superstición. Sin embargo, Marat lo creía. ¡Y Mireille, en un intento por salvar a su prima, le dijo que ese tesoro fabuloso existía en realidad! Le explicó que ella y su prima tenían parte de ese tesoro y que lo habían enterrado en mi jardín. Pero al día siguiente, cuando Marat llegó con una delegación para desenterrarlo…

—¿Qué? ¿Qué? —preguntó Robespierre con gran agitación, apretando el brazo de David. Wordsworth no se perdía palabra.

—Mireille había desaparecido —murmuró David— y cerca de la pequeña fuente del jardín la tierra estaba removida…

—¿Y dónde está ahora tu pupila? —En su agitación, Robespierre casi gritaba—. Hay que interrogarla. Enseguida.

—Ahí es donde esperaba que pudieses ayudarme —dijo David—. Ya he perdido las esperanzas de que regrese. Pensé que con tus contactos podrías enterarte de su paradero y de si le ha sucedido… algo.

—La encontraremos, aunque tengamos que poner Francia patas arriba —le aseguró Robespierre—. Debes darme una descripción completa, con la mayor cantidad posible de detalles.

—Puedo hacer algo mejor —repuso David—. Tengo un retrato de ella en mi estudio.

Córcega, enero de 1793

Pero el destino quiso que la modelo del retrato no permaneciera mucho tiempo en suelo francés.

Un día de finales de enero, bien pasada la medianoche, Letizia Buonaparte despertó a Mireille de su sueño en la pequeña habitación que compartía con Elisa, en su casa de las colinas de Ajaccio. Hacía ya tres meses que Mireille estaba en Córcega… y junto a Letizia había aprendido mucho, aunque no todo lo que necesitaba saber.

—Debéis vestiros a toda prisa —susurró Letizia a las dos muchachas, que se frotaban los ojos.

Junto a ella, en la habitación a oscuras, estaban sus dos hijos menores, Maria-Carolina y Girolamo, ya vestidos, como Letizia, para emprender viaje.

—¿Qué sucede? —exclamó Elisa.

—Debemos huir —respondió Letizia con voz serena y firme—. Han estado aquí los soldados de Paoli. El rey de Francia ha muerto.

—¡No! —exclamó Mireille incorporándose de golpe.

—Lo ejecutaron hace dos días en París —explicó Letizia, mientras sacaba ropa del armario para que las jóvenes se vistieran sin demora—. Paoli ha juntado tropas aquí, en Córcega, para unirse a Cerdeña y España… y derrocar al gobierno francés.

—Dios mío —gimió Elisa, que no deseaba salir de la cama—, ¿y qué tiene eso que ver con nosotros?

—Esta tarde, en la Asamblea corsa, tus hermanos Napoleone y Lucciano han hablado en contra de Paoli —dijo Letizia con una sonrisa irónica—. Paoli ha decretado la *vendetta traversa*.

—¿Qué es eso? —preguntó Mireille, que, saltando de la cama, empezó a ponerse la ropa que le tendía Letizia.

—¡La venganza colateral! —susurró Elisa—. ¡En Córcega es costumbre, cuando alguien comete un agravio, vengarse de toda su familia! ¿Dónde están mis hermanos ahora?

—Lucciano está escondido en casa de mi hermano, el cardenal Fesch —contestó Letizia alcanzando la ropa a Elisa—, y Napoleone ha huido de la isla. Vamos, no tenemos caballos suficientes para llegar a Bocognano esta noche, aunque los niños vayan en una sola montura. Debemos robar algunos y llegar antes del amanecer.

Letizia salió de la habitación empujando a los niños delante de ella. Cuando estos lloraron asustados, Mireille la oyó decir con voz firme:

—Yo no lloro, ¿verdad? ¿Qué motivo os habéis inventado para llorar?

—¿Qué hay en Bocognano? —preguntó Mireille a Elisa mientras salían del dormitorio.

—Allí vive mi abuela, Angela-Maria di Pietrasanta —contestó Elisa—. Esto significa que la situación es muy grave.

Mireille estaba atónita. ¡Por fin vería a la anciana de la que tanto había oído hablar! La amiga de la abadesa de Montglane…

Elisa cogió a Mireille por la cintura mientras salían a la oscura noche.

—Angela-Maria ha vivido toda su vida en Córcega. Solo con sus hermanos, primos y sobrinos nietos podría alzar un ejército que barriera la mitad de la isla. Por eso mi madre acude a ella. Significa que acepta la venganza colateral.

La aldea de Bocognano era un conjunto amurallado a casi dos mil quinientos metros por encima del nivel del mar, en las escarpadas y abruptas montañas. Cuando cruzaron a caballo, en fila, el último puente, que se elevaba sobre el impetuoso torrente, era casi el amanecer. Mientras ascendían por la última colina, Mireille vio el perlado Mediterráneo, que se extendía hacia el este, las pequeñas islas de Pianosa, Fórmica, Elba y Montecristo, que parecían flotar en el cielo, y más allá, la resplandeciente costa de la Toscana, que asomaba entre la niebla.

Angela-Maria di Pietrasanta no se alegró de verlos.

—¡Vaya! —dijo la menuda mujer, con las manos en las caderas, al salir de la pequeña casa de piedra para recibirlos—. ¡Otra vez tienen problemas los hijos de Carlo Buonaparte! Tendría que haber adivinado que algún día llegaríamos a esto.

Si a Letizia le sorprendía que su madre conociera la razón de su llegada, no lo demostró. Con el rostro impasible y tranquilo como una máscara, saltó de su caballo y se adelantó a besar a su airada madre en ambas mejillas.

—¡Bueno, bueno —protestó la anciana—, basta de formalidades! ¡Baja a esos niños de sus monturas porque están medio muertos! ¿Es que no les das de comer? ¡Parecen gallinas desplumadas!

Y se apresuró a bajar a los niños de sus cabalgaduras. Al ver a Mireille, se detuvo y la miró desmontar. Después se acercó y, alzándole con rudeza la barbilla, le volvió la cara a uno y otro lado para verla bien.

—Así que esta es la que me decías —dijo a Letizia por encima del hombro—. La que está preñada. La de Montglane.

Mireille estaba embarazada de casi cinco meses y había recobrado la salud.

—Hay que sacarla de la isla, madre —explicó Letizia—. Ya no podemos protegerla, aunque sé que es lo que desearía la abadesa.

—¿Cuánto sabe? —inquirió la anciana.

—Todo lo que he podido enseñarle en tan poco tiempo —contestó Letizia mirando por un instante a Mireille con sus pálidos ojos azules—. Pero no lo bastante.

—¡Bueno, no nos quedemos charlando aquí para que nos oiga todo el mundo! —exclamó la anciana.

Se volvió hacia Mireille y la estrechó entre sus delgados brazos.

—Venid conmigo, damisela. Tal vez Hélène de Roque me maldiga por lo que voy a hacer… pero si es así, la culpa es suya por no contestar al punto su correspondencia. En los tres meses que lleváis aquí no he tenido noticias de ella. Lo he organizado todo —prosiguió en un susurro misterioso, llevando a Mireille hacia la casa— para que esta noche, al amparo de la oscuridad, un barco os lleve a ver a un amigo mío, con quien estaréis a salvo hasta que termine la *traversa*…

—Madame —repuso Mireille—, vuestra hija no ha completado mi educación. Si debo irme y permanecer oculta hasta que termine esta batalla, mi misión se retrasará aún más. No puedo permitirme esperar…

—¿Y quién os pide que esperéis? —dijo la anciana dándole una palmadita en el vientre y sonriendo—. Además, necesito que vayáis a donde os envío… y no creo que os importe. El amigo que va a protegeros está avisado de vuestra llegada, aunque no os espera tan pronto. Se llama Shahin… un nombre precioso. En árabe significa «halcón peregrino». Continuaréis vuestra educación en Argel.

ANÁLISIS POSICIONAL

El ajedrez es el arte del análisis.

MIJAÍL BOTVINNIK,
gran maestro soviético y campeón del mundo

El ajedrez es imaginación.

DAVID BRONSTEIN,
gran maestro soviético

Wenn ihr's nicht fühlt, ihr werdet's nicht erjagen.
(Si no lo sientes, nunca lo lograrás.)

JOHANN WOLFGANG GÖETHE,
Fausto

El camino de la costa describía largas curvas por encima del mar y cada recodo mostraba una imagen impresionante de la rompiente. Pequeñas plantas de hojas carnosas y líquenes crecían en la pared rocosa, empapadas por las salpicaduras de agua salada. Las escarchadas florecían en dorados y fucsias intensos, y sus hojas como lancetas formaban una especie de encaje al descender por la capa de sal que cubría la roca. El mar brillaba en un verde metálico… el color de los ojos de Solarin.

Sin embargo, la maraña de pensamientos que atestaban mi cerebro desde la noche anterior me impedía disfrutar del panorama. Trataba de ordenarlos mientras mi taxi avanzaba por la cornisa en dirección a Argel.

Cada vez que sumaba dos más dos... me daba ocho. Había ochos por todas partes. La pitonisa había sido la primera en señalarlo en relación con mi cumpleaños. Después Mordecai, Sharrif y Solarin lo habían mencionado como un número mágico: no solo había un ocho en la palma de mi mano, sino que Solarin afirmaba que había una fórmula del ocho... fuera lo que fuese. Aquellas habían sido sus últimas palabras antes de desaparecer la noche anterior, dejándome con Sharrif como única compañía... y sin llave de la habitación de mi hotel, porque se la había guardado en el bolsillo.

Como es natural, Sharrif sintió curiosidad por saber quién era mi guapo acompañante del cabaret y por qué se había desvanecido tan repentinamente. Le expliqué cuán halagador resultaba para una chica sencilla como yo tener no una cita, sino dos a las pocas horas de llegar a las playas de un nuevo continente... y dejé que pensara lo que quisiera mientras, junto con sus matones, me llevaba al hotel en el coche patrulla.

Cuando llegué, mi llave estaba en la recepción y la bicicleta de Solarin había desaparecido. Ya que de todas formas mi noche de sueño apacible se había visto frustrada, decidí aprovechar lo que quedaba de ella para investigar un poco.

Ahora sabía que había una fórmula y que no era simplemente un recorrido del caballo. Como había supuesto Lily, era otra clase de fórmula... que ni siquiera Solarin había podido descifrar. Y yo estaba segura de que guardaba relación con el juego de Montglane.

¿Acaso Nim no había intentado prevenirme? Me había enviado bastantes libros sobre fórmulas y juegos matemáticos. Decidí comenzar con el que tanto había interesado a Sharrif, el que había escrito Nim: *Los números de Fibonacci*. Me quedé leyéndolo casi hasta el amanecer y mi decisión había resultado productiva, aunque no sabía con certeza cómo. Al parecer, los números de Fibonacci se usan para algo más que los pronósticos bursátiles. Funcionan así: Leonardo Fibonacci había decidido tomar los números empezando por el uno; sumando cada número al precedente, produjo una serie numérica que poseía propiedades muy interesantes. Es decir, uno más cero da uno; uno más uno, dos; dos más uno, tres; tres más dos, cinco; cinco más tres, ocho... y así sucesivamente.

Fibonacci, que había estudiado con los árabes, que creían que todos los números tenían propiedades mágicas, era una especie de místico. Descubrió que la fórmula que describía la relación entre cada uno de sus números —que era la mitad de la raíz cuadrada de cinco menos uno: $1/2 \, (\sqrt{5-1})$— describía también la estructura de todos los elementos naturales que formaban una espiral.

Según el libro de Nim, los botánicos descubrieron pronto que todas las plantas cuyos pétalos o tallos eran espiralados se ajustaban a los números de Fibonacci. Los biólogos sabían que la concha del nautilus y todas las formas espiraladas de la vida marina seguían ese modelo. Los astrónomos afirmaban que las relaciones de los planetas en el sistema solar —incluida la forma de la Vía Láctea— podían describirse con los números de Fibonacci. Y caí en la cuenta de otra cosa, incluso antes de que el libro de Nim lo mencionara, no porque supiera algo de matemáticas, sino porque me había especializado en música: esa pequeña fórmula no había sido inventada por Fibonacci, sino que un tipo llamado Pitágoras la había descubierto dos mil años antes. Los griegos la llamaban *aurea sectio*: la sección áurea.

Dicho en palabras sencillas, la sección áurea describe cualquier punto de una línea en que la proporción entre el segmento menor y el mayor es igual a la proporción entre el segmento mayor y toda la línea. Las civilizaciones antiguas utilizaban esta proporción en arquitectura, pintura y música. Platón y Aristóteles consideraban que era la relación perfecta para determinar si algo es estéticamente bello. Sin embargo, para Pitágoras significaba mucho más.

Pitágoras era un tipo cuya devoción por el misticismo hacía aparecer como un aficionado hasta al propio Fibonacci. Los griegos lo llamaban Pitágoras de Samos porque había llegado a Crotona desde la isla de Samos huyendo de conflictos políticos, pero había nacido en Tiro, una ciudad de la antigua Fenicia —el país que ahora llamamos Líbano—, y había viajado mucho. Vivió veintiún años en Egipto y otros doce en Mesopotamia y llegó a Crotona con cincuenta años más que cumplidos. Allí fundó una sociedad mística, disfrazada apenas de escuela, donde sus estudiantes aprendían los secretos que él había espigado durante sus viajes. Estos secretos se centraban en dos disciplinas: las matemáticas y la música.

Fue Pitágoras quien descubrió que la base de la escala musical occidental es la octava, porque la mitad de una cuerda produce exactamente el mismo sonido, ocho tonos más alto, que la cuerda entera.

La frecuencia de vibración de una cuerda es inversamente proporcional a su longitud. Uno de sus secretos era que un intervalo de quinta (distancia entre cinco notas diatónicas, o la sección áurea de una octava), repetido doce veces de forma ascendente, coincidía con la nota de partida ocho octavas más alta. Sin embargo, cuando lo probó, había una diferencia de un octavo de nota… de modo que la escala ascendente también era una espiral.

Con todo, el mayor de los secretos era la teoría pitagórica de que el universo está formado por números, cada uno de los cuales posee propiedades divinas. Las proporciones mágicas entre los números aparecían por todas partes en la naturaleza, incluso, según Pitágoras, en los sonidos emitidos por los planetas en vibración mientras se desplazan por el vacío negro. «Hay geometría en el canturreo de las cuerdas —afirmó—. Hay música en el espacio que separa las esferas.»

¿Y qué tenía eso que ver con el juego de Montglane? Sabía que en un juego de ajedrez hay ocho peones y ocho piezas de un lado, y que el propio tablero tiene sesenta y cuatro escaques: ocho al cuadrado. Era evidente que había una fórmula. Solarin la había llamado «la fórmula del ocho». ¿Y qué mejor lugar para ocultarla que un juego de ajedrez, enteramente formado por ochos? Como la sección áurea, como los números de Fibonacci, como la espiral siempre ascendente… el ajedrez de Montglane era mayor que la suma de sus partes.

Mientras el taxi avanzaba, saqué de la cartera un trozo de papel y dibujé un ocho. A continuación puse el papel de lado. Era el símbolo de infinito. Mientras miraba esa forma, una voz resonó en mi cabeza: «Juego es y cual una batalla seguirá como siempre».

Pero antes de unirme al combate tenía que resolver un problema importante: para permanecer en Argel debía tener trabajo… un trabajo con el brillo suficiente como para convertirme en dueña de mi propio destino. Mi colega Sharrif me había dado una muestra de la hospitalidad norteafricana y yo quería asegurarme de que, en caso de que tuviéramos que echar un pulso, mis credenciales eran dignas rivales de las suyas. Además, ¿cómo me las iba a arreglar para buscar el ajedrez de Montglane si a finales de semana tendría a Pétard, mi jefe, colgado de mis faldas?

Necesitaba libertad de movimientos y solo una persona podía proporcionármela. Era a esa persona a quien iba a ver, dispuesta a esperar en la interminable sucesión de salas de espera. Era el hombre que había aprobado mi visado y plantado a los socios de Fulbright Cone porque tenía un partido de tenis; el hombre que podía conceder un contrato importante si lográbamos que firmase el papel. Y por alguna razón intuía que su apoyo sería indispensable para el éxito de las muchas empresas que tenía por delante, aunque en ese momento no podía siquiera imaginar hasta qué punto era así. Se llamaba Émile Kamel Kader.

Mi taxi recorrió el amplio espacio del puerto y pasó junto a la arcada blanca que discurría a lo largo de los edificios gubernamentales, de cara al mar. Nos detuvimos ante el Ministerio de Industria y Energía.

Entré en el vestíbulo de mármol, enorme, oscuro y frío. Mientras mis ojos se adaptaban a la penumbra, vi grupos de hombres, algunos vestidos con trajes occidentales, otros con holgadas túnicas blancas o chilabas negras, esas vestiduras con capucha que protegen de los radicales cambios de temperatura del desierto. Unos pocos llevaban tocados de cuadros rojos y blancos que parecían manteles de restaurante italiano. Cuando entré, todas las miradas se fijaron en mí y comprendí por qué. Parecía ser una de las pocas personas que llevaban pantalones.

No había directorio del edificio ni ventanilla de información, y delante de cada uno de los ascensores disponibles se agolpaba una multitud. Además, no tenía ganas de ir arriba y abajo en compañía de mirones con los ojos abiertos como platos, sobre todo porque no estaba segura de qué departamento buscaba. Así pues, me encaminé hacia las anchas escaleras de mármol que conducían a la planta superior. Un hombre atezado, con traje occidental, me cortó el paso.

—¿Puedo ayudarla? —preguntó con brusquedad colocándose justo entre la escalera y yo.

—Tengo una cita... —respondí, tratando de pasar— con el señor Kader. Émile Kamel Kader. Estará esperándome.

—¿El ministro del petróleo? —dijo él mirándome con incredulidad. Para mi estupefacción, asintió cortésmente y añadió—: Por supuesto, madame. La acompañaré.

Mierda. No tenía más remedio que permitir que me condujera de regreso a los ascensores. El tipo me había cogido del codo y se abría camino a través de la muchedumbre como si fuera la reina madre. Me pregunté qué sucedería cuando descubriera que no tenía ninguna cita.

Para colmo, pensé de pronto, mientras él conseguía un ascensor solo para nosotros dos, mi competencia lingüística en francés era muy limitada. En fin, tendría tiempo de planear mi estrategia mientras esperaba horas y horas en las antesalas, como, según me había dicho Pétard, era *de rigueur*. Eso me permitiría pensar.

Cuando salimos del ascensor en la última planta, un enjambre de habitantes del desierto vestidos con túnicas blancas se arremolinaba cerca del escritorio de recepción. Esperaban a que el pequeño recepcionista con turbante registrara sus maletines en busca de armas. El hombre estaba sentado detrás del alto escritorio, donde una radio portátil transmitía música a todo volumen, e inspeccionaba los maletines con un leve movimiento de la mano. El grupo que lo aguardaba era bastante impresionante. Aunque sus atuendos parecían sábanas, el oro y los rubíes que brillaban en sus dedos hubieran provocado el desvanecimiento de Louis Tiffany.

Mi escolta atravesó la exposición de lo que parecían sudarios pidiendo excusas y, arrastrándome tras de sí, dijo unas palabras en árabe al recepcionista, que salió de detrás del escritorio y nos precedió trotando por el pasillo. Cuando llegó al final, lo vi detenerse para hablar con un soldado que llevaba un fusil colgado del hombro. Ambos se volvieron para mirarme y el soldado desapareció tras la esquina. Al cabo de unos minutos regresó y nos indicó por señas que nos acercáramos. El hombre que me había acompañado desde el vestíbulo asintió y se volvió hacia mí.

—El ministro la recibirá ahora mismo —dijo.

Echando una última mirada al Ku Klux Klan que había dejado atrás, cogí mi cartera y lo seguí al trote.

Al final del pasillo, el soldado me indicó que lo siguiera y con paso marcial dobló la esquina para enfilar otro más largo que conducía a un par de puertas talladas de unos cuatro metros de altura.

Al llegar allí se detuvo, se puso en posición de firmes y esperó.

Respiré hondo, abrí una puerta y entré en un fabuloso vestíbulo con suelo de mármol gris oscuro y una enorme estrella de mármol rosado en el centro. Al otro lado, a través de unas puertas abiertas se veía un despacho enorme cubierto por una alfombra de Boussac, negra con cuadrados que enmarcaban gruesos crisantemos rosados. A lo largo de la pared del fondo, que era curva, había amplias puertaventanas de muchas hojas, todas abiertas, de modo que los cortinajes flotaban hacia el interior. Más allá, entre las copas de las altas palmeras datileras se veía el mar.

Apoyado en la barandilla de hierro forjado del balcón, un hombre alto y esbelto, de cabellos claros, contemplaba el mar. Cuando entré, se volvió hacia mí.

—Mademoiselle —dijo cordialmente, y rodeó el escritorio para estrecharme la mano—, permítame que me presente. Soy Émile Kamel Kader, el ministro del petróleo. Deseaba conocerla.

Hizo la presentación en inglés. Estuve a punto de desplomarme de alivio.

—Le sorprende que hable inglés —añadió con una sonrisa, y no precisamente la clase de sonrisa diplomática que hasta entonces me habían dedicado los locales. Esta era una de las más cálidas que había visto. Continuó estrechando mi mano más de lo necesario—. Crecí en Inglaterra y estudié en Cambridge. De todos modos, en el ministerio todos hablan algo de inglés. Al fin y al cabo, es la lengua del petróleo.

También su voz era muy cálida, dulce y dorada como miel cayendo en una cuchara. De hecho, todo en él me recordaba a la miel: ojos ambarinos, cabello ceniciento y ondulado, piel atezada. Cuando sonreía, lo que hacía a menudo, en torno a sus ojos aparecía una red de pequeñas arrugas, señal de que pasaba demasiado tiempo al sol. Me acordé del partido de tenis y le devolví la sonrisa.

—Siéntese, por favor —dijo. Me condujo hacia una silla de palo de rosa exquisitamente tallada. Luego se acercó a su escritorio, apretó el botón del intercomunicador y dijo unas palabras en árabe—. He pedido que nos traigan té —me explicó—. Tengo entendido que se aloja en El Riadh. La comida que sirven es en su mayor parte enlatada, desagradable, aunque el hotel es precioso. Si no tiene otros planes, después de nuestra entrevista la llevaré a almorzar. Así verá de paso la ciudad.

Yo estaba desconcertada por el cordial recibimiento y supongo que se me notaba, porque agregó:

—Probablemente se preguntará por qué la han traído tan rápido a mi despacho.

—Tengo que admitir que me habían dicho que tendría que esperar bastante tiempo.

—Verá, mademoiselle… ¿puedo llamarla Catherine? Estupendo, y usted debe llamarme Kamel, mi nombre de pila, digamos. En nuestra cultura negar algo a una mujer se considera una falta de educación, impropio de un hombre. Si una mujer asegura que tiene una cita con un ministro, no se la deja en las antesalas, sino que se la hace pasar enseguida. —Y dejó escapar su hermosa risa dorada—. Ahora que conoce el truco, podrá hacer lo que le venga en gana durante su estancia aquí.

Su larga nariz aguileña y amplia frente daban a su perfil el aspecto de la efigie de una moneda. Había algo en él que me resultaba familiar.

—¿Es usted cabila? —pregunté de pronto.

—¡Sí! —contestó complacido—. ¿Cómo lo ha sabido?

—Una simple conjetura —respondí.

—Muy buena. Gran parte del ministerio es de origen cabila. Aunque constituimos menos del quince por ciento de la población de Argelia, el ochenta por ciento de los puestos oficiales de responsabilidad está en manos de cabilas. Los ojos dorados siempre nos traicionan. Los tenemos así de tanto mirar el dinero. —Se echó a reír.

El ministro estaba de tan buen humor que decidí que era el momento adecuado para plantear un tema difícil… aunque no sabía muy bien cómo abordarlo. Al fin y al cabo, había expulsado de su despacho a los socios de mi empresa porque tenía un partido de tenis. ¿Qué podía impedirle sacarme en volandas por meter la pata? En todo caso, estaba en el sanctasanctórum… tal vez no volviera a tener una oportunidad como esa. Decidí aprovecharla.

—Verá, hay algo de lo que quiero hablar con usted antes de que llegue mi colega a final de semana —empecé.

—¿Su colega? —dijo sentándose detrás del escritorio.

¿Eran imaginaciones mías o de pronto se había puesto en guardia?

—Mi gerente, para ser exacta —expliqué—. Mi empresa ha llegado a la conclusión de que, como todavía no tenemos un contrato firmado, es precisa la presencia de este gerente in situ para supervisar la operación. En realidad, al venir hoy aquí he desobedecido las órdenes que me dieron, pero he leído el contrato —agregué sacando una copia de mi cartera y poniéndola sobre el escritorio— y, francamente, no creo que necesite tanta supervisión.

Kamel miró el contrato y después a mí. Juntó las manos en actitud de oración y bajó la cabeza, como si estuviera reflexionando. Yo estaba segura de que había ido demasiado lejos. Por fin habló:

—¿De modo que usted cree en la virtud de la desobediencia? —preguntó—. Eso es interesante… me gustaría saber por qué.

—Este es un contrato para contar con los servicios de un asesor —expliqué señalando el documento que no se había dignado a tocar—. Según sus términos, debo efectuar análisis de recursos petroleros, tanto en el subsuelo como en el barril. Para ello solo necesito un ordenador… y un contrato firmado. Un jefe no haría más que interferir.

—Ya veo —repuso Kamel con expresión seria—. Me ha dado una explicación sin contestar a mi pregunta. Permítame que le haga otra. ¿Conoce los números de Fibonacci?

Contuve una exclamación.

—Un poco —admití—. Se utilizan para realizar prácticas bursátiles. ¿Podría decirme por qué le interesa un tema tan… digamos erudito?

—Por supuesto.

Kamel apretó un botón. Momentos después apareció un asistente con un cartapacio de piel, se lo tendió y salió.

—El gobierno argelino —dijo el ministro sacando un documento y tendiéndomelo— cree que el suministro de petróleo de nuestro país es limitado, como máximo para unos ocho años más. Tal vez encontremos más en el desierto; tal vez no. En este momento el crudo es nuestro producto de exportación básico; gracias a él el país paga todas las importaciones, incluida la de alimentos. Disponemos de muy poca tierra cultivable, como verá. Importamos toda la leche, la carne, los cereales, la madera… hasta la arena.

—¿Importan arena? —pregunté levantando la vista del documento que había empezado a leer. Argelia tenía cientos de miles de kilómetros cuadrados de desierto.

—Arena para fines industriales, para la manufactura. La del

Sahara no es adecuada para esos propósitos. De modo que dependemos por completo del petróleo. No tenemos reservas, pero sí un gran yacimiento de gas natural. Es tan grande que quizá con el tiempo seamos los mayores exportadores mundiales de este producto... si encontramos la manera de transportarlo.

—¿Y eso qué tiene que ver con mi proyecto? —pregunté. Había hojeado el documento y, aunque estaba escrito en francés, no había visto ninguna referencia al petróleo o al gas natural.

—Argelia es miembro de la OPEP. Cada país miembro negocia en la actualidad sus contratos y establece individualmente los precios del crudo, que son distintos según los países. En todo esto desempeñan un papel importante la subjetividad y la negociación. Como país anfitrión de la OPEP, proponemos que nuestros miembros adopten el concepto de negociación colectiva. Esto servirá a dos propósitos: para empezar, aumentará de manera espectacular el precio por barril, manteniendo el coste fijo de explotación; en segundo lugar, podremos reinvertir el dinero en adelantos tecnológicos, como han hecho los israelíes con los fondos occidentales.

—¿Quiere decir en armas?

—No —respondió Kamel sonriendo—, aunque es verdad que al parecer todos gastamos mucho en ese concepto. Me refería a adelantos industriales, y más aún: podemos llevar agua al desierto. Como sabe, la irrigación es la raíz de toda civilización...

—Sin embargo, en este documento no veo nada que refleje lo que está diciendo —observé.

En ese momento un ayuda de cámara con guantes blancos trajo el té con un carrito. Sirvió el té de menta, que yo ya había probado, vertiendo un lago chorro humeante en los vasos pequeños, donde producía un silbido al caer.

—Esta es la manera tradicional de servir el té de menta —explicó Kamel—. Se trituran las hojas de menta verde y se sumergen en agua hirviendo. Contiene todo el azúcar que es capaz de absorber. En algunos lugares se dice que es un tonificante; en otros se cree que es un afrodisíaco.

Rió mientras acercábamos nuestros vasos y bebimos el té perfumado.

—Tal vez podamos continuar nuestra conversación —dije, tan pronto como se cerró la puerta detrás del ayuda de cámara—. Usted tiene un contrato sin firmar con mi empresa según el cual desea calcular las reservas de crudo, y aquí tiene un documento que reza que quiere analizar la importación de arena y otras materias primas. Desea prever cierta tendencia, porque de lo contrario no habría mencionado los números de Fibonacci. ¿Por qué tantas historias distintas?

—Solo hay una —afirmó Kamel. Dejó su vaso de té y me miró fijamente—. El ministro Belaid y yo hemos estudiado con atención su *résumé*. Estuvimos de acuerdo en que usted sería la persona indicada para este proyecto… su historial demuestra que está dispuesta a quebrantar las reglas… —Esbozó una amplia sonrisa—. Verá, querida Catherine, esta misma mañana he negado el visado a su gerente, monsieur Pétard.

Atrajo hacia sí la copia del ambiguo contrato, sacó una pluma y escribió su nombre al pie.

—Ahora tiene un contrato firmado que explica su misión aquí —añadió pasándomelo por encima del escritorio.

Miré la firma y sonreí. Kamel me devolvió la sonrisa.

—Excelente, jefe —dije—, y ahora, ¿tendrá alguien la amabilidad de explicarme lo que debo hacer?

—Queremos un modelo informático —susurró—. Preparado en el mayor secreto.

—¿Y qué tiene que hacer el modelo? —pregunté. Estrechaba el contrato contra mi pecho, deseando ver la cara de Pétard cuando recibiera en París el contrato cuya firma no había conseguido ni una delegación de socios.

—Nos gustaría poder predecir —respondió Kamel— cómo reaccionará el mundo, en términos económicos, cuando le cortemos el suministro de petróleo.

Las colinas de Argel son más escarpadas que las de Roma o San Francisco. Hay lugares donde incluso resulta difícil permanecer de pie. Cuando llegamos al restaurante —una estancia pequeña en la segunda planta de un edificio que daba a una plaza abierta—, estaba sin aliento. El local se llamaba El Baçour, que, según explicó Kamel, significaba «silla del camello». En la pequeña entrada y el bar había sillas de camello dispersas, todas ellas con hermosos bordados de hojas y flores de bellos colores.

La sala principal tenía mesas con manteles blancos y almidonados, y cortinas blancas de encaje que se movían suavemente a merced de la brisa que entraba por las ventanas abiertas. Fuera, las ramas de las acacias rozaban los postigos.

Nos sentamos en una alcoba redondeada con un ventanal, donde Kamel pidió *pastilla au pigeon*, un pastel crujiente espolvoreado de canela y azúcar y relleno con una deliciosa combinación de carne de paloma, huevos revueltos picados, pasas, almendras tostadas y especias exóticas. Mientras comíamos el tradicional almuerzo mediterráneo de cinco platos, con los deliciosos vinos caseros fluyendo como agua, Kamel me entretuvo con historias del norte de África.

Yo no conocía la increíble historia cultural de ese país que ahora consideraba mío. Primero llegaron los tuaregs, cabilas y moros —tribus de los antiguos bereberes que se habían establecido en la costa—, seguidos por los cretenses y fenicios, que establecieron guarniciones allí; después las colonias romanas, los españoles, que conquistaron las tierras moras tras recuperar las propias, y el Imperio otomano, que dominó durante trescientos años a los piratas de la costa de Berbería. A partir de 1830 esas tierras estuvieron gobernadas por los franceses, hasta que la revolución argelina terminó con la dominación extranjera, diez años antes de mi llegada.

En los intervalos había habido más deys y beys de los que podía enumerar, todos ellos con nombres exóticos y prácticas aún más exóticas. Harenes y decapitaciones parecían constituir la regla. Ahora, bajo el gobierno musulmán, las cosas se habían calmado un poco. Pese a que había observado que Kamel bebía vino tinto con el tournedó y el arroz azafranado, y vino blanco para bajar la ensalada… afirmaba ser un seguidor de al-Islam.

—Islam —dije mientras nos servían el espeso café y el postre— significa «paz», ¿no es cierto?

—En cierta forma —respondió Kamel, que estaba cortando en dados el *rahad lajum*, una sustancia gelatinosa cubierta de azúcar glaseada y aromatizada con ambrosía, jazmín y almendras—. Quiere decir lo mismo que *shalom* en hebreo: «que la paz sea contigo». En árabe *salaam* se acompaña de una reverencia profunda, hasta tocar el suelo con la cabeza. Significa sometimiento total a la voluntad de Alá… sumisión completa. —Me tendió un trozo de *rahad lajum* con una sonrisa—. En ocasiones la sumisión a la voluntad de Alá significa la paz… pero otras veces, no.

—Las más de las veces, no —observé.

Kamel me miró con expresión seria.

—Recuerde que de todos los grandes profetas de la historia (Moisés, Buda, Juan el Bautista, Zaratustra, Cristo), Mahoma fue el único que fue a la guerra. Organizó un ejército de cuarenta mil hombres y dirigió el ataque a La Meca. ¡Y la recuperó!

—¿Y qué me dice de Juana de Arco? —pregunté sonriendo.

—Ella no fundó una religión —contestó—, pero tenía el espíritu adecuado. No obstante, el *yihad* no es lo que creen ustedes, los occidentales. ¿Ha leído alguna vez el Corán?

Negué con la cabeza.

—Haré que le envíen un buen ejemplar… en inglés —agregó—. Creo que lo encontrará interesante, y distinto de lo que imagina.

Kamel pagó la cuenta y salimos a la calle.

—Ahora daremos un paseo por Argel, como le prometí —dijo—. Me gustaría empezar mostrándole la Poste Centrale.

Nos encaminamos hacia la gran oficina central de Correos, en el puerto.

—Todas las líneas telefónicas pasan por la Poste Centrale —explicó Kamel—. Es otro de esos sistemas heredados de los franceses, en los que todo se dirige a un centro y nada puede hacer el camino inverso… como las calles. Las llamadas internacionales se realizan manualmente. Le gustará verlo… sobre todo porque va a tener que lidiar con este sistema telefónico arcaico para diseñar el modelo informático que acabo de contratar. Muchos de los datos que necesitará llegarán por línea telefónica.

Yo no estaba segura de que el modelo que me había descrito fuera a necesitar telecomunicaciones, pero habíamos acordado no hablar de ello en público, de modo que me limité a decir:

—Sí, tuve problemas anoche para conseguir una conferencia.

Subimos por la escalinata de la Poste Centrale. Como todos los otros edificios, era grande y oscuro, con suelos de mármol y techo alto, del que colgaban arañas ornamentadas, como en una sucursal bancaria de los años veinte. Por todas partes había retratos enmarcados de Huari Bumedián, el presidente de Argelia. Tenía el rostro largo, grandes ojos tristes y un gran bigote victoriano.

En todos los edificios que había visto había mucho espacio vacío, y la Poste no era una excepción. Aunque Argel era una ciudad grande, nunca parecía haber gente suficiente para llenar todo el espacio, ni siquiera en las calles. Al llegar de Nueva York esto resultaba impresionante. Mientras atravesábamos Correos, el taconeo de nuestros zapatos resonaba entre las paredes. La gente hablaba en susurros, como si estuviera en una biblioteca pública.

En un rincón alejado había una pequeña centralita telefónica del tamaño de una mesa de cocina. Parecía diseñada por Alexander Graham Bell. Detrás había una mujer menuda de unos cuarenta años, con una masificación de cabellos teñidos de henna en lo alto de la cabeza. Su boca era un tajo de carmín rojo sangre, un color que no se fabricaba desde la Segunda Guerra Mundial, y su floreado vestido de gasa también tenía solera. Sobre la centralita había una caja de bombones con muchos envoltorios vacíos.

—¡Pero si es el ministro! —exclamó la mujer. Tras sacar una clavija de la centralita se puso en pie y tendió las manos hacia Kamel, que las tomó—. Recibí sus bombones —dijo ella señalando la caja—. ¡Suizos! Todo lo suyo es siempre de primera clase.

Tenía la voz grave, como la de una cantante de Montmartre. Había en su personalidad algo de la llaneza de los peones y hablaba francés como los marineros marselleses que tan bien imitaba Valérie, la doncella de Harry. Me cayó bien enseguida.

—Thérèse, me gustaría presentarte a mademoiselle Catherine Velis —dijo Kamel—. Mademoiselle está haciendo un importante trabajo informático para el ministerio… para la OPEP, en realidad. Me pareció que eras la persona a quien debía conocer.

—¡Ah, la OPEP! —exclamó Thérèse abriendo mucho los ojos y agitando los dedos—. Muy grande. Muy importante. ¡Esta joven debe de ser inteligente! —observó—. La OPEP dará un gran golpe muy pronto, créame.

—Thérèse lo sabe todo —dijo Kamel entre risas—. Escucha todas las llamadas transcontinentales. Sabe más que el ministro.

—Naturalmente —convino ella—. ¿Quién se ocuparía de los asuntos si yo no estuviera aquí?

—Thérèse es *pied noir* —me explicó Kamel.

—Significa «pie negro» —dijo ella en inglés. Después, volviendo al francés, añadió—: Nací con los pies en África, pero no soy uno de esos árabes. Mi pueblo procede del Líbano.

Yo parecía condenada a no terminar de comprender las distinciones genéticas que se hacían en Argelia, a pesar de que a ellos les interesaban mucho.

—Anoche la señorita Velis tuvo problemas para hacer una llamada —le comentó Kamel.

—¿Qué hora era? —preguntó.

—Alrededor de las once de la noche —respondí—. Traté de llamar a Nueva York desde El Riadh.

—¡Pero si yo estaba aquí! —exclamó. Después, meneando la cabeza, agregó—: Los que trabajan en la centralita del hotel son unos holgazanes. Interrumpen las conexiones. A veces hay que esperar ocho horas para conseguir hablar. La próxima vez, hágamelo saber y yo lo arreglo todo. ¿Quiere llamar esta noche? Dígame cuándo y eso está hecho.

—Quiero enviar un mensaje a un ordenador de Nueva York —dije— para informar de que he llegado. Es un contestador automático; se da el mensaje y queda grabado digitalmente.

—¡Qué moderno! —exclamó Thérèse—. Si lo desea, puedo hacerlo en inglés.

Quedamos de acuerdo y escribí el mensaje para Nim; le comunicaba que había llegado sana y salva y pronto iría a las montañas. Él entendería; sabría que iba a buscar al anticuario de Llewellyn.

—Excelente —dijo Thérèse doblando la nota—. Lo enviaré enseguida. Ahora que nos hemos conocido, sus llamadas siempre tendrán prioridad. Venga a visitarme alguna vez.

Al salir de la Poste Kamel dijo:

—Thérèse es la persona más importante de Argelia. Puede hacer triunfar o frustrar una carrera política solo con desconectar a quien le desagrada. Creo que usted le cae bien. ¡Quién sabe, tal vez la haga presidenta! —agregó entre risas.

Caminábamos junto al puerto, de regreso al ministerio, cuando comentó como por casualidad:

—He visto en su mensaje que piensa ir a las montañas. ¿Hay algún lugar preciso al que quiera ir?

—Solo a visitar al amigo de un amigo —respondí sin comprometerme—. Y para ver algo del país.

—Le pregunto porque esas montañas son el hogar de los cabilas. Yo crecí en ellas y conozco bien la región. Si lo desea, puedo enviarle un coche o llevarla yo mismo.

Aunque su ofrecimiento parecía tan desinteresado como el de enseñarme Argel, advertí a su vez un matiz que no conseguía precisar.

—Creí que se había criado en Inglaterra —dije.

—Fui allí a los quince años para estudiar en una escuela privada, pero antes corría descalzo por las colinas cabileñas, como una cabra montés. De verdad, debería acompañarla un guía. Es una región magnífica, pero resulta fácil perderse. Los mapas de carreteras de Argelia no son del todo precisos.

Parecía un vendedor que quisiera venderme su producto, y pensé que sería descortés declinar su oferta.

—Tal vez sería mejor ir con usted —dije—. ¿Sabe?, anoche, cuando salí del aeropuerto, me siguió la Sécurité. Un tipo llamado Sharrif. ¿Cree que significa algo?

Kamel se había detenido de golpe. Estábamos en el puerto y los barcos gigantescos se balanceaban con suavidad con la marea baja.

—¿Cómo sabe que era Sharrif? —preguntó de pronto.

—Lo conocí. Él… hizo que me llevaran a su oficina en el aeropuerto cuando me dirigía a la aduana. Se mostró muy amable. Me hizo algunas preguntas y después me dejó ir. Pero mandó que me siguieran…

—¿Qué clase de preguntas le hizo? —me interrumpió Kamel. Había palidecido.

Traté de recordar todo lo que había sucedido y se lo conté a Kamel. Le referí incluso el comentario del taxista. Cuando terminé, Kamel quedó en silencio. Parecía reflexionar.

—Le agradecería que no mencionara esto a nadie más —dijo por fin—. Me ocuparé del asunto, pero yo de usted no me preocuparía demasiado. Probablemente sea un caso de confusión de identidad.

Seguimos andando hasta el ministerio y, cuando llegamos a la entrada, Kamel dijo:

—Si Sharrif vuelve a ponerse en contacto con usted por alguna razón, dígale que me ha informado de esto. —Y puso una mano en mi hombro—. Y dígale también que yo voy a llevarla a Cabilia.

EL SONIDO DEL DESIERTO

Pero el desierto oye, aunque no oigan los hombres, y un día se convertirá en selva sonora.

MIGUEL DE UNAMUNO

El Sahara, febrero de 1793

Mireille contemplaba desde el Erg el vasto desierto rojo. Hacia el sur se extendían las dunas de Ez-Zemoul El Akbar, que se alzaban como olas a trescientos metros de altura. En la luz de la mañana, desde esa distancia, parecían garras ensangrentadas que arañaran la arena.

A sus espaldas se alzaba la cordillera del Atlas, todavía cubierta de sombras y velada por las nubes bajas. Se elevaba sobre el desierto vacío —un desierto mayor que cualquier otro de la tierra—, dieciséis mil kilómetros de arenas profundas del color del polvo de ladrillo, en las que no se movían nada más que los cristales creados por el hálito de Dios.

Lo llamaban Sahra. El Sur. El Erial. El reino de los arubi... el árabe errante en el desierto.

Sin embargo, el hombre que la había llevado hasta allí no era un arubi. Shahin tenía la piel blanca y su cabello y sus ojos eran del color del bronce viejo. Su pueblo hablaba la lengua de los antiguos bereberes que habían reinado en ese desierto estéril durante más de quinientos años. Según decía, habían llegado de las montañas y los Erg, la imponente cadena de mesetas que separaban la cordillera que se alzaba a su espalda y las arenas que se extendían ante ella. Habían llamado Areg, la Duna, a esta cadena de mesetas. Y se llamaban a sí mismos «tu-areg»; es decir, los que están ligados a la Duna. Los tuaregs conocían un secreto tan antiguo como su raza, un secreto enterrado en las arenas del tiempo. Y Mireille había viajado durante tantos meses, recorriendo tanta distancia, para descubrirlo.

Solo había pasado un mes desde la noche en que fue con Letizia a la escondida ensenada corsa. Allí subió a bordo de un pequeño barco pesquero, que atravesó el encabritado mar invernal y la llevó a África, donde su guía Shahin, el Halcón, la esperaba en el embarcadero de Dar-el-Beida para conducirla al Magreb. Shahin llevaba un largo *haik* negro y el rostro oculto tras el *litham* añil, un velo doble a través del cual veía pero no podía ser visto. Era uno de los «hombres azules», las tribus sagradas del Ahaggar, donde solo los varones utilizaban velos para protegerse de los vientos del desierto y se teñían la piel de azul. Los nómadas llamaban magrebí —«mago»— a esta secta especial que podía desvelar los secretos del Magreb, la tierra donde se ponía el sol. Ellos sabían dónde podía encontrarse la clave para desentrañar el misterio del juego de Montglane.

Por eso Letizia y su madre habían enviado a Mireille a África; por eso había cruzado los altos Atlas en invierno —quinientos kilómetros en medio de ventiscas por un terreno peligroso—: porque, cuando descubriera el secreto, sería la única persona viva que había tocado las piezas… y conocía el secreto de su poder.

El secreto no estaba escondido en el desierto debajo de una piedra, ni en una biblioteca polvorienta. Yacía oculto en los cuentos de estos nómadas. Atravesando de noche el desierto, pasando de boca en boca, se había extendido como las chispas de una fogata moribunda por las arenas silenciosas para quedar enterrado en la oscuridad. El secreto estaba oculto en los sonidos mismos del desierto, en las historias sobre el pueblo al que pertenecía Mireille… en los susurros misteriosos de las rocas y piedras.

Shahin estaba tumbado boca abajo en la zanja cubierta por arbustos que habían excavado en la arena. Sobre sus cabezas, el halcón planeaba en círculos descubriendo una espiral lenta y perezosa mientras escudriñaba los arbustos, atento a cualquier movimiento. Al lado de Shahin estaba Mireille, acuclillada, casi sin respirar. Contemplaba el perfil tenso de su compañero: la larga y estrecha nariz, ganchuda como la de los peregrinos cuyo nombre llevaba; los ojos amarillos, la boca apretada y el turbante flojo, con el largo cabello trenzado que caía por su espalda. Se había quitado el largo *haik* tradicional y, como Mireille, llevaba solo una chilaba de lana con capucha teñida de bermejo, con los jugos del *abal*, el mismo color que el desierto. El halcón que describía círculos en el cielo no podía distinguirlos de la arena y los arbustos que constituían su camuflaje.

—Es un *hurr*… un halcón *sakr* —susurró Shahin a Mireille—. No es tan veloz o agresivo como el peregrino, pero es más listo y tiene la vista más aguzada. Será un buen pájaro para vos.

Antes de cruzar el Ez-Zemoul El Akbar, en el borde del Gran Erg Oriental, la más alta y ancha cadena de dunas del mundo, Shahin había dicho que Mireille debía cazar y adiestrar un halcón. No se trataba solo de una prueba de valor tradicional entre los tuaregs, cuyas mujeres cazaban y gobernaban, sino que era también necesario para la supervivencia.

Porque tenían por delante quince, tal vez veinte, días en las dunas, ardientes de día y heladas de noche. Sus camellos solo podían recorrer unos dos kilómetros por hora mientras las arenas rojas se deslizaban bajo sus patas. Habían comprado provisiones en Khardaia: café, harina, miel y dátiles… y sacos con malolientes sardinas secas para alimentar a los camellos. Ahora que habían dejado atrás las marismas salinas y la rocosa Hammada, con los últimos hilos de agua de los manantiales medio secos, no tendrían más comida que esa, a menos que pudieran cazar. Y no había en la tierra especie que poseyera la resistencia, la vista, la tenacidad y el ánimo predador del halcón para cazar en aquella tierra salvaje y estéril.

Mireille contemplaba al halcón, que parecía planear sobre ellos sin esfuerzo en el aire caliente del desierto. Shahin cogió su fardo y sacó la paloma amaestrada que habían comprado. Le ató un delgado cordel a la pata y enrolló el otro extremo en una piedra. Entonces la soltó. La paloma se elevó hacia el cielo. Un segundo después, el halcón la había visto y pareció detenerse en medio del aire, preparándose. Después descendió a gran velocidad, como una bala, y atacó. Mientras ambos pájaros caían a tierra, el aire se llenó de plumas que volaban en todas direcciones.

Mireille hizo ademán de moverse, pero Shahin la retuvo cogiéndole la mano.

—Dejad que pruebe la sangre —susurró—. El sabor de la sangre elimina memoria y prudencia.

Cuando Shahin tiró del cordel, el halcón, que estaba en el suelo, desgarrando la paloma, se agitó un momento, pero volvió a posarse en la arena, confuso. Shahin volvió a tirar del cordel… de modo que pareciera que la paloma, malherida, se movía. Tal como había predicho, el halcón regresó rápidamente a picotear la carne caliente.

—Acercaos tanto como podáis —susurró Shahin a Mireille—. Cuando lo tengáis a un metro de distancia, cogedlo por una pata.

Mireille lo miró como si pensara que estaba loco, pero se aproximó al borde de los arbustos, donde se acuclilló dispuesta a saltar. El corazón le latía muy deprisa mientras Shahin acercaba cada vez más la paloma. El halcón estaba a apenas un metro de distancia, ocupado con su presa, cuando Shahin dio un golpecito en el brazo de Mireille, que sin perder un segundo saltó de entre los arbustos y cogió una pata del ave. Esta giró, batió las alas y, lanzando un graznido, hundió el agudo pico dentado en su muñeca.

Shahin llegó enseguida a su lado, cogió el pájaro, lo encapuchó con movimientos expertos y lo sujetó con un trozo de cordel de seda a la banda de cuero que ya había colocado en torno a la muñeca izquierda de Mireille.

Mientras tanto la joven chupaba la sangre que brotaba de su brazo herido, y que le había salpicado la cara y el pelo. Shahin rasgó un trozo de muselina y vendó la carne desgarrada por el ave, cuyo pico había llegado peligrosamente cerca de una arteria.

—Lo habéis cogido para poder comer —dijo con una sonrisa irónica—, pero él ha estado a punto de comeros a vos.

Colocó la mano de Mireille sobre el halcón cegado, que se aferraba ahora con sus espolones a la otra muñeca de la joven.

—Acariciadlo —indicó—. Que sepa quién es el amo. Se necesita una luna y tres cuartos para dominar a un *hurr*… pero si vivís y coméis con él, lo acariciáis y le habláis… si dormís con él incluso, será vuestro con la luna nueva. ¿Qué nombre le daréis, para que pueda aprenderlo?

Mireille miró con orgullo la criatura salvaje que se aferraba temblando a su brazo. Por un instante olvidó el dolor que sentía.

—Charlot —respondió—. Pequeño Charles. He capturado un pequeño Carlomagno celeste.

Shahin la miró en silencio con sus ojos amarillos y después bajó el velo añil de modo que cubriera solo la mitad inferior de su cara. Cuando habló, el velo ondeó en el seco aire del desierto.

—Esta noche le pondremos vuestra marca —dijo— para que sepa que es solo vuestro.

—¿Mi marca? —preguntó Mireille.

Shahin se quitó un anillo del dedo y lo dejó en su mano. Mireille miró el sello, un pesado bloque de oro. En la parte superior había un ocho grabado.

Bajó en silencio detrás de Shahin por el escarpado talud en dirección al lugar donde descansaban los camellos. Observó cómo el hombre ponía una rodilla en la silla del suyo y la bestia, levantándose con un solo movimiento, lo alzaba como una pluma. Mireille lo imitó, sosteniendo el halcón con el brazo levantado, y partieron por las arenas del color de la herrumbre.

Shahin se inclinó hacia las brasas ardientes para dejar sobre ellas el anillo. Hablaba poco y raras veces sonreía. Mireille no había tenido oportunidad de averiguar casi nada sobre él durante el mes que habían pasado juntos; se concentraban en la supervivencia. Solo sabía que llegarían a las Ahaggar —las montañas de lava que eran el hogar de los tuaregs de Kel Djanet— antes de que naciera su hijo. Shahin se mostraba reacio a hablar de otros temas y respondía a todas sus preguntas con un sentencioso «Pronto lo veréis».

Por lo tanto, quedó sorprendida cuando él se quitó los velos y habló mientras miraban cómo el anillo se ponía al rojo vivo entre las brasas.

—Sois lo que llamamos una *zhayib* —dijo Shahin—, una mujer que ha conocido varón solo una vez… y sin embargo estáis preñada. Tal vez notasteis cómo os miraban los de Khardaia cuando nos detuvimos allí. Mi pueblo cuenta una historia. Siete mil años antes de la Égira, llegó del este una mujer. Viajó sola miles de kilómetros por el desierto de sal hasta que llegó a los tuaregs del Kel Rela. Su pueblo la había expulsado porque estaba preñada. Tenía el cabello del color del desierto, como vos. Se llamaba Daia, que significa «manantial». Buscó refugio en una cueva. El día que nació el niño, brotó agua de la roca de la cueva. Y sigue fluyendo aún hoy en Qar Daia, la cueva de Daia, la diosa de los pozos.

Así pues, Khardaia, donde se habían detenido para comprar camellos y provisiones, se llamaba así por la extraña diosa Qar, como Cartago, pensó Mireille. ¿Sería esa Daia, o Dido, la misma leyenda? ¿O la misma persona?

—¿Por qué me habéis contado esa historia? —preguntó Mireille acariciando a Charlot, posado en su brazo.

—Está escrito —respondió Shahin— que un día un *nabi* o profeta vendrá por el Bahr al-Azrak... el mar Azul. Un *kalim*, alguien que habla con los espíritus, que sigue el *tarikat* o camino místico hacia el conocimiento. Este hombre será todas esas cosas y será un *zaar*... un hombre de piel blanca, ojos azules y cabellos rojos. Para mi pueblo es un portento, y por eso os miraban así...

—Pero yo no soy un hombre —repuso Mireille—, y mis ojos son verdes, no azules.

—No hablo de vos —dijo Shahin. Inclinándose hacia las brasas, sacó su *bousaadi* (un cuchillo largo y delgado) y lo usó para apartar el anillo del fuego—. Es a vuestro hijo a quien esperamos... el que nacerá bajo los ojos de la diosa... como fue dicho.

Mireille no le preguntó cómo sabía que su hijo sería un varón. Mientras observaba cómo Shahin envolvía en una tira de cuero el anillo al rojo, mil pensamientos bullían en su cabeza. Se permitió pensar en la criatura que llevaba en su vientre. Ya estaba casi de seis meses y lo sentía moverse. ¿Qué sería de él, nacido en este vasto y traicionero desierto, tan lejos de su propio pueblo? ¿Por qué creía Shahin que su hijo cumpliría esa profecía primitiva? ¿Por qué le había contado la historia de Daia y qué tenía eso que ver con el secreto que buscaba? Cuando él le tendió el anillo, apartó aquellas ideas de su cabeza.

—Tocadlo rápida pero firmemente en el pico... justo ahí —indicó Shahin cuando ella cogió el anillo envuelto en cuero—. Apenas lo siente, pero lo recordará...

Mireille miró el halcón, encapuchado, y posado en su brazo, con los espolones hundidos en la gruesa banda que le protegía la muñeca. Acercó al pico el anillo al rojo, pero se detuvo.

—No puedo —dijo apartando el anillo. El resplandor rojizo titilaba en el frío aire nocturno.

—Debéis hacerlo —ordenó Shahin con firmeza—. ¿De dónde sacaréis la fuerza para matar a un hombre… si no tenéis coraje suficiente para poner vuestra marca a un pájaro?

—¿Matar a un hombre? —repitió Mireille—. ¡Jamás!

Mientras hablaba vio que Shahin esbozaba una sonrisa, y sus ojos destellaban como el oro en la extraña luz. El beduino tenía razón, pensó, cuando afirmaba que en una sonrisa había algo terrible.

—No me diréis que no vais a matar a ese hombre —murmuró Shahin—. Conocéis su nombre… lo pronunciáis todas las noches en sueños. Huelo en vos la venganza, del mismo que se encuentra agua por el olfato. Es eso lo que os ha traído aquí y lo que os mantiene viva… la venganza.

—No —dijo Mireille, aunque notaba la sangre palpitar detrás de los párpados, mientras sujetaba con fuerza el anillo—. He venido para descubrir un secreto. Vos lo sabéis. Y os dedicáis a contarme leyendas sobre una mujer pelirroja que murió hace miles de años…

—Jamás dije que hubiera muerto —la interrumpió Shahin con rostro inexpresivo—. Vive, como las cantarinas arenas del desierto; habla, como los antiguos misterios. Los dioses no deseaban verla morir… y la transformaron en piedra viviente. Ha esperado ocho mil años, porque vos sois el instrumento de su justo castigo (vos y vuestro hijo), tal como fue dicho.

«Renaceré como el ave Fénix de entre las cenizas el día que las rocas y las piedras empiecen a cantar… y las arenas del desierto llorarán lágrimas de sangre… y será un día de justo castigo para la Tierra…»

Mireille oyó la voz de Letizia susurrar en su cabeza. Y después la respuesta de la abadesa: «El juego de Montglane contiene la clave para abrir los labios mudos de la naturaleza… y liberar las voces de los dioses».

Miró la arena —de un rosa pálido y misterioso a la luz de las brasas—, que parecía nadar bajo el vasto mar de estrellas. Tenía el anillo en la mano. Respiró hondo y, murmurando tiernamente al halcón, apretó el sello caliente contra su pico. El pájaro se sobresaltó, tembló, pero no se movió. El olor acre del cartílago quemado penetró en la nariz de Mireille. Cuando dejó caer el anillo, se sentía mareada, pero acarició el lomo y las alas del halcón. Las plumas suaves se movieron bajo sus dedos. En el pico había un perfecto número ocho.

Mientras acariciaba al ave, Shahin le puso una mano sobre el hombro; era la primera vez que la tocaba. Mirándola a los ojos dijo:

—Cuando ella llegó del desierto, la llamamos Daia. Ahora vive en el Tassili, adonde os llevo. Tiene más de seis metros de altura y se alza más de un kilómetro por encima de valle de Yabbaren, por encima de los Gigantes de la Tierra... sobre quienes reina. La llamamos la Reina Blanca.

Durante semanas atravesaron las dunas solitarias deteniéndose solo para levantar pequeñas presas y soltar uno de los halcones para que las cazara. Era la única comida fresca que tenían. Su única bebida era la leche de las camellas, que sabía a sal y sudor.

El mediodía de la decimoctava jornada, Mireille alcanzó una elevación, con su camello resbalando sobre la arena suelta... y divisó los *zauba'ah*, los despiadados torbellinos que arrasaban el desierto. A unos dieciséis kilómetros de distancia se elevaban trescientos metros hacia el cielo: columnas de arena roja y ocre inclinadas por la fuerza del viento. En la base la arena se levantaba treinta metros en el aire, como un mar embravecido en el que se agitaban rocas, arena y plantas en un calidoscopio disparatado, como confetis de colores. A unos novecientos metros de altura formaban una inmensa nube roja que se combaba sobre los torbellinos y tapaba el cielo del mediodía.

El dosel en forma de tienda que protegía a Mireille del sol se agitaba por encima de la silla del camello como vela de un barco que surcara el mar del desierto. Era lo único que se oía, ese aleteo seco... mientras a lo lejos el desierto se desgarraba.

Después Mireille oyó algo más... un murmullo leve y aterrador, como una misteriosa canción oriental. Los camellos empezaron a agitarse. Tiraban de las riendas y se removían inquietos. La arena se

337

deslizaba bajo sus patas. Shahin saltó del suyo y cogió las riendas para dominarlo.

—Tienen miedo de las arenas cantarinas —gritó a Mireille, mientras asía las riendas de su montura para que bajara y lo ayudara a quitar el dosel.

Shahin vendó los ojos de los camellos, que se tambaleaban y agitaban con su voz ronca. Los maneó con un *ta'kil*, trabándoles las patas delanteras por encima de la rodilla, y los obligó a echarse en la arena mientras Mireille retiraba las sillas. El viento caliente cobraba velocidad mientras el canto de las arenas se elevaba.

—Están a dieciséis kilómetros —exclamó Shahin—, pero avanzan muy rápido. ¡En veinte o treinta minutos los tendremos encima!

Clavó en la arena los palos de la tienda, y sujetó la lona sobre sus equipajes, mientras los camellos bramaban frenéticamente y buscaban un lugar seguro sobre las arenas movedizas. Mireille cortó las *sibaks*, los cordeles de seda que sujetaban los halcones a sus perchas, cogió las aves y las metió en un saco que colocó bajo la tienda todavía sin levantar. Después ella y Shahin se acurrucaron bajo la lona, que estaba ya medio enterrada bajo una capa pesada de arena.

Debajo de la lona, Shahin cubrió la cara y la cabeza de Mireille con un trozo de muselina. Aun allí, bajo la tienda, ella sentía cómo las partículas punzantes le pinchaban la piel y se colaban en su boca, nariz y oídos. Se tumbó sobre la arena y contuvo la respiración mientras el ruido aumentaba... como el rugido del mar.

—Es la cola de la serpiente —explicó Shahin, rodeándole los hombros con los brazos para formar una bolsa de aire que les permitiera respirar mientras la arena caía cada vez con más fuerza sobre ellos—. Se levanta para guardar la puerta. Esto significa que, si Alá nos permite vivir, mañana llegaremos al Tassili.

San Petersburgo, Rusia, marzo de 1793

La abadesa de Montglane estaba sentada en el vasto salón de sus aposentos en el palacio imperial de San Petersburgo. Los pesados tapices que cubrían puertas y ventanas impedían la entrada de la luz y prestaban a la estancia una sensación de seguridad. Hasta aquella misma mañana la abadesa se había creído segura, pensando haber previsto toda eventualidad. Ahora comprendía que se había equivocado. Estaba rodeada por la media docena de *femmes de chambre* que la zarina Catalina había puesto a su servicio. Sentadas en silencio, con la cabeza inclinada sobre sus encajes y bordados, la vigilaban con el rabillo del ojo para poder informar de todos sus movimientos. La abadesa movía los labios susurrando un credo, para que creyeran que estaba entregada a la oración.

Mientras tanto, sentada ante el escritorio taraceado francés, abrió su ejemplar de la Biblia, encuadernado en piel, y leyó por tercera vez la carta que esa misma mañana le había pasado subrepticiamente el embajador francés… lo último que hizo antes de que el trineo lo llevara de regreso a Francia, expulsado.

La carta era de Jacques-Louis David. Mireille había desaparecido; había huido de París durante el Terror, tal vez incluso abandonado Francia. Y Valentine, la dulce Valentine, había muerto. La abadesa se preguntó desesperada dónde estarían las piezas. Como es natural, la carta no lo explicaba.

En ese instante se oyó un fuerte estruendo en la antecámara… un estrépito de objetos metálicos seguido de exclamaciones sobresaltadas. La voz estentórea de la zarina se impuso a las demás.

La abadesa cerró la Biblia para ocultar la carta. Las *femmes de chambre* intercambiaban miradas inquietas. De golpe la puerta del salón se abrió de par en par. El tapiz que la cubría cayó al suelo con un estruendo de anillas de bronce.

Las damas se pusieron en pie, estupefactas, volcando los costureros, de donde rodaron carretes de hilos y telas, mientras Catalina entraba impetuosamente en la habitación, dejando a sus espaldas un enjambre de guardias desconcertados.

—¡Fuera! ¡Fuera, fuera! —gritó atravesando el salón, al tiempo que golpeaba contra su palma un rígido rollo de pergamino.

Las damas de compañía se apresuraron a apartarse de su camino y se dirigieron hacia la puerta dejando tras de sí un rastro de hilos y telas. En la antecámara hubo una pequeña aglomeración cuando chocaron con los guardias en su intento por huir de la ira soberana; después las puertas exteriores se cerraron con un golpe… en el momento preciso en que la emperatriz llegaba junto al escritorio.

La abadesa sonrió tranquila, con la Biblia cerrada delante de ella, sobre el escritorio.

—Mi querida Sofía —dijo con dulzura—, después de tantos años vienes a rezar maitines conmigo. Propongo que comencemos con el acto de contrición…

La emperatriz arrojó el rollo de pergamino sobre la Biblia de la abadesa. Sus ojos ardían de furia.

—¡Empieza tú con el acto de contrición! —vociferó—. ¿Cómo te atreves a desafiarme? ¿Cómo te atreves a negarte a obedecer? ¡En este Estado mi voluntad es la ley…! ¡Este Estado te ha dado asilo durante más de un año… pese a las advertencias de mis consejeros y en contra de mi propio buen juicio! ¿Cómo osas rechazar mi orden? —Y cogiendo el pergamino, lo abrió delante de la abadesa—. ¡Fírmalo! —aulló. Con mano temblorosa y el rostro rojo de furia sacó del tintero la pluma, de la que cayeron algunas gotas sobre el escritorio—. ¡Fírmalo!

—Mi querida Sofía —repuso con calma la abadesa cogiendo el pergamino—. No sé de qué me hablas. —Y miró la página como si nunca la hubiera visto.

—¡Platón Zubov me ha dicho que te niegas a firmarlo! —exclamó la emperatriz, mientras la abadesa continuaba leyendo. La pluma seguía goteando tinta—. ¡Exijo saber la razón… antes de encerrarte en prisión!

—Si vas a mandarme a prisión —dijo la abadesa sonriendo—, no veo de qué puede servir mi excusa… aunque para ti pueda tener una importancia fundamental. —Y volvió la vista al papel.

—¿Qué quieres decir? —preguntó la emperatriz dejando la pluma en el tintero—. Sabes muy bien qué es este papel… ¡Negarse a firmarlo es un acto de traición contra el Estado! Cualquier emigrado francés que desee permanecer bajo mi protección ha de firmar este juramento. ¡Esa nación de bribones disolutos ha asesinado a su rey! He expulsado de mi corte al embajador Genet… He roto relaciones diplomáticas con ese gobierno títere de imbéciles… He prohibido que los barcos franceses fondeen en puertos rusos.

—Sí, sí —dijo la abadesa con cierta impaciencia—. Pero ¿qué tiene esto que ver conmigo? No creo que pueda considerárseme una emigrada… Salí de Francia mucho antes de que cerrara sus puertas.

¿Por qué tendría que cortar mis relaciones con mi país... o la correspondencia amistosa que no hace daño a nadie...?

—¡Al negarte das entender que estás coaligada con esos demonios! —exclamó Catalina horrorizada—. ¿No te das cuenta de que votaron la ejecución de un rey? ¿Con qué derecho se toman semejante libertad? Esa chusma... ¡lo asesinaron a sangre fría, como a un delincuente común! ¡Lo raparon, lo dejaron en camisa y lo llevaron en una carreta de madera para que la escoria lo escupiera! En el cadalso, cuando intentó hablar... perdonar los pecados de su pueblo antes de que lo degollaran como a una res... lo obligaron a colocar la cabeza sobre el tajo y ordenaron que empezaran a tocar los tambores...

—Lo sé —dijo con calma la abadesa—. Lo sé. —Dejó el pergamino sobre el escritorio y se puso en pie ante su amiga—. Pero no puedo interrumpir la comunicación con Francia, pese a cualquier ucase que se te ocurra inventar. Hay algo peor... más espantoso que la muerte de un rey... quizá que la muerte de todos los reyes.

Catalina miraba estupefacta a la abadesa, que abrió la Biblia, sacó de entre sus páginas la carta y se la tendió.

—Tal vez hayan desaparecido algunas piezas del ajedrez de Montglane —dijo.

Catalina la Grande, emperatriz de todas las Rusias, estaba sentada frente a la abadesa, y entre ellas estaba el tablero de ajedrez de azulejos blancos y negros. Cogió un caballo y lo colocó en el centro. Parecía agotada y enferma.

—No lo comprendo —susurró—. Si siempre has sabido dónde estaban las piezas, ¿por qué no me lo dijiste? ¿Por qué no confiaste en mí? Creí que las habías dispersado...

—En efecto —repuso la abadesa estudiando el tablero—, pero las dispersé depositándolas en manos que creía poder controlar. Al parecer me equivocaba. Una de las jugadoras ha desaparecido con algunas piezas. Debo recobrarlas.

—Por supuesto —convino la emperatriz—. Ya ves que debiste recurrir a mí desde un principio. Tengo agentes en todos los países. Si alguien puede recuperar esas piezas soy yo.

—No seas ridícula —dijo la abadesa, que adelantó su reina y comió un peón—. Cuando la joven en cuestión desapareció, había en París ocho piezas. No sería tan tonta como para llevárselas consigo. Es la única que sabe dónde están ocultas… y no confiaría en nadie, salvo en una persona que supiera a ciencia cierta que he enviado yo. He escrito con este objeto a mademoiselle Corday, que dirigía el convento en Caen. Le he pedido que viaje a París en mi nombre… para encontrar el rastro de la chica desaparecida antes de que sea demasiado tarde. Si ella muriera, el secreto del escondite de esas piezas moriría con ella. Ahora que has expulsado a mi correo, el embajador Genet, ya no puedo comunicarme con Francia, a menos que me ayudes. Mi última carta ha salido en su valija diplomática.

—Hélène, eres demasiado inteligente para mí —comentó Catalina con una amplia sonrisa—. Debí haber supuesto cómo llegaba el resto de tu correo… el que no pude confiscar.

—¡Confiscar! —exclamó la abadesa observando cómo Catalina retiraba su alfil del tablero.

—Nada interesante —aseguró la zarina—. Ahora que has demostrado que te inspiro la confianza suficiente para revelar el contenido de esta carta, tal vez estés dispuesta a permitir que te ayude con el ajedrez, como te ofrecí al principio. Sigo siendo tu amiga… aunque sospecho que solo la expulsión de Genet te ha movido a confiar en mí. Quiero el ajedrez de Montglane. Debo conseguirlo antes de que caiga en manos menos escrupulosas que las mías. Viniendo aquí pusiste tu vida en mis manos, pero hasta ahora no habías compartido conmigo lo que sabes. ¿Por qué no iba a confiscar tus cartas, si no demostrabas confianza en mí?

—¿Cómo podía confiar hasta ese punto? —exclamó la abadesa, airada—. ¿Crees que no tengo ojos? ¡Has firmado un pacto con Prusia, tu enemigo, para otra partición de Polonia, tu aliada! Tu vida está amenazada por mil adversarios, incluso en tu propia corte. Debes saber que tu hijo Pablo está en su hacienda de Gatchina, entrenando tropas de aspecto prusiano con vistas a un golpe de Estado. Todos los movimientos que haces en este juego peligroso dan a entender que buscas el ajedrez de Montglane para servir a tus propios fines: el poder. ¿Cómo puedo saber que no me traicionarás como has traicionado a tantos otros? Y aunque estés de mi parte, como deseo creer… ¿qué sucedería si trajera el ajedrez aquí? Ni siquiera tu poder puede continuar más allá de la tumba, querida Sofía. ¡Si tú murieras, tiemblo al pensar en el uso que podría dar tu hijo Pablo a estas piezas!

—No tienes por qué temer a Pablo —resopló la zarina mientras la abadesa enrocaba—. Su poder nunca llegará más allá de esas tropas miserables a las que hace marchar con sus ridículos uniformes. Cuando yo muera, será mi nieto Alejandro quien reine. Yo misma lo he educado y hará lo que le he dicho…

En ese momento la abadesa se llevó un dedo a los labios y señaló el tapiz que cubría el extremo más alejado de la habitación. Obedeciendo a su gesto, la zarina se levantó resueltamente de su silla. Mientras la abadesa seguía hablando, ambas mujeres miraban el tapiz.

—Ah, qué jugada más interesante. Plantea problemas…

La zarina atravesaba la habitación con poderosas zancadas. Con un solo movimiento apartó el tapiz, detrás del cual estaba el príncipe Pablo, con el rostro rojo como una remolacha. Miró a su madre y, avergonzado, clavó la vista en el suelo.

—Madre, venía a haceros una visita… —balcuceó sin atreverse a alzar la mirada—. Quiero decir, majestad… venía… a ver a la reverenda madre, la abadesa, para hablar de un asunto…

—Veo que eres tan inteligente como tu difunto padre —espetó la zarina—. ¡Y pensar que he llevado en mi vientre un príncipe cuyo principal talento parece ser fisgar detrás de las puertas! ¡Sal de aquí enseguida! ¡Solo verte me repugna!

Le dio la espalda. La abadesa vio la expresión de odio amargo que se dibujaba en el rostro de Pablo mientras miraba a su madre. Catalina estaba jugando un juego peligroso con ese muchacho; no era tan tonto como ella creía.

—Ruego que la reverenda madre y vuestra majestad sepan perdonar mi intrusión —susurró. Después, haciendo una profunda reverencia en dirección a la espalda de su madre, retrocedió un paso y salió en silencio de la habitación.

La zarina permaneció junto a la puerta con los ojos fijos en el tablero de ajedrez.

—¿Cuánto crees que habrá oído? —preguntó al cabo de unos segundos, leyendo los pensamientos de la abadesa.

—Debemos suponer que lo ha oído todo —contestó la abadesa—. Hay que actuar enseguida.

—¿Por qué? ¿Porque un joven necio se ha enterado de que no es el hombre destinado a ser rey? —dijo Catalina con una sonrisa amarga—. Estoy segura de que hace mucho tiempo que lo sospechaba.

—No por eso —repuso la abadesa—, sino porque se ha enterado de la existencia del ajedrez de Montglane.

—No obstante, seguramente estará a salvo hasta que concibamos un plan —dijo Catalina—. Y la pieza que trajiste está en mi caja de seguridad. Si quieres, podemos trasladarla a un lugar donde a nadie se le ocurriría buscarla. Los albañiles están poniendo otra capa de cemento en la última ala del Palacio de Invierno. Hace cincuenta años que se está construyendo… ¡me espanta pensar en la cantidad de huesos que debe de haber enterrados allí!

—¿Podríamos hacerlo nosotras mismas? —preguntó la abadesa, mientras la zarina cruzaba la habitación.

—¿Estás bromeando? —dijo Catalina, que volvió a sentarse junto al tablero—. ¿Nosotras dos… saliendo a hurtadillas al abrigo de la noche para esconder una pieza de ajedrez de quince centímetros? No creo que haya tanto motivo de alarma.

La abadesa ya no la miraba. Tenía la vista fija en el tablero de ajedrez, una mesa de azulejos blancos y negros que había traído consigo desde Francia. Levantó la mano lentamente y con un rápido movimiento del brazo barrió los trebejos, algunos de los cuales cayeron sobre la mullida alfombra de astracán que cubría el suelo. Dio unos golpecitos sobre el tablero con los nudillos y se oyó un ruido apagado, como si debajo de la superficie hubiera un acolchado… como si algo separara los delgados cuadros esmaltados de otra cosa escondida más abajo. La zarina abrió los ojos como platos mientras tocaba la superficie del tablero. Se levantó con el corazón desbocado y se acercó al brasero, donde el carbón hacía largo rato que se había transformado en ceniza. Cogió un pesado atizador de hierro y, levantándolo por encima de su cabeza, lo descargó con energía sobre el tablero. Algunos azulejos se rompieron. Arrojó el atizador a un lado y sacó con las manos los fragmentos y el relleno de algodón, debajo del cual vio un leve resplandor que parecía irradiar una llama interior. La abadesa seguía sentada; había palidecido y su expresión era adusta.

—¡El tablero del ajedrez de Montglane! —susurró la zarina, mirando fijamente los escaques de plata y oro labrados que se veían por el agujero—. Lo has tenido aquí todo este tiempo. No me sorprende que callaras. Tenemos que sacar estos azulejos y el relleno, quitarlos de la mesa para que pueda contemplar todo su resplandor. ¡Cómo anhelo verlo!

—Lo había visto en sueños —susurró la abadesa—, pero cuando por fin lo desenterramos, cuando lo vi brillar en la luz tenue de la abadía, cuando toqué las piedras talladas y los extraños símbolos mágicos... sentí que me traspasaba una fuerza más aterradora que cualquiera que haya conocido. Ahora comprenderás por qué deseo enterrarlo... esta noche... donde nadie pueda volver a encontrarlo hasta que se hayan recuperado los trebejos. ¿Hay alguien en quien podamos confiar para que nos ayude?

Catalina la miró largo rato, percibiendo por primera vez en muchos años la soledad del papel que había elegido representar en la vida. Una emperatriz no podía permitirse tener amigos, confidentes.

—No —respondió con una sonrisa pícara e infantil—, pero hace mucho tiempo que nos permitimos caprichos peligrosos... ¿no es así, Hélène? Hoy, a medianoche, cenaremos juntas... y tal vez después nos venga bien un enérgico paseo por los jardines.

—Tal vez nos apetezca dar varios paseos —convino la abadesa—. Antes de mandar que escondieran el tablero en la mesa, lo hice dividir en cuatro partes... para poder moverlo sin ayuda de demasiada gente. Preví este día...

Usando como palanca el atizador, Catalina ya había empezado a arrancar los frágiles azulejos. La abadesa iba sacando los fragmentos para dejar al descubierto partes cada vez mayores del magnífico tablero. Cada escaque contenía un extraño símbolo místico, alternando el oro y la plata. Los bordes estaban ornados con valiosas gemas sin cortar, pulidas como huevos y dispuestas en extraños dibujos esculpidos.

—¿Y después de la cena leeremos mis... cartas confiscadas? —preguntó la abadesa.

—Por supuesto, haré que te las traigan —afirmó la emperatriz mirando el tablero con ojos maravillados—. No eran muy interesantes. Son de una antigua amiga tuya... hablan en su mayor parte del tiempo que hace en Córcega...

Mireille ya estaba a miles de kilómetros de Córcega. Cuando hubo superado la última pared del Ez-Zemoul El Akbar vio frente a sí el Tassili... la casa de la Reina Blanca.

El Tassili n'Ajjer, o meseta de los Abismos, se alzaba sobre el desierto como una larga cinta de piedra azul que recorría cuatrocientos ochenta kilómetros desde Argelia hasta el interior del reino de Trípoli, bordeando las montañas Ahaggar y los fértiles oasis que salpicaban el desierto meridional. Dentro de esos cañones yacía la clave de un antiguo misterio.

Mientras seguía a Shahin hacia la entrada del estrecho desfiladero occidental, Mireille advirtió que la temperatura descendía con rapidez y, por primera vez en casi un mes, percibió el suculento olor del agua fresca. Entre las altas paredes rocosas vio el fino hilo de agua que corría sobre las piedras irregulares. Las riberas estaban cubiertas de rosadas adelfas que murmuraban en la sombra, y del lecho mismo del arroyo se elevaban algunas palmeras datileras, cuyas frondas como plumas se alzaban hacia el brillante fragmento de cielo.

A medida que sus camellos avanzaban, la estrecha garganta de roca azul se ensanchaba poco a poco hasta convertirse en un valle fértil, en el que ríos caudalosos nutrían los huertos de melocotoneros, higueras y albaricoqueros. Mireille, que durante semanas no había comido más que lagartijas, salamandras y águilas ratoneras asadas sobre carbón, iba cogiendo melocotones de los árboles al pasar entre las gruesas ramas, y los camellos arrancaban grandes manojos de hojas verdes.

Cada valle desembocaba en otros valles y retorcidas gargantas, cada uno con su clima y vegetación propios. El Tassili, formado millones de años antes por profundos ríos subterráneos que discurrían por capas de rocas de variados colores, se abría como las cuevas y abismos submarinos. El río creaba gargantas cuyas paredes de piedra rosada y blanca parecían arrecifes coralinos, amplios valles de agujas espiraladas que se elevaban hacia el cielo. En torno a estas elevaciones que semejaban castillos de arenisca roja petrificada se alzaban las macizas mesetas de un gris azulado, imponentes como fortalezas, que se proyectaban mil metros hacia el cielo.

Mireille y Shahin no encontraron a nadie hasta llegar a Tamrit, la aldea de las tiendas, en lo alto de las estribaciones del Aabaraka Tafelalet. Allí, cipreses milenarios bordeaban las profundas y frías aguas del río, y la temperatura descendió de manera tan brusca que a Mireille le costaba recordar los cuarenta y ocho grados del mes transcurrido entre las dunas secas y estériles.

En Tamrit dejarían los camellos y seguirían a pie, llevando solo las provisiones que pudieran acarrear. Porque habían entrado en aquella parte del laberinto en que, según Shahin, las veredas y cornisas eran tan traicioneras que ni siquiera las cabras montesas se aventuraban por ellas.

Dispusieron lo necesario para que el pueblo de las tiendas abrevara a sus camellos. Muchos habían salido a mirar maravillados las trenzas rojas de Mireille, que el sol poniente convertía en llamas.

—Pasaremos la noche aquí —le dijo Shahin—. El laberinto solo puede atravesarse de día. Saldremos mañana. En el centro del laberinto está la clave… —Y levantó el brazo para señalar el extremo de la garganta, donde las paredes rocosas describían una curva, ahora oculta por la sombra azul oscuro, porque el sol ya desaparecía por el borde del cañón.

—La Reina Blanca —susurró Mireille, mirando las cambiantes sombras, que hacían que la roca pareciera tener movimiento—. Shahin, no creéis de verdad que allá arriba haya una mujer de piedra… quiero decir, un ser vivo —dijo sintiendo un escalofrío, mientras el sol se ocultaba y la temperatura seguía descendiendo.

—Sé que es así —respondió él, también en un susurro, como si temiera que alguien estuviera escuchándoles—. Dicen que a veces, al ponerse el sol, cuando no hay nadie cerca, se la oye desde grandes distancias… cantar una melodía extraña. Tal vez… cante para vos.

♟

En Sefar el aire era frío y transparente. Allí encontraron las primeras rocas talladas, aunque no eran las más antiguas: pequeños demonios con cuernos de chivo retozaban por las paredes en bajorrelieve. Habían sido pintados unos mil quinientos años antes de Cristo. Cuanto más ascendían, más difícil se tornaba el acceso y más antiguas eran las pinturas… más mágicas, misteriosas y complejas.

Mientras ascendían por las escarpadas cornisas practicadas en las paredes del cañón, Mireille tenía la impresión de retroceder en el tiempo. Tras cada recodo las pinturas que cubrían la oscura piedra variaban la historia de las edades de hombres cuyas vidas habían estado unidas a esos abismos —una marea de civilización, ola tras ola— a lo largo de ocho mil años.

Por todas partes había arte —carmín, ocre, negro, amarillo y pardo—, esculpido y pintado en las abruptas paredes, grabado con colores brillantes en los oscuros huecos de grietas y cavernas… miles y miles de pinturas, hasta donde alcanzaba la vista. Expuestas allí, en tierras inexploradas, pintadas en ángulos y alturas que solo podía alcanzar un montañero experto o —como decía Shahin— un chivo, no solo contaban la historia del hombre… sino de la vida misma.

Al segundo día vieron los carros de los hicsos, el pueblo marinero que dos mil años antes de Cristo había conquistado Egipto y el Sahara, y cuyo armamento más desarrollado —vehículos tirados por caballos y armaduras— los había ayudado a vencer los camellos pintados de los guerreros nativos. Cuando pasaban entre las paredes del cañón atravesando como predadores el desierto rojo, leían en las pinturas la historia de sus conquistas como en un libro abierto. Mireille sonreía preguntándose qué pensaría su tío Jacques-Louis si contemplara la obra de tantos artistas desconocidos, cuyos nombres se habían perdido en la espesa bruma de los tiempos, pero cuyo trabajo había soportado el paso de miles de años.

Todas las noches, cuando el sol se ocultaba detrás del cañón, buscaban abrigo. Si no había cuevas cerca, se cubrían con mantas de lana que Shahin fijaba al suelo con las estacas de la tienda, para no despeñarse por el desfiladero durante el sueño.

Al tercer día llegaron a las cuevas de Tan Zoumaitok, tan profundas y oscuras que para ver improvisaron antorchas con ramas que arrancaban de las grietas en la roca. Dentro había pinturas, perfectamente conservadas, de hombres sin rostro con cabeza en forma de moneda, que hablaban con peces que caminaban erguidos sobre piernas. Porque, según explicó Shahin, las tribus de la antigüedad creían que sus ancestros habían pasado del mar a la tierra como peces y se habían alzado en el lodo primordial con ayuda de sus piernas. Había también representaciones de la magia utilizada para aplacar a los espíritus de la naturaleza, como una danza ejecutada por *yenoun*, o genios, que parecían poseídos y se movían en sentido contrario al de las agujas del reloj en torno a una piedra sagrada colocada en el centro. Mireille contempló largo tiempo la imagen, con Shahin mudo a su lado, antes de proseguir la marcha.

En la mañana del cuarto día se acercaron a la cima de la meseta. Al doblar la curva de la garganta, las paredes se abrieron para formar un valle ancho y profundo, cubierto por completo de pinturas. Había color por todas partes, en todas las superficies rocosas. Era el valle de los Gigantes. Más de cinco mil pinturas llenaban de abajo arriba las paredes de la garganta. Mireille contempló sin aliento el vasto despliegue artístico —el más antiguo que había visto—; los colores eran tan vivos y las líneas tan diáfanas que parecía que lo hubieran pintado el día anterior. Eran atemporales, como los frescos de los grandes maestros.

Se quedó observándolas durante mucho tiempo. Las historias representadas en las paredes parecían envolverla, arrastrarla a otro mundo, primitivo y misterioso. Entre la tierra y el cielo solo había color y forma, un color que parecía pasar a su sangre como una droga mientras estaba de pie en la cornisa, suspendida en el espacio. Y entonces oyó el sonido.

Al principio pensó que era el viento… un zumbido como el del aire al pasar por el gollete de una botella. Al levantar la mirada, vio un alto saliente, a unos trescientos metros por encima de su cabeza, que se asomaba a la garganta seca y salvaje. En la superficie rocosa pareció surgir de pronto una grieta estrecha. Mireille miró a Shahin. Él también observaba el peñasco de donde procedía el sonido. Se cubrió el rostro con los velos y con un movimiento de la cabeza indicó a la joven que lo precediera por la estrecha vereda.

La vereda ascendía de forma abrupta. Pronto se volvió tan empinada, y la propia cornisa tan frágil, que Mireille, embarazada de más de siete meses, luchaba por conservar tanto la respiración como el equilibrio. En una ocasión resbaló y cayó de rodillas. Los guijarros sueltos cayeron hasta el fondo de la garganta, novecientos metros por debajo. Tragó saliva, se levantó sola, porque la cornisa era tan estrecha que Shahin no podía ayudarla, y continuó sin mirar hacia abajo. El sonido iba creciendo.

Eran tres notas, repetidas una y otra vez en diferentes combi-

naciones... con tonos cada vez más agudos. Cuanto más se acercaban a la grieta de la roca, menos se parecía al viento. El bello y claro
sonido semejaba una voz humana. Mireille continuó ascendiendo
por la peligrosa vereda.

El saliente se alzaba a mil quinientos metros del valle. Cuando
llegaron, lo que desde abajo parecía una estrecha grieta en la roca se
convirtió en una abertura gigantesca que era, al parecer, la entrada
a una cueva. Con seis metros de ancho y quince de altura, era como
un desgarrón entre la cornisa y la cima. Mireille esperó a que Shahin
la alcanzara, cogió su mano y entró.

El ruido se tornó ensordecedor, un torbellino sonoro que los
envolvía y arrancaba ecos a las paredes. Mientras recorría el espacio oscuro, a Mireille le pareció que atravesaba hasta la última par-
tícula de su cuerpo. Al fondo se veía temblar una luz. La joven se
adentró en la oscuridad mientras la música parecía tragarla. Por fin
llegó al extremo de la mano de Shahin, y salió.

Lo que había creído una cueva era en realidad otro pequeño
valle. La luz del cielo bañaba todo de un blanco escalofriante. En los
muros cóncavos estaban los gigantes. Flotaban a seis metros por
encima de ella, en colores pálidos y etéreos. Dioses con cuernos retorcidos en la cabeza, hombres con trajes hinchados y tubos que
iban de la boca al pecho, la cara oculta bajo cascos en forma de globo, con rendijas donde debieran estar los rasgos. Estaban sentados
en sillas de extraños respaldos que les sostenían la cabeza; tenían delante palancas e instrumentos circulares como esferas de relojes o
barómetros. Todos ellos desempeñaban funciones extrañas y ajenas
a Mireille, y en medio de todos ellos flotaba la Reina Blanca.

La música había cesado. Tal vez fuera un efecto del viento... o
de su mente. Las figuras resplandecían bajo la luz. Mireille miró a
la Reina Blanca.

La extraña y terrible figura, mucho mayor que las demás, estaba
en lo alto de la pared. Como una Némesis divina, se alzaba por encima del risco en una nube de blanco; su rostro apenas insinuado
con unas líneas violentas, los cuernos retorcidos como signos de
interrogación que parecían surgir de la roca. Su boca era un agujero, como la de una persona sin lengua que intentara hablar. Pero
no hablaba.

Mireille la contemplaba con una estupefacción cercana al terror.

Rodeada de un silencio más espantoso que la música, miró a Shahin, que estaba inmóvil a su lado. Envuelto en el oscuro *haik* y cubierto por los velos azules, él también parecía esculpido en la roca eterna. Mireille estaba aterrorizada y confusa bajo la luz blanquecina. Volvió a mirar la pared y entonces lo vio.

La mano alzada de la Reina Blanca sostenía una larga vara… en torno a la cual se entrelazaban dos serpientes. Como un caduceo, formaban un número ocho. Le pareció oír una voz… pero no surgía de la roca, sino de su interior. La voz decía: «Mira otra vez. Mira bien. Ve».

Mireille contempló las figuras representadas en el muro. Todas eran masculinas… salvo la Reina Blanca. Y de pronto lo vio todo distinto, como si le hubieran arrancado una venda de los ojos. Ya no era un conjunto de hombres ocupados en actos extraños e indescifrables… sino un solo hombre. Como un dibujo con movimiento que se iniciara en un extremo y terminara en otro, mostraba la evolución de este hombre a través de muchas etapas… la transmutación de una cosa en otra.

Bajo la vara transformadora de la Reina Blanca el hombre se movía por la pared, pasando de estadio en estadio del mismo modo que los hombres de cabezas redondas habían salido del mar con forma de peces. Vestía ropas rituales… tal vez para protegerse. Tenía palancas en las manos, como un navegante que gobierna un barco o un químico que muele sustancias en un mortero. Y por fin, después de muchos cambios, cuando el gran trabajo estaba completo, se levantaba de su silla y se reunía con la Reina, coronado por sus esfuerzos con los sagrados cuernos espiralados de Marte… el dios de la guerra y la destrucción. Se había convertido en un dios.

—Comprendo —dijo Mireille en voz alta… y su voz resonó entre las paredes y el suelo del abismo, conmoviendo la luz del sol.

En ese momento sintió el primer dolor. Su cuerpo se dobló y Shahin la cogió y la ayudó a tenderse en el suelo. Estaba cubierta de sudor frío y el corazón le latía desbocado. Shahin se arrancó los velos y puso una mano sobre su vientre, mientras la segunda contracción atenazaba su cuerpo.

—Ha llegado la hora —murmuró.

El Tassili, junio de 1793

Desde la alta meseta que se alzaba por encima de Tamrit, Mireille veía hasta una distancia de treinta y dos kilómetros. El viento levantaba su cabello, que flotaba a su espalda con el color de la arena roja. Tenía desatada la suave tela de su caftán y el niño mamaba de su pecho. Tal como había predicho Shahin, había nacido bajo los ojos de la diosa… y era un varón. Mireille le había puesto el nombre de Charlot, como a su halcón. Ya tenía casi seis semanas de vida.

Divisó en el horizonte las suaves plumas rojas de arena que levantaban los jinetes de Bahr-al-Azrak. Entrecerrando los ojos distinguió cuatro hombres en sus camellos; descendían por la ladera de una duna plumosa, como astillas de madera arrastradas por el rizo de una ola oceánica. El calor que se desprendía de la duna creaba formas que desdibujaban las figuras.

Tardarían un día en llegar a Tamrit, en lo más profundo de los cañones del Tassili, pero Mireille no necesitaba esperar su llegada. Sabía que iban a buscarla. Hacía ya días que lo presentía. Besó a su hijo en la cabeza, lo envolvió en el saco que llevaba colgado al cuello y emprendió el descenso de la montaña… para esperar la carta. Si no llegaba ese día, llegaría pronto. La carta de la abadesa de Montglane, que le decía que debía regresar.

LAS MONTAÑAS MÁGICAS

¿Qué es el futuro? ¿Qué es el pasado? ¿Qué somos? ¿Cuál es el fluido mágico que nos rodea y oculta las cosas que más necesitamos saber? Vivimos y morimos en medio de maravillas.

NAPOLEÓN BONAPARTE

Cabilia, junio de 1973

A sí pues, Kamel y yo subimos a las Montañas Mágicas. De viaje a Cabilia. Cuanto más penetrábamos en ese terreno solitario, más perdía yo contacto con lo que me parecía real.

Nadie sabe con exactitud dónde empieza o termina Cabilia. Es una confusión laberíntica de altos picos y profundas gargantas. Entre los Medjerda, al norte de Constantina, y los Hodna, debajo de Bouira, esas vastas cadenas del Alto Atlas —la Gran y la Pequeña Cabilia— se extienden a lo largo de treinta mil kilómetros hasta descender por fin en la cornisa rocosa al mar, cerca de Bugía.

Mientras Kamel conducía su negro Citroën ministerial por el sinuoso camino de tierra entre columnas de antiguos eucaliptos, las colinas azules se levantaban ante nosotros majestuosas, coronadas de nieve y misterio. Debajo de ellas se extendía Tizi Ouzou, la Garganta de la Aulaga, donde el silvestre brezo argelino, cuyas flores se balanceaban como olas con la brisa, bañaba el amplio valle de un brillante color fucsia. El aroma era mágico e impregnaba el aire de una fragancia embriagadora.

Junto al camino, las cristalinas aguas azules del Ouled Sebaou murmuraban entre los brezos. Este río, alimentado por el deshielo primaveral, recorría cuatrocientos ochenta kilómetros hasta el cabo Bengut y regaba Tizi Ouzou a lo largo del cálido verano. Costaba imaginar que estábamos solo a cincuenta kilómetros del brumoso Mediterráneo y que a ciento cuarenta y cinco kilómetros al sur se extendía el mayor desierto del mundo.

Durante las cuatro horas transcurridas desde que me había recogido en mi hotel Kamel no había despegado los labios, algo insólito en él. Había tardado bastante tiempo en llevarme allí, casi dos meses desde que me lo prometió. Y durante ese tiempo me había encargado toda clase de misiones… algunas descabelladas. Inspeccioné refinerías, desmotadoras y molinos. Vi mujeres con el rostro velado y descalzas que, sentadas sobre capas de sémola, separaban cuscús; me ardieron los ojos en el aire caliente y lleno de fibras en suspensión de las plantas textiles; me quemé los pulmones inspeccionando plantas de extrusión, y estuve a punto de caer de cabeza dentro de un tanque de acero fundido desde el precario andamio de una refinería. Me había enviado a todas partes de la zona occidental (Orán, Tlemcén, Sidi-bel-Abbes) para que pudiera reunir los datos necesarios como base para su modelo, pero nunca al este, donde estaban los cabilas.

Durante siete semanas introduje en los grandes ordenadores de Sonatrach, el conglomerado petrolero, datos sobre todas las industrias imaginables. Incluso puse a trabajar a Thérèse, la telefonista, recogiendo datos gubernamentales sobre la producción de crudo y el consumo de otras naciones para poder comparar balanzas comerciales y ver cuál sufriría más. Como dije a Kamel, en un país en el que la mitad de las comunicaciones pasaban por una centralita de la Primera Guerra Mundial y la otra mitad, a camello, no era fácil elaborar un sistema, pero lo haría lo mejor que pudiera.

Por otra parte, parecía más lejos que nunca de mi objetivo: encontrar el ajedrez de Montglane. No había tenido noticias de Solarin ni de su secuaz, la mentirosa pitonisa. Thérèse había enviado todos los mensajes que se me ocurrieron a Nim, Lily y Mordecai, pero sin resultado. En lo que a mí se refería, había un bloqueo informativo. Y Kamel me había enviado a zonas tan alejadas que yo intuía que sospechaba cuáles eran mis planes. Y de pronto esa mañana se había presentado en mi hotel ofreciendo «ese viaje que le prometí».

—¿Usted se crió en esta región? —pregunté, bajando el vidrio ahumado para ver mejor.

—En las montañas del fondo —contestó Kamel—. Allí la mayor parte de las aldeas están sobre altos picos y tienen una vista hermosa. ¿Desea ir a algún sitio en especial o me limito a llevarla en el *grand tour*?

—Bueno, hay un anticuario al que me gustaría visitar... colega de un amigo de Nueva York. Prometí ver su tienda, si no hemos de desviarnos demasiado...

Me pareció mejor hablar con cierta indiferencia, porque no sabía mucho sobre el contacto de Llewellyn. No había conseguido encontrar la aldea en ningún mapa, aunque, como decía Kamel, las *cartes géographiques* argelinas eran algo precarias.

—¿Antigüedades? —preguntó Kamel—. No hay muchas. Hace tiempo que las cosas de valor están expuestas en museos. ¿Cómo se llama la tienda?

—No lo sé. La aldea se llama Ain Ka'abah. Llewellyn dijo que era la única tienda de antigüedades del pueblo.

—Qué extraño —dijo Kamel sin apartar la vista del camino—. Ain Ka'abah es la aldea donde nací. Es una localidad muy pequeña, lejos de las rutas conocidas, y no hay ninguna tienda de antigüedades... de eso estoy seguro.

Sacando la agenda de mi mochila busqué las notas que había tomado de Llewellyn.

—Aquí está. No tengo el nombre de la calle, pero está en la zona norte del pueblo. Parece que su especialidad son las alfombras antiguas. El dueño se llama El-Marad...

Tal vez fuera mi imaginación, pero me pareció que Kamel palidecía. Tenía las mandíbulas apretadas y cuando habló su voz sonó un tanto tensa.

—El-Marad. Lo conozco. Es uno de los mayores comerciantes de la región, famoso por sus alfombras. ¿Le interesa comprar una?

—En realidad, no —respondí con cautela. Kamel me ocultaba algo y su expresión mostraba bien a las claras que se sentía incómodo—. Mi amigo de Nueva York solo me pidió que pasara a verlo. Si causa algún trastorno, puedo venir yo sola en otro momento.

Kamel permaneció unos minutos en silencio. Parecía estar reflexionando. Llegamos al final del valle y empezamos a ascender hacia las montañas. Había prados ondulantes de hierba primaveral, con algún que otro árbol frutal en flor. Junto al camino se veían niños que vendían manojos de espárragos, setas gordas y negras y narcisos fragantes. Kamel salió del camino y estuvo charlando varios minutos en una lengua extraña… algún dialecto bereber que sonaba como el gorjeo de los pájaros. Después volvió a meter la cabeza en el coche y me ofreció un ramo de flores de olor muy delicado.

—Si va a conocer a El-Marad —dijo recuperando su habitual sonrisa—, espero que sepa regatear. Es despiadado como un beduino y diez veces más rico. Yo no lo he visto… De hecho, no he estado en casa desde que murió mi padre. Mi aldea me trae muchos recuerdos…

—No es necesario ir —repetí.

—Por supuesto que iremos —aseguró Kamel con firmeza, aunque su tono no era precisamente entusiasta—. Sin mí no encontraría el lugar. Además, El-Marad se sorprenderá al verme. Desde la muerte de mi padre es el jefe de la aldea… —Kamel volvió a guardar silencio y adoptó una expresión muy seria. Me pregunté qué sucedía.

—¿Y cómo es ese vendedor de alfombras? —pregunté para romper el hielo.

—En Argelia el nombre de una persona puede indicarle a uno muchas cosas —afirmó Kamel, que tomaba con destreza las curvas del camino, cada vez más tortuoso—. Por ejemplo, Ibn significa «hijo de». Algunos son nombres de sitios, como Yamim, es decir, «hombre del Yemen», o Jabal-Tarik, «montaña de Tarik o Gibraltar». Las palabras «El», «Al» y «Bel» se refieren a Alá o Baal, es decir, dios, como Aníbal, «Asceta de Dios», o Aladino, «Sirviente de Alá», etcétera.

—Entonces, ¿qué significa El-Marad? ¿Merodeador de Dios? —pregunté entre risas.

—Se ha acercado más de lo que cree —dijo Kamel, y rió con cierta incomodidad—. El nombre no es árabe ni bereber, sino acadio, la lengua de la antigua Mesopotamia. Es una forma abreviada de al-Nimarad, o Nimrod, un rey de la antigua Babilonia. Fue quien construyó la torre de Babel, que se suponía se elevaría hasta el sol, hasta las puertas del cielo. Eso es lo que significa Babel: «la puerta de Dios». Y Nimrod significa «el rebelde… el que desobedece a los dioses».

—¡Todo un nombre para un vendedor de alfombras! —Me eché a reír, aunque, por supuesto, había observado las semejanzas con el nombre de otro a quien conocía.

—Sí —dijo Kamel—, si eso fuera todo lo que es.

Kamel no explicó a qué se refería. En todo caso, no era casual que entre cientos de aldeas hubiera crecido precisamente en la que era el hogar de ese comerciante.

Hacia las dos de la tarde, cuando llegamos a la pequeña localidad de Beni Yenni, el estómago me rugía de hambre. La modesta posada en lo alto de una montaña era más bien destartalada, pero los oscuros cipreses que se retorcían contra las paredes ocres y los tejados rojos le daban mucho encanto.

Almorzamos en la pequeña terraza de pizarra, rodeada de una barandilla blanca, que sobresalía de la cumbre de la montaña. Las águilas volaban a ras del suelo del valle y sus alas desprendían destellos dorados cuando atravesaban la ligera bruma azul que se levantaba del Ouled Aissi. Alrededor veíamos el peligroso terreno: caminos serpenteantes como delgadas cintas deshilachadas a punto de resbalar por las laderas; aldeas que parecían rojizos cantos rodados que se despeñaran, encaramadas en precario equilibrio en lo más alto de cada elevación. Aunque ya estábamos en junio, el aire era lo bastante frío para que yo necesitara el jersey; la temperatura debía de ser de unos veinte grados inferior a la de la costa que habíamos abandonado esa mañana. Al otro lado del valle vi la nieve que coronaba el macizo Djurdjura y las nubes bajas y cargadas que se cernían justo en la dirección hacia donde íbamos.

Éramos las únicas personas sentadas en la terraza y el camarero parecía algo malhumorado mientras traía de la cálida cocina las bebidas y la comida. Me pregunté si habría algún huésped en la posada, que recibía un subsidio estatal para alojar a miembros del ministerio. En Argelia no había tantos viajeros como para mantener siquiera los lugares turísticos de la costa más accesibles.

En el aire vigorizante bebimos el amargo y rojo *byrrh* con limón y hielo picado. Comimos en silencio: un caldo caliente de verduras, panes crujientes y pollo hervido con mahonesa y áspic. Kamel estaba absorto en sus reflexiones.

Antes de salir de Beni Yenni abrió el maletero y sacó un montón de mantas de lana. Estaba tan preocupado como yo por el cambio del tiempo. Casi de inmediato el camino se tornó casi impracticable. ¿Cómo podía imaginar que eso no era nada comparado con lo que nos esperaba?

De Beni Yenni a Tikjda había solo una hora de camino, pero pareció una eternidad. Pasamos la mayor parte del tiempo en silencio. El camino descendía hasta el valle, cruzaba el pequeño río y volvía a ascender por lo que en principio parecía una colina baja y ondulante. Sin embargo, a medida que avanzábamos, se volvía más empinada. Cuando llegamos arriba, el Citroën resoplaba. Miré abajo y vi un abismo de seiscientos metros de profundidad, un laberinto de gargantas entre escarpadas paredes. Y nuestro camino, o lo que quedaba de él, era una masa de hielo con gravilla incrustada que discurría por la cresta de la loma. Para aumentar la emoción, esa estrecha vereda practicada en la roca, retorcida como un nudo marinero, descendía además por la superficie rocosa en una inclinación del quince por ciento… hasta llegar a Tikjda.

Mientras Kamel conducía el grande y felino Citroën hacia la cresta y entraba en el peligroso camino, cerré los ojos y recé. Cuando volví a abrirlos, habíamos girado en la curva. Ahora el camino parecía desconectado de todo, suspendido en el espacio, entre las nubes. A ambos lados las gargantas descendían trescientos metros o más. Las montañas nevadas parecían surgir como estalagmitas del suelo del valle. Un viento fortísimo, huracanado, se elevaba por las paredes de los negros barrancos levantando la nieve y tapando el camino. Yo habría propuesto dar media vuelta… pero no había lugar para hacer la maniobra.

Me temblaban las piernas cuando apoyé con fuerza los pies contra el suelo, preparada para el golpe cuando nos saliéramos del camino y nos despeñáramos. Kamel disminuyó la velocidad a cincuenta kilómetros, después a treinta… hasta que avanzábamos a quince. Curiosamente, a medida que descendíamos la pendiente, la capa de nieve era más espesa. En ocasiones, al girar en una curva pronunciada, encontrábamos un carro o un camión averiado abandonados en el camino.

—¡Pero si estamos en junio, por el amor de Dios! —dije a Kamel mientras girábamos con cautela en un recodo especialmente alto.

—Ni siquiera nieva todavía —observó él con tranquilidad—. Solo sopla un poco…

—¿Qué quiere decir con «todavía»? —pregunté.

—Espero que le gusten sus alfombras —dijo Kamel con una sonrisa irónica—, porque esto puede costarle más que dinero. Aun cuando no nieve, el camino no se derrumbe… y lleguemos a Tikjda antes de que oscurezca… todavía tenemos que atravesar el puente.

—¿Antes de que oscurezca? —exclamé, desplegando mi rígido e inútil mapa de Cabilia—. Según esto, Tikjda está a solo cuarenta y ocho kilómetros de aquí… y el puente está justo después.

—Sí —aceptó Kamel—, pero los mapas solo muestran las distancias en línea recta. Las cosas que en dos dimensiones parecen cercanas pueden estar en la realidad muy alejadas.

Llegamos a Tikjda a las siete en punto. El sol, que afortunadamente pudimos ver, hacía equilibrios en la última cornisa, preparado para hundirse detrás del Rif. Habíamos tardado tres horas en recorrer cuarenta y ocho kilómetros. En el mapa, Kamel había señalado Ain Ka'abah cerca de Tikjda. Parecía que podríamos llegar allí en un periquete… pero el dato resultó ser singularmente engañoso.

Salimos de Tikjda, donde nos detuvimos solo para repostar y llenar nuestros pulmones del aire fresco de montaña. El tiempo había mejorado: el cielo estaba sereno y el aire era sedoso. A lo lejos, más allá de los pinos en forma de prisma, se extendía un valle azul, en cuyo centro, tal vez a diez u once kilómetros de distancia, se alzaba una enorme montaña cuadrada de tonos purpúreos y dorados bajo los últimos rayos del sol. Su cumbre era chata como la de una meseta. Estaba totalmente sola en medio del ancho valle.

—Ain Ka'abah —dijo Kamel señalando por la ventanilla.

—¿Allá arriba? —pregunté—. Pero no veo ninguna carretera…

—No la hay… solo una vereda para ascender a pie —contestó—. Varios kilómetros por terreno pantanoso en la oscuridad, y después senda arriba. Pero antes de llegar tenemos que cruzar el puente.

El puente estaba apenas a ocho kilómetros de Tikjda... pero mil doscientos metros más abajo. En el crepúsculo —ese momento especialmente difícil para tener una visión clara— apenas se vislumbraba el camino a través de las sombras purpúreas que proyectaban los altos desfiladeros. Sin embargo, a nuestra derecha el valle seguía brillante, lleno de una luz que convertía la montaña de Ain Ka'abah en un lingote de oro. Lo que teníamos delante me dejó sin aliento: el camino descendía y descendía casi hasta el valle... pero ciento cincuenta metros más arriba, suspendido sobre el impetuoso río, estaba el puente. A medida que bajábamos, Kamel disminuía la marcha. Al llegar al puente se detuvo.

Era un puente endeble y tembloroso, que parecía de juguete. Podía haberse construido diez o cien años antes; imposible saberlo. La superficie, alta y estrecha, era apenas suficiente para admitir el paso de un solo coche, y tal vez el nuestro fuera el último. Abajo, el río arremetía con saña contra los invisibles pilares; era una impetuosa corriente que caía a gran velocidad de las altas gargantas.

Kamel colocó la elegante limusina negra en la basta superficie. Sentí que el puente temblaba debajo de nosotros.

—Le resultará difícil de imaginar —susurró Kamel, como si temiera que la vibración de su voz pudiera hacer temblar aún más el puente—, pero en pleno verano este río es apenas un hilillo que atraviesa la zona pantanosa... apenas gravilla suelta durante toda la estación cálida.

—¿Y cuánto dura la estación cálida... quince minutos? —pregunté con la boca seca de miedo, mientras el coche avanzaba entre crujidos. Un leño o algo así golpeó los pilares y el puente tembló como si estuviéramos sufriendo un terremoto. Me aferré al asiento hasta que se detuvo.

Cuando las ruedas delanteras del Citroën pisaron terreno sólido, empecé a respirar otra vez. Mantuve los dedos cruzados hasta que sentí que también las traseras tocaban tierra. Kamel detuvo el coche y me miró con una amplia sonrisa de alivio.

—¡Es increíble lo que las mujeres pueden pedir a un hombre solo para hacer unas compras! —dijo.

El terreno del valle parecía demasiado blando para bajar con el coche, así que lo dejamos en la última cornisa de piedra bajo el puente. Las cabras habían abierto un camino zigzagueante entre las altas hierbas del terreno pantanoso. En el lodo se veían sus excrementos y las profundas huellas de patas hendidas.

—Suerte que lleva los zapatos apropiados —dije, mirando con tristeza mis sandalias doradas, inadecuadas para cualquier cosa.

—El ejercicio le vendrá bien —comentó Kamel—. Las mujeres cabilas caminan todos los días… con veintiocho kilos a la espalda —me explicó sonriendo.

—Debo de confiar en usted porque me gusta su sonrisa —dije—. No hay otra explicación de por qué estoy haciendo esto.

—¿Qué diferencia hay entre un beduino y un cabila? —preguntó mientras avanzaba lentamente por la hierba húmeda.

—¿Es un chiste étnico? —pregunté entre risas.

—No, lo digo en serio. El beduino se distingue porque nunca muestra los dientes cuando ríe. Es de mala educación enseñar las muelas… en realidad, da mala suerte. Observe a El-Marad y ya verá.

—¿No es cabila? —pregunté.

Caminábamos por el oscuro y plano valle fluvial. La montaña de Ain Ka'abah se alzaba ante nosotros, iluminada todavía por el sol. Allí donde las hierbas húmedas estaban aplastadas, se veían flores silvestres de colores púrpura, amarillo y rojo que empezaban a cerrarse para la noche.

—Nadie lo sabe —respondió Kamel—. Hace años llegó a Cabilia, nunca supe de dónde, y se instaló en Ain Ka'abah. Es un hombre de orígenes misteriosos.

—Tengo la impresión de que no le resulta simpático —señalé.

Kamel siguió caminando en silencio.

—Es difícil tener simpatía a un hombre a quien se considera responsable de la muerte del padre de uno —dijo por fin.

—¡La muerte! —exclamé y apreté el paso para colocarme a su lado. Perdí una sandalia, que desapareció entre los pastos. Kamel se detuvo mientras la buscaba—. ¿Qué quiere decir? —murmuré por entre las altas hierbas.

—Mi padre y El-Marad se embarcaron juntos en una aventura comercial —explicó mientras yo recuperaba mi sandalia—. Mi padre fue a Inglaterra para ultimar una negociación. Fue atracado y asesinado por unos matones en las calles de Londres.

—Entonces El-Marad no tomó parte en ello —dije. Llegué a su lado y seguimos andando.

—No —reconoció Kamel—. De hecho, pagó mis estudios con los beneficios que correspondían a mi padre, para que pudiera permanecer en Londres, pero continuó con el negocio. Nunca le envié una nota de agradecimiento. Por eso dije que le sorprendería verme.

—¿Y por qué lo considera responsable de la muerte de su padre? —insistí. Era evidente que Kamel no deseaba hablar del asunto. Cada palabra que pronunciaba parecía suponerle un gran esfuerzo.

—No lo sé —musitó, como si lamentara haber sacado el tema—. Tal vez piense que debería haber sido él quien viajara a Inglaterra.

Permanecimos en silencio durante el resto del camino por el valle. El sendero que ascendía a Ain Ka'abah era una larga espiral que circundaba la montaña. Había media hora de camino desde el pie hasta la cumbre… y los últimos cuarenta metros eran amplios escalones practicados en la piedra y muy pulidos por el paso de muchos pies.

—¿Cómo se gana la vida la gente que vive aquí? —pregunté cuando llegábamos jadeantes a lo alto.

Las cuatro quintas partes de Argelia eran desérticas, no había madera y la única tierra cultivable estaba a trescientos kilómetros de distancia, junto al mar.

—Hacen alfombras —contestó Kamel— y joyas de plata, que truecan. En la montaña hay piedras preciosas y semipreciosas… cornalina y ópalo y algunas turquesas. Todo lo demás se importa de la costa.

La aldea de Ain Ka'abah tenía una larga calle central aún sin asfaltar, con casas de estuco a ambos lados. Nos detuvimos ante una vivienda grande con tejado de paja, en el que había posadas varias cigüeñas, que habían construido su nido en la chimenea.

—Esta es la casa de los tejedores —explicó Kamel.

Mientras bajábamos por la calle, observé que el sol había desaparecido por completo. Era un hermoso crepúsculo color lavanda… pero el aire iba enfriándose.

Había algunos carros llenos de heno, varios asnos y pequeños rebaños de cabras. Supuse que era más fácil subir la montaña con carros tirados por asnos que con una limusina Citroën.

Al final del pueblo Kamel se detuvo ante una casa grande y se quedó mirándola largo tiempo. Era de estuco, como las otras, pero tal vez el doble de grande y con un balcón que cruzaba la fachada.

En él había una mujer sacudiendo alfombras. Era morena y llevaba ropa de vivos colores. A su lado había una niña pequeña de rizos dorados, con un vestido blanco y un delantal. La parte superior de su cabello estaba trenzada en mechones muy finos que caían en tirabuzones. Cuando nos vio, corrió escaleras abajo y se me acercó.

Kamel habló a la madre, que permaneció un momento mirándolo en silencio. Después me vio a mí y me dedicó una sonrisa que dejó al descubierto varios dientes de oro. Entró en la casa.

—Esta es la casa de El-Marad —dijo Kamel—. Esa mujer es su esposa principal. La niña es una hija muy tardía… la mujer dio a luz cuando todos creían que era estéril. Esto se considera una señal de Alá… la criatura es una elegida…

—¿Cómo sabe todo esto si hace diez años que no viene? —pregunté—. La niña no debe de tener más de cinco años.

Mientras entrábamos en la casa, Kamel cogió a la pequeña de la mano y la miró con afecto.

—Nunca la había visto —admitió—, pero me mantengo informado de lo que sucede en mi aldea. Esta criatura se consideró todo un acontecimiento. Debería haberle traído algo… al fin y al cabo, no puede decirse que sea responsable de los sentimientos que me inspira su padre.

Revolví en mi bolso para ver si encontraba algo que resolviera el problema. Una pieza del ajedrez magnético de Lily se soltó y cayó en mi mano. Era solo una pieza de plástico: la reina blanca. Parecía una muñeca en miniatura. Se la di a la niña que, entusiasmada, se apresuró a ir a mostrársela a su madre. Kamel me sonrió, agradecido.

La mujer salió y nos hizo entrar en la casa en penumbras. Llevaba en la mano la pieza de ajedrez, charlaba en bereber con Kamel y no me quitaba sus brillantes ojos de encima. Tal vez le estuviera haciendo preguntas sobre mí. De vez en cuando me tocaba con dedos ligeros como plumas.

Kamel le dijo unas palabras y la mujer se fue.

—Le he pedido que traiga a su esposo —me explicó él—. Podemos entrar en la tienda y esperar allí. Una de las esposas nos servirá café.

La tienda de alfombras era grande y ocupaba la mayor parte de la planta baja. Había alfombras apiladas por todas partes, plegadas y enrolladas en largos tubos contra las paredes. Había algunas extendidas sobre el suelo y otras colgadas de las paredes o de la barandilla del balcón interior de la segunda planta. Nos sentamos en el suelo, sobre cojines, con las piernas cruzadas. Entraron dos mujeres jóvenes, una de las cuales llevaba una bandeja con un samovar y tazas, y la otra, un soporte para colocarla. Dispusieron todo y nos sirvieron café. Al mirarme soltaban risitas y después bajaban rápidamente la vista. Al cabo de unos momentos se fueron.

—El-Marad tiene tres esposas —explicó Kamel—. La fe islámica permite hasta cuatro, pero no es probable que tome otra a estas alturas. Debe tener casi ochenta años.

—¿Usted no tiene esposa? —pregunté.

—Según la ley del Estado, un ministro solo debe tener una esposa —contestó Kamel—, de modo que hay que ser más cauteloso. —Me sonrió, pero parecía apagado. Era evidente que estaba nervioso.

—Al parecer estas mujeres me encuentran divertida. Cuando me miran, ríen —comenté para aliviar la tensión.

—Tal vez nunca habían visto a una mujer occidental —aventuró Kamel—. En todo caso, estoy seguro de que jamás habían visto una con pantalones. Probablemente desearían hacerle muchas preguntas, pero son demasiado tímidas.

En ese momento se abrieron las cortinas que había bajo el balcón y entró un hombre alto e imponente. Medía más de un metro ochenta y tenía la nariz larga y afilada, ganchuda como el pico de un halcón, cejas hirsutas sobre unos ojos negros y penetrantes, y cabellos negros veteados de canas. Vestía un largo caftán rojo y blanco de lana fina y ligera, y caminaba con paso vigoroso. No aparentaba más de cincuenta años. Kamel se levantó para saludarlo, se besaron en ambas mejillas y se llevaron los dedos a la frente y el pecho. Kamel le dijo algunas palabras en árabe y el hombre se volvió hacia mí. Su voz era más aguda de lo que yo esperaba, y suave… casi un susurro.

—Soy El-Marad —me dijo—. Los amigo de Kamel Kader son bienvenidos en mi casa.

Me indicó con un gesto que tomara asiento y se sentó frente a mí, con las piernas cruzadas a la turca. No advertí entre ambos hombres, que hacía por lo menos diez años que no hablaban, ninguna señal de la tensión mencionada por Kamel. El-Marad había arreglado su túnica en torno a sí y me miraba con interés.

—Le presento a mademoiselle Catherine Velis —dijo Kamel con gran cortesía—. Ha venido de América para trabajar para la OPEP.

—La OPEP —repitió El-Marad asintiendo con la cabeza—. Por fortuna aquí, en las montañas, no hay petróleo, porque si no también nosotros tendríamos que cambiar nuestra forma de vida. Espero que disfrute de su estancia en nuestra tierra y que a través de su trabajo, si es voluntad de Alá, prosperemos todos.

Levantó la mano y entró la madre con la niña. Dio a su marido la pieza de ajedrez y él me la tendió.

—Entiendo que ha hecho un regalo a mi hija —dijo—. Estoy en deuda con usted. Por favor, elija la alfombra que quiera.

Volvió a levantar la mano y madre e hija desaparecieron tan silenciosamente como habían entrado.

—No, por favor —dije—. Es solo un juguete de plástico.

Pero el hombre miraba la pieza que tenía en la mano y parecía no oírme. De pronto me miró con ojos de lince bajo el entrecejo fruncido.

—¡La reina blanca! —susurró. Lanzó una rápida mirada a Kamel y luego se volvió hacia mí—. ¿Quién la ha enviado? —me preguntó—. ¿Y por qué lo ha traído a él?

Sus palabras me cogieron por sorpresa y miré a Kamel. Entonces comprendí lo que sucedía. El anciano sabía por qué estaba yo allí… Tal vez la pieza de ajedrez fuera una especie de señal de que venía de parte de Llewellyn. Sin embargo, en tal caso, se trataba de una contraseña que Llewellyn no había mencionado.

—Lo siento muchísimo —dije tratando de suavizar la situación—. Un amigo mío, un anticuario de Nueva York, me pidió que viniera a verlo. Kamel ha tenido la amabilidad de traerme.

El-Marad permaneció unos minutos en silencio, pero sus ojos me miraban con expresión severa bajo las pobladas cejas. Toqueteaba la pieza de ajedrez como si fuera la cuenta de un rosario. Por último se volvió hacia Kamel y le dijo unas palabras en bereber. El ministro asintió y se puso de pie. Mirándome dijo:

—Creo que iré a tomar el aire. Parece que El-Marad quiere decirle algo en privado. —Me sonrió para demostrar que la rudeza de ese hombre extraño no le molestaba. Volviéndose hacia El-Marad agregó—: Catherine es *dajil-ak*, ya sabe…

—¡Imposible! —exclamó El-Marad levantándose también—. ¡Es una mujer!

—¿Qué es eso? —pregunté, pero Kamel había salido y me quedé a solas con el vendedor de alfombras.

—Dice que está usted bajo su protección —explicó El-Marad volviéndose hacia mí tras asegurarse de que el ministro se había marchado—. Es una costumbre beduina. En el desierto, un hombre perseguido puede aferrarse a las vestiduras de otro hombre. La responsabilidad de la protección es insoslayable para este, aunque no pertenezcan a la misma tribu. Rara vez se ofrece, a menos que se haya solicitado… ¡y jamás se brinda a una mujer!

—Tal vez Kamel pensó que dejarme a solas con usted exigía medidas extremas —apunté.

El-Marad me miró estupefacto.

—Es usted muy valerosa al hacer bromas en un momento como este —dijo lentamente, caminando alrededor de mí, escudriñándome—. ¿No le ha dicho Kamel que lo eduqué como a mi propio hijo? —El-Marad se detuvo y me dedicó otra de sus fastidiosas miradas—. Somos *nahnu malihin*, tenemos vínculos de sal. Si en el desierto comparte usted su sal con alguien, esa sal vale más que el oro…

—De modo que es usted beduino —dije—. Conoce todas las costumbres del desierto y jamás ríe… Me pregunto si Llewellyn Markham lo sabe. Tendré que enviarle una nota para hacerle saber que los beduinos no son tan corteses como los bereberes.

Ante la mención del nombre de Llewellyn El-Marad palideció.

—De modo que es él quien la envía —dijo—. ¿Por qué no ha venido sola?

Suspiré y miré la pieza de ajedrez que el hombre tenía en la mano.

—¿Por qué no me dice dónde están? —pregunté—. Ya sabe qué he venido a buscar.

—Muy bien —dijo. Se sentó, se sirvió un poco de café en una tacita y bebió un trago—. Hemos localizado las piezas e intentado comprarlas… en vano. Su propietaria ni siquiera quiere vernos. Vive en la casbah de Argel, pero es muy rica. Aunque no es dueña de todo el juego, tenemos razones para creer que posee muchas piezas. Podemos reunir los fondos para comprarlas… si usted consigue verla…

—¿Y por qué no quiere verlo a usted? —inquirí, repitiendo la pregunta que había hecho a Llewellyn.

—Vive en un harén —respondió—. Está enclaustrada... La palabra «harén» significa «santuario prohibido». Allí no puede entrar ningún hombre, salvo el amo.

—¿Y por qué no negociar con el marido? —pregunté.

—Ya no vive —contestó El-Marad, y dejó la taza de café con un gesto de impaciencia—. Él está muerto y ella es rica. Los hijos del difunto esposo la protegen, pero no son hijos de ella. No saben que tiene las piezas. Nadie lo sabe...

—Entonces, ¿cómo lo sabe usted? —pregunté levantando la voz—. Mire, acepté hacer este sencillo favor a un amigo, pero usted no me ayuda. Ni siquiera me ha dicho el nombre o la dirección de esa mujer.

Me miró fijamente.

—Se llama Mojfi Mojtar —dijo—. En la casbah no hay nombres de calles, pero no es grande... la encontrará. Cuando lo haga, ella accederá a vender si usted le da el mensaje secreto que voy a decirle. Ese mensaje abrirá todas las puertas.

—Muy bien —dije con impaciencia.

—Dígale que usted nació en el día santo islámico... el día de la Curación. Dígale que nació, según el calendario occidental... el 4 de abril...

Ahora fui yo quien lo miró fijamente. Se me heló la sangre y el corazón empezó a latirme muy deprisa. Ni siquiera Llewellyn sabía la fecha de mi cumpleaños.

—¿Y por qué tendría que decirle eso? —pregunté con toda la calma de que fui capaz.

—Es el día en que nació Carlomagno —murmuró—, el día en que el juego de ajedrez salió de la tierra... un día importante relacionado con las piezas que buscamos. Se dice que aquel destinado a reunir las piezas después de todos estos años habrá nacido ese día. Mojfi Mojtar conocerá la leyenda... y aceptará recibirla.

—¿Usted la ha visto alguna vez? —pregunté.

—Sí, una vez, hace muchos años... —respondió, y su expresión cambió al recordar el pasado.

Me pregunté cómo era en verdad ese hombre... un hombre que tenía negocios con un pusilánime como Llewellyn... un hombre a quien Kamel creía sospechoso de robar el negocio de su padre e incluso de haberlo enviado a la muerte, pero que había costeado su educación para que pudiera llegar a ser uno de los ministros más influyentes del país. Vivía como un ermitaño en esa aldea, a miles de kilómetros de cualquier parte, con varias esposas… pero tenía contactos comerciales en Londres y Nueva York.

—Entonces era muy hermosa —explicó—. Ahora debe de ser muy vieja. La vi, pero solo un momento. Naturalmente, entonces yo no sabía que ella tenía las piezas… que algún día sería… Sus ojos eran muy parecidos a los suyos. Eso sí lo recuerdo. —De pronto volvió a ponerse alerta—. ¿Es todo lo que desea saber?

—¿Cómo conseguiré el dinero si puedo comprar las piezas? —pregunté, volviendo a los negocios.

—Ya hablaremos de eso —dijo con brusquedad—. Puede ponerse en contacto conmigo a través de este apartado postal… —Me tendió un trozo de papel con un número. En ese momento una de las esposas asomó la cabeza entre los cortinajes y detrás de ella vimos a Kamel.

—¿Han terminado el negocio? —preguntó entrando en la habitación.

—Sí —respondió El-Marad. Se puso en pie y me ayudó a levantarme—. Su amiga es una negociadora dura. Puede reclamar el *al-basharah* para otra alfombra.

Sacó de un montón dos alfombras enrolladas de pelo de camello sin peinar. Los colores eran preciosos.

—¿Qué es lo que he reclamado? —pregunté sonriendo.

—El regalo que corresponde a alguien que trae buenas noticias —explicó Kamel echándose las alfombras a la espalda—. ¿Qué buenas noticias ha traído? ¿O eso también es un secreto?

—Ha traído un mensaje de un amigo —susurró El-Marad—. Si quiere, puedo enviar un chico con un carro para que baje con ustedes —agregó.

Kamel respondió que se lo agradecería, y mandaron a buscarlo. Cuando el chico llegó, El-Marad nos acompañó hasta la calle.

—*Al-safar zafar!* —dijo El-Marad agitando la mano.

—Un antiguo proverbio árabe —me explicó Kamel—. Significa: «Viajar es la victoria». Le desea lo mejor.

—No es tan cascarrabias como pensé al principio —dije a Kamel—. De todos modos, no me inspira confianza.

Kamel rió. Parecía mucho más tranquilo.

—Juega usted muy bien —señaló.

Se me encogió el corazón, pero seguí andando en la noche oscura. Me alegré de que Kamel no pudiera verme la cara.

—¿Qué quiere decir? —pregunté.

—Quiero decir que ha conseguido dos alfombras gratis del más astuto comerciante de Argelia. Si esto se supiera, su reputación quedaría arruinada.

Caminamos un rato en silencio, oyendo los chirridos de las ruedas de la carreta que nos precedía en la oscuridad.

—Creo que deberíamos pasar la noche en las dependencias del ministerio en Bouira —dijo Kamel—. Está a unos dieciséis kilómetros de aquí. Tendrán habitaciones agradables para nosotros y podríamos regresar a Argel mañana… a menos que prefiera volver a atravesar las montañas esta noche.

—Ni hablar —repuse.

Además, en el alojamiento del ministerio tendrían probablemente agua caliente y otros lujos de los que hacía meses no disfrutaba. Aunque El Riadh era un hotel encantador, su encanto había menguado después de dos meses bañándome en agua fría con serraduras de hierro.

Tras regresar al coche con nuestras alfombras, dar una propina al chico e iniciar el camino hacia Bouira, saqué mi diccionario de árabe para buscar unas palabras que me habían desconcertado.

Tal como sospechaba, Mojfi Mojtar no era un nombre. Significa «el elegido oculto». El elegido secreto.

LA TORRE
(El enroque)

ALICIA: Es una inmensa partida de ajedrez que se
está jugando en todo el mundo… ¡Qué divertido!
¡Cómo me gustaría ser uno de ellos! No me im-
portaría ser un peón, si pudiera participar… aunque, por supuesto, me gustaría más ser una reina.
REINA ROJA: Eso tiene fácil solución. Si lo deseas,
puedes ser el peón de la reina blanca, porque Lily
es demasiado pequeña para jugar… y empezarás
en el segundo cuadro. Cuando llegues al octavo,
serás una reina…

LEWIS CARROLL,
A través del espejo

La mañana del lunes posterior a nuestro viaje a Cabilia se armó la gorda. Había comenzado la noche anterior, cuando Kamel me llevó a mi hotel… y antes de marcharse dejó caer la bomba. Al parecer pronto se celebraría una conferencia de la OPEP, en la que tenía previsto presentar los hallazgos de mi modelo informático… un modelo que todavía no existía. Thérèse había recogido más de treinta cintas de datos sobre cantidad mensual de barriles por país. Tenía que formatearlas e introducir mis propios datos para obtener tendencias de producción, consumo y distribución. Después tenía que crear los programas capaces de analizarlas… y todo eso antes de que tuviera lugar la conferencia.

Por otra parte, con la OPEP nunca se sabía qué quería decir

«pronto». Las fechas y lugares en que habían de celebrarse las conferencias se mantenían en el más absoluto de los secretos hasta el último momento… en el supuesto de que resultarían menos convenientes para la agenda de los terroristas que para la de los ministros de la OPEP. En algunos círculos se había levantado la veda y en los últimos meses habían eliminado a algunos ministros de la OPEP. El hecho de que Kamel me hubiera anunciado la inminente reunión daba fe de la importancia de mi modelo. Sabía que esperaban que proporcionara datos.

Para colmo, cuando llegué al centro de datos del Sonatrach, en lo alto de la colina central de Argel, me esperaba un mensaje en sobre oficial pegado a la consola en la que realizaba mi trabajo. Era del Ministerio de la Vivienda: por fin me habían encontrado un apartamento de verdad. Podía mudarme esa noche; de hecho, tenía que hacerlo o lo perdería. En Argel la vivienda era escasa y yo había esperado dos meses por esta. Tendría que volver deprisa al hotel, preparar las maletas y marcharme en cuanto el timbre anunciara la hora de salida. Con tantos acontecimientos, ¿cómo iba a arreglármelas para cumplir con mi objetivo de buscar a Mojfi Mojtar en la casbah?

Aunque la jornada laboral en Argel es de siete de la mañana a siete de la tarde, los edificios están cerrados durante las tres horas del almuerzo y la siesta. Decidí utilizar ese lapso para iniciar mi búsqueda.

Como en todas las ciudades árabes, la casbah era el barrio más antiguo, que antaño había estado fortificado. La de Argel era un laberinto de estrechas callejas empedradas y antiguas casas de piedra que se extendían por las laderas de la colina más empinada. Sus escasos dos kilómetros cuadrados albergaban docenas de mezquitas, cementerios, baños turcos e impresionantes tramos de escalones de piedra que se ramificaban como arterias en todos los rincones. Del millón de residentes de Argel, casi el veinte por ciento vivía en ese pequeño barrio: figuras vestidas con túnicas y cubiertas con velo que salían y entraban en silencio de umbrales ocultos en las sombras. La casbah podía tragarse a cualquier persona sin que quedara el menor rastro de ella. Era el escenario perfecto para una mujer que se hacía llamar «la elegida secreta».

Por desgracia, también era el lugar perfecto para extraviarse.

Aunque entre mi oficina y el Palais de la Casbah, en la puerta septentrional, había veinte minutos de camino, pasé la hora siguiente dando vueltas como una rata en un laberinto. Fuera cual fuese el tortuoso callejón que tomaba, terminaba siempre en el cementerio de las Princesas: un bucle. Por más que preguntara por los harenes locales, la gente siempre me miraba con ojos vidriosos —sin duda por efecto de las drogas—, me insultaba o me daba indicaciones falsas. Cuando pronunciaba el nombre de Mojfi Mojtar, todos se reían.

Terminó la hora de la siesta y, exhausta y con las manos vacías, pasé por la Poste Centrale para ver a Thérèse. No era probable que mi presa figurara en la guía telefónica —ni siquiera había visto cables de teléfono en la zona—, pero Thérèse conocía a todo el mundo en Argel. A todos menos a quien yo buscaba.

—¿Quién puede tener un nombre tan ridículo? —comentó, y, dejando que sonaran los timbres de la centralita me ofreció unos bombones—. ¡Niña, es estupendo que haya pasado hoy por aquí! Tengo un télex para usted… —Revisó un montón de papeles colocados en el estante de la centralita—. ¡Estos árabes! —murmuró—. Con ellos, todo es *b'ad guedua*… «después de mañana». Si le hubiera enviado esto a El Riadh, con suerte lo habría recibido el mes próximo. —Encontró el télex y me lo tendió con un gesto afectado. Bajando la voz agregó—: Aunque venga de un convento… ¡sospecho que está escrito en código!

Naturalmente, era de la hermana María Magdalena, del convento de San Ladislao en Nueva York. Se había tomado su tiempo en escribir. Eché una mirada al texto, exasperada por el descaro de Nim:

POR FAVOR AYUDA CON CRUCIGRAMA DE NY TIMES STOP TODO RESUELTO MENOS LO QUE SIGUE STOP CONSEJO DE HAMLET A SU NOVIA STOP QUIÉN SE PONE LOS ZAPATOS DEL PAPA STOP QUÉ HACE LA ÉLITE CUANDO TIENE HAMBRE STOP CANTANTE ALEMÁN MEDIEVAL STOP NÚCLEO DEL REACTOR EXPUESTO STOP OBRA DE CHAIKOVSKI STOP LAS LETRAS SON 3-8-6-5-8-9.

SE SOLICITA RESPUESTA
HERMANA MARÍA MAGDALENA
CONVENTO DE SAN LADISLAO NY NY

Estupendo... un crucigrama. Los detestaba, como muy bien sabía Nim. Lo había enviado solo para torturarme. Solo me faltaba eso: otra tarea absurda del rey de las trivialidades.

Agradecí a Thérèse su diligencia y la dejé ante los múltiples tentáculos de la centralita. En realidad mi coeficiente descodificador debía de haber aumentado en los últimos meses, porque ya había adivinado algunas de las respuestas antes de salir de la Poste. Por ejemplo, el consejo de Hamlet a Ofelia fue: «Vete a un convento». Y lo que hacía la élite cuando tenía hambre era «quedar para comer». Tendría que acortar las respuestas para que se ajustaran a la cantidad de letras que me proporcionaba, pero evidentemente era una tarea hecha a la medida para una mente tan simple como la mía.

Aquella noche, cuando regresé al hotel a las ocho, me esperaba otra sorpresa. En la penumbra, estacionado ante la entrada del hotel, estaba el Rolls Corniche azul de Lily... rodeado de porteros, camareros y botones que se lo comían con los ojos mientras acariciaban el cromo y la suave piel del salpicadero.

Pasé deprisa tratando de imaginar que no había visto lo que había visto. En los últimos dos meses había enviado al menos diez telegramas a Mordecai para rogarle que no mandara a Lily a Argel. Pero ese coche no había llegado solo.

Cuando fui a recepción para coger mi llave y notificar que abandonaba el hotel, tuve otro sobresalto. Apoyado contra el mostrador de mármol, el atractivo y siniestro Sharrif, jefe de la policía secreta, charlaba con el recepcionista. Me vio antes de que pudiera escabullirme.

—¡Mademoiselle Velis! —exclamó con su radiante sonrisa de estrella de cine—. Llega justo a tiempo para ayudarnos en una pequeña investigación. ¿Se ha fijado al entrar en el coche de uno de sus compatriotas?

—Es extraño... me pareció británico —dije con indiferencia mientras el empleado me entregaba la llave.

—¡La matrícula es de Nueva York! —señaló Sharrif levantando una ceja.

—Es una ciudad grande... —Eché a andar en dirección a mi habitación, pero Sharrif no había terminado.

—Esta tarde, cuando pasó por aduanas, alguien lo había registrado a su nombre y con esta dirección. Tal vez pueda explicármelo

Mierda. Cuando encontrara a Lily, la mataría. Probablemente ya había sobornado a alguien para entrar en mi habitación.

—Es estupendo —dije—. Un regalo anónimo de un colega neoyorquino. Necesitaba un coche... y los de alquiler son difíciles de conseguir.

Me dirigí hacia el jardín, pero Sharrif me pisaba los talones.

—Hemos pedido a la Interpol que compruebe la matrícula —me explicó apretando el paso para ponerse a mi altura—. No puedo creer que el dueño haya pagado los derechos de aduana en efectivo (el ciento por ciento del valor del coche) para después regalárselo a alguien a quien ni siquiera conoce. Contrataron a un lacayo para que fuera a buscarlo y lo trajera aquí. Además, en este hotel no hay americanos salvo usted...

—Ni siquiera yo —dije, mientras caminaba sobre la gravilla del jardín—. Me voy dentro de media hora a Sidi Fredj, como ya le habrán dicho sus *jawasis*.

Los *jawasis* eran espías —o chivatos— de la policía secreta. Sharrif captó la indirecta. Entrecerró los ojos y cogiéndome por un brazo me obligó a detenerme. Miré con desdén la mano que me apretaba el codo y la apartó.

—Mis agentes —dijo, siempre cuidadoso con la semántica— ya han revisado sus habitaciones en busca de visitantes... además de las listas de entrada de la semana de Argel y de Orán. Estamos esperando las listas de los otros puertos de entrada. Como usted sabe, compartimos fronteras con otros siete países y la zona costera. Si usted me dijera a quién pertenece el coche, las cosas serían mucho más sencillas.

—¿A qué viene esto? —pregunté echando a andar—. Si han pagado los derechos de aduana y los papeles están en regla, ¿por qué voy a mirarle los dientes a un caballo regalado? Además, ¿a usted qué le importa de quién es el coche? En un país que no fabrica coches, no hay tope de vehículos importados, ¿no?

Sharrif no supo qué decir. No podía admitir que sus *jawasis* me seguían a todas partes e informaban hasta de mis estornudos. Yo estaba tratando de ponerle las cosas difíciles hasta que pudiera encontrar a Lily... pero parecía raro. Si no estaba en mi habitación y tampoco se había registrado en el hotel, ¿dónde se había metido? La respuesta llegó en ese mismo momento.

Al otro lado de la piscina se alzaba el elegante minarete de ladrillos que separaba el jardín de la playa. Oí una voz sospechosamente familiar... el ruido de unas pequeñas garras caninas arañando la madera de la puerta y un gruñido que era difícil de olvidar para quien lo había escuchado una vez.

En la luz tenue vi que al otro lado de la piscina la puerta se entreabría y una bola peluda de aspecto feroz salía a toda velocidad. Rodeando la piscina como un rayo se precipitó sobre nosotros. Aunque hubiera habido más luz habría sido difícil saber a primera vista qué clase de animal era Carioca... y vi que Sharrif miraba sorprendido a la bestia que cargaba contra su tobillo y hundía los puntiagudos dientecillos en la pierna cubierta con calcetín de seda. Profiriendo un grito de horror, empezó a saltar sobre la pierna sana mientras trataba de sacudirse a Carioca de la otra. Me apresuré a coger a la bestezuela y la apreté contra mi pecho. Se retorció y me lamió la barbilla.

—¿Qué es eso, en el nombre de Dios? —exclamó Sharrif mirando al rebelde monstruo de angora.

—Es el dueño del coche —respondí con un suspiro advirtiendo que se había descubierto el pastel—. ¿Desea conocer a su media naranja?

Sharrif me siguió cojeando y levantando la pernera del pantalón para mirar su pierna herida.

—Ese bicho podría estar rabioso —se quejó mientras nos acercábamos al minarete—. Esos animales atacan con frecuencia a la gente.

—No está rabioso... es solo un crítico exigente —dije.

Pasamos por la puerta entreabierta del minarete y subimos por las escaleras en penumbra hasta la segunda planta, donde había una amplia habitación rodeada de cojines. Lily estaba en medio como un pachá, con los pies levantados y trozos de algodón entre los dedos de los pies... aplicando con cuidado esmalte color sangre a sus uñas. Llevaba un vestido microscópico estampado con rosados caniches saltarines. Me lanzó una mirada gélida entre los rizos rubios que le caían sobre los ojos. Carioca ladró para que lo soltara. Lo apreté hasta que guardó silencio.

—Ya era hora —dijo indignada—. ¡No sabes los problemas que he tenido para llegar aquí! —Miró a Sharrif por encima de mi hombro.

—¿Tú has tenido problemas? —dije—. Permíteme que te presente a mi acompañante: Sharrif, jefe de la policía secreta.

Lily lanzó un sonoro suspiro.

—¿Cuántas veces tengo que decirte que no necesitamos a la policía? —dijo—. Podemos arreglárnoslas solas...

—No es la policía —interrumpí—. He dicho policía secreta.

—¿Y qué demonios significa eso...?, ¿que nadie tiene que saber que es policía? Mierda, se me ha corrido el esmalte —añadió Lily inclinándose sobre su pie.

Dejé caer a Carioca sobre su regazo y ella volvió a mirarme enfadada.

—Entiendo que conoce a esta mujer —dijo Sharrif. Tendió la mano hacia Lily—. ¿Puedo ver sus papeles, por favor? No hay constancia de su entrada en este país, ha registrado usted un coche caro con un nombre falso y es evidente que su perro es un peligro...

—¡Bah, tómese un laxante! —espetó Lily apartando a Carioca. Apoyó los pies en el suelo para levantarse y miró a Sharrif a la cara—. He pagado mucho para poder traer el coche a este país, ¿y cómo sabe usted que he entrado ilegalmente? ¡Ni siquiera sabe quién soy!

Mientras hablaba, caminaba por la habitación sobre los talones para que el algodón que tenía entre los dedos no estropeara el esmalte. Se acercó a un montón de lujosas maletas de piel y sacó unos papeles que agitó ante la cara de Sharrif. Él se los quitó de la mano y Carioca ladró.

—Me he detenido en este despreciable país de camino a Túnez —informó—. Resulta que soy una importante maestra de ajedrez y voy allí para participar en un torneo...

—No hay ningún torneo de ajedrez en Túnez hasta septiembre —repuso Sharrif examinando su pasaporte. La miró con recelo—. Su apellido es Rad... ¿no será por casualidad pariente de...?

—Sí —espetó ella.

Recordé que Sharrif era un fanático del ajedrez. Sin duda había oído hablar de Mordecai; tal vez incluso hubiera leído sus libros.

—No tiene en regla el visado de entrada en Argelia —observó él—. Me quedo con su pasaporte hasta que pueda llegar al fondo del asunto. Mademoiselle, no puede salir de este establecimiento.

Esperé hasta que la puerta de abajo se cerró con un golpe.

—Desde luego, haces amigos muy rápidamente cuando llegas a un país nuevo —comenté mientras Lily volvía a sentarse junto a la ventana—. Y ahora que se ha llevado tu pasaporte, ¿qué vas a hacer?

—Tengo otro —respondió, mientras retiraba los algodones de entre los dedos—. Nací en Londres de madre inglesa. Ya sabes que los ciudadanos británicos pueden tener dos nacionalidades.

No lo sabía, pero tenía preguntas más importantes que hacerle.

—¿Por qué has registrado a mi nombre tu maldito coche? ¿Y cómo has entrado sin pasar por inmigración?

—Alquilé un hidroavión en Palma —contestó—. Me dejaron aquí cerca, en la playa. Tenía que registrar el coche a nombre de un residente, porque lo había enviado antes por barco. Mordecai me aconsejó que llegara lo más discretamente posible.

—Pues lo has conseguido —dije con ironía—. Dudo que nadie en el país sospeche que estás aquí, salvo los funcionarios de inmigración de todas las fronteras, la policía secreta y tal vez incluso el presidente. ¿Qué demonios has venido a hacer? ¿O es que a Mordecai se le olvidó explicártelo?

—Me dijo que viniera a rescatarte… ¡y el muy mentiroso me dijo también que Solarin jugaría en Túnez este mes! Estoy muerta de hambre. Tal vez puedas conseguirme una hamburguesa con queso o algo sustancioso para comer. Aquí no hay servicio de habitaciones… ni siquiera tengo teléfono.

—Veré lo que puedo hacer —repuse—. Pero me voy del hotel. Me mudo a un apartamento en Sidi Fredj, a una media hora de camino playa abajo. Cogeré el coche para trasladar mis cosas y dentro de una hora te tendré preparado algo de comer. Puedes salir cuando oscurezca y escabullirte por la playa. El paseo te vendrá bien.

Lily aceptó a regañadientes y me fui a recoger mis pertenencias con las llaves del Rolls en el bolsillo. Estaba segura de que Kamel podría arreglar lo de su entrada ilegal. Además, al menos ahora dispondría de coche. Por otro lado, no tenía noticias de Mordecai desde aquel críptico mensaje sobre la adivina y el juego.

Tendría que sondear a Lily para saber qué había averiguado durante mi ausencia.

El apartamento ministerial de Sidi Fredj era estupendo: dos habitaciones con techos abovedados y suelos de mármol, totalmente amuebladas, incluso con ropa de cama, y un balcón que daba al puerto y al Mediterráneo. Soborné al restaurante al aire libre que había debajo para que subiera comida y vino, y me senté al fresco en una tumbona para descifrar el crucigrama de Nim mientras esperaba la llegada de Lily. El mensaje rezaba así:

> Consejo de Hamlet a su novia (3)
> Quién se pone los zapatos del Papa (8)
> Qué hace la élite cuando tiene hambre (6)
> Cantante alemán medieval (5)
> Núcleo del reactor expuesto (8)
> Obra de Chaikovski (9)

No tenía intención de perder tanto tiempo con este ejercicio como con la profecía de la pitonisa transcrita en la servilleta de cóctel, pero tenía la ventaja de una educación musical. Había solo dos clases de trovadores alemanes: *meistersingers* y *minnesingers*. También conocía todas las obras de Chaikovski... y no había tantas con ese número de letras.

Mi primer intento quedó así: «Vea. Pescador. Quedar. Minne. Disolver. Juana d'Arc». Estaba bastante bien. Un reactor nuclear que se disuelve pasa a fase de urgencia... que también encajaba. De modo que el mensaje era: «Ve a pescador; queda con Minne; ¡urgencia!». Aunque no sabía cuál era la relación de Juana d'Arc con todo eso, en Argel había un lugar llamado Escaliers de la Pêcherie (Escaleras de la Pesquería). Deduje que Minne debía de referirse a Minnie Renselaas, esposa del cónsul holandés —a quien Nim me había dicho que telefoneara si necesitaba ayuda—, y tras una rápida ojeada a mi agenda descubrí que vivía en el número uno de esa calle. Aunque yo no creía necesitar ayuda, al parecer Nim consideraba urgente que la viera. Traté de recordar el argumento de la *Juana d'Arc* de Chaikovski, pero, aparte de que ardía en la hoguera, no recordé nada más. Esperaba que Nim no me tuviera preparado ese destino.

Conocía las Escaliers de la Pêcherie, un interminable tramo de escalones de piedra entre el bulevar de Anatole France y una calle llamada Bab el Oued, o «puerta del río». La mezquita de la Pêcherie estaba arriba, junto a la entrada a la casbah... pero allí no había nada que pareciera un consulado holandés. *Au contraire,* las embajadas estaban al otro lado de la ciudad, en una zona residencial. De modo que entré en el apartamento, cogí el teléfono y llamé a Thérèse, que seguía trabajando a las nueve de la noche.

—¡Por supuesto que conozco a madame Renselaas! —exclamó con su voz áspera. No nos separaba demasiada distancia y estábamos en tierra, pero por el ruido de la línea se habría dicho que nos encontrábamos en el fondo del mar—. Todos la conocen en Argel... una dama encantadora. Solía traerme bombones holandeses y esos dulces pequeñitos con una flor en el centro que hacen en Holanda. Era esposa del cónsul de los Países Bajos, ¿sabe?

—¿Cómo que era? —aullé.

—Eso fue antes de la revolución, niña. Su esposo murió hace diez años, tal vez quince, pero ella sigue aquí... al menos eso dicen. Sin embargo, no tiene teléfono; de lo contrario, yo lo sabría.

—¿Y cómo puedo localizarla? —vociferé, mientras la línea se llenaba de sonidos acuáticos. No era necesario pinchar el teléfono. Nuestra conversación podía oírse en todo el puerto—. Solo tengo la dirección... el número uno de las Escaliers de la Pêcherie. Pero no hay casas junto a la mezquita.

—No —gritó Thérèse—. Allí no hay número uno. ¿Seguro que la dirección es correcta?

—La leeré —dije—. Pone... Wahad, Escaliers de la Pêcherie.

—¡Wahad! —Thérèse se echó a reír—. Eso significa «número uno»... pero no es una dirección, sino una persona. Es el guía turístico que trabaja cerca de la casbah. ¿Conoce ese puesto de flores junto a la mezquita? Pregunte al florista por Wahad... por cincuenta dinares le hará una visita guiada. El nombre Wahad quiere decir «número uno», ¿comprende?

Thérèse colgó antes de que pudiera preguntarle por qué era necesario un guía turístico para encontrar a Minnie. Al parecer las cosas se hacían de otra manera en Argel.

Estaba planeando mi excursión para el mediodía siguiente cuando oí ruido de uñas caninas contra el suelo de mármol del rellano. Llamaron a la puerta con un golpe seco y entraron Lily y Carioca, que fueron derechos a la cocina, de donde salía el olor de la cena que se estaba calentando: *rouget* a la parrilla, ostras al vapor y cuscús.

—Necesito comer —dijo Lily. Cuando la alcancé, ya estaba levantando las tapas de las ollas y cogiendo los alimentos con los dedos—. No necesitamos platos —afirmó arrojando unos trocitos de comida a Carioca.

Suspiré y vi cómo se atiborraba, experiencia que siempre me quitaba el apetito.

—¿Y por qué te ha enviado Mordecai? Le escribí diciéndole que te mantuviera al margen.

Lily se volvió para mirarme con sus grandes ojos grises. De entre sus dedos se deslizó un trozo de cordero del cuscús.

—Tendrías que estar eufórica —repuso—. Resulta que en tu ausencia hemos resuelto todo el misterio.

—Cuéntame —dije sin inmutarme.

Descorché una botella de excelente vino tinto argelino y lo serví en copas mientras ella hablaba.

—Mordecai estaba tratando de comprar esas singulares y valiosas piezas de ajedrez para un museo… cuando Llewellyn lo descubrió e intentó desbaratar las negociaciones. Mordecai sospecha que Llewellyn sobornó a Saul para que averiguara más cosas sobre las piezas. ¡Y cuando Saul lo amenazó con descubrir su doble juego Llewellyn se asustó y contrató a alguien para que lo borrara del mapa! —Lily estaba muy complacida con la explicación.

—O Mordecai no está bien informado o te ha mentido deliberadamente —señalé—. Llewellyn no tuvo nada que ver con la muerte de Saul. Fue Solarin quien lo mató. Él mismo me lo dijo. Está en Argelia.

Lily estaba llevándose una ostra a la boca, pero la arrojó en la olla del cuscús. Cogió la copa de vino y tomó un buen trago.

—Dímelo otra vez —pidió.

Se lo dije. Le conté la historia que había conseguido reconstruir, sin ocultarle nada. Le expliqué que Llewellyn me había pedido que le consiguiera las piezas; que la adivina había ocultado un mensaje en la profecía; que Mordecai me había escrito para informarme de que conocía a la pitonisa; que Solarin había aparecido en Argel y afirmado que Saul mató a Fiske y trató de matarlo a él. Y todo por las piezas. Le expliqué que yo presumía que, en efecto, había una fórmula, tal como ella sospechaba. Estaba oculta en el juego de ajedrez que todos buscaban. Terminé con la descripción de mi visita al colega de Llewellyn, el vendedor de alfombras… y lo que me había contado sobre la misteriosa Mojfi Mojtar.

Cuando terminé, Lily me miraba boquiabierta… y mientras yo hablaba no había probado bocado.

—¿Por qué no me contaste nada de eso antes? —preguntó.

Carioca estaba panza arriba, con las patas levantadas, como si estuviera enfermo. Lo cogí, lo metí en el fregadero y abrí un poco el grifo para que bebiera.

—No sabía casi nada de esto cuando vine —contesté—. Te lo explico ahora porque tú puedes ayudarme. Es como si tuviera lugar una partida de ajedrez y otras personas hicieran los movimientos. No tengo ni idea de cómo se juega, pero tú eres una experta. Tengo que saberlo para encontrar esas piezas.

—No hablas en serio —dijo Lily—. ¿Te refieres a una partida real? ¿Con gente en lugar de trebejos? ¿Y que si matan a alguien… es como si lo barrieran del tablero?

Se acercó al fregadero para lavarse las manos y salpicó a Carioca. Lo puso bajo su brazo, todavía mojado, y fue hacia la sala, adonde yo la seguí con el vino y las copas. Parecía haberse olvidado de la comida.

—Si supiéramos quiénes son las piezas —añadió—, tal vez lograríamos desentrañar el misterio. Puedo mirar un tablero de ajedrez, incluso bien avanzada la partida, y reconstruir los movimientos que se han hecho hasta ese momento. Por ejemplo, creo que podemos dar por sentado que Saul y Fiske eran peones…

—Y tú y yo también —apunté.

Los ojos de Lily brillaban como los de un perro de caza que percibe el rastro de un zorro. Raras veces la había visto tan alterada.

—Llewellyn y Mordecai podrían ser piezas…

—Y Hermanold —agregué rápidamente—. ¡Fue él quien disparó contra nuestro coche!

—No podemos olvidar a Solarin —señaló—. Sin duda es un jugador. ¿Sabes?, si pudiéramos repasar todo lo sucedido, reconstruyendo los hechos, creo que podría reproducir los movimientos en un tablero y conseguir algo.

—Tal vez deberías quedarte aquí esta noche —propuse—. Sharrif podría enviar a sus muchachos para que te detengan en cuanto tenga pruebas de que has entrado de forma ilegal. Mañana te llevaré a la ciudad. Kamel, mi cliente, puede mover algunos hilos para impedir que acabes en prisión. Mientras tanto trabajaremos con el rompecabezas.

Estuvimos moviendo piezas de ajedrez por el tablero magnético de Lily… Una cerilla hacía las veces de la reina blanca perdida. Lily se sentía frustrada.

—Si tuviéramos más datos… —protestó, mientras mirábamos cómo el cielo matinal adquiría una tonalidad lavanda.

—Conozco la manera de recabar más información —admití—. Tengo un amigo muy íntimo que ha estado ayudándome con esto… cuando consigo localizarlo. Es un mago de la informática que también ha jugado mucho al ajedrez. Tiene una amiga bien relacionada en Argel, la viuda del cónsul holandés. Espero verla mañana. Si arreglas lo del visado, podrías acompañarme.

Resolvimos hacerlo así y nos acostamos para tratar de dormir un poco. No imaginaba que pocas horas después sucedería algo que me convertiría de participante reacia en jugador principal de la partida.

La Darse era el embarcadero situado en el extremo noroccidental del puerto de Argel, donde atracaban los barcos pesqueros. Era una larga mole de piedra que unía el continente con la pequeña isla que daba nombre a Argel, Al-Yezair.

El estacionamiento del ministerio se encontraba allí. No vi en él el coche de Kamel, de modo que aparqué el gran Corniche azul en su plaza y dejé una nota en el parabrisas. Noté que llamaba la atención al estacionar un turismo en tonos pasteles entre las limusinas, pero era mejor que dejarlo en la calle.

Lily y yo recorrimos el puerto por el bulevar Anatole France y cruzamos la avenue Ernesto Che Guevara en dirección a las Escaliers que conducían a la mezquita del Pescador. Lily había subido la tercera parte del tramo de escalones cuando se sentó chorreando sudor, aunque todavía hacía fresco.

—Quieres matarme —dijo entre jadeos—. ¿Qué clase de lugar es este? Estas calles son muy empinadas. Tendrían que pasar una apisonadora y empezar de cero.

—A mí me parece encantador —dije tirando de su brazo. Carioca yacía desfallecido a su lado, con la lengua fuera—. Además, cerca de la casbah no hay dónde aparcar. Así que vamos.

Después de muchas protestas y altos para descansar, llegamos arriba, donde la sinuosa calle Bab el Oued separaba la mezquita del Pescador de la casbah. A nuestra izquierda estaba la place des Martyrs, un espacio amplio lleno de ancianos sentados en bancos, donde estaba el puesto de flores. Lily se dejó caer en el primer banco vacío.

—Busco a Wahad, el guía —dije al malhumorado florista.

Me miró de arriba abajo y agitó una mano. Un niño se acercó corriendo. Era un pilluelo harapiento con un cigarrillo entre los labios descoloridos.

—Wahad, tienes un cliente —le dijo el florista.

Yo no daba crédito a mis oídos.

—¿Tú eres el guía? —pregunté.

La mugrienta criatura no podía tener más de diez años, pero ya tenía el rostro arrugado y decrépito. Por no mencionar los piojos. Se rascó la cabeza, se chupó los dedos para apagar el cigarrillo y se lo colocó detrás de la oreja.

—Para la casbah el precio mínimo es de cincuenta dinares —me informó—. Por cien, le muestro la ciudad.

—No quiero un recorrido turístico —le expliqué. Cogiéndolo de la camisa deshilachada lo llevé aparte—. Busco a la señora Renselaas… Minnie Renselaas, viuda del cónsul holandés. Un amigo me dijo…

—Ya sé quién es —me interrumpió. Entrecerró un ojo y me miró de hito en hito.

—Te pagaré para que me lleves hasta ella… ¿Has dicho cincuenta dinares? —pregunté, mientras buscaba el dinero en el bolso.

—No llevo a nadie a ver a la dama a menos que ella me lo diga —aseguró—. ¿Tiene una invitación o algo así?

¿Invitación? Me sentía como una idiota, pero saqué el télex de Nim y se lo mostré, pensando que tal vez me permitiría salir del paso. Lo miró largo rato, desde diferentes ángulos. Por último, dijo:

—No sé leer. ¿Qué pone?

De modo que tuve que explicar a la repugnante criatura que un amigo mío lo había enviado en código. Y le expliqué lo que creía que decía: «Ve a las Escaleras del Pescador; queda con Minnie. Urgente».

—¿Eso es todo? —preguntó con naturalidad, como si estuviera acostumbrado a esa clase de conversaciones—. ¿No hay nada más? ¿Algo como una palabra secreta?

—Juana de Arco —respondí—. Dice Juana de Arco.

—No; esa no es la frase —repuso. Cogió el cigarrillo y volvió a encenderlo.

Miré a Lily, que seguía en el banco, al otro lado de la plaza. Me miró a su vez, como si pensara que yo estaba loca. Me devané los sesos tratando de encontrar otra obra de Chaikovski que tuviera nueve letras —obviamente, esa era la clave—, pero no lo logré. Wahad seguía examinando el papel que tenía en la mano.

—Sé leer números —dijo por fin—. Eso es un número de teléfono.

En efecto, vi que Nim había escrito seis números. Me puse muy nerviosa.

—¡Es el número de teléfono de Minnie! —exclamé—. Podríamos llamarla y preguntar…

—No —me interrumpió Wahad—. No es su número de teléfono, sino el mío.

—¡Tuyo!

Lily y el florista nos miraban. Mi amiga se levantó y se encaminó hacia nosotros.

—Eso no prueba…

—Prueba que alguien sabe que yo puedo encontrar a la dama —dijo el crío—. Pero no lo haré, a menos que sepa las palabras exactas.

Cabrón testarudo. Estaba maldiciendo para mis adentros a Nim por ser tan críptico cuando de pronto se me ocurrió. Otra obra de Chaikovski con nueve letras… al menos, en francés. Lily acababa de llegar a nuestro lado cuando cogí a Wahad por el cuello de la camisa.

—¡Dame Pique! —exclamé—. ¡La reina de picas!

Wahad me dedicó una sonrisa de dientes torcidos.

—Eso, señora —dijo—. La Reina Negra.

Aplastando el cigarrillo en el suelo nos indicó por señas que cruzáramos Bab el Oued y lo siguiéramos al interior de la casbah.

Wahad nos hizo subir y bajar por calles empinadas que yo jamás hubiera descubierto sola. Lily jadeaba y resoplaba detrás de nosotros, y al fin decidí coger a Carioca y meterlo en mi bolso para que dejara de gemir. Después de media hora de dar vueltas por sinuosas callejas y doblar esquinas llegamos a un callejón sin salida con altas paredes de ladrillo que impedían entrar la luz del sol. Wahad esperó a que Lily nos alcanzara y yo sentí de pronto un escalofrío. Tenía la impresión de haber estado allí antes. Después comprendí que el lugar se parecía al sueño que tuve la noche que dormí en casa de Nim, cuando desperté bañada en sudor frío. Estaba aterrorizada. Me volví y cogí a Wahad por el hombro.

—¿Adónde nos llevas? —exclamé.

—Síganme —dijo, y abrió una pesada puerta de madera medio escondida en la gruesa pared de ladrillos.

Miré a Lily y me encogí de hombros; después entramos. Había una escalera oscura que cualquiera habría pensado que conducía a una mazmorra.

—¿Estás seguro de que sabes lo que estás haciendo? —pregunté a Wahad, que ya había desaparecido en la oscuridad.

—¿Y cómo sabemos que no van a secuestrarnos? —me susurró Lily mientras empezábamos a bajar por las escaleras. Había apoyado una mano en mi hombro, y Carioca gemía suavemente en mi bolso—. He oído decir que las mujeres rubias se venden a precios muy altos en el mercado de esclavos…

Pensé que, si los compradores se basaban en el volumen, por ella pagarían el doble.

—Cállate y deja de empujarme.

Lo cierto es que yo estaba asustada. Sabía que sola nunca podría encontrar el camino de salida.

Wahad nos esperaba al pie de la escalera, y choqué con él en la oscuridad. Lily seguía apoyada en mí, mientras oíamos cómo el pilluelo accionaba un picaporte. La puerta se entreabrió y vimos una luz muy tenue.

Nos condujo por un sótano grande y oscuro donde una docena de hombres sentados en cojines jugaban a los dados. Mientras atravesábamos la habitación llena de humo, algunos nos miraron con ojos turbios. Pero nadie trató de detenernos.

—¿Qué es ese olor asqueroso? —murmuró Lily—. Es como carne en descomposición.

—Hachís —susurré mirando las grandes pipas de agua que había por toda la estancia, y a los hombres que chupaban los tubos y lanzaban los dados de marfil.

Dios mío, ¿adónde nos había llevado Wahad? Lo seguimos hasta la puerta del fondo y subimos por un pasaje empinado y tenebroso hasta la parte trasera de una pequeña tienda. Esta estaba repleta de pájaros… pájaros selváticos sobre perchas en forma de ramas moviéndose dentro de las jaulas.

Una sola ventana cubierta por una enredadera dejaba entrar la luz exterior. Las lágrimas de cristal de las arañas proyectaban prismas dorados, verdes y azules en las paredes y el rostro velado de media docena de mujeres que trajinaban por la habitación y que, al igual que la mayoría de los hombres que habíamos visto antes, ni siquiera nos miraron, como si formáramos parte del papel pintado de las paredes.

Wahad me condujo a través del laberinto de árboles y perchas hasta un corto pasaje abovedado que se abría en el otro extremo. Daba a un patio cerrado, cuya única entrada era la que habíamos utilizado. Altas paredes de ladrillo cubiertas de musgo rodeaban el pequeño trozo de pavimento cuadrado, y frente a nosotros había una pesada puerta.

Wahad cruzó el patio y tiró de la cuerda que colgaba junto a la puerta. Pasó mucho rato antes de que sucediera algo. Miré a Lily, que seguía apoyada en mi hombro. Había recuperado el aliento, pero estaba muy pálida, seguramente como yo. Mi inquietud comenzaba a transformarse en terror.

En la rejilla de la puerta apareció una cara masculina. Miró a Wahad sin decir nada. Después nos echó un vistazo a Lily y a mí. Hasta Carioca estaba callado. Wahad murmuró algo y, aunque estábamos a bastante distancia, oí lo que decía.

—Mojfi Mojtar —susurró—. Le he traído a la mujer.

Entramos en un pequeño jardín rodeado de muros de ladrillo. Las baldosas esmaltadas del suelo estaban dispuestas para formar multitud de dibujos. No parecía repetirse ninguno. En el follaje borboteaban fuentecillas. Los pájaros gorjeaban y jugaban en la penumbra moteada de luz. Al fondo había amplias puertaventanas cubiertas de enredaderas, a través de las cuales vi una habitación lujosamente decorada con alfombras marroquíes, urnas chinas, cuero repujado y maderas talladas.

Wahad se deslizó por la puerta que había a nuestra espalda. Lily se volvió y exclamó:

—¡No permitas que ese pequeño monstruo escape… jamás saldremos de aquí!

Pero ya había desaparecido, al igual que el hombre que nos había hecho entrar, de modo que nos quedamos solas en la penumbra del patio, donde el aire era fresco y balsámico, impregnado del aroma de las plantas y de diversas colonias. Me sentí como embriagada mientras escuchaba el borboteo musical de las fuentes.

Advertí que una sombra se movía detrás de las puertaventanas. Enseguida desapareció tras la densa masa de jazmín y buganvilla. Lily me apretó la mano. Nos quedamos junto a las fuentes y contemplamos la forma plateada que atravesaba un pasaje abovedado y entraba en el jardín, flotando en la luz verdosa: una mujer esbelta, hermosa, cuyos vaporosos ropajes parecían susurrar mientras caminaba. Su cabello ondeaba en torno a su cara medio velada como las alas plateadas de los pájaros. Cuando nos habló, su voz era dulce y baja, como agua fría que se deslizara sobre piedras pulidas.

—Soy Minnie Renselaas. —Se detuvo ante nosotras como un espectro.

Antes de que se quitara el opaco velo plateado que le cubría la cara, supe quién era. La pitonisa.

LA MUERTE DE LOS REYES

Por Dios, sentémonos en el suelo
y contemos historias tristes de la muerte de los
    reyes:
cómo algunos fueron depuestos; otros, muertos
    en la guerra;
otros, perseguidos por los fantasmas de aquellos
    a quienes depusieron;
otros, envenenados por sus mujeres;
otros, muertos mientras dormían.
Asesinados todos; pues dentro de la corona hueca
que ciñe las sienes mortales de un rey
tiene la Muerte su corte… y con un alfiler
atraviesa el muro de su castillo y ¡adiós, rey!

WILLIAM SHAKESPEARE,
Ricardo II

París, 10 de julio de 1793

Bajo los frondosos castaños de la entrada del patio de Jacques-Louis David, Mireille miraba entre las rejas de la puerta de hierro. Con su largo *haik* negro y el rostro cubierto por el velo de muselina, parecía la típica modelo de los cuadros exóticos del famoso pintor. Más importante aún: con ese atuendo nadie podría reconocerla. Sucia y agotada después del duro viaje, tiró de la cuerda y oyó la campanilla que sonaba en el interior.

Hacía menos de seis semanas que había recibido la carta de la abadesa, quien le daba consejos y apremiaba. Había tardado mucho en recibirla porque la abadesa la había enviado a Córcega, desde donde se la mandó el único miembro de la familia de Napoleone y Elisa que no había huido de la isla: su abuela, Angela-Maria di Pietrasanta.

En la misiva la abadesa ordenaba a Mireille que regresase de inmediato a Francia:

> Al saber que no estabas en París, temí no solo por ti sino también por el destino de aquello que Dios ha puesto a tu cuidado… responsabilidad que, según veo, has desdeñado. Estoy desesperada por aquellas de tus hermanas que pueden haber huido a esa ciudad en busca de tu ayuda cuando no estabas allí para prestársela. Ya me comprendes.
>
> Te recuerdo que nos enfrentamos a adversarios poderosos que no se detendrán ante nada para lograr sus fines, que han organizado su oposición mientras los vientos del destino nos dispersaban. Ha llegado la hora de recuperar las riendas, de volver los acontecimientos a nuestro favor y de reunir lo que el destino ha separado.
>
> Te conmino a regresar inmediatamente a París. Alguien fue a buscarte a instancias mías, con instrucciones relacionadas con vuestra misión, que es fundamental.
>
> Mi corazón se duele contigo por la pérdida de tu adorada prima. Que Dios te acompañe en tu tarea…

La carta no tenía fecha ni firma, pero Mireille reconoció la letra de la abadesa. Ignoraba cuánto tiempo hacía que había sido escrita. Aunque dolida por la acusación de haber abandonado su deber, había comprendido el verdadero sentido del mensaje. Había otras piezas en peligro, otras monjas estaban amenazadas por las mismas fuerzas del mal que habían acabado con Valentine. Debía regresar a Francia.

Shahin aceptó acompañarla hasta el mar. Sin embargo, Charlot, su hijo, de un mes de edad, era demasiado pequeño para emprender el arduo viaje. En Yanet, el pueblo de Shahin prometió cuidar de él hasta el regreso de Mireille, porque ya veían a la criatura pelirroja como el profeta cuya llegada les había sido anunciada. Después de una dolorosa despedida la joven lo dejó en brazos del ama de cría y partió. Durante veinticinco días atravesaron el Deban Ubari, el borde occidental del desierto de Libia, evitando las montañas y las traicioneras dunas, y tomaron un atajo hacia Trípoli y el mar. Una vez allí, Shahin la dejó en una goleta de dos mástiles con destino a Francia. Estos barcos, los más veloces del mundo, navegaban con el viento en mar abierto a catorce nudos, haciendo el viaje desde Trípoli hasta Saint-Nazaire, en la desembocadura del Loira, en apenas diez días. Mireille había regresado.

Ahora, desaliñada y exhausta, miraba a través de la verja de David el patio del que había huido hacía menos de un año. Sin embargo, parecía que hubiera pasado un siglo desde aquella tarde en que ella y Valentine escalaron los muros del jardín, riendo nerviosas ante su atrevimiento, y fueron a Cordeliers en busca de la hermana Claude. Apartó esos recuerdos de su mente y volvió a tirar de la campanilla. Por fin Pierre, el anciano sirviente, salió de la caseta y arrastrando los pies fue hacia la verja, donde ella esperaba en silencio a la sombra de los altos castaños.

—Madame —dijo Pierre sin reconocerla—, el maestro no recibe a nadie antes de almorzar… y nunca sin cita previa.

—Sin duda aceptará verme a mí —repuso Mireille bajándose el velo.

Pierre abrió los ojos de par en par y la barbilla le tembló levemente. Buscó con torpeza entre las pesadas llaves para abrir la puerta.

—Mademoiselle —susurró—, hemos rezado por vos todos los días.

Sus ojos estaban llenos de lágrimas de júbilo mientras abría las puertas. Mireille lo abrazó y ambos cruzaron deprisa el patio.

Solo en su estudio, David tallaba un gran trozo de madera, una escultura del ateísmo que se quemaría el mes siguiente en el Festival del Ser Supremo. El aire estaba impregnado del aroma de la madera recién cortada. El suelo estaba cubierto de virutas y el polvillo de madera cubría el elegante terciopelo de la chaqueta del artista. Cuando la puerta se abrió a sus espaldas, se volvió, dejó caer el cincel y se puso en pie con tal precipitación que volcó el banquillo.

—¿Sueño o me he vuelto loco? —exclamó. Atravesó a toda prisa la habitación levantando una nube de polvo y estrechó a Mireille en un abrazo—. ¡Gracias a Dios que estás a salvo! —La apartó para verla mejor—. ¡Cuando te fuiste, llegó Marat con una delegación, cavaron en mi jardín con sus rastreros ministros y delegados, como cerdos buscando trufas! Yo no creía que esas piezas existieran de verdad. Si hubieras confiado en mí... habría podido ayudarte...

—Podéis ayudarme ahora —repuso Mireille desplomándose exhausta en una silla—. ¿Ha venido alguien preguntando por mí? Espero una emisaria de la abadesa.

—Mi querida niña —respondió David con tono preocupado—, durante tu ausencia han venido a París varias jóvenes que escribían para pedir una entrevista contigo o con Valentine. Pero yo temía por ti. Entregué esas notas a Robespierre pensando que podían ayudarnos a encontrarte.

—¡Robespierre! ¡Dios mío! ¿Qué habéis hecho? —exclamó Mireille.

—Es un buen amigo en quien se puede confiar —se apresuró a aclarar David—. Lo llaman el Incorruptible. Nadie podría inducirlo a abandonar su deber. Mireille, le he hablado de tu relación con el ajedrez de Montglane. Él también te buscaba...

—¡No! —gritó Mireille—. Nadie debe saber que estoy aquí, ni siquiera que me habéis visto. No lo comprendéis... Valentine fue asesinada por esas piezas. Mi vida también corre peligro. Decidme cuántas monjas escribieron, cuántas cartas entregasteis a ese hombre.

Mientras trataba de recordar, David palideció, presa del miedo. ¿Tendría Mireille razón? Tal vez no había sabido apreciar la gravedad de la situación...

—Fueron cinco —contestó—. En mi estudio tengo anotados los nombres.

—Cinco monjas —susurró ella—. Otras cinco muertes sobre mi conciencia. Porque no estaba aquí —añadió con la mirada perdida.

—¡Muertas! —exclamó David—. Pero Robespierre no llegó a interrogarlas. Descubrió que habían desaparecido... todas ellas.

—Solo podemos rezar por que sea verdad —repuso Mireille mirando a David—. Tío, esas piezas son más peligrosas que cualquier cosa que podáis imaginar. Tenemos que averiguar qué sabe Robespierre sin que se entere de que estoy aquí. Y Marat... ¿dónde está Marat? Porque si ese hombre se enterara de esto, ni siquiera nuestras plegarias servirían de nada.

—Está en su casa, gravemente enfermo —murmuró David—,

pero con más poder que nunca. Hace tres meses los girondinos lo juzgaron por propugnar al asesinato y la dictadura, por desdeñar los principios de la revolución: libertad, igualdad, fraternidad. Sin embargo, el jurado, aterrorizado, lo absolvió, la chusma lo coronó de laureles, lo paseó por las calles entre multitudes entusiastas y lo eligió presidente del Club de los Jacobinos. Ahora está en su casa, denunciando a los girondinos que se opusieron a él. La mayoría de ellos han sido detenidos… el resto ha huido a las provincias. Gobierna el Estado desde su bañera con las armas del miedo. Lo que se dice de nuestra revolución parece ser cierto: el fuego que destruye no puede construir.

—Pero puede ser consumido por una llama más alta —apuntó Mireille—. Esa llama es el ajedrez de Montglane. Cuando lo hayamos reunido, devorará incluso a Marat. He regresado a París para liberar esa fuerza. Y espero vuestra ayuda.

—Pero ¿no oyes lo que he dicho? —exclamó David—. Son precisamente la venganza y la traición lo que ha destruido nuestro país. ¿Adónde nos conducirán? Si creemos en Dios, debemos creer en una justicia divina que con el tiempo nos devolverá la cordura…

—No tengo tiempo de esperar a Dios —dijo Mireille.

11 de julio de 1793

Otra monja que no podía esperar se dirigía a toda prisa a París.

Charlotte Corday llegó a la ciudad en coche de postas a las diez de la mañana. Después de encontrar habitación en un pequeño hotel se dirigió a la Convención.

La carta de la abadesa que el embajador Genet le había entregado en Caen había tardado en llegar, pero su mensaje era claro. Las piezas enviadas a París en el mes de septiembre anterior mediante la hermana Claude habían desaparecido. Durante el Terror había muerto otra monja: la joven Valentine. Su prima había desaparecido sin dejar huella. Charlotte se había puesto en contacto con la facción girondina —antiguos delegados de la Convención que ahora se escondían en Caen—, con la esperanza de conocer a alguno que hubiera estado en la prisión de l'Abbaye… el último lugar en que se había visto a Mireille.

Los girondinos nada sabían de una muchacha pelirroja que había desaparecido en medio de aquella locura, pero su jefe, el guapo Barbaroux, tomó simpatía a la antigua monja que buscaba a su amiga. Le entregó un pase que le permitiría mantener una breve entrevista con el delegado Lauze Duperret, que se reunió con ella en la Convención, en la antecámara de visitantes.

—Vengo de Caen —explicó Charlotte en cuanto el distinguido delegado se sentó frente a ella, ante la mesa lustrada—. Busco a una amiga que desapareció el pasado septiembre, durante los tumultos en la prisión. Ella, como yo, fue monja en un convento que ha sido clausurado.

—Charles-Jean-Marie Barbaroux no me ha hecho precisamente un favor al enviaros aquí —observó el delegado con una sonrisa cínica—. Es un hombre en busca y captura… ¿o no lo sabíais? ¿Acaso desea que a mí me suceda lo mismo? Tengo bastantes problemas, y así podéis decírselo cuando regreséis a Caen… lo que espero que ocurra pronto. —Se puso en pie.

—Por favor —dijo Charlotte tendiendo la mano hacia él—. Mi amiga estaba en la prisión de l'Abbaye cuando empezó la matanza. No se ha encontrado su cuerpo. Tenemos razones para creer que ha escapado… pero nadie sabe adónde. Debéis decirme… ¿quién de entre los miembros de la Asamblea presidió aquellos juicios?

Duperret guardó silencio y sonrió. No era una sonrisa agradable.

—Nadie escapó de l'Abbaye —afirmó tajantemente—. Los que fueron absueltos pueden contarse con los dedos de las manos. Si habéis sido lo bastante estúpida para venir aquí, tal vez lo seáis también para preguntar al hombre responsable del Terror… pero no os lo recomiendo. Se llama Marat.

12 de julio de 1793

Mireille, con un vestido de algodón rojo y blanco y un sombrero de paja con cintas de colores, bajó del coche abierto de David y pidió al cochero que esperara. Entró presurosa en el vasto y atestado barrio comercial de Les Halles, uno de los más antiguos de la ciudad.

Durante los dos días que llevaba en París se había enterado de suficientes cosas para actuar de inmediato. No necesitaba esperar instrucciones de la abadesa. No solo habían desaparecido cinco monjas con sus piezas, sino que, según le había dicho David, otras personas conocían la existencia del ajedrez de Montglane… y la relación que ella tenía con él. Demasiadas personas: Robespierre, Marat y André Philidor, el maestro de ajedrez y compositor cuya ópera había visto en compañía de madame de Staël. David le explicó que Philidor había huido a Inglaterra, pero antes de partir le había hablado de su encuentro con el gran matemático Leonhard Euler y un compositor llamado Bach. Este había tomado la fórmula del recorrido del caballo descubierta por Euler y la había transformado en música. Estos caballeros pensaban que el secreto del ajedrez de Montglane guardaba relación con la música… ¿Cuántos más habrían llegado tan lejos?

Mireille atravesó los puestos de venta al aire libre, llenos de verduras, carnes y pescado que solo los ricos podían comprar. El corazón le latía con fuerza y miles de pensamientos bullían en su cabeza. Tenía que actuar de inmediato… mientras conociera sus paraderos y ellos ignoraran el suyo. Eran todos como peones en un tablero, arrastrados hacia un centro invisible en un juego inexorable como el destino. La abadesa tenía razón al decir que debían recuperar las riendas… pero era Mireille quien debía tomar el control. Porque comprendía que ahora sabía más que la abadesa —tal vez más que nadie— sobre el ajedrez de Montglane.

El relato de Philidor abonaba lo que le había dicho Talleyrand y confirmado Letizia Buonaparte: en el juego había una fórmula. Algo que la abadesa nunca había mencionado. Sin embargo, Mireille lo sabía. Recordaba vivamente la extraña figura pálida de la Reina Blanca, con el báculo del Ocho en su mano levantada.

Mireille descendió hacia el laberinto; aquella parte de Les Halles que antaño habían sido catacumbas romanas y ahora se utilizaba como mercado subterráneo. Allí había puestos de cacharros de cobre, cintas, especias y sedas orientales. Pasó junto a un pequeño café en el estrecho pasaje, donde un grupo de carniceros, sucios todavía con las señales de su comercio, comían sopa de col y jugaban al dominó. Se fijó en la sangre que manchaba sus brazos desnudos y sus mandiles blancos. Cerró los ojos y siguió avanzando por el estrecho laberinto.

Al final del segundo pasaje había una tienda de cubertería. Examinó la mercancía, probó la resistencia y el filo de cada cuchillo antes de encontrar el que le convenía: uno con una hoja de quince centímetros, semejante al *busaadi* que había usado con tanta destreza en el desierto. Pidió al vendedor que lo afilara hasta que pudiese cortar un pelo en el aire.

Quedaba solo una pregunta: ¿cómo entraría? El comerciante envolvió el cuchillo con su funda en papel de estraza, Mireille le pagó dos francos, se puso el paquete bajo el brazo y partió.

13 de julio de 1793

Su pregunta encontró respuesta la tarde siguiente, mientras ella y David discutían en el pequeño comedor anejo al estudio. Él, como delegado de la Convención, podía asegurarle la entrada en el domicilio de Marat, pero se negaba... tenía miedo. Pierre, el sirviente, interrumpió su acalorada discusión.

—En la verja hay una dama, señor. Pregunta por vos... y busca información sobre mademoiselle Mireille.

—¿Quién es? —preguntó la joven tras lanzar una rápida mirada a David.

—Una dama de vuestra estatura, mademoiselle —contestó Pierre—, pelirroja... Dice que se llama Corday.

—Hazla pasar —indicó Mireille, para estupefacción de David.

De modo que esta era la emisaria, pensó Mireille cuando Pierre salió. Recordó a la fría y orgullosa compañera de Alexandrine de Forbin, que hacía tres años había acudido a Montglane para comunicarles que las piezas del ajedrez corrían peligro. Ahora la abadesa la había enviado... pero llegaba demasiado tarde.

Charlotte Corday entró en la habitación y, deteniéndose de golpe, miró incrédula a Mireille. Se sentó vacilante en la silla que le ofreció David, sin apartar los ojos de la joven. Allí estaba la mujer cuyas noticias habían llevado a desenterrar el ajedrez, pensó Mireille. Aunque el tiempo transcurrido había cambiado a ambas, seguían pareciéndose: altas, corpulentas, con rebeldes rizos rojos en torno al rostro ovalado. Lo bastante parecidas para pasar por hermanas y, sin embargo, tan distintas.

—Estaba desesperada —dijo Charlotte—, después de buscar en vano vuestro rastro y encontrar todas las puertas cerradas. Debo hablaros a solas. —Lanzó una inquieta mirada a David, quien se excusó. Cuando hubo salido, preguntó—: ¿Están a salvo las piezas?

—¡Las piezas! —dijo Mireille con amargura—. ¡Siempre las piezas! Me maravilla la tenacidad de nuestra abadesa… a quien Dios confió el alma de cincuenta mujeres apartadas del mundo que creían en ella como en su propia vida. Nos explicó que las piezas eran peligrosas… pero no que seríamos perseguidas y asesinadas por ellas. ¿Qué clase de pastor es el que guía a sus ovejas al matadero?

—Comprendo… estáis destrozada por la muerte de vuestra prima —repuso Charlotte—, pero ¡fue un accidente! Quedó atrapada en un tumulto junto con mi amada hermana Claude. No podéis permitir que esto haga vacilar vuestra fe. La abadesa os eligió para una misión…

—Ahora yo elijo mis propias misiones —exclamó Mireille. Sus ojos verdes ardían de pasión—. Y la primera es encontrar al hombre que asesinó a mi prima. ¡No fue un accidente! En este último año han desaparecido otras cinco monjas. Creo que él sabe qué ha sido de ellas y de las piezas que custodiaban. Y tengo cuentas que saldar.

Charlotte se había llevado la mano al pecho. Estaba pálida mientras miraba a Mireille, sentada al otro lado de la mesa.

—¡Marat! —susurró con voz trémula—. ¡Sabía de su intervención… pero no esto! La abadesa no sabía nada de esas monjas desaparecidas.

—Parece que hay muchas cosas que nuestra abadesa ignora —señaló Mireille—. Pero yo sí las sé. No es mi intención desobedecerla, pero creo que comprenderéis que primero tengo otras cosas que hacer. ¿Estáis conmigo… o contra mí?

Charlotte miró a Mireille. Sus ojos azules brillaban de emoción. Se inclinó hacia la mesa y puso una mano sobre la de Mireille. Esta tembló.

—Los derrotaremos —exclamó Charlotte con energía—. Por difícil que sea lo que me pidáis, estaré a vuestro lado… como desearía la abadesa.

—Os habéis enterado de la intervención de Marat —dijo Mireille con tono tenso—. ¿Qué más sabéis de ese hombre?

—Traté de verlo… cuando os buscaba —contestó Charlotte bajando la voz—. Un portero me echó. Pero le he escrito para pedirle una cita… esta tarde.

—¿Vive solo? —preguntó Mireille con vivo interés.

—Comparte alojamiento con su hermana Albertine... y con Simone Évrard, su esposa natural. Pero ¡no pretenderéis ir vos! Si dais vuestro nombre o adivinan quién sois, os arrestarán...

—No pienso dar mi nombre —aseguró Mireille esbozando una sonrisa—. Daré el vuestro.

♟

El sol ya se ponía cuando Mireille y Charlotte llegaron en un cabriolet alquilado al callejón frente a la casa de Marat. El reflejo del cielo teñía del color de la sangre los cristales de las ventanas, y bajo la luz decreciente el empedrado de la calle tenía un tono cobrizo.

—Debo saber qué razón disteis en vuestra carta para solicitar esta entrevista —dijo Mireille.

—Escribí que venía de Caen —respondió Charlotte— para denunciar las actividades de los girondinos contra el gobierno. Dije que conocía ciertas conspiraciones...

—Dadme vuestros papeles —ordenó Mireille tendiendo la mano—, por si necesito pruebas para entrar.

—Rezo por vos —dijo Charlotte tras entregarle los papeles, que Mireille escondió en su corpiño, junto al cuchillo—. Esperaré aquí vuestro regreso.

Mireille cruzó la calle y subió los escalones de la desvencijada casa de piedra. Se detuvo en la entrada, donde en una placa ajada se leía:

JEAN-PAUL MARAT, MÉDICO

Respiró hondo y dio unos golpes en la puerta con la aldaba metálica, cuyo sonido resonó en las paredes del interior. Por fin oyó ruido de pasos que se acercaban lentos y se abrió la puerta.

En el umbral apareció una mujer alta, de cara grande y pálida llena de arrugas. Con un movimiento de la muñeca apartó un mechón de cabellos que se habían soltado del moño descuidado. Mientras se limpiaba las manos cubiertas de harina en la toalla que rodeaba su ancha cintura, miró a Mireille de pies a cabeza, examinando el elegante vestido de algodón, el sombrero con lazos y los rizos que caían sobre los hombros.

—¿Qué queréis? —preguntó con desdén.

—Me llamo Corday. El ciudadano Marat me espera —respondió Mireille.

—Está enfermo —replicó la mujer, y empezó a cerrar la puerta. Mireille se adelantó y la obligó a retroceder un paso.

—¡Insisto en verlo!

—¿Qué sucede, Simone? —preguntó otra mujer que había aparecido al final del largo pasillo.

—Una visita, Albertine… para vuestro hermano. Le he dicho que está enfermo…

—Marat querría verme —dijo Mireille en alta voz— si supiera qué noticias traigo de Caen… y de Montglane.

A través de una puerta entreabierta en medio del pasillo se oyó una voz:

—¿Una visita, Simone? ¡Hazla pasar de inmediato!

La mujer se encogió de hombros e indicó a Mireille que la siguiera.

Era una gran habitación azulejada con un ventanuco alto a través del cual se veía el cielo, que pasaba del rojo al gris. Hedía a medicinas astringentes y putrefacción. En un rincón había una bañera en forma de bota. Allí, en las sombras solo rotas por la luz de una vela colocada sobre una escribanía que tenía sobre las rodillas, estaba Marat. Con la cabeza envuelta en un trapo mojado y la piel, de un blanco enfermizo a la luz de la vela, llena de pústulas, trabajaba inclinado sobre la escribanía atestada de plumas y papeles.

Mireille clavó la mirada en el hombre. Cuando Simone la introdujo en la habitación y le indicó por señas que se sentara en un taburete de madera que había junto a la bañera, Marat no levantó la vista. Siguió escribiendo mientras Mireille, cuyo corazón latía con furia, lo miraba de hito en hito. Ansiaba saltar sobre él, hundirle la cabeza en el agua tibia y mantenerlo allí hasta que… pero Simone seguía de pie a sus espaldas.

—Llegáis en el momento oportuno —dijo Marat, inclinado todavía sobre los papeles—. Precisamente estoy preparando una lista de girondinos que al parecer se están sublevando en las provincias. Si venís de Caen, podréis ratificarla. También decís que traéis noticias de Montglane…

Miró a Mireille y sus ojos se abrieron de par en par. Guardó silencio un momento y después indicó a Simone:

—Ahora puedes dejarnos, querida amiga.

Simone permaneció inmóvil unos segundos, pero finalmente, bajo la mirada penetrante de Marat, se volvió y se fue cerrando la puerta tras de sí.

Mireille sostuvo la mirada de Marat sin pronunciar palabra. Era extraño, pensó. Ahí estaba la encarnación de la maldad, el hombre cuyo espantoso rostro había perturbado sus inquietos sueños durante tanto tiempo; ahí estaba, sentado en una bañera de cobre llena de sales hediondas, pudriéndose como un trozo de carne rancia. Un anciano agostado, muriendo por su propia maldad. Si en su corazón hubiera habido lugar para la piedad, lo habría compadecido.

—De modo que por fin habéis venido —susurró él sin quitarle los ojos de encima—. ¡Cuando vi que las piezas habían desaparecido, supe que algún día volveríais!

Sus ojos destellaban a la temblorosa luz de la bujía. Mireille sintió que se le helaba la sangre en las venas.

—¿Dónde están? —preguntó.

—Eso era exactamente lo que quería preguntaros —dijo él con tranquilidad—. Habéis cometido un gran error al venir aquí, mademoiselle, con nombre falso o sin él. Jamás saldréis de este lugar con vida… a menos que me digáis qué ha sido de las piezas que sacasteis del jardín de David.

—Vos tampoco —repuso Mireille, sintiendo que su corazón se apaciguaba mientras sacaba el cuchillo de su corpiño—. Cinco de mis hermanas han desaparecido. Quiero saber si terminaron como mi prima.

—Ah… habéis venido a matarme —dijo Marat con una sonrisa terrible—. Pero no creo que lo hagáis. Soy un hombre moribundo. No necesito que me lo digan los médicos… yo mismo soy médico.

Mireille tocó el filo del cuchillo con la yema de un dedo.

Marat cogió una pluma de la escribanía y se dio unos golpes con ella en el pecho desnudo.

—Os aconsejo que clavéis la daga aquí… a la izquierda, entre la segunda costilla y la tercera. Cortaréis la aorta. Rápido y seguro. Pero antes de que muera os interesará saber que tengo las piezas.

Y no cinco, como creíais, sino ocho. Entre los dos, mademoiselle, podríamos controlar la mitad del tablero.

Mireille trató de permanecer impasible, mientras el corazón volvía a desbocársele. La adrenalina corría con su sangre como una droga.

—¡No os creo! —exclamó.

—Preguntad a vuestra amiga, mademoiselle Corday, cuántas monjas recurrieron a ella en vuestra ausencia —dijo Marat—. Mademoiselle Beaumont… mademoiselle Defresnay… mademoiselle D'Armentieres… ¿os dicen algo esos nombres?

Todas eran monjas de Montglane. ¿Qué estaba diciendo ese hombre? Ninguna de ellas había viajado a París… ninguna de ellas había escrito esas cartas que David entregó a Robespierre…

—Fueron a Caen —prosiguió Marat, como si le hubiera leído el pensamiento—. Esperaban encontrar a Corday. ¡Qué triste! Enseguida se dieron cuenta de que la mujer que salía a su encuentro no era una monja…

—¿Una mujer? —preguntó Mireille.

En ese instante alguien llamó a la puerta y entró Simone Évrard con una fuente de riñones y mollejas humeantes. Atravesó la habitación con una expresión agria mientras miraba a Marat y su visitante con el rabillo del ojo. Dejó la fuente en el alféizar de la ventana.

—Para que se enfríen y podamos picarlos para el pastel de carne —dijo con tono seco clavando sus ojillos brillantes en Mireille, que había ocultado a toda prisa el cuchillo entre los pliegues de sus faldas.

—Por favor, no vuelvas a molestarnos —le dijo Marat.

Simone lo miró estupefacta y salió presurosa de la habitación con una expresión ofendida en su feo rostro.

—Cerrad la puerta con llave —indicó Marat a Mireille, que lo miró sorprendida. Luego se reclinó en la bañera y sus pulmones emitieron un silbido áspero a causa del esfuerzo por respirar—. Mi querida mademoiselle, la enfermedad ha invadido todo mi cuerpo. Si queréis matarme, no disponéis de mucho tiempo, pero me parece que lo que más deseáis es información… y yo también. Cerrad la puerta y os diré lo que sé.

Sin soltar el cuchillo, Mireille fue hacia la puerta e hizo girar la llave hasta que oyó el sonido del pestillo. Le palpitaban las sienes.

¿Quién era la mujer de la que hablaba Marat… la que se había apoderado de las piezas de las desprevenidas monjas?

—Vos las matasteis. ¡Las asesinasteis por las piezas!

—Yo soy un inválido —repuso él con una sonrisa horrible y su blanca cara, rodeada de sombras—, pero como el rey en el tablero, la pieza más débil puede ser también la más valiosa. Las maté… pero solo con información. Sabía quiénes eran y adónde era probable que se dirigiesen en caso de peligro. Vuestra abadesa fue necia… los nombres de las monjas de Montglane eran de dominio público. Pero no, no las maté yo mismo. Os diré quién lo hizo cuando me digáis lo que habéis hecho con las piezas que os llevasteis. Os diré incluso dónde están las que capturamos nosotros, aunque no os servirá de nada…

La incertidumbre y el miedo atormentaban a Mireille. ¿Cómo podía confiar en él, cuando la última vez que le dio su palabra había asesinado a Valentine?

—Decidme cómo se llama la mujer y dónde están las piezas —exigió, mientras volvía a acercarse a la bañera—. Si no, nada.

—Sois vos quien tiene el cuchillo —repuso Marat con voz áspera—, pero mi aliada es la jugadora más poderosa. ¡Jamás la destruiréis… jamás! Vuestra única esperanza es uniros a nosotros y reunir las piezas. Por separado no son nada, pero juntas poseen un poder inmenso. Si no me creéis, preguntad a vuestra abadesa. Ella la conoce. Sabe de su poder. Su nombre es Catalina… ¡es la Reina Blanca!

—¡Catalina! —exclamó Mireille, mientras mil pensamientos se agolpaban en su cabeza. ¡La abadesa había ido a Rusia! Su amiga de la infancia… el relato de Talleyrand… la mujer que había comprado la biblioteca de Voltaire… ¡Catalina la Grande, emperatriz de todas las Rusias! Pero ¿cómo podía esa mujer ser al mismo tiempo aliada de Marat y amiga de la abadesa?—. Mentís —dijo—. ¿Dónde está ahora? ¿Y dónde están las piezas?

—Os he dicho su nombre —exclamó Marat, lívido de furia—. Antes de que os diga más, debéis demostrarme la misma confianza. ¿Dónde están las piezas que sacasteis del jardín de David? ¡Decídmelo!

Mireille respiró hondo, apretando el mango del cuchillo.

—Las he sacado del país —respondió—. Están a salvo en Inglaterra.

El rostro de Marat se iluminó al oír sus palabras. Mireille vio los cambios que se operaban en el hombre, cuyo semblante adoptó esa máscara de maldad que ella había evocado en sus sueños.

—¡Por supuesto! —exclamó él—. ¡He sido un necio! ¡Se las habéis dado a Talleyrand! Dios mío… ¡es más de lo que esperaba! —Trató de ponerse de pie en la bañera—. ¡Está en Inglaterra! —exclamó—. ¡En Inglaterra! Dios mío… ¡ella puede obtenerlas! —Luchaba por apartar la escribanía con sus débiles brazos. El agua de la bañera se agitaba—. ¡A mí! ¡A mí!

—¡No! —exclamó Mireille—. ¡Os habéis comprometido a decirme dónde están las piezas!

—¡Pequeña idiota! —Marat rompió a reír y apartó la escribanía, que cayó al suelo manchando de tinta las faldas de Mireille.

La joven oyó pasos que se acercaban por el pasillo y el ruido del picaporte agitado por una mano. Empujó a Marat, que volvió a caer en la bañera. Le alzó la cabeza cogiendo su grasiento cabello y apoyó el cuchillo en su pecho.

—¡Decidme dónde están! —gritó, mientras el ruido de los puños que aporreaban la puerta ahogaba sus palabras—. ¡Decídmelo!

—¡Cobarde! —masculló él con los labios llenos de saliva—. ¡Hacedlo o que Dios os maldiga! ¡Habéis llegado demasiado tarde… demasiado tarde!

Mireille se lo quedó mirando mientras los golpes en la puerta continuaban. Oyó gritos de mujeres mientras miraba la cara horrible y su sonrisa perversa. «¿Cómo tendréis fuerza para matar a un hombre? Huelo en vos la venganza como se huele el agua en el desierto.» La voz de Shahin susurraba en su cabeza imponiéndose a los gritos de las mujeres y a los golpes en la puerta. ¿Qué significaba que «había llegado demasiado tarde»? ¿Qué importancia tenía que Talleyrand estuviera en Inglaterra? ¿Y qué quería decir Marat con que «ella» podía obtenerlas?

El cerrojo estaba a punto de ceder ante las embestidas del pesado cuerpo de Simone Évrard y la madera podrida que rodeaba la cerradura se astillaba. Mireille observó la cara llena de pústulas de Marat, respiró hondo y clavó el cuchillo en su pecho. La sangre que brotó de la herida le manchó el vestido. Hundió la hoja hasta la empuñadura.

—Enhorabuena... el punto exacto... —murmuró él, mientras la sangre llegaba a su boca.

Su cabeza cayó hacia un lado; con cada contracción del corazón, la sangre manaba a borbotones. Mireille sacó el cuchillo y lo arrojó al suelo en el momento en que se abría la puerta.

Simone Évrard irrumpió en la habitación, seguida de Albertine. La hermana de Marat miró hacia la bañera, gritó y se desmayó. Mientras Mireille avanzaba hacia la puerta como en un sueño, Simone aullaba.

—¡Dios mío! ¡Lo habéis matado! ¡Lo habéis matado! —vociferaba mientras se precipitaba hacia la bañera y caía de rodillas para detener con su delantal el flujo de sangre. Mireille siguió caminando por el pasillo como si estuviera en trance. De pronto se abrió la puerta de la calle y varios vecinos entraron en la casa. Mireille pasó junto a ellos moviéndose como una autómata, con la cara y el vestido manchados de sangre. Oyó los gritos y gemidos detrás de ella mientras avanzaba hacia la puerta abierta como si estuviera hipnotizada. ¿Qué había querido decir Marat con que llegaba demasiado tarde?

Tenía la mano apoyada en la puerta cuando la golpearon por la espalda. Sintió el dolor y oyó el ruido de madera que se rompía. Se desplomó. Los fragmentos de la silla con que la habían atacado yacían dispersos sobre el suelo sucio. Trató de levantarse. Un hombre la cogió por el escote del vestido, arañando sus senos, y la puso en pie. La aplastó contra la pared, donde volvió a golpearse la cabeza y se derrumbó. No pudo levantarse. Oyó ruido de pisadas, el crujido de los tablones flojos del suelo al entrar mucha gente en la casa, gritos y exclamaciones de hombres... el llanto de una mujer.

Yacía en el suelo sucio, incapaz de moverse. Al cabo de un largo rato sintió que unas manos se deslizaban bajo su cuerpo... Trataba de levantarla. Eran hombres con uniformes oscuros que la ayudaban a ponerse en pie. Le dolía la cabeza y notaba palpitantes la nuca y la columna vertebral. Cogiéndola por los codos la condujeron hacia la puerta, mientras ella trataba de caminar.

Fuera se había juntado una multitud que rodeaba la casa. Con la vista nublada, Mireille observó la masa de rostros, cientos de ellos, que se movían como un mar de lemmings... todos ahogándose, pensó... todos ahogándose. La policía hacía retroceder a la

muchedumbre con sus bastones. Oyó exclamaciones y gritos de
«¡Asesina! ¡Carnicera!», y muy lejos, al otro lado de la calle, vio una
cara blanca, enmarcada en la ventana abierta de un carruaje. Trató
de fijar la vista en ella. Durante un segundo vio los ojos aterrados,
los labios pálidos y los nudillos blancos sobre la puerta del coche:
era Charlotte Corday. Después todo se volvió negro.

14 de julio de 1793

Cuando Jacques-Louis David regresó agotado de la Convención,
eran las ocho de la noche. La gente ya había comenzado a lanzar petardos y a correr por las calles como locos borrachos cuando su carruaje se detuvo en el patio.

Era el día de la Bastilla, pero no compartía el espíritu festivo.
Esa mañana, al llegar a la Convención, se había enterado de que
la noche anterior habían asesinado a Marat. Y la mujer a la que se
había llevado a la Bastilla, la asesina, era la visitante de Mireille, Charlotte Corday.

Además, Mireille no había regresado en toda la noche. David
estaba muy asustado. Su posición no era tan segura como para que
no pudiera alcanzarlo el largo brazo de la Comuna de París si descubrían que el complot anarquista se había fraguado en su comedor. Solo deseaba encontrar a Mireille… sacarla de París antes de
que la gente atara cabos…

Bajó del carruaje y sacudió el polvo que cubría el sombrero con
la escarapela tricolor, que él mismo había diseñado para los delegados de la Convención, para representar el espíritu de la revolución. Cuando se disponía a cerrar la verja, una figura esbelta salió
de entre las sombras y se acercó a él. David se encogió de miedo
cuando el hombre lo agarró del brazo. En el cielo brilló un cohete,
cuyo resplandor le permitió ver la cara pálida y los ojos verde mar
de Maximilien Robespierre.

—Tenemos que hablar, ciudadano —susurró este con voz escalofriante, mientras en el cielo crepuscular estallaban los cohetes—.
Esta tarde no has asistido al juicio…

—¡Estaba en la Convención! —exclamó David asustado, porque era evidente a qué juicio se refería Robespierre—. ¿Por qué has

salido de ese modo de entre las sombras? —agregó, tratando de disimular la verdadera causa de su temblor—. Si deseas hablarme, entra.

—Amigo mío, lo que tengo que decir no debe ser oído por sirvientes o fisgones —dijo Robespierre muy serio.

—Mis sirvientes libran esta noche para celebrar el día de la Bastilla. ¿Por qué, si no, crees que he cerrado yo mismo la puerta?

Temblaba de tal manera que se sintió agradecido por la oscuridad que los rodeaba mientras atravesaban el patio.

—Es una pena que no hayas podido venir al juicio —dijo Robespierre cuando entraron en la casa vacía y oscura—. Verás, la acusada no es Charlotte Corday, sino la muchacha cuyo dibujo me mostraste… la que hemos estado buscando por toda Francia. ¡Mi querido David, la asesina de Marat es tu pupila Mireille!

Pese al cálido tiempo de julio, David sentía un frío mortal. Estaba sentado en el pequeño comedor frente a Robespierre, que después de encender una lámpara de aceite le sirvió un brandy de una licorera. David temblaba tanto que apenas podía sostener la copa.

—No se lo he comentado a nadie porque prefería hablar primero contigo —decía Robespierre—. Necesito tu ayuda. Tu pupila tiene una información que me interesa. Sé por qué fue a ver a Marat: quiere el secreto del ajedrez de Montglane. Debo averiguar qué sucedió entre ellos durante la entrevista que mantuvieron antes de la muerte de Marat y si ella tuvo la oportunidad de comunicar lo que sabe a otros.

—¡Te digo que no sé nada de esos terribles acontecimientos! —exclamó David, mirando horrorizado a Robespierre—. Jamás creí en la existencia del ajedrez de Montglane hasta el día que salí del café de la Régence con André Philidor… ¿te acuerdas? Fue él quien me habló del juego, pero cuando repetí esa historia a Mireille…

Robespierre se inclinó sobre la mesa para cogerle del brazo.

—¿Ella ha estado aquí? ¿Has hablado con ella? Dios mío, ¿por qué no me lo dijiste?

—Dijo que nadie debía saber que estaba aquí —gimió David

con la cabeza entre las manos—. Llegó hace cuatro días, Dios sabe de dónde… vestida con ropajes árabes…

—¡Ha estado en el desierto! —Robespierre se levantó de un salto y empezó a pasearse por la habitación—. Querido David, tu pupila no es una inocente escolar. Ese secreto se remonta a los moros… al desierto. Lo que ella busca es el secreto de las piezas. Por eso asesinó a Marat a sangre fría. ¡Está en el centro mismo de este peligroso juego de poder! Debes decirme qué más te contó… antes de que sea demasiado tarde.

—¡Fue por contarte la verdad como provoqué este horror! —exclamó David, a punto de llorar—. Si descubren quién es la acusada, soy hombre muerto. Tal vez temieran y odiaran a Marat cuando vivía… pero, ahora que ha muerto, van a poner sus cenizas en el Panteón… han guardado su corazón en el Club de los Jacobinos como si fuera una santa reliquia.

—Lo sé —dijo Robespierre con esa voz suave que hacía estremecer a David—. Por eso he venido. Querido David, tal vez pueda hacer algo para ayudaros a ambos… pero solo si tú me ayudas primero. Creo que tu pupila confía en ti… Te dirá lo que sabe, mientras que a mí ni siquiera me hablaría. Si pudiera introducirte en secreto en la prisión…

—¡Por favor, no me pidas eso! —David casi gritaba—. Haré todo lo que pueda por ayudarla… pero lo que propones podría costarnos la cabeza a todos.

—No lo comprendes —repuso con calma Robespierre, y sentándose junto a David, tomó su mano entre las suyas—. Amigo mío, sé que eres un revolucionario entusiasta, pero no sabes que el ajedrez de Montglane está en el centro mismo de la tormenta que está destruyendo las monarquías en toda Europa… que eliminará para siempre el yugo de la opresión. —Se inclinó hacia la mesita y tras servirse una copa de oporto continuó—: Tal vez si te explico cómo entré yo en el juego lo comprenderás. Porque se está desarrollando un juego, querido David, un juego peligroso y letal que destruye el poder de los reyes. El ajedrez de Montglane debe reunirse bajo el control de aquellos que, como nosotros, utilizarán esta poderosa herramienta para apoyar las virtudes preconizadas por Jean-Jacques Rousseau. Porque fue él quien me eligió para el juego.

—¡Rousseau! —murmuró David asombrado—. ¿Él buscaba el ajedrez de Montglane?

—Philidor conocía al filosofo… y yo también —respondió Robespierre. Arrancó de su libreta una hoja y buscó algo con que escribir. David tanteó el desorden de papeles que cubrían la mesita y le tendió un lápiz de dibujo. Robespierre empezó a trazar un diagrama, mientras proseguía—: Lo conocí hace quince años, cuando yo era un joven abogado que asistía a las sesiones de los Estados Generales en París. Me enteré de que el reverenciado filósofo Rousseau había caído enfermo de gravedad en las afueras de la ciudad. Sin perder tiempo, solicité una entrevista y fui a caballo a visitar al hombre que, a los sesenta y seis años, dejaba un legado que pronto cambiaría el futuro del mundo. Desde luego, lo que me dijo aquel día alteró mi futuro… tal vez el tuyo cambie también.

David permanecía en silencio mientras al otro lado de las ventanas, los cohetes estallaban como crisantemos en la profunda oscuridad. Robespierre, con la cabeza inclinada sobre su dibujo, inició su relato…

LA HISTORIA DEL ABOGADO

A unos cincuenta kilómetros de París, cerca de la ciudad de Ermenonville, se encuentran las propiedades del marqués de Girardin, donde Rousseau y su amante Thérèse Levasseur habitaban una casita desde mediados de mayo de 1778.

Corría el mes de junio. El tiempo era agradable y el olor de la hierba recién cortada y las rosas impregnaba los prados que rodeaban el castillo del marqués. Dentro de la propiedad había un lago con una islita en el centro, llamada isla de los Álamos. Allí encontré a Rousseau, vestido con el traje de moro que, según decían, usaba siempre: un holgado caftán violeta, un chal verde con flecos, zapatos de cuero marroquí rojo con las puntas levantadas como babuchas, una gran bolsa de piel amarilla colgada en bandolera y un gorro bordeado de pieles que enmarcaba su rostro atezado. Un hombre exótico y misterioso, que parecía moverse entre los árboles y el agua como si obedeciera a una música interna que solo él escuchaba. Crucé el puentecillo y me presenté, aunque lamentaba interrumpir esa concentración tan profunda. Yo lo ignoraba, pero Rousseau estaba contemplando su encuentro con la eternidad... que estaba a pocas semanas de distancia.

—Os esperaba —dijo con voz queda después de saludarme—. Señor Robespierre, según me han dicho, sois adepto a esas virtudes naturales que preconizo. En el umbral de la muerte, conforta saber que hay por lo menos un ser humano que comparte nuestras creencias.

En aquel entonces yo tenía veinte años y era un gran admirador de Rousseau, un hombre que se había visto obligado a ir de un lado a otro, exiliado de su país, forzado a depender de la caridad a pesar de su fama y el valor de sus ideas. No sé qué esperaba al ir a verlo... tal vez alguna intuición filosófica profunda, una conversación edificante sobre política, un extracto romántico de *La nouvelle Héloïse*, pero al parecer Rousseau, sintiendo la proximidad de la muerte, tenía otra cosa en la cabeza.

—Voltaire murió la semana pasada —prosiguió—. Nuestras vidas estaban uncidas como las de aquellos caballos de los que hablaba Platón... uno tiraba hacia la tierra, y el otro, hacia los cielos. Voltaire defendía la razón, mientras que yo he abogado por la naturaleza. Entre nosotros, la filosofía de ambos servirá para desvencijar el carro de la Iglesia y el Estado.

—Pensé que no simpatizabais con ese hombre —dije desconcertado.

—Lo odiaba y lo amaba. Lamento no haberlo conocido. Una cosa es segura: no lo sobreviviré mucho tiempo. La tragedia es que Voltaire tenía la clave de un misterio que he tratado de desentrañar durante toda mi vida. A causa de su testaruda observancia de lo racional, jamás conoció el valor de lo que había descubierto. Ahora es demasiado tarde. Ha muerto. Y con él murió el secreto del ajedrez de Montglane.

Mientras él hablaba, mi interés iba en aumento. ¡El ajedrez de Carlomagno! Todo escolar francés conocía la historia... ¿acaso era algo más que una leyenda? Contuve la respiración, rogando que continuara.

Rousseau se había sentado en un tronco caído y buscaba algo en su bolsa de piel amarilla. Para mi sorpresa, sacó una delicada tela de cañamazo y encaje, y mientras hablaba empezó a trabajar con una diminuta aguja de plata.

—Cuando era joven —prosiguió—, me ganaba la vida en París vendiendo mis encajes y bordados, porque mis óperas no interesaban a nadie. Aunque había deseado ser un gran compositor, me pasaba las veladas jugando al ajedrez con Denis Diderot y André Philidor, que eran tan pobres como yo. Diderot me consiguió un empleo provechoso como secretario del conde de Montaigu, embajador francés en Venecia. Era la primavera de 1743... no lo olvidaré nunca, porque ese año, en Venecia, sería testigo de algo que recuerdo tan vívidamente como si hubiese sucedido ayer; un secreto en el centro mismo del ajedrez de Montglane.

Rousseau pareció sumirse en un ensueño. Su labor de aguja cayó al suelo. Me incliné a cogerla y se la devolví.

—Decíais que presenciasteis algo —lo urgí—, ¿algo relacionado con el ajedrez de Carlomagno?

El viejo filósofo volvió a la realidad.

—Sí... Venecia era una ciudad muy antigua, cargada de misterio —recordó con tono soñador—. Había en ella algo oscuro y siniestro, pese estar rodeada de agua y llena de brillantes luces. Yo sentía esa oscuridad que lo invadía todo mientras vagaba por el laberinto de calles, atravesaba antiguos puentes de piedra, me trasladaba en sigilosas góndolas por los canales secretos donde solo el sonido del agua rompía el silencio de mi meditación...

—Un lugar apropiado para creer en lo sobrenatural —apunté.

—Exacto —dijo entre risas—. Una noche, fui solo a San Samuele, el teatro más bonito de Venecia, para ver una nueva comedia de Goldoni, titulada *La Donna di Garbo*. El teatro era como una joya en miniatura: las filas de palcos llegaban al techo, todos azules y dorados, cada uno con una pequeña canasta de frutas y flores pintadas e hileras de brillantes luces, de modo que se veía a los expectadores tan bien como a los actores. La sala estaba atestada de pintorescos gondoleros, cortesanas envueltas en plumas, burgueses enjoyados... un público totalmente distinto de las damas y caballeros sofisticados y aburridos que acuden a los teatros parisienses... y todos participaban ruidosamente en la obra. Cada palabra de los diálogos se seguía de silbidos, risas, exclamaciones, de modo que apenas se oía a los actores.

»En mi palco había un jovencito más o menos de la edad de André Philidor... unos dieciséis años. Llevaba el pálido maquillaje, los labios color rubí, la peluca empolvada y el sombrero con plumas tan de moda en aquel tiempo en Venecia. Se presentó como Giovanni Casanova. Se había formado para ser abogado, como vos, pero tenía otros muchos talentos. Era hijo único de dos cómicos venecianos, actores que frecuentaban los escenarios desde aquí a San Petersburgo, y se ganaba la vida tocando el violín en varios teatros locales. Estaba encantado de conocer a alguien recién llegado de París. Ansiaba visitar esa ciudad tan famosa por su riqueza y su decadencia, dos características que apreciaba sobremanera. Dijo que le interesaba la corte de Luis XV, un hombre conocido por su extravagancia, sus amantes, su inmoralidad y sus incursiones en el ocultismo. Esto último le interesaba especialmente… y me hizo muchas preguntas sobre las sociedades de francmasones, tan populares en el París de entonces. Yo sabía poco de esas cosas y se ofreció a mejorar mi educación a la mañana siguiente, domingo de Pascua.

»Tal como habíamos convenido, nos encontramos al amanecer, cuando ya se había reunido una gran multitud ante la Porta della Carta… la puerta que separa la famosa catedral de San Marcos del Palacio Ducal anejo. La muchedumbre, despojada de los coloridos trajes de la semana anterior de Carnaval, vestía de negro… y esperaba entre murmullos el comienzo de algún acontecimiento. "Estamos a punto de presenciar el ritual más antiguo de Venecia —me dijo Casanova—. Cada Pascua, al salir el sol, el dux de Venecia encabeza una procesión a través de la piazzetta y de regreso a San Marcos. Se llama la Larga Marcha… una ceremonia tan antigua como la propia Venecia." "Pero sin duda Venecia es más antigua que la Pascua… que el cristianismo", observé, mientras esperábamos entre la multitud expectante que se agolpaba tras los cordones de terciopelo. "No he dicho que sea un ritual cristiano —repuso Casanova con una sonrisa misteriosa—. Venecia fue fundada por los fenicios… de quienes procede su nombre. Fenicia fue una civilización construida sobre islas. Adoraban a la diosa de la luna, Car. Así como la luna controla las mareas, los fenicios controlaban el mar, de donde surge el mayor misterio de todos: la vida."

»Se trataba, pues, de un rito fenicio. Eso despertó en mí un vago recuerdo, pero no pensé en ello porque en ese momento la gente que nos rodeaba guardó silencio. En los escalones del palacio apareció un conjunto de trompas que interpretaban una fanfarria. El

dux de Venecia, coronado con joyas y ataviado con satenes purpúreos, salió por la Porta della Carta rodeado de músicos con laúdes,
flautas y liras que tocaban una música que parecía de inspiración divina. Los seguían emisarios de la Santa Sede, con sus rígidas casullas
blancas y sus mitras enjoyadas y adornadas con hilos de oro.

»Casanova me instó a observar con atención el rito. Los par-
ticipantes bajaron a la piazzetta e hicieron un alto en el Sitio de
Justicia, un muro decorado con escenas bíblicas del día del juicio
final, donde encadenaban a los herejes durante la Inquisición. Allí
se alzaban los monolíticos pilares de Acre, llevados a Venecia desde las costas de la antigua Fenicia durante las cruzadas. ¿Significaba algo que el dux y sus acompañantes se detuvieran a meditar en
ese lugar preciso?

»Finalmente reanudaron la marcha al ritmo de aquella música
celestial. Se retiraron los cordones que contenían a la multitud y pudimos seguir la procesión. Mientras Casanova y yo caminábamos
cogidos del brazo, empecé sentir una vaga intuición de algo… no sé
cómo explicarlo. Tenía la sensación de estar presenciando algo tan
antiguo como el tiempo; algo oscuro y misterioso, preñado de historia y simbolismo; algo peligroso.

»Mientras la procesión seguía su curso serpentino a través de
la piazzetta y regresaba atravesando la Columnata, sentí como si
estuviéramos penetrando cada vez más en las entrañas de un laberinto oscuro del que era imposible escapar. Yo no corría el menor
peligro; estaba rodeado de cientos de personas, en plena luz del
día… y sin embargo tenía miedo. Pasó algún tiempo antes de que
advirtiera que era la música, el movimiento, la ceremonia misma lo
que me asustaba. Cada vez que nos deteníamos detrás del dux, ante
un monumento o una escultura, notaba que la sangre corría más
deprisa por mis venas. Era como un mensaje que tratara de llegar a
mi cerebro mediante un código secreto, pero no podía comprenderlo. Casanova me observaba con atención. El dux había hecho
otro alto: "Esta es la estatua de Mercurio, el mensajero de los dioses" —explicó Casanova cuando llegamos a la danzante figura de
bronce—. "En Egipto lo llamaban Tot, el juez, y en Grecia, Hermes,
guía de almas, porque las conducía al infierno y a veces engañaba a
los propios dioses volviendo a robarlas. Príncipe de fulleros, bufón,
bromista… el loco de la baraja del tarot… era el dios del robo y la

astucia. Hermes inventó la lira de siete cuerdas… la octava, cuya música hizo llorar de alegría a los dioses."

»Me quedé mirando largo rato la estatua antes de proseguir. Mercurio era el dios veloz, el que podía liberar a las personas del reino de la muerte. Con sus sandalias aladas y el brillante caduceo (la vara con dos serpientes entrelazadas en forma de número ocho), presidía la tierra de los sueños, los mundos de la magia, los reinos de la fortuna y el azar, los juegos de toda índole. ¿Era una coincidencia que su estatua contemplara la lenta procesión con una sonrisa mordaz? ¿O acaso se trataba de "su rito", perdido en las brumas del tiempo?

»El dux y sus acompañantes hicieron muchas paradas en esta procesión trascendental: dieciséis en total. Mientras los seguíamos, un esquema se desplegaba ante mí. No fue hasta la décima parada, la pared del Castello, cuando empecé a construirlo. El muro tenía cuatro metros de espesor y estaba cubierto de piedras multicolores. Casanova me tradujo la inscripción, la más antigua en véneto:

Si un hombre pudiera decir y hacer lo que piensa,
vería cómo podría transformarse.

»Y allí, incrustada en el centro del muro, había una sencilla piedra blanca, que el Dux y su corte contemplaban como si contuviera un milagro. De pronto me estremecí. Sentí como si me arrancaran un velo de los ojos, de modo que podía ver las muchas partes como una sola. Ese no era un simple rito sino un proceso que se desarrollaba ante nosotros, y cada pausa en la procesión simbolizaba un paso en el camino de transformación de un estado en otro. Era como una fórmula… pero ¿una fórmula para qué? Y entonces lo supe.

Rousseau se interrumpió y sacó de su bolsa un dibujo casi descolorido. Desplegándolo con mucho cuidado, me lo tendió:

—Este es el esquema que hice de la Larga Marcha. Muestra el recorrido con las dieciséis paradas, el número de piezas blancas o negras de un tablero de ajedrez. Observaréis que el propio curso forma un número ocho… como las serpientes entrelazadas de la vara de Hermes… como la Óctuple Senda, o senda de las ocho etapas, que Buda prescribió para alcanzar el nirvana… como las ocho plantas de la torre de Babel que debían ascender para llegar a los dioses. Como la fórmula que, según dicen, trajeron los ocho moros a Carlomagno... escondida en el ajedrez de Montglane...

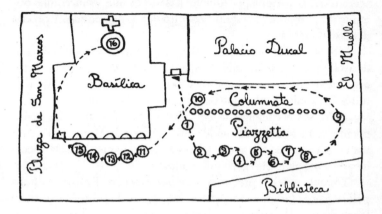

—¿Una fórmula? —pregunté atónito.

—De infinito poder —contestó Rousseau—, cuyo significado puede que se haya olvidado, pero cuya atracción es tan fuerte que la representamos sin comprender su sentido... como hicimos Casanova y yo en Venecia hace treinta y cinco años.

—Ese rito parece bello y misterioso —acepté—. Pero ¿por qué lo asociáis con el ajedrez de Montglane... un tesoro que, al fin y al cabo, todos consideran una leyenda?

—¿No os dais cuenta? —preguntó irritado Rousseau—. Las islas italianas y griegas tomaron sus tradiciones y su culto por los laberintos y las piedras de la misma fuente... la fuente de la cual surgieron.

—Os referís a Fenicia —aventuré.

—Me refiero a la Isla Oscura —dijo misteriosamente—, la isla que los árabes denominaron al-Jazair. La isla entre dos ríos que se entrelazan como las serpientes de la vara de Hermes y forman un número ocho; los ríos que regaron la cuna de la humanidad: el Tigris y el Éufrates...

—¿Queréis decir que ese ritual... esa fórmula vino de Mesopotamia? —exclamé.

—¡Me he pasado la vida tratando de conseguirla! —explicó

Rousseau. Se puso en pie y me cogió del brazo—. Envié a Casanova, después a Boswell, finalmente a Diderot… para tratar de conocer el secreto. Ahora os envío a vos. Os elijo para que busquéis el secreto de esa fórmula, porque he pasado treinta y cinco años tratando de comprender el sentido oculto detrás del sentido. Ya es casi demasiado tarde…

—Señor —dije perplejo—, si descubrierais una fórmula tan poderosa, ¿qué haríais con ella? Vos, que habéis escrito sobre las virtudes sencillas de la vida campesina… la igualdad inocente y natural de todos los hombres. ¿De qué os serviría esa herramienta?

—¡Yo soy el enemigo de los reyes! —exclamó Rousseau, desesperado—. La fórmula contenida en el ajedrez de Montglane terminará con los reyes, con todos los reyes, para siempre. ¡Ojalá viviera lo suficiente para tenerla en mis manos!

Yo tenía muchas preguntas que hacerle, pero Rousseau estaba pálido por la fatiga y tenía la frente perlada de sudor. Guardó su labor como si la entrevista hubiera terminado, y me dirigió una última mirada como si se deslizara hacia una dimensión donde ya no podía seguirlo.

—Una vez hubo un gran rey —explicó—, el rey más poderoso del mundo. Decían que nunca moriría… que era inmortal. Lo llamaban Al-Iksandr, el dios bicorne, y lo representaban en monedas de oro llevando en la frente los cuernos espiralados de la divinidad. La historia lo recuerda como Alejandro Magno, conquistador del mundo. Murió a los treinta y tres años en Babilonia, en Mesopotamia… buscando la fórmula. Y así morirían todos si poseyéramos el secreto…

—Me pongo a vuestras órdenes —dije, mientras lo ayudaba a llegar al puentecillo y él se apoyaba pesadamente en mi hombro—. Entre los dos localizaremos el ajedrez de Montglane, si todavía existe, y descubriremos el significado de la fórmula.

—Para mí es demasiado tarde —repuso Rousseau meneando la cabeza con tristeza—. Os confío este plano, que según creo es la única clave que poseemos. Según la leyenda, el ajedrez está enterrado en el palacio de Carlomagno, en Aquisgrán, o en la abadía de Montglane. Vuestra misión es encontrarlo.

♟

De repente Robespierre interrumpió su relato y miró por encima del hombro. Sobre la mesita y bajo la luz de la lámpara, estaba el plano del recorrido del extraño ritual veneciano, que había trazado de memoria. David, que estaba estudiándolo, levantó la mirada.

—¿Has oído algo? —preguntó Robespierre, en cuyos ojos verdes se reflejó por un instante el estallido de chispas de los fuegos artificiales.

—Es solo tu imaginación —dijo bruscamente David—. No me sorprende que te sobresaltes recordando tu visita al anciano filósofo. Me pregunto cuánto de lo que me has contado no era más que el desvarío de la senilidad.

—Has escuchado la historia de Philidor y ahora la de Rousseau —repuso Robespierre nervioso—. Tu pupila, Mireille, poseía algunas de las piezas… lo admitió en l'Abbaye. Debes acompañarme a la Bastilla… conseguir que confiese. Solo entonces podré ayudarte.

David comprendía demasiado bien la amenaza apenas velada que encerraban esas palabras: sin la ayuda de Robespierre, condenarían a muerte a Mireille… y también a él. La poderosa influencia de Robespierre podía fácilmente volverse contra ellos… y David ya estaba más implicado de lo que había creído posible. Por primera vez veía con claridad que Mireille había tenido razón al advertirle que se cuidara de sus amigos.

—¡Tú estabas compinchado con Marat! —exclamó—. ¡Tal como temía Mireille! Las monjas cuyas cartas te di… ¿qué ha sido de ellas?

—Sigues sin comprender —dijo impaciente Robespierre—. Este juego es más importante que tú o que yo… o que tu pupila o esas estúpidas monjas. Es mejor tener como aliada que como enemiga a la mujer a la que sirvo. Recuérdalo si deseas mantener la cabeza pegada al tronco. No sé qué fue de las monjas… solo sé que ella lucha por reunir las piezas del ajedrez de Montglane, como Rousseau, por el bien de la humanidad.

—¿Ella? —preguntó David.

Robespierre se había levantado, como si estuviera dispuesto a partir.

—La Reina Blanca —dijo con una sonrisa sibilina—. Como una diosa, ella toma lo que merece y otorga lo que desea. Créeme… si haces lo que te digo, serás bien recompensado. Ella se ocupará de eso.

—No quiero ningún aliado ni ninguna recompensa —repuso con amargura David, levantándose a su vez.

Era un judas. No tenía más elección que obedecer, pero era el miedo lo que lo empujaba a ello.

Cogió la lámpara de aceite para acompañar a Robespierre a la puerta, y se ofreció a llevarlo hasta la verja, ya que no había sirvientes en la casa.

—No importa qué quieras, con tal de que lo hagas —dijo lacónicamente Robespierre—. Cuando ella regrese de Londres, te la presentaré. En este momento no puedo revelar su nombre, pero la llaman la Mujer de la India…

Sus voces se perdieron en el pasillo. Cuando la habitación quedó por completo a oscuras, se entreabrió la puerta que daba al estudio. Una figura, iluminada apenas por el estallido de los fuegos artificiales, se deslizó en la estancia y fue hasta la mesa a la que habían estado sentados ambos hombres. El resplandor de los cohetes bañó la alta e imponente forma de Charlotte Corday, que se inclinaba hacia la mesa. Llevaba bajo el brazo una caja de pinturas y un fardo de ropa que había robado del estudio.

Miró largo rato el plano que yacía sobre la mesa. Con cuidado, plegó el dibujo del ritual veneciano y lo introdujo en su corpiño. Después se deslizó hacia el pasillo y desapareció en las sombras de la noche.

17 de julio de 1793

En la celda reinaba la oscuridad. Un ventanuco con barrotes, demasiado alto para poder alcanzarlo, dejaba pasar un haz de luz que, por contraste, hacia que la celda pareciera aún más tenebrosa. Hilos de agua se deslizaban por la piedra mohosa de las paredes y formaban charcos que hedían a hongos y orina. Era la Bastilla, cuya liberación, cuatro años antes, había encendido la antorcha de la revolución. La primera noche que Mireille había pasado en su interior había sido el día de la Bastilla, el 14 de julio, la noche posterior al asesinato de Marat.

Hacía tres días que estaba en esa celda malsana; solo había salido de ella esa tarde, para la lectura de la acusación y el juicio. No habían necesitado mucho tiempo para pronunciar al veredicto: muerte. Dos horas después volvería a abandonar la celda para no regresar más.

Estaba sentada en el duro camastro, sin haber tocado el trozo de pan ni la jarra de hojalata con agua que le habían dado como última comida. Pensaba en su hijo, Charlot, a quien había dejado en el desierto. Nunca volvería a verlo. Se preguntó cómo sería la guillotina… qué sentiría cuando el sonido de los tambores señalara el momento en que debía caer la hoja. Lo sabría al cabo de dos horas. Sería lo último que sabría. Se acordó de Valentine.

Todavía le dolía la cabeza a causa del golpe recibido cuando la apresaron. Aunque la herida se había cerrado, aún sentía el bulto palpitante en la nuca. Su juicio había sido más brutal que la detención. El fiscal había desgarrado el escote de su vestido delante de todo el tribunal para sacar los papeles de Charlotte, que había guardado allí. Ahora el mundo creía que era Charlotte Corday… y si ella corregía el malentendido la vida de todas las monjas de Montglane estaría en peligro.

Oyó un sonido áspero al otro lado de la puerta: el ruido de un cerrojo herrumbroso. Se abrió la puerta y, cuando sus ojos se adaptaron a la luz, vio dos siluetas recortadas contra el tenue resplandor. Una era su carcelero; la otra vestía calzas, una capucha de seda, medias y un blusón suelto con un pañuelo largo, y su cara quedaba medio oculta bajo el ala del sombrero. El carcelero entró. Mireille se puso en pie.

—Mademoiselle —dijo el hombre—, el tribunal ha enviado un retratista para que haga un esbozo para los archivos. Dice que habéis dado permiso…

—¡Sí, sí! —se apresuró a decir Mireille—. ¡Que entre!

Esa era su oportunidad, pensó alterada. ¡Si pudiera convencer al retratista de que arriesgara la vida llevando un mensaje suyo fuera de la prisión! Esperó hasta que salió el guardia y luego corrió hacia el pintor. Llevaba una lámpara de aceite humeante.

—¡Monsieur! —exclamó Mireille—. Dadme una hoja de papel y algo con que escribir. Hay un mensaje que debo hacer llegar al exterior, a alguien en quien confío, antes de morir. Su nombre es Corday, como el mío…

—¿No me reconocéis, Mireille? —susurró el pintor, mientras se quitaba la chaqueta y el sombrero. Mireille vio cómo los rizos rojos caían sobre el pecho de Charlotte Corday—. ¡Vamos, no perdáis el tiempo! Hay mucho que decir y hacer. Y debemos intercambiar nuestras ropas de inmediato.

—No comprendo… ¿Qué estáis haciendo? —murmuró Mireille con voz ronca.

—He estado en casa de David —dijo Charlotte cogiéndola del brazo—. Se ha aliado con ese demonio de Robespierre… los he oído. ¿Han estado aquí?

—¿Aquí? —inquirió Mireille sin entender.

—Saben que fuisteis vos quién mato a Marat… y más cosas. Detrás de esto hay una mujer, a la que llaman la Mujer de la India. Es la Reina Blanca y ha ido a Londres…

—¡Londres! —exclamó Mireille.

A eso se refería Marat cuando dijo que era demasiado tarde. ¡No hablaba de Catalina la Grande, sino de una mujer que estaba en Londres, adonde Mireille había enviado las piezas! La Mujer de la India…

—Apresuraos —la apremió Charlotte—. Debéis desvestiros y poneros estas ropas de pintor que he robado en casa de David…

—¿Estáis loca? —dijo Mireille—. Podéis llevar estas noticias, junto con las mías, a la abadesa. No hay tiempo para ardides… no funcionarán, y tengo mucho que decir antes de…

—Por favor, daos prisa —insistió Charlotte—. Yo también tengo mucho que decir y poco tiempo… Vamos, mirad este dibujo y decidme si os recuerda algo. —Tendió a Mireille el plano dibujado por Robespierre. Después se sentó en el jergón para quitarse los zapatos y las medias.

Mireille examinó el dibujo con atención.

—Parece un plano —dijo. Alzó la vista hacia el techo, como si empezara a recordar algo—. Ahora me acuerdo de que junto con las piezas había un paño. Un paño azul oscuro que cubría el ajedrez de Montglane. Su dibujo… era como este plano.

—En efecto —convino Charlotte—, y con él va una historia. Haced lo que os digo, rápido.

—Si tenéis intención de ocupar mi puesto, no podéis —exclamó Mireille—. Dentro de dos horas me llevarán al cadalso. Si os encuentran aquí, en mi lugar, no escaparéis.

—Escuchadme con atención —dijo Charlotte luchando por aflojar el nudo del pañuelo—. La abadesa me ha enviado para protegeros a toda costa. Sabíamos quién erais mucho antes de que yo arriesgara mi vida yendo a Montglane. Si no hubiera sido por vos, la abadesa jamás habría sacado el ajedrez de la abadía. No fue a vuestra prima Valentine a quien eligió cuando os envió a París. Sabía que nunca partiríais sin ella, pero era a vos a quien quería… a vos, que podíais salir airosa…

Charlotte desabrochaba el vestido de Mireille. De pronto esta la cogió por los brazos.

—¿Qué queréis decir con eso de que me eligió? —susurró—. ¿Por qué decís que sacó las piezas por mi causa?

—No seáis ciega —exclamó Charlotte con vehemencia. Cogió la mano de Mireille y la puso bajo la luz de la lámpara—. ¡Ahí está la marca! ¡Cumplís años el 4 de abril! ¡Vos sois la que fue anunciada… la que reunirá el ajedrez de Montglane!

—¡Dios mío! —dijo Mireille retirando la mano—. No sabéis lo que decís. ¡Valentine murió por esto! Arriesgáis vuestra vida por una profecía absurda…

—No, querida —la interrumpió Charlotte—. Doy mi vida.

Mireille la miró horrorizada. ¿Cómo podía aceptar semejante ofrecimiento? Volvió a pensar en su hijo, al que había dejado en el desierto…

—¡No! —exclamó—. No puede haber otro sacrificio a causa de esas temibles piezas. ¡No después del terror que han provocado!

—Entonces, ¿queréis que muramos las dos? —preguntó Charlotte, que seguía desvistiendo a Mireille, reprimiendo las lágrimas, y evitaba su mirada.

Mireille le alzó el mentón para que la mirara a los ojos. Después de un largo silencio Charlotte dijo con voz temblorosa:

—Tenemos que derrotarlos. Vos sois la única que puede hacerlo. ¿Ni siquiera ahora os dais cuenta? Mireille… ¡vos sois la Reina Negra!

♟

Habían transcurrido dos horas cuando Charlotte oyó el chirrido del cerrojo: los guardias venían para conducirla al cadalso. Estaba arrodillada en la oscuridad junto al jergón, rezando.

Mireille se había llevado la lámpara de aceite y los esbozos de Charlotte que había dibujado y que tal vez tuviera que mostrar para salir de la prisión. Después de la emotiva despedida Charlotte se había enfrascado en sus pensamientos y recuerdos. Tenía la sensación de que todo había acabado. En su interior se había formado un pequeño espacio de calma que ni siquiera la afilada hoja de la guillotina podría cercenar. Estaba a punto de unirse a Dios.

La puerta se abrió y se cerró detrás de ella. Todo era oscuridad. Charlotte oyó la respiración de alguien. ¿Qué ocurriría? ¿Por qué no se la llevaban? Esperó en silencio.

Oyó golpear el pedernal y percibió el olor del petróleo mientras se encendía un farol.

—Permitid que me presente —dijo una voz suave. Había en ella algo que hizo extremecer a Charlotte. Entonces recordó... y se quedó inmóvil—. Soy Maximilien Robespierre.

Charlotte temblaba, sin volver el rostro. Vio en la pared la luz del farol que se movía en su dirección, oyó empujar la silla cerca del lugar donde estaba arrodillada... y otro ruido que no acertó a identificar. ¿Había alguien más en la celda? Tenía miedo de volverse a mirar.

—No es necesario que os presentéis —decía con calma Robespierre—. He asistido esta tarde al juicio, y antes a la lectura de la acusación. Los papeles que el fiscal sacó de vuestro corpiño... no eran vuestros.

Entonces Charlotte oyó unos pasos suaves que avanzaban hacia ella. Así pues, había alguien más. Al sentir que una mano se posaba en su hombro se sobresaltó y estuvo a punto de gritar.

—¡Mireille, por favor, perdóname! —exclamó la voz inconfundible del pintor David—. Tenía que traerlo aquí... no tenía elección. Mi querida niña...

David la hizo volverse y hundió el rostro en su cuello. Entonces vio Charlotte la larga cara ovalada, la peluca empolvada y los brillantes ojos verdes de Maximilien Robespierre, cuya sonrisa perversa se desvaneció de repente para dar paso a una expresión de sorpresa primero y de furia después. El hombre alzó el farol, para ver mejor.

—¡Imbécil! —exclamó con voz estridente. Apartando al aterrado David, que lloraba en el hombro de Charlotte, señaló a la joven—. ¡Te dije que llegaríamos demasiado tarde! Pero no… tú tenías que esperar al juicio. ¡Creías que la absolverían! ¡Y ahora se nos ha escapado… y todo por tu culpa!

Dejó el farol sobre la mesa, vertiendo parte del petróleo, cogió a Charlotte y la obligó a levantarse. Furibundo, apartó a David de un empujón y abofeteó a Charlotte.

—¿Dónde está? —vociferó—. ¿Qué habéis hecho con ella? ¡Juro que moriréis en su lugar, por mucho que os haya dicho… a menos que confeséis!

Charlotte no hizo nada por detener la sangre que salía de su labio mientras se erguía orgullosa para mirar a Robespierre a los ojos. Después sonrió.

—Esa es mi intención —dijo tranquilamente.

Londres, 30 de julio de 1793

Era casi medianoche cuando Talleyrand regresó del teatro. Arrojó su capa sobre una silla, en el recibidor, y se dirigió al pequeño estudio para servirse una copa de jerez. Courtiade apareció antes de que entrara.

—Monseñor —murmuró—, os espera una visita. La he acomodado en el estudio hasta vuestro regreso. Parecía muy urgente… Dice que trae noticias de mademoiselle Mireille.

—¡Por fin, gracias a Dios! —dijo Talleyrand entrando presuroso en el estudio.

Allí, a la luz del fuego, había una forma esbelta, arrebujada en una capa de terciopelo negro. Estaba calentándose las manos junto a la chimenea. Al entrar Talleyrand echó hacia atrás la cabeza para dejar caer la pesada capucha y la capa se deslizó por sus hombros desnudos. El cabello, muy rubio, se esparció sobre sus senos medio desnudos. Él observó su piel temblorosa a la luz de la lumbre, el perfil recortado contra el resplandor dorado, la nariz algo respingona y la barbilla levantada. El traje de terciopelo oscuro, muy escotado, se adhería a su cuerpo adorable. Talleyrand apenas podía respirar… sentía cómo los fuertes dedos del dolor le atenazaban el corazón mientras permanecía inmóvil en el umbral.

—¡Valentine! —susurró.

Dios mío, ¿cómo era posible? ¿Cómo podía volver de la tumba?

Ella le sonrió, mientras sus ojos azules destellaban y la luz parpadeante del fuego hacía resplandecer sus cabellos. Ágilmente, con un movimiento semejante al del agua que fluye, se acercó a él, se arrodilló a sus pies y apretó la cara contra su mano. Él le acarició los cabellos con la otra y cerró los ojos. Sentía que se le rompía el corazón. ¿Cómo era posible?

—Monsieur, corro un gran peligro —murmuró ella.

No era la voz de Valentine. Talleyrand abrió los ojos y contempló el rostro levantado, tan hermoso, tan parecido al de Valentine. Pero no era ella.

Su mirada recorrió la melena dorada, la piel suave, la sombra entre los senos, los brazos desnudos… y de pronto quedó petrificado al ver lo que ella tenía en las manos, lo que le tendía en el resplandor del fuego. Era un peón de oro, con brillantes gemas; un peón del ajedrez de Montglane.

—Me pongo en vuestras manos, señor —susurró ella—. Necesito vuestra ayuda. Me llamo Catherine Grand y vengo de la India…

LA REINA NEGRA

Der Hölle Rache kocht in meinem Herzen
Tod und Verzweiflung flammen um mich her!...
Verstossen sei auf ewig, verlassen sei auf ewig,
Zertrümmert sei'n auf ewig alle Bande der Natur.

(¡La venganza del infierno bulle en mi corazón,
la muerte y la desesperación arden en torno a mí!
expulsada para siempre, abandonada para siempre,
para siempre rotos los lazos de la naturaleza.)

EMANUEL SCHIKANEDER
Y WOLFGANG AMADEUS MOZART,
«La Reina de la Noche»,
La flauta mágica

Argel, junio de 1973

De modo que allí estaba Minnie Renselaas, la adivina.
Estábamos sentadas en su habitación, con numerosas puerta-ventanas, ocultas a la vista del patio por una cortina de enredaderas. Un enjambre de mujeres con el rostro velado trajo comida de la cocina, la sirvieron en la mesa baja de bronce y desaparecieron tan sigilosamente como habían llegado. Lily, derrumbada en el suelo sobre una pila de cojines, comía una granada. Yo estaba a su lado, hundida en una silla de cuero marroquí, mascando una tarta de kiwis y caquis, y frente a mí, reclinada en un diván de terciopelo verde y con los pies levantados, estaba Minnie Renselaas.

Por fin la veía: la adivina que seis meses antes me había arrastra-

423

do a este juego peligroso. Una mujer de muchas caras. Para Nim era una amiga, la viuda del cónsul holandés, que había de protegerme si tenía problemas: de creer a Thérèse, era una mujer popular en la ciudad. Para Solarin, era un contacto de negocios; para Mordecai, una aliada y vieja amiga. Según El-Marad, era también Mojfi Mojtar de la casbah, la mujer que tenía las piezas del ajedrez de Montglane. Era muchas cosas para mucha gente... pero todas se resumían en una.

—Usted es la Reina Negra —dije.

Minnie Renselaas esbozó una sonrisa enigmática.

—Bienvenida al juego —dijo.

—¡De modo que eso era lo que quería decir la reina de picas! —exclamó Lily, incorporándose sobre los cojines—. Es una jugadora, de modo que conoce los movimientos.

—Una jugadora importante —asentí estudiando a Minnie—. Es la pitonisa con la que tu abuelo me concertó una cita. Si no me equivoco, sabe más de este juego que simplemente los movimientos...

—No te equivocas —dijo Minnie sonriendo de oreja a oreja.

Era increíble cómo cambiaba su aspecto cada vez que la veía. Ataviada con una tela plateada centelleante, reclinada en el diván verde oscuro, su piel era tersa, sin una arruga; parecía mucho más joven que la última vez que la vi... bailando en la carpa. Y apenas recordaba a la llamativa pitonisa, con sus gafas con diamantes de imitación, o la anciana vestida de negro que daba de comer a las palomas junto al edificio de Naciones Unidas. Parecía un camaleón. ¿Quién era en realidad?

—Por fin has venido —añadió con su voz suave y serena, que me recordaba el sonido del agua que fluye y en la que me parecía percibir un rastro de acento que no conseguía identificar—. He esperado mucho tiempo. Pero ahora puedes ayudarme...

Mi paciencia se agotaba.

—¿Ayudarla? —espeté—. Mire, señora, no le pedí que me «eligiera» para este juego, pero la he llamado y usted me ha contestado... tal como decía el poema. Ahora supongo que va a mostrarme cosas grandes y poderosas que no conozco. Ya estoy harta de misterios e intrigas. Me han disparado, me ha perseguido la policía secreta, he visto dos personas asesinadas. A Lily la buscan los de inmigración y están a punto de encerrarla en una cárcel argelina... y todo a causa de esto que llaman «juego».

El arranque de furia me dejó sin aliento. Mi voz había resonado en las altas paredes y Carioca había buscado protección en el regazo de Minnie; Lily lo miraba enfadada.

—Me alegra ver que tienes carácter —dijo Minnie con tono sosegado. Acariciaba a Carioca, y el pequeño traidor ronroneaba como un gato de angora—. Sin embargo, en el ajedrez la paciencia es una virtud muy valiosa, como corroborará tu amiga Lily. Yo la he tenido durante mucho tiempo, mientras te esperaba. Arriesgué mi vida yendo a Nueva York solo para conocerte. Aparte de ese viaje, hace diez años que no salgo de la casbah... desde la revolución argelina. En cierto sentido, estoy prisionera aquí. Pero tú me liberarás.

—¡Prisionera! —dijimos a un tiempo Lily y yo.

—Pues en mi opinión tiene bastante capacidad de movimiento —agregué—. ¿Quién la tiene en su poder?

—No «quién» sino «qué» —contestó, y se estiró para servir té sin molestar a Carioca—. Hace diez años sucedió algo que yo no podía prever y que dio al traste con un delicado equilibrio de poder. Mi esposo murió y empezó la revolución...

—Los argelinos expulsaron a los franceses en 1963 —expliqué a Lily—. Fue un verdadero baño de sangre. —Volviéndome hacia Minnie agregué—: Con el cierre de las embajadas debió de encontrarse en una situación difícil, sin otro lugar adonde ir que Holanda, su patria. Seguramente su gobierno hubiera podido sacarla... ¿por qué continúa aquí? Hace diez años que terminó la revolución.

Minnie dejó su taza con un golpe seco, apartó a Carioca y se puso en pie.

—Estoy atrapada, como un peón retrasado —dijo apretando los puños—. La muerte de mi esposo y las molestias de la revolución solo contribuyeron a agravar lo que sucedió en el verano de 1963. Hace diez años, en Rusia, unos obreros que reparaban el Palacio de Invierno encontraron los fragmentos partidos del tablero... del ajedrez de Montglane.

Lily y yo nos miramos entusiasmadas. Ahora estábamos llegando a alguna parte.

—Increíble —dije—. ¿Cómo se enteró usted? No salió precisamente en primera plana. ¿Y qué tiene eso que ver con que esté atrapada?

—¡Escucha y lo comprenderás! —exclamó, mientras recorría de arriba abajo la habitación. Carioca saltó del rincón para correr tras su largo traje plateado, intentando pisarle la falda—. Si se apoderaron del tablero... tendrán la tercera parte de la fórmula. —Apartó bruscamente la falda del alcance de los dientes de Carioca y se volvió hacia nosotras.

—¿Se refiere a los rusos? —pregunté—. Pero si ellos están en el otro bando, ¿cómo es que usted y Solarin son uña y carne? —Mi cerebro trabajaba deprisa. «Una tercera parte de la fórmula», había dicho Minnie. ¡Eso significaba que sabía cuántas partes había!

—¿Solarin? —preguntó Minnie entre risas—. ¿Cómo crees que me enteré? ¿Por qué piensas que lo elegí como jugador? ¿Por qué crees que mi vida corre peligro, que debo permanecer en Argelia, que os necesito tanto a las dos?

—¿Porque los rusos tienen la tercera parte de la fórmula? —inquirí—. Seguramente no son los únicos jugadores del bando opuesto.

—No —confirmó Minnie—, pero son los que descubrieron que yo tengo el resto.

Minnie salió de la habitación en busca de algo que deseaba mostrarnos. Lily y yo estábamos entusiasmadas, y Carioca saltaba por la habitación como una pelota de goma, hasta que le di una patada.

Lily sacó el ajedrez magnético de mi bolso, lo dejó sobre la mesa de bronce y empezó a colocar los trebejos mientras hablábamos. Yo me preguntaba quiénes eran nuestros adversarios. ¿Cómo sabían los rusos que Minnie era una jugadora y qué tenía ella que la mantenía atrapada allí desde hacía diez años?

—¿Recuerdas lo que nos dijo Mordecai? —susurró Lily—. Dijo que cuando fue a Rusia jugó al ajedrez con Solarin. Eso fue hace unos diez años, ¿no?

—Exacto. Quieres decir que en ese momento lo reclutó como jugador, ¿verdad?

—Pero ¿en calidad de qué? —preguntó Lily moviendo las piezas por el tablero.

—¡El caballo! —exclamé recordando de pronto—. ¡Solarin puso ese símbolo en la nota que dejó en mi apartamento!

—De modo que si Minnie es la Reina Negra todos pertenecemos al equipo de las negras: tú y yo, Mordecai y Solarin. Los que llevan sombrero negro son los buenos. Si fue Mordecai quien reclutó a Solarin, tal vez sea el rey negro… y Solarin el caballo del rey…

—Tú y yo somos peones —agregué—. Y Saul y Fiske…

—Peones que fueron eliminados del tablero —dijo Lily, y retiró un par de peones. Siguió moviendo las piezas como un cubiletero mientras yo trataba de seguir el hilo de su pensamiento.

Desde el instante en que comprendí que Minnie era la adivina algo me rondaba por la cabeza. De pronto supe de qué se trataba. En realidad no había sido Minnie quien me había arrastrado al juego, sino Nim. De no haber sido por él, yo no me habría molestado en descifrar aquel acertijo, ni habría pensado en la fecha de mi cumpleaños, ni habría supuesto que las muertes de otras personas tenían algo que ver conmigo… y tampoco habría aceptado conseguir las piezas del ajedrez de Montglane. Entonces caí en la cuenta de que también había sido Nim quien arregló mi contrato con la compañía de Harry… hacía tres años, cuando los dos trabajábamos para Triple-M. Y había sido él quien me había enviado a ver a Minnie Renselaas…

En ese momento regresó Minnie con una gran caja de metal y un pequeño libro encuadernado en piel y atado con bramante. Dejó ambos objetos sobre la mesa.

—¡Nim sabía que usted era la adivina! —le dije—. Incluso cuando me ayudaba a descifrar aquel mensaje.

—¿Tu amigo de Nueva York? —intervino Lily—. ¿Y qué pieza es él?

—Una torre —respondió Minnie estudiando el tablero donde Lily movía los trebejos.

—¡Por supuesto! —exclamó Lily—. Está en Nueva York para enrocar…

—Solo he visto una vez a Ladislaus Nim —me explicó Minnie—, cuando lo elegí como jugador, como te he elegido a ti. Él te recomendó encarecidamente, pero no esperaba que yo iría a Nueva York para conocerte. Debía estar segura de que eras la pieza que necesitaba… que reunías las aptitudes adecuadas.

—¿Qué aptitudes? —preguntó Lily, que seguía moviendo los trebejos—. Ni siquiera sabe jugar al ajedrez.

—Ella no, pero tú sí —observó Minnie—. Formáis un equipo perfecto.

—¿Equipo? —exclamé.

Tenía tantas ganas de formar un equipo con Lily como un buey de ser uncido con un canguro. Aunque ciertamente jugaba al ajedrez mucho mejor que yo, cuando se trataba de la realidad resultaba una molestia.

—De modo que tenemos una reina, un caballo, una torre y unos peones —dijo Lily mirando a Minnie—. ¿Qué hay del otro equipo? ¿Qué hay de John Hermanold, que disparó contra mi coche, o de mi tío Llewellyn o su colega el vendedor de alfombras…? ¿Cómo se llama?

—¡El-Maradl! —respondí, y de pronto comprendí qué pieza representaba. No era difícil: un hombre que vivía como un ermitaño en las montañas, sin abandonar nunca su lugar, pero que dirigía negocios en todo el mundo, temido y odiado por todos cuantos lo conocían, y que estaba tras las piezas—. Él es el rey blanco —aventuré.

Minnie palideció y se derrumbó en una silla junto a mí.

—¿Has hablado con El-Marad? —preguntó con un hilo de voz.

—Sí, hace unos días, en Cabilia —contesté—. Parece saber mucho sobre usted. Me dijo que su nombre era Mojfi Mojtar, que vivía en la casbah y que tenía las piezas del ajedrez de Montglane. Aseguró que usted me las daría si yo le decía que mi cumpleaños es el cuarto día del cuarto mes.

—Entonces sabe mucho más de lo que yo creía —dijo Minnie bastante alterada. Cogió una llave y empezó a abrir la caja metálica que había traído—. Pero obviamente hay algo que no sabe, porque de otro modo no te hubiera permitido verlo. ¡No sabe quién eres!

—¿Quién soy? —pregunté sin entender—. Yo no tengo nada que ver con este juego. Hay montones de personas que nacieron el mismo día que yo… montones de personas que tienen líneas curiosas en la mano. Esto es ridículo. Estoy de acuerdo con Lily; no creo que pueda ayudarla…

—No quiero que me ayudes —dijo Minnie con firmeza, abriendo la caja mientras hablaba—. Quiero que ocupes mi lugar.

Se inclinó sobre el tablero y, apartando el brazo de Lily, cogió la reina negra y la adelantó.

Lily contempló la pieza en el tablero. De pronto me dio una palmada en la rodilla.

—¡Ya lo tengo! —exclamó saltando entusiasmada sobre los cojines. Carioca aprovechó la oportunidad para robar con sus dientecitos una esponjosa pasta de queso y arrastrarla a su cubil debajo de la mesa—. ¿No lo ves? De este modo la reina negra puede dar jaque a la blanca y obligar al rey a moverse por el tablero… pero solo arriesgándose ella misma. La única pieza que puede protegerla es este peón adelantado…

Traté de comprender. Sobre el tablero había ocho piezas negras en cuadros negros; las otras ocupaban escaques blancos. Y delante de todas, al final del territorio blanco, había un solo peón negro, protegido por una torre y un caballo.

—Sabía que trabajaríais bien juntas —dijo Minnie sonriendo— si os daban la oportunidad. Esta es una reconstrucción casi perfecta de la partida tal como está en este momento. Al menos por ahora. —Mirándome, agregó—: ¿Por qué no preguntas a la nieta de Mordecai Rad cuál es la pieza esencial en torno a la cual gira ahora la partida?

Me volví hacia Lily, que también sonreía mientras tocaba el peón adelantado con su larga uña roja.

—La única pieza que puede reemplazar a una reina es otra reina —afirmó—. Pareces ser tú.

—¿Qué quieres decir? —pregunté—. Creí que era un peón.

—En efecto, pero si un peón atraviesa las filas de los peones enemigos y alcanza el octavo cuadrado del lado opuesto, puede transformarse en la pieza que desee. Incluso en reina. ¡Cuando ese peón llegue al octavo escaque, el de la coronación, podrá reemplazar a la reina negra!

—O vengarla —dijo Minnie, con los ojos brillantes como ascuas—. Un peón adelantado penetra en Argel, la Isla Blanca. Así como has penetrado en territorio blanco… penetrarás el misterio. El secreto del Ocho.

Mi estado de ánimo oscilaba como un barómetro durante el monzón. ¿Yo era la reina negra? ¿Qué significaba eso? Aunque Lily señaló que podía haber más de una reina del mismo color en el tablero, Minnie había dicho que yo iba a reemplazarla. ¿Quería eso decir que planeaba abandonar el juego?

Además, si necesitaba una sustituta, ¿por qué no Lily? Lily había reconstruido la partida sobre el pequeño tablero de modo que cada pieza representaba una persona y todos los movimientos reproducían los acontecimientos. En cambio yo apenas sabía nada de ajedrez. Entonces, ¿qué aptitudes reunía? Por otro lado, al peón le quedaba camino por recorrer antes de llegar a la línea de coronación. Aunque era demasiado tarde para que otro peón lo eliminara, todavía podían comerlo piezas con movimientos más flexibles. Hasta yo sabía eso.

Minnie había desenvuelto el contenido de la caja metálica. Después extrajo un grueso paño que procedió a desplegar sobre la gran mesa de bronce. El paño era azul oscuro, casi negro, y sobre su superficie se esparcían trozos de cristales de colores —algunos redondos, otros ovalados—, cada uno del tamaño aproximado de un cuarto de dólar. Estaba bordado con una especie de hilo metálico que formaba dibujos extraños. Parecían los símbolos del zodíaco. También me recordaban algo que no conseguía identificar. En el centro había un gran bordado de dos serpientes que se mordían la cola una a otra. Formaban un número ocho.

—¿Qué es esto? —pregunté examinando el paño con curiosidad.

Lily se había acercado y tocaba la tela.

—Me recuerda algo —dijo.

—Este es el paño que originalmente cubría el ajedrez de Montglane —explicó Minnie mirándonos con atención—. Estuvo enterrado con las piezas durante mil años, hasta la Revolución francesa, cuando las monjas de la abadía de Montglane, en el sur de Francia, los exhumaron. Después el paño pasó por muchas manos. Se dice que fue enviado a Rusia durante el reinado de Catalina la Grande, junto con el tablero partido que descubrieron.

—¿Cómo sabe todo eso? —pregunté. No podía apartar los ojos del oscuro terciopelo azul desplegado ante nosotras. El paño del ajedrez de Montglane… más de mil años de antigüedad y todavía intacto. Parecía desprender un leve resplandor a la luz verdosa que se filtraba entre las hojas de la buganvilla—. ¿Y cómo lo consiguió? —agregué, mientras me estiraba para tocar las piedras que Lily estaba palpando.

—En casa de mi abuelo he visto muchas gemas sin tallar —explicó Lily—. ¡Creo que estas son auténticas!

—Lo son —aseguró Minnie con un tono de voz que me hizo estremecer—. Todo en torno a este temible ajedrez es real. Como sabéis, el ajedrez de Montglane contiene una fórmula… una fórmula de gran poder, una fuerza malévola para aquellos que saben cómo usarla.

—¿Y por qué necesariamente malévola? —pregunté.

Desde luego en ese paño había algo… Tal vez fuera mi imaginación, pero pareció iluminar el rostro de Minnie cuando se inclinó sobre él en la penumbra.

—La pregunta debería ser: ¿por qué es necesaria la maldad? —dijo Minnie con voz serena—. Lo cierto es que existe desde mucho antes que el ajedrez de Montglane. Al igual que la fórmula. Mirad mejor el paño y lo veréis.

Esbozó una sonrisa extrañamente amarga mientras volvía a servir té. De pronto su hermoso rostro se tornó severo y reflejó agotamiento. Por primera vez advertí el precio que se cobraba el juego.

Noté que Carioca me embadurnaba el pie con la pasta de queso. Sacándolo de debajo de la mesa, lo puse en mi silla y me incliné sobre el paño para mirarlo mejor.

A la tenue luz examiné el dorado número ocho, las serpientes que se retorcían en el terciopelo azul oscuro como la trayectoria sinuosa de un cometa que atravesara el firmamento. En torno a ellas estaban los símbolos: Marte y Venus, el Sol y la Luna, Saturno y Mercurio… Entonces lo vi. ¡Comprendí qué representaban!

—¡Son los elementos! —exclamé.

Minnie sonrió y asintió con la cabeza.

—La octava ley —dijo.

Ahora todo adquiría sentido. Los trozos de gema sin tallar y los bordados de oro formaban símbolos que tanto filósofos como científicos habían utilizado desde tiempos inmemoriales para describir los componentes básicos de la naturaleza. Allí estaban el hierro y el cobre, la plata y el oro; azufre, mercurio, plomo y antimonio; hidrógeno, oxígeno, sales y ácidos. En resumen, los componentes de la materia, tanto animada como inanimada.

Me paseé por la habitación mientras reflexionaba y poco a poco empecé a comprenderlo todo.

—La octava ley —expliqué a Lily, que me miraba como si pensara que estaba loca— es la ley sobre la cual se basó la tabla periódica de los elementos. En la década de 1860, antes de que Mendeleiev elaborara sus tablas, el químico inglés John Newlands descubrió que, al disponer los elementos en orden creciente según su peso atómico, cada octavo elemento era una especie de repetición del primero… como la octava nota de una octava musical. ¡Le dio el nombre de la teoría de Pitágoras porque pensó que las propiedades moleculares de los elementos guardaban entre sí la misma relación que las notas en la escala musical!

—¿Y es verdad? —preguntó Lily.

—¿Cómo voy a saberlo? —respondí—. Todo lo que sé de química es lo que aprendí antes de que me expulsaran por volar el laboratorio de mi universidad.

—Pero aprendiste bien —observó Minnie entre risas—. ¿Recuerdas algo más?

Sí, ¿qué era? Estaba allí de pie, mirando el paño, cuando de pronto recordé. Ondas y partículas… partículas y ondas. Algo relacionado con valencias y electrones bailaba en la periferia de mi cerebro.

Minnie estaba hablando.

—Tal vez pueda refrescarte la memoria. Esta fórmula es casi tan antigua como la propia civilización… se han encontrado referencias a ella en escritos que se remontan cuatro mil años antes del nacimiento de Cristo. Deja que te relate la historia…

Tomé asiento a su lado mientras Minnie seguía con la punta de los dedos la silueta del número ocho en el paño. Cuando inició su relato, parecía en trance.

—Hace seis mil años ya había civilizaciones avanzadas en las riberas de los grandes ríos del mundo: el Nilo, el Ganges, el Indo y el Éufrates. Practicaban un arte secreto que más tarde daría origen tanto a la religión como a la ciencia. Este arte era tan misterioso que se necesitaba toda una vida para convertirse en iniciado… para penetrar su verdadero sentido. El rito de iniciación era a menudo cruel y en ocasiones mortal. La tradición de este rito ha llegado hasta tiempos modernos; sigue apareciendo en la misa católica, en los ritos cabalísticos, en las ceremonias de rosacruces y masones. Sin embargo, se ha perdido su sentido oculto. Estos rituales son la representación del proceso de la fórmula que los antiguos conocían… una representación que les permitía transmitir conocimientos mediante un acto. Porque estaba prohibido escribirlo.

Minnie clavó en mí sus ojos verde oscuro; su mirada parecía buscar algo en mi interior.

—Los fenicios comprendían el ritual, al igual que los griegos. Hasta Pitágoras prohibió a sus alumnos ponerlo por escrito porque se creía que era muy peligroso. El gran error de los moros fue desobedecer la orden. Grabaron los símbolos de la fórmula en el ajedrez de Montglane. Aunque está en código, cualquiera que posea todas las partes puede llegar a descifrar el sentido... sin pasar por la iniciación, que obliga a jurar, bajo pena de muerte, que no se usará jamás para hacer el mal.

»El nombre con el que los árabes conocían esas tierras donde se desarrolló dicha ciencia oculta, donde floreció, deriva del negro y fértil sedimento que con los aluviones de la primavera se depositaba en las riberas de los ríos que les daban la vida. Era en primavera cuando se celebraba el rito. Las llamaban Al-Kem, las Tierras Negras, y la ciencia secreta recibía el nombre de Al-Kemie, el arte negro.

—¿La alquimia? —preguntó Lily—. ¿Se refiere a transformar paja en oro?

—Al arte de la transmutación, sí —dijo Minnie con una extraña sonrisa—. Afirmaban que podían transformar metales viles como el estaño y el cobre en otros raros como la plata y el oro... y más, mucho más.

—Se burla de nosotras —dijo Lily—. ¿Está diciendo que hemos viajado miles de kilómetros y pasado por tantos apuros, solo para descubrir que el secreto de este ajedrez es un montón de magia de pacotilla inventada por un grupo de sacerdotes primitivos?

Yo seguía observando el paño. De pronto caí en la cuenta de algo.

—La alquimia no es magia —dije a Lily, empezando a entusiasmarme—. Quiero decir, al principio no lo era... solo ahora. En realidad, fue el origen de la química y la física modernas. La estudiaban todos los científicos de la Edad Media, e incluso después. Galileo ayudó al duque de Toscana y al papa Urbano VIII con sus experimentos. La madre de Johannes Kepler estuvo a punto de acabar en la hoguera por bruja, por haber enseñado a su hijo secretos místicos... —Minnie asentía con la cabeza mientras yo hablaba—. Dicen que Isaac Newton pasó más tiempo elaborando productos químicos en su laboratorio de Cambridge que escribiendo los *Principia Mathematica*. Puede que Paracelso fuera un místico, pero también fue el padre de la química moderna. De hecho, en las modernas plantas de fundición y craqueo se utilizan los principios alquímicos descubiertos por él. ¿No sabes cómo producen plásticos, asfalto y fibras sintéticas a partir del petróleo? Craquean las moléculas, las separan mediante altas temperaturas y catalizadores... de la misma manera que los alquimistas, según decían, convertían mercurio en oro. En realidad en esta historia hay un solo problema.

—¿Solo uno? —preguntó Lily, siempre escéptica.

—Hace seis mil años no había aceleradores de partículas en Mesopotamia ni plantas de craqueo en Palestina. No podían hacer mucho más que convertir cobre y estaño en bronce.

—Tal vez no —intervino Minnie con su serenidad habitual—. Pero si esos antiguos sacerdotes de la ciencia no poseían un secreto singular y peligroso, ¿por qué lo envolvieron en un velo de misterio? ¿Por qué exigir que el iniciado soportara toda una vida de entrenamiento, una letanía de juramentos y promesas, un ritual de dolor y peligro, antes de ser admitido a la orden...?

—¿De los elegidos ocultos? —dije—. ¿De los elegidos secretos?

Minnie no sonrió. Me miró de hito en hito y después fijó la vista en el paño. Permaneció largo tiempo en silencio y, cuando habló, su voz me atravesó como un cuchillo.

—Del ocho —dijo con voz queda—. De los que podían oír la música de las esferas.

Clic. La última pieza encontró su lugar. Ahora sabía por qué Nim me había recomendado; por qué Mordecai me había enviado y Minnie me había «elegido». No era simplemente mi arrolladora personalidad, el día de mi cumpleaños o la palma de mi mano... aunque eso era lo que querían hacerme creer. No estábamos hablando de misticismo, sino de ciencia. Y la música era ciencia: una ciencia más antigua que la acústica, que había estudiado Solarin, o que la física, especialidad de Nim. Yo era una experta en música. No era casual que Pitágoras hubiera enseñado música como una disciplina tan importante como las matemáticas y la astronomía. Pensaba que las ondas sonoras movían el universo... abarcaban todo lo existente, desde lo mayor hasta lo menor. Y no se equivocaba mucho.

—Son ondas —dije— las que mantienen unidas las moléculas; son ondas las que mueven un electrón de una capa a otra, cambiando su valencia para que pueda entrar en reacción química con otras moléculas…

—Exacto —dijo Minnie entusiasmada—. Ondas luminosas y sonoras que abarcan el universo. Sabía que no me equivocaba al elegirte. Ya estás sobre la pista.

Su rostro se había encendido y volvía a parecer joven. Una vez más advertí qué belleza debía de haber poseído no muchos años atrás.

—Pero nuestros enemigos también lo están —agregó—. Te he dicho que la fórmula tiene tres partes: el tablero, que ahora está en manos del equipo contrario, y el paño, que tienes delante. La parte central está en las piezas.

—Creía que las tenías usted —observó Lily.

—Poseo la mayor colección desde que el ajedrez fue desenterrado: veinte piezas, dispersas en escondites donde esperaba que nadie las descubriese durante otros mil años. Pero me equivocaba. En cuanto los rusos se enteraron de que las tenía, las fuerzas blancas sospecharon de inmediato que algunas podían estar aquí, en Argelia… y para mi desgracia tenían razón. El-Marad está reuniendo sus huestes. Creo que tiene emisarios aquí, que pronto me cercarán, para impedir que saque las piezas del país…

¡De modo que a eso se refería Minnie al afirmar que El-Marad no sabía quién era yo! Por supuesto, el anciano me había elegido como emisario, sin comprender que yo había sido elegida por el otro equipo. Pero aún había más.

—¿De modo que sus piezas están aquí, en Argelia? —pregunté—. ¿Quién tiene las otras? ¿El-Marad? ¿Los rusos?

—Tienen algunas… no sé cuántas —respondió Minnie—. Otras fueron dispersadas o se perdieron después de la Revolución francesa. Pueden estar en cualquier parte: en Europa, Extremo Oriente, hasta en América. Tal vez nunca se las vuelva a encontrar. He pasado mi vida reuniendo las que tengo. Algunas están a buen recaudo en otros países, pero, de las veinte, ocho se hallan ocultas aquí, en el desierto… en el Tassili. Tenéis que recuperarlas y traérmelas antes de que sea demasiado tarde. —Aún tenía el rostro encendido cuando me cogió del brazo.

—No tan rápido —dije—. Mire, el Tassili está a más de mil seiscientos kilómetros de aquí. Lily está ilegalmente en el país y yo tengo que realizar un trabajo muy urgente. ¿No puede esperar hasta que…?

—¡Nada puede ser más urgente que lo que te pido! —exclamó—. Si no recuperas esas piezas, caerán en otras manos. El mundo se convertiría en un lugar terrible. ¿No comprendes adónde puede conducir semejante fórmula?

Lo comprendía. Había otro proceso que empleaba la transmutación de los elementos: la creación de elementos transuránicos, es decir, elementos de mayor peso atómico que el del uranio.

—¿Quiere decir que con esa fórmula alguien podría conseguir plutonio? —aventuré. De pronto comprendí por qué Nim afirmaba que la asignatura más importante que debía estudiar un físico nuclear era la ética. Y comprendí el apremio de Minnie.

—Te dibujaré un mapa —dijo la mujer, como si nuestra marcha fuera un *fait accompli*—. Lo aprenderéis de memoria y después lo destruiré. Hay algo más que deseo que tengáis… un documento de gran importancia y valor.

Me tendió el libro encuadernado en piel y atado con bramante que había traído junto con el paño. Mientras empezaba a dibujar el plano, busqué en mi bolso las tijerillas de uñas para cortar el bramante. El libro era pequeño, del tamaño de un libro de bolsillo grueso y, al parecer, muy viejo. La tapa era de suave piel marroquí, muy gastada, y llevaba unas marcas que parecían haber sido grabadas al fuego (como un sello cincelado en la piel en lugar de cera), en forma de números ocho. Mientras las observaba me estremecí. Después corté el duro bramante y el libro se abrió.

Estaba cosido a mano. El papel era transparente como la piel de una cebolla, pero suave y terso como tela y tan fino que advertí que tenía más páginas de las que creía, tal vez seiscientas o setecientas, todas manuscritas.

La letra era menuda, apretada, con las típicas florituras de la caligrafía antigua que tanto apreciaba John Hancock. Las páginas estaban escritas por ambas caras, de modo que la tinta se transparentaba y resultaba difícil leerlas. Pero leí. Estaba escrito en francés antiguo y algunas palabras me resultaban desconocidas, pero enseguida comprendí el mensaje.

Mientras Minnie hablaba con Lily, repasando el plano minuciosamente, sentí que el corazón se me helaba. Ahora entendía cómo había descubierto Minnie lo que nos había contado.

Cette Anno Dominii Mille Sept Cent Quatre-Vingt-Treize, au fin de Juin à Tassili n'Ajjer Saharien, je devient de racontre cette histoire. Mireille ai nun, si suis de France...

Cuando empecé a leer en voz alta y traducir las frases, Lily levantó la mirada y empezó a captar lo que estaba diciendo. Minnie guardaba silencio, como si estuviera en trance; parecía estar oyendo una voz que clamara en el desierto y llegara hasta ella desde las brumas del tiempo... una voz que atravesaba los milenios. En realidad, no hacía ni doscientos años que se había escrito el documento que yo leía:

En este año de 1793, en el mes de junio y en Tassili n'Ajjer, en el Sahara, empiezo a narrar esta historia. Mi nombre es Mireille y vengo de Francia. Después de pasar ocho años de mi juventud en la abadía de Montglane, en los Pirineos, contemplo una gran maldad suelta por el mundo... una maldad que empiezo a comprender ahora. Relataré su historia. Lo llaman el ajedrez de Montglane y comenzó con Carlomagno, el gran rey que construyó nuestra abadía...

EL CONTINENTE PERDIDO

A diez días de camino hay un montículo de sal, un manantial y un trozo de tierra deshabitada. Al lado se alza el monte Atlas, en forma de esbelto cono, tan alto que dicen que jamás se puede ver su cumbre, porque tanto en verano como en invierno la tapan las nubes.

Los nativos reciben el nombre de «atlantes» por esta montaña, a la que llaman Pilar del Cielo. Se dice que este pueblo no come criatura viva y jamás sueña.

HERODOTO,
«Los pueblos del cinturón de arena»,
Los nueve libros de la historia (454 a.C.)

Mientras el gran Corniche de Lily descendía los Erg hacia el oasis de Ghardaïa, vi los interminables kilómetros de oscura arena roja que se extendía en todas direcciones.

Sobre el mapa la geografía de Argelia es bastante simple: tiene la forma de una jarra inclinada. El pico, al final de la frontera con Marruecos, parece verter agua en los países vecinos del Sahara Occidental y Mauritania. El asa está formada por dos franjas: una extensión de ochenta kilómetros de ancho de tierra fértil a lo largo de la costa septentrional, y al sur de esta, otra cinta de cuatrocientos ochenta kilómetros de montañas. El resto del país —poco más de un millón de kilómetros cuadrados— es desierto.

Conducía Lily. Llevábamos cinco horas en la carretera y habíamos cubierto quinientos sesenta kilómetros de peligrosos caminos de montaña en dirección al desierto, una hazaña que había llevado al gimiente Carioca a esconderse bajo el asiento. Yo no me había percatado. Había estado demasiado absorta traduciendo en voz alta el diario que nos había entregado Minnie: el relato de un oscuro misterio, la aparición del Terror en Francia y, por debajo de todo eso, la más que centenaria búsqueda de Mireille, la monja francesa, del secreto del ajedrez de Montglane. La misma búsqueda en la que nos habíamos embarcado nosotras ahora.

Me enteré así de cómo había descubierto Minnie la historia del ajedrez de Montglane: su misterioso poder, la fórmula contenida en él y el mortífero juego que se había desatado por la consecución de las piezas. Un juego que se había prolongado generación tras generación arrastrando a los jugadores tras de sí, de la misma manera que estaba apoderándose de Lily y de mí, de Solarin y Nim, y tal vez de la propia Minnie. Un juego que se desarrollaba en las tierras que estábamos cruzando.

—El Sahara —dije levantando la mirada del libro cuando empezamos a bajar hacia Ghardaïa—. ¿Sabes que no ha sido siempre el mayor desierto del mundo? Hace millones de años el Sahara era el mayor mar interior del planeta. Así se formó todo el crudo y el gas natural líquido, por la descomposición gaseosa de plantas y pequeños animales marinos. La alquimia de la naturaleza.

—¡No me digas! —respuso Lily—. Bueno, el indicador de gasolina dice que deberíamos detenernos para repostar de esas pequeñas formas marinas. Supongo que lo mejor es hacerlo en Ghardaïa. El mapa de Minnie no mostraba muchas otras poblaciones en esta carretera.

—Yo no lo vi —dije refiriéndome al mapa dibujado y luego destruido por Minnie—. Espero que tengas buena memoria.

—Soy jugadora de ajedrez —afirmó Lily como si eso lo explicara todo.

—Esta ciudad, Ghardaïa, se llamaba antiguamente Kardaia —expliqué volviendo al diario—. Al parecer nuestra amiga Mireille se detuvo aquí en 1793.

Leí:

Y llegamos a Kardaia, que recibe su nombre de la diosa bereber Kar (la Luna), a quien los árabes llamaban Libia, que significa «goteante de lluvia». Ella gobernaba el mar interior desde el Nilo hasta el océano Atlántico; su hijo Fénix fundó el Imperio fenicio; se dice que su padre era el mismísimo Poseidón. Tiene muchos nombres en muchas tierras: Ishtar, Astarté, Kali, Cibeles. De ella surge toda vida, como del mar. En esta tierra la llaman la Reina Blanca.

—Dios mío —dijo Lily, lanzándome una mirada, mientras disminuía la velocidad para girar hacia Ghardaïa—. ¿De modo que esta ciudad lleva el nombre de nuestra archienemiga? Entonces, ¡tal vez estemos a punto de llegar a un cuadrado blanco!

Estábamos tan absortas en la lectura del diario, en busca de más información, que no vi el Renault gris oscuro que teníamos detrás, hasta que apretó el freno y nos siguió por el desvío hacia Ghardaïa.

—¿No hemos visto antes ese coche? —pregunté.

Lily asintió sin apartar la vista de la carretera.

—En Argel —respondió tranquilamente—. Estaba estacionado a tres coches de distancia del nuestro, en el aparcamiento del ministerio. Y dentro estaban los mismos dos tipos. Hace alrededor de una hora nos adelantaron, así que los vi bien. Desde entonces no nos han abandonado. ¿Crees que nuestro colega Sharrif tiene algo que ver con esto?

—No —contesté, mirándolos por el espejo retrovisor—. Es un coche del ministerio.

Y sabía quién lo había enviado.

♟

Antes de salir de Argel yo estaba nerviosa. Cuando nos despedimos de Minnie en la casbah, llamé a Kamel desde una cabina para comunicarle que me ausentaría unos días. Se puso furioso.

—¿Está loca? —exclamó por la ruidosa línea—. ¡Sabe que ese modelo de balanza comercial es urgente! ¡Necesito esas cifras antes del fin de semana! El proyecto que tiene entre manos es sumamente urgente.

—Mire, pronto estaré de vuelta —dije—. Además, ya está todo hecho. He recogido datos de todos los países indicados y he introducido la mayor parte en los ordenadores de Sonatrach. Si lo desea, le dejaré una lista de instrucciones sobre el manejo de los programas… están todos preparados.

—¿Dónde se encuentra en este momento? —me interrumpió Kamel, prácticamente saltando sobre mí a través de la línea—. Es más de la una… Hace horas que debería estar trabajando. Encontré ese coche ridículo en mi plaza de estacionamiento con una nota. Y ahora Sharrif está al otro lado de mi puerta, buscándola. Dice que ha introducido usted automóviles de contrabando en el país y refugiado a inmigrantes ilegales… ¡y cuenta no sé qué sobre un perro feroz! ¿Quiere hacer el favor de explicarme qué pasa?

Estupendo. Sharrif daría al traste con mis planes si me topaba con él antes de terminar esta misión. Tendría que negociar con Kamel… al menos en parte. Me estaba quedando sin aliados.

—De acuerdo —dije—. Una amiga mía tiene problemas. Vino a visitarme, pero su visado no está sellado…

—Tengo su pasaporte sobre mi escritorio —rugió Kamel—. Lo trajo Sharrif. Ni siquiera tiene visado…

—Un mero detalle procedimental —dije rápidamente—. Tiene doble nacionalidad… otro pasaporte. Usted podría arreglarlo para que parezca que ha entrado legalmente. Haría quedar como un tonto a Sharrif…

La voz de Kamel denotaba irritación.

—¡Mademoiselle, no ambiciono hacer quedar como un tonto al jefe de la policía secreta! —Después pareció ablandarse un poco—. Trataré de ayudarla, aun a mi pesar. A propósito, le diré que sé quién es la joven. Conocí a su abuelo. Era íntimo amigo de mi padre… jugaban al ajedrez en Inglaterra…

Genial. ¡La trama se complicaba! Hice un gesto a Lily, que trató de meterse en la cabina y pegar la oreja al auricular.

—¿Su padre jugaba al ajedrez con Mordecai? —repetí—. ¿Era un buen jugador?

—¿No lo somos todos? —preguntó a su vez Kamel. Hizo una pausa. Parecía estar reflexionando. Al oír las palabras que pronunció a continuación Lily se puso rígida y a mí se me encogió el corazón—. Sé qué planean. La ha visto, ¿no?

—¿A quién? —inquirí con toda la ingenuidad que pude fingir.

—No sea idiota. Soy su amigo. Sé qué le dijo El-Marad… sé lo que está buscando. Querida niña, está jugando un juego peligroso.

Esas personas son asesinos. No es difícil adivinar adónde va… Sé lo que se rumorea que está escondido allí. ¿No se le ha ocurrido pensar que, cuando Sharrif se entere de que usted ha desaparecido, la buscará allí?

Lily y yo nos miramos. ¿Así pues, Kamel también era un jugador?

—Trataré de cubrirlas —añadió el ministro—, pero la espero de regreso a final de semana. Haga lo que haga, no pase por su despacho ni por el mío antes… y ni se le ocurra pisar los aeropuertos. Si tiene algo que decirme sobre su… proyecto… lo mejor es comunicarse a través de la Poste Centrale.

Por su tono comprendí lo que eso significaba: debía hacer pasar toda correspondencia a través de Thérèse. Antes de partir, podía dejarle el pasaporte de Lily y mis instrucciones sobre el proyecto de la OPEP.

Antes de colgar Kamel me deseó suerte y agregó:

—Trataré de cuidar de usted lo mejor que pueda pero, si se mete en un verdadero lío, tal vez se encuentre sola.

—¿No lo estamos todos? —dije con una risita. Y cité a El-Marad—: *El-safar Zafar!* El viaje es la victoria. —Esperaba que el antiguo proverbio árabe resultara verdadero, pero tenía mis reservas. Cuando colgué, me sentí como si hubiera cortado mi último lazo con la realidad.

De modo que estaba segura de que era Kamel quien había enviado el coche del ministerio que nos seguía a Ghardaïa. Probablemente fueran guardias con la misión de protegernos. No podíamos permitir que nos siguieran al desierto. Tendría que pensar algo.

No conocía esa parte de Argelia, pero sabía que la ciudad de Ghardaïa era una de las famosas Pentápolis o «cinco ciudades del M'Zab». Mientras Lily buscaba una gasolinera, vi las poblaciones enclavadas en las peñas purpúreas, rosadas y rojas que nos rodeaban, como formaciones rocosas cristalinas que se levantaban de la arena. Dichas localidades se mencionaban en todos los libros que se habían escrito sobre el desierto. Le Corbusier afirmaba que fluían con «el ritmo natural de la vida». Frank Lloyd Wright consideraba que eran las ciudades más hermosas del mundo, estructuras de arena roja «del color de la sangre: el color de la creación». Sin embargo, el diario de Mireille, la monja francesa, tenía algo más interesante que decir sobre ellas:

> Estas ciudades fueron fundadas hace mil años por los ibaditas, «los poseídos por Dios», quienes creían que estaban poseídas por el espíritu de la extraña diosa Luna, y las llamaron como ella: La Luminosa, Melika… la Reina…

—Mierda sagrada —dijo Lily deteniéndose en la gasolinera. El coche que nos seguía pasó de largo, dio media vuelta y se acercó a repostar—. Estamos en medio de ninguna parte, con dos sujetos pisándonos los talones, ciento sesenta mil kilómetros cuadrados de arena delante y sin idea de lo que buscamos, ni siquiera cuando lo encontremos.

Tuve que estar de acuerdo con su desalentadora afirmación. Pero pronto las cosas empeorarían.

—Será mejor que compre gasolina —dijo Lily saltando del coche.

Sacó un fajo de billetes y compró dos latas de veinte litros de gasolina y otras dos de agua, mientras un dependiente llenaba el sediento Rolls.

—No era necesario —le dije cuando hubo guardado las reservas en el maletero—. El camino hacia el Tassili atraviesa el campo petrolero de Hassi Messaud. Tuberías y pozos todo el camino…

—No por donde iremos nosotras —me informó. A continuación puso en marcha el motor—. Debiste mirar el mapa.

Experimenté una sensación desagradable en la boca del estómago.

Desde allí había solo dos rutas posibles para internarse en el Tassili. La primera iba hacia el este a través de los campos petroleros de Ourgla y luego giraba al sur para entrar en la zona por arriba. Para recorrer la mayor parte del trayecto convenía tener un vehículo con tracción en las cuatro ruedas. Esta ruta exigía una conducción experta. La segunda, el doble de larga, atravesaba la árida y estéril planicie de Tidikelt, una de las zonas más secas y peligrosas del desierto, donde la carretera estaba señalada con postes de diez metros de alto para poder desenterrarla cuando desapareciera, lo que sucedía a menudo. Tal vez el Corniche pareciera un tanque, pero no tenía la oruga necesaria para cruzar esas dunas.

—¿No lo dirás en serio? —pregunté a Lily mientras nos alejábamos de la gasolinera, con nuestros perseguidores detrás—. Para en el primer restaurante que veas. Tenemos que hablar.

—Y trazar una estrategia —añadió, mirando por el espejo retrovisor—. Esos tipos me están poniendo nerviosa.

Encontramos un pequeño restaurante en las afueras de Ghardaïa. Entramos en el fresco bar y nos dirigimos hacia el patio interior, donde los parasoles que protegían las mesas y las palmeras datileras proyectaban sombras bajo el rojo resplandor del crepúsculo. Las mesas estaban vacías (eran solo las seis de la tarde). Encontré un camarero y pedí ensalada, *tadjine* (carne de cordero especiada) y cuscús.

Cuando llegaron nuestros compañeros y se sentaron discretamente unas mesas más allá, Lily estaba picando de la aceitosa ensalada.

—¿Cómo propones que nos libremos de esos imbéciles? —preguntó dejando caer un trozo de *tadjine* en la boca de Carioca, que estaba sentado en su regazo.

—Primero hablemos de la ruta —dije—. Supongo que de aquí a Tassili hay seiscientos cuarenta kilómetros. Si tomamos el camino del sur, serán mil trescientos por una carretera donde la comida, la gasolina y las ciudades son escasas y dispersas... solo arena entre medias.

—Mil trescientos kilómetros no son nada —repuso Lily—. Es todo terreno llano. Tal como conduzco, estaremos allí antes de que amanezca. —Chasqueó los dedos para llamar al camarero y pidió seis botellas grandes de Ben Haroun, el agua Perrier del sur—. Además, es la única manera de llegar a donde vamos. Me aprendí el camino de memoria, ¿recuerdas?

Me disponía a hablar cuando eché una ojeada a la entrada del patio y dejé escapar un gemido ahogado.

—No mires ahora —susurré—. Han entrado más clientes.

Dos tipos fornidos habían cruzado la cortina de cuentas y atravesaban el patio para sentarse cerca de nosotras. Nos echaron un vistazo. Los emisarios de Kamel, al otro lado, tenían problemas visuales. Observaron fijamente a los recién llegados y después se miraron el uno al otro, y yo sabía por qué. La última vez que había visto a uno de los tipos fornidos había sido en el aeropuerto, acariciando un revólver, y el otro me había llevado al hotel desde el restaurante la noche que llegué a Argel, un servicio gratuito de la policía secreta.

—A fin de cuentas, Sharrif todavía se acuerda de nosotras —informé a Lily mientras comía algo—. Nunca olvido una cara y tal vez los haya elegido porque ellos tampoco. Los dos me han visto antes.

—Pero no pueden habernos seguido por esa carretera solitaria —señaló ella—. Los hubiera visto, como a los otros.

—Husmear con la nariz pegada al suelo es algo que se perdió con Sherlock Holmes —observé.

—¿Quieres decir que han puesto algo en nuestro coche… como un radar? —murmuró ella con su voz ronca—. ¡Para poder seguirnos sin que los viésemos!

—Bingo, mi querido Watson —dije en voz baja—. Entretenlos durante veinte minutos mientras yo encuentro el localizador y lo saco. La electrónica es mi fuerte.

—Tengo mis propias técnicas —susurró Lily con un guiño—. Si me perdonas, creo que iré al tocador.

Levantándose con una sonrisa, dejó caer a Carioca en mi regazo. El matón que se puso en pie para seguirla quedó paralizado cuando ella preguntó en voz alta por *«les toilettes»*. El matón volvió a sentarse.

Yo luchaba con Carioca, que parecía haberse aficionado al *tadjine*. Cuando Lily regresó por fin, lo cogió, lo metió en mi bolso, repartió las pesadas botellas de agua entre ambas y se dirigió hacia la puerta.

—¿Qué has hecho? —pregunté. Nuestros compañeros de cena pagaban a toda prisa la cuenta.

—Juego de niños —murmuró mientras íbamos hacia el coche—. Una lima de uñas de acero y una piedra. Pinché los conductos de gasolina y las ruedas… solo unas rajas, nada de agujeros grandes. Los haremos dar vueltas por el desierto un rato hasta que se cansen; después tomaremos la carretera.

—Dos pájaros de un tiro… de una pedrada y una lima —dije cálidamente mientras subíamos al Corniche—. ¡Buen trabajo!

Sin embargo, cuando salíamos a la calle, observé que había media docena de coches aparcados, tal vez pertenecientes al personal del restaurante o los cafés de los alrededores.

—¿Y cómo sabías cuál era el de la policía secreta?

—No lo sabía —respondió Lily sonriendo mientras conducía calle abajo—, así que los agujereé todos, para estar segura.

♟

Me equivocaba al suponer que la ruta del sur era de unos mil trescientos kilómetros. En las afueras de Ghardaïa, el cartel indicador con las distancias a todos los puntos del sur (no había muchos) ponía 1.637 kilómetros desde Djanet hasta la entrada meridional del Tassili. Aunque Lily fuera una conductora rápida, ¿cuánto tiempo necesitaría cuando se acabara la autopista?

Tal como ella predijo, los chicos de Kamel se quedaron sin medio de transporte después de seguirnos durante una hora bajo la luz menguante del M'Zab. Y como yo había predicho, los muchachos de Sharrif se habían quedado tan rezagados que no tuvimos el privilegio de presenciar cómo daban al traste con los planes de su jefe al verse obligados a detenerse junto al camino. En cuanto nos vimos libres de escoltas, nos paramos y me deslicé debajo del gran Corniche. Necesité cinco minutos y una linterna para encontrar el localizador detrás del eje trasero. Lo aplasté con la palanca que me dio Lily.

Sin reparar en el vasto cementerio de Ghardaïa, en el fresco aire nocturno, saltamos de alegría dándonos palmaditas en la espalda para celebrar nuestra inteligencia, mientras Carioca brincaba alrededor, ladrando a todo pulmón. Después volvimos a subir al coche y Lily pisó el acelerador.

A esas alturas yo había cambiado de actitud con respecto a la ruta elegida por Minnie. Aunque la autopista del norte hubiera sido más sencilla, nos habíamos desembarazado de nuestros perseguidores, de modo que no podían saber qué dirección habíamos tomado. Ningún árabe cuerdo podía imaginar que dos mujeres solas escogieran esa ruta… a mí misma me costaba imaginarlo. En cualquier caso, habíamos perdido tanto tiempo eludiendo a esos tipos que cuando salimos de M'Zab eran más de las nueve de la noche y estaba muy oscuro. Demasiado oscuro para leer el libro que tenía en el regazo e incluso para mirar el solitario paisaje. Mientras Lily recorría la carretera larga y estrecha, dormité un poco para poder relevarla cuando llegara mi turno.

Habían pasado diez horas y ya amanecía cuando cruzamos el Hammada y fuimos hacia el sur atravesando las dunas de Touat. Por fortuna, había sido un viaje sin incidentes, tal vez incluso demasiado tranquilo. Yo tenía el inquietante presentimiento de que pronto se nos acabaría la suerte. Había empezado a pensar en el desierto.

En las montañas que habíamos cruzado el día anterior a mediodía hacía unos dieciocho grados de temperatura; en Ghardaïa a la hora del crepúsculo, unos cinco grados más, y a medianoche, en las dunas, había rocío incluso a finales de junio. Ahora amanecía en las planicies de Tidikelt, el borde del verdadero desierto —donde la arena y el viento reemplazan a las palmeras, las plantas y el agua—, y todavía nos quedaban por recorrer setecientos veinte kilómetros. No teníamos más ropa que la puesta ni comida, salvo unas botellas de agua con gas. Pero nos esperaban noticias peores. Lily interrumpió mis meditaciones.

—Allá hay una barrera —dijo con voz tensa, esforzándose por ver a través del parabrisas lleno de insectos y bañado por la luz intensa del sol naciente—. Parece una frontera... No sé qué es. ¿Corremos el riesgo?

Sí, había una pequeña garita con la barrera listada que uno asocia a los puestos de Inmigración. En medio del vasto desierto resultaba extraña y fuera de lugar.

—Creo que no tenemos elección —dije.

Habíamos dejado el último atajo ciento sesenta kilómetros atrás. Aquel era el único camino a la ciudad.

—¿Por qué demonios habrá una barrera justo aquí? —se preguntó nerviosa Lily.

—Tal vez sea un control sanitario —dije tratando de bromear—. No hay mucha gente tan loca como para ir más allá de este punto. Sabes lo que hay allí, ¿no?

—¿Nada? —aventuró.

Nuestra risa aflojó parte de la tensión. A ambas nos preocupaba lo mismo: cómo serían las prisiones en esa parte del desierto. Porque eso era lo que nos esperaba si descubrían quiénes éramos... y lo que habíamos hecho al parque automovilístico del ministro de la OPEP y el jefe de la policía secreta.

—No nos dejemos llevar por el pánico —dije, mientras nos acercábamos a la barrera.

Salió el guardia, un hombre bajito y bigotudo que parecía haberse quedado atrás cuando la Legión Extranjera se largó. Después de un buen rato de conversación en mi mediocre francés resultó evidente que deseaba que mostráramos alguna especie de permiso para pasar.

—¡Un permiso! —exclamó Lily, casi a punto de escupir al hombre—. ¿Necesitamos permiso para entrar en esta tierra olvidada de Dios?

Yo dije cortésmente en francés:

—¿Cuál es el propósito de ese permiso, mons

—Para El-Tanzerouft... el Desierto de la Sed —me aseguró—. El gobierno tiene que inspeccionar su coche y darle un certificado de salud.

—Tiene miedo de que el coche no resista —comenté a Lily—. Untémosle la mano y dejemos que examine algunas cosas. Luego podremos irnos.

Cuando enseñamos la pasta y Lily derramó unas cuantas lágrimas, el guardia llegó a la conclusión de que era lo bastante importante para darnos él mismo la aprobación del gobierno. Examinó las latas de gasolina y agua, se maravilló ante la estatuilla de plata de la muñequita alada y tetona que había sobre el capó, chasqueó la lengua en señal de admiración ante las pegatinas que ponían «Suiza» y la «F» de Francia. Todo parecía ir bien hasta que nos indicó que pusiéramos la capota y nos fuéramos.

Lily me miró intranquila. Yo no sabía qué le pasaba.

—¿Significa eso lo que creo que significa? —preguntó.

—Dice que podemos irnos —le informé, y eché a andar hacia el coche.

—Me refiero a lo de la capota... ¿tengo que ponerla?

—Por supuesto. Estamos en el desierto. Dentro de unas horas estaremos a treinta y ocho grados a la sombra... pero no hay sombra. Por no hablar del efecto que tendrá la arena en nuestros peinados...

—¡Es que no puedo! —susurró—. ¡No tengo capota!

—¿Hemos recorrido mil trescientos kilómetros en un coche que no puede atravesar el desierto? —dije alzando la voz.

El guardia estaba en su garita, dispuesto a levantar la barrera, pero se detuvo.

—Por supuesto que puede —replicó indignada, y se deslizó en el asiento del conductor—. Este es el mejor automóvil que se ha fabricado jamás, pero no tiene capota. Estaba rota y Harry dijo que la haría reparar, pero no lo hizo. No obstante, creo que nuestro problema más inmediato…

—¡Nuestro problema inmediato —aullé— es que estás a punto de entrar en el mayor desierto del mundo sin nada que nos cubra la cabeza! ¡Conseguirás que muramos!

El guardia podía no saber inglés, pero sabía que pasaba algo. En ese momento, un enorme camión se detuvo detrás de nosotros y su conductor empezó a tocar el claxon. Lily hizo un gesto con la mano, encendió el motor y dio marcha atrás para apartar el Corniche de modo que el otro pudiera adelantarse. El guardia volvió a salir para examinar los papeles del camionero.

—No entiendo por qué te pones tan nerviosa —dijo Lily—. El coche tiene aire acondicionado.

—¡Aire acondicionado! —exclamé—. ¿Aire acondicionado? ¡Será una gran ayuda en caso de insolación o una tormenta de arena!

Yo estaba muy alterada cuando el guardia regresó a la garita para levantar la barrera a fin de que pasara el camionero, que sin duda había tenido la cordura necesaria para revisar su vehículo antes de entrar en el séptimo círculo del infierno.

Antes de que yo pudiera advertir qué pasaba Lily apretó el acelerador. Levantando nubes de arena regresó a la carretera y atravesó la barrera pegada al camión. Cuando la barra de hierro bajó justo detrás de mí y golpeó la parte trasera del coche, me agaché. Se oyó un ruido desagradable de metal despachurrado cuando la barrera aplastó los parachoques traseros. Oí que el guardia salía corriendo de la garita, gritando en árabe, pero mi voz sonó más fuerte que la suya.

—¡Casi me decapitas! —rugí.

El coche avanzó dando sacudidas hacia el borde de la carretera y acabé aplastada contra la puerta. Luego, para mi espanto, nos salimos de la calzada y nos hundimos en la arena roja.

No veía nada… sentí terror. Tenía arena en los ojos, la nariz y la garganta. La bruma roja giraba en torno a mí. Solo se oía la tos de Carioca, oculto debajo del asiento, y el claxon atronador del gigantesco camión, que parecía peligrosamente cerca de mi oído.

Cuando volvimos emerger a la brillante luz del día, la arena caía de las grandes aletas del Corniche, las ruedas pisaban pavimento y de alguna manera, milagrosamente el coche había adelantado al camión, que avanzaba a toda velocidad por la carretera. Estaba furiosa con Lily, pero también estupefacta.

—¿Cómo hemos llegado aquí? —pregunté pasándome los dedos por el pelo para desprender la arena.

—No entiendo por qué Harry se molestó en conseguirme un chófer —dijo alegremente, como si no hubiera pasado nada. Tenía el cabello, la cara y el vestido cubiertos con una fina capa de arena—. Siempre me ha gustado conducir. Es magnífico estar aquí. Apuesto a que he conseguido el récord de velocidad entre los jugadores de ajedrez...

—¿No se te ha ocurrido pensar —la interrumpí— que, aun cuando no nos hayamos matado, aquel hombrecillo de allí puede tener un teléfono? ¿Y si nos denuncia? ¿Y si llama a un puesto más adelantado?

—¿Adónde va a llamar? —dijo Lily con desdén—. No puede decirse que este lugar esté atestado de coches patrulla.

Tenía razón, por supuesto. Nadie iba a ponerse tan nervioso como para perseguirnos allí, en medio de la nada, solo porque nos habíamos saltado un puesto de inspección de coches.

Volví al diario de Mireille, en el punto donde lo habíamos dejado el día anterior:

> Y así fui hacia el este desde Khardaia, a través del seco Chebkha y las planicies rocosas de Hammada, en dirección al Tassili n'Ajjer, que está al borde del desierto de Libia. Y, cuando partía, el sol se elevó sobre las dunas rojas para indicarme el camino que buscaba...

El este, la dirección por donde salía el sol cada mañana sobre la frontera libia, a través de los cañones del Tassili, adonde íbamos también nosotras. Pero si el sol salía por el este, ¿por qué me parecía que estaba saliendo ahora, muy rojo, por lo que parecía ser el norte, mientras nos alejábamos de la barrera de Ain Salah... hacia el infinito?

Hacía horas que Lily recorría la interminable cinta de carretera de doble sentido que oscilaba como una larguísima serpiente entre las dunas. Yo estaba medio adormilada a causa del calor y Lily, que hacía casi veinte horas que conducía y veinticuatro que no dormía, tenía muy mala cara y la punta de la nariz roja.

En las últimas cuatro horas la temperatura había subido sin cesar. Eran las diez de la mañana y los indicadores del salpicadero registraban la increíble temperatura de cuarenta y ocho grados y una altura de ciento cincuenta metros por encima del nivel del mar. Eso no podía ser correcto. Me froté los ojos y volví a mirar.

—Algo va mal —dije—. Las planicies que hemos dejado atrás pueden estar cerca del nivel del mar, pero hace cuatro horas que salimos de Ain Salah. Ya tendríamos que estar a unos cuantos cientos de metros por encima, en pleno desierto. Hace mucho más calor del que debería hacer a esta hora del día.

—Y eso no es todo —observó Lily con la voz ronca a causa del calor—. Según las indicaciones de Minnie, deberíamos haber encontrado un desvío hace por lo menos media hora, pero no lo he visto…

En ese momento me fijé dónde estaba el sol.

—¿Por qué dijo ese tipo que necesitábamos un permiso? —pregunté un tanto histérica—. ¿No dijo que era para El-Tanzerouft… el Desierto de la Sed? Oh, Dios mío…

Empezaba a comprender algo horrible, pese a que los carteles indicadores estaban escritos en árabe y no estaba demasiado familiarizada con los mapas del Sahara.

—¿Qué pasa? —exclamó Lily mirándome con nerviosismo.

—Esa barrera no era Ain Salah. —Lo comprendí de pronto—. Creo que en algún momento de la noche tomamos un camino equivocado. ¡Vamos hacia el sur, al desierto de sal! ¡Vamos camino de Malí!

Lily detuvo el coche en medio de la carretera. Su cara, que empezaba a pelarse a causa del sol, reflejaba desesperación. Apoyó la frente sobre el volante y le puse una mano en el hombro. Ambas sabíamos que yo estaba en lo cierto. Dios mío, ¿qué íbamos a hacer?

Cuando habíamos bromeado diciendo que más allá de aquella

barrera no había nada, nos habíamos apresurado al reírnos. Yo había oído hablar del Desierto de la Sed. No había en la tierra ningún lugar más terrorífico y hasta la famosa Región Vacía de Arabia podía cruzarse en camello. En cambio, el Desierto de la Sed era el fin del mundo; allí no podía sobrevivir ninguna forma de vida. En comparación, las mesetas que deberíamos haber atravesado si no nos hubiésemos perdido parecían un paraíso. Aquí, cuando descendiéramos por debajo del nivel del mar, la temperatura, según se decía, subía tanto que se podía freír un huevo en la arena y el agua se evaporaba de inmediato.

—Creo que deberíamos volver atrás —dije a Lily, que seguía con la cabeza inclinada—. Deja que conduzca yo. Pondremos el aire acondicionado… pareces enferma.

—Eso solo calentará aún más el motor —dijo con voz pastosa, levantando la cabeza—. No sé cómo demonios me salté el camino. Puedes conducir, pero si volvemos ya sabes que se descubrirá el pastel.

Tenía razón, pero ¿qué otra cosa podíamos hacer? La miré y vi que tenía los labios cortados. Salí del coche y abrí el maletero. Había dos mantas de viaje. Me cubrí la cabeza y los hombros con una y cogí la otra para tapar a Lily. Saqué a Carioca de debajo del asiento; tenía la lengua fuera y casi seca. Le levanté la cabeza y le di agua. Después fui a mirar bajo el capó.

Hice unos cuantos viajes para rellenar los depósitos de gasolina y agua. No quería deprimir más a Lily, pero su error de la noche anterior había sido un verdadero desastre. Por la manera en que el depósito se tragó la primera lata de agua, no parecía que fuéramos a salir de allí en ese coche, aun cuando retrocediéramos. Si era así, daba lo mismo seguir adelante.

—Nos sigue un camión grande, ¿no? —dije tras sentarme en el asiento del conductor y poner en marcha el motor—. Si continuamos adelante, aunque tengamos una avería, terminará por alcanzarnos. En los últimos trescientos kilómetros no había ninguna salida.

—Si tú quieres, estoy dispuesta —dijo con una voz débil, y me miró con una sonrisa que sirvió para agrietarle más los labios—. Si Harry nos viera ahora…

—Bueno, por fin somos amigas, como él quería —repuse sonriendo yo también con valentía fingida.

—Sí —asintió Lily—, pero qué forma tan *meshugge* de morir.

—Todavía no hemos muerto —dije.

Sin embargo, cuando miré el sol que se elevaba aún más en el cielo blanco, me pregunté cuánto tardaríamos.

De modo que ese era el aspecto de un millón y medio de kilómetros de arena, pensé mientras mantenía el Corniche por debajo de cuarenta, tratando de evitar que el agua hirviera. Era un vastísimo océano rojo. ¿Por qué no era amarillo, blanco o gris, como otros desiertos? Bajo la luz ardiente del sol la roca pulverizada centelleaba como cristal, más resplandeciente que la arenisca, más oscura que la canela. Mientras oía cómo el motor consumía lentamente el agua y observaba el ascenso del termostato, el desierto esperaba en silencio hasta donde alcanzaba la vista… esperaba como una eternidad roja.

Tenía que detener el coche a cada momento para que se enfriara, pero el termostato externo subía a más de sesenta grados, una temperatura que me resultaba difícil imaginar fuera de un horno. Cuando levanté el capó, vi que la pintura se descascarillaba y caía en la parte delantera del Corniche. Notaba los zapatos pegajosos, enlodados y llenos de sudor, pero cuando me incliné para descalzarme no encontré en ellos ni una gota de transpiración. La piel de mis pies hinchados se había abierto a causa del calor y los zapatos estaban manchados de sangre. Me entraron ganas de vomitar. Volví a calzarme, regresé al vehículo sin decir nada y seguí conduciendo.

Hacía rato que me había quitado la camisa para enrollarla en torno al volante, cuya piel se había resquebrajado y se caía. En el cerebro me hervía la sangre; sentía cómo el calor sofocante me quemaba los pulmones. Si lográramos resistir hasta el crepúsculo, sobreviviríamos otro día. Tal vez alguien fuera a rescatarnos… tal vez el camión nos alcanzaría. Sin embargo, hasta el gigantesco camión que habíamos dejado atrás por la mañana empezaba a parecer un producto de mi imaginación, el espejismo de la memoria.

Eran las dos de la tarde, y la aguja del termostato señalaba cerca de setenta grados… cuando advertí algo. Al principio pensé que estaba tan mareada que tenía alucinaciones, que en verdad estaba viendo un espejismo. Me pareció que la arena empezaba a moverse.

No corría ni una gota de aire, de modo que ¿cómo podía moverse la arena? Pero se movía. Disminuí un poco la velocidad y al final me detuve. Lily dormía profundamente en el asiento trasero, ella y Carioca cubiertos con la manta.

Olfateé y agucé el oído. Notaba ese aire cargado y opresivo que se percibe antes de una tormenta, ese silencio sofocante, la ausencia aterradora del sonido que se impone antes de la más espantosa de las tormentas: el tornado, el huracán. Se acercaba algo, pero ¿qué?

Me apeé del automóvil y puse la manta sobre el capó hirviente para subirme y ver mejor. Escudriñé el horizonte. En el cielo no había nada, pero hasta donde alcanzaba la vista las arenas se movían, reptaban lentamente como algo vivo. Pese al calor pulsante, doloroso, me estremecí.

Bajé del capó y desperté a Lily quitándole la manta que la protegía. Se incorporó, aturdida, con la cara llena de ampollas a causa del sol que la había quemado mientras conducía.

—¡Nos hemos quedado sin gasolina! —exclamó, asustada. Tenía la voz ronca y los labios y la lengua, hinchados.

—El coche sigue bien —dije—, pero se acerca algo. No sé qué es.

Carioca salió de debajo de la manta y empezó a gemir mientras miraba receloso la arena que se movía en torno a nosotros. Lily lo miró y después volvió hacia mí sus ojos asustados.

—¿Una tormenta? —preguntó.

Asentí.

—Creo que sí. No creo que aquí podamos esperar lluvia; debe de ser una tormenta de arena. Puede ser terrible.

No quería restregarle por las narices que, gracias a ella, no teníamos refugio. Tal vez, aunque lo hubiéramos tenido, no hubiese servido para nada. En un lugar como este los caminos podían quedar enterrados por capas de hasta diez metros de espesor y lo mismo podía ocurrirnos a nosotras. No teníamos ninguna oportunidad, aunque el coche hubiera tenido capota… tal vez ni siquiera lograríamos salvarnos si nos metíamos debajo.

—Creo que deberíamos intentar ir por delante de la tormenta —anuncié con firmeza, como si supiera de lo que hablaba.

—¿De qué dirección viene? —preguntó Lily.

Me encogí de hombros.

—No la veo ni la huelo ni la siento —respondí—. No me preguntes cómo, pero sé que está ahí.

También lo sabía Carioca, que estaba aterrado. No podíamos equivocarnos los dos.

Volví a poner el coche en marcha y apreté el acelerador tanto como pude. Mientras atravesábamos el espantoso calor, me sentí invadida por el miedo. Como Ichabod Crane huyendo del horrible fantasma sin cabeza de *La leyenda de Sleepy Hollow*, yo corría delante de una tormenta que no veía ni oía. El aire era cada vez más asfixiante, ardiente como una manta de fuego que cayera sobre nuestras cabezas. Lily y Carioca estaban junto a mí, en el asiento delantero, mirando al frente a través del parabrisas lleno de arena, mientras el coche se adentraba a toda velocidad en la implacable y deslumbradora luz roja. Entonces oí el sonido.

Al principio pensé que era fruto de mi imaginación. Era una especie de runrún, tal vez causado por la arena que azotaba sin tregua el coche; ya había roído la pintura del capó y el radiador, y ahora mordía el metal. Sin embargo la intensidad del sonido (un leve zumbido como el de un tábano o una mosca) aumentaba sin cesar. Yo seguía adelante, pero tenía miedo. Lily también lo oyó y se volvió hacia mí, pero yo no estaba dispuesta a detenerme para averiguar qué era. Mucho me temía que ya lo sabía.

A medida que el ruido aumentaba, parecía ahogar todo cuanto nos rodeaba. Ahora la arena que flanqueaba la carretera se levantaba en nubecillas que cruzaban veloces el pavimento, pero el sonido era cada vez más fuerte, hasta resultar casi ensordecedor. De pronto levanté el pie del acelerador, mientras Lily se sujetaba al salpicadero con sus uñas pintadas de rojo. El ruido se oía justo sobre nuestras cabezas, y estuve a punto de salirme del asfalto antes de encontrar los frenos.

—¡Un avión! —exclamó Lily… y yo también.

Estábamos abrazadas y las lágrimas corrían por nuestras mejillas. Un avión había sobrevolado el automóvil y descendía ante nuestros ojos, a unos cien metros, sobre una pista de aterrizaje en pleno desierto.

♟

—Señoras —dijo el funcionario de la pista de aterrizaje de Debnane—, han tenido suerte de encontrarme aquí. Recibimos solo este vuelo diario de Air Algérie. Cuando no hay vuelos privados programados, este lugar está cerrado. Hay más de cien kilómetros de aquí a la siguiente gasolinera y no hubieran llegado.

Estaba llenando los depósitos de gasolina y agua de nuestro vehículo de unos surtidores que había cerca de la pista. El enorme avión de transporte que había zumbado sobre nuestras cabezas estaba posado sobre el asfalto y los motores expulsaban aire ardiente hacia arriba. Lily, con Carioca en brazos, miraba a nuestro pequeño y fornido salvador como si fuera el arcángel Gabriel. De hecho, era la única persona que veíamos en la inmensidad que nos rodeaba. El piloto estaba echando una cabezada en la carlinga metálica. Sobre la pista volaba el polvo; se estaba levantando viento. Me dolía la garganta a causa de la sequedad y el alivio. Decidí que creía en Dios.

—¿Para qué sirve esta pista de aterrizaje aquí, en medio de la nada? —me preguntó Lily. Transmití su pregunta al funcionario.

—Correos —respondió el—, suministros para los obreros de una explotación de gas natural que trabajan al oeste de aquí, en caravanas. Se detienen de camino al Hoggar... después regresan a Argel.

Lily había comprendido.

—El Hoggar son montañas volcánicas del sur —le expliqué—. Creo que están cerca del Tassili.

—Pregúntale cuándo despegará este armatoste —dijo Lily, que se encaminó hacia la carlinga con Carioca trotando detrás de puntillas, levantando ágilmente las almohadillas de sus patas para apartarlas del calor del asfalto.

—Pronto —contestó el hombre a mi pregunta en francés. Señaló el desierto—. Tenemos que salir antes de que llegue el diablo de arena. No falta mucho.

De modo que yo tenía razón: se acercaba una tormenta.

—¿Adónde vas? —pregunté a Lily.

—A averiguar cuánto nos costará transportar el coche —respondió por encima del hombro.

♟

Cuando nuestro coche bajó la rampa del avión en Tamanrasset, eran las cuatro de la tarde. Las palmeras datileras se mecían con la brisa tibia y las montañas, casi negras de tan azules, se levantaban hacia el cielo ante nosotros.

—Es sorprendente lo que se puede conseguir con dinero —dije a Lily mientras ella pagaba su comisión al alegre piloto. Luego subimos al Corniche.

—No lo olvides nunca —repuso saliendo por las puertas de alambre de acero—. ¡El tipo me ha dado incluso un mapa! Allá, en el desierto, hubiera estado dispuesta a soltar otro de los grandes por un mapa. Ahora por lo menos sabremos dónde estamos cuando volvamos a perdernos.

Yo no sabía quién tenía peor aspecto, si Lily o el Corniche. Mi amiga tenía la piel agrietada por el sol, y la abrasión de la arena y el sol había arrancado la pintura azul de la mitad frontal del coche para dejar a la vista el metal. No obstante, el motor seguía ronroneando como un gato. Estaba sorprendida.

—Aquí es donde vamos —dijo Lily señalando un punto del mapa que había desplegado sobre el salpicadero—. Suma los kilómetros. Buscaremos el camino más rápido.

Solo había una ruta —setecientos veinte kilómetros—, que discurría por terreno montañoso. En la bifurcación hacia Djanet nos detuvimos en un molino junto a la carretera para tomar nuestra primera comida en casi veinticuatro horas. Yo estaba famélica y me tragué dos platos de cremosa sopa de pollo con verduras, mojando trozos de pan seco. Una jarra de vino y una enorme ración de pescado con patatas ayudaron a calmar la agonía del estómago. Compré un cuarto de litro de café muy dulce para el camino.

—Tendríamos que haber leído antes este diario —comenté cuando no reincorporamos a la serpenteante carretera de doble sentido que iba hacia el este, a Djanet—. Al parecer esta monja, Mireille, acampó en todos los rincones de este territorio… lo conoce de pe a pa. ¿Sabes que los griegos llamaron «Atlas» a estas montañas mucho antes de que las del norte recibieran el mismo nombre? ¿Y que, según Heródoto, la gente que vivía aquí recibía el nombre de «atlantes»? ¡Estamos atravesando el reino perdido de la Atlántida!

—Creía que estaba debajo del océano —dijo Lily—. ¿Explica la monja dónde están escondidas las piezas?

—No. Creo que sabe qué fue de ellas, pero buscaba su secreto… la fórmula.

—Bueno, lee, querida, lee. Pero esta vez, dime dónde tengo que girar.

Viajamos toda la tarde y parte de la noche. Eran más de las doce cuando llegamos a Djanet y las pilas de la linterna se acabaron mientras yo leía, pero ahora sabíamos adónde íbamos. Y por qué.

—Dios mío —dijo Lily cuando dejé el libro. Había estacionado el coche en el arcén y apagado el motor.

Contemplamos el cielo estrellado, mientras la luz de la luna se derramaba como leche sobre las altas mesetas del Tassili, a nuestra izquierda.

—No puedo creer esta historia. ¿La monja cruzó el desierto en camello en medio de una tormenta de arena, trepó por esas mesetas y dio a luz un niño en las montañas, a los pies de la Diosa Blanca? ¿Qué clase de tía es esa?

—Bueno, nosotras no hemos estado danzando entre tulipanes —dije con una risita—. Tal vez deberíamos dormir unas horas antes de que amanezca.

—Mira, hay luna llena. Tengo más pilas para la linterna en el maletero. Subamos por la carretera hasta la quebrada. Luego continuaremos a pie. El café me ha desvelado. Llevaremos las mantas por si acaso. Vamos ahora, mientras no hay nadie.

A una veintena de kilómetros de Djanet encontramos una intersección de la que partía un largo camino de tierra que se internaba entre los cañones. En la flecha indicadora se leía «Tamrit» y debajo había impresas cinco huellas de camellos y la frase *«Piste Chamelière»*. Ruta de camellos. De todos modos nos internamos por ella.

—¿A qué distancia está ese lugar? —pregunté a Lily—. Fuiste tú quien se aprendió el camino de memoria.

—Hay un campamento. Creo que es Tamrit… la aldea de las tiendas. Desde allí los turistas suben a pie para ver las pinturas prehistóricas… Minnie dijo que estaba a unos veinte kilómetros.

—Una caminata de cuatro horas —calculé—, pero no con estos zapatos.

No podía decirse que estuviéramos preparadas para los rigores de una excursión de esas características, pensé con tristeza, pero era demasiado tarde para buscar la tienda Saks Fifth Avenue más cercana.

Al llegar al desvío de Tamrit nos detuvimos y dejamos el Corniche junto al camino, detrás de unos arbustos. Lily cambió las pilas de la linterna y cogió las mantas, yo volví a meter a Carioca en mi bolso, y echamos a andar por la vereda. Cada cuarenta y cinco metros aproximadamente había pequeños carteles con adornadas palabras árabes y la traducción francesa debajo.

—Este lugar está mejor señalizado que la autopista —susurró Lily.

Aunque en kilómetros a la redonda solo se oía el chirriar de los grillos y el crujido de la grava bajo nuestros pies, caminábamos de puntillas y hablábamos en voz baja, como si estuviéramos a punto de asaltar un banco. Naturalmente, se parecía bastante a lo que nos proponíamos hacer. El cielo era tan claro y la luz de la luna tan intensa que ni siquiera necesitábamos la linterna para leer los rótulos. A medida que avanzábamos hacia el sudeste, el camino plano iba inclinándose. Marchábamos por un estrecho cañón junto a un arroyo cantarín, cuando observé un montón de rótulos, cada uno de los cuales señalaba una dirección diferente: Sefar, Aouanrhet, In Itinen…

—¿Y ahora? —pregunté a Lily.

Soltó a Carioca para que retozara un poco. Corrió hasta el árbol más cercano y lo bautizó.

—¡Es eso! —exclamó Lily dando saltos—. ¡Allá están!

Los árboles que señalaba, y que Carioca seguía olfateando, surgían del cauce del río: un grupo de cipreses gigantescos, muy gruesos, tan altos que impedían ver el cielo nocturno.

—Primero los árboles gigantes —añadió Lily—. ¡Cerca de aquí tendría que haber unos lagos de agua clara!

Y así era. Unos cuatrocientos cincuenta metros más allá vimos las lagunas, en cuya límpida superficie se reflejaba la luna. Carioca había corrido hacia una para beber. Los lametazos de su lengua quebraban la superficie del agua en miles de ondas luminosas.

—Indican la dirección —dijo Lily—. Hemos de seguir por este cañón hasta llegar a algo que se llama Bosque de Piedra…

Caminábamos a buen paso hacia el cauce del río cuando vi otro rótulo que apuntaba hacia lo alto de un estrecho desfiladero: «*La Forêt de Pierre*».

—Por aquí —dije cogiendo a Lily del brazo, y empezamos a subir.

El camino que ascendía por el desfiladero estaba cubierto de escoria que se desmenuzaba bajo nuestros pies. Oía quejarse a Lily cada vez que una piedra se clavaba en sus delgados zapatos, y cada vez que se soltaba un trozo de pizarra Carioca caía de bruces, hasta que finalmente lo cogí y lo llevé en brazos.

Era un camino largo y empinado, que tardamos más de media hora en recorrer. En la cumbre, el cañón se ensanchaba para formar una amplia meseta, como un valle sobre la montaña. En la vasta extensión, bañada por la luna, veíamos las espiraladas agujas rocosas que se elevaban del suelo como el largo esqueleto de un dinosaurio tendido sobre el valle.

—¡El Bosque de Piedra! —murmuró Lily—. Y justo donde debía estar.

Respiraba pesadamente, y yo también jadeaba a causa de la ascensión. Sin embargo, todo parecía demasiado fácil.

Pero tal vez me apresuraba.

Atravesamos el Bosque de Piedra, cuyas hermosas rocas retorcidas tenían colores psicodélicos a la luz de la luna. Al otro lado de la meseta había otro grupo de rótulos que señalaban direcciones diferentes.

—¿Y ahora? —pregunté a Lily.

—Se supone que tenemos que buscar una señal —respondió.

—Allí están… por lo menos media docena. —Indiqué las pequeñas flechas con nombres.

—No esa clase de señal —dijo ella—. Una señal que nos diga dónde están las piezas.

—¿Y cómo es?

—No estoy segura —contestó mirando alrededor—. Tiene que estar una vez pasado el Bosque de Piedra…

—¿No estás segura? —pregunté reprimiendo el deseo de ahorcarla. Había sido un día duro—. Dijiste que tenías todo grabado en tu cerebro como una partida de ajedrez a la ciega… un «paisaje de la imaginación», creo que lo llamaste. Creía que podías visualizar cada rincón y grieta de este terreno…

—Y puedo —replicó Lily enojada—. Hemos llegado hasta aquí, ¿no? ¿Por qué no te callas y me ayudas a resolver el problema?

—De modo que admites que estás perdida —dije.

—¡No estoy perdida! —exclamó Lily, cuya voz resonó en el resplandeciente bosque de piedras monolíticas que nos rodeaban—. Estoy buscando algo, algo en concreto. Una señal. Minnie dijo que habría una señal que significaría algo.

—¿Para quién? —pregunté. Lily me miró aturdida. Me fijé en su nariz pelada—. ¿Algo como un arco iris o un rayo? ¿Como lo que la mano invisible escribió en la pared...? *Mene, mene, tekel...*

Nos miramos. Se nos ocurrió a las dos al mismo tiempo. Lily encendió la linterna y apuntó el haz de luz hacia la pared rocosa que se alzaba delante, al final de la larga meseta, y allí estaba.

Una pintura gigantesca ocupaba toda la superficie. Antílopes salvajes que corrían por la llanura, de colores que parecían brillantes incluso a la luz artificial, y, en el centro, un carro volando, con una cazadora, una mujer vestida de blanco, en su interior.

Miramos la pintura durante mucho tiempo, paseando la luz de la linterna para apreciar las formas delicadamente labradas. La pared era alta y ancha, y se curvaba hacia dentro como un arco. Allí, en el centro de la estampida por las antiguas planicies, estaba el carro del cielo —con el armazón en forma de luna creciente y las dos ruedas de ocho radios—, tirado por un par de caballos saltarines con los flancos inundados de color: rojo, blanco y negro. Arrodillado en la parte delantera, un hombre negro con cabeza de ibis sujetaba firmemente las riendas, mientras los caballos avanzaban por encima de la tundra. Detrás, dos largos lazos serpentinos se entrelazaban al viento para formar un número ocho. En el centro, dominando las figuras del hombre y las bestias como una gran venganza blanca, estaba la diosa. Aunque alrededor de ella todo era actividad, estaba quieta, de espaldas a nosotras; su cabello ondeaba al viento y su cuerpo estaba inmóvil como el de una estatua. Tenía los brazos alzados como si se dispusiera a golpear algo. Su larga lanza, que mantenía apartada, no apuntaba a los antílopes, que huían frenéticamente, sino hacia arriba, al cielo estrellado. Su cuerpo tenía la forma de un rudimentario y triangulado número ocho que parecía tallado en la roca.

—Eso es —dijo Lily sin aliento, mirando la pintura—. Sabes lo que significa esa forma, ¿no? Ese doble triángulo en forma de reloj de arena.

Iluminó la figura con la linterna.

$$\bowtie$$

—Desde que vi aquel paño en casa de Minnie he tratado de saber a qué me recordaba —continuó—. Ahora lo sé. Es una antigua hacha de doble hoja llamada *labrys,* que tiene forma de número ocho. Los antiguos minoicos la usaban en Creta…

—¿Y qué tiene eso que ver con nuestra presencia aquí?

—Lo vi en el libro de ajedrez que me mostró Mordecai. El juego de ajedrez más antiguo que se conoce se encontró en el palacio del rey Minos, en Creta, el lugar donde se construyó el famoso laberinto, llamado así por esta antigua hacha. El juego data del año 2000 antes de Cristo. Estaba fabricado con oro, plata y gemas, como el ajedrez de Montglane, y en el centro había un *labrys* tallado.

—¡Como el paño de Minnie! —exclamé. Lily asentía y movía la linterna de un lado al otro, agitada—. Yo creía que el ajedrez no se había inventado hasta el 600 o 700 de nuestra era —agregué—. Se dice que llegó de Persia o de la India. ¿Cómo puede ser tan antiguo ese juego minoico?

—Mordecai ha escrito mucho sobre la historia del ajedrez —me explicó Lily, que volvió a iluminar a la dama de blanco, de pie en su carruaje en forma de media luna y con la lanza levantada hacia el cielo—. Mordecai cree que ese ajedrez de Creta fue concebido por el mismo hombre que construyó el Laberinto: el escultor Dédalo.

Las piezas empezaban a encajar. Le quité la linterna y paseé el haz de luz por la pared.

—La diosa de la luna… —susurré—. El ritual del laberinto… «En medio del mar oscuro como el vino hay una tierra llamada Creta, una tierra hermosa y fértil nacida del agua…»

Recordé que, como en las otras islas del Mediterráneo, los fenicios se habían establecido en ella. Es decir, se trata de una cultura como la fenicia, laberíntica, rodeada de agua, que adoraba a la luna. Miré las formas de la pared.

—¿Por qué estaba el hacha grabada en el tablero? —pregunté a Lily, aunque intuía la respuesta—. ¿Cuál era la conexión, según Mordecai?

Aunque yo estaba preparada, las palabras de Lily me produjeron el mismo estremecimiento que la forma blanca suspendida sobre mi cabeza.

—Ahí está la clave de todo —respondió con voz queda—. Es para matar al rey.

El hacha sagrada se usaba para matar al rey. El ritual siempre había sido el mismo, desde el principio de los tiempos. El juego del ajedrez era una simple representación. ¿Por qué no me había dado cuenta antes?

Kamel me había aconsejado que leyera el Corán. Y el día que llegué a Argel Sharrif había mencionado la importancia de la fecha de mi cumpleaños en el calendario islámico, que, como la mayoría de los calendarios más antiguos, era lunar, o basado en los ciclos de la luna. Sin embargo, yo no había visto la relación.

El rito era el mismo para todas las civilizaciones cuya supervivencia dependía del mar y, en consecuencia, de esa diosa lunar que provocaba las mareas, que hacía crecer y menguar las aguas de los ríos. Una diosa que exigía un sacrificio sangriento. Se elegía a un hombre para que la desposara como rey, pero el término de su reinado estaba estrictamente determinado por el rito. Gobernaba durante un Gran Año —es decir, ocho años—, el tiempo necesario para que los calendarios lunar y solar coincidieran. Cien meses lunares equivalían a ocho años solares. Al término de ese tiempo, se sacrificaba al rey para aplacar a la diosa, y con la luna nueva se elegía otro.

Este rito de muerte y renacimiento se celebraba siempre en primavera, cuando el sol se hallaba entre las constelaciones zodiacales de Aries y Tauro; o sea, según los cálculos modernos, el 4 de abril. ¡Ese era el día en que mataban al rey!

Este era el ritual de la triple diosa Kar, a quien adoraban desde Karkemish a Carcassonne, desde Cartago a Jartum. Su nombre se escucha todavía hoy en los dólmenes de Karnak, en las cuevas de Karlsbad y Karelia, a través de los Cárpatos.

Mientras iluminaba su forma monolítica, las palabras que derivaban de su nombre se agolpaban en mi cabeza. ¿Por qué no había reparado en ello antes? Su nombre aparecía en «carmín», «cardinal» y «cardíaco»; en «carnal», «carnívoro» y «karma», el eterno ciclo de encarnación, transformación y olvido. Ella era la palabra hecha carne, la vibración del destino enroscada como *kundalini* en el centro mismo de la vida: la caracola o fuerza espiral que constituía el propio universo. Suya era la fuerza liberada por el ajedrez de Montglane.

Me volví hacia Lily sujetando la linterna con mano temblorosa y nos abrazamos en busca de calor, mientras la fría luz de la luna caía sobre nosotras como una ducha helada.

—Sé adónde apunta la lanza —susurró Lily señalando la pintura de la pared—. No indica la luna… esa no es la señal. Es algo iluminado por la luna, en lo alto de aquel risco.

Estaba tan asustada como yo ante la perspectiva de trepar hasta allí en plena noche. Debía de tener unos ciento veinte metros de altura.

—Tal vez —dije—, pero en mi profesión tenemos un lema: «No trabajes mucho; trabaja con inteligencia». Tenemos el mensaje. Sabemos que las piezas están por aquí. Pero el mensaje dice más que eso… y tú has adivinado qué es.

—¿De veras? —preguntó abriendo los ojos de par en par—. ¿Qué es?

—Mira a la dama de la pared —le dije—. Conduce el carro de la luna a través de un mar de antílopes. No los ve… mira hacia otro lado y su lanza apunta al cielo, pero ella no está mirando al cielo…

—¡Está mirando directamente a la montaña! —exclamó Lily—. ¡Lo que buscamos está dentro de ese risco! —Su entusiasmo remitió enseguida—. ¿Y qué tenemos que hacer…? ¿Volar el peñasco? Lo siento, pero olvidé guardar la nitroglicerina en la maleta.

—Sé razonable —dije—. Estamos en el Bosque de Piedra. ¿Cómo crees que esas rocas espiraladas llegaron a adquirir la forma de árboles? La arena no corta la piedra de esa manera, por mucho que la azote; lo que hace es desgastarla, pulirla. Lo único capaz de dar forma a la roca es el agua. Esta meseta fue formada por ríos o mares subterráneos. Ninguna otra cosa podría darle este aspecto. El agua perfora la piedra… ¿entiendes lo que quiero decir?

—¡Un laberinto! —exclamó Lily—. ¡Quieres decir que dentro

de ese risco hay un laberinto! ¡Por eso pintaron a la diosa como un *labrys* al lado! Es un mensaje, como una señal de carretera. La lanza apunta hacia arriba. Eso significa que el agua debió de formarlo en lo alto del risco.

—Tal vez —dije, no muy convencida—. Fíjate en esta pared, en la forma que tiene. Se curva hacia dentro, como un cuenco. Es así como el mar erosiona los acantilados. Es así como se forman las grutas marinas. Puedes verlo en cualquier costa, desde Carmel hasta Capri. Creo que la entrada está aquí abajo. Al menos deberíamos comprobarlo antes de matarnos trepando por ahí.

Lily cogió la linterna y caminamos tanteando las paredes del risco durante media hora. Había varias grietas, pero ninguna lo bastante grande para permitir el paso. Empezaba a pensar que mi idea no daría ningún fruto, cuando vi un lugar de la lisa roca donde se formaba una hendidura. Por suerte, metí la mano. La abertura, en lugar de cerrarse, como parecía, al otro lado, seguía internándose. Noté que la piedra se curvaba hacia atrás como si fuera a unirse a la otra roca… pero no lo hacía.

—Creo que lo he encontrado —anuncié antes de desaparecer en la oscuridad de la hendidura.

Lily me siguió con la linterna. Se la quité cuando llegó a mi lado para iluminar la superficie de la roca. La grieta se adentraba cada vez más en el risco descubriendo una espiral.

Ambas paredes parecían enrollarse una en torno a la otra, como las espirales de un nautilos, y nosotras caminábamos entre ellas. Pronto reinó tal oscuridad que el débil haz de la linterna apenas iluminaba unos pocos centímetros.

De pronto se oyó un estruendo que me sobresaltó. Enseguida comprendí que era Carioca, que, dentro de mi bolso, había soltado un ladrido. Había retumbado como el rugido de un león.

—Esta cueva es más grande de lo que parece —comenté a Lily, sacando a Carioca—. El eco ha llegado muy lejos.

—No lo saques. Puede haber arañas… o serpientes.

—Si crees que voy a permitir que mee en mi bolso, te equivocas —repuse—. Además, si se trata de serpientes… mejor él que yo.

Lily me fulminó con la mirada. Dejé a Carioca en el suelo, donde de inmediato hizo sus necesidades. Miré a Lily con una ceja levantada y después examiné el sitio.

Recorrimos lentamente la cueva, que solo tenía nueve metros de longitud, pero no encontramos nada. Al cabo de un rato Lily extendió las mantas en el suelo y se sentó.

—Tienen que estar aquí —dijo—. Resulta demasiado perfecto que hayamos encontrado este lugar, aunque no sea exactamente el laberinto que imaginaba. —De pronto se incorporó—. ¿Dónde está Carioca? —preguntó.

Miré en torno. Carioca había desaparecido.

—Dios mío —dije, tratando de mantener la calma—. Solo hay una salida… por donde entramos. ¿Por qué no lo llamas?

Lo hizo.

Después de un largo y tenso silencio oímos sus ladridos. Procedían de la sinuosa entrada, para nuestro alivio.

—Iré a buscarlo —anuncié.

Lily se puso en pie.

—Ni hablar —dijo, y su voz resonó en la penumbra—. No vas a dejarme sola en la oscuridad.

Eché a andar, con Lily pegada a la espalda, lo que tal vez explique por qué se desplomó sobre mí cuando caímos por el agujero. Pareció que tardábamos una eternidad en llegar al fondo.

Cerca del final de la entrada en forma de espiral, oculta a la vista cuando entramos arrimadas a la pared, había una empinada pendiente rocosa que descendía casi diez metros. Cuando logré sacar mi magullado cuerpo de debajo del peso de Lily, dirigí la linterna hacia arriba. La luz se reflejó en la roca cristalizada de las paredes y los techos. Era la cueva más grande que había visto. Nos quedamos allí sentadas, contemplando la multitud de colores, mientras Carioca saltaba alegremente alrededor, tan pancho después de la caída.

—¡Buen trabajo! —exclamé, dándole palmaditas en la cabeza—. ¡De vez en cuando es una suerte que seas tan patoso, peludo amigo!

Me puse en pie y me sacudí la ropa mientras Lily recogía las mantas y los objetos que habían caído de mi bolso. Miramos boquiabiertas la enorme cueva. Cualquiera que fuese el lugar que ilumináramos, parecía no tener fin.

—Creo que tenemos problemas. —La voz de Lily surgió de la oscuridad que había a mis espaldas—. Se me ocurre que la rampa por la que hemos caído es demasiado empinada para que subamos por ella sin ayuda. También se me ocurre que en este lugar podríamos perdernos, a menos que dejemos un rastro de migas de pan.

Tenía razón en ambos casos… pero mi cerebro se mostraba muy activo.

—Sentémonos a pensar —le dije, fatigada—. Trata de recordar alguna pista y yo intentaré pensar cómo podemos salir de aquí.

Entonces oí un sonido, una especie de susurro, como hojas secas arrastradas por el viento en un callejón vacío.

Empecé a pasear la luz de la linterna por la cueva. De pronto Carioca comenzó a dar saltos y a ladrar nerviosamente mirando hacia el techo, y un grito ensordecedor como los aullidos de mil arpías asaltó mis oídos.

—¡Las mantas! —grité a Lily—. ¡Coge las malditas mantas!

Atrapé a Carioca, que seguía brincando, lo sujete bajo el brazo, me lancé sobre Lily y le arranqué las mantas de las manos en el momento en que empezó a gritar. Arrojé una manta sobre su cabeza, traté de cubrirme y me arrodillé en el instante en que atacaron los murciélagos.

A juzgar por el ruido que armaban había miles. Lily y yo nos agachamos mientras se estrellaban contra las mantas como pequeños kamikazes: tump, tump, tump. Yo oía los gritos de Lily por encima del ruido de sus alas. Se estaba poniendo histérica y Carioca se retorcía frenéticamente en mis brazos. Parecía querer liquidar él solo toda la población de murciélagos del Sahara; sus agudos ladridos y los alaridos de Lily retumbaban en las altas paredes.

—¡Odio los murciélagos! —aulló histérica Lily, aferrada a mi brazo, mientras yo la arrastraba por la cueva mirando por debajo de la manta para ver el terreno—. ¡Los odio! ¡Los odio!

—Tampoco ellos parecen tenerte mucho afecto —grité por encima del estruendo.

Sabía que los murciélagos no nos harían ningún daño a menos que se enredaran en los cabellos o estuvieran rabiosos.

Corríamos medio agachadas hacia una de las arterias de la enorme cueva, donde Carioca se soltó y empezó a correr. Los murciélagos seguían apareciendo por todas partes.

—¡Dios mío! —exclamé—. ¡Carioca! ¡Vuelve!

Sosteniendo la manta sobre mi cabeza, solté a Lily y lo perseguí.

Mientras corría, agitaba la linterna con la esperanza de asustar a los murciélagos con su luz.

—¡No me dejes! —gritó Lily.

Oí sus pisadas sobre los pedruscos del suelo. Yo corría cada vez más rápido, pero Carioca desapareció tras un recodo.

Los murciélagos se habían ido. Ante nosotras se extendía una cueva larga, como un corredor, y no se oía nada. Me volví hacia Lily, que estaba encogida detrás de mí, temblando, con la manta sobre la cabeza.

—Ha muerto —gimoteó, buscando a Carioca con la mirada—. Lo has soltado y lo han matado. ¿Qué vamos a hacer? —Su voz era débil a causa del miedo—. Tú siempre sabes qué hacer. Harry dice…

—Me importa un comino lo que dice Harry —le espeté.

Me estaba dejando invadir por el pánico, pero traté de serenarme haciendo unas inhalaciones profundas. En realidad no había por qué ponerse nervioso. ¿Acaso Huckleberry Finn no había salido de una cueva parecida? ¿O era Tom Sawyer? Empecé a reír.

—¿De qué te ríes? —preguntó histérica Lily—. ¿Qué vamos a hacer?

—En primer lugar, apagar la linterna —respondí— para no quedarnos sin pilas en este lugar dejado de la mano de…

Entonces lo vi.

Al fondo del corredor donde estábamos había un débil resplandor. Era muy tenue pero, en aquella oscuridad, era como la brillante luz de un faro sobre un mar invernal.

—¿Qué es eso? —preguntó Lily.

Nuestra esperanza de salvarnos, pensé. La cogí del brazo y echamos a andar hacia allí. ¿Era posible que la cueva tuviera otra entrada?

No sé cuánto caminamos. En la oscuridad se pierde el sentido del tiempo y el espacio. Avanzamos hacia el débil resplandor sin linterna, a través de la cueva silenciosa, durante lo que pareció un lapso muy largo. El resplandor era cada vez más intenso. Por fin, llegamos a un recinto de dimensiones magníficas, de unos quince metros de altura, con las paredes cubiertas de formas que irradiaban un brillo extraño. Por un agujero abierto en el techo entraba la maravillosa luz de la luna. Lily empezó a llorar.

—Nunca pensé que me sentiría tan feliz de ver el cielo —sollozó.

No podía estar más de acuerdo con ella. El alivio me recorrió como una droga. Me estaba preguntando cómo conseguiríamos ascender aquellos quince metros para alcanzar el agujero del techo, cuando oí unos soplidos inconfundibles. Encendí la linterna. Allí en un rincón, cavando como para desenterrar un hueso, estaba Carioca.

Lily iba a correr hacia él, pero la retuve. ¿Qué estaba haciendo el perro? Ambas lo miramos bajo la extraña luz.

Carioca cavaba con entusiasmo en el montón de piedras y desechos del suelo. Pero en ese montón había algo raro. Apagué la linterna, de modo que solo quedara la débil luz de la luna. Entonces comprendí qué era lo que me llamaba la atención. El montón de piedras resplandecía... había algo debajo. Y justo encima, tallado en la roca, un gigantesco caduceo con el número ocho parecía flotar en la pálida luz de la luna.

Lily y yo nos arrodillamos junto a Carioca y empezamos a retirar las piedras. Al cabo de unos minutos encontramos la primera pieza. La saqué y la sostuve: era la forma perfecta de un caballo puesto de manos. Tenía unos doce centímetros de alto y era mucho más pesado de lo que parecía. Encendí la linterna y se la pasé a Lily mientras mirábamos la pieza con más atención. La minuciosidad del trabajo era increíble. Todos los detalles estaban perfectamente labrados en un metal que parecía ser una forma muy pura de plata: desde los ollares dilatados hasta los cascos. No cabía duda de que era obra de un artesano genial. Se distinguían incluso los hilos de las cinchas. La silla, la base de la pieza e incluso los ojos del caballo eran de gemas pulidas pero sin tallar, que resplandecían en colores luminosos a la luz de la linterna.

—Es increíble —susurró Lily en el silencio, roto solo por la permanente actividad excavadora de Carioca—. Saquemos las otras.

Seguimos retirando las piedras del montículo hasta que encontramos las demás. En torno a nosotras, ocho piezas del ajedrez de Montglane brillaban bajo la luz de la luna. Allí estaban el caballo de plata y cuatro peones, cada uno de unos ocho centímetros de altura; llevaban togas de extraño aspecto con una especie de plancha delante y lanzas de puntas retorcidas. Había un camello dorado, con una torre sobre el lomo.

Las dos últimas piezas eran las más sorprendentes. Una era un hombre sentado a lomos de un elefante con la trompa levantada.

Era todo de oro y similar al elefante de marfil cuya foto me había mostrado Llewellyn hacía tantos meses, pero faltaban los infantes en torno a la base. Parecía haber sido esculpido del natural, basándose en una persona real, pues no tenía los rasgos estilizados que caracterizan las piezas de ajedrez. Era un rostro grande y noble, de nariz aguileña, pero con los orificios nasales muy dilatados, como los de las cabezas negroides halladas en Ife, Nigeria. La larga melena le caía por la espalda y algunos mechones estaban trenzados y adornados con pequeñas gemas. El rey.

La última pieza era casi tan alta como el rey, de unos quince centímetros. Era una silla de manos cubierta, con las cortinas recogidas a un lado. Dentro había una figura sentada en la postura del loto, mirando hacia fuera. Tenía una expresión de altanería —casi de fiereza— en los almendrados ojos de esmeralda. Aunque la figura lucía barba, también tenía senos de mujer.

—La reina —dijo Lily con voz queda—. En Egipto y Persia llevaba barba para indicar que tenía poder para reinar. Se ha fortalecido desde los tiempos antiguos, cuando era una pieza menos poderosa que en el juego moderno.

Nos miramos en la pálida luz de la luna, rodeadas por los trebejos del ajedrez de Montglane, y sonreímos.

—Lo hemos conseguido —añadió Lily—. Ahora solo hay que encontrar la manera de salir de aquí.

Iluminé las paredes. Parecía difícil, pero no imposible.

—Creo que puedo encontrar asideros en esta roca —dije—. Si cortamos las mantas a tiras, podemos confeccionar una cuerda. Cuando llegue arriba, la tiraré; tú atarás al cabo mi bolso y así sacaremos a Carioca y las piezas.

—Estupendo —repuso Lily—. ¿Y yo?

—No puedo izarte —contesté—. Tendrás que trepar.

Me quité los zapatos mientras Lily cortaba las mantas con mis tijerillas de uñas. Cuando terminamos de cortarlas, el cielo empezaba a clarear por encima de nuestras cabezas.

La pared era lo bastante rugosa para encontrar puntos de apoyo y la hendidura de luz llegaba a ambos lados de la cueva. Tardé alrededor de media hora en trepar llevando la cuerda. Cuando llegué, jadeante, a la luz del día, estaba en lo alto del peñasco por cuya base habíamos entrado la noche anterior. Lily ató el bolso y saqué primero a Carioca y después las piezas. Ahora le tocaba a Lily. Acaricié mis pies doloridos, porque las ampollas habían vuelto a reventarse.

—Tengo miedo —gritó desde abajo—. ¿Y si caigo y me rompo una pierna?

—Tendría que rematarte —contesté—. Vamos, sube… y no mires abajo.

Empezó a trepar por la pared, tanteando con los pies descalzos en busca de los apoyos sólidos en la roca. Más o menos a mitad de camino se detuvo.

—Vamos —dije—. No puedes quedarte ahí.

Pero permaneció allí, aferrada a la roca como una araña aterrorizada. No hablaba ni se movía. Empecé a sentir pánico.

—Mira —dije—, imagina que es una partida de ajedrez. Estás clavada en una posición y no ves la manera de salir, pero ¡tiene que haberla, porque si no pierdes la partida! No sé cómo llamáis a la situación en que todas las piezas están clavadas y no tienen adónde ir… pero esa es tu situación en este momento, a menos que encuentres otro sitio donde poner el pie.

Vi que estiraba un poco la mano. Se soltó y resbaló. Después volvió a moverse lentamente. Lancé un gran suspiro de alivio, pero no dije nada para no distraerla mientras continuaba su ascensión. Después de lo que pareció una eternidad, su mano aferró la cornisa. Cogí la cuerda que le había hecho atar en torno a su cintura y, tirando, la icé.

Lily se tumbó, jadeando. Tenía los ojos cerrados. Durante mucho rato no habló. Por fin abrió los párpados y miró el amanecer… y luego a mí.

—Lo llaman *Zugzwang* —jadeó—. Dios mío… lo hemos conseguido.

Pero habían de suceder más cosas.

Nos calzamos e iniciamos el descenso. Después atravesamos el Bosque de Piedra. Solo tardamos dos horas en bajar por la cuesta y llegar a la colina desde donde se veía nuestro coche.

Estábamos exhaustas. Cuando comentaba que me hubiera gustado tener huevos fritos para desayunar —un plato imposible en ese país—, sentí que Lily me cogía del brazo.

—No puedo creerlo —dijo señalando la carretera donde habíamos dejado nuestro automóvil, oculto detrás de unos arbustos. Había dos coches policiales estacionados a cada lado, y un tercero que me pareció reconocer. Cuando vi que los dos matones de Sharrif registraban minuciosamente el Corniche, supe que no me equivocaba—. ¿Cómo han podido llegar hasta aquí? —preguntó Lily—. Quiero decir… nos los quitamos de encima a cientos de kilómetros de aquí.

—¿Cuántos Corniche azules crees que hay en Argelia? —señalé—. ¿Y cuántas carreteras que atraviesen el Tassili?

Nos quedamos un minuto allí, mirando la carretera.

—No te habrás gastado todo el dinero que te dio Harry, ¿no? —pregunté.

Meneó la cabeza con aire de derrota.

—Entonces propongo que vayamos andando hasta Tamrit, la aldea de tiendas por donde pasamos. Tal vez podamos comprar unos cuantos asnos para que nos lleven de regreso a Djanet.

—¿Y dejar mi coche en manos de esos villanos? —siseó.

—Debería haberte dejado colgada de aquella roca —dije—. En *Zugzwang*.

«ZUGZWANG»

Siempre es mejor sacrificar a los hombres de tu
adversario.

SAVIELLY TARTAKOVER,
gran maestro polaco

Era poco más de mediodía cuando Lily y yo abandonamos las altas y onduladas mesetas del Tassili y descendimos a las planicies de Admer, trescientos metros más abajo, cerca de Djanet.

Por el camino encontramos agua para beber en los muchos riachuelos que irrigan el Tassili, y yo llevaba algunas ramas llenas de *dhars* frescos, esos dátiles dulces que se pegan a los dedos y las costillas. Era todo lo que habíamos comido desde la cena de la noche anterior.

En Tamrit, la aldea de tiendas que habíamos pasado de noche a la entrada del Tassili, alquilamos asnos a un guía.

Es menos cómodo cabalgar en un asno que en un caballo. A mis pies desollados podía agregar ahora una lista de males físicos: el trasero y la espalda doloridos, producto de interminables horas de trotar arriba y abajo por las dunas rocosas; las manos despellejadas de trepar por la pared rocosa; dolor de cabeza, probablemente por insolación. No obstante, mi estado de ánimo era excelente. Por fin teníamos las piezas e íbamos hacia Argel. O al menos eso creía.

Dejamos los asnos al tío del guía en Djanet, a cuatro horas de camino. Él nos llevó en su carro de heno al aeropuerto.

Aunque Kamel me había advertido que evitara los aeropuertos, en ese momento parecía imposible. Habían descubierto nuestro automóvil y lo vigilaban, y encontrar un coche de alquiler en una ciudad de ese tamaño era impensable. ¿Cómo íbamos a volver? ¿En globo?

—Me preocupa llegar al aeropuerto de Argel —dijo Lily mientras nos quitábamos el heno de la ropa y pasábamos por las puertas acristaladas del aeropuerto de Djanet—. ¿No dijiste que Sharrif tiene un despacho allí?

—Justo en el Departamento de Inmigración —confirmé.

Sin embargo, Argel no nos preocuparía mucho tiempo.

—Hoy no hay más vuelos a Argel —nos informó la dama que expedía los billetes—. El último despegó hace una hora. No habrá otro hasta mañana por la mañana.

¿Qué se podía esperar en una ciudad con doscientas mil palmeras y dos calles?

—Dios mío —exclamó Lily llevándome a un lado—. No podemos pasar la noche aquí. Si tratáramos de alojarnos en un hotel, nos pedirían documentos de identificación, y yo no tengo. Han encontrado nuestro coche, saben que estamos aquí. Creo que necesitamos otro plan.

Teníamos que salir de allí, y rápido. Y llevar las piezas a Minnie antes de que sucediera otra cosa. Volví al mostrador, con Lily pisándome los talones.

—¿Hay otros vuelos esta tarde… al lugar que sea? —pregunté a la empleada.

—Hay un vuelo chárter a Orán —contestó—. Lo contrató un grupo de estudiantes japoneses que van a Marruecos. Despega dentro de unos minutos. Embarque por la puerta cuatro.

Lily ya estaba corriendo en dirección a la puerta cuatro, con Carioca bajo el brazo como una barra de pan, y yo iba detrás. Pensé que si había un pueblo en el mundo que entendiera el idioma del dinero era el japonés. Y Lily tenía bastante para comunicarse en cualquier lengua.

El organizador del tour, un tipo atildado con una rebeca azul y un rótulo en el que se leía «Hiroshi», ya estaba empujando a los ruidosos estudiantes hacia la pista cuando llegamos, sin aliento. Lily explicó nuestra situación en inglés y yo empecé a traducir a toda prisa al francés.

—Quinientos dólares en efectivo —dijo Lily—. Dólares americanos derechos a su bolsillo.

—Setecientos cincuenta —replicó él.

—Hecho —convino Lily tendiéndole los crujientes billetes.

El hombre se los guardó más rápido que un camello de Las Vegas. Estábamos en marcha.

Hasta entonces siempre había imaginado a los japoneses como un pueblo de cultura impecable y gran sofisticación, que tocaba música relajante y realizaba serenas ceremonias de té. Sin embargo, aquel vuelo de tres horas sobre el desierto corrigió esta impresión. Los estudiantes recorrían de arriba abajo el pasillo contando chistes verdes y cantando canciones de los Beatles en japonés; el alboroto que armaban me hacía recordar con nostalgia los estridentes murciélagos que habíamos dejado en las cuevas del Tassili.

Lily era ajena al jaleo. Se perdió en la parte trasera del avión para jugar una partida de go con el director del tour, al que derrotó sin piedad en un juego que es el deporte nacional japonés.

Cuando desde la ventanilla vi la gran catedral de estuco rosa que coronaba la ciudad montañosa de Orán, me sentí aliviada. Orán tiene un gran aeropuerto internacional, que enlaza no solo con las ciudades mediterráneas, sino también con la costa atlántica y el África subsahariana. Cuando Lily y yo desembarcamos pensé en un problema que ni siquiera me había planteado en el aeropuerto de Djanet: cómo atravesar los detectores de metal si teníamos que subir a otro avión.

Así pues, fui derecha a una agencia de alquiler de coches. Tenía una buena tapadera: en la cercana ciudad de Arzew había una refinería de petróleo.

—Trabajo para el ministro del petróleo —dije al empleado agitando mi credencial del ministerio—. Necesito un coche para visitar las refinerías de Arzew. El coche del ministerio se ha averiado.

—Por desgracia, mademoiselle —repuso el agente meneando la cabeza—, no hay ninguno disponible de alquiler hasta por lo menos dentro de una semana.

—¡Una semana! ¡Imposible! Necesito un coche hoy mismo para inspeccionar los índices de producción. Exijo que requise uno para mí. Ahí fuera hay coches. ¿Quién los ha reservado? En cualquier caso, esto es más urgente.

—Si alguien me hubiera advertido… —dijo—, pero esos coches de ahí… los han devuelto hoy. Algunos clientes han esperado durante semanas… y son todos VIP. Como este… —Cogió un manojo de llaves del escritorio y lo agitó—. Hace apenas una hora llamó el consulado soviético. Su oficial de enlace para el petróleo llega en el próximo vuelo desde Argel…

—¿Un oficial ruso? —dije con desdén—. No lo dirá en serio. Tal vez prefiera usted telefonear al ministro argelino y explicar que no puedo inspeccionar la producción en Arzew durante una semana porque los rusos, que no saben nada de petróleo, se han llevado el último coche.

Lily y yo nos miramos indignadas y meneamos la cabeza, mientras el empleado se ponía cada vez más nervioso. Lamentaba haber intentado impresionarme con su clientela, y más aún haber dicho que se trataba de un ruso.

—¡Tiene razón! —exclamó cogiendo una carpeta con algunos papeles que me tendió—. ¿Por qué tiene tanta prisa el consulado soviético? Aquí, mademoiselle, firme esto. Ahora le traeré el coche.

Cuando regresó con las llaves en la mano, le pedí que telefoneara a la operadora internacional de Argel, asegurándole que no le cobrarían la llamada. Me puso con Thérèse y cogí el auricular.

—¡Niña! —exclamó ella entre ruidos de la línea—. ¿Qué ha hecho? Medio Argel la busca. Créame, ¡he escuchado las llamadas! El ministro me pidió que, si tenía noticias suyas, le dijera que no puede atenderla. No debe acercarse usted al ministerio en su ausencia.

—¿Dónde está? —pregunté mirando nerviosamente al empleado, que escuchaba todo al tiempo que fingía no entender inglés.

—Está en la conferencia —respondió ella.

Mierda. ¿Quería decir eso que la conferencia de la OPEP ya había empezado?

—¿Dónde está usted, por si el ministro desea localizarla? —inquirió Thérèse.

—Voy de camino a Arzew, a inspeccionar las refinerías —contesté en voz alta y en francés—. Nuestro coche se ha averiado, pero gracias al estupendo trabajo del agente de alquiler de vehículos del aeropuerto de Orán he conseguido otro. Diga al ministro que mañana le informaré…

—¡Haga lo que haga, no debe volver ahora! —exclamó Thérèse—. Ese *salaud* de Persia sabe dónde ha estado... y quién la envió allí. Salga del aeropuerto lo antes posible. ¡Los aeropuertos están vigilados por sus hombres!

El cabrón persa al que se refería era Sharrif, quien, evidentemente, sabía que habíamos ido al Tassili. Pero ¿cómo se había enterado Thérèse y, más increíble aún, cómo sabía quién me había enviado allí? Entonces recordé que era a Thérèse a quien había preguntado por Minnie Renselaas cuando trataba de localizarla.

—Thérèse —dije pasando al inglés, sin dejar de vigilar al agente—, ¿fue usted quien informó al ministro de que yo había tenido una reunión en la casbah?

—Sí —musitó—. Ya veo que la encontró. Que el cielo la ayude ahora, niña. —Y bajó tanto la voz que tuve que hacer un esfuerzo para oírla—. ¡Ellos han adivinado quién es usted!

La línea quedó muda un momento y después oí la señal de desconexión. Colgué el auricular, con el corazón desbocado, y cogí del mostrador las llaves del coche.

—Bueno —dije estrechando la mano del empleado—, ¡al ministro le complacerá saber que podemos inspeccionar Arzew! ¡No sé cómo darle las gracias por su ayuda!

Lily subió al Renault con Carioca y yo me senté al volante. Apreté el acelerador y partí hacia la carretera de la costa. Me dirigía a Argel, pese a los consejos de Thérèse. ¿Qué otra cosa podía hacer? Mientras el coche devoraba el asfalto, mi cerebro corría a kilómetro por minuto. Si había entendido bien a Thérèse, mi vida no valía un comino. Conduje como un murciélago escapando del infierno hasta la autopista de dos carriles que iba a Argel.

La carretera discurría por la alta cornisa hacia el este a lo largo de cuatrocientos kilómetros hasta Argel. Una vez pasadas las refinerías de Arzew, dejé de mirar con nerviosismo el espejo retrovisor y finalmente detuve el coche y cedí el volante a Lily para reanudar la traducción del diario de Mireille.

Abrí el libro y pasé con cuidado las hojas frágiles hasta el fragmento donde nos habíamos quedado. Era bien entrada la tarde y el sol de bordes purpúreos descendía hacia el mar oscuro; se formaban arcos iris allí donde el agua chocaba contra los acantilados, en los que había bosquecillos de olivos de ramas oscuras cuyas temblorosas hojas se agitaban como diminutas láminas metálicas a la luz de la tarde.

Al apartar la mirada del paisaje en movimiento me sentí regresar al extraño mundo de la palabra escrita. Era curioso cómo ese libro se había vuelto más real para mí que los peligros palpables e inmediatos que me acechaban. Mireille, la monja francesa, se había convertido en una especie de compañera de aventura. Su historia se abría ante nosotras —dentro de nosotras— como una flor oscura y misteriosa.

Seguí traduciendo mientras Lily conducía en silencio. Era como si estuviera oyendo el relato de mi propia búsqueda de labios de alguien sentado junto a mí —una mujer empeñada en una misión que solo yo podía comprender—, como si la voz susurrante que escuchaba fuera la mía propia. En algún momento de mis aventuras la búsqueda de Mireille se había convertido en mi propia búsqueda. Seguí leyendo…

> Salí de la prisión muy alterada. En la caja de pinturas que llevaba había una carta de la abadesa y una considerable suma de dinero que adjuntaba para ayudarme en mi misión. Una carta de crédito, decía, estaría a mi disposición en un banco británico para que pudiera disponer de los fondos de mi difunto primo. Sin embargo, yo había decidido no ir todavía a Inglaterra; antes me aguardaba otra tarea. Mi hijo estaba en el desierto… Charlot, a quien apenas esa mañana había creído que no volvería a ver. Había nacido bajo la mirada de la diosa. Había nacido dentro del juego…

Lily disminuyó la velocidad y levanté la vista. Anochecía y tenía los ojos cansados a causa de la falta de luz. Tardé unos segundos en comprender por qué mi amiga se había detenido a un lado de la carretera y apagado los faros. En la penumbra vi coches policiales y vehículos militares delante… y algunos automóviles que habían hecho parar para registrarlos.

—¿Dónde estamos? —pregunté. No sabía si nos habían visto.

—A unos ocho kilómetros de Sidi Fredj… tu apartamento y mi hotel. A cuarenta kilómetros de Argel. En media hora hubiéramos estado allí. ¿Qué hacemos ahora?

—Bueno, no podemos quedarnos aquí —respondí—, y tampoco seguir. Encontrarían las piezas por mucho que las escondiéramos.

—Reflexioné un momento—. Unos metros más allá hay un puerto pesquero. No está en ningún mapa, pero he ido allí a comprar pescado y langostas. Es el único lugar adonde podemos ir sin tener que dar la vuelta y despertar sospechas. Se llama La Madrague… Podemos refugiarnos allí hasta que se nos ocurra algo.

Avanzamos lentamente por la serpenteante carretera hasta que llegamos al camino de tierra. Para entonces había oscurecido, pero el pueblo era una sola calle que discurría a lo largo del pequeño puerto. Nos detuvimos delante del único bar, un lugar de marineros, donde sabía que preparaban una *bouillabaisse* excelente. Por los resquicios de las ventanas cerradas y la puerta delantera, que era apenas una plancha de madera con los goznes flojos, salía luz.

—Este es el único lugar en varios kilómetros a la redonda que tiene un teléfono —expliqué a Lily mientras mirábamos el local desde el coche—. Por no hablar de comida. Parece que hace meses que no comemos. Intentaremos ponernos en contacto con Kamel para ver si puede sacarnos de aquí. Pero, por más vueltas que le des, creo que estamos en *Zugzwang*. —Sonreí en la penumbra.

—¿Y si no lo encontramos? —preguntó—. ¿Cuánto tiempo crees que se quedará allí el pelotón de búsqueda? No podemos pasar la noche aquí.

—Si abandonáramos el coche, podríamos ir por la playa. Mi apartamento está a pocos kilómetros. Así evitaríamos la barrera, pero quedaríamos atrapadas en Sidi Fredj sin transporte.

De modo que decidimos probar el primer plan y entrar. Tal vez fuera la peor sugerencia que había hecho desde el comienzo de nuestra excursión.

El bar de La Madrague era un local de marineros, sí… pero los marineros que se volvieron a mirarnos cuando entramos parecían figurantes de una adaptación cinematográfica de *La isla del tesoro*. Carioca se escondió entre los brazos de Lily, resoplando como si tratara de apartar de su nariz un mal olor.

—Acabo de recordar —dije mientras estábamos paradas en el umbral— que durante el día La Madrague es un puerto pesquero, pero por la noche es el hogar de la mafia argelina.

—Espero que estés bromeando —repuso Lily, levantando la barbilla mientras nos dirigíamos a la barra—, pero me parece que no.

En ese momento el corazón me dio un vuelco. Vi una cara que hubiera preferido no conocer. El hombre sonrió y, cuando llegamos a la barra, hizo una seña al camarero, que se inclinó hacia nosotras.

—Están invitadas a la mesa del rincón —susurró con una voz que no hacía pensar en una invitación—. Digan qué quieren beber y les serviré allí.

—Nosotras pagamos nuestra propia consumición —replicó altivamente Lily.

La cogí del brazo.

—Estamos de mierda hasta el cuello —le murmuré al oído—. No mires, pero nuestro anfitrión, Long John Silver, está muy lejos de casa.

La guié a través de la muchedumbre de marineros silenciosos, que se apartaban como el mar Rojo a nuestro paso formando un camino directo a la mesa donde el hombre esperaba. El vendedor de alfombras: El-Marad.

Yo no podía dejar de pensar en lo que llevaba en el bolso y en lo que nos haría ese tipo si lo descubría.

—Ya hemos probado el truco de los lavabos —susurré al oído de Lily—. Espero que tengas otra carta en la manga. El tipo al que estás a punto de conocer es el Rey Blanco, y dudo que no sepa quiénes somos y dónde hemos estado.

El-Marad estaba sentado a la mesa con un montón de cerillas esparcidas delante. Las sacaba de una caja y las colocaba formando una pirámide. No se levantó ni nos miró cuando llegamos.

—Buenas noches, señoras —saludó con esa horrible voz suave—. Estaba esperándolas. ¿No quieren jugar conmigo al juego de Nim?

Yo me sobresalté, pero al parecer no se trataba de un juego de palabras.

—Es un antiguo juego británico —continuó—. En argot inglés *nim* significa «capturar, birlar... robar». ¿No lo sabían? —Dirigió hacia mí sus ojos negros sin pupilas—. Es un juego sencillo. Cada jugador retira una o más cerillas de cualquier hilera de la pirámide... pero de una sola hilera. El jugador que se queda con la última pierde.

—Gracias por explicar las reglas —dije apartando una silla para sentarme. Lily me imitó—. El control de carretera no habrá sido obra suya, ¿verdad?

—No, pero ya que estaba allí, aproveché la circunstancia. Este era el único lugar al que podían desviarse.

¡Por supuesto! Qué imbécil había sido. Hasta Sidi Fredj no había otra población en kilómetros a la redonda.

—No ha venido aquí para jugar —dije mirando con desdén su pirámide de cerillas—. ¿Qué quiere?

—Pero sí para jugar un juego —afirmó con una sonrisa siniestra—. ¿O debería decir el juego? ¡Si no me equivoco, esta es la nieta de Mordecai Rad, el experto jugador en todas las ocasiones… sobre todo las relacionadas con el robo!

Su voz se volvía más desagradable mientras clavaba en Lily sus odiosos ojos negros.

—Es también sobrina de su socio, Llewellyn, gracias al cual nos conocimos —dije—. Por cierto, ¿y qué papel desempeña él en el juego?

—¿Disfrutó de su encuentro con Mojfi Mojtar? —preguntó El-Marad—. Fue ella quien las envió en la pequeña misión de la que acaban de regresar, si no me equivoco.

Estiró una mano y retiró una cerilla de la hilera superior. Luego me hizo un gesto para que jugara yo.

—Le manda recuerdos —dije, y cogí dos cerillas de la hilera siguiente.

Pensaba en mil cosas a la vez, pero sobre todo me inquietaba ese juego que El-Marad había propuesto: el juego de Nim. Las cerillas estaban dispuestas en cinco hileras con una en la cúspide, y en cada fila había una más que en la anterior. ¿Qué me recordaba? Entonces lo supe.

—¿A mí? —preguntó El-Marad, que me pareció un tanto incómodo—. Seguramente se equivoca.

—Usted es el Rey Blanco, ¿no? —dije con calma, y vi cómo palidecía su piel apergaminada—. Ella le ha calado, amigo. Me sorprende que haya abandonado las montañas, donde estaba tan seguro, para emprender un viaje como este… saltando en el tablero y corriendo en busca de refugio. Ha sido un mal movimiento.

Lily me miraba fijamente mientras El-Marad tragaba saliva, bajaba la vista y cogía otra cerilla de la pirámide. De pronto Lily me apretó la mano por debajo de la mesa. Había comprendido cuál era la jugada.

—Aquí también se ha equivocado —dije señalando las cerillas—. Soy una experta en informática y el juego de Nim es un sistema binario. Eso significa que hay una fórmula para ganar o perder. Y acabo de ganar.

—¿Quiere decir… que todo era una trampa? —susurró El-Marad horrorizado. Se levantó de un salto dispersando las cerillas por la mesa—. ¿La envió al desierto solo para hacerme salir? ¡No, no la creo!

—Muy bien, no me cree —repuse—. Sigue usted a salvo en el octavo cuadrado, protegido por los flancos. No está sentado aquí, asustado como una perdiz…

—Frente a la nueva Reina Negra —intervino jovialmente Lily.

El-Marad miró a mi amiga y después a mí. Me puse en pie como si me dispusiera a irme, pero él me cogió del brazo.

—¡Usted! —exclamó abriendo los ojos como un demente—. Entonces… ¡ella ha dejado el juego! Me ha engañado…

Me encaminé hacia la puerta y Lily me siguió. El-Marad me alcanzó y volvió a agarrarme.

—Usted tiene las piezas —masculló—. Esto es un truco para despistarme. Sí, usted las tiene… No habría vuelto del Tassili sin ellas.

—Por supuesto que las tengo —aseguré—, pero no en un lugar donde a usted se le ocurriría mirar.

Tenía que salir de allí antes de que el anciano adivinara dónde estaban. Estábamos casi junto a la puerta.

En ese momento Carioca saltó de los brazos de Lily, resbaló en el suelo de linóleo, recuperó el equilibrio y corrió ladrando como un energúmeno hacia la puerta. Esta se abrió de pronto y vi con horror cómo Sharrif y un grupo de matones trajeados ocupaban el hueco.

—Alto en nombre de la… —empezó a decir Sharrif.

Antes de que yo pudiera ingeniar algo Carioca se lanzó sobre su tobillo favorito. Sharrif se dobló de dolor, retrocedió y cayó de espaldas derribando a algunos de sus guardias. Salí disparada y lo atropellé dejándole las marcas de mis zapatos en la cara. Lily y yo corrimos hacia el coche, seguidas por El-Marad y la mitad del bar.

—¡Al agua! —grité por encima del hombro—. ¡Al agua!

Porque no lograríamos llegar al automóvil a tiempo para encerrarnos y encender el motor. No miré atrás… seguí corriendo, derecha hacia el pequeño embarcadero. Había barcas pesqueras por todas partes, atadas a los pilotes. Cuando llegué a la punta, miré hacia atrás.

El-Marad estaba justo detrás de Lily. Sharrif había apartado a Carioca de su pierna y luchaba con él mientras escudriñaba la oscuridad con la intención de disparar contra lo primero que se moviera. Detrás de mí había tres tipos, de modo que me tapé la nariz y salté.

Lo último que vi al llegar al agua fue el cuerpecillo de Carioca, que Sharrif arrojaba por el aire al mar. Después las frías y oscuras aguas del Mediterráneo me rodearon y sentí cómo el peso del ajedrez de Montglane tiraba de mí hacia abajo, cada vez más abajo, al fondo del mar.

LA TIERRA BLANCA

La tierra que ahora poseen los belicosos británicos,
y donde han levantado su poderoso imperio,
era en antiguos tiempos una tierra virgen,
despoblada, sin gobierno, desconocida,
   desdeñada...

Y tampoco mereció tener un nombre.
Hasta que aquel venturoso marino aprendió
a salvar su barco de las blancas rocas
que rodean toda la costa meridional
amenazando con el naufragio inesperado y el
   rápido hundimiento,
y por seguridad puso en ella su marca
y la llamó Albión.

EDMUND SPENSER,
The Faerie Queene (1590)

«*Ah, perfide, perfide Albion!*»

Napoleón citando a
Jacques-Bénigne Bossuet (1692)

Londres, noviembre de 1793

Cuando los soldados de William Pitt aporrearon la puerta de la
casa de Talleyrand, en Kensington, eran las cuatro de la madrugada. Courtiade se echó la bata por encima y corrió escaleras abajo
para ver qué sucedía. Al abrir la puerta vio el parpadeo de las luces

que se encendían en las casas contiguas y a algunos vecinos curiosos que miraban entre las cortinas al escuadrón de soldados imperiales que estaban frente a él, en el umbral. Courtiade contuvo la respiración.

Durante mucho tiempo él y su señor habían esperado esto con temor. Talleyrand ya bajaba por las escaleras, envuelto en chales de seda que caían sobre su larga bata. Al cruzar el pequeño recibidor en dirección a los soldados su rostro era una máscara de helada reserva.

—¿Monseñor Talleyrand? —preguntó el oficial al mando.

—Yo mismo. —Talleyrand hizo una inclinación con una sonrisa fría.

—El primer ministro Pitt transmite su pesar por no poder entregaros personalmente estos papeles —dijo el oficial como si recitara un discurso aprendido. Sacó un fajo de papeles de su bolsillo y se lo tendió a Talleyrand—. La República de Francia, un grupo no reconocido de anarquistas, ha declarado la guerra al reino soberano de Gran Bretaña. A todos los emigrados que apoyan, o puede demostrarse que han apoyado, a este gobierno se les niega desde ahora el refugio y la protección de la Casa de Hannover y su majestad Jorge III. Charles-Maurice de Talleyrand-Périgord, se os declara culpable de actos sediciosos contra el reino de Gran Bretaña, de violar el Acta de Correspondencia Ilegal de 1793, de conspirar contra el soberano en vuestra antigua calidad de ayudante del ministro de Exteriores del susodicho país...

—Mi querido amigo —dijo Talleyrand con una risa maliciosa, levantando la vista de los papeles que había estado estudiando—, esto es absurdo. ¡Hace casi un año que Francia declaró la guerra a Inglaterra! Y Pitt sabe muy bien que hice todo cuanto estaba a mi alcance para evitarla. En Francia me buscan por traición, ¿no es suficiente?

Pero sus palabras no hicieron mella en los oficiales.

—El ministro Pitt os informa de que tenéis tres días para abandonar Inglaterra. Estos son vuestros documentos de deportación y el permiso de viaje. Os deseo buenos días, monseñor.

Tras ordenar a sus hombres que dieran media vuelta, giró sobre sus talones. Talleyrand observó en silencio cómo la escuadra marchaba cadenciosamente por el sendero de piedra que partía de su puerta. Después se volvió y Courtiade cerró la puerta.

—*Albus per fide decipare* —murmuró Talleyrand—. Esta, mi querido Courtiade, es una cita de Bossuet, uno de los más excelsos oradores que ha conocido Francia. Llamó a este país «la tierra blanca que defrauda la confianza». Pérfida Albión. Un pueblo que jamás ha sido gobernado por su propia raza: primero los sajones teutónicos, después los normandos y escoceses, y ahora los alemanes, a quienes detestan, pero que se les parecen tanto. Nos maldicen, pero tienen poca memoria, porque ellos también mataron a su rey en la época de Cromwell. Y ahora alejan de sus costas al único aliado francés que no desea convertirse en su amo.

Inclinó la cabeza. Courtiade se aclaró la garganta.

—Si monseñor ha elegido un destino, podría iniciar los preparativos del viaje ahora mismo…

—Tres días no son suficientes —lo interrumpió Talleyrand volviendo a la realidad—. Al amanecer iré a ver a Pitt para pedirle una prórroga. Tengo que buscar fondos y encontrar un país que me acepte.

—Pero ¿madame de Staël…? —apuntó cortésmente Courtiade.

—Germaine ha hecho lo que ha podido para encontrarme refugio en Ginebra, pero el gobierno me lo niega. Al parecer todos me consideran un traidor. ¡Ah, Courtiade, con qué rapidez se congelan en el invierno de nuestra vida las posibilidades!

—Monseñor no puede decir que está en el invierno de la vida —objetó Courtiade.

Talleyrand le miró con una expresión cínica.

—Tengo cuarenta años y soy un fracasado —afirmó—. ¿Eso no basta?

—No habéis fracasado en todo —dijo desde arriba una voz suave.

Ambos hombres levantaron la mirada. En lo alto de la escalera, apoyada contra la barandilla, con una bata fina y el largo cabello rubio sobre los hombros desnudos, estaba Catherine Grand.

—El primer ministro puede teneros mañana… —dijo con una sonrisa lenta y sensual—, pero esta noche sois mío.

Catherine Grand había entrado en la vida de Talleyrand cuando se presentó en su casa a medianoche llevando el peón de oro del ajedrez de Montglane. Desde entonces vivía allí.

Había llegado desesperada, según dijo. Mireille había sido enviada a la guillotina, y con su último aliento le había rogado que llevara la pieza de ajedrez a Talleyrand para que él la escondiera con las demás. Al menos eso contó.

Había temblado entre los brazos de Talleyrand con los ojos llenos de lágrimas y su cálido cuerpo apretado contra el de él. Cuánta amargura parecía sentir por la muerte de Mireille, cómo había consolado a Talleyrand, apenado al conocer el destino de la joven... y qué hermosa cuando se hincó de rodillas para solicitar su ayuda en esa situación desesperada.

Maurice siempre había apreciado la belleza: en objetos de arte, en animales de raza y, sobre todo, en las mujeres. Y todo en Catherine Grand era hermoso: su piel inmaculada; su magnífico cuerpo, envuelto en ropas y joyas impecables; el aroma a violetas de su aliento; la cascada de cabello casi blanco de tan rubio. Y todo en ella le recordaba a Valentine, salvo una cosa: era una mentirosa.

Pero era una mentirosa bella. ¿Cómo podía algo tan hermoso parecer tan peligroso, traicionero, ajeno a sus costumbres? Los franceses decían que el mejor lugar para conocer la condición de un extranjero era la cama. Maurice se descubrió más que deseoso de comprobar si así era.

Cuanto más la conocía, más parecía ella perfectamente adecuada a él en todos los sentidos. Tal vez demasiado. Le gustaban los vinos de Madeira, la música de Haydn y Mozart, y prefería las sedas chinas a las francesas para cubrir su piel. Le gustaban los perros, como a él, y se bañaba dos veces al día, hábito que él siempre había creído exclusivamente suyo. Era casi como si hubiera estudiado sus gustos; de hecho, él estaba seguro de que así era. Catherine conocía sus costumbres mejor que el propio Courtiade. Sin embargo, cuando hablaba de su pasado, de su relación con Mireille o de cómo se había enterado de la existencia del ajedrez de Montglane, sus palabras sonaban falsas. Así pues, Talleyrand decidió saber de ella tanto como ella sabía de él. Escribió a aquellas personas de Francia en las que todavía podía confiar e inició sus investigaciones. La correspondencia dio frutos interesantes.

Se llamaba Catherine Noël Worlée. Era cuatro años mayor de lo que confesaba y había nacido de padres franceses en la colonia holandesa de Tranquebar, en la India. A los quince años sus padres la habían casado por dinero con un inglés mucho mayor que ella, un tal George Grand. Cuando tenía diecisiete años, su amante, a quien su esposo había amenazado de muerte, le entregó cincuenta mil rupias para que abandonara la India para siempre. Ese dinero le permitió vivir lujosamente, primero en Londres y más tarde en París.

En París había empezado a sospecharse que espiaba por cuenta de los británicos. Poco antes del Terror, habían matado a su portero de un disparo frente a su puerta y la propia Catherine había desaparecido. Ahora, apenas un año después, había buscado en Londres al exiliado Talleyrand, un hombre sin título, dinero ni país, y con pocas esperanzas de que las cosas mejorasen en el futuro. ¿Por qué?

Mientras desataba los lazos de seda rosa de su camisón y lo deslizaba por sus hombros, Talleyrand sonrió para sus adentros. Al fin y al cabo él había triunfado gracias al atractivo que tenía para las mujeres. Ellas le habían proporcionado dinero, posición y poder. ¿Cómo podía reprochar a Catherine Grand que utilizara sus considerables recursos de la misma manera? Pero ¿qué quería de él? Talleyrand creía saberlo. Poseía una sola cosa digna de buscarse: el ajedrez de Montglane.

Y él la deseaba. Aunque sabía que era demasiado madura para ser inocente, demasiado experimentada para ser verdaderamente apasionada, demasiado traicionera para que pudiera confiarse en ella… la deseaba con un ansia que no podía controlar. Aunque todo en ella era artificio y apariencia, la deseaba.

Valentine había muerto. Si también habían matado a Mireille, el ajedrez de Montglane había costado la vida de las dos únicas personas a las que había amado. ¿Por qué no iba a darle algo a cambio?

La abrazó con una pasión terrible, urgente, una especie de sed insaciable. La poseería… y al cuerno con los demonios que lo atormentaban.

Pero Mireille no estaba muerta… y tampoco muy lejos de Londres. Viajaba a bordo de un buque mercante que atravesaba las aguas oscuras del canal de la Mancha. Se avecinaba una tormenta y mientras cruzaban las agitadas aguas del estrecho de Dover atisbó sus acantilados.

En los seis meses transcurridos desde que Charlotte Corday se hizo pasar por ella en la Bastilla, Mireille había viajado mucho. Con el dinero enviado por la abadesa, que había encontrado en la caja de pinturas, alquiló cerca del puerto de la Bastilla una pequeña barca de pesca que la llevó por el Sena hasta que, en uno de los embarcaderos del sinuoso río, encontró una nave que se dirigía a Trípoli. Asegurándose en secreto un pasaje, subió a bordo y partió incluso antes de que Charlotte fuera conducida al cadalso.

Mientras se alejaba de las costas francesas, a Mireille le pareció oír el chirrido de las ruedas del carro que estaría llevando a Charlotte a la guillotina. En su imaginación oía las pesadas pisadas en el cadalso, el redoble de los tambores, el siseo de la hoja en su largo descenso, los gritos de la multitud en la place de la Révolution. Sintió que la fría hoja cercenaba lo poco que le quedaba de la infancia y la inocencia, y le dejaba solamente aquella tarea mortífera. La tarea para la cual había sido elegida: destruir a la Reina Blanca y reunir las piezas.

Pero primero debía hacer otra cosa: ir al desierto para recuperar a su hijo. Si se le concedía una segunda oportunidad, vencería incluso el empeño de Shahin de quedarse con el niño como Kalim: un profeta para su pueblo. Si es un profeta, que su destino quede entrelazado al mío, pensó Mireille.

Ahora, mientras los vientos del mar del Norte arrojaban contra las velas los primeros trallazos de lluvia, Mireille se preguntó si había sido prudente demorar tanto su viaje a Inglaterra… donde Talleyrand guardaba las piezas. Tenía entre sus manos la manita de Charlot, sentado en sus rodillas en cubierta. Shahin, de pie detrás de ellos, con sus largas ropas negras, miraba otro barco que atravesaba el turbulento canal. Se había negado a separarse del pequeño profeta a quien había ayudado a nacer. Levantó su largo brazo para señalar las nubes bajas que se cernían sobre los arrecifes de yeso.

—La Tierra Blanca —susurró—. El dominio de la Reina Blanca. Está esperando... Siento su presencia incluso a esta distancia.

—Ruego que no lleguemos demasiado tarde —dijo Mireille.

—Huelo adversidad —repuso Shahin—. Siempre acompaña a las tormentas, como un regalo traicionero de los dioses...

Siguió mirando el barco que, con sus velas desplegadas al viento, fue tragado por la oscuridad del agitado canal. El barco que, sin saberlo ellos, llevaba a Talleyrand hacia el Atlántico.

♟

Lo único que ocupaba el pensamiento de Talleyrand mientras su barco avanzaba en la densa oscuridad no era Catherine Grand, sino Mireille. La era de la ilusión había terminado, y quizá también la vida de Mireille, mientras que él, a los cuarenta años, iba a iniciar una nueva vida.

Al fin y al cabo, los cuarenta años no eran el fin de la vida, ni América el fin del mundo, pensó, sentado en su camarote y ordenando sus papeles. Al menos en Filadelfia estaría en buena compañía, porque llevaba cartas de presentación para el presidente Washington y el secretario del Tesoro, Alexander Hamilton. Y, por supuesto, había conocido a Jefferson, que acababa de dejar su cargo de secretario de Estado cuando ejercía de embajador en Francia.

Aunque contaba con pocos recursos aparte de su excelente salud y el dinero que había reunido con la venta de la biblioteca, tenía al menos la satisfacción de poseer ahora nueve piezas del ajedrez de Montglane, en lugar de las ocho originales. Porque, a pesar de las artimañas de la adorable Catherine Grand, la había convencido de que su escondite también sería un lugar seguro para el peón de oro que ella le había confiado. Rió al recordar la expresión de la mujer durante la emotiva despedida... cuando trató de persuadirla de que lo acompañara en lugar de preocuparse por las piezas que había dejado tan bien ocultas en Inglaterra.

Naturalmente, estaban a bordo, en sus baúles, gracias al ingenio del siempre vigilante Courtiade. Ahora tendrían un nuevo hogar. En eso estaba pensando cuando el barco recibió el primer azote del viento.

Levantó la mirada, sorprendido mientras la nave se bamboleaba. Estaba a punto de solicitar ayuda, cuando Courtiade irrumpió en el camarote.

—Monseñor, nos piden que vayamos de inmediato a la cubierta inferior —dijo con su calma habitual. Sin embargo, los rápidos movimientos con que sacó los trebejos del ajedrez de Montglane de su escondite en el baúl revelaban la urgencia de la situación—. El capitán cree que el barco será arrastrado hacia las rocas. Tenemos que prepararnos para abordar los botes salvavidas. Mantendrán desocupada la cubierta superior para maniobrar con las velas, pero hemos de estar preparados para subir de inmediato si no logramos evitar los bajíos…

—¿Qué bajíos? —exclamó alarmado Talleyrand.

Se puso en pie con tal brusquedad que a punto estuvo de volcar sus útiles de escribir y el tintero.

—Hemos pasado Pointe Barfleur, monseñor —explicó Courtiade con voz serena, sosteniendo la chaqueta de mañana de Talleyrand mientras el barco oscilaba—. Nos acercamos a la cornisa normanda. —Se inclinó para guardar las piezas en una maleta.

—Dios mío —dijo Talleyrand cogiendo la maleta.

Se encaminó renqueando hacia la puerta del camarote, apoyado en el hombro del ayuda de cámara. La embarcación se inclinó de repente hacia estribor y ambos se estrellaron contra la puerta. Abriéndola con dificultad, avanzaron por el estrecho pasillo lleno de mujeres que entre sollozos daban histéricas órdenes a sus hijos. Cuando llegaron a la cubierta inferior, había gente por todas partes; los alaridos, las exclamaciones y los gemidos de miedo se mezclaban con el ruido de sus pies, las voces de los marineros en la cubierta superior y el estruendo de las aguas del canal que azotaban con furia el barco.

Entonces sintieron horrorizados que la nave se bamboleaba violentamente mientras sus cuerpos chocaban unos contra otros como huevos en una cesta. El barco se inclinó y chocó contra algo. Los pasajeros oyeron el espantoso ruido de la madera astillándose. El agua entró por un agujero e inundó la cubierta inferior mientras el gigantesco buque se estrellaba contra la roca.

La lluvia helada caía sobre las empedradas calles de Kensington mientras Mireille caminaba con cuidado de no resbalar hacia la verja del jardín de Talleyrand. Detrás de ella Shahin, con su larga túnica negra empapada, llevaba en brazos al pequeño Charlot.

Mireille no había pensado que Talleyrand podía haber abandonado Inglaterra. Por eso se le encogió el corazón al ver el jardín vacío, el cenador desierto, las planchas de madera que cegaban las ventanas y la barra de hierro que sellaba la puerta delantera. Sin embargo, cruzó la verja y enfiló el sendero de piedra, arrastrando sus faldas por los charcos.

Sus golpes resonaron inútilmente en el interior de la casa vacía. Mientras la lluvia caía sobre su cabeza descubierta, la odiosa voz de Marat resonó en sus oídos: «¡Demasiado tarde… llegáis demasiado tarde!». Se apoyó contra la puerta, dejando que la lluvia la empapara, hasta que Shahin la cogió del brazo para conducirla por el césped mojado hacia el cenador, en busca de refugio.

Desesperada, se arrojó sobre el banco de madera que bordeaba el interior y sollozó hasta que le pareció que iba a rompérsele el corazón. Shahin dejó a Charlot en el suelo. El niño gateó hacia Mireille y se agarró a sus faldas empapadas para ponerse en pie, vacilante sobre sus piernecitas. Cogió un dedo de su madre y lo apretó con fuerza.

—Bah —dijo, mientras Mireille contemplaba sus ojos, de un azul asombroso.

El pequeño fruncía el entrecejo y su rostro, sabio y serio, estaba mojado bajo la capucha de su pequeña chilaba.

Mireille rió.

—Bah, *toi* —dijo descubriéndole la cabeza. Acarició su sedoso cabello rojo—. Tu padre ha desaparecido. Se supone que eres un profeta; ¿por qué no previste esto?

Charlot la miró con expresión seria.

—Bah —repitió.

Shahin se sentó junto a Mireille. Su cara de halcón, teñida del azul claro de su tribu, parecía aún más misteriosa a la luz de la furiosa tormenta que arreciaba al otro lado de las celosías.

—En el desierto —explicó— es posible encontrar a un hombre por las huellas de su camello, porque cada bestia deja una huella tan identificable como una cara. Aquí tal vez resulte más difícil encontrar el rastro, pero un hombre, como un camello, tiene sus hábitos, dictados por su educación y su carácter, y también unos andares característicos.

Mireille rió para sus adentros ante la idea de seguir los pasos irregulares de Talleyrand a través de las calles empedradas de Londres, pero de pronto comprendió lo que Shahin quería decir.

—¿Un lobo regresa siempre a su guarida? —preguntó.

—Y se queda el tiempo suficiente para dejar su olor —afirmó Shahin.

Sin embargo, el lobo cuyo rastro buscaban había sido expulsado… no solo de Londres, sino también del barco, que ahora estaba clavado en la roca que lo había desgarrado. Talleyrand y Courtiade, junto con los otros pasajeros, habían subido a los botes y se dirigían remando hacia la oscura costa de las islas Anglonormandas en busca de un refugio seguro contra la tormenta.

Lo que aliviaba a Talleyrand era que se trataba de un refugio de otra clase, porque esa cadena de islotes, enclavados tan cerca unos de los otros en las aguas del litoral francés, era en realidad inglesa desde el tiempo de Guillermo de Orange.

Los nativos hablaban todavía una antigua forma de francés normando que ni siquiera los propios franceses entendían. Aunque pagaban sus diezmos a Inglaterra por su protección contra el pillaje, conservaban su antigua ley normanda, junto con un espíritu de orgullosa independencia que los hacía útiles y les proporcionaba riqueza en tiempos de guerra. Las islas Anglonormandas eran famosas por sus naufragios… y por los grandes astilleros, que reparaban desde buques de guerra hasta naves corsarias. Hacia esos astilleros arrastrarían al barco de Talleyrand para que lo repararan. Mientras tanto, si bien no estaría del todo cómodo allí, al menos se hallaría a salvo del arresto francés.

Su bote sorteó las oscuras rocas de granito y arenisca que rodeaban la costa y los marineros lucharon contra las poderosas olas, hasta que por fin avistaron una playa de guijarros y fondearon allí. Los agotados pasajeros caminaron bajo la lluvia por veredas lodosas que atravesaban campos de lino y brezales en dirección al pueblo más cercano.

Talleyrand y Courtiade, con la maleta donde habían guardado las piezas milagrosamente intactas, entraron en una posada cercana para calentarse con un brandy junto al fuego antes de buscar alojamiento. Ignoraban cuántas semanas o meses tendrían que permanecer allí antes de reanudar su viaje. Talleyrand preguntó al posadero cuánto tardarían los astilleros locales en reparar un barco con la quilla y el casco en tan mal estado.

—Podéis preguntarlo al patrón del astillero —dijo el hombre—. Acaba de volver de ver los daños. Está tomando cerveza en aquel rincón.

Talleyrand se levantó y se encaminó hacia un hombre de rostro rubicundo y más de cincuenta años, que sostenía la jarra de cerveza entre las dos manos. El hombre levantó la mirada, vio a Talleyrand y a Courtiade, y con un gesto les indicó que tomaran asiento.

—Del naufragio, ¿eh? —dijo el hombre, que había oído la conversación con el posadero—. Dicen que iba a América. Un lugar desdichado… Yo soy de allí. Jamás dejará de sorprenderme que los franceses vayan allí en tropel, como si fuera la tierra prometida.

Su dicción denotaba buena cuna y educación, y su postura invitaba a pensar que había pasado más horas cabalgando que en un astillero. Su aspecto era el de un hombre habituado a dar órdenes y, sin embargo, su tono transmitía fatiga y amargura. Talleyrand decidió saber más de él.

—A mí América me parece una tierra prometida —afirmó—, pero soy un hombre a quien quedan pocas opciones. Si regresara a mi país, muy pronto sabría qué es la guillotina, y gracias al ministro Pitt me han invitado hace poco a abandonar Inglaterra. Por fortuna, tengo cartas de recomendación para algunos de vuestros más distinguidos compatriotas: el secretario Hamilton y el presidente Washington. Tal vez ellos sepan qué hacer con un francés entrado en años y sin trabajo.

—Conozco bien a ambos —repuso su compañero—. Serví a las órdenes de George Washington durante mucho tiempo. Fue él quien me hizo brigadier y general de división y me dio mando en Filadelfia.

—¡Es extraordinario! —exclamó Talleyrand. Si el hombre había ocupado esos puestos, ¿qué demonios hacía en ese rincón perdido, reparando barcos y veleros piratas?—. Entonces tal vez podríais escribir para mí otra carta a vuestro presidente. Dicen que es muy difícil verlo…

—Me temo que soy justo el hombre cuyas referencias os alejarían aún más de su puerta —repuso el otro con una sonrisa amarga—. Permitid que me presente. Soy Benedict Arnold.

La ópera, los casinos, las casas de juego, los salones: estos eran los lugares que frecuentaría Talleyrand, pensó Mireille. Los lugares adonde ella debía acudir para localizarlo en Londres.

Al regresar a su posada, la hoja que vio clavada a la pared la llevó a cambiar de planes.

¡MÁS GRANDE QUE MESMER!
¡Un sorprendente prodigio de memoria!
¡Elogiado por los filósofos franceses!
¡Invicto ante Federico el Grande, Philip
Stamma o sire Legall de Kermeur!
¡Esta noche!
EXHIBICIÓN A LA CIEGA
del famoso maestro de ajedrez
ANDRÉ PHILIDOR
Parsloe's Coffee House
St. James Street

Parsloe's, en St. James Street, era un café y bar en el que el ajedrez era la actividad principal. Entre sus paredes se encontraba la flor y nata no solo del mundo ajedrecístico de Londres, sino de la alta sociedad europea. Y la mayor atracción era André Philidor, el ajedrecista francés, cuya fama se había extendido por toda Europa.

Aquella noche, cuando Mireille atravesó las pesadas puertas de Parsloe's, entró en otro mundo, un silencioso paraíso de opulencia: madera bien lustrada, moaré verde oscuro, gruesas alfombras indias y lámparas de aceite con recipiente de vidrio ahumado.

El local estaba casi vacío: algunos camareros que colocaban los vasos y un hombre solitario, de poco menos de sesenta años, sentado en una silla tapizada cerca de la puerta. Él mismo era opulento de carnes, con cintura ancha, mandíbulas fuertes y una papada que cubría la mitad del pañuelo de encaje dorado que le ceñía el cuello. Llevaba una chaqueta de terciopelo de un rojo tan intenso que casi hacía juego con las venillas de su nariz. Sus ojillos brillantes, rodeados de pliegues de piel, contemplaban con interés a Mireille, ¡y con mayor interés aún al extraño gigante de rostro azul que entró tras ella, vestido de seda púrpura, llevando en brazos a un niño pelirrojo!

Apuró el licor, dejó la copa sobre la mesa con un golpe y llamó a un camarero para pedir más. Después se puso en pie trabajosamente y se acercó a Mireille como si caminara por la cubierta de un barco bamboleante.

—Una moza pelirroja, la más bella que he visto —dijo arrastrando las palabras—. La melena de oro rojo que rompe el corazón de un hombre… la que desata guerras… como la de Deirdre de los Pesares.

Se quitó la estúpida peluca y barrió el suelo con ella al hacer una reverencia burlona, aprovechando el movimiento para examinar el cuerpo de Mireille. Después, en su estupor alcohólico, se guardó la peluca empolvada en el bolsillo, cogió la mano de la joven y la besó con galantería.

—¡Una mujer misteriosa, con un criado exótico y todo! Me presentaré: soy James Boswell, de Affleck, abogado por vocación, historiador por diversión y descendiente de los hermosos reyes Estuardo.

Inclinó la cabeza, reprimiendo un hipido, y tendió a Mireille el brazo doblado. Ella miró a Shahin, cuyo rostro seguía siendo una máscara impasible, porque no comprendía una palabra de inglés.

—¿No seréis el monsieur Boswell que escribió la famosa *Historia de Córcega*? —preguntó en inglés con su encantador acento francés.

Parecía demasiada coincidencia. Primero Philidor, después Boswell, de quien Letizia Buonaparte tenía tanto que decir, y ambos aquí, en el mismo club… Tal vez no fuera una coincidencia.

—El mismo —confirmó el tambaleante borracho, que se apoyaba en el brazo de Mireille como si ella estuviera encargada de sostenerlo—. De vuestro acento deduzco que sois francesa, y supongo que no aprobáis las opiniones liberales que expresé contra vuestro gobierno cuando era joven.

—Al contrario, monsieur —aseguró Mireille—, vuestras opiniones me parecen fascinantes. Ahora en Francia hay un nuevo gobierno… más acorde con lo que vos y monsieur Rousseau proponíais hace tanto tiempo. Lo conocisteis, ¿no es así?

—Conocí a todos —afirmó él con aire despreocupado—. Rousseau, Paoli, Garrick, Sheridan, Johnson… todos los grandes, en cualquier campo. Yo, como un edecán, hago mi cama en el lodo de la historia… —Pellizcó la barbilla de Mireille y con una risotada lasciva añadió—: Y también en otros lugares.

Habían llegado a su mesa, donde ya lo esperaba otra copa. La cogió y tomó otro trago saludable. Mireille lo escudriñó con todo descaro. Estaba borracho, pero no era tonto. Y sin duda no era casual que esa noche acudieran allí dos hombres relacionados con el ajedrez de Montglane. Tendría que estar en guardia, porque podrían acudir otros.

—¿Y al señor Philidor, que actúa aquí esta noche, también lo conocéis? —preguntó con cuidadosa inocencia, pero bajo su aparente calma el corazón le latía con fuerza.

—Toda persona interesada por el ajedrez siente interés por vuestro famoso compatriota —contestó Boswell, con la copa a medio camino de su boca—. Esta es su primera aparición pública desde hace cierto tiempo. No se encontraba bien. ¿Tal vez ya lo sabéis? Puesto que habéis venido, ¿debo suponer que sois una jugadora? —De pronto sus ojillos se pusieron alerta, pese a su estado de embriaguez; el doble sentido de sus palabras era evidente.

—Por eso he venido, monsieur —respondió Mireille con una leve sonrisa, abandonando su ingenuidad de colegiala—. Ya que al parecer conocéis al caballero, ¿tendríais la amabilidad de presentarnos cuando llegue?

—Naturalmente, estaré encantado —contestó Boswell, aunque el tono lo desmentía—. En realidad ya está aquí. Están ultimando los preparativos en la habitación trasera.

Le ofreció su brazo y la condujo a una cámara revestida de madera e iluminada por candelabros de bronce. Shahin los siguió en silencio.

Había varios caballeros reunidos. En el centro, un hombre alto y larguirucho, no mucho mayor que Mireille, pálido y de nariz aguileña, disponía piezas sobre uno de los tableros. Junto a las mesas había un hombre bajo y fornido que debía de tener cerca de cuarenta años y cuya ondulada cabellera dorada caía en torno a su rostro. Hablaba con un hombre mayor, del que Mireille solo veía la espalda encorvada.

Ella y Boswell se aproximaron a las mesas.

—Mi querido Philidor —exclamó él palmeando con fuerza el hombro del anciano—, os interrumpo solo para presentaros a esta joven y arrebatadora belleza de vuestra tierra.

Ni siquiera mencionó a Shahin, que observaba la escena junto a la puerta.

El anciano se volvió y miró a Mireille a los ojos. Philidor, vestido con el anticuado estilo de Luis XV —pese a que sus terciopelos y medias se veían gastados—, era un hombre de gran dignidad y porte aristocrático. Aunque alto, parecía tan frágil como un pétalo seco y su piel era casi tan blanca como su empolvada peluca. Se inclinó ligeramente para besar la mano de Mireille. Después habló a la joven con gran sinceridad.

—Madame, es raro encontrar una belleza tan radiante junto a un tablero de ajedrez.

—Y más raro aún encontrarla del brazo de un viejo degenerado como Boswell —intervino el hombre rubio mirando fijamente a Mireille. Cuando se inclinó a besar su mano, el joven alto de nariz aguileña se acercó para esperar su turno.

—Antes de entrar en este club no tenía el placer de conocer a monsieur Boswell —dijo Mireille a quienes la rodeaban—. Es a monsieur Philidor a quien he venido a ver. Soy una gran admiradora suya.

—¡No más que nosotros! —aseguró el joven—. Soy William Blake y este joven semental que piafa a mi lado es William Wordsworth. Dos Williams por el precio de uno.

—Una casa llena de escritores —observó Philidor—, lo que equivale a decir una casa de indigentes… porque ambos Williams afirman ser poetas.

Mireille trataba de recordar qué sabía de esos dos poetas. El más joven, Wordsworth, había estado en el Club de los Jacobinos y conocía a David y Robespierre, quienes a su vez conocían a Philidor; David se lo había dicho. Recordaba también que Blake, cuyo nombre ya era famoso en Francia, había escrito obras de un gran misticismo, algo acerca de la Revolución francesa. ¿Cómo se combinaban esos datos?

—¿Habéis venido a ver la exhibición? —le preguntaba Blake—. Es una hazaña tan notable que Diderot la inmortalizó en la *Enciclopedia*. Comenzará enseguida. Mientras tanto, reuniremos nuestros fondos para ofreceros un coñac…

—Preferiría cierta información —repuso Mireille, decidida a aprovechar la ocasión. Tal vez nunca más volvería a encontrar a estos hombres juntos en una habitación, y seguramente había una razón por la cual estaban allí—. Veréis, tal como monsieur Boswell puede haber imaginado, lo que me interesa es otra partida de ajedrez. Sé qué intentó descubrir en Córcega hace tantos años, qué buscaba Jean-Jacques Rousseau. Sé qué aprendió monsieur Philidor del gran matemático Euler mientras estaba en Prusia y qué conocisteis vos, señor Wordsworth, de labios de David y Robespierre…

—No tenemos ni idea de lo que estáis diciendo —interrumpió Boswell.

Philidor había palidecido y buscaba una silla para tomar asiento.

—Sí, caballeros, lo sabéis muy bien —dijo Mireille, mientras los cuatro hombres la miraban atónitos—. Estoy hablando del ajedrez de Montglane, sobre el cual habéis venido a departir esta noche. No me miréis con semejante pasmo. ¿Creéis que estaría aquí si no conociera vuestros planes?

—Esta mujer no sabe nada —dijo Boswell—. Empieza a llegar gente para la exhibición. Propongo que aplacemos esta conversación…

Wordsworth había servido un vaso de agua a Philidor, que parecía a punto de desvanecerse.

—¿Quién sois? —preguntó el maestro de ajedrez a Mireille, mirándola como si estuviera viendo un fantasma.

Ella respiró hondo antes de responder:

—Me llamo Mireille y vengo de Montglane. Sé que el ajedrez existe, porque he tenido sus piezas en mis manos.

—¡Sois la pupila de David! —balbuceó Philidor.

—¡La que desapareció! —dijo Wordsworth—. La que estaban buscando…

—Hay alguien con quien debemos conferenciar —dijo apresuradamente Boswell—. Antes de que sigamos adelante…

—No hay tiempo —lo interrumpió Mireille—. Si me decís lo que sabéis, yo también confiaré en vosotros. Pero tiene que ser ahora… no más tarde.

—Diría que es un trato —musitó Blake, que paseaba por la habitación, absorto en sus pensamientos—. Confieso que tengo razones personales para estar interesado por ese ajedrez. Sean cuales sean los deseos de vuestros compañeros, Boswell, no me conciernen. Yo me enteré de la existencia del ajedrez de Montglane por otras vías… por una voz que clamaba en el desierto…

—¡Sois un estúpido! —exclamó Boswell ebrio, dando un puñetazo sobre la mesa—. Creéis que el fantasma de vuestro difunto hermano os da una patente especial para reclamar el ajedrez. Hay otros que comprenden su valor… y no están ahogándose en el misticismo.

—Si mis motivos os parecen demasiado puros —le espetó Blake—, no deberíais haberme invitado a participar en vuestra conspiración esta noche. —Con una sonrisa fría se volvió hacia Mireille—. Mi hermano Robert murió hace unos años —le explicó—. Era lo único que yo amaba en esta verde tierra. Cuando su espíritu abandonaba su cuerpo, me habló con un hilo de voz… y me dijo que buscara el ajedrez de Montglane, el manantial y la fuente de todos los misterios desde el comienzo de los tiempos. Mademoiselle, si sabéis algo de este objeto, me complacerá compartir con vos lo poco que sé. Y también a Wordsworth, si no me equivoco.

Escandalizado, Boswell giró sobre sus talones y salió de la habitación. Philidor lanzó una mirada perspicaz a Blake y le puso una mano en el brazo para recomendarle precaución.

—Tal vez por fin pueda dar descanso a los huesos de mi hermano —dijo Blake.

Llevó a Mireille a una silla en la parte trasera y fue a buscar un coñac para ella, mientras Wordsworth acomodaba a Philidor en la mesa central. Cuando Shahin se sentó junto a Mireille, llevando en brazos a Charlot, la sala empezaba a llenarse de espectadores.

—El borracho ha salido del edificio —susurró Shahin—. Huelo peligro. Al-Kalim también lo percibe. Debemos irnos de aquí enseguida.

—Todavía no —dijo Mireille—. Antes he de averiguar algo.

Blake regresó con la copa para Mireille y tomó asiento a su lado.

Cuando Wordsworth se unió a ellos, los últimos espectadores se acomodaban en sus asientos. Philidor estaba sentado ante el tablero, con los ojos vendados, mientras un hombre explicaba las reglas del juego. Ambos poetas se inclinaron hacia Mireille y Blake empezó a decir en voz baja:

—En Inglaterra hay una historia muy famosa, relacionada con el reputado filósofo francés François-Marie Arouet, conocido como Voltaire. Alrededor de las navidades de 1725, treinta años antes de mi nacimiento, Voltaire acompañó una noche a la actriz Adrienne Lecouvreur a la Comédie Française, en París. Durante el entreacto, fue insultado en público por el *chevalier* de Rohan Chabot, quien gritó a todo pulmón: «Monsieur de Voltaire, monsieur Arouet... ¿por qué no decidís de una vez cómo os llamáis?». Voltaire, dueño de un rapidísimo ingenio, gritó a su vez: «Mi nombre empieza conmigo... el vuestro termina con vos». Pese a que el duelo estaba prohibido —continuó Blake—, el poeta fue a Versalles y exigió una satisfacción al caballero. A consecuencia de esto acabó en la Bastilla. Mientras estaba en su celda, se le ocurrió una idea. Apelando a las autoridades para que no lo dejasen languidecer otra vez en prisión, propuso partir en un exilio voluntario... a Inglaterra.

—Dicen —intervino Wordsworth— que durante su estancia en la Bastilla, Voltaire descifró un manuscrito secreto relacionado con el ajedrez de Montglane. Fue entonces cuando se le ocurrió la idea de venir aquí y presentarlo como una especie de acertijo a sir Isaac Newton, nuestro famoso matemático y científico, cuyas obras había leído con gran admiración. Newton era un anciano cansado y había perdido el interés por su trabajo, que ya no constituía un desafío para él. Voltaire le propuso proporcionarle la chispa necesaria: lo retó no solo a descifrar lo que él había descifrado, sino también a desentrañar el problema más profundo de su significado real. Porque, según dicen, madame, ese manuscrito describía un gran secreto encerrado en el ajedrez de Montglane, una fórmula poderosísima.

—Lo sé —murmuró Mireille, apartando los dedos de Charlot, que se habían enredado en sus cabellos. El resto del público miraba fijamente lo que sucedía en el tablero, donde Philidor escuchaba la lectura de los movimientos de su oponente y, de espalda al tablero, anunciaba sus jugadas—. ¿Y consiguió sir Isaac resolver el acertijo? —preguntó impaciente, sintiendo la tensión de Shahin, que quería partir, pese a que no veía su cara.

—Ciertamente —contestó Blake—. Eso es lo que deseamos deciros. Fue lo último que hizo… porque murió al año siguiente…

LA HISTORIA DE LOS DOS POETAS

Cuando los dos hombres se conocieron en Londres, en mayo de 1726, Voltaire tenía treinta y pocos años y Newton ochenta y tres. Unos treinta años antes Newton había padecido una especie de depresión y en los últimos veinte no había publicado nada importante.

Cuando se conocieron, el esbelto y cínico Voltaire, con su afilado ingenio, debió de sentirse desconcertado al ver a Newton, gordo y sonrosado, de cabellos canos y actitud lánguida, casi dócil. Aunque todos le trataban como a una celebridad, Newton era en realidad un hombre solitario, parco en palabras, que guardaba celosamente sus pensamientos más íntimos. Todo lo contrario que su joven admirador francés, que ya había sido encarcelado dos veces en la Bastilla por su falta de tacto y su temperamento impetuoso.

El caso es que Newton siempre se sintió atraído por cualquier problema, fuese de naturaleza científica o mística. Cuando llegó Voltaire con su manuscrito místico, sir Isaac lo cogió ansiosamente, se encerró con él en sus habitaciones y desapareció durante varios días, dejando al filósofo intrigado. Por fin invitó a Voltaire a su estudio, un lugar lleno de instrumentos ópticos y con las paredes cubiertas de libros antiquísimos.

—Solo he publicado una parte de mi obra —dijo el científico al filósofo—, y solo por la insistencia de la Sociedad Real. Ahora soy viejo y rico, de modo que puedo hacer lo que me plazca… pero sigo negándome a publicar. Vuestro compatriota, el cardenal Richelieu, comprendía esta clase de reserva, porque de otro modo no hubiera escrito su diario en código.

—Entonces, ¿lo habéis descifrado? —preguntó Voltaire.

—Eso… y más —respondió el matemático con una sonrisa, y

llevó a Voltaire a un rincón de su estudio, donde había una gran caja de metal cerrada. Sacó la llave de su bolsillo y miró al francés—. Es la caja de Pandora. ¿La abrimos? —preguntó.

Cuando Voltaire asintió ansiosamente, hicieron girar la llave en la cerradura herrumbrada.

Contenía manuscritos de cientos de años de antigüedad, algunos casi desmenuzados por el abandono que habían sufrido muchos lustros. La mayor parte de ellos estaban muy gastados y Voltaire sospechó que por obra de las manos del propio Newton. Cuando este sacó con cuidado los papeles de la caja metálica, Voltaire echó una ojeada a los títulos y quedó sorprendido: *De occulta philosophia, Musaeum hermeticum, Transmutatione metallorum…* libros heréticos de Al-Jabir, Paracelso, Villanova, Agripa, Llull. Tratados de magia negra prohibidos por todas las iglesias cristianas. Docenas de obras de alquimia y, debajo de ellas, cuidadosamente protegidas por tapas de papel, miles de páginas de notas y análisis experimentales, escritos por el propio Newton.

—¡Pero vos sois el mayor defensor de la razón de nuestro siglo! —exclamó Voltaire, mirando incrédulo los libros y papeles—. ¿Cómo podéis sumergiros en este pantano de misticismo y magia?

—No es magia —lo corrigió Newton—, sino ciencia. La más peligrosa de todas las ciencias, pues su objetivo es alterar el curso de la naturaleza. El hombre inventó la razón solo para que lo ayudase a descifrar las fórmulas creadas por Dios. En todo lo natural hay un código… y cada código tiene una clave. He recreado muchos experimentos de los antiguos alquimistas, pero este documento que me habéis proporcionado dice que la clave final está contenida en el ajedrez de Montglane. Si esto fuera verdad, daría todo cuanto he descubierto, todo cuanto he inventado, por una hora a solas con esas piezas.

—¿Y qué os revelaría esa «clave final» que no seáis capaz de descubrir vos mismo mediante la investigación y experimentación? —preguntó Voltaire.

—La piedra —contestó Newton—. La clave de todos los secretos.

♟

Cuando los poetas interrumpieron su relato, Mireille se volvió de inmediato hacia Blake. Sus voces se habían confundido con los murmullos del público, que comentaba el desarrollo de la partida.

—¿Qué quería decir con «la piedra»? —preguntó Mireille cogiendo con fuerza el brazo del poeta.

—Claro, me olvidaba —dijo Blake entre risas—. Yo mismo he estudiado esas cosas, de modo que doy por sentado que todo el mundo lo sabe. El objetivo de todo experimento alquímico es llegar a una solución que se reduce a una pastilla de polvo rojizo seco... al menos así lo describen. He leído los trabajos de Newton; aunque no se publicaron por vergüenza (nadie creía en serio que hubiera dedicado tanto tiempo a esa tontería), por fortuna jamás se destruyeron...

—¿Y qué es esa pastilla de polvo rojizo? —lo apremió Mireille, tan ansiosa que tenía ganas de gritar.

Charlot le tiraba de las faldas desde atrás. No necesitaba un profeta para saber que se había entretenido demasiado.

—Bueno, de eso se trata —respondió Wordsworth inclinándose. Los ojos le brillaban de entusiasmo—. Esa pastilla es la piedra. Si se mezcla un trozo de ella con metales viles se convierte en oro. Si se traga disuelta en agua, se supone que cura todas las enfermedades. La llaman la piedra filosofal...

Mireille recordó todo lo que sabía. Las piedras sagradas adoradas por los fenicios; la piedra blanca descrita por Rousseau, incrustada en el muro de Venecia, con una leyenda que rezaba: «Si un hombre pudiera decir y hacer lo que piensa, vería cómo podría transformarse». Evocó la imagen de la Reina Blanca convirtiendo a un hombre en un dios...

De pronto se puso en pie. Sorprendidos, Blake y Wordsworth la imitaron.

—¿Qué sucede? —susurró el joven Wordsworth.

Varias personas los miraban, irritadas por el alboroto.

—Debo irme —dijo Mireille, y plantó un beso en la mejilla del poeta, que se ruborizó. Luego se volvió hacia Blake y le estrechó su mano—. Estoy en peligro... no puedo permanecer aquí. Pero no os olvidaré.

Se encaminó hacia la salida y Shahin avanzó tras ella como una sombra.

—Tal vez deberíamos seguirla —dijo Blake—. No sé por qué creo que volveremos a tener noticias suyas. Una mujer notable, ¿no crees?

—Sí —convino Wordsworth—. Ya la estoy viendo en un poema. —Rió al ver la expresión preocupada de Blake—. ¡Oh, no en un poema mío, sino tuyo!

Mireille y Shahin atravesaron presurosos la habitación exterior, donde sus pies se hundían en las mullidas alfombras. Los camareros, ociosos en el bar, apenas repararon en ellos cuando pasaron como fantasmas. Al salir a la calle Shahin cogió a Mireille del brazo y la obligó a arrimarse a la pared en sombras. Charlot, en brazos de Shahin, escudriñaba la oscuridad con ojos de gato.

—¿Qué sucede? —susurró Mireille.

Shahin le indicó que callase llevándose un dedo a los labios. Ella se esforzó por ver en las tinieblas y entonces oyó el ruido de pasos suaves sobre el pavimento mojado. Luego vio dos formas entre la bruma.

Las sombras se aproximaban a la puerta del club Parsloe's, apenas a unos metros de distancia de donde Mireille y Shahin esperaban conteniendo la respiración. Hasta Charlot estaba silencioso como un ratoncillo. La puerta del club se abrió y la luz del interior iluminó las formas de la calle. Una era la del obeso y ebrio Boswell, envuelto en una larga capa oscura, y la otra… Mireille quedó boquiabierta al ver que Boswell se volvía y tendía la mano.

Era una mujer, esbelta y hermosa, que echó hacia atrás la capucha de su capa. ¡De ella surgió la larga melena rubia de Valentine! ¡Era Valentine! Mireille profirió un sollozo ahogado e hizo ademán de avanzar hacia la luz, pero Shahin la retuvo con mano de hierro. Ella se volvió hacia él, enfadada, pero Shahin se inclinó rápidamente y le susurró al oído:

—La Reina Blanca.

Mireille retrocedió horrorizada, mientras la puerta del club se cerraba dejándolos de nuevo en la oscuridad.

Las islas Anglonormandas, febrero de 1794

Durante las semanas que permaneció a la espera de la reparación de su barco, Talleyrand tuvo muchas oportunidades de conocer a Benedict Arnold, el famoso felón que había traicionado a su país convirtiéndose en espía del gobierno británico.

Era curioso ver a esos dos hombres sentados en la posada, jugando a las damas o al ajedrez. Ambos habían tenido una carrera prometedora, ocupado altos cargos y merecido el respeto de sus iguales y superiores. Pero también ambos se granjearon enemistades que les habían costado su reputación y su forma de vida. Al regresar a Inglaterra, una vez descubierta su actividad como espía, Arnold se encontró con que no se le había reservado ningún puesto en el ejército. Fue objeto de burla y tuvo que apañárselas por su cuenta. Eso explicaba la situación en que lo había encontrado Talleyrand.

Talleyrand comprendió que, aunque Arnold no pudiera darle cartas de presentación para norteamericanos importantes, sí podía proporcionarle información sobre el país al que pronto viajaría. Durante esas semanas acosó al patrón del astillero con sus preguntas. Ahora, el último día de su estancia antes de que el barco partiera hacia el Nuevo Mundo, le formuló aún más preguntas mientras jugaban al ajedrez en la posada.

—¿Cuáles son las actividades sociales en Estados Unidos? —preguntó—. ¿Hay salones como en Inglaterra o en Francia?

—Cuando hayáis salido de Filadelfia o Nueva York, que están llenas de inmigrantes holandeses, encontraréis poco más que pueblos fronterizos. Por la noche la gente se sienta junto al fuego con un libro o juega una partida de ajedrez, como ahora nosotros. Fuera de la costa oriental no hay mucha actividad social. En cualquier caso, el ajedrez es casi el pasatiempo nacional. Dicen que hasta los tramperos llevan un pequeño tablero en sus viajes.

—¿De veras? —dijo Talleyrand—. No tenía idea de que hubiese tanta afición por un entretenimiento intelectual en lo que hasta hace muy poco eran colonias aisladas.

—No se trata de intelecto, sino de moralidad —dijo Arnold—. En todo caso, es así como lo ven. Tal vez hayáis leído una obra de Ben Franklin que es muy popular en Estados Unidos. Se titula *La ética del ajedrez* y habla de cómo pueden aprenderse muchas lecciones sobre la vida estudiando minuciosamente el juego. —Rió con cierta amargura y levantó la vista del tablero para posarla en Talleyrand—. Era Franklin quien estaba tan ansioso por resolver el acertijo del ajedrez de Montglane…

Talleyrand lo miró de hito en hito.

—¿De qué estáis hablando? —preguntó—. ¿Queréis decir que incluso al otro lado del Atlántico se conoce esa leyenda ridícula?

—Ridícula o no —repuso el otro con una sonrisa cuyo sentido Talleyrand no pudo desentrañar—, dicen que el viejo Ben Franklin se pasó la vida tratando de descifrar el acertijo. Hasta fue a Montglane durante su estancia en Francia como embajador. Es un lugar en el sur de Francia…

—Sé dónde está —lo interrumpió Talleyrand—. ¿Qué buscaba?

—Pues el ajedrez de Carlomagno; creía que aquí todos sabían de qué se trataba. Decían que estaba enterrado en Montglane. Benjamin Franklin era un excelente matemático y jugador de ajedrez. Inventó un recorrido del caballo que, según afirmaba, era su idea de cómo estaba trazado el ajedrez de Montglane.

—¿Trazado? —preguntó Talleyrand, estremeciéndose al comprender lo que implicaban las palabras del hombre.

Hasta en Estados Unidos, a miles de kilómetros de los horrores de Europa, estaría sujeto a la influencia del espantoso ajedrez que tanto había afectado a su vida.

—Sí —dijo Arnold moviendo una pieza sobre el tablero—. Debéis preguntárselo a Alexander Hamilton, un colega masón. Dicen que Franklin descifró una parte de la fórmula… y antes de morir se la pasó a ellos…

LA OCTAVA CASILLA

—¡Por fin la octava casilla! —exclamó Alicia—. ¡Oh, cómo me alegro de haber llegado aquí! ¿Y qué es esto que tengo en la cabeza? —dijo consternada... mientras se lo quitaba y lo colocaba en su regazo para descubrir de qué podía tratarse. Era una corona de oro.

LEWIS CARROLL,
A través del espejo

Me arrastré fuera del agua en la playa de guijarros en forma de media luna que había delante del pinar, a punto de vomitar a causa de toda el agua salada que había tragado... pero viva. Y era el ajedrez de Montglane lo que me había salvado.

El peso de las piezas que llevaba en el bolso me había atraído hacia el fondo antes de poder dar una brazada, poniéndome fuera del alcance de los pequeños trozos de plomo que golpeaban el agua por encima de mi cabeza... surgidos de las pistolas de los colegas de Sharrif. Como el agua tenía apenas tres metros de profundidad, pude caminar por el fondo arenoso, arrastrando el bolso conmigo, tanteando entre los botes hasta que pude sacar la nariz para respirar. Usando siempre el enjambre de barcas como refugio y mi bolso como ancla, me abrí camino por los bajíos en la oscuridad.

Abrí los ojos en la playa y, desesperada, traté de determinar dónde me encontraba. Eran las nueve de la noche y la oscuridad era casi total, pero se veían algunas luces parpadeantes que parecían el puerto de Sidi Fredj, a unos tres kilómetros de distancia. Si no me capturaban, podía llegar andando… pero ¿dónde estaba Lily?

Palpé el bolso empapado y metí la mano. Las piezas seguían allí. Solo Dios sabía qué había perdido al arrastrar el bolso por la mugre del fondo, pero el manuscrito antiguo estaba metido en una bolsa impermeable, donde guardaba el maquillaje. Esperaba que el agua no se hubiese filtrado.

Estaba planeando mi siguiente movimiento cuando un objeto empapado se arrastró fuera del agua a unos pocos metros de donde yo estaba. En la oscuridad parecía una gallina desplumada, pero el ladrido que emitió mientras se acercaba vacilante a mí y se arrojaba en mi regazo despejó mis dudas: era Carioca, calado hasta los huesos. No tenía forma de secarlo porque yo misma estaba empapada, de modo que lo levanté mientras me ponía en pie, me lo coloqué bajo el brazo y me encaminé hacia el pinar… el atajo más seguro para llegar a casa.

Había perdido un zapato en el agua, de manera que me quité el otro y caminé descalza sobre la blanda alfombra de agujas de los pinos, usando mi instinto de volver al hogar para poner rumbo a puerto. Llevaba unos quince minutos andando cuando oí el crujido de una ramita. Me detuve y acaricié al tembloroso Carioca, rogando que no montara el mismo numerito que con los murciélagos.

Unos segundos después, un potente haz de luz me iluminó la cara. Me quedé quieta, con los ojos entrecerrados y el corazón helado de miedo. Entonces un soldado con uniforme de color caqui apareció en el círculo de luz y se acercó a mí. Llevaba una enorme ametralladora y una canana con balas de aspecto horrible colgada de un costado. El arma apuntaba a mi estómago.

—¡Alto! —exclamó sin ninguna necesidad—. ¿Quién es usted? ¡Hable! ¿Qué hace aquí?

—He llevado a mi perro a nadar un rato —respondí, y levanté a Carioca como prueba—. Soy Catherine Velis. Le mostraré mis documentos de identificación…

Comprendí que los papeles que me disponía a buscar estaban empapados. Empecé a hablar atropelladamente.

—Estaba paseando a mi perro en Sidi Fredj —dije—, cuando se cayó del embarcadero. Salté para rescatarlo, pero la corriente nos trajo hasta aquí… —Diablos, de pronto advertí que en el Mediterráneo no había corrientes. Seguí a toda prisa—. Trabajo para la OPEP, para el ministro Kader. Él responderá por mí. Vivo allá. —Levanté la mano y el soldado me apuntó a la cara con el arma. Decidí adoptar otra actitud: la norteamericana desagradable—. ¡Le digo que es urgente que vea al ministro Kader! —exclamé con tono autoritario, irguiéndome con una dignidad que debía de resultar ridícula en mis presentes condiciones—. ¿Tiene idea de quién soy?

El soldado volvió la cabeza hacia alguien situado tras la luz.

—¿Tal vez asiste a la conferencia? —preguntó mirándome.

¡Claro! ¡Por eso patrullaban el bosque esos soldados! Por eso habían montado un control en la carretera. Por eso Kamel había insistido tanto en que regresara a finales de semana. ¡Había empezado la conferencia de la OPEP!

—Por supuesto —aseguré—. Soy uno de los delegados clave… Estarán preguntándose dónde estoy.

El soldado rodeó el haz de luz estroboscópica y se puso a cuchichear en árabe con su compañero. Unos minutos después apagaron la luz. El de mayor edad habló con tono de disculpa.

—Madame, la acompañaremos a reunirse con su grupo. En este momento los delegados están en el Restaurant du Port. ¿Tal vez desearía ir primero a su alojamiento para cambiarse?

Estuve de acuerdo en que era una buena idea. Al cabo de una media hora mi escolta y yo llegamos a mi apartamento. Los soldados esperaron fuera mientras me cambiaba rápidamente, me secaba el cabello y enjugaba a Carioca lo mejor posible.

No podía dejar las piezas en mi apartamento, de modo que saqué del armario un bolso de lona y las metí dentro junto con Carioca. El libro que me había dado Minnie estaba húmedo pero, gracias al neceser hermético, no se había estropeado. Le di un rápido repaso con el secador de pelo y me reuní con los soldados, que me escoltaron por el puerto.

El Restaurant du Port era un edificio enorme con techos altos y suelos de mármol, donde había almorzado a menudo cuando todavía me alojaba en El Riadh. Atravesamos la larga galería de arcos en forma de llave que partía de la plaza aneja al puerto y después ascendimos por el ancho tramo de escaleras que iban desde el agua hasta las paredes de vidrio brillantemente iluminadas del restaurante. Cada treinta pasos había soldados que miraban hacia el puerto con las manos a la espalda y el fusil colgado del hombro. Cuando llegamos a la entrada, miré a través de las paredes de vidrio para ver si podía localizar a Kamel.

Habían cambiado la disposición del restaurante. Cinco largas filas de mesas se extendían desde donde yo estaba hasta el otro extremo, tal vez a unos treinta metros de distancia. En el centro había una tarima elevada y rodeada por una barandilla de bronce, donde se sentaban los más altos dignatarios. Incluso desde mi puesto de observación el despliegue de poder resultaba imponente. Allí estaban no solo los ministros del petróleo, sino también los gobernantes de todos los países de la OPEP. Los uniformes con galones de oro, las túnicas bordadas con casquetes de piel de leopardo, las vestiduras blancas y los trajes occidentales oscuros se combinaban en una mezcla pintoresca.

El taciturno guardián de la puerta despojó a mi soldado de su arma y señaló con un gesto la tarima que se elevaba unos metros por encima de la multitud. El soldado me precedió entre las largas filas de mesas de manteles blancos, en dirección a la corta escalera del centro, y entonces vi la expresión horrorizada de Kamel, a varios metros de distancia. Me acerqué a la mesa, el soldado juntó los talones y el ministro se puso en pie.

—¡Mademoiselle Velis! —dijo, y se volvió hacia el soldado—. Gracias por traer a nuestra estimada colaboradora a nuestra mesa, oficial. ¿Se había perdido? —Me miraba con el rabillo del ojo, como si esperara que tuviera preparada una explicación.

—En el pinar, señor ministro —explicó el soldado—. Un incidente desafortunado con un perrito. Entendimos que se la esperaba en su mesa... —Echó una ojeada a la mesa, llena de hombres y sin lugar vacío para mí.

—Ha hecho muy bien, oficial —dijo Kamel—. Puede volver a su puesto. No olvidaremos su diligencia.

El soldado volvió a juntar los tacones y se marchó.

Kamel agitó la mano para llamar la atención de un camarero que pasaba y le pidió que pusiera otro cubierto. Se quedó de pie hasta que llegó la silla. Después nos sentamos y me presentó a los demás.

—El ministro Yamini —dijo indicando al ministro saudí, un hombre regordete y sonrosado, con cara de ángel, que me saludó cortésmente con una inclinación de la cabeza y se levantó a medías—. Mademoiselle Velis es la experta norteamericana que ha creado el brillante sistema informático y los análisis de los que hablé en la reunión de esta tarde —agregó.

El ministro Yamini levantó una ceja para demostrar que estaba impresionado.

—Ya conoce al ministro Belaid, creo —siguió Kamel, mientras Abdelsalaam Belaid, que había firmado mi contrato, se levantaba con ojos destellantes y me estrechaba la mano. Con su piel atezada y tersa, las sienes plateadas y la brillante cabeza calva, me recordaba un elegante capo de la mafia.

El ministro Belaid se volvió hacia su derecha para hablar con su compañero de mesa, que a su vez estaba enfrascado en una conversación con su vecino. Ambos hombres lo miraron y yo palidecí al reconocerlos.

—Mademoiselle Catherine Velis, nuestra experta en informática —dijo Belaid con su voz susurrante.

El presidente de Argelia, Huari Bumedián, de cara larga y triste, me miró un momento y luego se volvió hacia su ministro, como si se preguntara qué demonios hacía yo allí. Belaid se encogió de hombros con una sonrisa diplomática.

—*Enchanté* —dijo el presidente.

—El rey Faisal, de Arabia Saudí —continuó Belaid señalando al hombre de expresión vehemente y cara de rapaz, que me miraba por debajo de su tocado blanco. No sonrió; se limitó a inclinar la cabeza.

Cogí la copa de vino y me eché al coleto un trago reconfortante. ¿Cómo demonios iba a arreglármelas para explicar a Kamel lo que estaba sucediendo? ¿Y cómo iba a salir de allí para rescatar a Lily? Con esos compañeros de mesa era imposible excusarse, ni siquiera para ir al lavabo.

En ese momento se produjo un alboroto repentino en el salón, por debajo de nosotros. Todo el mundo se volvió a ver qué sucedía. Debía de haber más de seiscientos hombres en la estancia, todos sentados, salvo los camareros, que corrían de un lado a otro colocando en las mesas cestas de pan, fuentes de ensalada y botellas de vino y agua. Había entrado un hombre alto y moreno, vestido con una larga túnica blanca. Su rostro agraciado denotaba pasión mientras caminaba entre las filas de mesas agitando una fusta. Los camareros, que se habían reunido en grupos, no hacían gesto alguno por detenerlo. Yo observaba incrédula cómo descargaba la fusta a diestro y siniestro barriendo las botellas de vino y tirándolas al suelo. Los comensales, mientras tanto, permanecían en silencio.

Con un suspiro, Bumedián se puso en pie y dijo unas rápidas palabras al encargado del local, que había acudido a su lado. Después el melancólico presidente de Argelia descendió de la tarima y esperó a que el hombre apuesto llegara a su lado con sus largos pasos.

—¿Quién es ese tipo? —pregunté a Kamel en un susurro.

—Muhammar El Gadafi. De Libia —murmuró él—. Hoy ha pronunciado un discurso en la conferencia contra el consumo de alcohol por parte de los seguidores del islam. Veo que tiene intención de acompañar sus palabras con acciones. Está loco. Dicen que ha contratado asesinos europeos para atacar a importantes ministros de la OPEP.

—Lo sé —dijo el querúbico Yamini, con una sonrisa que hizo aparecer sendos hoyuelos en sus mejillas—. Mi nombre ocupa un lugar destacado en su lista. —No parecía preocuparle mucho.

Cogió un trozo de apio y lo mascó con aire de satisfacción.

—Pero ¿por qué? —murmuré—. ¿Solo porque beben?

—Porque insistimos en que el embargo sea económico más que político —contestó Kamel. Bajando la voz, siseó a través de sus dientes apretados—: Ahora que tenemos un momento, ¿qué está pasando? ¿Dónde ha estado? Sharrif ha puesto el país patas arriba buscándola. Aunque no la detendrá aquí, está usted en un buen lío.

—Lo sé —susurré mirando a Bumedián, que hablaba en voz baja con Gadafi.

Como tenía su larga y triste cara inclinada no podía ver su expresión.

Los comensales estaban recogiendo las botellas de vino y pasándolas a los camareros, que las reemplazaban subrepticiamente por otras.

—Necesito hablar con usted a solas —seguí—. Su colega persa tiene a mi amiga. Hace media hora yo estaba nadando por la costa. En mi bolso de lona llevo un perro mojado… y algo más que tal vez le interese. Tengo que salir de aquí…

—Dios mío —murmuró Kamel—, ¿quiere decir que las tiene? ¿Aquí? —Miró en torno disimulando el pánico con una sonrisa.

—De modo que está usted en el juego —susurré sonriendo yo también.

—¿Por qué cree que la traje aquí? —murmuró Kamel—. Me costó horrores explicar por qué había desaparecido justo antes de la conferencia…

—Podemos hablar de eso más tarde. Ahora tengo que salir de aquí y rescatar a Lily.

—Déjemelo a mí… algo haremos. ¿Dónde está?

—En La Madrague —musité.

Kamel me miró atónito. En ese momento Huari Bumedián regresó a la mesa y se sentó. Todo el mundo se volvió hacia él sonriendo y el rey Faisal dijo en inglés:

—Nuestro coronel Gadafi no está tan loco como parece. —Y fijó sus grandes y brillantes ojos de halcón en el presidente de Argelia—. ¿Recuerda lo que dijo cuando alguien se quejó de la presencia de Castro en la conferencia de países no alineados? —El rey se volvió hacia Yamini, su ministro, que estaba a su derecha—. El coronel Gadafi dijo que si se prohibía a cualquier país su participación en el Tercer Mundo porque recibía dinero de una de las grandes potencias, entonces todos deberíamos hacer las maletas y volver a casa. Terminó leyendo una lista de los acuerdos financieros y armamentistas de la mitad de las naciones presentes… muy precisa, podría agregar. No lo desdeñaría tachándolo de fanático religioso. En absoluto.

Bumedián me estaba mirando. Era un hombre misterioso. Nadie conocía su edad, su pasado ni el lugar donde había nacido. Desde que encabezó con éxito la revolución, diez años antes, y tras el posterior golpe militar que lo llevó a la presidencia del país, había conseguido que Argelia estuviera al frente de la OPEP, y la había convertido en la Suiza del Tercer Mundo.

—Mademoiselle Velis —dijo dirigiéndose a mí por primera vez—, durante su trabajo para el ministerio, ¿ha visto en alguna ocasión al coronel Gadafi?

—Jamás —contesté.

—Es extraño —repuso Bumedián—, porque, cuando estábamos hablando, la vio y dijo algo que parecía indicar lo contrario.

Noté que Kamel se ponía tenso. Cogió con fuerza mi brazo por debajo de la mesa.

—¿De veras? —preguntó Kamel con aire despreocupado—. ¿Qué dijo Gadafi, señor presidente?

—Supongo que se confundió —respondió el presidente restando importancia al asunto y fijando sus grandes ojos oscuros en Kamel—. Preguntó si era ella.

—¿Ella? —dijo el ministro Belaid, atónito—. ¿Y qué quiere decir eso?

—Supongo que quería saber si era quien había preparado las previsiones de las que tanto hemos oído hablar a Kamel Kader —contesto el presidente, y se volvió.

Empecé a murmurar algo a Kamel, pero meneó la cabeza y se volvió hacia su jefe, Belaid.

—Catherine y yo desearíamos tener la posibilidad de revisar las cifras antes de presentarlas mañana. ¿Podríamos retirarnos del banquete? Si no, me temo que tendremos que pasar la noche trabajando.

La expresión de Belaid dejaba bien claro que no creía una sola palabra.

—Primero desearía hablar con usted —dijo. Se levantó y llevó aparte a Kamel.

Yo también me puse en pie, toqueteando mi servilleta. Yamini se inclinó.

—Ha sido un placer tenerla en la mesa, aunque haya sido por tan breve tiempo —me aseguró con una sonrisa y hoyuelos en las mejillas.

Belaid hablaba con Kamel junto a la pared mientras los camareros iban deprisa de un lado a otro con bandejas de comida humeante. Cuando me aproximé, dijo:

—Mademoiselle, le agradecemos todo lo que ha hecho por nosotros. No tenga a Kamel Kader levantado hasta muy tarde. —Y regresó a la mesa.

—¿Podemos irnos ahora? —pregunté a Kamel en un murmullo.

—Sí, de inmediato. —Me cogió del brazo y bajamos a toda prisa por las escaleras—. La policía secreta ha enviado un mensaje a Abdelsalaam para informarle de que la están buscando. Dicen que escapó a la detención en La Madrague. Él se enteró durante la cena. Me la confía en lugar de entregarla enseguida. Espero que comprenderá cuál sería mi posición si vuelve a desaparecer.

—Por el amor de Dios —susurré mientras nos abríamos paso entre las mesas—, usted sabe por qué fui al desierto. ¡Y sabe adónde vamos ahora! Soy yo quien debería hacer las preguntas. ¿Por qué no me dijo que estaba implicado en el juego? ¿Belaid es también un jugador? ¿Y Thérèse? ¿Y por qué ese paladín musulmán de Libia dijo que me conocía?

—Ojalá lo supiera —dijo Kamel con semblante serio. Hizo un gesto con la cabeza al guardia, que se inclinó cuando pasamos—. Iremos a La Madrague en mi coche. Debe contarme todo lo que ha sucedido para que pueda ayudar a su amiga.

Entramos en su coche bajo la luz tenue del estacionamiento. Cuando se volvió hacia mí, la luz de las farolas de la calle se reflejó en sus ojos amarillos. Le expliqué lo que había ocurrido y le pregunté qué sabía de Minnie Renselaas.

—Conozco a Mojfi Mojtar desde niño —contestó—. Eligió a mi padre para una misión… para formar una alianza con El-Marad y entrar en territorio blanco; la misión en la que él murió. Thérèse trabajaba para mi padre. Ahora, aunque es empleada de la Poste Centrale, sirve a Mojfi Mojtar, al igual que sus hijos.

—¿Sus hijos? —pregunté, tratando de imaginar a la extravagante operadora como madre.

—Valérie y Michel —respondió Kamel—. Creo que ha conocido a Michel. Lo llaman Wahad…

¡De modo que Wahad era hijo de Thérèse! La trama se enredaba como un ovillo… y, como había dejado de creer en las coincidencias, almacené en mi cabeza la información de que Valérie era también el nombre de la criada de Harry Rad. Pero tenía cosas más importantes de qué ocuparme antes de analizar quiénes eran los peones.

—No lo entiendo —interrumpí—. Si encomendaron esta misión a su padre y fracasó… eso significa que el equipo blanco consiguió las piezas que él buscaba, ¿no? Entonces, ¿cuándo termina la partida? ¿Cuando alguien reúne todas las piezas?

—A veces pienso que nunca terminará —reconoció Kamel con amargura. Encendió el motor y tomó el largo camino flanqueado de cactus para salir de Sidi Fredj—. En todo caso, la vida de su amiga sí corre peligro de terminar si no llegamos pronto a La Madrague.

—¿Es usted un pez lo bastante gordo para presentarse allí como si tal cosa y exigir que la devuelvan?

Las luces del salpicadero me permitieron ver la fría sonrisa de Kamel. Nos acercamos a la barrera que Lily y yo habíamos visto. El ministro mostró su pase por la ventanilla y el guardia le indicó que podía seguir.

—Lo único que preferiría tener El-Marad en lugar de su amiga —dijo serenamente— es lo que usted afirma tener en su bolso de lona. Y no me refiero al perro. ¿Le parece justo?

—¿Está proponiendo… que le entregue las piezas a cambio de Lily? —pregunté estupefacta. Sin embargo, comprendí que probablemente fuera la única manera de entrar y salir con vida—. ¿No podríamos darle solo una?

Kamel rió y me apretó un hombro.

—Cuando El-Marad sepa que las tiene —dijo—, nos eliminará del tablero.

¿Por qué no habíamos llevado con nosotros algunos soldados… o incluso unos delegados de la OPEP? En ese momento me hubiera venido bien la ayuda del fanático Gadafi con su fusta, para que abatiera él solo a sus enemigos como toda una horda mongola. En su lugar tenía al seductor Kamel, que iba a la muerte con dignidad y compostura… como debió de hacerlo su padre diez años antes.

En lugar de detener el coche frente al bar iluminado, donde estaba todavía aparcado nuestro automóvil de alquiler, Kamel siguió por el puerto y recorrió la única calle del pueblo. Se detuvo al final, donde un tramo de escaleras ascendía por el escarpado acantilado que protegía la pequeña bahía. No se veía un alma y se había levantado viento, que empujaba las nubes a través de la ancha cara de la luna. Salimos del vehículo y Kamel señaló la cima del acantilado, donde había una casita preciosa, rodeada de plantas y encaramada en la pendiente rocosa. Al lado del mar, el acantilado descendía bruscamente unos treinta metros hasta el agua.

—La casa de verano de El-Marad —murmuró Kamel.

Vimos que estaba iluminada y al iniciar el ascenso por las maltrechas escaleras de madera oí un griterío procedente del interior que resonaba en el acantilado. Distinguí la voz de Lily, que se imponía al chapoteo de las olas.

—¡Si me pone la mano encima, asesino de perros —aullaba—, será lo último que haga en su vida!

Kamel me miró sonriendo.

—Tal vez no necesite ayuda —comentó.

—Está hablando a Sharrif —le dije—. Fue el que arrojó a su perro al agua. —Carioca ya estaba haciendo ruidos dentro de mi bolso. Metí la mano y le rasqué la cabeza—. Es hora de que hagas tu numerito, bicho peludo —dije mientras lo sacaba.

—Creo que sería mejor que usted bajara y pusiera en marcha el coche —susurró Kamel tendiéndome la llave—. Yo me encargaré del resto.

—Ni hablar —repliqué, cada vez más furiosa al oír los ruidos sordos que salían de la casa—. Los cogeremos por sorpresa.

Dejé a Carioca en la escalera y empezó a subir como una pelota de ping-pong. Kamel y yo lo seguimos. Yo tenía la llave del coche en la mano.

Se entraba en la casa por unas grandes puertaventanas que daban al mar. Observé que el sendero que conducía a ellas estaba peligrosamente cerca del borde, del que solo lo separaba un muro de piedra cubierto de capuchinas. Tal vez eso nos sirviera.

Cuando llegué a lo alto y eché un vistazo al interior para ver qué pasaba, Carioca ya arañaba las puertas de vidrio con sus pequeñas garras. Había tres matones apoyados contra la pared de la izquierda con las chaquetas abiertas, de modo que podían verse las pistoleras. El suelo era de resbaladizos azulejos azules y dorados. En el centro estaba Lily, sentada en una silla. Sharrif se inclinaba hacia ella. Mi amiga se puso en pie de un salto cuando oyó el jaleo que armaba Carioca, pero Sharrif la obligó a sentarse de un bofetón. Me pareció que Lily tenía un hematoma en la mejilla. Al fondo de la habitación estaba El-Marad, sentado sobre un montón de cojines. Movió una pieza de ajedrez a través del tablero que tenía delante, sobre una baja mesita de cobre.

Sharrif se había vuelto hacia las puertaventanas, donde estábamos nosotros, iluminados por la luz de la luna. Tragué saliva y levanté la cara para que pudiera verme.

—Ellos son cinco; nosotros, dos y medio —susurré a Kamel, que estaba a mi lado, mientras Sharrif avanzaba hacia la puerta indicando por señas a sus hombres que mantuvieran las armas enfundadas—. Usted se ocupa de los gorilas y yo de El-Marad. Creo que Carioca ya ha elegido su presa —agregué.

Sharrif entreabrió la puerta y lanzando una mirada a su menudo enemigo dijo:

—Pasen… pero eso se queda fuera.

Aparté a Carioca para que Kamel y yo pudiéramos entrar.

—¡Lo has salvado! —exclamó Lily con una sonrisa. A continuación, mirando con desprecio a Sharrif, agregó—: Los que amenazan a animales indefensos solo intentan ocultar su impotencia…

Sharrif avanzó hacia ella como si fuera a golpearla otra vez, cuando El-Marad habló suavemente desde su rincón, mirándome con una sonrisa siniestra.

—Mademoiselle Velis —dijo—, es estupendo que haya regresado y con escolta. Pensaba que Kamel Kader sería lo bastante inteligente para no traérmela por segunda vez, pero ahora que estamos todos reunidos…

—¡Dejémonos de gentilezas! —exclamé, dirigiéndome hacia él. Al pasar junto a Lily le puse la llave del coche en la mano y susurré—: A la puerta… ahora. Ya sabe por qué estamos aquí —dije a El-Marad mientras seguía avanzando.

—Y usted sabe lo que yo quiero —repuso él—. ¿Podemos considerarlo una transacción comercial?

Me detuve junto a la mesita baja y miré por encima del hombro. Kamel estaba con los matones y pedía fuego a uno de ellos para encender un cigarrillo. Lily estaba agachada junto a las puertaventanas, con Sharrif a su espalda, y con sus largas uñas rojas tamborileaba sobre el cristal, que Carioca lamía al otro lado. Todos estábamos en nuestros puestos… Había que pasar a la acción.

—Mi amigo el ministro no parece creer que sea usted muy digno de confianza en los tratos comerciales —dije al vendedor de alfombras. Él levantó la mirada y empezó a decir algo, pero lo interrumpí—. Si lo que quiere son las piezas —añadí—, aquí están.

Me quité el bolso del hombro, lo levanté tanto como pude y lo dejé caer con todo su peso sobre la cabeza del anciano. Este puso los ojos en blanco y se desplomó hacia un lado. Me volví para enfrentarme al jaleo que se había desatado detrás de mí.

Lily había abierto una puertaventana, Carioca entraba como un rayo y yo balanceaba la masa en que se había transformado mi bolso mientras corría en dirección a los matones. El primero estaba sacando el arma cuando lo golpeé. El segundo estaba doblado a causa del puñetazo que le había asestado Kamel en el estómago. Cuando el tercero desenfundó su pistola y me apuntó, todos estábamos amontonados en el suelo.

—¡Aquí, imbécil! —chilló Sharrif, apartando a Carioca a patadas.

Lily atravesaba la puerta a la carrera. El matón levantó el arma, apuntó y apretó el gatillo, justo en el momento en que Kamel lo empujaba hacia un lado y lo estampaba contra la pared.

Sharrif ululaba y giraba a causa del impacto de la bala, apretándose el hombro con una mano. Carioca corría en círculos alrededor de él, tratando de morderle la pierna. Kamel estaba detrás de mí, luchando para arrebatar el arma al matón, mientras otro empezaba a incorporarse. Levanté el bolso y lo descargué sobre él, y cayó redondo al suelo. Después golpeé en la nuca al contrincante de Kamel, que mientras el otro caía, le quitó el arma.

Nos precipitábamos hacia la puerta cuando sentí que una mano me cogía y me zafé. Era Sharrif, con el perro aferrado a su pierna. Atravesó la puerta tras de mí, mientras la sangre manaba de su herida. Dos de sus colegas se habían puesto en pie y estaban detrás de él cuando corrí… no hacia las escaleras, sino hacia el borde del acantilado. A la luz de la luna vi a Kamel y a Lily correr hacia su coche en la mitad del tramo de escaleras, volviéndose a mirarme con desesperación.

Sin pensarlo, salté el bajo muro y me tendí boca abajo en el momento en que Sharrif y sus tropas bordeaban la casa y corrían hacia las escaleras. El enorme peso del ajedrez de Montglane colgaba de mi mano dolorida. Estuve a punto de soltarlo. Veía el pie del acantilado treinta metros más abajo, donde las olas golpeaban contra la roca bajo el viento creciente. Contuve la respiración y lentamente tiré del bolso hacia arriba.

—¡El coche! —gritó Sharrif—. ¡Van hacia el coche!

Oí sus fuertes pisadas en los precarios escalones y empecé a incorporarme. Entonces oí algo, me asomé por encima del murete y la larga lengua de Carioca me lamió la cara. Estaba a punto de ponerme en pie cuando las nubes se abrieron y vi al tercer matón, a quien creía haber dejado sin conocimiento, que se dirigía hacia mí frotándose la cabeza. Me agaché, pero era demasiado tarde.

Salté por encima del muro y me tumbé en el suelo cubriéndome la cara con las manos mientras lo oía gritar. A través de los dedos vi que se tambaleaba en el borde del acantilado. Después desapareció. Pasé al otro lado del muro buscando terreno seguro, cogí a Carioca y corrí hacia la escalera.

El viento había arreciado, como si se acercara una tormenta. Horrorizada, vi cómo el coche de Kamel se alejaba en medio de una nube de polvo, mientras Sharrif y sus dos compañeros corrían frenéticamente detrás, disparando a los neumáticos. Entonces, para mi sorpresa, el automóvil dio la vuelta, encendió los faros y se abalanzó sobre los tipos. Los tres se arrojaron a un lado cuando pasó junto a ellos a toda velocidad. ¡Lily y Kamel volvían a buscarme!

Bajé los escalones de cuatro en cuatro, tan rápido como pude, con Carioca en una mano y el bolso con las piezas en la otra. Llegué abajo justo cuando pasaba el coche envuelto en una nube de polvo. La puerta se abrió y salté dentro. Lily arrancó otra vez antes de que pudiera cerrarla. Kamel estaba en el asiento trasero, apuntando con el revólver por la ventanilla. El estruendo de las balas era ensordecedor. Mientras trataba de cerrar la portezuela del coche, vi a Sharrif y sus colegas pasar corriendo en dirección a un automóvil estacionado al borde del agua. Seguimos adelante mientras Kamel llenaba su coche de plomo.

Por lo general la forma de conducir de Lily era desconcertante, pero ahora parecía creer que tenía licencia para matar. Fuimos dando bandazos por el camino de tierra que salía del puerto hasta que llegamos a la carretera principal. Estábamos en silencio, conteniendo el aliento, y Kamel miraba por la ventanilla trasera. Lily aumentaba la velocidad y, cuando estaba a punto de llegar a ciento sesenta, vi que nos abalanzábamos contra la barrera de la OPEP.

—¡Apriete el botón rojo del salpicadero! —gritó Kamel para hacerse oír por encima del chirrido de los neumáticos.

Cuando hice lo que me decía, empezó a sonar una sirena y se encendió una luz roja que relampagueaba como un faro en el salpicadero.

—¡Buen equipo! —dije a Kamel por encima del hombro, mientras los guardias se hacían a un lado para dejarnos pasar.

Lily avanzó sorteando los coches, desde cuyas ventanillas nos contemplaban rostros estupefactos. Enseguida los dejamos atrás.

—Ser ministro tiene algunas ventajas —dijo Kamel con modestia—. En el otro extremo de Sidi Fredj hay otra barrera.

—¡Al demonio los torpedos y adelante a todo trapo! —exclamó

Lily. Apretó de nuevo el acelerador y el enorme Citroën se embaló como un purasangre en la recta final. Pasamos la segunda barrera del mismo modo que la primera, dejando a los guardias envueltos en una polvareda—. Por cierto —dijo Lily mirando a Kamel por el retrovisor—, no nos han presentado formalmente. Soy Lily Rad. Creo que conoce a mi abuelo.

—Mantén la vista en la carretera —le dije, mientras el coche se acercaba peligrosamente al borde del acantilado. El fuerte viento casi lo levantaba del asfalto.

—Mordecai y mi padre eran amigos íntimos —dijo Kamel—. Tal vez vuelva a verlo algún día. Por favor, cuando lo vea, transmítale mis recuerdos más afectuosos.

En ese momento Kamel se volvió para mirar por la luna trasera. Se acercaban unos faros de coche.

—Más rápido —apremié a Lily.

—Es el momento de que nos impresione con su destreza al volante —murmuró Kamel, que empuñó el arma mientras el automóvil que nos seguía ponía en funcionamiento la sirena y las luces. Kamel trataba de ver entre el polvo que levantaba el fuerte viento.

—¡Joder, es un poli! —exclamó Lily, y redujo la velocidad.

—¡Siga! —exclamó Kamel.

Obediente, Lily pisó el acelerador y el Citroën dio un bandazo. La aguja indicaba doscientos kilómetros por hora. El otro coche no podría ir mucho más rápido, sobre todo a causa de las violentas ráfagas de viento.

—Hay otra manera de llegar a la casbah —dijo Kamel sin dejar de vigilar a nuestros perseguidores—. La carretera estará a unos diez minutos de aquí… y habrá que atravesar Argel. Pero conozco esas callejuelas mejor que Sharrif. Esta carretera nos llevará a la casbah desde arriba… Conozco el camino hasta casa de Minnie —agregó con voz queda—. Es la casa de mi padre.

—¿Minnie Renselaas vive en casa de su padre? —pregunté—. Creía que su familia provenía de las montañas.

—Mi padre tenía una casa aquí, en la casbah, para sus esposas.

—¿Sus esposas? —exclamé.

—Minnie Renselaas es mi madrastra —dijo Kamel—. Mi padre era el Rey Negro.

Detuvimos el automóvil en una de las callejas que formaban la laberíntica región alta de Argel. Tenía mil preguntas que hacer mientras trataba de ver si aparecía el coche de Sharrif. Estaba segura de que no los habíamos despistado, pero se hallaban lo bastante lejos para que no se vieran sus faros cuando apagamos los nuestros. Bajamos del coche y nos adentramos en el laberinto.

Lily iba detrás de Kamel, cogida de su manga, y yo los seguía. Las calles estaban oscuras y eran tan estrechas que tropecé y estuve a punto de caer de bruces.

—No lo entiendo —murmuró Lily con su voz ronca, mientras yo continuaba mirando hacia atrás para ver si nos seguían—. Si Minnie era la esposa del cónsul holandés Renselaas, ¿cómo podía estar también casada con su padre? Por estos pagos la monogamia no parece ser muy popular.

—Renselaas murió durante la revolución —explicó Kamel—. Minnie necesitaba quedarse en Argel y mi padre le ofreció su protección. Aunque se querían mucho como amigos, sospecho que fue un matrimonio de conveniencia. En todo caso, al cabo de un año mi padre murió…

—Si él era el Rey Negro —siseó Lily— y lo mataron, ¿por qué no terminó el juego? ¿No es eso lo que quiere decir *Shah mat*, «el rey ha muerto»?

—El juego continúa, como en la vida —respondió Kamel—. El rey ha muerto… viva el rey.

Miré la angosta franja de cielo entre los edificios mientras nos internábamos cada vez más en la casbah. Oía el ulular del viento, que no podía penetrar los pasajes estrechos por los que avanzábamos. Desde lo alto caía sobre nosotros un polvo fino y una película roja se deslizaba por la cara de la luna. Kamel también levantó la mirada.

—Llega el siroco —afirmó—. Tenemos que darnos prisa. Espero que esto no dé al traste con nuestros planes.

Miré al cielo con inquietud. El siroco era una tormenta de arena, una de las más famosas del mundo. Quería estar a cubierto antes de que se iniciara. Kamel se detuvo en un pequeño callejón sin salida y sacó una llave del bolsillo.

—¡El fumadero de opio! —susurró Lily recordando nuestra excursión—. ¿O era hachís?

—Esta es otra entrada —dijo Kamel—. Es una puerta cuya llave solo tengo yo.

La abrió, me hizo pasar primero a mí, luego a Lily, y la cerró a nuestras espaldas.

Estábamos en un pasillo largo y oscuro, al fondo del cual se veía una luz tenue. Noté una gruesa alfombra bajo los pies y el frío damasco que cubría las paredes.

Cuando llegamos al fondo, entramos en una habitación amplia, con el suelo cubierto de hermosas alfombras persas, cuya única iluminación provenía de un gran candelabro de oro colocado sobre una mesa de mármol, en el extremo más alejado. Su luz permitía distinguir el opulento mobiliario: mesitas de oscuro mármol de Carrara, otomanas de seda amarilla con borlas doradas, sofás del color de los licores añejos y grandes esculturas sobre pedestales y mesas aquí y allá, magníficas incluso para mi ojo no experto. En aquella líquida luz dorada la habitación parecía un tesoro encontrado en el fondo de un mar antiguo. Mientras la atravesaba lentamente en compañía de Lily, en dirección a las dos figuras que esperaban en el otro extremo, me sentía como si me moviera en una atmósfera más densa que el agua.

Allí, a la luz del candelabro, estaba Minnie Renselaas, con un traje de brocado dorado adornado con resplandecientes monedas. A su lado, con un vaso de licor en la mano, mirándonos con sus ojos verdes, estaba Alexander Solarin, que me dedicó una sonrisa arrebatadora. Yo pensaba a menudo en él desde aquella noche en que desapareció en la tienda de la playa, y siempre con la secreta convicción de que volveríamos a vernos. Se adelantó para estrecharme la mano y después se volvió hacia Lily.

—No nos han presentado —le dijo. Ella se encrespó, como si deseara arrojarle un guante (o un tablero de ajedrez) y desafiarlo a jugar en ese mismo instante—. Soy Alexander Solarin... y usted es la nieta de uno de los mejores maestros del ajedrez vivos. Espero poder devolverla a su abuelo muy pronto.

Lily, algo apaciguada por estas alabanzas, le estrechó la mano.

—Es suficiente —dijo Minnie, mientras Kamel se acercaba—. No tenemos mucho tiempo. Supongo que tienes las piezas.

En una mesa cercana vi una caja metálica que reconocí: era la que contenía el paño. Di unas palmaditas a mi bolso y nos acercamos a la mesa, donde lo deposité y saqué los trebejos uno a uno. A la luz de las velas, relumbraban con todas aquellas gemas de colores y despedían el mismo resplandor extraño que había observado en la cueva. Todos los miramos un momento en silencio: el brillante camello, el caballo puesto de manos, los deslumbrantes rey y reina. Solarin se inclinó para tocarlos y después miró a Minnie. Ella fue la primera en hablar.

—Por fin. Después de todo este tiempo, se reunirán con las otras. Y es a ti a quien debo agradecértelo. Con tus actos, redimirás la muerte inútil de tantos en el transcurso de tanto tiempo…

—¿Las otras? —pregunté.

—En América —respondió con una sonrisa—. Esta noche Solarin os llevará a Marsella, donde os hemos conseguido un billete para que regreséis.

Kamel metió la mano en el bolsillo y devolvió su pasaporte a Lily. Ella lo cogió… pero ambas mirábamos sorprendidas a Minnie.

—¿A América? —dije—. Pero ¿quién tiene las otras piezas?

—Mordecai —respondió sin dejar de sonreír—. Tiene otras nueve. Con el paño —agregó cogiendo la caja y dándomela—, tendréis más de la mitad de la fórmula. Será la primera vez que se reúnen en casi doscientos años.

—¿Y qué pasará cuando estén reunidas? —inquirí.

—Eso tienes que descubrirlo tú —afirmó Minnie mirándome con expresión seria. A continuación volvió a contemplar las piezas, que seguían brillando en el centro de la mesa—. Ahora te toca a ti… —Lentamente dio media vuelta y puso las manos en el rostro de Solarin—. Mi amado Sascha —le dijo con lágrimas en los ojos—. Cuídate mucho, mi niño. Protégelas… —Y le dio un beso en la frente.

Para mi sorpresa, Solarin la abrazó y hundió la cabeza en su hombro. Todos miramos estupefactos cómo el joven maestro de ajedrez y la elegante Mojfi Mojtar se abrazaban en silencio. Después se separaron y ella se volvió hacia Kamel y le apretó la mano.

—Que lleguen a puerto sanas y salvas —susurró.

Luego, sin dirigirnos una palabra más a Lily o a mí, se volvió y salió de la habitación.

Solarin y Kamel la miraban en silencio.

—Debes irte —dijo el ministro volviéndose hacia Solarin—. Cuidaré de ella. Que Alá vaya contigo, amigo mío.

Empezó a recoger las piezas y guardarlas en mi bolso junto con la caja del paño, que me había arrebatado de las manos. Lily apretaba a Carioca contra su pecho.

—No lo entiendo —dijo con voz queda—. ¿Esto es todo? ¿Nos vamos? ¿Cómo llegaremos a Marsella?

—Hemos conseguido un barco —respondió Kamel—. Vengan, no hay tiempo que perder.

—¿Qué pasa con Minnie? —pregunté—. ¿La veremos otra vez?

—Por ahora, no —contestó Solarin—. Debemos zarpar antes de que llegue la tormenta. La travesía es sencilla una vez que nos alejemos del puerto.

Estaba aturdida cuando volví a salir a las calles oscuras de la casbah en compañía de Lily y Solarin. Corríamos por los silenciosos callejones, donde las casas se apretujaban e impedían el paso de la luz. Por el olor salobre comprendí que nos acercábamos al puerto. Salimos a la amplia plaza junto a la mezquita de los Pescadores, donde había conocido a Wahad tantos días antes. Tenía la impresión de que habían pasado meses. Ahora la arena azotaba la plaza. Solarin me cogió del brazo para cruzarla mientras Lily, con Carioca en brazos, corría detrás de nosotros.

Habíamos empezado a bajar por las escaleras hacia el puerto, cuando contuve el aliento y le solté a Solarin:

—Minnie te ha llamado «mi niño». ¿No será también tu madrastra?

—No —respondió, mientras bajábamos los escalones de dos en dos—. Ruego poder verla otra vez antes de morir. Es mi abuela...

EL SILENCIO ANTES DE LA TORMENTA

Porque caminaba solo,
bajo las silenciosas estrellas, y en ese momento
percibí lo que de poderoso tiene el sonido…
Y me quedé
en la noche ennegrecida por la tormenta
    inminente,
bajo una roca, escuchando notas que son
el fantasmal idioma de la antigua tierra
o que tienen su penumbrosa morada en los
    vientos distantes.

Y allí bebí el poder de la visión.

WILLIAM WORDSWORTH,
Preludio

Vermont, mayo de 1796

T alleyrand caminaba cojeando por el frondoso bosque, en el que los haces de la luz del sol, brillante de motas doradas, atravesaban la catedral de follaje primaveral. Aquí y allí, colibríes de un verde intenso se lanzaban a recoger el néctar de las sedosas flores de una bignonia que colgaba como un velo de un viejo roble. El suelo estaba todavía húmedo tras el reciente chaparrón, y de los árboles caían gotas de agua que destellaban como diamantes a la luz del sol.

Llevaba más de dos años en Estados Unidos, país que no había defraudado sus expectativas, pero sí sus esperanzas. El embajador francés, un burócrata mediocre, comprendía las ambiciones políticas de Talleyrand y conocía también los cargos de traición formulados contra él. Le había impedido el acceso al presidente Washington, y la sociedad de Filadelfia le cerró sus puertas con la misma rapidez que la de Londres. Solo Alexander Hamilton seguía siendo su amigo y aliado, aunque no había logrado conseguirle un trabajo. Así pues, agotados sus últimos recursos, Talleyrand no tuvo más remedio que dedicarse a vender propiedades en Vermont a los nuevos emigrados franceses. Al menos servía para mantenerlo con vida.

Ahora, mientras recorría con la ayuda del bastón el terreno escabroso, midiendo las parcelas que vendería al día siguiente, suspiró al pensar en su vida arruinada. ¿Qué estaba tratando de salvar? A sus cuarenta y dos años, de poco le servían su venerable linaje y su refinada educación. Los estadounidenses, salvo contadas excepciones, eran salvajes y criminales expulsados de los países civilizados de Europa. Hasta las clases superiores de Filadelfia eran menos educadas que bárbaros como Marat, que había estudiado medicina, o que Danton, que había estudiado leyes.

Pero la mayoría de aquellos caballeros habían muerto, los hombres que primero habían dirigido y después minado la revolución. Marat, asesinado; Camille Desmoulins y Georges Danton conducidos a la guillotina en el mismo carro; Hérbert, Chaumette, Couthon, Saint-Just… Lebas, que se había levantado la tapa de los sesos para no someterse a la detención, y los hermanos Robespierre, Maximilien y Augustin, cuyas muertes bajo la hoja de la guillotina señalaron el fin del Terror. Él habría podido tener el mismo destino si hubiera permanecido en Francia. Pero ahora había llegado el momento de salir a flote. Dio unas palmaditas a la carta que llevaba en el bolsillo y sonrió para sus adentros. Su lugar estaba en Francia, en el resplandeciente salón de Germaine de Staël, tejiendo brillantes intrigas políticas, no en esa tierra inhóspita.

De pronto advirtió que hacía bastante tiempo que no oía nada más que el zumbido de las abejas. Se inclinó para clavar la estaca en el suelo y, tratando de ver entre el follaje, dijo:

—Courtiade, ¿estás ahí?

No hubo respuesta. Volvió a preguntar, en voz más alta. A través de los arbustos llegó la voz pesarosa del ayuda de cámara.

—Sí, monseñor… por desgracia sí, estoy aquí.

Courtiade se abrió paso por el sotobosque y salió al pequeño claro. Una gran bolsa de cuero, colgada en bandolera, le atravesaba el pecho. Talleyrand le pasó el brazo por los hombros y caminaron entre la maleza de regreso al sendero pedregoso donde habían dejado carro y caballo.

—Veinte parcelas —murmuró—. Vamos, Courtiade, si mañana las vendemos, volveremos a Filadelfia con fondos suficientes para pagar nuestro pasaje de regreso a Francia.

—Entonces, ¿la carta de madame de Staël dice que podéis regresar? —preguntó Courtiade, y en su rostro serio e impasible se dibujó algo parecido a una sonrisa.

Talleyrand metió la mano en el bolsillo y sacó la carta que guardaba ahí desde hacía unas semanas. Courtiade miró la letra y los ornados sellos con el nombre de la República Francesa.

—Como de costumbre —dijo Talleyrand agitándola—, Germaine ya ha entrado en liza. En cuanto regresó a Francia, instaló a su nuevo amante, un suizo llamado Benjamin Constant, en la embajada sueca, delante de las narices de su marido. Sus actividades políticas han despertado tal furia que fue denunciada en la Convención por tratar de urdir una conspiración monárquica mientras le ponía los cuernos a su marido. Ahora le han ordenado que permanezca a treinta kilómetros de París… pero incluso allí se las arregla para obrar milagros. Es una mujer de gran poder y encanto, a quien siempre contaré entre mis amistades.

Con un gesto había indicado a Courtiade que podía abrir la carta, y el criado iba leyendo mientras seguían en dirección al carro.

… Tu día ha llegado, *mon cher ami*. Vuelve pronto y recoge los frutos de la paciencia. Todavía tengo amigos con la cabeza pegada a los hombros, que recordarán tu nombre y los servicios que prestaste a Francia en el pasado. Afectuosamente, Germaine.

Courtiade levantó la mirada con indisimulada alegría. Habían llegado junto al carro, donde el viejo y cansado caballo mascaba la dulce hierba. Talleyrand le acarició el cuello y se volvió hacia Courtiade.

—¿Has traído las piezas? —preguntó.

—Aquí están —contestó el criado dando una palmada a la bolsa de cuero que colgaba de su hombro—. Y el recorrido del caballo de monsieur Benjamin Franklin, que el secretario Hamilton ha copiado para vos.

—Eso podemos llevarlo, porque no significa nada para nadie, salvo para nosotros, pero las piezas son demasiado peligrosas para transportarlas a Francia. Por eso quería traerlas aquí, a esta tierra inhóspita, donde nadie puede imaginar que estén ocultas. Vermont… un nombre francés, ¿no es cierto? Monte Verde. —Señaló con su bastón la elevada cadena de montañas verdes y ondulantes que se alzaban ante ellos—. Allá, en aquellos picos de color esmeralda, cerca de Dios. Así Él podrá vigilarlas por mí.

Sus ojos resplandecían cuando miró a Courtiade, cuya expresión volvía a ser seria.

—¿Qué ocurre? —preguntó Talleyrand—. ¿No te gusta la idea?

—Habéis arriesgado mucho por estas piezas, señor —explicó cortésmente el ayuda de cámara—. Han costado muchas vidas. Dejarlas atrás parece… —Se interrumpió, buscando el modo de expresar sus pensamientos.

—Como si no hubiera servido para nada —dijo con amargura Talleyrand.

—Si perdonáis que me exprese con tanta audacia, monseñor… si mademoiselle Mireille estuviese viva, moveríais cielo y tierra por conservar estas piezas, tal como os pidió cuando os las confió… no las abandonaríais a los peligros de esta tierra virgen. —Miró a Talleyrand con semblante preocupado ante lo que iban a hacer.

—Han pasado casi cuatro años sin una palabra, una señal —dijo Talleyrand con voz quebrada—. Sin embargo, pese a que no tenía nada a que aferrarme, nunca abandoné la esperanza… hasta ahora. Germaine ha regresado a Francia y, si hubiera algún rastro, su círculo de informantes lo habría descubierto. Su silencio augura lo peor. Tal vez plantando estas piezas en la tierra mi esperanza vuelva a arraigar.

Tres horas más tarde, los dos hombres colocaban la última piedra sobre el montículo de tierra, en el corazón del Monte Verde. Talleyrand levantó la cabeza y miró a Courtiade.

—Tal vez ahora —dijo— podamos tener la seguridad de que no volverán a salir durante otros mil años.

Courtiade, que estaba colocando arbustos y enredaderas sobre el túmulo, repuso:

—Pero al menos… sobrevivirán.

San Petersburgo, Rusia, noviembre de 1796

Seis meses más tarde, en una antecámara del palacio imperial de San Petersburgo, Valeriano Zubov y su apuesto hermano Platón, amado de la zarina Catalina la Grande, susurraban entre sí mientras los miembros de la corte, prematuramente vestidos de luto, entraban por las puertas abiertas en dirección a la cámara real.

—No sobreviviremos —murmuró Valeriano, quien, como su hermano, llevaba un traje de terciopelo negro cubierto de galones—. ¡Tenemos que actuar ahora… o todo estará perdido!

—No puedo irme hasta que haya muerto —murmuró irritado Platón cuando hubo pasado el último grupo—. ¿Qué parecería? Tal vez se recupere, ¡y entonces, sí que todo estaría perdido!

—¡No se recuperará! —replicó Valeriano luchando por reprimir su agitación—. Es una *haémorragie des cervelles.* El médico me ha dicho que nadie sobrevive a una hemorragia cerebral. Y, cuando ella muera, Pablo será el zar.

—Pablo me ha propuesto una tregua —dijo Platón, cuya voz revelaba escepticismo—. Esta mañana… me ha ofrecido un título y una propiedad. Por supuesto, nada tan espléndido como el palacio de Táurida. Algo en el campo.

—¿Y confías en él?

—No —admitió Platón—, pero ¿qué puedo hacer? Aun cuando decidiera huir, no lograría llegar a la frontera…

♟

La abadesa estaba sentada junto a la cama de la gran emperatriz de todas las Rusias. Catalina tenía el rostro blanco y estaba inconsciente. La abadesa tenía entre las suyas la mano de Catalina y miraba aquella piel pálida que, de vez en cuando, se tornaba lívida cuando le costaba respirar en su agonía.

Qué terrible era ver allí tendida a su amiga, que había sido tan vital, tan activa. Ni todo el poder del mundo había conseguido salvarla de esa muerte espantosa: su cuerpo era un pálido saco de fluidos, como una fruta podrida que se hubiera desprendido demasiado tarde del árbol. Ese era el fin que Dios tenía preparado para todos, ricos y pobres, santos y pecadores. *Te absolvum*, si mi absolución sirve para algo, pensó la abadesa. Pero antes debes despertar, amiga mía, porque necesito tu ayuda. Si hay algo que debes hacer antes de morir, es decirme dónde escondiste la única pieza que te traje. ¡Dime dónde has puesto la reina negra!

Catalina no se recuperó. La abadesa, sentada en sus frías habitaciones, con la mirada clavada en la chimenea apagada, que la debilidad y el dolor le impedían encender, se devanaba los sesos pensando en lo que podía hacer. Toda la corte estaba de duelo tras las puertas cerradas, pero era un duelo por sí mismos más que por la zarina fallecida. Estaban muertos de miedo por lo que podía sucederles ahora que el loco príncipe Pablo iba a ser coronado zar.

Decían que, cuando Catalina exhaló su último suspiro, el príncipe había corrido a sus habitaciones para vaciar el contenido del escritorio de la emperatriz y arrojarlo al fuego sin abrir ni leer, temeroso de que entre esas últimas disposiciones declarara lo que siempre había afirmado que deseaba: desheredarlo a favor de Alejandro, hijo de Pablo.

El palacio se había transformado en un cuartel. Los soldados de la guardia personal de Pablo, vestidos con sus uniformes de estilo prusiano y brillantes botones, recorrían los pasillos noche y día, lanzando órdenes que podían oírse por encima del estruendo de las botas. Estaban dejando salir de las prisiones a los francmasones y otros liberales a quienes Catalina había encerrado. Pablo estaba resuelto a deshacer todo lo que su madre había hecho. Era solo cuestión de tiempo que fijara su atención en aquellos que habían sido amigos de la zarina, pensó la abadesa.

Oyó que se abría la chirriante puerta de sus habitaciones. Levantó la mirada y vio a Pablo, con sus ojos saltones, que rompió a reír como un idiota al tiempo que se frotaba las manos, tal vez de satisfacción o a causa del frío; la abadesa no estaba segura.

—Os estaba esperando, Pavel Petróvich —dijo ella con una sonrisa.

—¡Me llamaréis majestad… y os pondréis en pie cuando entre en vuestros aposentos! —dijo él casi a gritos. Se calmó al ver que la abadesa se levantaba lentamente, se acercó a ella y la miró con odio—. ¿No diríais, madame de Roque, que nuestras respectivas posiciones han cambiado mucho desde la última vez que entré en esta cámara? —preguntó con tono desafiante.

—Pues sí —contestó con calma la abadesa—. Si la memoria no me falla, vuestra madre me explicaba las razones por las que no heredaríais su trono… y, sin embargo, parece que los acontecimientos han tomado otro rumbo…

—¿Su trono? —exclamó furioso Pablo, agitando los puños—. ¡Era mi trono… el que me robó cuando yo tenía apenas ocho años! ¡Era una déspota! —añadió, con la cara roja de ira—. ¡Sé lo que estabais planeando entre las dos! ¡Sé lo que teníais en vuestro poder! ¡Os exijo que me digáis dónde está escondido el resto! —Y metiendo una mano en el bolsillo de su chaqueta sacó la reina negra.

La abadesa retrocedió asustada, pero se rehízo enseguida.

—Eso es mío —dijo con tranquilidad, y tendió la mano.

—¡No, no! —exclamó Pablo con regocijo—. Las quiero todas… porque sé qué son. ¡Todas serán mías! ¡Mías!

—Me temo que no —repuso la abadesa, todavía con la mano tendida.

—Tal vez una temporada en prisión aplaque vuestros escrúpulos —afirmó Pablo apartándose mientras volvía a guardar la pesada pieza.

—Seguramente no habláis en serio —dijo la abadesa.

—No será hasta después del funeral. —Pablo se echó a reír. Al llegar a la puerta se detuvo—. No querría que os perdierais el espectáculo. He ordenado que se exhumen los huesos de mi padre, Pedro III, que reposan en el monasterio de Alexander Nevski, y los traigan al Palacio de Invierno para exponerlos junto al cuerpo de la mujer que ordenó su muerte. Sobre los ataúdes de mis padres, vestidos con sus trajes de ceremonia, habrá una cinta con la siguiente inscripción: «Separados en vida, unidos por la muerte». Un cortejo de portadores, formado por los antiguos amantes de mi madre, transportará los féretros por las calles nevadas de la ciudad. ¡He dispuesto que los asesinos de mi padre sean los encargados de llevar su ataúd! —Reía como un histérico mientras la abadesa lo miraba horrorizada.

—Pero Potemkin ha muerto —dijo ella.

—Sí... es demasiado tarde para el Serenísimo. —El príncipe prorrumpió en carcajadas—. ¡Sus huesos serán extraídos del mausoleo de Jerson y los arrojarán a los perros para que se los coman! —Abrió la puerta y se volvió hacia la abadesa—. En cuanto a Platón Zubov, el favorito más reciente de mi madre, se le entregará una nueva propiedad. Lo recibiré allí con champán y una cena servida en fuentes de oro. ¡Pero solo disfrutará de ella un día!

—¿Tal vez será mi compañero de prisión? —aventuró la abadesa, ansiosa por saber lo más posible de los planes de ese demente.

—¿Para qué molestarse con semejante imbécil? En cuanto esté instalado, le invitaré a partir de viaje. ¡Cómo disfrutaré viendo su cara cuando se entere de que debe devolver en un día todo cuanto ganó con tanto esfuerzo durante años en la cama de ella!

En cuanto los cortinajes se cerraron detrás de Pablo, la abadesa corrió hacia su escritorio. Mireille estaba viva, lo sabía porque la carta de crédito que había enviado mediante Charlotte Corday había sido utilizada no una, sino muchas veces, en el banco de Londres. Si Platón Zubov era desterrado, tal vez fuera la única persona que podría comunicarse con Mireille a través de aquel banco. Si Pablo no cambiaba de idea, la abadesa tenía una posibilidad. Él tenía una pieza del ajedrez de Montglane, pero no todas. Ella poseía el paño... y sabía dónde estaba escondido el tablero.

Mientras escribía la carta, redactada con sumo cuidado por si caía en manos extrañas, rezaba para que Mireille la recibiera antes de que fuera demasiado tarde. Cuando terminó, la escondió en su hábito para pasársela a Zubov en el funeral. Después se sentó para coser el paño del ajedrez de Montglane en el revés de sus ropas. Tal vez fuera la última oportunidad que tendría de esconderlo antes de ir a prisión.

París, diciembre de 1797

El carruaje de Germaine de Staël atravesó las hileras de magníficas columnas dóricas que señalaban la entrada de la casa Galliffet, en la rue de Bac. Sus seis caballos blancos, sudorosos, se detuvieron ante la puerta. El lacayo se apeó de un salto y sacó la escalerilla para que bajara su airada ama. ¡En un año había sacado a Talleyrand de su exilio y lo había instalado en ese palacio magnífico... y ese era su agradecimiento!

El patio ya estaba lleno de árboles y arbustos decorativos en tiestos. Courtiade indicaba dónde debían colocarlos sobre el césped, contra el vasto telón de fondo que constituía el parque nevado. Había cientos de árboles en flor... suficientes para convertir el lugar en un país fabuloso de eterna primavera en medio del invierno. El criado observó con inquietud la llegada de madame de Staël y después corrió a saludarla.

—¡No trates de aplacarme, Courtiade! —exclamó ella antes de que el criado llegara a su lado—. ¡He venido a retorcer el cuello de ese miserable desagradecido que es tu amo!

Sin que Courtiade pudiera detenerla, subió por la escalera y entró en la casa a través de la puerta acristalada del costado.

Encontró a Talleyrand en el soleado estudio de la primera planta, que daba al patio, examinando recibos. Cuando entró impetuosamente en la habitación, él se volvió con una sonrisa.

—¡Germaine... qué placer inesperado! —dijo poniéndose en pie.

—¿Cómo te atreves a preparar una fiesta para ese corso advenedizo sin invitarme? —exclamó ella—. ¿Olvidas quién te trajo de América, quién logró que se retiraran los cargos contra ti, quién convenció a Barras de que serías mejor ministro de Relaciones Exteriores que Delacroix? ¿Es así como me das las gracias por poner a tu disposición mi considerable influencia? ¡Espero recordar en el futuro con qué rapidez los franceses olvidan a sus amigos!

—Mi querida Germaine —repuso Talleyrand con voz arrulladora, mientras le acariciaba el brazo—, fue el propio monsieur Delacroix quien convenció a Barras de que yo sería más adecuado para ese trabajo.

—El hombre más adecuado para algunos trabajos —exclamó Germaine con ira y mofa—. ¡Todo París sabe que el niño que espera su esposa es tuyo! Probablemente has invitado a ambos: a tu predecesor y a la amante, su esposa, que le ha puesto los cuernos contigo...

—He invitado a todas mis amantes —dijo él entre risas—, incluida tú, pero, en lo que se refiere a poner cuernos, querida mía, yo que tú no lanzaría la primera piedra.

—No he recibido ninguna invitación —dijo Germaine, haciendo caso omiso de la indirecta.

—Por supuesto que no. —Tayllerand la contempló con expresión dócil—. ¿Para qué molestarme en invitar a mi mejor amiga? ¿Cómo has podido pensar que iba a organizar una fiesta de esta magnitud, con quinientos invitados, sin tu ayuda? ¡Hace días que te espero!

Germaine no se mostró convencida por sus palabras.

—Ya has iniciado los preparativos —observó.

—Unos miles de árboles y arbustos —dijo Talleyrand con un resoplido—. No es nada comparado con lo que tengo pensado. —Y cogiéndola del brazo la llevó hacia las ventanas y señaló hacia el patio—. ¿Qué te parece esto? Docenas de tiendas de seda adornadas con cintas y banderolas sobre el césped y el patio. Entre las tiendas, soldados con uniformes franceses en posición de firmes... —Volvió a llevarla hacia la puerta del estudio, donde la galería de mármol bordeaba el imponente vestíbulo que conducía a la escalera de lujoso mármol italiano. Unos trabajadores desenrollaban una alfombra de color rojo oscuro—. ¡Y aquí, mientras entran los invitados, una banda de músicos tocará marchas militares y bajará y subirá por las escaleras mientras todos cantan la Marsellesa!

—¡Es magnífico! —exclamó Germaine dando palmas—. Solo habrá flores rojas, blancas y azules... y de las balaustradas colgarán gallardetes de crepé de los mismos colores.

—¿Lo ves? —dijo Talleyrand sonriendo y abrazándola—. ¿Qué haría yo sin ti?

♟

Como sorpresa especial, Talleyrand había dispuesto que en el comedor hubiera sillas solo para las mujeres. Cada caballero permanecía en pie detrás de una dama, sirviéndole delicados bocados de las bandejas de exquisitos manjares que los lacayos de librea hacían circular constantemente. La idea halagó a las mujeres y dio a los hombres la oportunidad de conversar.

Napoleón estaba encantado con la recreación de su campamento italiano que lo había recibido en la entrada. Vestido con un traje sencillo desprovisto de condecoraciones, como le había aconsejado Talleyrand, se distinguía de los directores del gobierno, que llegaron con los lujosos trajes emplumados diseñados por David.

Este, en el extremo más alejado del salón, servía a una belleza rubia a quien Napoleón ansiaba conocer.

—¿La he visto antes en alguna parte? —susurró el corso a Talleyrand con una sonrisa.

—Quizá —respondió Talleyrand—. Estuvo en Londres durante el Terror y acaba de regresar a Francia. Se llama Catherine Grand.

Cuando, acabado el banquete, los invitados se dispersaron por los diversos salones de baile, Talleyrand llevó a la hermosa mujer hacia el general, a quien había arrinconado madame de Staël, que lo acosaba a preguntas.

—Decidme, general Bonaparte —decía enérgicamente—, ¿qué tipo de mujer admiráis más?

—La que concibe más hijos —respondió él. Al ver que Catherine Grand se acercaba del brazo de Talleyrand, sonrió—. ¿Dónde habéis estado escondida, hermosa dama? —preguntó después de las presentaciones—. Tenéis aspecto francés y nombre inglés. ¿Nacisteis en Gran Bretaña?

—*Je suis d'Inde* —contestó Catherine Grand con una sonrisa dulce.

Germaine quedó boquiabierta y Napoleón miró a Talleyrand arqueando una ceja, porque la respuesta de la dama, tal como la había pronunciado, significaba también «Soy una pava».

—Madame Grand no es tan tonta como pretende hacernos creer —dijo con ironía Talleyrand mirando a Germaine—. En realidad, creo que es una de las mujeres más inteligentes de Europa.

—Una mujer bonita puede no ser siempre inteligente —afirmó Napoleón—, pero una mujer inteligente siempre es bonita.

—Me avergonzáis ante madame de Staël —dijo Catherine Grand—. Todo el mundo sabe que ella es la mujer más brillante de Europa. ¡Si hasta ha escrito un libro!

—Ella escribe libros —repuso Napoleón cogiéndola del brazo—, pero ¡se escribirán libros sobre vos!

En ese momento se acercó David, que saludó cordialmente a todos, pero ante madame Grand hizo una pausa.

—Sí, el parecido es notable, ¿no es cierto? —dijo Talleyrand adivinando sus pensamientos—. Por eso te asigné un lugar junto a madame Grand durante la cena. Dime, ¿qué fue de aquel cuadro sobre las sabinas que estabas pintando? Me gustaría comprarlo en honor a la memoria… si es que lo terminaste.

—Lo terminé en prisión —respondió David con una risa nerviosa—. Poco después se expuso en la Academia. Ya sabes que tras la caída de los hermanos Robespierre estuve encerrado varios meses.

—Yo también estuve preso en Marsella —dijo Napoleón entre carcajadas—. Y por la misma razón. Augustin Robespierre era partidario mío… Pero ¿de qué cuadro habláis? Si madame Grand posó para él, me interesaría verlo.

—No fue ella —explicó David con voz temblorosa—, sino alguien a quien se parece mucho. Una pupila mía… que murió durante el Terror. Tenía dos…

—Valentine y Mireille —lo interrumpió madame de Staël—. Unas criaturas adorables… solían ir a todas partes con nosotros. Una murió, pero ¿qué es de la otra, la pelirroja?

—También murió, según creo —respondió Talleyrand—. O al menos eso afirma madame Grand. Erais amigas íntimas, ¿no es así, querida mía?

Catherine Grand había palidecido, pero sonrió dulcemente mientras trataba de recobrar la compostura. David la miró un instante y estaba a punto de hablar cuando Napoleón preguntó:

—¿Mireille? ¿Era la pelirroja?

—Exacto —dijo Talleyrand—. Ambas eran monjas de Montglane…

—¡Montglane! —susurró Napoleón mirando fijamente a Talleyrand. Después se volvió hacia David—. ¿Decís que eran vuestras pupilas?

—Hasta que murieron —repitió Talleyrand mirando con atención a madame Grand, que se removía incómoda. A continuación se dirigió a David—. Parece que hay algo que os preocupa —dijo cogiéndolo del brazo.

—También a mí hay algo que me preocupa —dijo Napoleón eligiendo cuidadosamente las palabras—. Caballeros... propongo que acompañemos a las damas al salón de baile y nos retiremos al estudio unos momentos. Me gustaría llegar al fondo de todo esto.

—¿Cómo, general Bonaparte? —dijo Talleyrand—. ¿Sabéis algo de las dos mujeres de las que hablamos?

—Ciertamente... al menos de una de ellas —contestó con aire sincero—. Si es la mujer que creo... ¡estuvo a punto de dar a luz en mi casa de Córcega!

—Está viva... y ha tenido un hijo —dijo Talleyrand después de haber oído a Napoleón y David. Mi hijo, pensó, paseándose por su estudio mientras los otros dos hombres bebían un estupendo madeira sentados en los blandos sillones de damasco dorado junto al fuego—. ¿Dónde puede encontrarse ahora? Ha estado en Córcega y en el Magreb... después volvió a Francia, donde perpetró el crimen de que me has hablado. —Miró a David, que temblaba ante la trascendencia de la historia que acababa de relatar... por primera vez—. Robespierre ha muerto. Así pues, no hay nadie en Francia, salvo tú, que sepa esto —añadió—. ¿Dónde podría estar? ¿Por qué no vuelve?

—Tal vez deberíamos hablar con mi madre —apuntó Napoleón—. Como he dicho, conocía a la abadesa, que fue quien inició todo este juego. Creo que su nombre es madame de Roque...

—¡La abadesa estaba en Rusia! —exclamó Talleyrand, que se volvió hacia los otros al comprender lo que eso significaba—. Catalina la Grande falleció el invierno pasado... hace casi un año. ¿Qué ha sido de la abadesa, ahora que Pablo está en el trono?

—¿Y de las piezas, cuyo paradero solo ella debe de conocer? —agregó Napoleón.

—Sé dónde han ido a parar algunas —dijo David, hablando por primera vez desde que había concluido su terrible historia.

Miró a Talleyrand a los ojos y este se sintió intranquilo. ¿Había adivinado David dónde pasó Mireille la última noche que estuvo en París? ¿Sabía Napoleón a quién pertenecía el magnífico caballo que montaba Mireille cuando él y su hermana la encontraron en las barricadas? Si era así, tal vez habían deducido qué hizo la joven con las piezas de oro y plata del ajedrez de Montglane antes de dejar Francia. Miró fijamente a David, con rostro inexpresivo, cuando este añadió:

—Antes de morir, Robespierre me habló del juego que estaba desarrollándose para obtener las piezas. Había una mujer detrás, la Reina Blanca, su protectora y la de Marat. Fue ella quien asesinó a las monjas que buscaban a Mireille; fue ella quien se apoderó de las piezas. Solo Dios sabe cuántas tiene ahora o si Mireille conoce el peligro que la acecha. Pero vosotros deberíais saberlo, caballeros. Esa mujer residió en Londres durante el Terror… y él la llamaba «la mujer de la India».

LA TORMENTA

El Ángel de Albión se hallaba junto a la Piedra de
la Noche y vio el terror como un cometa, o más
bien como el planeta rojo, que una vez encerró en
su esfera los terribles cometas errantes.

El espectro lució su terrible longitud manchando el Templo con líneas de sangre; y así surgió la Voz que sacudió el Templo.

WILLIAM BLAKE,
América: una profecía

Y así viajé por toda la tierra y fui un peregrino
durante toda mi vida, un solitario desconocido
que se sentía extranjero en tierra extraña. Después Tú hiciste crecer en mí Tu arte por debajo
del hálito de la terrible tormenta que ruge en mi
interior.

PARACELSO

M e sorprendió enterarme de que Solarin era nieto de Minnie Renselaas, pero no tenía tiempo de preguntarle por su genealogía
mientras, en la oscuridad de la tormenta inminente, bajábamos a
trompicones por las Escaleras del Pescador en compañía de Lily.
Sobre el mar se cernía una misteriosa bruma rojiza y, cuando miré
colina arriba por encima del hombro, vi al inquietante resplandor
de la luna cómo los dedos rojos del siroco levantaban toneladas de

arena, que descendía por las anfractuosidades de las montañas como si quisiera atraparnos en nuestra huida.

Llegamos a los muelles del extremo del puerto, donde estaban atracados los barcos privados. La arena y el viento apenas permitían distinguir sus formas. Lily y yo subimos a nuestra embarcación detrás de Solarin y bajamos de inmediato para acomodar a Carioca y las piezas y para escapar de la arena que ya nos quemaba la piel y los pulmones. Solarin soltaba las amarras mientras yo descendía a tientas detrás de Lily.

El motor ronroneó suavemente y el barco empezó a moverse. Tanteé hasta encontrar un objeto con forma de lámpara que olía a queroseno. La encendí para ver el interior de la cabina, pequeña pero lujosamente arreglada: paredes revestidas de madera oscura, alfombras gruesas, algunas sillas giratorias de piel, dos literas y una hamaca de red colgada en un rincón y rodeada de fotos de Mae West. Frente a las camas había una cocina pequeña y un fregadero. Cuando abrí los armarios, vi que no había comida, solo una buena provisión de licores. Abrí una botella de coñac, que serví en vasos de agua.

—Espero que Solarin sepa cómo manejar esto —dijo Lily tras meterse un buen lingotazo.

—No seas tonta —repuse. Después de beber un trago recordé que hacía mucho que no comía nada—. Esto no es un barco de vela. ¿No oyes el ruido del motor?

—Bueno, si es solo una lancha motora —dijo Lily—, ¿por qué demonios tiene todos esos mástiles? ¿Para hacer bonito?

Ahora que lo mencionaba, me pareció recordar haberlos visto. No era posible que estuviéramos saliendo al mar con un velero en medio de la tormenta que se avecinaba. Ni siquiera Solarin tenía tanta confianza en sí mismo. Para asegurarme, consideré que lo mejor era echar un vistazo.

Subí por la escalerilla estrecha que conducía a la pequeña cabina de mando, rodeada de bancos tapizados. Ya habíamos salido del puerto y estábamos ligeramente por delante de la sábana de arena roja que seguía avanzando sobre Argel. El viento era fuerte; la luna, brillante, y a su fría luz tuve oportunidad de observar el barco al que debíamos nuestra salvación.

Era más grande de lo que creía, con hermosas cubiertas que parecían de teca pulida a mano. En torno al perímetro había lustradas barandillas de bronce, y la pequeña cabina estaba dotada del equipo más moderno. No uno sino dos mástiles se alzaban hacia el cielo. Solarin, con una mano en el timón, estaba sacando de un agujero grandes fardos de lona plegada.

—¿Un velero? —pregunté mirándolo.

—Un quechemarín —murmuró sin dejar de sacar lona—. Fue todo lo que pude robar con tan poco tiempo, pero es un buen barco… once metros de eslora.

Yo no sabía qué significaba eso.

—Estupendo. Un velero robado —dije—. Ni Lily ni yo sabemos nada sobre navegación… espero que tú sí.

—Por supuesto. Nací junto al mar Negro.

—¿Y qué? Yo vivo en Manhattan, una isla con barcos por todos lados. Eso no quiere decir que sepa cómo manejar uno en medio de una tormenta.

—Si dejaras de quejarte y me ayudaras a sacar estas velas, tal vez lograríamos escapar de la tormenta. Te diré lo que tienes que hacer… Una vez aparejado el barco, podré manejarlo solo. Tal vez podamos estar más allá de Menorca cuando llegue la tormenta.

De modo que me puse a trabajar siguiendo sus instrucciones. Los cabos, llamados escotas y drizas, hechos de cáñamo, me cortaron los dedos al tirar de ellos. Las velas —metros de algodón egipcio cosido a mano— tenían nombres como foque o sobremesana. Atamos dos en el mástil más adelantado y otra a popa, como decía Solarin. Tiré tan fuerte como pude mientras él me daba sus órdenes a gritos… y até lo que esperaba que fueran los cabos correctos a los ganchos de metal incrustados en cubierta. Cuando izamos las tres, la belleza del barco resultó notable, así como la velocidad a la que avanzaba.

—Lo has hecho bien —dijo Solarin cuando me reuní con él—. Es un barco estupendo… —Hizo una pausa y me miró—. ¿Por qué no bajas y descansas un poco? Pareces necesitarlo. El juego todavía no ha terminado.

Era verdad… no había dormido nada, aparte de la cabezada que había echado en el avión a Orán, hacía doce horas, aunque parecían doce días. Y exceptuando aquella zambullida en el mar, tampoco me había bañado.

Sin embargo, antes de rendirme a la fatiga y el hambre había cosas que necesitaba saber.

—Dijiste que íbamos a Marsella —observé—. ¿No será ese uno de los primeros lugares donde nos buscarán Sharrif y sus matones, en cuanto se convenzan de que no estamos en Argel?

—Atracaremos cerca de La Camargue —explicó Solarin empujándome hacia un asiento mientras girábamos y el botalón pasaba por encima de nuestras cabezas—. Kamel tiene un avión privado esperándonos en un aeropuerto cercano. No esperará para siempre (le resultó difícil arreglarlo), de modo que es una suerte que haya buen viento.

—¿Por qué no me cuentas qué está sucediendo en realidad? —pregunté—. ¿Por qué nunca me dijiste que Minnie era tu abuela o que conocías a Kamel? ¿Y cómo te metiste en este juego? Pensábamos que era Mordecai quien te había introducido.

—Y así fue —respondió con la vista fija en el mar oscuro—. Antes de ir a Nueva York solo había visto una vez a mi abuela, cuando era niño. No debía de tener más de seis años, pero jamás olvidaré… —Hizo una pausa, como si estuviera absorto en sus recuerdos. No lo interrumpí. Esperé a que continuara—. No conocí a mi abuelo —añadió—. Murió antes de que yo naciera. Más tarde ella se casó con Renselaas… y, cuando él murió, se casó con el padre de Kamel. Yo no conocía a Kamel hasta que vine a Argel. Fue Mordecai quien viajó a Rusia para introducirme en el juego. No sé cómo lo conoció Minnie, pero sin duda es el jugador de ajedrez más despiadado que ha existido desde Alekhine, y mucho más encantador. En el poco tiempo que tuvimos para jugar aprendí mucho de él.

—Pero no fue a Rusia para jugar al ajedrez contigo —apunté.

—Claro que no —dijo Solarin entre risas—. Estaba buscando el tablero y pensó que yo podía ayudarle a conseguirlo.

—¿Y fue así?

—No —contestó Solarin mirándome con una expresión que no pude definir—. Los ayudé a conseguirte. ¿No es bastante?

Yo tenía otras preguntas, pero su mirada me hizo sentir incómoda, no sé por qué. El viento arreciaba, arrastrando la dura y punzante arena. De pronto me sentí muy fatigada. Empecé a levantarme, pero Solarin me lo impidió.

—Cuidado con el botalón —dijo—. Estamos girando otra vez.

—Y empujando la vela hacia el otro lado me indicó que podía bajar—. Te llamaré si te necesito —agregó.

Cuando bajé la empinada escalerilla, Lily estaba sentada en la litera de abajo dando a Carioca unos bizcochos secos empapados en agua. A su lado, había un tarro abierto de mantequilla de cacahuete que de alguna manera había logrado encontrar, junto con varias bolsas de frutos secos y tostadas. De pronto me pareció más bien delgada, con la nariz quemada por el sol y el sucio minivestido que se adhería a curvas esbeltas más que a grasa gelatinosa.

—Será mejor que comas —dijo—. Este bamboleo me está mareando… No he podido dar ni un mordisco.

En la cabina se notaba más el balanceo de las olas. Comí algunos frutos secos con mucha mantequilla de cacahuete, los bajé con el resto de mi coñac y subí a la litera superior.

—Creo que deberíamos dormir un poco —dije—. Tenemos una larga noche por delante… y mañana un día aún más largo.

—Ya es mañana —observó Lily mirando su reloj.

Apagó la lámpara. Oí el chirrido de los muelles bajo su colchón cuando ella y Carioca se acomodaron para pasar la noche. Fue lo último que oí antes de perderme en el mundo de los sueños.

No sé cuándo oí el primer golpe. Soñaba que estaba en el fondo del mar, arrastrándome por la arena blanda. Las piezas del ajedrez de Montglane habían cobrado vida y trataban de salir de mi bolso. Por más que me esforzara por avanzar hacia la playa, mis pies seguían hundiéndose en el limo. Tenía que respirar. Estaba tratando de salir a la superficie cuando una ola volvió a sumergirme.

Abrí los ojos y al principio no supe dónde estaba. Miré por un ojo de buey totalmente sumergido en el agua. Después el barco escoró, caí de la litera y me estampé contra la cocina. Me puse en pie, empapada. El agua me llegaba hasta las rodillas e inundaba todo el camarote. Las olas golpeaban contra la litera donde Lily dormía y Carioca, sentado sobre ella, trataba de mantener secas las patitas.

—¡Despierta! —exclamé, y el ruido del agua y el crujido de la madera ahogaron mis palabras. Procuré mantener la calma mientras tiraba de ella en dirección a la hamaca.

—Dios mío —balbuceó Lily tratando de ponerse en pie—. Voy a vomitar.

—No; ahora no —dije, y sosteniéndola con un brazo cogí los salvavidas con la mano libre.

La dejé en la balanceante hamaca, agarré a Carioca y lo puse a su lado en el preciso momento en que el estómago de Lily se rebelaba. Cogí un cubo de plástico que flotaba y lo acerqué a su cara. Vomitó los bizcochos y después me miró con expresión agónica.

—¿Dónde está Solarin? —preguntó entre el ruido del viento y el agua.

—No lo sé —respondí. Le arrojé un salvavidas y me puse el otro mientras caminaba por el agua, que seguía subiendo—. Póntelo. Iré a ver.

El agua bajaba por los escalones. La puerta golpeaba contra la pared. La agarré y la cerré al salir.. Después miré en torno… y ojalá no lo hubiera hecho.

El barco, escorado hacia la derecha, retrocedía en diagonal hacia un enorme hoyo en el agua. La cubierta y la caseta del timón estaban inundadas. El botalón se había soltado y se movía de un lado a otro. Una de las velas frontales, mojada y pesada, también se había desprendido. A unos dos metros, Solarin yacía con medio cuerpo fuera de la cabina y los brazos caídos hacia cubierta. Una ola lo levantó… y empezó a arrastrarlo.

Me aferré al timón y estirándome hacia él así su pie desnudo y la pernera del pantalón, mientras el agua golpeaba su cuerpo y seguía arrastrándolo. No pude seguir sujetándolo y el agua lo llevó por la estrecha cubierta y lo lanzó contra la barandilla; después lo levantó hacia la borda.

Me lancé de bruces e intenté acercarme a él impulsándome con los pies y las manos y sujetándome a las cabillas metálicas de cubierta. El barco avanzaba hacia el vientre de una ola, mientras otra pared de agua, alta como un edificio de cuatro pisos, se hinchaba al otro lado de la hondonada.

Me abalancé sobre Solarin y cogiéndolo por la camisa tiré de él con todas mis fuerzas contra el agua y la inclinación de la cubierta. Solo Dios sabe cómo conseguí llevarlo hacia la cabina y meterlo dentro. Lo apoyé contra un asiento y lo abofeteé muy fuerte varias veces. La sangre brotaba de una herida que tenía en la cabeza. Yo gritaba por encima del ruido del viento y el agua mientras el barco escoraba y se precipitaba hacia el muro de agua.

Solarin abrió los ojos, aturdido, y volvió a cerrarlos para protegerlos de las rociadas de agua.

—¡Estamos girando! —chillé—. ¿Qué hay que hacer?

Se incorporó de golpe y, apoyándose contra la pared de la cabina, miró alrededor para evaluar la situación.

—Arriar las velas… —Me cogió las manos y las puso en el timón—. ¡Vira a estribor! —exclamó, intentando mantener el equilibrio.

—¿A la izquierda o a la derecha? —pregunté aterrada.

—¡Derecha! —respondió, y acto seguido volvió a derrumbarse en el asiento, sin dejar de sangrar, mientras el agua nos cubría.

Giré el timón con todas mis fuerzas y sentí que el barco se hundía. Seguí girándolo hasta que estuvimos totalmente escorados. Yo estaba segura de que el barco iba a darse la vuelta… La gravedad lo llevaba cada vez más abajo, mientras la pared de agua se alzaba e impedía ver la luz del cielo matutino.

—¡Las drizas! —exclamó Solarin sujetándome.

Lo miré un instante y a continuación lo acerqué al timón, al que se aferró con todas sus fuerzas.

Sentía el sabor del miedo en la boca. Solarin, que acercaba el barco a la base de la siguiente ola, cogió un hacha y me la entregó. Me arrastré por el tejado de la cabina hacia el mástil frontal. La ola crecía cada vez más, mientras la cresta empezaba a curvarse. Cayó sobre el barco y no pude ver nada. El rugido de miles de toneladas de agua era ensordecedor. Procurando no pensar en nada, repté hacia el mástil.

Me agarré a él y descargué el hacha sobre las drizas hasta que el cáñamo se soltó describiendo espirales, como un baile de serpientes de cascabel. Caí de bruces cuando el cabo suelto me golpeó con la fuerza de un tren. Había velas por todas partes y oía el ruido espantoso de la madera que se astillaba. El muro de agua se desplomó sobre nosotros. La nariz se me lleno de guijarros y arena, y el agua bajaba por mi garganta, mientras me esforzaba por no toser ni respirar. Fui arrancada de mi refugio del mástil y arrojada hacia atrás, de modo que perdí el sentido de la orientación. Trataba de asirme a todo contra lo que chocaba, mientras el agua seguía cayendo.

La proa del barco se elevó y después cayó pesadamente. Una sucia lluvia gris nos azotaba mientras atravesábamos una ola tras otra, pero seguíamos a flote. Había velas por todas partes, flotando en el mar y enredadas sobre la cubierta, de modo que tropecé con ellas cuando traté de incorporarme. Empecé a retroceder hacia el mástil trasero después de coger el hacha, que había quedado atrapada bajo un montón de vela, a un metro de distancia. Hubiera podido ser mi cabeza, pensé mientras corría por un costado del barco, agarrada a la barandilla para no perder el equilibrio.

Solarin, en la cabina, apartaba las velas cogido del timón. La sangre manchaba su cabello rubio como un pañuelo carmesí y caía en su camisa.

—¡Ata esa vela! —aulló—. Usa lo que tengas a mano, pero sujétala antes de que vuelva a golpearnos. —Tiraba de las velas delanteras, que flotaban como un animal ahogado.

Corté la driza trasera, pero el viento era tan fuerte que me costaba mantener la vela sujeta. Cuando la bajé y la até como pude, atravesé la cubierta agachada, con los pies desnudos chapoteando en el agua, golpeándome los dedos con las cabillas. Estaba calada hasta los huesos. Tiré del foque de proa con todas mis fuerzas y lo saqué del agua que anegaba la cubierta. Solarin estaba sujetando la sobremesana, que colgaba como un brazo roto.

Mientras él manejaba el timón, entré en la cabina. El barco seguía brincando como un corcho en el vacío oscuro y lodoso. Aunque el mar, encabritado y violento, escupía agua por todos lados y nos llevaba de un lado a otro, ya no había olas como la que acababa de golpearnos. Era como si un extraño genio hubiera salido de una botella depositada en el negro suelo marino y, tras un breve ataque de cólera, hubiera desaparecido. Al menos eso esperaba.

Estaba exhausta… y sorprendida de seguir con vida. Me senté, temblando de frío y miedo, y miré el perfil de Solarin. Parecía tan concentrado como ante el tablero de ajedrez, como si una partida también fuera cuestión de vida o muerte. Recordé sus palabras: «Soy un maestro de este juego». Entonces yo le había preguntado: «¿Y quién gana?», a lo que él contestó: «Yo. Siempre gano».

Solarin siguió manejando el timón durante lo que parecieron horas, mientras yo seguía sentada, aterida de frío y con el cuerpo entumecido, sin pensar en nada. El viento empezaba a amainar, pero las olas eran aún tan altas que parecíamos avanzar por una montaña rusa. En el Mediterráneo había visto esas tormentas, que producían olas de tres metros de altura en los escalones del puerto de Sidi Fredj y luego desaparecían súbitamente. Rezaba por que esta vez sucediera lo mismo.

Cuando vi que el cielo comenzaba a despejarse en la distancia, dije:

—Si no me necesitas, bajaré a ver si Lily sigue viva.

—Podrás irte enseguida. —Se volvió hacia mí. Tenía un costado de la cara manchado de sangre y el pelo empapado de agua, que caía por su nariz y su mentón—. Primero quiero darte las gracias por salvarme la vida.

—Has sido tú quien me ha salvado a mí —repuse con una sonrisa, pese a que seguía temblando de miedo y frío—. No hubiera sabido qué hacer…

Solarin me miraba fijamente, con las manos apoyadas en el timón. Antes de que yo pudiera reaccionar se inclinó hacia mí… Sus labios eran cálidos. El agua goteó de su cabello sobre mi cara cuando una ola barrió la cubierta y nos azotó con sus punzantes dedos, Solarin se apoyó contra el timón y me atrajo hacia él. Noté que sus manos eran cálidas en los lugares en que la camisa se me pegaba a la piel. Un estremecimiento recorrió mi cuerpo como una corriente eléctrica cuando volvió a besarme, esta vez de manera más prolongada. Las olas subían y bajaban. Seguramente por eso tenía aquella sensación extraña en el estómago. No podía moverme y sentía que su calor me penetraba cada vez más. Luego se apartó y me miró a los ojos con una sonrisa.

—Si sigo así, seguro que nos hundiremos —murmuró a pocos centímetros de mis labios. Se obligó a poner las manos sobre el timón, frunció el ceño y clavó la vista en el mar—. Es mejor que bajes —dijo despacio, como si estuviera pensando en algo. No se volvió a mirarme.

—Buscaré algo para curarte la herida —dije, y me puse furiosa al observar que mi voz sonaba débil.

El mar seguía encrespado y las oscuras paredes de agua nos rodeaban, pero eso no bastaba para explicar cómo me sentía al mirar su cabello mojado y las zonas donde su camisa desgarrada se pegaba a su cuerpo esbelto y musculoso.

Temblaba todavía cuando descendí por las escaleras. Por supuesto, su abrazo era una manifestación de gratitud, nada más, pensé. Entonces, ¿por qué tenía esa extraña sensación en el estómago? ¿Por qué veía todavía sus ojos verdes, tan penetrantes un segundo antes de que me besara?

Avancé hacia el camarote a la débil luz que entraba por la portilla. La hamaca había sido arrancada de la pared. Lily estaba sentada en el rincón. Carioca, desaliñado, estaba en su regazo, con las patitas apoyadas en su pecho, tratando de lamerle la cara. Cuando me oyó avanzar con paso vacilante se puso contento. Yo me tambaleaba entre la cocina y las literas, sacaba cosas del agua y las metía en el fregadero.

—¿Estás bien? —pregunté a Lily.

El camarote hedía a vómitos; no quería mirar con demasiada atención el agua que me rodeaba.

—Vamos a morir —gimió—. Dios mío, después de todo lo que hemos pasado… vamos a morir. Y todo por esas malditas piezas.

—¿Dónde están? —pregunté asustada de repente, pensando que al fin y al cabo mi sueño podía haber sido una premonición.

—Aquí, en la bolsa —dijo sacándola de debajo del trasero—. Cuando el barco dio aquella sacudida, salió despedida y me golpeó… y la hamaca se cayó. Estoy llena de magulladuras…

Vi que tenía churretes de lágrimas y agua sucia.

—Yo las guardaré —dije. Cogí la bolsa, la metí debajo del fregadero y cerré la puerta del armario—. Creo que saldremos de esta. La tormenta amaina. Pero Solarin tiene una fea herida en la cabeza. He de encontrar algo para limpiarla.

—En el lavabo hay un botiquín —indicó con un hilo de voz. Trató de incorporarse—. Dios mío, me encuentro fatal.

—Vuelve a la cama —dije—. Tal vez la litera superior esté más seca. Subiré a ayudar a Solarin.

Cuando salí del pequeño lavabo con el botiquín lleno de agua que había conseguido encontrar entre los despojos, Lily yacía de costado en la litera, gimiendo. Carioca trataba de meterse bajo su cuerpo en busca de calor. Di una palmadita a cada una de las cabezas mojadas y volví a subir trabajosamente mientras el barco se bamboleaba.

El cielo estaba más claro, del color de la leche con cacao, y a lo lejos se veía lo que parecía un charco de luz del sol sobre el agua. ¿Había pasado lo peor? Me senté junto a Solarin con un suspiro de alivio.

—No hay una venda seca en todo el barco —dije. Abrí la caja de hojalata y examiné el contenido empapado—. Aquí hay yodo y tijeras…

Solarin echó un vistazo y sacó un tubo grueso de pomada lubricante. Me lo tendió sin mirarme.

—Puedes ponerme eso si quieres —dijo mirando al frente, mientras empezaba a desabotonarse la camisa con una mano—. Desinfectará la herida y detendrá un poco la hemorragia… Luego, si desgarras la camisa para hacer vendas…

Lo ayudé a quitársela mientras él seguía mirando el mar. Percibí el olor de su cálida piel. Traté de no pensar en eso mientras él hablaba.

—El temporal va amainando —dijo, como si hablara consigo mismo—, pero los problemas no han acabado. El botalón está resquebrajado y el foque, desgarrado. No conseguiremos llegar a Marsella. Además, hemos perdido el rumbo. Tendré que orientarme. En cuanto me hayas vendado, ponte al timón mientras consulto las cartas de navegación.

Contemplaba el mar con rostro inexpresivo y yo trataba de no mirar su cuerpo mientras estaba allí sentado, desnudo hasta la cintura. ¿Qué me ocurría?, pensé. El miedo que había pasado debía de haberme afectado a la cabeza. Mientras el barco se balanceaba sobre las olas, yo solo podía pensar en la calidez de sus labios y el color de sus ojos cuando me miraba…

—Si no llegamos a Marsella —dije, obligándome a pensar en otra cosa—, ¿el avión despegará sin nosotros?

—Sí —respondió Solarin con una sonrisa extraña mientras seguía mirando el mar—. Qué contratiempo… Tal vez nos veamos obligados a atracar en algún lugar remoto. Podríamos quedar aislados durante meses, sin transporte.

Yo estaba arrodillada sobre el barco: aplicándole pomada, mientras hablaba.

—¡Qué horror! ¿Qué harías, perdida con un ruso loco que solo sabe jugar al ajedrez?

—Supongo que aprendería a jugar —respondí.

Cuando empecé a vendarlo, hizo una mueca.

—Creo que eso puede esperar —dijo cogiéndome por las muñecas.

Me obligó a ponerme en pie sobre el banco y rodeándome las piernas con sus brazos me cargó sobre los hombros como si fuera un saco de patatas y salió de la caseta, mientras el barco oscilaba sobre las olas.

—¿Qué haces? —pregunté entre risas, con la cara apretada contra su espalda, mientras la sangre de su herida me caía en la cabeza.

Una vez en cubierta, me deslizó hacia abajo pegada a su cuerpo. El agua nos cubría los pies mientras nos mirábamos.

—Voy a mostrarte qué más saben hacer los maestros de ajedrez rusos —dijo.

Sus ojos verdes no sonreían. Me atrajo hacia él y nuestros cuerpos y labios se encontraron. Yo sentía el calor de su piel desnuda a través de la tela mojada de mi camisa; cuando besó mis ojos y mi rostro, el agua salada goteó de su cara y entró en mi boca entreabierta. Sus manos estaban hundidas en mi cabello húmedo. A pesar de las frías telas mojadas que me cubrían, sentí cómo aumentaba mi propio calor y me fundía por dentro como hielo bajo el cálido sol del estío. Aferré sus hombros y enterré la cara en su pecho desnudo. Solarin me susurraba al oído mientras el barco se balanceaba y nos mecía.

—Te deseé aquel día en el club de ajedrez —dijo mirándome a los ojos—. Quería poseerte allí mismo, en el suelo… delante de los hombres que trabajaban en la sala. La noche que fui a tu apartamento para dejar aquella nota, estuve a punto de quedarme…

—¿Para darme la bienvenida al juego? —pregunté sonriendo.

—Al diablo con el juego —exclamó con amargura. Sus ojos eran dos oscuros pozos de pasión—. Me dijeron que no me acercara a ti… que no me implicara. No ha pasado una sola noche sin que pensara en esto… sin desearte. Dios, hace meses que debí hacerlo…

Estaba desabotonándome la camisa. Mientras sus manos se deslizaban sobre mi piel, sentí la fuerza que pasaba entre nosotros, invadiéndome y dejándome vacía de todo, salvo una idea.

Me levantó y me depositó sobre las velas arrugadas y mojadas. Noté cómo las olas me salpicaban. Sobre nuestras cabezas crujían los mástiles y el cielo estaba pálido, bañado en una luz amarilla. Solarin me miraba con la cabeza inclinada. Sus labios y sus manos se deslizaban por encima de mi piel como agua. Su cuerpo se fundió en el mío con el calor y la violencia de un catalizador. Me aferré a sus hombros y sentí que su pasión me recorría entera.

Nuestros cuerpos se movían con una fuerza tan intensa y primitiva como la del mar. Me sentí caer... caer mientras oía los gemidos de Solarin. Noté que sus dientes se hundían en mi carne y su cuerpo en el mío.

Solarin estaba tendido sobre mí entre las velas, con una mano hundida en mi cabello. Sus rubios cabellos goteaban en mi pecho y el agua se deslizaba hasta mi vientre. Mientras le acariciaba la cabeza, pensé que era extraño que me sintiera como si lo conociese de toda la vida, cuando solo nos habíamos visto cuatro veces. No sabía nada de él, aparte de los chismes que Lily y Hermanold me habían contado en el club y lo poco que había recordado Nim de sus lecturas de revistas especializadas. No tenía ni la menor idea de dónde residía, qué clase de vida llevaba, quiénes eran sus amigos, si desayunaba huevos fritos o usaba pijama para dormir. No le había preguntado cómo se había librado de los agentes del KGB, ni siquiera por qué lo acompañaban. Ahora comprendía cómo era posible que hubiese visto a su abuela solo dos veces.

De pronto supe por qué había pintado su retrato antes de conocerlo. Tal vez lo hubiera visto dar vueltas en torno a mi casa con la bicicleta, sin fijarme demasiado en él. Pero ni siquiera eso era importante.

En realidad, aquellos eran datos que no necesitaba saber: relaciones y acontecimientos superficiales en torno a los cuales gira la vida de la mayor parte de la gente. Pero no la mía. Tras el misterio, la máscara, el barniz frío... veía la esencia de Solarin, y lo que veía era pasión, una insaciable sed de vida, la pasión por descubrir la verdad oculta detrás del velo. Era una pasión que yo conocía muy bien porque también la poseía.

Eso era lo que Minnie había visto en mí, por lo que me había elegido: esa pasión, que ella canalizaría hacia la búsqueda de las piezas. Por eso había encargado a su nieto que me protegiera, pero sin distraerme de mi misión, sin «implicarse». Cuando Solarin se movió y apretó los labios contra mi estómago, sentí un estremecimiento delicioso. Le acaricié el cabello. Minnie había cometido un error, pensé. Había un ingrediente que había pasado por alto en el preparado alquímico que estaba elaborando a fin de derrotar el mal para siempre. El ingrediente que había olvidado era el amor.

Cuando Solarin y yo nos desperezamos, el mar se había aquietado y lo recorrían unas olas suaves de color marrón. El cielo era de un blanco brillante, que cegaba sin sol. Buscamos nuestras ropas frías y mojadas. Sin pronunciar palabra, Solarin cogió algunas tiras de su camisa y me limpió allí donde me había manchado con su sangre. Después me miró con sus ojos verdes y sonrió.

—Tengo muy malas noticias —dijo.

Me rodeó con un brazo y levantó el otro para señalar un punto más allá de las olas oscuras.

A lo lejos se levantaba una forma reluciente que parecía un espejismo.

—Tierra —me susurró Solarin al oído—. Hace dos horas habría dado cualquier cosa por ver esto, pero ahora preferiría fingir que no es real…

La isla se llamaba Formentera y estaba en la punta meridional de las Baleares, frente a la costa oriental de España. Calculé rápidamente que eso significaba que la tormenta nos había desviado doscientos cuarenta kilómetros al este de nuestro rumbo; ahora estábamos en un punto equidistante entre Gibraltar y Marsella. Era evidente que resultaba imposible llegar al avión que nos esperaba cerca de La Camargue, aun cuando el barco estuviera en buenas condiciones, pero con el foque roto, las velas desgarradas y el desastre general de la cubierta, necesitábamos detenernos para hacer inventario y reparaciones. Cuando Solarin consiguió trabajosamente atracar en una bahía solitaria del extremo meridional de la isla, bajé para despertar a Lily y esbozar juntos un plan alternativo.

—Jamás pensé que me sentiría aliviada de pasar la noche dando tumbos en ese ataúd marino —dijo Lily asombrada cuando echó un vistazo a la cubierta—. Esto parece un campo de batalla. Gracias a Dios que estaba demasiado mareada para ser testigo de la catástrofe.

Aunque todavía tenía mala cara, parecía haber recobrado casi las fuerzas. Cruzó la maltrecha cubierta, llena de desechos y lona mojada, aspirando el aire fresco.

—Tenemos un problema —le dije en cuanto nos sentamos a analizar la situación con Solarin—. No vamos a coger ese avión. Hemos de encontrar la forma de llegar a Manhattan sin pasar esas piezas por la aduana —continué—, mientras esquivamos también a los de Inmigración.

—Los ciudadanos soviéticos —explicó Solarin ante la mirada inquisitiva de Lily— no tenemos lo que se dice carta blanca para viajar a todas partes. Además, Sharrif estará vigilando todos los aeropuertos comerciales, entre ellos los de Ibiza y Mallorca, estoy seguro. Como prometí a Minnie que os llevaría de vuelta sanas y salvas, y con las piezas, me gustaría proponer un plan.

—Dispara. A estas alturas estoy dispuesta a todo —dijo Lily.

Estaba deshaciendo los nudos del pelaje mojado y enredado de Carioca, que trataba de huir de su regazo.

—Formentera es una pequeña isla de pescadores. Sus habitantes están acostumbrados a los turistas que llegan de Ibiza para pasar el día. Esta cala está muy resguardada… ni nos verán. Propongo que vayamos al pueblo, compremos ropas y víveres y veamos si podemos conseguir otra vela y las herramientas que necesitaré para reparar los desperfectos. Puede resultar caro, pero en una semana podríamos hacernos a la mar y nos iríamos con tanto sigilo como hemos venido, sin que nadie lo advierta.

—Parece una buena idea —dijo Lily—. Todavía me quedan bastantes billetes empapados que podemos usar. Me vendría muy bien cambiar de traje y descansar unos días después de tanta histeria. ¿Y adónde propones que vayamos?

—A Nueva York —respondió Solarin—, vía las Bahamas, y al llegar al continente, por ríos y canales.

—¿Qué? —gritamos Lily y yo a un tiempo.

—¡Deben de ser siete mil kilómetros! —agregué horrorizada—. ¡En un barco que apenas ha sobrevivido a seiscientos en una tormenta!

—De hecho, por la ruta que propongo serán casi nueve mil kilómetros —apuntó Solarin con una sonrisa—. Si Colón salió airoso, ¿por qué no nosotros? Tal vez sea la peor estación para navegar por el Mediterráneo, pero es la mejor para cruzar el Atlántico. Con una brisa adecuada, no tardaremos más de un mes… y, cuando lleguemos, ambas seréis excelentes marineras.

Lily y yo estábamos demasiado agotadas, sucias y hambrientas para discutir. Por otro lado, más reciente aún que la escena de la tormenta era mi recuerdo de lo que había pasado entre Solarin y yo hacía un rato. Un mes así no parecía una perspectiva desdeñable. Así pues, Lily y yo partimos en busca de un pueblo, mientras Solarin se quedaba arreglando el estropicio.

Con los días de trabajo duro y el magnífico tiempo nos relajamos un poco. La isla de Formentera tenía casas encaladas y calles de tierra, olivares y manantiales silenciosos, ancianas vestidas de negro y pescadores con camisetas de rayas. Todo esto, con el interminable mar azul como telón de fondo, era un bálsamo para los ojos y un consuelo para el alma. Tres días comiendo pescado fresco y frutas recién arrancadas de los árboles, bebiendo buen vino mediterráneo y respirando el saludable aire salobre obraron maravillas en nuestro ánimo. Lucíamos un hermoso bronceado y Lily no solo había adelgazado, sino que había desarrollado unos buenos músculos trabajando en la reparación del barco.

Todas las noches, Lily jugaba al ajedrez con Solarin. Él nunca la dejaba ganar y después de cada partida le explicaba con todo detalle los errores que había cometido. Al cabo de un tiempo Lily no solo empezó a aceptar bien sus derrotas, sino también a interrogarlo cuando un movimiento la desconcertaba. Volvía a estar tan absorta en el ajedrez que apenas se daba cuenta de que, desde la primera noche pasada en la isla, yo dormía en cubierta con Solarin, en lugar de en el camarote.

—Tiene el don —me comentó Solarin una noche, mientras contemplábamos el cielo estrellado—. Todo lo que tenía su abuelo… y más. Si puede olvidar que es una mujer, será una gran jugadora de ajedrez.

—¿Qué tiene que ver que sea una mujer? —pregunté.

Solarin sonrió y me acarició el cabello.

—Las niñas son distintas de los niños —dijo—. ¿Quieres una prueba?

Reí y lo miré a la pálida luz de la luna.

—Te has explicado muy bien —contesté.

—Pensamos de manera distinta —agregó. Se tumbó en el suelo

y apoyó la cabeza sobre mi regazo. Me miró y comprendí que hablaba en serio—. Por ejemplo, para descubrir la fórmula contenida en el ajedrez de Montglane, probablemente tú y yo procederíamos de forma muy distinta.

—De acuerdo —dije, entre risas—. ¿Qué harías tú?

—Trataría de detallar todos los datos de que dispongo —explicó tras beber un trago de mi brandy—. Después vería cómo pueden combinarse esos datos para formar una solución. Admito que cuento con una pequeña ventaja. Por ejemplo, tal vez sea la única persona en mil años que ha visto el paño, las piezas y también el tablero. —Me miró al notar que yo daba un respingo—. En Rusia, cuando apareció el tablero, hubo quienes se arrogaron rápidamente la responsabilidad de encontrar los trebejos. Por supuesto, eran miembros del equipo blanco. Creo que Brosdki, el funcionario del KGB que me acompañó a Nueva York, es uno de ellos. Me congracié con altos funcionarios del gobierno al dar a entender, tal como me había indicado Mordecai, que sabía dónde había otras piezas y podía obtenerlas. —Tras una pausa volvió a su idea inicial. Mirándome a la luz plateada, añadió—: Vi tantos símbolos en el ajedrez de Montglane que creo que quizá no es una sola fórmula, sino muchas. Al fin y al cabo, como ya has supuesto, esos símbolos no representan solo planetas y signos del zodíaco, sino también elementos de la tabla periódica. Me parece que para convertir cada elemento en otro se necesitaría una fórmula diferente. Pero ¿cómo sabemos qué símbolos debemos combinar y en qué orden? ¿Cómo sabemos que esas fórmulas funcionan?

—Con tu teoría no podríamos saberlo —contesté. Bebí un trago de brandy mientras mi cerebro empezaba a trabajar—. Habría demasiadas variables aleatorias, demasiadas permutaciones. No sé mucho de alquimia, pero entiendo de fórmulas. Todo cuanto sabemos apunta a que hay una sola fórmula. Pero puede no ser lo que pensamos…

—¿Qué quieres decir? —preguntó Solarin mirándome.

Desde nuestra llegada a la isla ninguno de nosotros había mencionado las piezas guardadas en la bolsa bajo el fregadero. Tácitamente habíamos acordado no estropear nuestro breve idilio hablando de la búsqueda que había puesto nuestras vidas en peligro. Ahora que Solarin convocaba el espectro, empecé otra vez a analizar la idea que, como un dolor de muelas, había latido en mi cabeza durante las últimas semanas.

—Quiero decir que creo que hay una sola fórmula, con una solución sencilla. Si era tan difícil que nadie podía comprenderla, ¿por qué ocultarla detrás de semejante velo de misterio? Es como las pirámides. Durante miles de años la gente ha hablado de lo duro que debió de ser para los egipcios levantar aquellos bloques de granito y piedra caliza de dos mil toneladas con sus herramientas primitivas. Sin embargo, allí están. Pero ¿y si no las movieron? Los egipcios eran alquimistas, ¿no? Debían de saber que se puede diluir esas piedras en ácido, meterlas en un cubo y pegarlas entre sí como si lo hicieran con cemento.

—Sigue —dijo Solarin mirándome con una sonrisa extraña. Incluso visto desde arriba era muy apuesto.

—Las piezas del ajedrez de Montglane resplandecen en la oscuridad —continué. Pensaba a toda velocidad—. ¿Sabes qué se obtiene cuando descompones el elemento mercurio? Dos isótopos radiactivos. Uno se transforma en cuestión de horas o días en talio… y el otro, en oro radiactivo.

Solarin se dio la vuelta y se apoyó en un codo mientras me miraba atentamente.

—Si puedo hacer de abogado del diablo un momento —dijo—, señalaría que razonas de efecto a causa. Dices: si hay piezas transmutadas, tiene que haber una fórmula para conseguirlo. Pero, aunque sea así, ¿por qué esta fórmula? ¿Y por qué solo una y no cincuenta o cien?

—Porque en la ciencia, como en la naturaleza, a menudo la solución más simple, la obvia, es la que funciona —respondí—. Minnie cree que hay una sola fórmula, que, según dijo, se compone de tres partes: el tablero, los trebejos y el paño… —Me interrumpí, porque de pronto se me ocurrió algo—. Como piedra, papel y tijera. —Al ver que Solarin me miraba desconcertado, agregué—: Es un juego infantil.

—Pareces una criatura. —Se echó a reír y bebió otro trago de mi brandy—. Pero también los grandes científicos son como niños en el fondo. Sigue.

—Las piezas cubren el tablero… el paño cubre las piezas —continué—. De modo que la primera parte de la fórmula puede describir el qué; la segunda, el cómo, y la tercera explica… cuándo.

—Quieres decir que los símbolos del tablero describen qué materias primas, qué elementos, han de usarse —dijo Solarin rascándose el vendaje—; las piezas indican en qué proporciones han de combinarse y el paño describe el orden.

—Casi —respondí entusiasmada—. Como has dicho, esos símbolos describen elementos de la tabla periódica; pero hemos pasado por alto lo primero que observamos. ¡También representan planetas y signos del zodíaco! La tercera parte de la fórmula indica exactamente cuándo, qué hora, mes y año, hay que ejecutar cada paso del proceso. —Sin embargo, tan pronto como lo hube dicho comprendí que no podía ser—. Pero ¿qué importa en qué fecha se inicia o termina un experimento?

Solarin permaneció en silencio un momento. Cuando habló, lo hizo lentamente, con aquel inglés seco y formal que usaba cuando estaba muy tenso.

—Importa mucho —me dijo—, si entiendes qué quería decir Pitágoras cuando hablaba de «la música de las esferas». Creo que has dado con algo. Busquemos las piezas.

Cuando bajé, Lily y Carioca roncaban en sus respectivas literas. Solarin se había quedado arriba para encender una lámpara y preparar el ajedrez magnético con el cual él y Lily jugaban todas las noches.

—¿Qué pasa? —preguntó Lily mientras yo buscaba las piezas en el armario bajo el fregadero.

—Estamos resolviendo el enigma —dije eufórica—. ¿Quieres unirte a nosotros?

—Por supuesto —dijo. Oí crujir el colchón mientras se levantaba—. Me preguntaba cuándo me invitaríais a vuestros aquelarres nocturnos. ¿Qué hay entre vosotros… o no debería preguntarlo?

Di gracias al cielo por la oscuridad. Me había puesto roja como un tomate.

—Olvídalo —agregó Lily—. Es guapo… pero no es mi tipo. Uno de estos días le ganaré una partida.

Se puso un jersey sobre el pijama mientras subíamos por la escalerilla y nos sentamos en los bancos tapizados de la caseta del timón, una a cada lado de Solarin. Lily se sirvió una copa mientras yo sacaba del bolso las piezas y el paño y los disponía en el suelo, a la luz de la lámpara.

Tras resumirle rápidamente la conversación que habíamos mantenido Solarin y yo, volví a sentarme. Solarin se quedó en el suelo. El barco se balanceaba suavemente, a merced de las olas. Una dulce brisa nos acariciaba mientras estábamos allí, bajo el universo de estrellas. Lily tocaba el paño y miraba a Solarin con una expresión rara.

—¿Qué quiso decir Pitágoras con lo de «la música de las esferas»? —le preguntó.

—Creía que el universo se componía de números —explicó Solarin mirando las piezas del ajedrez de Montglane—; que, de la misma manera que las notas de una escala musical se repiten octava tras octava, las cosas de la naturaleza siguen una pauta semejante. Inició un campo de la investigación matemática que solo recientemente ha experimentado avances importantes. Se llama «análisis armónico» y es la base de mi especialidad, la física acústica, y también un factor clave de la física cuántica.

Solarin se puso en pie y empezó a caminar. Recordé que una vez me había dicho que para reflexionar necesitaba moverse.

—La idea básica —prosiguió, mientras Lily lo observaba con atención— es que cualquier fenómeno que se repite periódicamente puede medirse; es decir, cualquier onda, ya sea sonora, calórica o luminosa, e incluso las mareas. Kepler aplicó esta teoría para descubrir las leyes del movimiento planetario y Newton, para explicar la ley de la gravitación universal y la precesión de los equinoccios. Leonhard Euler la usó para probar que la luz era un fenómeno ondulatorio cuyo color depende de la longitud. Pero fue Fourier, el gran matemático del siglo XVIII, quien encontró el método por el cual todas las ondas, incluidas las de los átomos, podían medirse. —Se volvió hacia nosotras. Sus ojos brillaban a la débil luz de la lámpara.

—De modo que Pitágoras tenía razón —dije—. El universo se compone de números que se repiten con precisión matemática y pueden medirse. ¿Crees que en eso consiste el ajedrez de Montglane… en el análisis armónico de la estructura molecular? ¿Medir ondas para analizar la estructura de los elementos?

—Lo que puede medirse puede comprenderse —afirmó Solarin—. Lo que puede comprenderse puede alterarse. Pitágoras estudió con el más destacado de los alquimistas, Hermes Trismegisto, a quien los egipcios consideraban la encarnación del gran dios Tot. Fue él quien definió el primer principio de la alquimia: «Lo que hay arriba es como lo que hay abajo». Las ondas del universo operan de la misma manera que las ondas del átomo más diminuto… y puede demostrarse que interactúan. —Hizo una pausa para mirarme—. Dos mil años después Fourier mostró exactamente cómo interactúan. Maxwell y Planck revelaron que la propia energía podía describirse en términos de estos fenómenos ondulatorios. Einstein dio el último paso y mostró que lo que había apuntado Fourier como una herramienta analítica era así en realidad: que la materia y la energía eran fenómenos ondulatorios que podían transformarse los unos en los otros.

Algo empezaba a despuntar en mi cabeza. Miraba fijamente el paño, donde los dedos de Lily recorrían los cuerpos dorados de las serpientes entrelazadas que formaban el número ocho. En algún lugar de mi mente estaba estableciéndose una conexión entre el paño —el *labrys*/laberinto descrito por Lily— y lo que acababa de explicar Solarin sobre las ondas. Lo que hay arriba es como lo que hay abajo. Macrocosmos, microcosmos. Materia, energía. ¿Qué significaba todo eso?

—El ocho —dije, aunque seguía absorta en mis pensamientos—. Todo conduce de regreso al ocho. El *labrys* tiene forma de ocho… y también la espiral que, según demostró Newton, forma la precesión de los equinoccios. Ese recorrido místico descrito en nuestro diario… el que dio Rousseau en Venecia… también eran un ocho. Y el símbolo del infinito…

—¿Qué diario? —preguntó Solarin, súbitamente alerta.

Lo miré incrédula. ¿Era posible que Minnie nos hubiera mostrado algo que su nieto desconocía?

—Un libro que nos dio Minnie —respondí—. Es el diario de una monja francesa que vivió hace doscientos años. Estaba presente cuando sacaron el ajedrez de la abadía de Montglane. No hemos tenido tiempo de terminarlo. Lo tengo aquí… —Empecé a sacar el libro de mi bolso y Solarin se acercó de un salto.

—Dios mío —exclamó—, de modo que a eso se refería cuando dijo que tú tenías la clave final. ¿Por qué no lo has mencionado antes? —Tocaba la suave piel del libro que yo sostenía en la mano.

—Tenía otras cosas en la cabeza —contesté.

Abrí el libro en la página donde estaba dibujado el recorrido de la Larga Marcha, la ceremonia celebrada en Venecia. Los tres nos inclinamos para verlo a la luz de la lámpara. Lo estudiamos un momento en silencio. Lily esbozó una sonrisa y se volvió hacia Solarin.

—Son movimientos de ajedrez, ¿no es cierto? —preguntó.

Él asintió.

—Cada movimiento representado sobre el número ocho de este diagrama —dijo— corresponde a un símbolo con la misma ubicación en el paño… probablemente un símbolo que también veían en la ceremonia. Y, si no me equivoco, cada uno indica un trebejo y su lugar en el tablero. Dieciséis pasos, cada uno formado por tres datos. Tal vez los tres que tú adivinaste: qué, cómo y cuándo.

—Como los trigramas del I Ching —dije—. Cada grupo contiene un cuanto de información.

Solarin me miraba de hito en hito. De pronto rió.

—Exacto —dijo inclinándose para estrujarme el hombro—. Vamos, ajedrecistas. Hemos adivinado la estructura del juego. Ahora reunamos todos los datos y descubramos la puerta al infinito.

♟

Trabajamos toda la noche. Ahora comprendía por qué los matemáticos se sienten recorridos por una onda trascendental de energía cuando descubren una nueva fórmula o ven un nuevo patrón en algo que han contemplado mil veces. Solo las matemáticas proporcionan la sensación de atravesar otra dimensión, una dimensión que no existe en el tiempo y el espacio; la sensación de caer dentro y a través de un acertijo, de tenerlo en torno de manera física.

Yo no era una gran matemática, pero comprendía a Pitágoras cuando decía que las matemáticas formaban una unidad con la música. Mientras Lily y Solarin trabajaban con los movimientos de las piezas en el tablero y yo trataba de determinar el patrón en papel, tenía la impresión de que podía oír el canto de la fórmula del ajedrez de Montglane. Era como un elixir que recorría mis venas y me arrastraba con su hermosa armonía mientras luchábamos en el suelo tratando de encontrar el sistema en las piezas.

No era fácil. Tal como había señalado Solarin, con una fórmula constituida por sesenta y cuatro casillas, treinta y dos piezas y dieciséis posiciones en un paño, las combinaciones posibles eran muchas más que el número total de estrellas en el universo conocido. Aunque por nuestro dibujo parecía que algunos de los movimientos eran del caballo y otros de la torre o el alfil, no podíamos estar seguros. El sistema completo tenía que coincidir en los sesenta y cuatro escaques del tablero del ajedrez de Montglane.

Había una dificultad añadida: aun cuando supiéramos qué peón o caballo había realizado el movimiento hacia cierta casilla, ignorábamos en qué casilla descansaban en el momento en que se concebió el juego.

No obstante, estaba convencida de que incluso para esas cosas había una clave, de modo que seguimos adelante con la información de que disponíamos. Las blancas siempre efectúan el primer movimiento, que por lo general corresponde a un peón. Aunque Lily argumentó que eso carecía de rigor histórico, de nuestro gráfico parecía deducirse que el primer movimiento había sido de un peón, la única pieza que podía hacer un movimiento vertical al comienzo del juego.

¿En los movimientos se alternaban las piezas blancas y negras o debíamos suponer que, como en el recorrido del caballo, los realizaba un solo trebejo que saltaba al azar por el tablero? Optamos por lo primero, porque disminuía las posibilidades. Y, puesto que se trataba de una fórmula, no de un juego, decidimos también que cada pieza solo podría mover una vez y que cada casilla podría ocuparse solo una vez. Para Solarin este modelo no formaba un juego que tuviera sentido en una partida real, pero sí revelaba un esquema que se parecía al del paño y nuestro mapa. Solo que, por extraño que pareciera, quedaba al revés; es decir, era la imagen especular de la procesión que se había celebrado en Venecia.

Al amanecer teníamos un esquema semejante a la representación del *labrys* proporcionada por Lily. Y si se dejaban en el tablero las piezas que no se habían movido, formaban otro número ocho geométrico en el plano vertical. Sabíamos que estábamos muy cerca.

T			R		A		
P	P	P			P	P	T 15
C 7	D 5			C 9			A 14
			P 3	P 1			P 11
			P 4	P 2			P 12
C 8		D 6			C 10		A 13
P	P	P			P	P	T 16
T			R		A		

Con ojos fatigados, levantamos la mirada de nuestro trabajo con un sentimiento de camaradería que trascendía nuestras tendencias competitivas. Lily empezó a reír y rodar por el suelo, mientras Carioca saltaba por encima. Solarin se precipitó sobre mí como un loco, me aupó y me hizo girar. Salía el sol, que teñía el mar de un color rojo sangre y el cielo de rosa perla.

—Ahora solo tenemos que conseguir el tablero y las piezas que faltan —dije a Solarin con una sonrisa—. Estoy segura de que será coser y cantar.

—Sabemos que en Nueva York hay otras nueve —señaló sonriéndome con una expresión que daba a entender que estaba pensando en otra cosa aparte del ajedrez—. Creo que tendríamos que ir a echar un vistazo, ¿no te parece?

—Venga, venga, capitán —exclamó Lily—. Aparejemos la vergas y atemos el botalón. Voto porque nos pongamos en camino.

—Será por mar —apuntó Solarin, feliz.

—Y que la gran diosa Kar bendiga nuestros esfuerzos náuticos —dije.

—Izaré las velas por eso —repuso Lily y se puso manos a la obra.

EL SECRETO

Newton no fue el primer representante de la Edad de la Razón. Fue el último de los magos, el último de los babilonios y sumerios… porque contemplaba el universo y todo cuanto contiene como un enigma, un secreto que podía leerse aplicando el pensamiento puro a ciertos indicios, ciertas claves místicas que Dios había dispersado por el mundo para permitir una suerte de caza del tesoro filosófico por parte de la hermandad esotérica…

Contemplaba el universo como un criptograma dispuesto por el Todopoderoso… de la misma manera que él envolvió el descubrimiento del cálculo como un criptograma al comunicarse con Leibnitz. Creía que mediante el pensamiento puro, mediante la concentración mental, el enigma sería revelado al iniciado.

John Maynard Keynes

Finalmente hemos regresado a una versión de la doctrina del viejo Pitágoras, a partir del cual surgieron las matemáticas y la física matemática. Él… dirigió la atención hacia los números como caracterizadores de la periodicidad de las notas musicales. Y ahora, en el siglo xx, encontramos a los físicos ocupados en la periodicidad de los átomos.

Alfred North Whitehead

Y, así, el número parece conducir a la verdad.

Platón

San Petersburgo, Rusia, octubre de 1798

Pablo I, zar de todas las Rusias, recorría su cámara golpeando con una fusta la pernera de los pantalones de su uniforme militar verde oscuro. Estaba orgulloso de esos uniformes de tela basta, que imitaban los utilizados por las tropas de Federico el Grande de Prusia. Se quitó algo de la solapa del chaleco y miró a su hijo Alejandro, que estaba al otro lado de la habitación en posición de firmes. Cómo lo había defraudado Alejandro, pensó Pablo. Pálido, sensible y tan apuesto que podía considerarse que poseía una belleza femenina, se percibía algo a un tiempo místico y vacuo en aquellos ojos azul grisáceos que había heredado de su abuela. Sin embargo, no había heredado la inteligencia de Catalina. Carecía de todo aquello que se espera de un gobernante.

En cierta forma era una suerte, pensó Pablo. Porque el muchacho de veintiún años, lejos de desear apoderarse del trono que Catalina pensaba dejarle, había anunciado su deseo de abdicar si semejante responsabilidad recaía sobre él. Decía que prefería la vida tranquila de un hombre de letras, vivir en el anonimato en algún lugar del Danubio antes que mezclarse en la seductora pero peligrosa corte de San Petersburgo, donde su padre le ordenaba quedarse.

Ahora, mientras miraba a través de las ventanas los jardines otoñales, su mirada ausente daba a entender que en su cabeza no había más que fantasías. Sin embargo, en realidad sus pensamientos estaban muy lejos de la inanidad. Bajo los sedosos rizos había una mente cuyo funcionamiento era infinitamente más complejo de lo que imaginaba Pablo. El problema que lo ocupaba ahora era cómo sacar cierto tema sin despertar las sospechas de Pablo; un tema que no se mencionaba en la corte desde la muerte de Catalina, dos años atrás: la abadesa de Montglane.

Alejandro tenía una razón importante para averiguar qué había sido de la anciana, que desapareció sin dejar rastro pocos días después de la muerte de su abuela. Antes de que se le ocurriera cómo abordar la cuestión, Pablo se volvió hacia él sin dejar de agitar la fusta como un estúpido soldado de juguete. Alejandro trató de prestar atención.

—Sé que te traen sin cuidado los asuntos de Estado —dijo Pablo con desdén—, pero debes mostrar algún interés. Al fin y al cabo un día este imperio será tuyo. Mis actos de hoy serán tus responsabilidades de mañana. Te he hecho venir para decirte algo en confianza, algo que puede cambiar el destino de Rusia. —Hizo una pausa teatral—. He decidido firmar un tratado con Inglaterra.

—¡Pero, padre, detestáis a los británicos! —repuso Alejandro.

—Sí, los desprecio —confirmó Pablo—, pero no tengo mucha elección. ¡Los franceses, no contentos con destrozar el Imperio austríaco ampliando sus fronteras en todos los países que los rodean y masacrando a la mitad de su populacho para mantenerlo callado, han enviado a ese sanguinario general Bonaparte al otro lado del mar para conquistar Malta y Egipto! —Descargó la fusta sobre el escritorio con semblante sombrío. Alejandro no dijo nada—. ¡Yo soy el gran maestre electo de los caballeros de Malta! —exclamó Pablo señalando la medalla de oro prendida en la cinta oscura que le cruzaba el pecho—. ¡Yo llevo la estrella de ocho puntas de la cruz de Malta! ¡Esa isla me pertenece! Durante siglos hemos buscado un puerto de aguas cálidas como Malta… y por fin casi teníamos uno. Hasta que llegó ese asesino francés con sus cuarenta mil hombres. —Miró a Alejandro como si esperara que dijera algo.

—¿Y por qué querría un general francés conquistar una tierra que durante más de trescientos años ha sido una espina para los turcos otomanos? —inquirió el joven, mientras se preguntaba por qué Pablo desearía oponerse a semejante acción. Serviría para distraer a los turcos, contra los que su abuela había combatido durante veinte años por el control de Constantinopla y el mar Negro.

—¿Es que no adivinas qué busca ese Bonaparte? —susurró Pablo, que avanzó unos pasos para mirar a su hijo a la cara mientras se frotaba las manos.

Alejandro meneó la cabeza.

—¿Creéis que los ingleses serán mejores aliados para vos? —preguntó—. La Harpe, mi tutor, solía referirse a Inglaterra como la pérfida Albión…

—¡No se trata de eso! —exclamó Pablo—. Como de costumbre, mezclas poesía y política y haces un flaco servicio a ambas. Yo sé por qué ha ido a Egipto ese bribón de Bonaparte… no importa qué haya dicho a esos idiotas del Directorio que entregan el dinero, no importa cuántos miles de soldados haya desembarcado allí. ¿Restituir el poder de la Sublime Puerta? ¿Derrotar a los mamelucos? ¡Bah, son meros disfraces!

Alejandro escuchaba con atención la diatriba de su padre.

—Ten en cuenta lo que digo: no se detendrá en Egipto. Avanzará hacia Siria y Asiria, Fenicia y Babilonia, las tierras que siempre deseó mi madre. ¡Si hasta te dio el nombre de Alejandro y a tu hermano el de Constantino como una especie de talismán!

Pablo hizo una pausa y miró alrededor. Fijó la vista en un tapiz que representaba una escena de caza. Un ciervo herido, sangrando y atravesado por flechas, se introducía en el bosque, seguido por los cazadores y sus perros. Pablo se volvió hacia Alejandro con una sonrisa fría.

—¡Bonaparte no quiere territorio, sino poder! Lleva consigo tantos científicos como soldados: el matemático Monge, el químico Berthollet, el físico Fourier... Ha vaciado la Escuela Politécnica y el Instituto Nacional. ¿Y por qué, te pregunto, si solo le mueve el deseo de conquista?

—¿Qué queréis decir? —murmuró Alejandro, cuya mente empezaba a alumbrar una idea.

—¡Allí está oculto el secreto del ajedrez de Montglane! —siseó Pablo, con el rostro convertido en una máscara de miedo y odio—. Eso es lo que busca.

—Pero, padre —dijo Alejandro eligiendo sus palabras con sumo cuidado—, vos no creeréis en esas antiguas leyendas. Al fin y al cabo la propia abadesa de Montglane...

—¡Por supuesto que creo en esa! —vociferó Pablo. Su rostro se había ensombrecido, y bajando la voz hasta que no fue más que un susurro histérico añadió—: Yo mismo poseo una de las piezas. —Cerró los puños tras arrojar al suelo la fusta—. Hay otras ocultas aquí... lo sé. Pero ni siquiera dos años en la prisión Ropsha han conseguido que esa mujer hablara. Es como la Esfinge. Pero algún día se quebrará... y cuando lo haga...

Alejandro apenas prestaba atención mientras su padre despotricaba contra los franceses y los ingleses, descubría sus planes para Malta... y para destruir al insidioso Bonaparte. Sabía que no era probable que esas amenazas fructificaran, porque las tropas de Pablo lo despreciaban ya, como los niños detestan a una institutriz tiránica.

Alejandro felicitó a su padre por su brillante estrategia política, se excusó y abandonó la cámara. De modo que la abadesa estaba en la prisión de Ropsha, pensó, mientras atravesaba los grandes salones del Palacio de Invierno. De modo que Bonaparte había llegado a Egipto con un grupo de científicos. O sea que Pablo tenía una de las piezas del ajedrez de Montglane. Había sido un día productivo. Por fin empezaba a reunir información.

Tardó casi media hora en llegar a los establos, que ocupaban un ala entera al otro lado del Palacio de Invierno… un ala casi tan amplia como el salón de los espejos de Versalles. El aire estaba impregnado del olor penetrante de los animales y el forraje. Recorrió los pasillos cubiertos de paja mientras cerdos y gallinas se apartaban de su camino. Sirvientes de mejillas sonrosadas, con justillos, calzas, delantales blancos y botas gruesas, se volvían a mirar al joven príncipe y sonreían. Con su agraciado rostro, el rizado cabello castaño y los brillantes ojos azules, les recordaba a la joven zarina Catalina, su abuela, cuando, vestida con uniforme militar, paseaba por las calles nevadas a lomos de su caballo castrado a manchas.

Era a él a quien deseaban como zar. Las mismas características que irritaban a su padre —su silencio y misticismo, el velado misterio de sus ojos azules— despertaban la oscura vena mística profundamente enterrada en sus almas eslavas.

Alejandro se dirigió hacia el mozo de cuadra para que le ensillara un caballo, montó y se marchó. Los sirvientes y mozos se quedaron mirándolo. Sabían que la hora estaba cerca. Era a él a quien esperaban, aquel cuya llegada había sido profetizada en los tiempos de Pedro el Grande. El silencioso, misterioso Alejandro, elegido no para rescatarlos, sino para descender con ellos a la oscuridad. Para convertirse en el alma de Rusia.

Alejandro siempre se había sentido incómodo con los siervos y campesinos. Era casi como si lo considerasen un santo… y esperaran que se comportara como tal.

Eso era peligroso. Pablo guardaba celosamente el trono que le había sido negado durante tanto tiempo. Ahora ejercía la autoridad que había deseado… la atesoraba, la usaba y abusaba de ella como de una amante a quien se desea pero no se puede controlar.

Alejandro cruzó el Neva y dejó atrás los mercados de la ciudad. Solo puso al trote a su gran caballo blanco cuando hubo atravesado las tierras de pastoreo y llegado a los húmedos campos otoñales.

Cabalgó por el bosque durante horas, como si no tuviera un destino concreto. Las hojas amarillas se amontonaban en el suelo como farfollas de maíz. Llegó a una cañada silenciosa donde una masa de ramas negras y húmedas telarañas de hojas doradas ocultaban en parte la silueta de una vieja casucha de tepe. Desmontó y empezó a pasear a su fatigado caballo.

Con las riendas entre los dedos, caminó sobre el blando y perfumado colchón de hojas que cubrían el suelo. Con su cuerpo esbelto y atlético, la negra chaqueta militar con el cuello alto, tocando casi la barbilla, los ajustados pantalones blancos y las rígidas botas negras, parecía un simple soldado vagabundeando por el bosque. De las ramas de un árbol cayó un poco de agua. La sacudió de los flecos de su charretera dorada y desenvainó la espada, que tocó con aire ausente, como si estuviera comprobando el filo. Observó un instante la casucha, junto a la cual pastaban dos caballos.

Alejandro miró alrededor. Un cuclillo cantó tres veces… después, silencio, salvo el ruido de las gotas de agua que caían de los árboles. Soltó las riendas del caballo y se encaminó a la choza.

Empujó la puerta, que se entreabrió con un chirrido. Dentro la oscuridad era casi total. Mientras sus ojos se adaptaban a ella, percibió el olor de la tierra del suelo… y el de una vela recientemente apagada. Le pareció oír que algo se movía. Su corazón se aceleró.

—¿Estáis ahí? —susurró.

Vio unas chispas y percibió el olor de una paja quemada mientras se alzaba una llama. A continuación se encendió una vela, a cuyo resplandor vio el hermoso rostro ovalado, la brillante cascada de cabello color fresa y los destellantes ojos verdes que lo miraban.

—¿Habéis tenido éxito? —preguntó Mireille en voz tan baja que Alejandro tuvo que esforzarse para oírla.

—Sí. Está en la prisión Ropsha —respondió Alejandro, susurrando también, aunque no había nadie allí que pudiera escuchar su conversación—. Puedo llevaros allí. Pero hay más. Él tiene una de las piezas, tal como temíais.

—¿Y el resto? —preguntó Mireille con un hilo de voz. Sus ojos verdes deslumbraban al joven.

—No podía averiguar más sin despertar sospechas. Fue un milagro que hablara tanto. Ah, sí... al parecer la expedición francesa a Egipto es más de lo que creíamos, tal vez una tapadera. El general Bonaparte ha llevado consigo muchos científicos...

—¿Científicos? —preguntó Mireille, inclinándose en su silla.

—Matemáticos, físicos, químicos... —explicó Alejandro.

Mireille miraba detrás de él, hacia el rincón oscuro. De las sombras emergió la forma alta y esbelta de un hombre de cara de halcón, vestido de negro de pies a cabeza. Llevaba de la mano a un niño de unos cinco años, que sonrió con dulzura a Alejandro. El príncipe le devolvió la sonrisa.

—¿Lo habéis oído? —preguntó Mireille a Shahin, quien asintió en silencio—. Napoleone está en Egipto, pero no a petición mía. ¿Qué hace allí? ¿Cuánto sabe? Quiero que regrese a Francia. Si partís ahora, ¿cuánto tiempo tardaríais en llegar hasta él?

—Tal vez esté en Alejandría, o quizá en El Cairo —dijo Shahin—. Si atravieso el Imperio turco, podría llegar a cualquiera de esos lugares en dos meses. Debo llevar conmigo a Al-Kalim... los otomanos verán que es el profeta, la Sublime Puerta me dejará pasar y me conducirá al hijo de Letizia Bonaparte.

Alejandro escuchaba atónito la conversación.

—Habláis del general Bonaparte como si lo conocieseis —dijo a Mireille.

—Es un corso —afirmó ella—. Vuestro francés es mucho mejor que el suyo. Pero no podemos perder tiempo... llevadme a Ropsha antes de que sea demasiado tarde.

Tras ayudar a Mireille a envolverse en la capa, Alejandro se volvió hacia la puerta y vio de pronto que el pequeño Charlot se había puesto a su lado.

—Al-Kalim tiene algo que deciros, majestad —explicó Shahin señalando al niño, al que Alejandro miró con una sonrisa.

—Pronto seréis un gran rey —dijo el pequeño Charlot con su aflautada voz infantil. Alejandro seguía sonriendo, pero las siguientes palabras del niño hicieron desvanecer su sonrisa—. La sangre dejará en vuestras manos una mancha menor que en las de vuestra abuela, pero obedecerá a un hecho semejante. Un hombre a quien admiráis os traicionará… veo un invierno frío y un gran fuego. Habéis ayudado a mi madre y por eso seréis salvado de las manos de esa persona desleal y viviréis para reinar veinticinco años…

—¡Basta, Charlot! —siseó Mireille, cogiendo de la mano a su hijo al tiempo que lanzaba una mirada furiosa a Shahin.

Alejandro estaba petrificado, helado hasta la médula.

—¡Este niño es clarividente! —susurró.

—Entonces dejemos que use ese don para algo —afirmó ella—, en lugar de ir por ahí diciendo la buenaventura como una vieja bruja inclinada sobre un tarot.

Atravesó la puerta tirando de Charlot. Mientras se volvía hacia Shahin y contemplaba sus impenetrables ojos negros, el atónito príncipe oyó la vocecilla del pequeño.

—Lo siento, mamá —dijo—. Me olvidé. Prometo no volver a hacerlo.

La Bastilla parecía un palacio comparada con la prisión Ropsha. Fría y húmeda, sin ventanas, era en todos los sentidos una mazmorra de la desesperación. La abadesa llevaba dos años encerrada allí, bebiendo agua salobre y comiendo lo que parecía bazofia para los cerdos. Mireille había dedicado cada hora y cada minuto de esos años a tratar de descubrir su paradero.

Alejandro la introdujo en la prisión y habló con los guardias, que lo apreciaban mucho más que a su padre y estaban dispuestos a hacer lo que les pidiera. Llevando de la mano a Charlot, Mireille recorrió los oscuros corredores tras la linterna del guardia. Alejandro y Shahin caminaban tras ella.

La celda de la abadesa estaba en las entrañas de la prisión: un pequeño agujero cerrado por una pesada puerta metálica. Mireille estaba helada de miedo. El guardia la dejó pasar. La anciana yacía como una muñeca a la que hubieran sacado el relleno. Su piel cetrina parecía una hoja seca a la pálida luz de la linterna. Mireille cayó de rodillas junto al jergón y, rodeando a la abadesa con sus brazos, la ayudó a incorporarse. Notó su cuerpo desmadejado, sin consistencia, como si fuera a deshacerse en polvo.

Charlot se acercó y cogió la marchita mano de la abadesa en su manita.

—Mamá —susurró—, esta dama está muy enferma. Desea que la saquemos de aquí antes de morir...

Mireille lo miró y se volvió hacia Alejandro, que estaba de pie a sus espaldas.

—Dejadme ver qué puedo hacer —dijo el príncipe, y salió con el guardia.

Shahin se acercó a la cama. La abadesa trató de abrir los ojos, pero el esfuerzo fue vano. Mireille apoyó la cabeza sobre el pecho de la anciana y sintió que las lágrimas acudían a sus ojos y le quemaban la garganta. Charlot le puso una mano en el hombro.

—Hay algo que necesita decir —susurró a su madre—. Oigo sus pensamientos... No quiere que la entierren otros... Madre, ¡hay algo dentro de sus vestidos! Algo que quiere que tengamos nosotros.

—Dios santo —murmuró Mireille.

En ese momento regresó Alejandro.

—¡Venid, llevémosla antes de que el guardia cambie de parecer! —susurró con tono apremiante.

Shahin se inclinó sobre el jergón y levantó a la abadesa como si fuera una pluma. Los cuatro salieron a toda prisa de la prisión por una puerta que conducía a un largo pasaje subterráneo. Por fin emergieron a la luz del día, no muy lejos de donde habían dejado los caballos. Shahin, sosteniendo a la frágil anciana con un solo brazo, subió con facilidad a su caballo y se dirigió hacia el bosque, seguido por los demás.

En cuanto llegaron a un paraje solitario, se detuvieron y desmontaron. Alejandro bajó a la abadesa y Mireille extendió su capa en el suelo para tumbarla. La moribunda, con los ojos aún cerrados, trataba de hablar. Alejandro cogió agua con las manos en un riachuelo y se la llevó, pero ella estaba demasiado débil para beber.

—Lo sabía... —balbuceó con voz quebrada y ronca.

—Sabíais que vendría a buscaros —dijo Mireille acariciando su frente febril—. Pero me temo que he llegado demasiado tarde. Mi querida amiga, tendréis un entierro cristiano... yo misma recibiré vuestra confesión, porque no hay aquí nadie más que pueda hacerlo.

Las lágrimas corrían por sus mejillas mientras estaba arrodillada junto a la abadesa. Charlot, que estaba a su lado, puso las manos sobre el hábito abacial, que pendía del frágil cuerpo.

—Madre, está aquí, en la ropa… entre el paño y el forro —exclamó.

Shahin se acercó sacando su afilado *bousaadi* para cortar la tela. Mireille puso una mano en su brazo para impedírselo. En ese momento la abadesa susurró con voz ronca:

—Shahin. —Sonrió mientras trataba de levantar la mano para acariciar el rostro—. Por fin has encontrado a tu profeta. Iré al encuentro de ese Alá tuyo… muy pronto. Le llevaré… tu amor. —Dejó caer la mano y cerró los ojos. Mireille empezó a sollozar, pero los labios de la abadesa seguían moviéndose. Charlot se inclinó y le dio un beso en la frente—. No cortéis… el paño… —dijo la anciana. Y dejó de moverse.

Shahin y Alejandro permanecieron bajo los goteantes árboles mientras Mireille se arrojaba sobre el cuerpo de la abadesa y lloraba. Al cabo de unos minutos, Charlot la apartó y con sus pequeñas manitas levantó el pesado hábito. En la parte delantera, en el forro, la abadesa había dibujado un tosco tablero de ajedrez con su propia sangre… marrón ahora y manchado, y en cada escaque, un símbolo. Charlot miró a Shahin, que le tendió el cuchillo, y cortó con cuidado el hilo que sujetaba la tela al forro. Y allí, bajo el tablero de ajedrez, estaba el pesado paño azul oscuro… cubierto de gemas resplandecientes.

París, enero de 1799

Charles-Maurice de Talleyrand salió de los despachos del Directorio y bajó cojeando los elevados escalones de piedra que conducían al patio, donde esperaba su carruaje. Había sido un día duro: los cinco directores le habían lanzado acusaciones e insultos a causa de unos presuntos sobornos que habría recibido hacía poco de la delegación norteamericana. Era demasiado orgulloso para justificarse o excusarse, y tenía un recuerdo demasiado cercano de la pobreza para admitir sus pecados y devolver el dinero. Había permanecido sentado en silencio, mientras los otros echaban espumarajos por la boca. Cuando se cansaran, se iría sin haber cedido terreno.

Caminó con paso cansino por el patio empedrado. Esa noche cenaría solo, abriría una botella de madeira añejo y se daría un baño caliente. Esos eran los únicos pensamientos que ocupaban su mente cuando el cochero, al verlo, corrió hacia el carruaje. Talleyrand le indicó por señas que subiera al pescante y abrió la portezuela. Al deslizarse en su asiento oyó un frufrú de sedas en la oscuridad del coche y se puso rígido al instante.

—No temas —murmuró una voz femenina que le produjo un escalofrío.

Una mano enguantada apretó la suya y, cuando el carruaje avanzó bajo las luces de la calle, vio la hermosa piel blanca, el cabello rojizo.

—¡Mireille! —exclamó, pero ella puso los dedos enguantados sobre sus labios. Antes de saber lo que ocurría Talleyrand estaba arrodillado en el balanceante coche, inundando de besos el rostro de la mujer, hundiendo las manos en su cabello, murmurando mil cosas mientras luchaba por controlarse. Le parecía que iba a volverse loco—. Si supieras cuánto tiempo te he buscado... no solo aquí, sino en todas partes. ¿Cómo pudiste abandonarme tanto tiempo sin una palabra, sin una señal? Temía por ti...

Mireille lo hizo callar con un beso, mientras él se empapaba del perfume de su cuerpo y lloraba. Lloró siete años de lágrimas reprimidas y se empapó de las lágrimas que bañaban las mejillas de Mireille mientras se abrazaban el uno al otro como criaturas perdidas en el mar.

Protegidos por la oscuridad, entraron en la casa de Talleyrand a través de las amplias puertaventanas que daban al jardín. Sin detenerse a cerrarlas o encender una lámpara, él la cogió en brazos y la llevó al diván. Desnudándola sin una palabra, cubrió el tembloroso cuerpo de Mireille con el suyo y se perdió en su carne cálida y su cabello sedoso.

—Te amo —dijo. Era la primera vez que pronunciaba esas palabras.

—Tu amor nos ha dado un hijo —susurró Mireille mirándolo a la luz de la luna que entraba por las ventanas.

Él pensó que su corazón iba a romperse.

—Tendremos otro —dijo, y sintió que la pasión lo sacudía como una tormenta.

—Las enterré —explicó Talleyrand. Estaban sentados a la mesa
lacada del salón anexo al dormitorio—. En el Monte Verde de América… aunque, en honor a la verdad, Courtiade intentó convencerme
de que no lo hiciera. Él tenía más fe que yo. Creía que seguías con vida.

Talleyrand sonrió a Mireille, sentada con el cabello desordenado,
envuelta en su bata, al otro lado de la mesa. Era hermosísima y
ansiaba volver a poseerla allí, pero entre ellos estaba sentado el con-
servador Courtiade, que doblaba cuidadosamente su servilleta.

—Courtiade —prosiguió Talleyrand, tratando de apaciguar la
urgencia de su deseo—, al parecer tengo un hijo… un varón. Se
llama Charlot, como yo. —Se volvió hacia Mireille—. ¿Y cuándo
veré a este pequeño prodigio?

—Pronto —respondió Mireille—. Ha ido a Egipto, donde se
encuentra el general Bonaparte. ¿Hasta qué punto conocéis a Napoleone?

—Fui yo quien lo convenció de ir allí, o al menos eso me hizo
creer. —Describió brevemente su reunión con Bonaparte y David—. Así me enteré de que podías estar viva y de que estuviste embarazada. David me contó lo de Marat. —La miró con expresión
seria y Mireille meneó la cabeza como para librarse de ese recuerdo—. Hay algo que deberías saber —añadió Talleyrand mirando a
Courtiade—. Hay una mujer… llamada Catherine Grand. Está im-
plicada de alguna manera en la búsqueda del ajedrez de Montglane.
David me dijo que Robespierre la llamaba la Reina Blanca…

Mireille había palidecido y apretaba el cuchillo de la mantequilla
como si fuera a partirlo. Permaneció unos minutos callada, incapaz de hablar. Tenía los labios tan blancos que Courtiade le llenó
la copa de champán. Mireille miró a Talleyrand a los ojos.

—¿Dónde está ahora? —preguntó.

Él bajó la vista al plato y después fijó en ella sus francos ojos
azules.

—Si anoche no te hubiera encontrado en mi carruaje —dijo
despacio—, estaría en mi cama.

Permanecieron en silencio, Courtiade con la vista baja y Talleyrand mirando fijamente a Mireille. Al cabo ella dejó el cuchillo en

la mesa y, apartando la silla, se puso de pie y fue hacia las ventanas. Talleyrand se levantó para seguirla, se detuvo a sus espaldas y la rodeó con sus brazos.

—He tenido muchas mujeres —murmuró con el rostro hundido en sus cabellos—. Creía que estabas muerta. Después, cuando supe que no lo estabas… Si la vieras, lo comprenderías.

—La he visto —repuso Mireille con voz inexpresiva. Se volvió para mirarlo a los ojos—. Esa mujer está detrás de todo. Tiene ocho piezas…

—Siete —dijo Talleyrand—. Yo tengo la octava.

Mireille quedó estupefacta.

—La enterramos en el bosque junto con las otras —explicó él—. Mireille, hice bien en esconderlas, en librarnos de esa espantosa maldición. Una vez, yo también quise el ajedrez de Montglane… Jugué contigo y con Valentine esperando ganarme vuestra confianza, pero al final tú ganaste mi amor. —La cogió por los hombros. No podía adivinar los pensamientos que se atropellaban en la mente de Mireille—. Te digo que te amo —agregó—. ¿Debemos dejarnos arrastrar hacia ese pozo de odio? ¿No nos ha costado ya bastante ese juego…?

—Demasiado —afirmó Mireille con amargura mientras se apartaba de él—. Demasiado para perdonar y olvidar. Esa mujer ha asesinado a cinco monjas a sangre fría. Era responsable junto a Marat y Robespierre… de la ejecución de Valentine. Olvidas que yo la vi morir… ¡degollada como un animal! —Tenía los ojos vidriosos, como por efecto de una droga—. Vi morir a todos… a Valentine, a la abadesa, a Marat. ¡Charlotte Corday dio la vida por mí! La traición de esta mujer no quedará sin castigo. ¡Te digo que conseguiré las piezas cueste lo que cueste!

Talleyrand había retrocedido un paso y la miraba con lágrimas en los ojos. No advirtió que Courtiade se levantaba y atravesaba la habitación para poner una mano sobre su brazo.

—Monseñor, mademoiselle Mireille tiene razón —susurró—. Por más que deseemos la felicidad, por más que miremos hacia otro lado, este juego no terminará hasta que se reúnan todas las piezas y se entierren. Lo sabéis tan bien como yo. Es preciso detener a madame Grand.

—¿No se ha derramado bastante sangre? —preguntó Talleyrand.

—Ya no deseo venganza —dijo Mireille recordando la horrible cara de Marat mientras le indicaba dónde debía clavar el cuchillo—. Quiero las piezas… El juego debe terminar.

—Ella me dio esa pieza por propia voluntad —explicó Talleyrand—. Ni siquiera la fuerza bruta podrá convencerla de que se separe de las otras.

—Según la ley francesa, si te casaras con ella —dijo Mireille—, todas sus propiedades serían tuyas. Ella te pertenecería.

—¡Casarme! —exclamó Talleyrand retrocediendo de un salto como si se hubiera quemado—. Pero yo te amo a ti, Mireille. Además, soy obispo de la Iglesia católica. Con o sin sede, estoy sometido de por vida a la ley romana… no a la francesa.

Courtiade carraspeó.

—Monseñor podría obtener la dispensa papal —apuntó cortésmente—. Creo que hay precedentes.

—Por favor, Courtiade, no olvides a quién sirves —le espetó Talleyrand—. Es imposible. Después de todo lo que has dicho de esa mujer, ¿cómo podéis proponer los dos semejante cosa? Venderíais mi alma por siete miserables piezas.

—Por terminar de una vez por todas con este juego —repuso Mireille con un brillo intenso en los ojos—, yo vendería la mía.

El Cairo, Egipto, febrero de 1799

Shahin hizo arrodillar a su camello cerca de las grandes pirámides de Gizeh y dejó que el pelirrojo Charlot se deslizara al suelo. Tan pronto como llegaron a Egipto quiso llevar al niño a ese lugar sagrado. Observó cómo corría por la arena hasta la base de la Esfinge y empezaba a trepar por su pata gigantesca. Después desmontó y lo siguió mientras sus negras ropas ondeaban con la brisa.

—Esta es la Esfinge —le explicó Shahin cuando llegó a su lado. Con casi seis años, el niño hablaba con fluidez el bereber y el árabe, además del francés materno, de modo que Shahin conversaba libremente con él—. Una figura antigua y misteriosa, con el torso y la cabeza de una mujer, y el cuerpo de un león. Está sentada entre las constelaciones de Leo y Virgo, donde descansa el sol durante el equinoccio de verano.

—Si es una mujer —dijo Charlot alzando la mirada hacia la gran figura de piedra—, ¿por qué tiene barba?

—Es una gran reina, la Reina de la Noche —contestó Shahin—. Su planeta es Mercurio, el dios de la curación. La barba muestra su enorme poder.

—Mi madre es una gran reina, tú me lo dijiste —observó Charlot—, pero no tiene barba.

—Tal vez no quiera exhibir su poder —repuso Shahin.

Contemplaron la extensión de arena. A lo lejos veían las tiendas del campamento del que habían salido. En torno a ellos, las pirámides gigantescas se alzaban en la luz dorada, dispersas en la planicie como bloques de un juego de construcción infantil. Charlot miró a Shahin con sus ojos azules muy abiertos.

—¿Quién las puso ahí? —preguntó.

—Muchos reyes durante muchos miles de años —respondió Shahin—. Esos reyes eran grandes sacerdotes. Así los llamamos en árabe, *kahin*, el que conoce el futuro. Los fenicios, babilonios y habiru, a los que tú llamas hebreos, denominan *kohen* al sacerdote, y en mi lengua, el bereber, lo llamamos *kahuna*.

—¿Eso es lo que soy? —preguntó Charlot mientras Shahin lo ayudaba a bajar de la pata de la Esfinge.

Un grupo de jinetes avanzaba hacia ellos desde el campamento levantando nubes de polvo dorado.

—No —contestó Shahin—. Tú eres más que eso.

Cuando los caballos se detuvieron, el joven jinete que iba al frente descabalgó y echó a andar hacia ellos quitándose los guantes. La larga melena castaña le caía sobre los hombros. Mientras sus compañeros desmontaban, se detuvo frente a Charlot e hincó una rodilla en el suelo.

—De modo que aquí estás —dijo el joven. Llevaba los pantalones ajustados y la chaqueta de cuello alto del ejército francés—. ¡El hijo de Mireille! Jovencito, soy el general Bonaparte, un amigo de tu madre. ¿Por qué no ha venido contigo? En el campamento me dijeron que habías venido solo y me buscabas.

Napoleón puso la mano en el cabello rojo de Charlot y lo acarició. Después metió los guantes en el cinturón, se puso en pie e hizo una reverencia a Shahin.

—Y vos debéis ser Shahin —dijo sin esperar la respuesta del

niño—. Angela-Maria di Pietrasanta, mi abuela, me ha hablado a menudo de vos como de un gran hombre. Creo que fue ella quien os envió a la madre del niño. Deben de haber pasado cinco años o más…

Shahin apartó el velo de su boca.

—Al-Kalim trae un mensaje muy urgente —murmuró—. Solo vos debéis oírlo.

—Venid, venid —dijo Napoleón haciendo señas a sus soldados—. Estos son mis oficiales. Al amanecer partiremos hacia Siria… un viaje duro. Sea lo que sea podrá esperar hasta esta noche. Seréis mis invitados en la cena en el palacio del bey. —Se volvió dispuesto a irse, pero Charlot cogió su mano.

—Esta campaña es aciaga —afirmó el niño. Napoleón se volvió hacia él, estupefacto, pero Charlot no había concluido—. Veo hambre y sed. Morirán muchos hombres y no se ganará nada. Debéis volver de inmediato a Francia. Allí os convertiréis en un gran gobernante. Tendréis mucho poder. Pero solo durará quince años. Después terminará…

Napoleón apartó su mano mientras sus oficiales se removían incómodos. Luego el joven general echó la cabeza hacia atrás y rió.

—Me han dicho que te llaman el Pequeño Profeta —dijo sonriendo a Charlot—. En el campamento afirman que dijiste muchas cosas a los soldados: cuántos hijos tendrían, en qué batallas encontrarían la gloria o la muerte. Desearía que fuese posible adivinar el futuro. Si los generales fueran profetas, podrían evitar muchas emboscadas.

—Una vez hubo un general que era también un profeta —susurró Shahin—. Se llamaba Mahoma.

—Yo también he leído el Corán, amigo mío —repuso Napoleón sin dejar de sonreír—. Él luchaba por la gloria de Dios. Nosotros, pobres franceses, solo luchamos por la gloria de Francia.

—Quienes deben tener cuidado son los que luchan por su propia gloria —dijo Charlot.

Napoleón oyó a sus espaldas los murmullos de los oficiales y miró enfadado a Charlot. Su sonrisa se había desvanecido. Una emoción que luchaba por controlar ensombrecía su rostro.

—No permitiré que un niño me insulte —masculló. Luego alzó la voz para agregar—: Dudo que mi gloria sea tan resplandeciente o se extinga tan rápido como pareces creer, mi joven amigo. Al amanecer emprenderé la marcha a través del Sinaí, y solo las órdenes de mi gobierno podrían adelantar mi regreso a Francia.

Dando la espalda a Charlot, se acercó a su caballo y tras montar, ordenó a un oficial que llevara a Shahin y Charlot al palacio de El Cairo a tiempo para la cena. Después se alejó solo, mientras los otros lo contemplaban.

Shahin dijo a los desconcertados soldados que irían por su cuenta al palacio, que el niño todavía no había visto bien las pirámides. Cuando partieron de mala gana, Charlot cogió la mano de Shahin y caminaron por la vasta planicie.

—Shahin —dijo pensativamente Charlot—, ¿por qué se ha enfadado el general Bonaparte por lo que he dicho? Todo era verdad.

Shahin permaneció un instante en silencio.

—Imagina que estuvieras en un bosque oscuro donde no pudieras ver nada —dijo después—. Tu único compañero es un búho, que ve mucho mejor que tú porque sus ojos están preparados para la oscuridad. Esa es la visión que tú tienes, la del búho, que te permite ver lo que hay más adelante mientras los otros se mueven en la oscuridad. Si estuvieras en el lugar de ellos, ¿no tendrías miedo?

—Quizá —admitió Charlot—, ¡pero no me enfadaría con el búho si me advirtiera que estoy a punto de caer en un pozo!

Shahin lo miró un momento con una sonrisa desacostumbrada en los labios. Luego habló:

—Poseer algo que los demás no tienen resulta difícil, y en ocasiones, peligroso —dijo—. A veces es mejor dejarlos en la oscuridad.

—Como el ajedrez de Montglane —observó Charlot—. Mi madre dice que estuvo sepultado durante mil años en la oscuridad.

—Sí —convino Shahin—. Como eso.

Llegaron a la Gran Pirámide. Ante ellos había un hombre sentado en el suelo sobre una capa de lana, con muchos papiros desplegados delante. Contemplaba la pirámide. Cuando Charlot y Shahin se aproximaron, volvió la cabeza y al reconocerlos su cara se iluminó.

—¡El Pequeño Profeta! —se puso en pie y sacudiéndose la arena de los pantalones se acercó a saludarlos. Sus flácidas mejillas y el carnoso mentón se estiraron cuando sonrió, al tiempo que se apartaba un rizo de la frente—. Hoy he estado en el campamento y he visto que los soldados hacían apuestas sobre si el general Bonaparte rechazaría el consejo que pensabas darle sobre su regreso a Francia. Nuestro general no cree en las profecías. Tal vez piensa que esta novena cruzada suya tendrá éxito donde las otras ocho fracasaron.

—¡Monsieur Fourier! —Charlot soltó la mano de Shahin para correr junto al famoso científico—. ¿Habéis descubierto el secreto de estas pirámides? Lleváis mucho tiempo aquí y habéis trabajado mucho.

—Me temo que no. —Fourier sonrió y dio unas palmaditas en la cabeza de Charlot, mientras Shahin se acercaba—. Solo los números de estos papiros son arábigos. El resto es un galimatías que somos incapaces de interpretar. Dibujos y cosas así. Dicen que en Rosetta han encontrado una piedra que parece tener inscripciones en varias lenguas. Tal vez nos ayude a traducirlo todo. Van a llevarla a Francia. ¡Cuando la hayan descifrado, tal vez yo ya esté muerto! —agregó entre risas, y estrechó la mano de Shahin—. Si vuestro pequeño compañero fuera un profeta como decís, podría interpretar estos dibujos y ahorrarnos esfuerzos.

—Shahin comprende algunos —señaló Charlot con orgullo. Se acercó a la pirámide y observó el extraño conjunto de formas talladas y pintadas—. Este, el hombre con cabeza de pájaro, es el gran dios Tot. Era un médico que podía curar cualquier enfermedad. Además, inventó la escritura. Su tarea consistía en escribir los nombres de todos en el Libro de los Muertos. Shahin dice que cada persona recibe al nacer un nombre secreto, que se escribe en una piedra y se le entrega cuando muere. Los dioses tienen un número en lugar de un nombre secreto...

—¡Un número! —exclamó Fourier lanzando una mirada a Shahin—. ¿Podéis leer estos dibujos? —preguntó.

Shahin negó con la cabeza.

—Solo conozco las historias —dijo en su entrecortado francés—. Mi pueblo siente gran reverencia por los números y los dota de propiedades divinas. Creemos que el universo está compuesto de números y que para llegar a ser uno con Dios solo se necesita vibrar según la resonancia de estos números.

—¡Eso es también lo que yo creo! —exclamó el matemático—. Estudio la física de las vibraciones. Estoy escribiendo un libro sobre lo que llamo la teoría armónica tal como se aplica al calor y la luz. Fuisteis vosotros, los árabes, quienes descubristeis las verdades sobre las que elaboramos nuestras teorías...

—Shahin no es árabe —interrumpió Charlot—. Es un hombre azul de los tuaregs.

Fourier lo miró desconcertado y después se volvió hacia Shahin.

—Sin embargo, parecéis conocer lo que busco: los trabajos de Al-Juarizmi, que dio a conocer en Europa el gran matemático Leonardo Fibonacci. Los números y el álgebra que han revolucionado nuestro pensamiento, ¿no nacieron aquí, en Egipto?

—No —respondió Shahin contemplando los dibujos de la pared—. Vinieron de Mesopotamia... números indios, que llegaron a través de las montañas del Turkestán. Pero el que conocía el secreto y finalmente lo escribió, fue Al-Jabir al-Hayan, el químico de la corte de Harun al-Rashid, en Mesopotamia, el rey de *Las mil y una noches*. Este Al-Jabir era un místico sufí, miembro del grupo de los famosos hashashins. Escribió el secreto y fue maldecido por ello. Lo ocultó en el ajedrez de Montglane.

FIN DE LA PARTIDA

I

En su grave rincón, los jugadores
Rigen las lentas piezas. El tablero
Los demora hasta el alba en su severo
Ámbito en que se odian dos colores.

Adentro irradian mágicos rigores
Las formas: torre homérica, ligero
Caballo, armada reina, rey postrero,
Oblicuo alfil y peones agresores.

Cuando los jugadores se hayan ido,
Cuando el tiempo los haya consumido,
Ciertamente no habrá cesado el rito.

En el Oriente se encendió esta guerra
Cuyo anfiteatro es hoy toda la tierra.
Como el otro, este juego es infinito.

II

Tenue rey, sesgo alfil, encarnizada
Reina, torre directa y peón ladino
Sobre lo negro y blanco del camino
Buscan y libran su batalla armada.

No saben que la mano señalada
Del jugador gobierna su destino,
No saben que un rigor adamantino
Sujeta su albedrío y su jornada.

También el jugador es prisionero
(La sentencia es de Omar) de otro tablero
De negras noches y de blancos días.

Dios mueve al jugador, y éste, la pieza.
¿Qué dios detrás de Dios la trama empieza
De polvo y tiempo y sueño y agonías?

J. L. BORGES,
«Ajedrez»

Nueva York, septiembre de 1973

Nos acercábamos a otra isla en medio del mar oscuro: una franja de tierra de doscientos veinte kilómetros que flotaba cerca de la costa atlántica, conocida como Long Island. En el mapa parece una carpa gigante, cuya boca está a punto de cerrarse sobre la bahía de Jamaica y tragarse Staten Island, y cuya aleta caudal, orientada hacia New Haven, parece dejar a su paso una estela de pequeñas islas como gotas de agua.

Cuando nuestro oscuro quechemarín avanzó hacia la tierra, con las velas desplegadas en la fresca brisa marina, la larga costa de arena blanca, con su multitud de radas, me pareció el paraíso. Hasta los topónimos que recordaba eran exóticos: Quogue, Patchogue, Peconic y Massapequa; Jericó, Babilonia y Kismet. La aguja plateada de Fire Island abrazaba la costa dentada. Y detrás de algún recodo, fuera de la vista todavía, la estatua de la Libertad, con su antorcha de cobre levantada noventa metros por encima del puerto de Nueva York, guiaba a los viajeros azotados por tormentas, como nosotros, hacia la puerta dorada del capitalismo y el comercio institucional.

Lily y yo nos abrazábamos en cubierta, con lágrimas en los ojos. Me pregunté qué pensaba Solarin de esa tierra de sol, riqueza y libertad, tan distinta de la oscuridad y el miedo que suponía impregnaban todos los rincones de Rusia. Durante el mes o algo más que habíamos pasado juntos, cruzando el Atlántico y bordeando la costa después, habíamos dedicado los días a leer el diario de Mireille y a descifrar la fórmula, y las noches a conocer los pensamientos y el corazón del otro. Sin embargo, Solarin no había mencionado ni una sola vez su pasado en Rusia o sus planes para el futuro. Cada instante que compartía con él me parecía una dorada gota de tiempo congelada, como las gemas del paño oscuro, tan vívidos y preciosos como ellas. Pero no podía penetrar la tiniebla que había debajo.

Mientras él orientaba las velas y nuestro barco se deslizaba hacia la isla, me pregunté qué sería de nosotros cuando el juego hubiera terminado. Por supuesto, Minnie había dicho que no terminaría nunca, pero en el fondo yo sabía que tendría que acabar, al menos para nosotros, y que sería pronto.

Por todas partes veía barcas que se mecían como bisutería destellante. A medida que nos acercábamos a la costa de la isla, el tráfico marítimo era más denso. Banderas de colores y velas hinchadas ondeaban sobre el agua espumosa, entre silenciosos yates bien lustrados y pequeñas motoras que los sorteaban como libélulas. Divisamos aquí y allá las estelas que dejaban a su paso los guardacostas y, cerca de la punta, un despliegue de grandes buques de la Marina anclados; había tantos que me pregunté qué sucedía. Lily me sacó de dudas.

—No sé si es para bien o para mal —dijo cuando Solarin regresó para ponerse al timón—, pero este comité de recepción no es para nosotros. ¿Sabes qué día es? ¡El día del Trabajo!

Por supuesto, así era. Y, si no me equivocaba, era también el día en que se cerraba la temporada náutica, lo que explicaba la confusión que nos rodeaba.

Cuando llegamos a la ensenada de Shinnecock, había tantas embarcaciones que apenas quedaba espacio para maniobrar. Unas cuarenta aguardaban en fila para entrar en la bahía. Así pues, navegamos unos dieciocho kilómetros más abajo, hasta la ensenada Moriches, donde la guardia costera estaba tan ocupada remolcando y requisando botellas a los navegantes achispados que no cabía esperar que reparara en un barco pequeño como el nuestro, que había recorrido sigilosamente el canal, lleno de inmigrantes ilegales y artículos de contrabando, y que estaba a punto de pasar ante su mirada confiada.

Aquí la cola parecía avanzar más deprisa. Lily y yo arriamos las velas mientras Solarin encendía el motor y arrojaba flotadores por los lados para evitar que el barco sufriera daños en el denso tráfico. Un velero que salía en dirección opuesta pasó cerca de nuestro flanco. Un pasajero, vestido con todos los atributos del deportista náutico, tendió a Lily una copa de plástico con champán que llevaba atada en el pie una cinta con una invitación para acudir al Southampton Yacht Club a las seis de la tarde para tomar unos martinis.

Parecieron transcurrir horas mientras aguardábamos en la lenta procesión. La tensión de nuestra situación consumía toda nuestra energía mientras los juerguistas de las otras embarcaciones daban brincos. Como en la guerra, pensé, a menudo era la última fase, la confrontación final, la que lo decidía todo. De la misma manera, suele ser el soldado con la licencia en el bolsillo quien resulta herido por un francotirador cuando sube al avión que debería conducirlo a casa. Aunque solo podía caernos una multa de cincuenta mil dólares de aduanas y veinte años de prisión por introducir en el país a un espía ruso, no podía olvidar que el juego no había terminado aún.

Por fin salimos de la ensenada y nos dirigimos hacia la playa de Westhampton. No había nadie a la vista, así que Solarin nos dejó a Lily y a mí en el embarcadero, junto con Carioca, la bolsa con las piezas y varias mochilas pequeñas que contenían nuestras escasas pertenencias. Después ancló en la bahía, se puso un bañador y nadó de regreso a la playa. Nos reunimos con él en un bar de la zona para que se pusiera ropas secas y trazar un plan. Cuando Lily se dirigió a una cabina para llamar a Mordecai y anunciarle nuestra llegada, estábamos aturdidos.

—No está en casa —dijo Lily al regresar.

Sobre la mesa descansaban tres *bloody Marys* con sus tallos de apio. Teníamos que ver a Mordecai. O al menos salir de allí hasta que pudiéramos encontrarlo.

—Mi amigo Nim tiene una casa cerca de Montauk a una hora de aquí —les dije—. Allí termina la carretera de Long Island. Podríamos cogerla en Quogue. Creo que deberíamos dejarle un mensaje para anunciarle que vamos. Entrar en Manhattan es demasiado peligroso.

En la ciudad, con su laberinto de calles de dirección única, sería muy fácil quedar atrapados. Después de tantos esfuerzos, sería terrible acabar clavados en una casilla como peones.

—Tengo una idea —dijo Lily—. ¿Por qué no voy yo a buscar a Mordecai? Nunca se aleja mucho del barrio de los diamantes, que solo tiene una manzana. Estará en la librería donde lo conociste o en uno de los restaurantes cercanos. Iré a mi casa y cogeré el coche; después vendremos a la isla. Traeremos esas piezas que Minnie dijo que Mordecai tenía. Cuando lleguemos, os telefoneo a Montauk Point.

—Nim no tiene teléfono —dije—, excepto el del ordenador. Espero que recoja sus mensajes, porque de otro modo nos quedaremos colgados allí.

—Entonces acordemos una hora —propuso Lily—. ¿Qué tal esta noche a las nueve? Así tendré tiempo de encontrar a Mordecai, relatarle nuestras aventuras y hablarle de mis nuevas habilidades ajedrecísticas… Al fin y al cabo es mi abuelo. Hace meses que no lo veo.

Aceptando lo que parecía un plan razonable, telefoneé al ordenador de Nim para anunciar que llegaría en tren al cabo de una hora. Terminamos nuestras bebidas y nos encaminamos hacia la estación, desde donde Lily viajaría con destino a Manhattan y Mordecai, y Solarin y yo, en dirección opuesta.

El tren de Lily llegó al andén Quogue antes que el nuestro, alrededor de las dos de la tarde. Cuando subió con Carioca bajo el brazo, dijo:

—Si veo que no puedo llegar a las nueve, dejaré un mensaje en ese número de ordenador que me has dado.

No tenía sentido que Solarin y yo consultáramos el horario de trenes, pues el ferrocarril de Long Island lo establecía con un tablero de güija. Me senté en un banco de madera verde, mirando a los pasajeros que se apiñaban alrededor. Solarin dejó las bolsas en el suelo y tomó asiento a mi lado.

Cuando volvió de uno de sus viajes de inspección de las vías vacías, dejó escapar un suspiro de frustración.

—Cualquiera pensaría que estamos en Siberia. Creí que en Occidente la gente era puntual, que los trenes llegaban a su hora.

Se levantó de un salto y empezó a recorrer de arriba abajo el andén atestado, como un animal enjaulado. No soportaba verlo así, de modo que cogí el bolso con las piezas, me lo colgué al hombro y me puse en pie. En ese momento anunciaron nuestro tren.

♟

Aunque entre Quogue y Montauk Point hay unos setenta kilómetros, el viaje duró más de una hora. Sumando la caminata hasta Quogue y la espera en el andén, habían pasado casi dos horas desde que dejé el mensaje en el ordenador de Nim. Sin embargo, no esperaba verlo; por lo que sabía, en ocasiones recogía sus mensajes solo una vez al mes.

De modo que me sorprendí cuando, al bajar del tren, vi el cuerpo larguirucho y delgado de Nim, que avanzaba hacia mí. Su cabello cobrizo ondeaba al viento y la larga bufanda blanca aleteaba con cada zancada. Cuando me vio, sonrió como un lunático y agitó el brazo. Luego echó a correr entre los pasajeros, que se apartaban para evitar una colisión. Cuando llegó junto a mí, me abrazó y hundió la cara en mi pelo, estrechándome de tal modo que pensé que iba a ahogarme. Me levantó en el aire y me hizo girar; después me dejó en el suelo y me apartó para mirarme mejor. Tenía lágrimas en los ojos.

—Dios mío, Dios mío —susurró con la voz quebrada, meneando la cabeza—. Creía que habías muerto. No he dormido desde que supe que habías abandonado Argel. Aquella tormenta… ¡después te perdimos la pista por completo! —No dejaba de mirarme—. De verdad creí que al enviarte allí te había matado…

—Tenerte como mentor no ha mejorado precisamente mi salud —repuse.

Volvió a abrazarme, sin dejar de sonreír, y de pronto sentí que se ponía rígido. Lentamente me soltó y escruté su rostro. Miraba por encima de mi hombro con una expresión en la que se mezclaban estupefacción e incredulidad. O tal vez fuera miedo; no estaba segura.

Volví la cabeza y vi que Solarin bajaba del tren con nuestra colección de bolsas de lona. Estaba mirándonos y su cara era la misma máscara fría que recordaba haber visto aquella primera vez en el club. Observaba fijamente a Nim, y sus insondables ojos verdes destellaban bajo el último sol de la tarde. Me volví hacia mi amigo para explicarle lo sucedido. Vi que movía los labios mientras miraba a Solarin como si fuera un monstruo o un fantasma. Tuve que aguzar el oído para captar lo que decía.

—¿Sascha? —susurró con voz ahogada—. Sascha…

Me volví de nuevo hacia Solarin, que se había detenido en los escalones, impidiendo el descenso de los otros pasajeros. Los ojos se le habían llenado de lágrimas, que corrían por sus mejillas.

—¡Slava! —exclamó con voz quebrada.

Dejando caer las bolsas al suelo bajó los escalones de un salto y pasó junto a mí para estrechar a Nim en un abrazo tan fuerte que parecía que iban a reducirse a polvo. Me apresuré a recoger la bolsa con las piezas y vi que seguían llorando. Nim rodeaba con los brazos la cabeza de Solarin. Primero lo apartaba, lo miraba y volvían a abrazarse, mientras yo los observaba atónita. La riada de pasajeros se separaba al llegar junto a nosotros, como el agua al topar con una piedra, con la indiferencia que caracteriza a los neoyorquinos.

—Sascha —seguía murmurando Nim.

Solarin había hundido la cara en su cuello, y tenía los ojos cerrados y las lágrimas rodaban por sus mejillas. Se aferraba con una mano al hombro de Nim, como si estuviera demasiado débil para tenerse de pie. Yo no daba crédito a lo que veían mis ojos.

Cuando pasaron los últimos pasajeros, me alejé para recoger el resto de nuestras bolsas.

—Ya las llevo yo —me dijo Nim tras sonarse la nariz.

Avanzaba hacia mí con un brazo en torno a los hombros de Solarin, apretándolo de vez en cuando, como para asegurarse de que estaba allí. Tenía los ojos enrojecidos por el llanto.

—Parece que os conocíais —dije irritada, preguntándome por qué ninguno de los dos me lo había dicho.

—No nos veíamos desde hacía veinte años —explicó Nim, mirando con una sonrisa a Solarin, y se agacharon para coger las bolsas. Luego añadió—: Querida, no sabes la alegría que me has proporcionado. Sascha es mi hermano.

♟

El Morgan de Nim no era lo bastante grande como para que cupiéramos los tres y nuestro equipaje. Solarin se sentó sobre el bolso con las piezas, y yo, encima de él. Las otras bolsas estaban embutidas en todos los rincones posibles. Mientras salía de la estación, Nim seguía mirando al ruso con una expresión de incredulidad y alegría.

Era extraño ver a esos dos hombres, tan fríos y contenidos, invadidos de repente por esa emoción, cuya intensidad yo sentía alrededor mientras el coche avanzaba a gran velocidad y el viento hacía vibrar los tablones del suelo. Parecía tan profunda y oscura como sus almas rusas, y solo les pertenecía a ellos. Durante mucho tiempo nadie habló. Al cabo Nim se estiró y me dio un apretón en la rodilla que yo trataba de mantener apartada de la palanca de cambios.

—Supongo que debería contártelo todo —me dijo.

—Sería un detalle —repuse, y él me sonrió.

—No lo he hecho para protegeros… a ti y a nosotros —explicó—. Alexander y yo no nos veíamos desde la infancia. Cuando nos separamos, él tenía seis años y yo, diez… —Todavía había lágrimas en sus ojos mientras acariciaba el cabello de Solarin, como si no pudiera dejar de tocarlo.

—Deja que se lo cuente yo —dijo Solarin, con una sonrisa y los ojos empañados.

—Lo contaremos los dos —propuso Nim.

Mientras recorríamos la costa hacia la exótica propiedad de Nim, me relataron una historia que por primera vez reveló cuánto les había costado el juego.

LA HISTORIA DE DOS FÍSICOS

Nacimos en Krym o Crimea, esa famosa península del mar Negro sobre la que escribió Homero. Desde los tiempos de Pedro el Grande Rusia había querido conquistarla, y seguía intentándolo cuando estalló la guerra de Crimea.

Nuestro padre era un marinero griego, que se había enamorado de una joven rusa con la que se casó: nuestra madre. Se había convertido en un próspero naviero, con una flota de barcos pequeños.

Después de la guerra la situación empeoró. El mundo era un caos, sobre todo en el mar Negro, rodeado de países que todavía se consideraban en guerra.

Pero en nuestra ciudad natal la vida era bella: el clima mediterráneo de la costa meridional, los olivos, laureles y cipreses, protegidos de la nieve y el viento por las montañas cercanas, ruinas restauradas de aldeas tártaras y mezquitas bizantinas entre huertos de cerezos… Era un paraíso, lejos de los caprichos y purgas de Stalin, quien gobernaba Rusia con puño de acero, como indicaba su nombre.

Nuestro padre habló mil veces de irse. Sin embargo, aunque tenía muchos contactos entre las flotas mercantes del Danubio y el Bósforo, que le hubieran asegurado un viaje seguro, no acababa de decidirse. ¿Adónde ir?, se preguntaba. Desde luego, no de regreso a Grecia… ni a Europa, que seguía padeciendo las penalidades de la reconstrucción posbélica. Entonces sucedió algo que hizo que se decidiera. Algo que iba a cambiar el curso de nuestras vidas.

Estábamos a finales de diciembre de 1953, había tormenta y era cerca de la medianoche. Nos habíamos acostado, después de cerrar las ventanas de nuestra dacha y dejar el fuego muy bajo. Los niños, que dormíamos juntos en una habitación de la planta baja, fuimos los primeros en oír los golpes, que eran distintos de los que hacía el granizo contra los postigos. Era el sonido de una mano humana. Abrimos y en medio de la tormenta vimos una mujer de cabellos plateados, vestida con una larga capa. Nos sonrió y entró por la ventana. Después se arrodilló ante nosotros. Era muy hermosa.

—Soy Minerva… vuestra abuela —dijo—, pero debéis llamarme Minnie. He hecho un viaje muy largo y estoy agotada, pero no hay tiempo para descansar. Estoy en peligro. Debéis despertar a vuestra madre y decirle que estoy aquí.

A continuación nos abrazó y subimos corriendo por las escaleras para avisar a nuestros padres.

—De modo que tu abuela por fin ha venido… —dijo malhumorado mi padre a mi madre, frotándose los ojos. Eso nos sorprendió, porque Minnie había dicho que era nuestra abuela. ¿Cómo podía ser al mismo tiempo la abuela de mamá? Papá abrazó a su amada esposa, que estaba descalza y temblando en la oscuridad. Besó su cabello cobrizo y después sus ojos—. Hemos esperado mucho tiempo atemorizados —murmuró—. Y ahora, por fin, casi ha terminado. Vístete. Bajaré a saludarla.

Nos hizo salir delante de él y nos reunimos con Minnie, que aguardaba cerca del fuego casi apagado. Cuando él se aproximó, ella alzó la vista y fue a abrazarlo.

—Yusef Pavlóvitch —dijo en ruso, la misma lengua que había utilizado con nosotros y que hablaba con fluidez—. Me persiguen. Dispongo de poco tiempo. Debemos huir… todos. ¿Tienes algún barco en Yalta o Sebastopol que podamos utilizar ahora, esta misma noche?

—No estamos preparados —repuso él con las manos sobre los hombros de Minnie—. No puedo permitir que mi familia viaje por el mar con un tiempo como este. Deberías haberme avisado. No puedes pedirme esto tan intempestivamente… en medio de la noche…

—¡Te digo que debemos irnos! —exclamó ella. Lo cogió del brazo y nos apartó—. Desde hace quince años sabías que llegaría este día… ¿Cómo puedes decir que no estabas avisado? He viajado desde Leningrado…

—Entonces, ¿lo has encontrado? —preguntó nuestro padre con una nota de emoción en la voz.

—No había ni rastro del tablero, pero he conseguido estas por otros medios. —Apartando su capa fue hacia la mesa, donde depositó tres resplandecientes trebejos de ajedrez de oro y plata—. Estaban ocultas en diversos lugares de Rusia —añadió.

Nuestro padre miraba fijamente las piezas, mientras nosotros nos acercábamos a tocarlas con cautela: un peón de oro y un elefante de plata, cubiertos de brillantes gemas, y un caballo con filigrana de plata, levantado sobre las patas traseras y con los ollares dilatados.

—Ahora debes ir al puerto y conseguir un barco —susurró Minnie—. Yo te seguiré con mis niños en cuanto se hayan vestido y cogido sus cosas. Apresúrate, por el amor de Dios, y llévate esto contigo —agregó señalando las piezas.

—Son mis hijos… y mi esposa —repuso—. Soy responsable de su seguridad…

Minnie, que se había acercado a nosotros, se volvió hacia él; sus ojos destellaban con más intensidad que las piezas.

—¡Si estos trebejos caen en otras manos, no podrás proteger a nadie! —siseó.

Nuestro padre la miró a los ojos y al fin pareció decidirse. Asintió lentamente.

—Tengo una goleta de pesca en Sebastopol —explicó—. Slava sabrá encontrarla. Estaré listo para hacerme a la mar en dos horas. Estad allí y que Dios nos ayude en nuestra misión.

Minnie le apretó el brazo y él corrió escaleras arriba.

Entonces nuestra recién encontrada abuela nos ordenó que nos vistiéramos. Nuestros padres habían bajado y papá abrazó a mamá, hundiendo la cara en su cabello como si quisiera recordar su olor. Le dio un beso en la frente y luego se volvió hacia Minnie, quien le entregó las piezas, tras lo cual hizo un gesto de asentimiento con expresión adusta y partió.

Mamá estaba cepillándose el cabello y mirando en torno con ojos fatigados, cuando nos ordenó que subiéramos a recoger sus cosas. Una vez arriba, oímos que hablaba en voz baja a Minnie.

—Has venido. Que Dios te castigue por haber reiniciado este temible juego. Creí que había terminado… para siempre.

—No fui yo quien lo inició —repuso Minnie—. Da gracias por haber disfrutado de quince años de paz; quince años con un marido a quien amas e hijos que siempre has tenido a tu lado; quince años sin que te acechara continuamente el peligro. Es más de lo que he tenido yo. Hasta ahora os he mantenido al margen del juego…

Eso fue todo lo que escuchamos, porque a continuación bajaron aún más la voz. En ese momento oímos pasos fuera y golpes en la puerta. Nos miramos en la penumbra y corrimos hacia la puerta de la habitación. De pronto Minnie apareció en el umbral. Su rostro brillaba con un resplandor sobrenatural. Oímos que nuestra madre subía por las escaleras, que abajo rompían la puerta y que varios hombres gritaban por encima del estrépito de los truenos.

—¡Por la ventana! —indicó Minnie.

Nos aupó y nos dejó en las ramas de la higuera que trepaba por la pared meridional, y a la que nos habíamos encaramado cien veces.

Estábamos a mitad del descenso, colgados del árbol como monos, cuando oímos a nuestra madre gritar:

—¡Huid! ¡Os va la vida en ello!

Después no oímos nada más. La lluvia caía sobre nosotros como cuchillos y nos sumergimos en la oscuridad del huerto.

♟

Las grandes puertas de hierro de la propiedad de Nim se abrieron de par en par. Los árboles que flanqueaban el largo sendero centelleaban bajo la luz del atardecer. La fuente, helada en invierno, cuando yo había visitado el lugar, estaba ahora rodeada de brillantes dalias y cinias, y el borboteo del agua sonaba como campanillas entre el murmullo del mar cercano.

Nim detuvo el coche delante de la casa. Sentada en el regazo de Solarin, yo notaba la tensión de su cuerpo.

—Esa fue la última vez que vimos a nuestra madre —dijo Nim—. Minnie saltó por la ventana de la segunda planta y cayó en el suelo blando, donde la lluvia ya había formado charcos. Se puso en pie y se reunió con nosotros. Por encima del ruido de la tormenta oímos los gritos de nuestra madre y los pasos de los hombres en el interior de la casa. «¡Rastread los bosques!», exclamó alguien, y Minnie nos condujo hacia los acantilados. —Hizo una pausa sin dejar de mirarme.

—Dios mío —dije temblando de pies a cabeza—. Capturaron a vuestra madre… ¿Cómo conseguisteis escapar?

—Al otro lado de nuestro huerto había acantilados que descendían hasta el mar —continuó Nim—. Cuando llegamos, Minnie descendió un poco por ellos y nos ocultó bajo un saliente rocoso. Vi que llevaba algo en la mano, una especie de Biblia pequeña, encuadernada en piel. Sacó un cuchillo y cortó algunas páginas, que dobló y metió bajo mi camisa. Después me dijo que corriera en busca del barco para decir a mi padre que los esperara a ella y a Sascha. Pero solo debíamos esperar una hora. Si para entonces no estaban allí, mi padre y yo debíamos partir y llevar las piezas a un lugar seguro. Al principio me negué a marcharme sin mi hermano. —Nim miró a Solarin con gesto serio.

—Yo solo tenía seis años —dijo este—. No podía bajar por el acantilado a la misma velocidad que Ladislaus, que era cuatro años mayor y rápido como el viento. Minnie temía que nos capturaran a todos si yo no podía seguirles. Antes de irse Slava me besó y me dijo que tuviera valor…

En ese momento miré a Solarin y vi que lloraba con esos recuerdos de su infancia.

—Minnie y yo descendimos trabajosamente por el acantilado durante lo que parecieron horas, en medio de la tormenta. Cuando por fin llegamos al puerto de Sebastopol, el barco de mi padre ya había zarpado.

Nim se apeó con semblante serio, rodeó el coche para abrirme la portezuela y me ofreció la mano para ayudarme a bajar.

—Yo mismo caí una docena de veces —dijo Nim— y resbalé en el lodo y las rocas. Cuando mi padre me vio llegar solo, se asustó. Le conté lo que había ocurrido, lo que había dicho Minnie sobre las piezas. Mi padre empezó a llorar. Se sentó, con la cara enterrada en las manos, y sollozó como una criatura. Le pregunté qué sucedería si regresábamos para intentar rescatarlos, y qué pasaría si otras personas se apoderaban de las piezas. Alzó el rostro hacia mí y, mientras la lluvia borraba las lágrimas de sus mejillas, dijo: «Juré a tu madre que nunca permitiría que eso sucediera, aunque nos costara la vida a todos…».

—Así pues, ¿os fuisteis sin esperar a Minnie y Alexander? —pregunté.

Solarin bajó del Morgan con la bolsa de las piezas en la mano.

—No fue nada fácil —respondió Nim con tristeza—. Esperamos durante horas, mucho más de lo que Minnie había dicho. Mi padre se paseaba por cubierta. Yo trepé por el mástil una docena de veces tratando de verlos entre la lluvia. Al final llegamos a la conclusión de que no acudirían. Supusimos que los habían capturado… Cuando mi padre levó anclas, le rogué que aguardara un poco más. Entonces me dijo claramente por primera vez que había estado esperando ese momento… planeándolo incluso. No salíamos simplemente al mar: íbamos a América. Desde el día en que se casó con mi madre, tal vez incluso antes, sabía lo del juego. Sabía que podía llegar un día… o más bien que llegaría un día… en que aparecería Minnie y se exigiría un sacrificio terrible a mi familia. Ese día había llegado y en unas pocas horas la mitad de la familia había desaparecido. Sin embargo, había jurado a mi madre que, aun incluso antes que a sus hijos, salvaría las piezas

—¡Dios mío! —dije, mirando a ambos mientras permanecíamos en el sendero. Solarin caminó hacia la fuente cantarina y hundió los dedos en el agua—. Me sorprende que hayáis aceptado participar en un juego como este… que destruyó a vuestra familia en una sola noche.

Nos acercamos a Solarin, que contemplaba la fuente en silencio, y Nim me rodeó el cuello con un brazo. Solarin lanzó una mirada a su mano, que descansaba sobre mi hombro.

—Tú también te has prestado a participar —dijo—, y eso que Minnie no es tu abuela. Supongo que fue Slava quien te introdujo en el juego.

Ni su cara ni su voz me permitían descubrir qué pasaba por su cabeza, pero no era difícil de adivinar. Evité su mirada. Nim me apretó el hombro.

—*Mea culpa* —admitió sonriendo.

—¿Y qué hicisteis Minnie y tú cuando visteis que el barco ya no estaba? —pregunté a Solarin—. ¿Cómo sobrevivisteis?

Él estaba arrancando los pétalos de una dalia y arrojándolos a la fuente.

—Me llevó al bosque y me ocultó allí hasta que pasó la tormenta —explicó, absorto en sus pensamientos—. Durante tres días recorrimos lentamente la costa en dirección a Georgia, como un par de campesinos de camino al mercado. Cuando estábamos lo bastante lejos de casa para sentirnos seguros, nos sentamos a hablar de la situación. «Eres lo bastante mayor para comprender lo que voy a decirte», dijo ella, «pero no lo suficiente para ayudarme en la misión que tengo por delante. Algún día lo serás... entonces te mandaré llamar y te diré lo que debes hacer. Ahora he de volver para tratar de salvar a tu madre. Si te llevo conmigo, serás un estorbo... entorpecerás mis esfuerzos.» —Solarin nos miró con expresión ausente—. Lo comprendí —agregó.

—¿Minnie volvió para rescatar a tu madre de la policía soviética? —pregunté.

—Tú hiciste lo mismo por tu amiga Lily, ¿no? —contestó.

—Minnie dejó a Sascha en un orfanato —intervino Nim, que me estrechó con el brazo mientras miraba a su hermano—. Papá murió poco después de que llegáramos a Estados Unidos, de modo que me quedé solo aquí, igual que el pequeño Sascha en Rusia. Aunque nunca estuve seguro, de alguna manera siempre supe que Solarin, el niño prodigio del ajedrez que salía en los periódicos, era mi hermano. Para entonces ya me llamaba Nim* porque así me ganaba la vida, birlando cuanto podía. Fue Mordecai, a quien conocí una noche en el Club de Ajedrez de Manhattan, quien descubrió mi verdadera identidad.

—¿Y qué fue de vuestra madre? —pregunté.

—Minnie llegó demasiado tarde para salvarla —respondió Solarin muy serio, dándose la vuelta—. Ella misma logró escapar de

---

* *Nim* significa «robar». *(N. de la T.)*

Rusia a duras penas. Poco después recibí en el orfanato una carta suya… bueno, no una carta, sino un recorte de prensa… de *Pravda*, creo. Aunque no llevaba fecha ni remitente, y a pesar de que lo habían enviado desde Rusia, supe quién lo había mandado. El artículo explicaba que el famoso maestro Mordecai Rad iniciaría una gira por Rusia para hablar de la situación del ajedrez, ofrecer exhibiciones y buscar críos con talento para un libro que estaba escribiendo sobre los niños prodigio en el ajedrez. Casualmente, uno de los lugares que visitaría era mi orfanato. Minnie estaba tratando de ponerse en contacto conmigo.

—Y el resto es historia —dijo Nim, que seguía rodeándome con su brazo. Pasó el otro en torno a los hombros de Solarin y nos llevó al interior de la casa.

Atravesamos las grandes habitaciones soleadas, llenas de tiestos con flores y muebles lustrosos que resplandecían con el sol del atardecer. En la enorme cocina, la luz entraba oblicuamente por las ventanas y bañaba las baldosas de pizarra del suelo. Los sofás de cretona floreada eran más alegres de lo que recordaba.

Nim nos soltó. Luego apoyó las manos en mis hombros y me miró con afecto.

—Me has traído el mejor de los regalos —dijo—. Que Sascha esté aquí es un milagro, pero el mayor de los milagros es que estés viva. Nunca me habría perdonado si te hubiera sucedido algo.

Volvió a abrazarme y después fue hacia la despensa.

Solarin, que había dejado caer la bolsa con las piezas, estaba junto a las ventanas, contemplando el mar al otro lado del jardín. Los barcos se movían como palomas en el agua. Fui a su lado.

—Es una casa muy bonita —afirmó. Observaba cómo el agua de la fuente descendía un escalón tras otro hasta caer en el estanque turquesa. Tras una pausa agregó—: Mi hermano está enamorado de ti.

Sentí que el estómago se me encogía, como un puño que se cerrara de pronto.

—No seas tonto —dije.

—Hay que hablar de eso.

Se volvió hacia mí y sentí que, como siempre, la mirada de sus ojos verdes me hacía desfallecer. Tendió una mano para acariciar mi cabello, pero en ese momento Nim regresó de la despensa con una botella de champán y tres copas. Se acercó y las puso sobre la mesilla que había junto a las ventanas.

—Tenemos tanto de qué hablar… tanto que recordar —dijo a Solarin mientras descorchaba la botella—. Me parece mentira que estés aquí. Creo que nunca más te dejaré ir…

—Tal vez tengas que hacerlo —repuso Solarin, que me cogió de la mano para llevarme a un sofá. Nos sentamos mientras Nim servía el champán—. Ahora que Minnie ha abandonado el juego, alguien tiene que volver a Rusia para conseguir el tablero…

—¿Ha abandonado el juego? —preguntó Nim, que se quedó inmóvil con la botella levantada—. ¿Cómo? No es posible.

—Tenemos una nueva Reina Negra —dijo Solarin sonriendo y mirándolo con atención—. Al parecer la elegiste tú.

Nim se volvió hacia mí y de pronto comprendió.

—¡Maldita sea! —exclamó sirviendo el champán—. O sea, que ha desaparecido sin dejar rastro y hemos de ocuparnos nosotros solos de los cabos sueltos.

—No exactamente. —Solarin sacó un sobre que llevaba escondido bajo la camisa—. Me dio esto. Va dirigido a Catherine. Tenía que entregárselo cuando llegáramos. No lo he abierto, pero supongo que contiene información valiosa.

Me lo entregó y, cuando me disponía a abrirlo, me sobresaltó un ruido penetrante, que tardé un momento en identificar. ¡Era el timbre de un teléfono!

—¡Creí que no tenías teléfono! —Me volví con expresión acusadora hacia Nim, que había dejado la botella y corría hacia la zona donde estaban los fogones y armarios.

—No tengo —repuso con voz tensa. Sacó una llave del bolsillo y abrió una alacena, de donde extrajo algo que se parecía mucho a un teléfono y que además sonaba—. Pertenece a otros… Podría decirse que es una especie de teléfono rojo.

Atendió la llamada. Solarin y yo nos habíamos puesto en pie.

—¡Mordecai! —susurré, y eché a correr hacia Nim—. Lily debe de estar allí con él.

Nim me miró con gesto serio y me pasó el auricular.

—Alguien quiere hablar contigo —susurró, y lanzó una mirada extraña a Solarin.

—¡Mordecai, soy Cat! ¿Está Lily ahí? —dije.

—¡Querida! —exclamó la voz que siempre me obligaba a apartar un poco el auricular: la de Harry Rad—. ¡Tengo entendido que tu estancia entre los árabes ha sido un éxito! Hemos de quedar para charlar. Ahora, querida, lamento tener que decirte que ha ocurrido algo. Estoy con Mordecai, en su casa. Me telefoneó para decirme que Lily había llamado y venía hacia aquí desde la estación Central. De modo que, como es natural, vine a toda prisa… pero Lily no ha llegado.

Estaba estupefacta.

—¡Creía que tú y Mordecai no os hablabais! —exclamé.

—Querida, eso es *meshugge* —dijo Harry para aplacarme—. Por supuesto que hablo con Mordecai. Es mi padre. Estoy hablando con él en este mismo momento, o al menos él está escuchándome.

—Blanche dijo…

—Ah, eso es otra cosa —explicó Harry—. Perdóname por lo que voy a decir, pero mi esposa y mi cuñado no son personas muy agradables. He temido por Mordecai desde que me casé con Blanche Regine, si entiendes lo que quiero decir. Soy yo quien no lo deja venir a casa…

Blanche Regine. ¿Blanche Regine? ¡Por supuesto! ¡Qué idiota había sido! ¿Cómo no me había dado cuenta antes? Blanche y Lily… Lily y Blanche… ambos nombres evocan el color blanco, ¿no? Blanche había puesto a su hija el nombre de Lily, azucena, con la esperanza de que siguiera sus pasos. Blanche Regine, la Reina Blanca.

La cabeza me daba vueltas mientras Solarin y Nim me miraban en silencio. Por supuesto, era Harry… había sido Harry desde el principio. Harry, a quien Nim me había enviado como cliente; que había fomentado mi amistad con su familia; que sabía tan bien como Nim que yo era una experta en informática; que me había invitado a conocer a la pitonisa; que había insistido en que fuera aquella víspera de Año Nuevo, no otra noche cualquiera.

Y la noche en que me invitó a cenar en su casa, con tantos platos y entremeses, a fin de mantenerme allí el tiempo necesario para que Solarin entrara en mi apartamento y dejara la nota. También fue él quien, durante aquella cena, comentó de pasada a su doncella, Valérie, que yo me iba a Argel; Valérie, hija de Thérèse, la telefonista que trabajaba en Argel para el padre de Kamel, y cuyo hermanito, Wahad, vivía en la casbah y protegía a la Reina Negra.

Era a Harry a quien había traicionado Saul trabajando para Blanche y Llewellyn. Y tal vez también fuera Harry quien arrojó el cuerpo del chófer al East River para que pareciera un simple atraco, quizá no solo con la intención de engañar a la policía, sino también a su mujer y su cuñado.

Y había sido Harry, no Mordecai, quien envió a Lily a Argel. ¡En cuanto se enteró de que su hija había asistido al torneo de ajedrez, supo que ella estaba en peligro, amenazada no solo por Hermanold, que probablemente no fuera más que un peón, sino sobre todo por su madre y su tío!

Por último, era Harry quien se había casado con Blanche, la Reina Blanca, de la misma manera que Talleyrand, a instancias de Mireille, se casó con la mujer de la India. ¡Pero Talleyrand era solo un alfil!

—¡Harry —dije, asombrada—, tú eres el Rey Negro!

—Cariño —dijo, con tono apaciguador. Me parecía ver su fláccida cara de San Bernardo y sus ojos tristones—. Perdona por haberte tenido a oscuras, pero ahora comprendes la situación. Si Lily no está contigo…

—Luego te llamo —le interrumpí—. Tengo que colgar.

Me volví y cogí del brazo a Nim, que estaba junto a mí con expresión de temor.

—Llama a tu ordenador —dije—. Creo que sé adónde ha ido. Dijo que, si algo salía mal, dejaría un mensaje. Espero que no haya cometido ninguna temeridad.

Nim marcó el número y apretó el botón del módem cuando consiguió la conexión. Descolgué el auricular e instantes después oí la voz de Lily, reproducida digitalmente, que nos proporcionaba la moderna tecnología: «Estoy en el patio de las palmeras del Plaza». Tal vez fuera mi imaginación, pero me pareció que la reproducción binaria temblaba como una voz real. «He ido a mi casa para coger las llaves del coche que guardamos en aquel secreter del salón, pero, Dios mío…» La voz se quebró. Me pareció sentir cómo el pánico recorría la línea. «¿Te acuerdas de ese espantoso escritorio lacado de Llewellyn, con tiradores de bronce? ¡No son tiradores de bronce… son las piezas! Seis… incrustadas en él. Las bases sobresalen como tiradores, pero la parte superior de las piezas está metida en paneles falsos dentro de los cajones. Siempre se atascan, pero jamás pensé… Así que usé una plegadera para abrir uno y después cogí un martillo de la cocina y rompí el panel. Saqué dos piezas. Entonces oí que alguien entraba en el apartamento, conque salí por detrás y cogí el ascensor del servicio. Dios mío, tienes que venir ahora mismo. No puedo volver sola allí…»

Colgó. Esperé por si había otro mensaje, pero no había ninguno, así que dejé el auricular en el teléfono.

—Tenemos que irnos —dije a Nim y a Solarin, que me miraban con ansiedad—. Os explicaré todo por el camino.

—¿Y qué hay de Harry? —preguntó Nim mientras me guardaba en el bolsillo la carta de Minnie, que todavía no había leído, y corría a coger las piezas.

—Lo llamaré y quedaré con él en el Plaza —respondí—. Ve a poner en marcha el coche. Lily ha encontrado otro escondite de piezas.

♟

Pareció que transcurría una eternidad mientras recorríamos autopistas adelantando a todos los vehículos y atravesábamos Manhattan a toda velocidad, hasta que el Morgan verde se detuvo delante del Plaza con un chirrido que asustó a las palomas. Corrí al interior y fui al patio de las palmeras, pero Lily no estaba. Harry había dicho que nos esperaría, pero no se veía a nadie. Miré incluso en los lavabos.

Salí agitando los brazos y subí al coche.

—Algo va mal —dije—. La única razón por la que Harry no habría esperado es que Lily no estuviese aquí.

—O que hubiese otra persona —murmuró Nim—. Lily huyó al oír que alguien entraba en el apartamento. Quienquiera que fuera, vio que ha descubierto las piezas y tal vez la haya seguido. Seguramente habrá dejado un comité de recepción para Harry…
—Puso en marcha el motor, frustrado—. ¿Adónde iría antes esa persona, a casa de Mordecai, a buscar las otras piezas, o al apartamento?

—Probemos en el apartamento —respondí—. Está más cerca. Además, cuando hablé con Harry, descubrí que yo también podía organizar un pequeño comité de recepción.

Nim me miró sorprendido.

—Kamel Kader está en la ciudad —dije.

Solarin me apretó el hombro.

Todos sabíamos lo que eso significaba. Nueve piezas en casa de Mordecai, ocho en mi bolso y las seis que Lily había visto en el apartamento. Había bastante para controlar el juego, y quizá también para descifrar la fórmula. Quien ganara esa vuelta ganaría el juego.

Nim estacionó delante del edificio, bajó del coche y arrojó las llaves al atónito portero. Entramos los tres como un rayo sin pronunciar una palabra. Apreté el botón del ascensor. El portero se acercó corriendo.

—¿El señor Rad ya ha llegado? —pregunté mientras se abrían las puertas.

El hombre me miró sorprendido.

—Hace unos diez minutos —respondió—. Con su cuñado…

Era suficiente. Entramos en el ascensor sin dejar que acabara y estábamos a punto de empezar a subir cuando vi algo con el rabillo del ojo. Estiré la mano y detuve las puertas. Una pequeña bola peluda se aproximaba como una bala. Al inclinarme a cogerla, vi que Lily corría por el vestíbulo. La agarré de la mano y la metí de un tirón. Las puertas se cerraron y empezamos a subir.

—¡No te han cogido! —exclamé.

—No, pero sí a Harry —dijo—. Tenía miedo de quedarme en el patio de las palmeras, así que salí con Carioca y esperé enfrente, cerca del parque. Harry fue un idiota… dejó el coche aquí y fue andando al Plaza. Lo seguían a él, no a mí. Vi que Llewellyn y Hermanold le pisaban los talones. Pasaron justo a mi lado ¡y no me reconocieron! —exclamó sorprendida—. Yo tenía a Carioca metido en el bolso junto con las dos piezas que conseguí. Están aquí. —Dio una palmadita al bolso. Dios mío, nos estábamos metiendo en ese lío con todas nuestras municiones—. Los seguí hasta aquí y me quedé en la acera de enfrente, sin saber qué hacer cuando lo metieron dentro. Llewellyn iba pegado a Harry… tal vez tuviera un arma.

Las puertas se abrieron y echamos a andar por el pasillo, con Carioca a la cabeza. Lily estaba sacando la llave cuando la puerta se abrió y apareció Blanche, con un resplandeciente vestido de fiesta blanco, su fría sonrisa rubia y una copa de champán en la mano.

—Bueno, ya estamos todos —dijo con voz suave. Me ofreció su mejilla de porcelana, que no besé, de modo que se volvió hacia Lily—. Mete a ese perro en el estudio —ordenó con frialdad—. Creo que hoy ya hemos tenido suficientes incidentes.

—Un momento —dije, mientras Lily se inclinaba para coger a Carioca—. No hemos venido a tomar un cóctel. ¿Qué habéis hecho con Harry?

Entré en el piso, que no veía desde hacía meses. No había cambiado, pero ahora lo veía con otros ojos; el suelo de mármol del recibidor era como un tablero de ajedrez. Final de la partida, pensé.

—Está muy bien —respondió Blanche avanzando hacia los anchos escalones de mármol que conducían al salón.

Solarin, Nim y Lily nos seguían. Llewellyn estaba arrodillado junto al secreter lacado, destrozando los cajones que Lily no había podido romper y sacando las cuatro piezas que quedaban. El suelo estaba cubierto de astillas. Cuando atravesé la amplia estancia, me miró.

—Hola, querida —dijo, y se levantó para saludarme—. Estoy encantado de saber que has conseguido las piezas, tal como te pedí, aunque no hayas jugado como cabía esperar. Tengo entendido que has cambiado de bando. Qué triste. Siempre te he tenido mucho afecto.

—Nunca estuve en tu bando, Llewellyn —repliqué asqueada—. Quiero ver a Harry. No os iréis hasta que lo haya visto. Sé que Hermanold está aquí. Aun así, nosotros somos más…

—Te equivocas, querida —intervino Blanche. Estaba en el otro extremo del salón, sirviéndose más champán. Echó un vistazo a Lily, que la miraba de hito en hito, con Carioca en los brazos, y después se acercó y fijó en mí sus fríos ojos azules—. Han venido algunos amigos tuyos: el señor Brodski, del KGB, que en realidad trabaja para mí, y Sharrif, a quien El-Marad tuvo la amabilidad de enviar a petición mía. Llevaban mucho tiempo esperando a que llegaras de Argel, vigilando la casa día y noche. Al parecer elegiste la ruta más pintoresca

Miré de reojo a Solarin y Nim. Hubiéramos debido suponer que sucedería algo así.

—¿Qué habéis hecho con mi padre? —aulló Lily, que se acercó a Blanche con los dientes apretados, mientras Carioca gruñía a Llewellyn.

—Está maniatado en una habitación —respondió Blanche jugueteando con el collar de perlas que siempre adornaba su cuello—. Está bien y no le ocurrirá nada si sois razonables. Quiero las piezas. Ya ha habido bastante violencia y estoy convencida de que todos estamos hartos de ella. No le pasará nada a nadie si me dais las piezas.

Llewellyn sacó un revólver de la chaqueta.

—En mi opinión no ha habido suficiente violencia —dijo con tranquilidad—. ¿Por qué no sueltas a ese pequeño monstruo para que pueda hacer lo que siempre he deseado?

Lily lo miró horrorizada. Le puse una mano en el brazo mientras miraba de soslayo a Nim y Solarin, que se habían desplazado hacia las paredes, preparándose. Me pareció que ya había perdido demasiado tiempo; todas mis piezas estaban en su sitio.

—Es evidente que no has prestado demasiada atención al juego —dije a Blanche—. Tengo diecinueve piezas. Con las cuatro que vas a darme tendré veintitrés, más que suficientes para descubrir la fórmula y ganar.

Con el rabillo del ojo, vi que Nim sonreía y me hacía señas con la cabeza. Blanche me miró atónita.

—Debes de estar loca —espetó—. Mi hermano está apuntándote con un arma. Tres hombres tienen como rehén a mi amado esposo, el Rey Negro. Ese es el objeto del juego: inmovilizar al Rey.

—No de este juego —repuse mientras me dirigía hacia el bar, donde estaba Solarin—. Más vale que te rindas. No conoces los objetivos, los movimientos… ni siquiera a los jugadores. Tú no eres la única que plantó un peón, como Saul, en tu casa. No eres la única que tiene aliados en Rusia y Argel…

Me detuve en los escalones, con la mano sobre la botella de champán aún, y sonreí a Blanche. Su piel, ya de por sí pálida, estaba blanca como el papel. Llewellyn apuntaba el revólver a un órgano de mi cuerpo que yo deseaba que siguiera latiendo, pero no creía que fuera a apretar el gatillo antes de escuchar el final. Solarin me apretó el codo.

—¿Qué estás diciendo? —preguntó Blanche mordiéndose un labio.

—Cuando llamé a Harry y le dije que fuera al Plaza, no estaba solo. Estaba con Mordecai, Kamel Kader… y Valérie, tu fiel doncella, que trabaja para nosotros. Ellos no fueron al Plaza con Harry, sino que vinieron aquí y entraron por la puerta de servicio. ¿Por qué no echas una ojeada?

Entonces empezó la acción. Lily dejó en el suelo a Carioca, que corrió hacia Llewellyn. Este vaciló un segundo entre Nim y el perrillo, momento que aproveché para arrojarle a la cabeza la botella de champán, justo cuando apretaba el gatillo. Nim se dobló a causa del dolor. Crucé la habitación, agarré a Llewellyn por el cabello y lo derribé.

Mientras luchaba con Llewellyn, vi con el rabillo del ojo que Hermanold irrumpía en el salón y Solarin lo atrapaba. Hinqué los dientes en el hombro de Llewellyn, mientras Carioca le mordía la pierna. Oí a Nim gemir a pocos centímetros de mí, mientras Llewellyn intentaba recuperar el arma. Cogí la botella de champán y la descargué sobre su cabeza, al tiempo que le clavaba la rodilla en la entrepierna. Empezó a gritar. Blanche corría hacia los escalones, seguida por Lily, que pronto la alcanzó, la sujetó por el collar de perlas y lo retorció en torno a su garganta, mientras la otra, con el rostro lívido, intentaba arañarla.

Solarin cogió a Hermanold por la pechera de la camisa, lo puso en pie y le asestó en la mandíbula un puñetazo que jamás pensé pudieran dar los jugadores de ajedrez. Todo esto sucedió en un abrir y cerrar de ojos. Me volví para coger el arma, mientras Llewellyn rodaba por el suelo con las manos en la entrepierna.

Con el revólver en la mano, me incliné hacia Nim, mientras Solarin atravesaba corriendo la habitación.

—Estoy bien —dijo Nim cuando Solarin le tocó la herida que tenía en la cadera, donde se estaba formando una mancha oscura—. ¡Buscad a Harry!

—Quédate aquí —me indicó Solarin—. Iré yo. —Miró a su hermano con expresión seria antes de alejarse

Hermanold estaba inconsciente, atravesado en los escalones. A pocos centímetros de mí, Llewellyn se agitaba chillando, mientras Carioca le mordía los tobillos. Yo estaba arrodillada junto a Nim, que respiraba con dificultad y se apretaba la herida de la cadera, de donde seguía saliendo sangre. Lily luchaba con Blanche, cuyas perlas rodaban por la alfombra.

Cuando me incliné sobre Nim, oímos ruidos y golpes en las habitaciones del fondo.

—Será mejor que vivas —le dije en voz baja—. Después de todo lo que me has hecho pasar, no soportaría perderte antes de poder vengarme.

La herida que tenía era pequeña y profunda, poco más que un rasguño en la parte superior del muslo. Nim me miró y trató de sonreír.

—¿Estás enamorada de Sascha? —preguntó.

Yo miré al techo y suspiré.

—Veo que ya estás mejor —dije. Lo ayudé a incorporarse y le entregué el revólver—. Iré a ver si sigue vivo.

Crucé la habitación a la carrera, cogí a Blanche del cabello y la aparté de Lily. Luego señalé el revólver que empuñaba Nim.

—Está dispuesto a usarlo —le expliqué.

Lily me siguió escaleras arriba y por el vestíbulo trasero, donde habían cesado los ruidos y reinaba una calma sospechosa. Avanzamos de puntillas hacia el estudio en el instante en que salía Kamel Kader. Nos vio y sonrió. Después me estrechó la mano.

—Bien hecho —dijo con tono alegre—. Según parece, el equipo blanco se ha rendido.

Lily y yo entramos en el estudio mientras Kamel se dirigía al salón. Y allí estaba Harry, frotándose la cabeza. Detrás de él estaban Mordecai y Valérie, quien los había dejado entrar por la puerta de servicio. Lily atravesó corriendo la habitación y se arrojó sobre Harry llorando de alegría. Él le acarició el cabello mientras Mordecai me guiñaba un ojo.

Miré alrededor y vi que Solarin anudaba las cuerdas que sujetaban a Sharrif. Brodski, el hombre del KGB, estaba tumbado a su lado. Solarin lo amordazó y, volviéndose hacia mí, me cogió del hombro.

—¿Cómo está mi hermano? —susurró.

—Se pondrá bien —respondí.

—Cat, querida —exclamó Harry detrás de mí—, gracias por salvar la vida de mi hija.

Me volví hacia él y Valérie me sonrió.

—¡Me gustaría que mi hermanito hubiera estado aquí para ver esto! —exclamó mirando en torno—. Le encantan las buenas peleas.

La abracé.

—Hablaremos más tarde —dijo Harry—. Ahora me gustaría despedirme de mi esposa.

—La odio —afirmó Lily—. Si Cat no me hubiera detenido, la habría matado.

—Por supuesto que no, cariño —dijo Harry tras besarle la cabeza—. A pesar de todo, es tu madre. Si no fuera por ella, no estarías aquí. No lo olvides nunca. —Volvió hacia mí sus tristes ojos entornados—. En cierta forma, yo soy responsable —agregó—. Sabía quién era cuando me casé con ella. Lo hice por el juego.

Salió de la habitación cabizbajo. Mordecai dio unas palmaditas en el hombro de Lily y la miró a través de los gruesos cristales de sus gafas.

—El juego no ha terminado todavía —susurró—. En cierta forma, acaba de empezar.

♟

Solarin me cogió de un brazo y me llevó a la enorme cocina contigua al comedor, mientras los otros arreglaban el estropicio del salón. Me empujó contra la brillante mesa de cobre que había en el centro. Su boca, ávida y cálida sobre la mía, parecía querer devorarme, mientras sus manos recorrían mi cuerpo. Todo lo que había sucedido, lo que sucedería a continuación, desaparecía a medida que me contagiaba la intensidad de su pasión. Sentí sus dientes en mi cuello y sus manos en mi pelo. Su lengua volvió a encontrar la mía y gemí. Luego se apartó.

—Tengo que regresar a Rusia —me susurró al oído—. Tengo que conseguir el tablero, es la única manera de terminar con este juego…

—Voy contigo —dije apartándome para mirarlo a los ojos.

Volvió a abrazarme y me besó los ojos mientras yo me aferraba a él.

—Imposible —murmuró, temblando por la intensidad de su emoción—. Volveré, lo prometo. Lo juro por cada gota de sangre que tengo. Nunca te dejaré ir.

En ese instante se abrió la puerta y nos volvimos, todavía abrazados. En el umbral aparecieron Kamel y, apoyado pesadamente sobre su hombro, Nim, que se tambaleaba, con el rostro inexpresivo.

—Slava… —Solarin dio un paso hacia su hermano sin soltar mi brazo.

—La fiesta ha terminado —dijo Nim con una sonrisa de compresión y cariño. Kamel me miraba con una ceja levantada, sin entender qué demonios sucedía—. Ven, Sascha. Es hora de terminar el juego.

El equipo blanco, al menos los que habíamos capturado (Sharrif y Brodski, Hermanold, Llewellyn y Blanche), estaba atado, amordazado y envuelto en sábanas blancas. Los condujimos a través de la cocina y bajamos con ellos en el ascensor de servicio hasta la limusina de Harry, que esperaba en el garaje. Los sentamos en el espacioso compartimiento trasero. Kamel y Valérie subieron atrás con el arma. Harry se puso al volante y Nim se sentó a su lado. Todavía no había oscurecido, pero los cristales ahumados de las ventanillas impedían ver el interior del vehículo.

—Vamos a llevarlos a casa de Nim —explicó Harry—. Después Kamel irá a buscar vuestro barco y lo llevará allí.

—Podemos meterlos en un bote de remos —dijo Nim, entre risas. Seguía apretándose la herida en la cadera—. Nadie vive lo bastante cerca para ver nada.

—¿Qué demonios haréis con ellos cuando estén a bordo? —quise saber.

—Valérie y yo los llevaremos a mar abierto —respondió Kamel—. Me ocuparé de que un petrolero argelino nos recoja cuando estemos en aguas internacionales. El gobierno de mi país estará encantado de capturar a quienes tramaron con el coronel Gadafi una conspiración contra la OPEP y planearon asesinar a sus miembros. En realidad, hasta podría ser verdad. Desde que el coronel preguntó por ti en la conferencia sospecho que podría haber participado en el juego.

—¡Es una idea maravillosa! —Me eché a reír—. Al menos así tendríamos tiempo de hacer lo que debemos sin que se interpongan. —Inclinándome hacia Valérie agregué—: Cuando llegues a Argel, da un gran abrazo de mi parte a tu madre y Wahad.

—Mi hermano piensa que eres muy valiente —dijo Valérie

cogiendo afectuosamente mi mano—. ¡Me ha pedido que te diga que espera que un día vuelvas a Argelia!

Harry, Kamel y Nim se dirigieron a Long Island con sus rehenes. Al menos Sharrif —y tal vez incluso Blanche, la Reina Blanca— vería el interior de la prisión argelina, de la que Lily y yo nos habíamos librado por los pelos.

Solarin, Lily, Mordecai y yo subimos al Morgan verde de Nim. Con los últimos cuatro trebejos extraídos del secreter nos fuimos al apartamento de Mordecai, en el barrio de los diamantes, para reunir las piezas e iniciar la tarea que teníamos por delante: descifrar la fórmula que tantos habían buscado durante tanto tiempo. Lily conducía y yo estaba sentada en el regazo de Solarin. Mordecai iba encajado como una maleta en el pequeño espacio detrás de los asientos, con Carioca sobre las rodillas.

—Bueno, perrillo —dijo acariciándolo con una sonrisa—, después de todas estas aventuras ya eres prácticamente un ajedrecista. Ahora contamos con las ocho piezas que habéis traído del desierto, más otras seis inesperadas, que estaban en poder de las blancas. Ha sido un día productivo.

—Más las nueve que, según dijo Minnie, tiene usted —agregué—. En total, veintitrés.

—Veintiséis. —Mordecai dejó escapar una risilla de regocijo—. ¡También tengo las tres que Minnie encontró en Rusia en 1951… y que Ladislaus Nim y su padre trajeron a América!

—¡Claro! —exclamé—. Las nueve que usted tiene son las que Talleyrand enterró en Vermont. ¿De dónde salieron las nuestras, las que Lily y yo hemos traído del desierto?

—Ah, sí. Tengo algo para ti, querida —gorjeó el alegre Mordecai—. Está en mi apartamento con las piezas. Tal vez Nim te haya dicho que cuando Minnie se despidió de él aquella noche, en el acantilado, le dio unos papeles doblados. Eran muy importantes.

—Sí —intervino Solarin—. Los arrancó de un libro. Lo recuerdo, aunque entonces yo era un niño. ¿Era el diario que Minnie entregó a Catherine? Desde que me lo mostró me he preguntado…

—Pronto no tendrás nada que preguntarte —repuso crípticamente Mordecai—. Veréis, esas páginas revelan el misterio. El secreto del juego.

Aparcamos el Morgan de Nim en un garaje público de la esquina y fuimos a pie hasta el apartamento de Mordecai. Solarin llevaba la colección de piezas, que ahora resultaba demasiado pesada para cualquier otro.

Eran más de las ocho y la oscuridad era casi total en el barrio de los diamantes. Las persianas de las tiendas estaban cerradas y por las calles vacías volaban hojas de periódico. Era el puente del día del Trabajo y todo estaba cerrado.

A mitad de la manzana Mordecai se detuvo y levantó una persiana metálica, tras la cual había una escalera larga y estrecha que subía hacia la parte trasera del edificio. Lo seguimos en la penumbra y, cuando llegamos al rellano, abrió una puerta.

Entramos en un ático enorme, con techos altísimos de los que colgaban arañas de cristal, cuyas destellantes lágrimas se reflejaron en los altos ventanales cuando Mordecai encendió la luz. Por todas partes había alfombras de colores oscuros, hermosos arbustos y muebles cubiertos de pieles, mesas llenas de objetos artísticos y libros. Era el aspecto que habría tenido mi antiguo apartamento si hubiera sido más espacioso y yo, más rica. De una pared colgaba un tapiz inmenso y magnífico, que debía ser tan antiguo como el propio ajedrez de Montglane.

Solarin, Lily y yo nos sentamos en los mullidos sofás, ante una mesa sobre la que había un enorme tablero de ajedrez. Lily retiró las piezas que lo cubrían y Solarin empezó a sacar del bolso las nuestras y disponerlas en los escaques.

Los trebejos del ajedrez de Montglane, que resplandecían a la luz de las arañas, eran demasiado grandes para las enormes casillas del tablero de alabastro de Mordecai.

Mordecai levantó el tapiz y abrió una gran caja fuerte empotrada en la pared. Sacó una caja que contenía otras doce piezas. Solarin se apresuró a ayudarlo.

Cuando estuvieron todas dispuestas, las observamos. Estaban los caballos puestos de manos, los majestuosos elefantes que representaban los alfiles, los camellos con sus sillas con dosel que cumplían la función de las torres, el rey de oro a lomos del paquidermo, la reina sentada en la silla de manos… todos cubiertos de gemas y labrados con una precisión y exquisitez que ningún artesano hubiera podido imitar ni en mil años. Solo faltaban seis piezas: dos peones de plata y uno de oro, un caballo dorado, un alfil de plata y el rey blanco, también de plata.

Era increíble verlas todas juntas, brillando ante nosotros. ¿Qué cerebro fabuloso había concebido la idea de combinar algo tan hermoso con algo tan mortífero?

Sacamos el paño y lo desplegamos en la gran mesa baja que había junto al tablero. Yo estaba deslumbrada por el extraño resplandor de las figuras, por los bellos colores de las piedras: esmeralda y zafiro, rubí y diamante, el amarillo del cuarzo citrino, el azul celeste de la aguamarina y el verde pálido del peridoto, tan parecido al de los ojos de Solarin, que me apretó la mano mientras mirábamos las piezas en silencio.

Lily había sacado el papel donde habíamos dibujado el esquema de los movimientos. Lo dejó junto al paño.

—Hay algo que creo que debes ver —me dijo Mordecai, que había vuelto junto a la caja fuerte. Regresó y me entregó un pequeño paquete. Miré sus ojos, que los gruesos cristales de las gafas agrandaban. En su rostro atezado se dibujó una sonrisa. Tendió la mano a Lily para ayudarla a levantarse—. Ven, quiero que me ayudes a preparar la cena. Esperaremos a que vuelvan tu padre y Nim. Cuando lleguen, tendrán hambre. Mientras tanto nuestra amiga Cat puede leer lo que le he dado.

Lily lo siguió a la cocina a regañadientes. Solarin se acercó más a mí. Abrí el paquete y saqué un fajo de hojas dobladas. Tal como había supuesto Solarin, era la misma clase de papel antiguo del diario de Mireille. Lo saqué de mi bolso y vi el lugar de donde se habían arrancado las hojas. Sonreí a Solarin. Él me rodeó con un brazo mientras yo me reclinaba en el sofá, desdoblaba los papeles y empezaba a leer. Era el último capítulo del diario de Mireille.

LA HISTORIA DE LA REINA NEGRA

Los castaños florecían en París cuando aquella primavera de 1799 dejé a Charles-Maurice de Talleyrand para regresar a Inglaterra. Me dolía marcharme porque volvía a estar embarazada. Dentro de mí se iniciaba otra vida, y con ella, la misma semilla orientada hacia un solo objetivo: terminar de una vez por todas con el juego.

Pasarían más de cuatro años antes de que volviera a ver a Maurice; cuatro años durante los cuales numerosos acontecimientos sacudirían y alterarían el mundo. Napoleón regresaría a Francia para derrocar el Directorio y ser nombrado primer cónsul... y después cónsul vitalicio. En Rusia Pablo I sería asesinado por un grupo de sus propios generales... y el favorito de su madre, Platón Zubov. Entonces el místico y misterioso Alejandro, que había estado junto a mí y la abadesa moribunda en el bosque, podría conseguir la reina negra del ajedrez de Montglane El mundo que yo conocía —Inglaterra y Francia, Austria, Prusia y Rusia— volvería a ir a la guerra. Y Talleyrand, el padre de mis hijos, recibiría por fin la dispensa papal que había solicitado para casarse con Catherine Noël Worlée Grand, la Reina Blanca.

Yo tenía el paño, el dibujo del tablero y la certeza de que había diecisiete piezas al alcance de mi mano: no solo las nueve enterradas en Vermont, cuyo escondite ahora conocía, sino también las siete de madame Grand y una que pertenecía a Alejandro; en total ocho más. Con esa certeza partí hacia Inglaterra, a Cambridge, donde William Blake me había dicho que se guardaban los papeles de sir Isaac Newton. El poeta, que sentía una fascinación casi enfermiza por esas cosas, me consiguió un permiso para consultar esos trabajos.

Boswell había fallecido en mayo de 1795, y Philidor, el gran maestro de ajedrez, lo había sobrevivido solo tres meses. La vieja guardia había muerto: el reacio equipo de la Reina Blanca había sido desmantelado por la muerte. Yo tenía que hacer mi movimiento antes de que ella tuviera tiempo de reunir otro.

El 4 de octubre de 1799, exactamente seis meses después de mi cumpleaños y poco antes de que Shahin y Charlot volvieran de Egipto con Napoleón, di a luz en Londres a una niña. La bauticé con el nombre de Elisa, por Elisa la Roja, aquella gran mujer que había fundado la ciudad de Cartago, en cuyo honor llevaba también ese nombre la hermana de Napoleón. Sin embargo, me acostumbré a llamarla Charlotte, no solo por su padre Charles-Maurice y su hermano Charlot, sino también en recuerdo de aquella otra Charlotte que había dado la vida por mí.

Fue entonces, una vez que Shahin y Charlot se hubieron reunido conmigo en Londres, cuando empezó el trabajo duro. Estudiábamos por la noche los antiguos manuscritos de Newton, analizando las numerosas notas y experimentos a la luz de las velas. Pero la tarea parecía infructuosa. Al cabo de muchos meses, cuando casi me inclinaba a creer que ni siquiera el gran científico había descubierto el secreto, se me ocurrió que tal vez yo no supiera cuál era el secreto en realidad.

—El ocho… —dije una noche, mientras estábamos sentados en las habitaciones de Cambridge que daban al huerto, el lugar donde el propio Newton había trabajado hacía casi un siglo—. ¿Qué significa en realidad el ocho?

—En Egipto —respondió Shahin— creían que había ocho dioses que precedían a los demás. En China creen en los ocho inmortales. En India creen que Krishna el Negro, el octavo hijo, también se hizo inmortal. Un instrumento para la salvación del hombre. Y los budistas creen en la Óctuple Senda, o camino de las ocho etapas, hacia el nirvana. Hay muchos ochos en las mitologías del mundo…

—Pero todos significan lo mismo —intervino Charlot, que aún no había cumplido los siete años—. Los alquimistas pretendían algo más que convertir un metal en oro. Buscaban lo mismo que deseaban los egipcios cuando construyeron las pirámides; lo mismo que los babilonios, que sacrificaban niños a sus dioses paganos. Los alquimistas siempre empiezan con una plegaria a Hermes, quien no solo era el mensajero que llevaba al Hades las almas de los muertos, sino también el dios de la curación…

—Shahin te ha llenado la cabeza de historias místicas —dije—. Lo que buscamos es una fórmula científica.

—Es eso, madre, ¿no te das cuenta? —repuso Charlot—. Por eso invocan al dios Hermes. En la primera fase del experimento, que consta de dieciséis pasos, elaboran un polvo negro rojizo, un residuo. Lo amasan en una pastilla que se llama «piedra filosofal». En la segunda fase la usan como catalizador para transmutar metales. En la tercera y última fase, mezclan ese polvo con un agua especial… agua de rocío recogido en cierto momento del año, cuando el sol está entre Tauro y Aries, el toro y la cabra. Es lo que muestran los dibujos de los libros, es el día de tu cumpleaños, cuando el agua que cae de la luna es muy densa. Entonces empieza la fase final.

—No lo comprendo —dije confusa—. ¿Qué es esa agua especial mezclada con polvo de la piedra filosofal?

—La llaman *al-iksir* —murmuró Shahin—. Cuando se bebe, da salud y larga vida, además de curar todas las heridas…

—Madre —dijo Charlot con tono solemne—, es el secreto de la inmortalidad. El elixir de la vida.

♟

Tardamos cuatro años en llegar a este momento del juego. No obstante, si bien sabíamos cuál era el objeto de la fórmula, ignorábamos cómo se elaboraba.

En agosto de 1803 llegué con Shahin y mis dos hijos al balneario de Bourbon l'Archambault, en la Francia central, ciudad que dio nombre a la dinastía borbónica y adonde cada verano Maurice de Talleyrand iba a tomar las aguas durante un mes.

El balneario estaba rodeado de antiguos robles y sus largos senderos, flanqueados de peonías en flor. La primera mañana aguardé en uno de ellos, con la larga túnica de ropas de lino que se usaba para tomar las aguas, entre las mariposas y las flores, hasta que vi acercarse a Maurice.

Había cambiado en los cuatro años transcurridos. Yo aún no tenía los treinta y él cumpliría pronto los cincuenta. Su hermoso rostro estaba surcado de arrugas finas y en su ondulada cabellera sin empolvar se veían hebras grises. Al verme se detuvo de pronto y se quedó mirándome. Sus ojos seguían siendo de aquel azul intenso y destellante que recordaba haber visto la primera mañana en el estudio de David, en compañía de Valentine.

Se acercó a mí como si hubiera esperado encontrarme allí y me acarició el cabello.

—Nunca te perdonaré que me hayas enseñado lo que es el amor —fueron sus primeras palabras— y después me hayas dejado para que lidie como pueda con él. ¿Por qué no has contestado mis cartas? ¿Por qué te desvaneces… y reapareces para volver a destrozarme el corazón, justo cuando acaba de acostumbrarse a tu ausencia? A veces me descubro pensando en ti… y deseando no haberte conocido.

A continuación, pese a sus palabras, me estrechó en un abrazo apasionado. Sus labios iban de mi boca a mi garganta y mis senos.

Como en el pasado, me sentí arrastrada por la fuerza ciega de su amor y, luchando contra mi deseo, me aparté de él.

—He venido a recoger lo que me prometiste —dije con voz débil.

—He hecho todo lo que te prometí… más aún —repuso amargamente—. Por ti lo he sacrificado todo: mi vida, mi libertad, tal vez mi alma inmortal. A ojos de Dios sigo siendo un sacerdote. Por ti me he casado con una mujer a quien no amo y que nunca podrá darme los hijos que quiero. Mientras tú, que me has dado dos, jamás me has permitido verlos.

—Están aquí conmigo —dije, y él me miró incrédulo—, pero primero… ¿dónde están las piezas de la Reina Blanca?

—Las piezas —repitió malhumorado—. No temas, las tengo. Se las he quitado mediante estratagemas a una mujer que me ama más de lo que tú me has amado nunca. Y ahora, para conseguirlas, usas a mis hijos como rehenes. Dios mío, me sorprende quererte pese a todo. —Hizo una pausa. No podía ocultar su amargura, mezclada con una pasión intensa—. De pronto —susurró— parece completamente imposible que pueda vivir sin ti.

Temblaba de emoción. Me besó la cara, el cabello; sus labios se apretaron contra los míos, a pesar de que en cualquier momento podía aparecer alguien en el sendero. Como siempre, fui incapaz de resistir la fuerza de su pasión. Mis labios devolvieron sus besos y mis manos acariciaron su carne en los lugares donde la túnica se había abierto.

—Esta vez no concebiremos un hijo —murmuró—, pero te obligaré a amarme aunque sea lo último que haga.

Cuando Maurice vio por primera vez a nuestros hijos, su expresión era más beatífica que la del más santo de los santos. Habíamos ido a medianoche a la casa de baños, a cuya puerta estaba apostado Shahin.

Charlot tenía ya diez años y su aspecto era el del profeta que había anunciado Shahin: su melena de cabellos rojos caía sobre los hombros y sus brillantes ojos azules, que había heredado de su padre, parecían ver a través del tiempo y el espacio. La pequeña

Charlotte, de cuatro años, se parecía a Valentine. Fue ella quien cautivó a Talleyrand. Nos sentamos en medio de las humeantes aguas de los baños de Bourbon l'Archambault.

—Quiero llevarme a los niños conmigo —dijo por fin Talleyrand, acariciando el cabello rubio de Charlotte, como si no soportara la idea de separarse de ella—. La vida que insistes en llevar no es adecuada para unas criaturas. No es necesario que nadie conozca nuestra relación. He comprado la propiedad de Valençay. Les daré títulos y tierras. Sus orígenes quedarán envueltos en el misterio. Solo te daré las piezas si aceptas mi propuesta.

Supe que tenía razón. ¿Qué clase de madre podía ser yo, cuando el curso de mi vida había sido determinado por poderes que no podía controlar? Los ojos de Maurice indicaban que el amor que sentía por sus hijos era incluso más fuerte que el vínculo que me unía a ellos por haberles dado la vida. Sin embargo, había otro problema.

—Charlot debe quedarse conmigo —dije—. Nació ante los ojos de la diosa… él es quien resolverá el enigma. Así fue profetizado.

Charlot se acercó a su padre entre el vapor de las aguas y le puso una mano en el brazo.

—Seréis un gran hombre —afirmó—, un príncipe poderoso. Viviréis muchos años, pero no tendréis más hijos. Debéis llevaros a mi hermana Charlotte y casarla con un caballero de vuestra familia, de modo que sus hijos vuelvan a vincularse con nuestra sangre. Pero yo debo regresar al desierto. Mi destino está allí…

Talleyrand lo miraba estupefacto. Charlot no había terminado.

—Debéis romper los lazos que os unen a Napoleón, porque está condenado a caer. Si así lo hacéis, vuestro poder se mantendrá incólume a pesar de los cambios que experimente el mundo. Y debéis hacer algo más… por el juego. Conseguir la reina negra de manos de Alejandro de Rusia. Decidle que vais de mi parte. Con las siete que tenéis ya, serán ocho.

—¿Alejandro? —preguntó Talleyrand, mirándome a través del vapor—. ¿Él también tiene una pieza? ¿Y por qué iba a dármela?

—Porque a cambio vos le entregaréis a Napoleón —contestó Charlot.

Talleyrand se entrevistó con Alejandro en la conferencia de Erfurt. Fuera cual fuese la naturaleza del pacto que hicieron, todo sucedió según lo predicho por Charlot. Napoleón cayó, regresó al poder y cayó definitivamente. Al final comprendió que había sido Talleyrand quien lo había traicionado. «Monsieur —le dijo una mañana mientras desayunaban, en presencia de toda la corte—, no sois más que una mierda en una media de seda.» Entretanto Talleyrand había conseguido la pieza rusa, la reina negra, y con ella me dio también algo de valor, un recorrido del caballo concebido por Benjamin Franklin, el norteamericano, que pretendía representar la fórmula.

Shahin, Charlot y yo partimos hacia Grenoble con las ocho piezas, el paño y el dibujo del tablero realizado por la abadesa. Allí, en el sur de Francia, no muy lejos de donde se había iniciado el juego, encontramos al famoso físico Jean-Baptiste Joseph Fourier, a quien Charlot y Shahin habían visto en Egipto. Aunque habíamos reunido muchas piezas, no las teníamos todas. Habrían de transcurrir treinta años antes de que pudiéramos descifrar la fórmula, pero por fin lo conseguimos.

Aquella noche, estábamos los cuatro en la penumbra del laboratorio de Fourier, mirando cómo la piedra filosofal se formaba en el crisol. Después de treinta años y muchos intentos fallidos, por fin habíamos ejecutado las dieciséis fases en el orden correcto. El matrimonio del Rey Rojo y la Reina Blanca... así se llamaba el secreto perdido desde hacía miles de años: calcinación, oxidación, congelación, fijación, solución, digestión, destilación, evaporación, sublimación, separación, extracción, ceración, fermentación, putrefacción, propagación... y ahora, proyección. Contemplamos los gases volátiles que se elevaban de los cristales del recipiente y brillaban como las constelaciones del universo. A medida que ascendían, formaban colores: azul marino, púrpura, rosado, magenta, rojo, naranja, amarillo, oro... lo llamaban «la cola del pavo real», el espectro de las longitudes de onda visible. Y más abajo, las ondas que solo podían oírse, no verse.

Cuando se hubo disuelto y desvanecido, vimos el espeso residuo negro rojizo que cubría la base del recipiente. Lo rascamos, lo envolvimos en cera de abeja y lo dejamos caer en el *aqua philo-sophia...* el agua densa.

Ahora quedaba solo una pregunta por contestar: ¿quién la bebería?

♟

Cuando conseguimos la fórmula corría el año 1830. Por nuestros libros sabíamos que esa bebida, si se administraba mal, podía ser letal, en lugar de dadora de vida. Había otro problema. Si lo que teníamos era en verdad el elixir, debíamos esconder las piezas de inmediato. Con ese objeto, decidí regresar al desierto.

Volví a cruzar el mar por lo que temía que fuera última vez. En Argel fui a la casbah en compañía de Shahin y Charlot. Allí había alguien que, en mi opinión, me resultaría útil. Por fin lo encontré en un harén. Tenía delante un gran lienzo y estaba rodeado por muchas mujeres veladas y reclinadas en sillones. Se volvió hacia mí con sus relampagueantes ojos azules y el cabello oscuro desordenado, con el mismo aspecto que tenía David tantos años atrás, cuando Valentine y yo posábamos para él en su estudio. Sin embargo, más que de David, el joven pintor era la viva imagen de Charles-Maurice de Talleyrand.

—Me envía vuestro padre —anuncié al joven, que era pocos años menor que Charlot.

El pintor me miró extrañado.

—Debéis de ser una médium —dijo sonriendo—. Monsieur Delacroix, mi padre, murió hace muchos años —E hizo girar el pincel, impaciente por reanudar su trabajo.

—Me refiero a vuestro padre natural —repuse. Vi que su rostro se ensombrecía—. El príncipe Talleyrand.

—Esos son rumores infundados —replicó con sequedad.

—Yo sé que no —aseguré con calma—. Me llamo Mireille y vengo de Francia con una misión para la cual os necesito. Este es mi hijo Charlot, vuestro hermanastro. Y Shahin, nuestro guía. Quiero que me acompañéis al desierto, donde planeo devolver algo de gran valor y poder a su suelo nativo. Deseo encargaros una pintura que señale el sitio y advierta a todos cuantos se acerquen que el lugar está protegido por los dioses.

Entonces le conté mi historia.

Pasaron semanas antes de llegáramos al Tassili. En una cueva secreta encontramos por fin el lugar apropiado para esconder las piezas. Eugène Delacroix escaló por la pared, mientras Charlot le indicaba dónde debía dibujar el caduceo... y fuera, la forma de *labrys* de la Reina Blanca, que agregó a la escena de caza existente.

Cuando terminamos nuestro trabajo, Shahin sacó el pomo de *aqua philosophia* y la pizca de polvo envuelto en cera de abeja, para que se disolviera más lentamente, como estaba prescrito. Lo diluimos y observé el pomo que tenía en la mano, mientras Shahin y los dos hijos de Talleyrand me miraban.

Recordé las palabras de Paracelso, el gran alquimista, que una vez creyó haber descubierto la fórmula: «Seremos como dioses». Me llevé el pomo a los labios... y bebí.

♟

Cuando terminé de leer, temblaba de pies a cabeza. Solarin me apretaba la mano con tal fuerza que sus nudillos estaban blancos. El elixir de la vida... ¿esa era la fórmula? ¿Era posible que existiese semejante cosa?

Mis pensamientos se atropellaban. Solarin estaba sirviendo brandy para los dos de una licorera que había sobre una mesa. Era verdad, pensé, que la ingeniería genética había permitido descubrir recientemente la estructura del ADN, esa pieza de construcción de vida que, como el caduceo de Hermes, formaba una doble hélice semejante al ocho. Sin embargo, nada en los textos antiguos indicaba que ese secreto se hubiera conocido antes. ¿Y cómo algo que transmutaba los metales podía también alterar la vida?

Pensé en las piezas, en el lugar donde habían estado escondidas, y me sentí más confusa. ¿Acaso no había dicho Minnie que ella misma las había dejado allí, en el Tassili, bajo el caduceo, ocultas en la pared de piedra? ¿Cómo podía saber precisamente dónde estaban si era Mireille quien las había ocultado allí más de doscientos años antes?

Entonces recordé la carta que Solarin había traído de Argel y me había entregado en casa de Nim: la carta de Minnie. Torpemente metí la mano en el bolsillo y la saqué. La abrí mientras él se sentaba a mi lado con su copa de brandy. Notaba su mirada clavada en mí.

Extraje la carta del sobre y la miré. Antes de empezar a leer, me recorrió un escalofrío de horror. ¡La letra de la carta y la del diario eran la misma! Aunque la primera estaba escrita en inglés moderno y el segundo, en francés antiguo, no había forma de imitar aquellos trazos ornados, de un estilo que hacía cientos de años que no se usaba.

Miré a Solarin, que contemplaba la carta con espanto e incredulidad. Nuestras miradas se encontraron. Luego bajamos la vista hacia la misiva. Con mano temblorosa la desdoblé sobre mi regazo y leímos:

> Mi querida Catherine:
>
> Ahora conoces un secreto que muy pocos han conocido. Ni siquiera Alexander y Ladislaus han sospechado jamás que no soy su abuela. Han pasado doce generaciones desde que di a luz a su antepasado: Charlot. El padre de Kamel, que se casó conmigo solo un año antes de su muerte, descendía de mi viejo amigo Shahin, cuyos huesos yacen en el polvo desde hace más de ciento cincuenta años.
>
> Naturalmente, puedes creer, si lo deseas, que no soy más que una vieja loca. Cree lo que quieras… ahora tú eres la Reina Negra. Posees las partes de un secreto poderoso y peligroso; las suficientes para resolver el acertijo como hice yo hace tantos años. Pero ¿lo harás? Eso es lo que debes decidir, y debes decidirlo sola.
>
> Si quieres mi consejo, destruye estas piezas… fúndelas para que nunca más sean origen de tanta desdicha y sufrimiento como los que he experimentado en mi vida. La historia ha demostrado que lo que puede representar un gran beneficio para la humanidad puede constituir también una terrible maldición. Adelante, haz lo que desees. Tienes mi bendición.
>
> Tuya en Nuestro Señor,
>
> MIREILLE

Cerré los ojos, con mi mano entre la de Solarin. Cuando los abrí, vi a Mordecai, que abrazaba protectoramente a Lily. Detrás de ellos estaban Nim y Harry, a quienes no había oído llegar. Todos se acercaron y se sentaron en torno a la mesa, en cuyo centro descansaban las piezas.

—¿Qué piensas de esto? —susurró Mordecai.

Harry se inclinó y me dio una palmadita en la mano, mientras yo seguía temblando.

—¿Y qué si fuese verdad? —preguntó.

—Entonces sería lo más peligroso que se pueda imaginar —respondí sin dejar de temblar. Aunque no quería admitirlo, creía toda la historia—. Opino que Minnie tiene razón. Deberíamos destruir las piezas.

—Ahora tú eres la Reina Negra —observó Lily—. No tienes por qué escucharla.

—Slava y yo hemos estudiado física —agregó Solarin—. Tenemos tres veces más piezas que las que tenía Mireille cuando descifró la fórmula. Aunque no disponemos de la información contenida en el tablero, estoy seguro de que podríamos desentrañarla. Yo podría conseguir el tablero…

—Además —intervino Nim con una sonrisa, llevándose una mano al muslo herido—, a mí me vendría bien un poco de ese brebaje para curar mis heridas.

Me pregunté cómo me sentiría sabiendo que podía vivir doscientos años o más; que por más percances que sufriera, salvo caerme de un avión, mis heridas curarían… y mis enfermedades desaparecerían.

Pero ¿quería pasar treinta años de mi vida tratando de encontrar esa fórmula? Aunque tal vez no necesitáramos tanto tiempo, la experiencia de Minnie me había enseñado que pronto se transformaba en una obsesión, algo que había destrozado no solo su vida, sino la de todos cuantos había conocido o tocado. ¿Deseaba una vida larga en detrimento de una existencia feliz? Según sus propias palabras, Minnie había vivido doscientos años de terror y peligros, incluso después de encontrar la fórmula. No era extraño que quisiera dejar el juego.

Era yo quien debía tomar la decisión. Miré los trebejos. Sería bastante fácil. Minnie había elegido a Mordecai no solo porque era un maestro de ajedrez, sino porque era también joyero. Sin duda contaba allí mismo con todo el equipo necesario para analizar las piezas, descubrir de qué estaban hechas y convertirlas en joyas dignas de una reina. Sin embargo, mientras las miraba, comprendí que jamás podría decidirme a hacerlo. Resplandecían con una luz propia.

Había entre nosotros —el ajedrez de Montglane y yo— un víncu-lo que al parecer no podía cortar.

Miré las caras expectantes que me contemplaban en silencio.

—Voy a enterrarlas —dije despacio—. Lily, tú me ayudarás; for-mamos un buen equipo. Las llevaremos a alguna parte, al desierto o las montañas, y Solarin regresará a Rusia para conseguir el table-ro. Esta partida tiene que terminar. Ocultaremos el ajedrez de Montglane allí donde nadie pueda encontrarlo durante mil años.

—Pero al final lo encontrarán —murmuró Solarin.

Me volví hacia él y algo muy profundo pasó entre nosotros. Él sa-bía qué debía suceder, y yo sabía que tal vez no volveríamos a vernos durante mucho tiempo si llevábamos a cabo lo que había decidido.

—Tal vez dentro de mil años —dije— haya en este planeta gen-te mejor… que sabrá cómo usar una herramienta como esta en beneficio de todos, no como un arma para lograr poder. Quizá para entonces los científicos hayan redescubierto la fórmula. Si la infor-mación que hay en el ajedrez de Montglane no fuera secreta, sino de dominio público, el valor de estas piezas no bastaría para com-prar un billete de metro.

—Entonces, ¿por qué no resolver la fórmula ahora —preguntó Nim— y hacerla de dominio público?

Había dado en el clavo. Ese era el quid de la cuestión. Sin em-bargo, se planteaba un problema: ¿a cuántas personas de las que conocía estaría yo dispuesta a conceder la vida eterna? No pensa-ba en desaprensivos como Blanche y El-Marad, sino en personas corrientes como aquellas con quienes había trabajado: Jock Upham y Jean-Philipe Pétard. ¿Quería que gente como esa viviera para siempre? ¿Quería ser yo quien decidiera si lo conseguirían?

Ahora comprendía lo que había querido decir Paracelso al afir-mar: «Seremos como dioses». Eran decisiones que siempre habían estado fuera del alcance de hombres mortales, controladas por los dioses, los espíritus totémicos o la selección natural, según las creen-cias de cada uno. Si nosotros teníamos el poder de dar o retirar algo de esa naturaleza, estaríamos jugando con fuego. Y por muy res-ponsables que fuéramos respecto de su uso o control —a menos que lo mantuviéramos para siempre en secreto, como habían hecho los antiguos sacerdotes—, estaríamos en la misma posición de los cien-tíficos que inventaron el primer ingenio nuclear.

—No —dije a Nim.

Me puse en pie y miré las piezas que resplandecían sobre la mesa; las piezas por las que había arriesgado la vida tantas veces y con tanta despreocupación. Me pregunté si de verdad podría hacerlo: enterrarlas y no sentir jamás la tentación de ir a buscarlas y exhumarlas. Harry me sonreía y, como si me hubiera leído el pensamiento, se acercó a mí.

—Si alguien puede hacerlo, eres tú —dijo, y me envolvió en un gran abrazo de oso—. Creo que Minnie te eligió sobre todo por eso. Pensó que tú tenías la fortaleza que ella nunca tuvo… la necesaria para resistir la tentación del poder que llega a través del conocimiento…

—Dios mío, haces que parezca Savonarola quemando libros —dije—. Lo único que voy a hacer es retirarlas por un tiempo para que no puedan hacer daño.

Mordecai entró en la habitación con una gran fuente de *delicatessen* que olía de maravilla. Dejó salir de la cocina a Carioca, que, por el aspecto de la fuente, había estado ayudando en la preparación de la comida.

Estábamos todos en pie, estirándonos, moviéndonos; nuestras voces resonaban con el júbilo que nace de la súbita liberación de una tensión insoportable. Yo estaba comiendo algo al lado de Solarin y Nim, cuando este volvió a rodearme los hombros con un brazo. Esta vez, a Solarin no pareció importarle.

—Sascha y yo acabamos de tener una conversación —me dijo Nim—. Tal vez tú no estés enamorada de mi hermano, pero él está enamorado de ti. Ten cuidado con las pasiones rusas; pueden ser devoradoras. —Sonrió a Solarin con una mirada de verdadero amor.

—Soy muy difícil de devorar —repuse—. Además, yo siento lo mismo por él.

Solarin me miró sorprendido… no sé por qué. Aunque el brazo de Nim seguía rodeando mis hombros, me cogió y me dio un gran beso en la boca.

—No lo tendré alejado mucho tiempo —me dijo Nim revolviéndome el pelo—. Iré a Rusia con él, en busca del tablero. Perder a tu único hermano una vez en la vida es suficiente. Esta vez, si vamos, lo haremos juntos.

Mordecai se acercó para repartir copas y servir champán. Cuando terminó, cogió a Carioca y levantó su copa.

—Por el ajedrez de Montglane —dijo con una sonrisa—. ¡Que descanse en paz durante miles y miles de años!

Bebimos y entonces Harry exclamó:

—¡Escuchad, escuchad! ¡Por Cat y Lily! —añadió levantando su copa—. Han afrontado muchos peligros. Que vivan mucho tiempo en felicidad y amistad. Aunque no vivan para siempre, que al menos sus días estén llenos de alegría. —Me sonrió.

Era mi turno. Levanté la copa y miré a mis amigos: Mordecai, con su cara de búho; Harry, con sus grandes ojos perrunos; Lily, bronceada y musculosa; Nim, con el cabello rojo del profeta y cada ojo de un color, que me sonreía como si adivinara mis pensamientos, y Solarin, apasionado y vital junto a un tablero de ajedrez.

Allí estaban todos, mis mejores amigos, personas a las que quería de verdad, seres mortales, como yo, que declinarían con el tiempo. Nuestros relojes biológicos seguirían funcionando, nada enlentecería el paso de los años. Lo que hiciéramos, tendríamos que hacerlo en menos de cien años: el tiempo dado al hombre. No siempre había sido así. En otras épocas hubo en la tierra gigantes, dice la Biblia, hombres de gran poder que vivían setecientos u ochocientos años. ¿Qué habíamos hecho mal? ¿Cuándo perdimos esa capacidad? Meneé la cabeza, levanté la copa de champán y sonreí.

—Por el juego —dije—. El juego de los reyes, el más peligroso: el juego eterno. El juego que acabamos de ganar, al menos otra vuelta. Y por Minnie, que ha luchado toda su vida para evitar que estas piezas cayeran en manos de quienes harían mal uso de ellas: para satisfacer sus propios objetivos, para dominar a sus semejantes mediante la maldad y el poder. Que viva en paz esté donde esté, y con nuestras bendiciones…

—Escuchad, escuchad… —repitió Harry, pero yo no había terminado.

—Ahora que el juego ha llegado a su fin y hemos decidido ocultar las piezas —agregué—, ¡que tengamos la fuerza necesaria para resistir toda tentación de desenterrarlas!

Todos aplaudieron con entusiasmo y nos dimos palmaditas en la espalda mientras bebíamos; casi como si estuviéramos tratando de convencernos.

Me llevé la copa a los labios y la alcé. Sentí cómo las burbujas descendían por mi garganta, secas, punzantes, quizá algo amargas. Cuando cayeron las últimas gotas sobre mi lengua, me pregunté —solo por un instante— lo que tal vez no sabría jamás: qué sabor percibiría… qué sensación experimentaría… si ese líquido que bajaba por mi garganta no fuera champán… sino el elixir de la vida.

FIN DEL JUEGO

ÍNDICE

El ocho, de Katherine Neville
se terminó de imprimir en febrero del 2008
en los talleres de Litográfica Ingramex, S.A. de C.V.
Centeno 162, Col. Granjas Esmeralda
Del. Iztapalapa CP 09810
México, D.F.